U0457798

劉操南（1917年12月13日—1998年3月29日）
（1987年5月參加浙江省政協會議）

左圖：1947年春攝於故鄉江蘇無錫
右圖：1997年在浙江省各界人士春節茶話會上

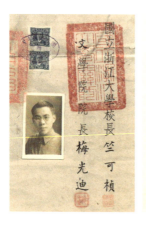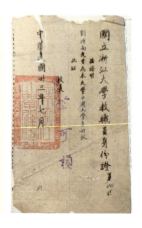

左圖：1942年畢業留校的工作證照，由時任文學院院長梅光迪簽
中圖：1989年浙江省省長沈祖倫頒發的浙江省文史館名譽館員聘書
右圖：1944年國立浙江大學的教職員身份證

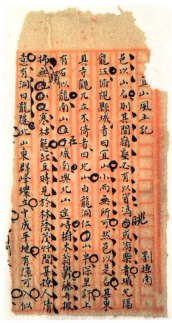

上圖：手稿是劉操南先生1997年6月住浙一醫院時斜臥在病床上所撰。此時癌細胞已侵腐骨內，無力下床，手指握筆不穩。然先生仍思維敏捷，精神堅毅，安之若素。整整6頁浙江省文史研究館的無格信箋紙寫滿。洋洋灑灑，行文流暢，引經據典，都是憑記憶寫下的。文見本卷第327頁。

左圖：1938年國立浙江大學循水陸兩路遷至廣西宜山，這是劉操南當年一氣呵成的課堂作業。"文革"抄家時散失，所幸劫後尚存。格紙墨書，間有圈點，筆跡清晰，然有破損。文見本卷第44頁。

左圖：1987年秋攝於杭州太子灣公園引水亭前，引水亭記爲劉操南先生撰。文見本卷第597頁。

下圖：創作於20世紀50年代的評話作品，見本卷曲藝第七。其中《醉打蔣門神》是《武松演義》的節選。

照片由劉操南先生之子劉文涵教授策劃編製

受 浙江大學文科高水平學術著作出版基金 資助
中央高校基本科研業務費專項資金

"劉操南全集"編輯委員會

顧　　問：成岳沖　羅衛東

主　　編：王雲路　陳　飛

編　　委：陳　飛　何紹庚　劉文涵
　　　　　劉文漪　汪曉勤　王雲路
　　　　　韓祥臨　周麗蘋　劉昭明

本卷主編：陳　飛

劉操南 全集

揖曹軒文存

劉操南 著

浙江大學出版社 · 杭州
ZHEJIANG UNIVERSITY PRESS

圖書在版編目(CIP)數據

揖曹軒文存 / 劉操南著. —杭州:浙江大學出版
社,2024.1
　(劉操南全集)
　ISBN 978-7-308-24302-5

　Ⅰ.①揖… Ⅱ.①劉… Ⅲ.①中國文學－當代文學－
作品綜合集 Ⅳ.①I217.2

中國國家版本館 CIP 數據核字(2023)第 196477 號

揖曹軒文存

劉操南　著

策劃主持	宋旭華　王榮鑫
責任編輯	吳　慶
責任校對	呂倩嵐
封面設計	項夢怡
出版發行	浙江大學出版社
	（杭州市天目山路 148 號　郵政編碼 310007）
	（網址:http://www.zjupress.com）
排　　版	浙江大千時代文化傳媒有限公司
印　　刷	紹興市越生彩印有限公司
開　　本	880mm×1230mm　1/32
印　　張	27.5
插　　頁	2
字　　數	666 千
版 印 次	2024 年 1 月第 1 版　2024 年 1 月第 1 次印刷
書　　號	ISBN 978-7-308-24302-5
定　　價	148.00 圓

版權所有　侵權必究　　印裝差錯　負責調換

浙江大學出版社市場運營中心聯繫方式　（0571)88925591;http://zjdxcbs.tmall.com

劉操南全集總目録

目　録

譚說第四

甲

序跋第六

曲藝第七

書信第八

讀書志存愛國

　　我六歲入塾，即誦《詩》《書》。爲什麼要讀書？我不清楚。老師説："讀書明理，希聖希賢。"到了中學、大學，就漸有所悟。在中學的若干年，我是在教會學校讀的。後來到浙大讀書，常聽到竺可楨校長的講學。他主張：通才而後專家，知識面要廣。"中西交叉，文理滲透。"文科學生要修理科課程，理科學生也要修文科課程。他提出《中庸》上説"博學之、審問之、慎思之、明辨之、篤行之"的治學方法最好。抗戰時期，浙大正在輾轉遷徙之中，校長倡導浙江三鄉賢的治學與行誼爲學生榜樣："陽明先生治學，躬行艱貞負責和公忠報國的精神。""黃梨洲圖謀抗滿復明，被清廷緝捕至十一次之多。匡之謀不成，乃奮志著書講學。"他那部《明夷待訪錄》，包含了濃厚的革命思想。《原君》之作，早於盧梭的《民約論》一百年，實爲近代民權思想的先覺。"朱舜水曾到安南、日本運動起義。事既不成，就隱遁日本，立誓不復明就不回國，因此終身於異國。"宣揚"求是精神就是犧牲精神"。校長的諄諄教導，深入每一同學之心，潛移默化，形於實踐。大家都立志學成本領，報效祖國，對此，我至今也是拳拳服膺的。

　　我小時背誦《論語》。孔子説："修己以安人。"這時，我似有所領悟:這是中國學術、中國文化的優良傳統,應當繼承。抗戰時期,讀書尤當重視救亡。我曾寫過一篇《故鄉賦》,迄今保存。"一掃殘槍,豈感傷於征車;再履中原,觀升平於流霞。"老師評曰:"襄陽有耆舊之傳,容甫著廣陵之對,君本敬恭桑梓之誼,發爲哀感頑艷之文。接踵前賢,余有望焉。"那時不獨是我,浙大師生都深切地關注國事,心憂天下,爲什麼而讀書十分明確。

解放以來,我始學習馬列著作、歷史唯物主義、辯證唯物主義,更感到前程光明,要做的事情很多。我的老師蘇步青教授年登耄耋,豪邁地寫道:"戰天鬥地萬民在,不信滄浪有釣磯!"這說出了我們的心裏話,做學生的該怎樣呢?"去日情濃心躍虎",深悔不少歲月已蹉跎過去了! 能不"揚鞭自奮蹄"麼? 清夜捫心,愛國之心猶烈,報國之志未酬。"可尋滄水濯塵纓"嗎?

從我幾十年的生活實踐來看,從人的發展和人生幸福而言,我深切感到,一個人的理想,如果包含了國家崇高的事業,其人生價值就越大。祗有個人理想與民族利益一致、個人熱情與國家需要吻合時,一個人纔有更廣闊的用武之地,纔能有所作爲。

(原刊《浙江日報》 1994 年 10 月 22 日)

我的中學時代

我是江蘇無錫人，出生於 1917 年，現在杭州大學古籍研究所任教授。

我幼時讀書於家塾。在中學時，我讀過幾個學校：無錫縣立初中、江陰勵實中學和無錫輔仁中學。由於我的幼年及中學時所受的教育，這就形成我的對於治學爲人的一些基本思想。

幼年我讀的是《論語》《孟子》《毛詩》《尚書》《春秋左氏傳》和《古文觀止》《唐詩三百首》等，這些書老師都要求我讀得滾瓜爛熟。老師每日圈點幾頁，把講讀的日子用朱筆寫在書頁的天頭上，作爲講讀的起訖。每日上午學生背完熟書、帶書，接着分別講課；下午背出當日所講的書放學。其餘時間就是讀書寫字，有時老師講一則《通鑑》或《聊齋》故事。讀了半年，開筆作文；又讀半年，屬對吟詩。這樣連續讀了六年。教的老師前後兩位，爲周竹卿師和陸伯藩師，陸師在聖約翰大學任過教授。家塾教育給我印象最爲深刻的是提高人的素質。讀書不僅是接受知識，更重要的是獲得文化修養，繼承和發揚祖國文化的優良傳統。老師一上來講孔子在《論語·學而》上說的："敬事而信，節用而愛人。"又講《孟子·公孫丑》上說曾子："吾嘗聞大勇於夫子矣。自反而不縮，雖褐寬博，吾不惴焉；自反而縮，雖千萬人，吾往矣。"對工作要謹慎負責，守信，生活要儉樸，對人要熱忱。做事要反復考慮是非。認識到是不義的，不該做的，祇有"内疚"，就對普通一個老百姓不敢驚動他；認識到這是義，該做的，雖受千萬人的反對、阻撓，"吾往矣"！能堅持，有勇氣，爲人該有這態度與氣派。老師講得很淺，未必合乎孔子原意，却對我的影響很大。我至今雖未能做到，終是勉勵着自己盡力去做的。就讀書方法説，朗讀確是爲學的一個好方法。那時，我對書的内容雖不理解，隨着年歲的增長和社會閱歷的加深，逐漸有所消化，理解深入，有的且能觸類旁通。今日，我在大學授課，每堂都寫講稿，自覺"敬事而信"；課文都能背誦，引經據典，一般是脱口而出，信手拈來，蓋是由於那時下了基本功的緣故。

中學時代，我所讀書的學校有兩所教會學校。一是江陰勵實中學，一是無錫輔仁中學。勵實中學的創辦是與美國長老會有關係的；輔仁中學是與聖公會有關係的。勵實中學校長是沈文蔚師，美國人，他於鳥類是學有專攻的。這學校耶穌教的宗教氣氛很濃。課程中有西文的《聖經》。每日進餐、安眠都要祈禱。星期三晚上、星期日上午，規定要集體到教堂去做禮拜，聽牧師講道，學校的教室和宿舍的門是鎖着的。我是不信教的，由於在縣立初中春季班畢業，没有學校可進纔去讀書的。讀了半年，深感乏味，就考入了無錫輔仁中學。這學校宗教氣氛較少，校長楊四箴師和楊師母，以及其他老師都是精通英語的。學校的特點：一是除國文和中國史地等課外，高等代數、解析幾何、物理、化學、經濟學、邏輯學和西洋歷史、地理等采用英文本。除個別書用龍門書局翻印本外，大部分是采用西書原版的。二是重視理科實驗和練習，例如：化學實驗，每次都需要用英文寫 Report（報告）的。在這環境裏，使我很自然地養成治學必須要走中西交叉和文理滲透的途徑的認識。我從物理學中接觸到：刻白爾（開普勒）和牛頓的定律，以及其他物理現象的知識，使我認識到知識與學問中間還存在着一條界綫的。認爲：衹看到事物的表面現象，衹能稱爲知識；從而歸納、探索它的内在的邏輯關係，得出規律，纔能稱爲學問。我根據這種認識，聯繫並判斷評價祖國傳統的學術。同時，我也從此重視從實際出發進行學術的探索。這對我今後的科研有着較大的啓示作用，例如：我在杭州大學時，宿舍前面種着一排木槿樹，看到它的花開花落，我就想到古書上說的"木槿朝開暮落"這話不够確切，應說"朝開暮萎"。讀范仲淹《漁家傲》詞："衡陽雁去無留意。"大家知道雁是候鳥，秋天從北方飛向南方。都説飛到衡陽就不再南飛了。衡陽有個回雁峰，雁飛到了那裏就回頭了。我到過衡陽的回雁峰，就去走訪當地農民，詢問可有這事？有的説道：不是這樣。雁並不是在這裏過冬的，還要南飛，飛到斯里蘭卡去呢。雁從北方飛來，白晝遠征，夜間歇宿，一連飛了許多天。飛到衡陽，體力消耗得差不多了，需要休整補給一下，所以暫停飛行。過了一段時間，繼續南飛。通過采訪獲得了新的知識，學問就是發源於知識的。我讀郭守敬《授時曆》，知道他用四十尺的高表測量日影。從日影的長短，推測太陽在一回歸年中視位置的遷移，得出"日有盈縮"的數據；同時他又看到：太陽光點穿過"景符"落實到圭面的刻度上，各年冬至的光點並不是在同一刻度上的，從而發明"歲實消長"的學說。他還積了多年的觀測，進行定量分析，推測"歲實觀測"什麼時候該增一分，什麼時候該損一分。使歲實計算，益臻精確，符合於客觀的天象。這樣使我的治學方法，受了理科教育的啓發，在治學的道路上有了新的進展。

我在輔仁中學讀書，教語文的一位是殷質卿師，一位是張子惠師，張師是前清舉人。殷師教過賈誼的《治安策》。他先把文章要旨寫在黑板上，指出賈誼覺察到西漢國家的危機，中央對於地方已經失控，爲之痛哭流涕，因而提出"衆建諸侯而少其力"的策略。可是得罪了既得利益的諸侯，遭到讒言，受到貶謫，出爲長沙王太傅。後寫《鵬鳥賦》發抒悲憤，抑鬱而逝。講解深刻，而且充滿感情。張師教過顧貞觀《金縷曲·寄吳漢槎》。他把顧詞兩首，也寫在黑板上，結合文學講解。將吳漢槎由於科場事，謫戍寧古塔，顧梁汾營救無效，寄詞慰問的事，予以描述。後來，納蘭容若見了，大爲感動，願意幫他的忙，和他的詞，也寫了一首《金縷曲》，詞中説："絕塞生還吳季子，算眼前此外皆閑事。"吳漢槎得以入關還鄉。吳在容若壁上看到大書："顧梁汾爲吳漢槎屈膝處。"不禁大慚。張師語重心長地説：古人朋友情重如此！這些教育，就我來説可謂終身受用。

讀書就是要明理，要關心國家大事。正如林則徐説的："苟利國家生死以，豈因禍福避趨之！"朋友要有真感情，得一知己，可以無憾！這就深深地印入我的正在成長的心靈之中。因此我想，倘若我的治學爲人今日尚有些許可以肯定之處，都應歸功於老師對我的教育，怎能須臾忘懷呢？同時，我也感到中國的傳統教育，有它可取之處，它的合理核心是應該得到繼承並發揚光大的。

編者説明：本文應《語文報》之邀而作，發表時(1988 年 8 月 15 日)有所刪略，這次據原稿收錄。

我的大學

我於 1937 年秋,在無錫輔仁中學高中畢業後,參加中央大學、交通大學和浙江大學三大學聯合考試,第一志願考取浙江大學。三大學聯合考試設三考點:南京、上海、杭州。我是在上海徐家匯交通大學考點考的。因爲上海離無錫近,我未出過遠門,自然報名到上海考了。

考試題目祇記得國文題,其餘都忘了。國文題是一篇作文和一篇翻譯。作文題有二,任選一題,一題爲:

> "故天將降大任於是人也,必先苦其心志,勞其筋骨,餓其體膚,空乏其身,行拂亂其所爲。所以動心忍性,曾益其所不能。人恒過,然後能改。困於心,衡於慮,而後作。徵於色,發於聲,而後喻。入則無法家拂士,出則無敵國外患者,國恒亡。然後知生於憂患,而死於安樂也。"試伸其義。

一題爲:

> "孔子、釋迦牟尼、耶穌三人,同爲聖人,其道不同"說。

翻譯題爲:《莊子·逍遥遊》上"宋人有善爲不龜手之藥者"一段:

> 宋人有善爲不龜手之藥者,世世以洴澼絖爲事。客聞之,請買其方百金。聚族而謀曰:我世世爲洴澼絖,不過數

> 金，今一朝而鬻技百金，請與之。客得之，以説吴王。越有
> 難，吴王使之將，冬與越人水戰，大敗越人。裂地而封之。
> 能不龜手，一也。或以封，或不免與洴澼絖，則所用之異也。

這題目當時不知是誰出的，後來看了《竺可楨日記》，知道那時錢基博任國文主試，題目是他出的。

三大學聯合招生，放榜已很晚了，大約在中秋節前一星期。我在高中後，曾去上海應京滬、滬杭甬兩路管理局招考，考取後，便去上海實習。實習一星期後，分配到無錫北門火車站實習，在票房裏賣票。實習之時是有些零用的津貼的。實習時，三大學聯合招生放榜了。榜是登在上海、杭州和南京的報上的。後來，我到了杭州，在大學路的浙江大學大門旁的水泥牆上纔看到真正的榜。

放榜後，我和同榜的輔仁同學張宗驥商量，怎樣去杭州。這時日本經常出動飛機轟炸京杭一帶，火車不時停歇，乘客都下車來跑警報。家中因我在火車站實習，已有工作，主張不必去上大學了，但我堅定要去讀書。在這時候，我曾拜望過高中的老師張子惠和楊師母，他們都支持我，認爲還是上進好。這樣，家中也就答允了。我向同學商量結果，大家説還是趁火車吧。這樣就和張宗驥、王秉宣、蘇錫祺、唐耀先幾位同學一同上火車去杭州了。到了杭州，後來知道，還有一些在無錫的浙大老師和同學是趁太湖輪船去杭州的。如錢基博先生和錢汝泰同學等，是又一批來杭州的。我們趁火車的五個人，火車到了嘉興，警報響了，火車停下來，大家便在火車站附近的大樹下躲下來。這時月色皎潔，人影幢幢。由於初次去杭，路徑心中無底，不免有些擔憂。

這時，有船户前來兜生意説：“火車不知幾時開，怕今夜不會開了，還是趁我們的船吧！我們送你們去，一天亮就可到杭州了。”

蘇錫祺就回頭他們：“我們不預備趁船啊！就等等吧！火車不一會就要開的。”

等了不久,警報解除,我們上車順利地到了杭州。在大學路浙江大學的新生接待處報了到,就有一位同學很客氣的引着我們到分配的工學院裏邊的"仁齋"宿舍住下來。我住一樓,兩人一間,放着兩張床,兩張桌子,一隻書架和一隻紙簍。當時我自一怔,我是没見過世面的,看生活是這樣的舒適啊。停會看着有的同學,拖着木屐去洗沐浴了。在這裏,我住了幾天,後來學校的宿舍有些調動,我搬移到文理學院第一宿舍去住。那是舊式樓房,是轉盤樓。宿舍每間五架,開間很大。我住樓上,前後有走廊。一間住四人,也很舒適。

這時我讀史地系,文理學院院長是胡剛復先生,史地系主任是張其昀先生,一年級主任是朱庭祜先生。大學讀書和中學不同,是采用學分制的,有的是必修課,有的是選修課。一年級必修課多,我選好了學分,由張其昀和朱庭祜兩先生簽字,交到教務處,纔辦完手續。

選課以後,我看到竺校長的"中秋月與浙江潮"學術講演的布告,我就去聽。這是我第一次聽學術講演。在講演中,竺校長引證了許多古籍和古典詩詞,根據科學原理分析説明:所謂"月到中秋分外明",潮汐與月亮的關係,錢塘江的地形,喇叭口的江水上溯,使浙江潮水勢如萬馬奔騰的道理。講得入情入理,明白易懂,同時醒人耳目,引起了我濃烈的興趣。竺校長所引的古籍和詩詞,過去我有些讀過,有些也聽過老師的講解,但從未知道該用這樣的科學方法對待和研究它的。在這聽講,不僅增長了我的科技知識,而且在學術研究的道途上啓發了我的研究方法,使我終身受用。

我是帶着如饑如渴的求知欲來上大學的,可是這時警報頻繁,白天夜晚經常遇到,不時聽到警報鐘聲,同學們都躲到求是橋的東邊土山旁的楊柳樹下的防空洞。記得那是中秋節的夜裏吧,我在第一宿舍樓上第一次嘗吃廣東月餅,感到滋味無窮,便聽警報,就去那溪邊的洞了。

在這樣的歷史生活環境下,各人的表現是不同的。有兩件事深深刻印在我的心上,感動了我的靈魂,可以説是刻骨銘心吧! 一次,我去聽錢基博先生的課,錢先生這時是教大二國文。我原是沒有課的,因爲仰慕他,就去帳下爲弟子了。錢先生上課,在講桌後坐下,打開青花白地夏布包袱,取出書來講解。講得入神處,他喚同學將文章中的警策之句圈點。有的密圈,有的勾角。連連説着:圈啊圈啊。因此,課外我去街上書坊,買了一部《古文辭類纂》,不斷圈點。後來帶到天目山去,夜間坐在床上,因爲筆墨不便,是用印泥點印的。錢先生講得入神,這時忽傳警報。錢先生説:"你們躲警報去,假如警報完了,時間未到,你們仍還回來聽課。"這樣同學走了,可是錢先生並未離開教室,正襟危坐,還是在默誦文章。

錢先生對於古籍是讀得熟的,他到哪裏,不是朗誦,就是默念。趁火車,坐輪船,都是如此的。有一次,警報結束,時間未到,我們回到教室,錢先生執着書卷,靜靜兀坐在那裏,如有所思。我當時想到了《論語》上孔子説的一句話:"敬事而信",看着老師,心裏十分激動。却是默然,不知説什麼話好。

嗣後,我們到了宜山。宜山也是警報頻繁的。警報方式,在宜山山腰掛出紅燈籠,一個,兩個,三個。三個,飛機快來了;一個是普通警報。我是一個、兩個總是不逃警報的,到了掛三個纔走。心中想着,這是錢先生對我的教育啊,我怎麼對得起老師啊! 有些做錯了的事,想着,眼淚都會掉下來了。讀書嗚唶,泣不成聲。

還有一事,這是聽同學説的。警報來時,竺校長和學生自治會主席,總是從容地到求是橋東土山四周巡視,看看同學躲避得如何? 安全嗎? 會不會發生什麼問題? 直到警報解除,纔回去辦公。現在回憶起來，竺校長的言教身教，力量是無窮的。無怪楊竹亭學長曾說："我心中的竺校長，是今日的聖人啊！"

在杭州讀書，時間不長，一年級就遷到於潛西天目山的禪源寺上課了。禪源寺是叢林，山門是夸門照墻，臺綫沿墻下鑴着貼金"禪源寺"三字。入門天井，上階爲天王殿；再進爲穿堂，爲知客室，聽雨軒；再進爲大雄寶殿，旁有方丈室、齋堂、來青樓。有五百羅漢堂，殿左僧寮五進。法相莊嚴，境域清幽。一年級在來青樓上課，方丈室前軒移爲自修室。聽雨軒爲宿舍。

大一國文，經過甄別考試，分甲乙丙丁戊五組，每組約三十人。我讀甲組，祝文白先生授。祝先生授課，重視自覺和啓發。每次上課，先喚同學站立講解。不用名册，同學名一、二次即能稱呼。同學講解有不解或誤解，庶爲剖析。引經據典，不須看書。《左傳》《文選》如有援引，信口而出，默書於黑板上。留下三分之一時間，讓同學朗讀。每二周作文一次，當堂交卷，逐字逐句地改。佳作提出一、二篇，傳觀之後，懸於教室壁上。

大一英文，教者爲林天蘭先生，亦重背誦。認爲讀英文如讀古文，必須篇篇能背。

微積分，由毛路其先生授。憶第一課，毛先生開宗明義先說兩點，印象極深，今日猶歷歷在目。第一點說：中國是一個學術發達的國家，《莊子·天下篇》寫惠施曉示辯者："一尺之捶，日取其半，萬世不竭。"說明中國兩千年前已有微積分的概念。第二點說：讀文科的也應讀些理的，主張文理交叉。毛先生舉例說：一個法官判斷一件案子，一個駕駛員在一條上山的公路上把汽車翻了。這自然是駕駛員的責任，却不知修建公路坡度、彎度是有規定的，不合規定，工程師是有責任的。這條公路坡度太陡，角度逾越規定，這翻車的失誤，責任是當歸之於工程師的。法官沒有這個常識，哪會考慮及此，案子就會判斷錯。毛先生話說得

11

很有道理,求學豈可以心胸狹隘,不見"天地其壯乎"? 因而,我對微積分是好好學習的。

授中國古代史的,是張蔭麟先生。張先生授古代史,先就三皇五帝幾個史實,作爲例示,提出研究古史:小疑則小進,大疑則大進。緣何疑古? 如何疑古? 顯示它的方法與意義。這對我的爲學、論學,思想上有很大觸動,因爲我以往接觸到的是信古派的論調,學衡派的論文,我是看過一些的,思想上會打架,不知如何處理纔好。張先生在課上曾經提到:《左傳》《史記》提到的史實,有的統一,有的矛盾、出入,需要注意、深入研究。這話引起了我的重視,自然一時没法理解這個問題。可是我"中心藏之,何日忘之"。置之心頭,數十年間,讀了不少書。把自己的見聞、研究寫下來,成爲《太史公書春秋十二諸侯事輯》一書(出版時名爲《史記春秋十二諸侯史事輯證》),起步是在那時開始的。

費鞏先生是授政治學的,我没有選他的課,後來到遵義時選的,成爲他的導生。有一次,費先生招導生出遊,出禪源寺,循仰止橋,經仰止亭上山,"來尋太子讀書樓",遊太子庵。費先生説:"古人稱從師曰'遊',常説:從某某先生遊;或説:遊於某先生門下。今日我們真的遊了。這從遊實際是生活在一塊,耳濡目染,相濡以沫,受着影響,叫做'親炙'。"我聽了這話,多麼感人心肺啊! 這感情我是能理解的,因爲我小時在邱氏祠堂裏讀書,老師品茗,我不時就茶桶去倒茶的。問衣燠寒,師生關係勝於父子的。

晴山葉地,拾級而上,邊談邊笑,不覺已至庵前。費先生取雪茄菸吸之,佇立凝望。一峰中峙,四圍葱翠,山風拂拂襟袖間,洵可樂也。此情此景,似昨日事。費先生已早獻身於鑼水矣! 偶一回憶,不覺淚涔涔也。

編者説明:本文據手稿録收,原無標題,今題爲編者酌擬。

我的爲學

　　我是江蘇無錫人。幼年在家塾讀書。既長，入中學，習外文及科學知識。抗戰時期，萬里投荒，在貴州遵義國立浙江大學畢業，留校任教。解放後，入浙江師範學院，後改爲杭州大學，現爲杭大古籍所教授。

　　我的爲學，重視理論聯繫實際。從書本到社會，從社會到書本。行萬里路，讀萬卷書。走走看看，通過實踐、目驗，自感性認識提高而爲理性認識。冀欲探索事物之內在與發展之規律。獨立思考，博涉無方。中西交叉，文理滲透。以爲經史子集，乃圖書分類，學者當觀其會通。宏觀以綜其要，橫向以比其類。以爲學術爲天下公器也，明辨是非，吸取衆長，不當存門户之見。數十年從事於古典文學之教學與科研，所授課文，自先秦以逮晚清，大段能夠背誦。於《詩》於《書》，以古釋故，歷史地對待。首當論其史事，置之於一定的歷史背景分析之。言必有據，持之有故，言之成理。於《詩》，分作《詩》、授《詩》、賦《詩》之義，三者時有差異，而又有其會通焉。於《書》，證其史事，識其大義。《詩》爲形象教育，《書》爲歷史教育，古列於樂正四術之中，學科不同，而爲教育則一也。兩者又爲文學作品，識其思想內容，又探其藝術表現也。今人讀書，於《詩》與《書》，或者以今釋古，純從字面推猜，其病爲假、空、大、泛，看似新見紛起，實則多陷於誤解，曲解古籍也。

在爲學上，主張考據、義理、詞章三者兼顧，不可偏廢。考據屬科學性，義理屬思想性，詞章屬藝術性。於明清小説，以爲從茶館起家，從民間口頭創作轉化而爲書面讀物、文學名著。藝人廣泛聯繫群衆，在現實社會生活中，其反映生活往往較文人爲深廣。但亦有其局限，文化素養較淺。整理評話，研究評話，必須出入書場，與藝人交朋友。否則，隔靴搔癢，著述都似是而非也。

興來潑墨，以抒情焉，哀樂之所寄也。

編者説明：本文據尤（尤冰清、劉操南夫人，下同略）抄稿録收，原無標題，今題爲編者酌擬。

我的讀書和思考經歷

　　我讀書不好,因此感覺更需要讀書。早歲,我在家塾讀書,自四書、五經旁及古文、唐詩。那時,祇知道死背硬記,對書中含義,並無體會。進中學後,我對於化學、物理、大代數、解析幾何等書,極感興趣。初知什麼是現象,什麼是定律,什麼是知識,什麼是學問。讀書貴推顯至隱,推隱至顯,實測通幾,歸納演繹,從錯綜複雜的現象中,探索出它的內在的邏輯關係來,發現定律。因此反而閱讀古籍,問題就發生了,感覺讀古籍好像是兩回事,茫茫然沒有下手處,搞來搞去搞不通。想向老師請教,又苦無適當語言來表達。抽象的原則性的問,叫人丈二金剛也摸不着頭顱。

　　這樣倒被悶住了好多年,但我還是在這裏面探索。一日,我讀《九章算術》,看到古人對於開立圓術(球積術)的探索,不禁高興得跳了起來。爲什麼呢?它的內容主要包括兩個方面:一是祖暅之發明了開立圓術,他的方法是:在一個立方體內放一個牟合方蓋——簡稱"合蓋",在合蓋內放一個圓球,求得合蓋與立方體的比例是二與三。祖氏證明這個比例,曾引用"錐體的底和高相等,不論它的形狀怎樣,體積總是相等的"("夫疊棊成立積,緣冪勢既同,則積不容異。")的定律,這一定律的應用,比意大利數學家卡瓦列利要早一千年。這定律是有國際意義的,實可稱"祖

15

暅之定律"。同時,祖氏研究合蓋與立體底高(冪勢)的關係的時候,是把外棊和餘高一片片的切開來,又把外棊和餘高一片片的積起來,次第相互比較,應用了微積分的概念和方法來解決問題,這又是十分了不起的。祖氏推求合蓋與圓球體積關係,是把合蓋圓球橫截開來,使每一截面上——合蓋方面上含着球的圓面,從而求得圓面積和方面積的比例率。祖暅之的開立圓術的方法,比歐幾里德的從計算圓球皮積入手,從而轉求皮積與直徑的關係,是簡便得多的。另一是劉徽批評前輩的科學研究,認爲立體與圓球之比是十六與九,不論用物理方法或數學方法都是粗疏的。但劉氏批評了人家的錯誤,自己並沒有找出正確的解決問題的方法來。他説"欲陋形措意,懼失正理。敢不闕疑,以俟能言者"。這種實是求是的治學態度,也是十分使人敬佩的。這裏所顯示的治學態度、方法及其成就,正是我所嚮往的。使我興奮得不能入寐,心緒久久不能平靜下來。大大增強了我對古籍的愛好,懷着最大的敬意去讀它。這樣,我就開始閱讀《疇人傳》了。

進大學後,我讀的是文科,但對於微積分、物理學、歐洲科學史等,還是有所涉獵的。這樣就不知不覺地形成了我的研究曆算之學的興趣。我逐漸懂得一些古人爲學次第:一是實地考察,一是博覽群書。"或得之於名山壞壁,或取之以舊俗風謠。"研治古籍,需要懂得一些"辨章學術,考鏡源流"。懂得文學,纔可以讀《紅樓夢》《水滸傳》;懂得科學,纔可以讀《天官書》《律曆志》;懂得政治,纔可以讀《日知錄》《貞觀政要》《資治通鑑》,不然就很難看出原書的精神面目來。酈道元寫《水經注》,他的地學成就,主要是從"訪瀆搜渠"和博考文獻二者得來的。酈氏是把東漢、魏晉以來有關地方的志術都爛熟於胸中的,書中注文所引的書籍,就有四百三十七種之多。酈氏爲學嚴肅,因而他的做人也清竣剛毅,不怕豪強,遭人陷害,臨死不屈。可是他的四十卷書,在那社會裏,真懂得他的並不多。在久長的歷史年代中流傳,抄錯了的就不少。經過明清以來學者的不斷校釋,纔得恢復原來的面貌。這些整理工作,自然是有貢獻的,但他們對於酈氏的地理學,有多少理解?是很難説的。王先謙治《水經注》,治了三十年,他説:他的足迹所及,都要把《水經注》帶去,因而他能説出酈書的特點是"因水以證地,即地以存古"。不論王氏的成就如何,這樣讀書,可以説是善讀書的了。

《史記·律書》,談鐘律分寸配合之數,三分損一,三分益一的定律,用來考定古律宫、商、角、徵、羽五音的音階。文字傳抄都誤,其實祇要懂得它的術語,用數學四則,就可把它計算好的。可是歷來學者,"輾轉糾纏,莫適是非"。看到《管子》《吕覽》《淮南》及漢晉以來諸志和這裏所記的都不同,不曉得怎樣來判斷它,心中無數;於是死扣文字,進行校勘,那就自己糊塗,叫人更糊塗了。這裏的問題,就是讀書的人,没有注意到"辨章學術",自然要走入歧途了。

唐王孝通"晝思夜想"寫了一部數學名著——《緝古算經》,《唐書·選舉志》稱:國子學習限三歲,明算科試出《緝古》三條。這説明當時對這門學問是很重視的。但自宋迄清,這門學問就没有被繼承和發展下去,而是中斷了。清初薛鳳祚、王錫闡、梅文鼎、江永,就都没有看到這部書。到了康熙時,毛扆纔得了宋本把它影寫出來。王孝通寫《緝古算經》,没有説明"立辨之原"。嘉、道以後,就有不少學者來解釋它。李鋭用天元如積之術來演段,寫《緝古算經術衍》。張敦仁也用天元術來步算補草,寫出《緝古算經細草》。陳杰神明於算學比例,用幾何方法推算,寫出《緝古算經細草》《緝古算經圖解》《緝古算經音義》。方愷用西人捷術核算,其説見於《代數通藝録》中。梁音龢、潘應祺又從而爲之劄記。這些工作,旁敲側擊,證明《緝古算經》立術精審,都有用處。但四元術是宋元之際纔發明的,幾何學方法及西人捷術是明季以後外來的,這些都是王孝通所不知道的。因而這些補草,考鏡源流,都非王氏本意。這裏祇有鍾祥李潢,他在《九章算術》上下了苦功,著有《九章算術細草圖說》九卷,進一步研究《緝古算經》。他說:《緝古算經》"有原術文而未詳其法,且傳寫脫誤。雖經陽城張氏以天元一術,推演細草……但似非此書本旨。爰本《九章》古義,爲之校正。凡其誤者糾之,闕者補之,著《考注》二卷,以明斜衺、廣狹、割截、附帶、分并、虛實之原,務如其術乃止。"李氏從古算的發展源流,蛛絲馬迹,分合演繹,來推求王氏立術之意,這樣就解決問題了。因此李潢所寫的《緝古算經考注》就能洞然有見於王氏立術的初意了。戴東原的句股割圜之學,是從他的老師江永那裏學來的。江永的數學又稱《翼梅》,他是私淑梅文鼎的。梅文鼎的三角學是西洋演算法,是明季耶穌會傳入的。源流是十分清楚的。戴東原却把它的數學,杜撰古算術語,恐人不懂,又假托友人作注,用《考工記》筆法寫成《句股割圜記》三篇,用辭艱澀,古意盎然,僞飾說這學推衍於古算,轉以詆晉西洋演算法。他的弟子段玉裁不察,在《年譜》中對老師還瞎捧一番。所以讀書而不"考鏡源流",那是會看錯的。繼而我知道,有的學者是真才實學,有的是虛辭浮名。學問之道,是不能用耳朵來代替眼睛的。

這樣,我就想把各史的《曆志》都好好地讀一下,考查一番,其立法之原及其因循改革的由來。看到郭守敬造的《授時曆》,是在舊有曆算學的基礎上,發揮極大的創造性的。他對於"圭表測望""歲差歲餘""太陽平立定三差""弧矢割圜"等方面,都是有貢獻的。他在儀器的改革上,嫌古表短,影虛而淡,就創設四十尺的銅表,於表端又設橫梁及景符,讓從橫梁竅中日光反映入於石圭之面,使日影得辨析毫釐。在天象上,知道"歲餘消長",地球繞日公轉，黃道面受其他行星攝動而有了改變，交點退行，黃赤大距漸小，歲實也隨着細微減小，短年不覺，積久漸著。這種現象，很容易和歲差相混，實際是不一樣的。郭守敬已覺察到了。黃宗羲在《〈授時曆〉故》上説道："太陽之歲行不等，久而積差，數千百年以上，始有定法。""上考者每百年周天消一秒，歲實長一分；下驗者每百年周天長一秒，歲實消一分。"並且從歷史統計，得出數字來説明。太陽在黃道上運動，每天行度是不相等的。這現象，中國很早也就已覺察到。北齊張子信就説日躔月離是不平行的。趙道嚴根據晷影長短，就用它來定日影的進退。隋劉焯更用數字來推究日行的遲疾的躔差。後漢劉洪已知月行遲疾。《大衍曆》並推求到日行九道逶迤曲折之數。《麟德曆》始用定創定氣造曆。嗣後曆書中都言遲疾盈縮。《授時曆》應用四丈銅表、橫梁和景符等測影儀器和垛積招差等數學方法來推算，所得的"時差"——平太陽與視太陽相距的時角，和現在測算的就差不了多少，這是十分驚人的。天是球體，黃赤道、距度、內外度、白道交周，都是在球面上的，要測算它的積度，都是需用球面三角學的。這在中國是用會圓術的方法來解決這問題的。郭守敬發展了沈括的會圓術，成爲弧矢割圓術。自然，從弧矢割圓術所求得的結果，祇是近似值而已。而且應用相似三角形原理，反復推算，手續是頗爲麻煩的。但從中國科學史的角度來看，這是中國唯一的弧三角學，是十分難能可貴的。

在中國曆學史上，制曆七十餘家，創作十三家，最有名者三家：《太初》《大衍》《授時》。《太初曆》解釋朔實用八十一分法的由來，説了許多毫不相關的鐘律；《大衍》也附會了許多大衍之數的易象，都是故作玄奇，誇大宣傳，褊心覷見，深怕人家看懂了它的底藴。祇有《授時曆》完全從實測通幾入手，深入淺出，曲入顯出，詳入簡出，説出來了，科學性非常強。這種實事求是的治學精神，在封建社會裏是少見的。這種學問，當時及其後尸位素餐的"臺官"，祇知因循成法，是不懂得《授時曆》的意義的。明清纂修元明的曆志，《授時曆》和《大統曆》就沒有把這"曆理"寫進去，就可看出他們是不重視曆學的原理的。

明清之際，曆學空疏，耶穌會士到中國，帶來了西洋曆法。那時哥白尼早已發明了地動說——行星環繞太陽運走的學說，伽利略從望遠鏡中發現了金星的相位，從而證實他的學說。但羅馬教會却把伽利略套上宣傳一個叫做"伊伯尼哥"的荒謬學說，列入無神論化隊伍裏去治罪，被罰充軍。耶穌會士初時介紹來的，祇是希臘多禄某的學說。法人杜德美來華，把割圓弦矢捷法介紹過來，但祇傳其術，未言其立法之理。這樣使清代學者，多走了許多彎路。項名達梅侶以弧分不通切割爲憾；戴煦鄂士深思累年，始悟以連比率求弦矢諸術變通之，寫出《外切密率》、《假數測圓》之作。這些實可看出很多人所稱道的所謂耶穌會士的"西學"，局限性是非常大的。一般祇看到其貢獻，却不曉得其落後頑固一面的。

因此，我以爲可以進而探討一下關於中西學術的一些異同，感覺這裏是有些問題的。久而久之，似乎也有些體會，譬如日躔月離的盈縮遲疾這一問題：太陽在黄道上運動，每天的行度是不相等的。這一現象，中國學者從觀察太陽影子在一年四季中的長短差距中已發覺了。覺察了這一現象，就用數字來加以計算，轉而來推求定朔定氣，使曆法逐步精密，符合天行。定朔定氣的計算，更促進了數學上堆垛招差的發展，這種科學上的創造發明，在中國學術史中，是十分突出的。

但是"日躔盈縮""月行遲疾"的現象究竟是怎樣形成的？原因何在？是需要學者來探索其原理的。我國古代學者，却從來沒有作這樣的嘗試，這又是爲什麼呢？這一現象，在歐洲學者的看法就不同了。這一問題的探索,在歐洲是源遠流長的。"日躔盈縮"的形成主要是有兩個原因:一是地球在軌迹內的角距運動是並不一律的;一是真太陽在黃道內運動,平太陽在赤道面內運動,黃道上的弧度與赤道上的弧度是並不相當的。盈縮的現象,在歐洲,希臘人已經知道了,他們初時是用大輪小輪來解釋的。到了哥白尼發明了行星繞日運行説後,這種解釋就不能令人滿意了。刻白爾苦思冥索,悟到運用希臘人所創設的圓錐曲綫的許多道理,認爲地球運行的軌道不是正圓而是橢圓形的,太陽是這橢圓形中的一個焦點。地球在黃道上運動,離太陽是有時近有時遠的。根據哥白尼"相等的時間內向所掃過的面積相等"的定律解釋,地球運行近太陽時走得就快了,遠太陽時走得就慢了。冬至前後,地球是最近太陽的。角距運動率大,太陽每天西行的速率自然也大。同理,夏至前後,就相反了。這種學説,又被牛頓所繼承和發展,這樣就創造了運動三律。從而促進了物理學、天文學的發展。這可看出歐洲是很重視這一原理的探索的。

　　同樣這一問題,中西學者治學的方法和途徑是不同的。中國學者偏重實用,忽略理論的探索;西洋曆法不及中國的細密,但理論研究却比中國精邃,反過來用來修訂曆法,比中國又進步了。這點差異,在中西學術初期交流的時候,有識見的人已覺察到了。梅文鼎在《曆學疑問》中論中西二法時説:"中法言盈縮遲疾,而西説以最高最卑明其故(按此爲多禄某之舊論,梅氏受利氏之愚,所知者如此);中法言段目,而西説以歲輪明其故(也是多禄某説);中法言歲差,而西説以恒星東行明其故,是則中曆所著,當然之運;而西曆所推者,其所以然之源,此其可取者也。"一是袛見"當然之運";一是推"所以然之源",梅氏這段議論是十分敏鋭而深刻的,是可以作爲研究古籍的人借鑒的。

那時我是循着這樣的路徑來讀書考史的。今天看來，有它對的地方，也有它的局限性，是應當批判地接受的。

編者説明：本文據尤抄稿録編，約寫於"文革"期間，原題《略談我的讀書經歷和科研打算》，今題爲編者酌擬。

任職自述

一、擔任現職工作期間思想政治表現

我從舊社會來。解放後,特別是參加思想改造運動以後,我願意聽黨的話,跟着黨走,遵從黨的需要,服從組織分配,兢兢業業,在教學崗位上想多做些事,希望能夠做得好些。"文革"時感到似有一技之長,却無用武之地,有些納悶。黨的十一屆三中全會以後,知識分子政策和統戰政策逐步貫徹落實,使我心情舒暢,工作上積極性得到較好的發揮。1978 年被提升爲副教授,我的心情萬分激動,決心以此作爲新的起點,爲黨的教育事業作出貢獻。1980 年 3 月,民盟杭大支部恢復組織活動,我受黨的教育和盟的教育,使我通過工作實踐,認識不斷有所提高,開拓眼界,我逐漸從個人的小書齋走出來。黨的"十二大"的勝利召開與閉幕,把教育和科學作爲戰略重點之一,通過文件學習,給我以更大的鼓舞,我更熱愛工作,對於工作,我是充滿着信心與樂觀的。

我不時想到:精力較爲充沛的中年時期在十年動亂中失去了,現在年逾花甲,學習和工作效率將不如前,怎麼辦呢? 祇有聚精會神、分秒必爭地趕。我讀過魯迅日記,也讀過老師竺可楨校長的日記,他們在逝世前的一二日,還是爲着革命,爲着國家前程考慮,鞠躬盡瘁,使我深深感動,受到教育。我深自愧慚,祇有緊緊地抓住"擠"和"幹"兩字勉勵自己認真地做。"擠"是擠出時間,"幹"是緊抓工作。

教育是我的本職工作,這數年來,我想要從量和質的方面多下一些功夫。每一堂課應該力求多給同學一些東西。我是教古典文學的,我想把《詩經》《楚辭》等等教成文學課,改變過去偏重考證的方法,注意深入作品,深入人物性格,邊教邊學,挖掘其思想內容和藝術表現,提高同學的閱讀能力、欣賞能力和寫作能力;愛恨分明,以情動人,進而對同學進行愛國主義和道德品質教育,潛移默化,蔚然成風。

我國是一個有五千年文明的國家,我對祖國的文學遺產,有所接觸,有着愛好,我願繼續鑽研。有時,我有一些狂妄,我似乎感覺有着責任,承前啓後,我應該把我的一得之愚,傳給下一代,熱忱地幫助他們。現在國家的工作重點已經轉移到四個現代化上來,科學研究是國家早日實現四化的一個重要環節。這個重任就落在我們這一時代的人身上。我也意識到科研不完全是哪一個人的成就,而是把它看作社會主義物質文明和精神文明建設的一個重要組成部分。這就給我以一種動力,我常想着:倘能組成一個老中青親密無間的教學與科研的梯隊,那是多麽美妙啊!我常想着:民主黨派(民盟)正是協助黨做好這一工作的時候到了。

近幾年來,我擔任了一些社會工作,這給我一個很好的學習與鍛煉的機會。在工作實踐中,使我對於黨的統一戰綫和民盟的性質、任務有較爲清楚的認識,使我充滿熱情,投身到這工作中去。前些時期,我在民盟杭大支部中協助黨做了些落實知識分子政策的工作,通過調查研究,向統戰部和盟上級彙報,奔走聯繫,起了一些媒介作用。我曾通過參觀訪問,針對祖國山河日新,各項建設蒸蒸日上,賦詩言志,抒發深情,激勵臺胞、外僑友人,緬懷祖國,重新携手,爲共同完成祖國統一大業而盡力。我和旅美、華僑的接待、往來是較爲頻繁的。自覺力量微薄,但我認爲這是報國之秋,我當有一分熱,發一分光。在"文革"時,我家受到衝擊,黨的十一屆三中全會以後,不久落實政策。春風化雨,我深深地感到黨的恩情,衷心萬分感激,我也能正確對待,對地方上貢獻了一些微薄的心意。我在工作中有急燥情緒,看問題時有片面主觀,分析能力差,認識水平低,這是需要努力克服、改正和提高的。

二、擔任現職工作期間的教學、科研能力及工作成就

這數年來,我在中文系合開過先秦文學、漢魏六朝文學及元明清文學,單獨開過楚辭研究和爲研究生開的《水滸》《紅樓》、評話、章回小説等。在教學方法上,注意引導、啓發、形象性、系統性和生動性,使同學逐漸懂得怎樣深入作品,深入人物角色,通過形象思維,從感性認識,提高到理性認識,發掘作品的思想性與藝術性。每次授課基本上寫好講稿,重講授這門課時,不斷修改補充。楚辭講稿,題名《楚辭賞析》,行將定稿待刊。對研究生及同學,願以"品、學、才、識"相勉,相見以誠。科研成果及出版論文與著作,另見附件《論著目録》。

於本職工作外,兼任民盟浙江省委員會委員、宣傳部副部長、民盟杭大支部副主任,被評爲1982年盟務工作積極分子。評語爲:"該同志能堅持四項基本原則,除開努力做好本職工作、積極提高業務之外,十分重視社會工作,如擔任西湖詩社副社長、市人民代表、民盟省委委員、杭大盟支部副主任,而且都是認真去做。他經常針對祖國山河日新,各項建設蒸蒸日上,賦詩言志,抒發深情,激勵海外僑胞、友人,緬懷先賢,重新携手爲共同

完成祖國統一大業而盡力。他在盟内，能交流思想，共同提高，能多方聯繫同志，任勞任怨，搞好工作。他常苦口婆心，多方呼籲，關心中青年的成長，對所從事專業的發展，有强烈的責任感。經支部研究同意推薦他爲盟務工作的積極分子。"

附：1978 年後發表的論文及著作目録：有論文 35 篇，著述 3 部。

編者説明：本文原係 1982 年申報教授職稱（填表）時的"自我總結"，據尤抄稿録編，今題爲編者酌擬。

科研自述

讀書爲學注意中西交叉,文理滲透。從書本到社會,從社會到書本。研究古籍,重視以名物通訓詁,以古釋故,歷史地對待。通過實踐、目驗,實事求是,求其本義。對於自然現象、社會現象,冀欲探索其內在規律,邏輯關係。開物成務,冀欲有用於世。對於先賢文獻、前言往行,認爲不能割斷歷史,不能視爲博物館中的陳列品,而是有其歷史上的進步意義和社會上的現實意義,不能一概否定,必須吸收其民主性的精華,發揚其優良傳統,使爲樹立具有中國民族特色的社會主義新文化服務。

(中略——編者)

如說"治學成果",實是微不足道的。關於俗文學的再創作,我曾和民間評話藝人結合,整理了《武松演義》《諸葛亮出山》和《青面獸楊志》;搜輯彈詞開篇,輯成《〈紅樓夢〉彈詞開篇集》;輯録清陳其泰的《紅樓夢》評,成《桐花鳳閣評〈紅樓夢〉輯録》;用章回小說體,創作《鋼鐵英雄救爐記》;分析和考訂有關評論和章回小說的理論與史事,寫了一些論文,如《論武十回》《試論〈水滸傳〉的成書及其簡、繁兩種版本系統的關係》《略談"關雲長千里走單騎"中的周倉出場》《梁山調查記》《興化施彥端非錢塘施耐庵辨》《秘抄白蛇奇傳題記》及《妙玉身世試析》《秦可卿之死新論》等五十餘篇。

　　《武松演義》一書受到廣大讀者的好評，有的譽爲"不同凡響的章回小說"，開當代作家與藝人合作寫書的先例，認爲是整理評話向章回小說靠攏的代表作。此書"虎起龍落"描寫武松從景陽岡打虎到二龍山落草經過，成功地塑造武松這位反抗者的英雄形象。書中安排了一連串引人入勝的矛盾衝突。故事情節，時起時伏，騰挪跌宕，變化多端。其中以"景陽岡打虎""大鬧快活林"和"血濺鴛鴦樓"最爲突出。語言保持民間口頭文學優點。通俗、生動、細膩、傳神。此書自初印、增訂，多次借版、重版，印額在百萬册以上。

　　《興化施彥端非錢塘施耐庵辨》，從《施氏家簿譜》中先祖題名與稱字條例考辨，提出内證說明施彥端旁所書"字耐庵"三字，係爲乾隆傳抄本在自咸豐起後人竄入，澄清是非，不爲浮說所惑。此文輯入《水滸爭鳴》第五輯，1987 年 8 月武漢大學出版社出版。經專家組評議，《水滸爭鳴》編委會，湖北省《水滸》研究會授予優秀論文獎，並在第四屆全國《水滸》學術討論會暨中國《水滸》學會成立大會上公布。

　　《桐花鳳閣評〈紅樓夢〉輯錄》，1981 年 10 月，天津人民出版社出版。從李、藍批判胡適、俞平伯新紅學以來，國内將舊紅學分爲"淫書"說、"性理"說和"索隱"派三派，采取譏笑、漫罵和否定的態度。此書提出新的材料與論證，爲舊紅學恢復名譽與地位。此書對於《紅樓夢》的藝術構思、人物塑造、矛盾衝突和思想傾向有精闢獨到的見解，爲重評舊紅學辟一蹊徑。這些新論點和資料，今人評價和研究紅學史的，如韓進廉《紅學史稿》、郭豫適《紅樓研究小史稿》《紅樓夢研究小史續稿》，以及其他論文，都還沒有涉及。

　　學術專著，如《〈史記〉春秋十二諸侯史事輯證》和《古籍與科學》兩書，前者取《史記》本紀、世家中春秋十二諸侯之事，與《春秋左氏傳》對照，益以先秦諸子百家之言，而爲事輯，予以考訂。其間溝通《左氏》與《史記》之處，多有《集解》之所未解，《正義》之所未正，《索隱》之所未索者；後者集結研治中國古籍中有關天文曆法著述論文二十餘篇，如《二十八宿釋名》《〈史記·天官書〉恒星圖説》《〈周髀算經〉讀記》等。還主編《天涯赤子情——港臺及海外學人憶浙大》《一代宗師竺可楨》，問世后，於海内外有一定影響。

　　編者説明：本文據尤抄稿録編，無題，未署年月。疑亦申報填表自我介紹之類。今題爲編者酌擬，略去與前文重部分。

1986 年寫作計劃

一、《海外人士憶浙大》

這書反映了浙大創建的歷史,特別是竺可楨校長,提出"求是"爲校訓,倡導實事求是精神和嚴謹踏實的學風;記述了抗日戰爭時期浙大西遷至貴州遵義、湄潭建校的史實。來稿人士都是當年浙大的老師和同學,風雨一堂,切磋琢磨。現在僑居海外,高樓望雲,去國懷鄉,追思往昔,撰寫回憶文章。情動辭發,文質彬彬。這是浙江省文史工作的一項開拓性事業。(本書由劉操南主編,以《天涯赤子情——港臺和海外學人憶浙大》爲題,由浙江人民出版社於 1987 年 4 月出版——編者)

二、《"竺學"蠡測》

這書全稱:《發揚"求是"精神,開拓研究中國古籍的領域,促使建立衆多的具有中國特色的社會主義的新學科》,分上、下兩篇,上篇概述,下篇分論。盧嘉錫博士稱:竺可楨"是我國近代科學家、教育家的一面旗幟,氣象學界、地理學界的一代宗師,獻身共產主義事業的一名忠誠戰士"。這三個"一"字,已爲當代學者所公認與敬仰。竺師論學爲人,格物致知,觀測實驗,博覽群書,慎思明辨,中西交叉,文理滲透。不篤舊以自封,不鶩新而忘本。

平理若衡,照物如鏡。實事求是,追求真理。繼承革新,樹立典範。淺學無由窺其學堂奧,乃自其視中國古籍爲寶貴的科學資料,爲"無比利器","極爲豐富,爲世界任何國家所不能企及","正待我們去發掘",運用近代科學知識、科學方法,多學科、多角度、多層次地予以研究與整理。從而闡發古賢之先進學術思想與學術成就,納之於建立具有中國特色的社會主義的新學科之中視之。從這意義看,竺師的研究與整理古籍的方向,也是一面旗幟,給後學以新的啓示,並爲"竺學"開無窮法門。(本文收入《古籍與科學》——編者)

三、《詩教探源》

今人之研治《詩經》者,自文學角度視爲"中國最早的詩歌總集",此説是矣,然未能盡其所覆。當從多學科、多角度、多層次綜合治之。古人之所重教,自政治、風化、教育角度視之,尊爲先王之澤,王官之學,以爲立國之本,列之於學校、庠序教育課本之中,培養其政治接班人。樂正崇四術:《詩》、《書》、禮、樂,相互配合。四術之首,爲詩教也。孔子曰:"詩可以興,可以觀,可以群,可以怨。邇之事父,遠之事君,多識於鳥獸草木之名。""興"繫國家興亡,"觀"察風俗盛衰,"群"喻敬業樂群,"怨"指刺上政。"事父""事君",皆自政治角度着眼。"多識"則兼及文化知識。讀《詩》爲政,亦所以修身,實有中國優良傳統存焉,今日猶有其借鑒意義也,得全盤否定乎?歷史地對待《詩經》,蓋亦讀詩者之所當知,而不可忽也。(出版時改爲《〈詩經〉探索》,浙江大學出版社 2003 年——編者)

四、"三把火":《火燒新野》《火燒博望》《火燒赤壁》

"三國"領袖都尊重知識,尊重人才。曹操雄才大略,獨攬大權,挾天子以令諸侯。平袁紹、袁術,統一黃河流域,得力於有一智囊團,以爲知識外援,不予之權,却能予之議。孫權仗父兄緒業,三權分列。内史張昭,都督周瑜,外交魯肅,認識有不統一時,延客卿以瞻其議,多次設"群英會"開帳議事,各抒所見,然後勠力同心,果斷決策。劉備任諸葛亮爲經理,自己退居二綫,實爲二綫領導。三顧茅廬,隆中一對,三分大業,若視諸掌,劉備欣然領悟,如魚得水。千古領導與被領導,際遇難會於此。此三顧也,非諸葛亮高自位首,不僅見劉備之禮賢下士,實乃表其決心,發現諸葛亮之才之識。有此發現,有此決心,而後能創造條件,諸葛亮得逞其才。訪賢豈細節哉!諸葛亮受命於危難之中,兵不滿千,將不滿十,然而指揮若定,與曹操、周瑜周旋,西取巴蜀,而後立國。劉備高瞻遠矚,能識人才,真非常人也。此"三把火",出山便建奇勳。寫諸葛亮,亦寫劉玄德也。明乎此,知整理之爲再創作,亦古爲今用也。(出版時爲《諸葛亮出山》,浙江文藝出版社 1989 年——編者)

編者説明:本文據手稿録編,約寫於 1986 年初,原題《1986年計劃》,今題爲編者酌擬。

1987 年科研打算

一、《西周初期的"統戰"工作》

統戰工作,古無其名,而有其實。此文意欲論述武王、周旦在翦商以後,建立中國第三個奴隸制國家,在分封制中所顯示的統戰策略。

二、《論〈詩三百〉的纂輯成書》

《詩》篇創作,先後垂五百年。西周初期,周公姬旦攝政,輔成王,致太平,制禮作樂,提出"敬天""保民""明德"的政治思想。《詩》是用以配合禮樂的。周公、召公始作詩篇,嗣後諸侯、卿大夫獻詩,遒人采詩,比音入樂,掌於太師。太師編詩,王官授詩,瞍賦矇誦,配合禮樂,都是環繞着這一政治思想進行工作的。《周頌·清廟》:"祀文王也。"《維天之命》:"太平告文王也。"兩篇俱爲祭告文王的樂歌,又爲周公制禮作樂時的樂歌詩章。這時不一定已成專著式的詩編,但有這類詩的積聚,爲《詩三百》早期的詩。初是周公、召公等製作,宣揚周民族自后稷以來至於文王、武王立國創業的艱辛,歌頌先王,教育成王,以及後王。配合舞曲,用於祭祀或其他重大典禮,"以其成功,告於神明"。繼是,列國、諸侯、卿大夫獻詩。誦《詩》者首重《頌》、《雅》,與《詩》、禮、樂及舞配合。其中史詩，歌頌周之祖先，反映着周民族的發展，人民的意志。禮以定位，樂以陶情，而詩以言志。有其治國平天下的政治目的。孔子所謂"興於詩，立於禮，成於樂"。又由於"觀風俗，知得失""上以風化下，下以風刺上""主文而譎諫"的需要，設采詩之官，搜集，於是列國、諸侯地域的民歌民謠，不斷采入，"比音入樂"，掌於太師。詩在西周初年，初爲頌歌、美詩；降至幽王、厲王，變風、變雅的刺詩興起。詩篇增多，而詩體亦繁。官守所藏，漸成《風》《雅》《頌》的雛型，掌於周的太師，以及諸侯、列國的太師。朝聘會盟之時，演樂賦詩，爲典禮之詩。《詩》與《書》、《禮》、《樂》配合，教育貴族子弟，培養其爲政治上的接班人。《禮記·王制》所謂："樂正崇四術，立四教。""大樂正論造士之秀者，以告於王，而升諸司馬，曰進士"，"王親視學"，很差的，淘汰了，"終身不齒"。孔子所謂"學而優則仕"。這種教育制度稱爲"先王之教，王官之學"。春秋之時，禮壞樂崩詩亡，王官之學廢，而私家之説興。孔子以之教育士，列國大夫政治、軍事場合，嫺於《詩》《書》，經常賦詩見志，詩又成爲專對之詩。季札觀樂，樂《詩》配合，所演周樂，與今傳本《詩》次，基本符合。其時《詩》三百篇已定型。孔子以《詩》《書》《禮》《樂》授弟子，正《樂》訂《詩》，於《書》《禮》又整理之。此文於《詩三百》的纂輯成書，於其源流，冀詳考之。

三、《論〈周頌〉〈大雅〉〈小雅〉》

解放以還，論《詩》之《雅》《頌》者，或者受"左"的思潮影響，從統治階級與被統治階級劃綫，而未能結合歷史社會發展，作具體分析。周民族自后稷封邰，提倡農業，至武王滅商，建立統一的奴隸制國家，使經濟發展，從遊牧民族"竄於戎狄之間"到農業社會；從原始公社，母系—父系氏族社會，發展爲分封制、宗法制政治機構的國家;不斷抵禦外患,獫狁入侵;從地方百里的西伯,聯合少數民族,驅除商紂暴君,統一黃河流域,教化及於南國江淮之間,政治清明。詩中有其反映。"以其成功,告於神明。"《頌》《雅》詩篇,應作具體分析,有些可以予以肯定。

四、《詩教源流初探》

1.《詩經》釋名;

2.樂正崇四術與《詩》《書》《禮》《樂》的一體;

3.陳詩、獻詩與采詩;

4.孔子刪《詩》、序《書》、正《樂》、復修《禮》與修《春秋》;

5.《詩》分典禮之詩、專對之詩與援引之詩;

6.作詩之義、編詩之義與授詩之義;

7.《詩》的美刺、譎諫與秦的焚《詩》;

8.《毛詩》大義及其思想體系。

五、《〈詩〉地理圖》

1.周民族的遷徙、建都路綫圖;

2.周武王伐紂滅商路綫圖;

3.《周南》《召南》詩域圖;

4.西周分封諸侯地理圖;

5.《詩》之《王風》圖;

6.《詩》之《魏風》《唐風》圖;

7.《詩》之《邶》《鄘》《衛》圖;

8.《詩》之"十五國風"圖。

(附考說)

六、《西周奴隸制國家政治組織機構表》

建國	大宗	天子		天命
立家	小宗	諸侯		屏藩
	血緣	諸侯（甥舅、異姓功臣）		統戰
	賞賜	諸侯（堯舜夏商之後）		

大宗嫡長子				
	天子	天子	天子	普天之下莫非王土；率土之濱，莫非王臣。
小宗（餘子）	諸侯	諸侯	諸侯	封國
小宗	大夫	大夫	大夫	采邑
小宗	士	士	士	禄田

七、《六曆筆記》等

1.《六曆》筆記；

2.《"顓頊曆"辨正》讀記；

3.《大衍》求一術；

4. 太初改曆；

5.《三統曆》；

6. 天文史中的數學問題；

7. 中西曆術比較。

編者説明：本文據手稿録編，表格係編者另製。

老蠶絲語

我虛度已七十九歲。

"老冉冉兮將至",有緊逼感。好像蠶已老了,有許多絲要吐出來;又像麥子成熟了,要割。不吐不割,爛了是很可惜的。

我六歲入塾,六年寒窗。讀了些書,背了些書。有些記憶積累,當時不少是死記硬背,有些也有領悟的,到現在,消化得就多了,立身、行事、作文,都有好處,有的感到是終身受用。我說:這種教育也有長處。今日好像是行不通了,可是在中國却已行了幾千年,還有些可取之處吧。我尚以爲還要繼承一些下來。

小時讀書,一上來讀的就是經書、名作。有些是歷史上的正反經驗教訓,有些是經過歷史篩選,經得起考驗的過硬的東西。取法乎上,僅得乎中。早歲就把這些東西裝進腦子裏,給大腦裝進許多好的訊息。這是最簡便的方法,通過朗讀把訊息編成程式,輸進大腦;再通過理解、消化、寫作、辦事的訓練,把它輸出來。這個方法古人已得到了它的效益,這個道理好像說不清楚,其實,從效益看,這個道理不說已很明白了。就寫作說:古人說"熟讀唐詩三百首,不會吟詩也會吟",這不是熟讀唐詩者心得之言嗎?能說沒有一點道理嗎?所以"讀書"比"看書"好。今日有許多人祇是看書,不知讀書。我看總是有些欠缺吧。多讀多看,多看還要加上多讀呢。讀看以後,還加多思多寫,所謂口到眼到心到筆到，結合起來，作用就更大了。大腦細胞有管音的，有管形的，有管記的，有管思的，都要開發，自然就能各盡其用了，可以發揮多種功能的作用。爲什麼今日對於朗讀背書一道，就深惡痛絕呢？就棄之如敝屣呢？有的人就用死記硬背一詞概括地把它否定了，我看是這是缺乏分析頭腦的，是不科學的。

搞解剖的人對我説：人的骨頭多少，它的名稱、部位、大小等都要記得清清楚楚，不是看過知道就算了。記得清清楚楚，通過實踐鞏固下來，這樣解剖纔能得心應手。否則，到解剖時還去看書、對書，心中没個譜，是筆糊塗賬，那就没有不誤事的，没有不出差錯的。

朗誦還和人的感情融化在一起的，讀書有抑揚頓挫，喜怒哀樂進入角色。這樣不僅讀書增加人的知識、記憶，還訓練人的情操、感情啊。大腦的結構和功能是十分複雜的。整個大腦是由150多億的神經細胞構成的。幼年時，人的大腦細胞正在成長，讀書是人向大腦輸入知識、感情、記憶，訓練人的思維活動最有效的一法。所以，我説：讀書背書對於訓練大腦、開發大腦功能，是很有效的，需要重視，需要研究，輕率否定、諷笑，這種態度我是不以爲然的。

（中略）

説來慚愧，我是有志想搞一些東西的。工作以後，不少時間泡在教育之中，自己懶惰，很少把所想的寫了下來。退休以後，有些時間被社會活動抓去了。晚上有時寫下一些，粗糙得很，經不起推敲，尚須整理。現在想寫，可是手腳慢了，記憶力差了，總覺時間不夠，心裏有些着急起來。條件都不能説好：家人總是勸我少寫，讓我多坐坐，感到更難了。我無大病却有小病。譬如痔瘡，大便一次總要坐多次，但要決心去治，愛惜時間，好挨就挨過去了。

　　現在我想做幾件事，這幾件事在我看來是有其意義的，但要真的做成，工作量是很大的，人家也不支持我，恐怕是難完成的。天從人願，這個"天"，我祇有搔首問天了。至於出版，那是談何容易啊！出版社不能吃虧，我再節約，說苦叫窮，想積些錢，是辦不到的啊！没辦法，祇好清夜捫心，暗自流淚了。

　　一是：我對天文曆算已寫了一些初稿。這些稿子是：

　　1.《〈史記·曆書〉算釋疏證》；

　　2.《〈漢書·律曆志〉算釋疏證》；

　　3.《魏楊偉〈景初曆〉算釋疏證》；

　　4.《宋何承天〈元嘉曆〉算釋疏證》；

　　5.《唐李淳風〈麟德曆〉算釋疏證》；

　　6.《唐一行〈大衍曆〉算釋疏證》；

　　7.《郭守敬〈授時曆〉算釋疏證》。

　　還有若干題目，這裏就暫時不寫了。

　　關於這方面的撰述，我已發表了些，祇是一小部分。我想：這些東西我有些粗淺知識，是人家未必能替代的，就像我不能替代人家一樣。不寫下來，不整理出來，有些可惜吧！但真的整理出來，有什麼人會理睬呢？曹雪芹寫《紅樓夢》，人家忙得很，祇把他看作"滿紙荒唐言"而已，谁解作者"癡"啊！我的心情也是這樣啊！這個社會就是這樣啊！真會看重真才實學的，怕不多吧！我是黯然神傷了。

　　二是：我還有些再創作的才能。我的稿子《水滸新傳》已寫了九十回書，九十餘萬字。還有五十回書未寫。不寫，書不完工；要寫，寫一回書，三改纔能定稿，實際是寫百五十萬字。工作量也大，要很多時間精力。白天時間，常被人抓去。許多人耗損我,要我這樣那樣,我沒辦法婉辭,如何是好?有些不僅費了我的時間,還消耗我一些經濟。他們是不知道的,我也不便說的,說也無用。這也是今日一些克己奉公的人無形的負擔吧。這種消耗,雖是偶有稿費收入,太可憐了,算得了什麼呢?還從微薄的工資中節省,這樣就一月半月的工資就是消耗去了。當然,也有好心人幫助我的,這是使我沒齒難忘、終生感謝的。我想借他們的力,聚合二十個人,補償給出版社出一本書,可是在頭腦裏轉了幾年,衹得數人,還是沒有成功。

說到這裏,我還有一事,感到十分難過的。費了多少年心力,收集和再創作《紅樓夢》的彈詞開篇二百四十餘篇,紙型打好,出版社準備出版。可是徵訂兩次,訂額不足。出版社要我設法承包。我轉了多少念頭,夜夜想着。名家專家爲書題詞題詩,我的《自序》已在《紅樓夢學刊》上發表。日本波多野太朗教授譽爲"江南水磨調",惋惜此書不見天日。可是有什麼辦法呢?有個很相知的老同學想請她幫個忙,買幾本,她回我信說:"書架上書已放滿了,我還沒法清理呢?"我讀了信,悵然有失,原來人情就是這樣啊。此稿約十二萬字,因爲已經付排,底稿在出版社,家中的零稿就處理了。不料,我托一位離休的年齡比我小一些的老同學去聯繫,他是在這家出版社離休的,是個領導。他說:"是否可以把它印出來?否則,把紙型、底稿還你,由你自己處理。"我說:"那太感激了。"却不知等待了好多個月,未得玉音。有次,路上遇見,我先詢問,他說:"已和領導接洽,倉庫去找,時間久了,找不到了,怕已處理掉了,沒法復你啊!"我聽後,無辭以答,竟然凄然淚下了。我不敢說人家鼓勵我的話:"(《紅樓夢》)北有'子弟書',南有'彈詞開篇'",可總是一個東西吧!我還想續編《白蛇傳》《水滸傳》《三國演義》等,這樣竟然使人難以爲懷了。

若干年來,社會上有些會邀我,上下午都參加,回家來不及,也累；祇是買最便宜的"沃面"充饑，即使買沃面也是極偶然的，一般是買塊餅而已。從來在外，未吃過零食，可算是束緊褲帶了。然而捉襟見肘，還是没法應付啊。"不信儒冠已誤身"，究竟是怎樣的一個問題啊！

三是還有些論文要寫。《〈詩經〉探索》已寫了廿多篇。有的人説：是有品質的。可是在某出版社還未成立，到成立已經提出來了，稿子放了許多時間，終未提到日程上來。倒是有句老實話告訴我："品質是没有問題的，錢從哪裏出？"我聽了，心中有數，自是感激，但有什麽話可説呢？

我還自以爲尚有"憂國憂民之懷，弘道濟世之心"！所以有許多話要説、文要寫。寫也難以發表，祇能儲之橱中，這樣就很難起作用啊！也是有些憂愁幽思的。有時吟詩，是有感而發的。"待焚稿"人家是不願發的，發的園地也是少的。説門面話，説漂亮話，説的一套，做的一套，我是決不肯的，鄙棄的。以此，人家看我消極，我實是剛强的。

編者説明：本文據手稿録編，原無標題，今題爲編者酌擬，並略去其中與前文重者。劉録稿附記云："估計是 1995 年生病前寫的，文中提到患痔瘡情况，實際是病魔（直腸癌）前兆。"

故鄉賦

　　回首鄉山，煙雲縹緲。鐘鳴古剎，時增客子之愁；月射寒村，每覺離人之苦。蓋自江南失陷，淪落風塵。詩悲玄鶴，淚滴銅駝。江山依舊，人物全非。抑鬱此懷，其楮墨所能宣哉？嗟夫！關河修阻，魂夢難飛。倩彼春鴻，藉慰高堂之望；感他朝露，難申季子之懷。欲訴閑愁，蒼波無語；寥寥短章，且寄鄉思，因作《故鄉賦》曰：

　　太湖之濱，龍山之側，余之故鄉在焉。籍屬江蘇，治曰無錫。泰伯肇其源，梁鴻丕其績。秦蕙田精於“五禮”，顧棟高明乎《春秋》。輔翼聖道，闡微揚幽。東林爭節於義理，西社馳聲於詞歌。唐宋以降，學士文人蔚矣。

　　若夫南抱太湖，北限運河。漕曳豫燕，綢銷意羅。機聲晚出，氣笛晨催。玉軸相銜，金粟成堆。觀歐美之交贊，亦可為神州生色矣。

　　至於黿渚尋梅，蓉湖玩月。輕搖范蠡之舟，漫弄馬融之笛。嗟呼！近沙鷗而不起，望穿蒼兮無極。無限管弦，頓成陳迹。

　　若乃登龍山，廣青睞。望五湖之渺茫，覽群山之蒼翠。涉石門，瞰危摟。於是，長嘯一聲，傑閣峻峨。詢百代而一朝，際天地兮長流。

惜夫！華筵既散，蕪庭寂寞；春風歸去，秋山蕭禿。豺狼深入，鴟鴞翱翔，蛟龍潛伏，腹蛇東張。寄故國於明月，托蕪城於斜陽。江南不可以居矣，驅琴書兮西行；歎膻腥之披靡兮，心惻惻而神傷。

嗟呼！有宋南渡，銷金齎志；朱明流支，蹈海而死。古史彤管，洵足激勵後人也。於是，挑燈看劍，聞雞起舞。一掃殘槍，豈感傷於征車；再履中原，觀升平於流霞。

（原載《浙江大學在遵義》　浙江大學出版社 1990 年）

編者說明：本文據載印件錄編，原係劉先生 1938 年之大學課堂作業，老師王駕吾先生評曰："襄陽有耆舊之傳，容甫著廣陵之對。君本敬恭桑梓之誼，發為哀感頑艷之文。接踵前賢，余有望焉。"劉先生後在《李後主其人與詞》中提到："課堂作業寫了篇《故鄉賦》，在《小序》中說：'江南不可以居矣，驅琴書兮西行；歎膻腥之披靡兮，心惻惻而神傷。'"是原作尚有《小序》，今佚不見。

宜山風土記

邑以山名,則其間嶺壑必有以資憑眺或遊樂者。城北隔龍江,俯視縣城者曰宜山。小而無所可,然邑以是名。其東具寺觀兀立不倚者,曰北山。白龍洞位山半,深里許,上有石似龍。南山在城南,與北山遙峙。樹木翁鬱,藤卉披拂,獨無寒枯態。紅豆時見於林蔭茂草間,甚撩人情意。有洞曰龍隱,北山東群峰環立,中成平地,有隙可入,似(以下破損不見——編者)滑跌之虞。仰視澗旁諸山,吐內雲霧於叢林中,雷雨時尤奇。宜山山水之可觀者,以此爲最。其神妙處,不在山而在水。雪花洞在城北叢嶺間,有金鷄吐米諸勝。烏龜洞有響石泉水,一若杭州水樂洞。此皆近城而可至者。若處萬山間,遊人之所未嘗至,牧童樵叟,日至而未以爲異。然其瑰偉奇特,必有與世異者,則余烏得而記之。噫! 山水之性,以自適者耶? 抑欲見知當世而娛人者耶? 余固不能知之矣。

編者説明:本文據手稿録編,手稿寫於 1938 年,"文革"抄家時散失,所幸劫後尚存。格紙墨書,間有圈點,筆迹清晰,然有破損,已非全文。劉先生後來在《各體文習作不可廢》一文中憶及寫作情況,茲附於后。

附録：

各體文習作不可廢

　　五四時期提倡白話文，反對文言文，認爲："話怎麼説，文（就）怎麼寫。"此話在當時有其進步意義，但失之於偏。否定書面文學，爲其流弊。口頭文學與書面文學，有其統一性，亦有其差異性，兩者非水火之不能相容。相輔相成，庶符合於辯證觀點。所謂"合之雙美，離之兩傷"也。書面文字乃自口頭文學洗練、概括、轉化而來。文學作品有無内容，當自分析具體作品而得，非從記録口語爲白話文、書面所述爲文言文而判。《水滸傳》稱爲白話文，亦自口語洗練、概括、轉化而來，豈爲"話怎麼説，文怎麼寫"？我國數千年來之書面文學，悉當於此推究，我國數千年來之各體文學，悉當閱讀，以爲推陳出新之借鑒。就其犖犖大者，有若干文體，在大學中，讀中文者，仍當習作。豐贍表現方法，增强寫作能力。未可輕易否定之。

　　抗戰時期，余在浙江大學讀中國文學系時，課程中有各體文習作。今日思之，尚覺其於寫作，有其作用。翻檢書篋，猶存兩文：一爲《宜山風土記》，一爲《故鄉賦》，皆爲課堂習作。一爲習古文，一爲習駢文。此文之作，不是"話怎麼説，文怎麼寫"，但不能説"悉無内容，全無價值"。爰各采一、二段，以見一斑。

　　《宜山風土記》云："邑以山名，則其間嶺壑必有以資馮眺或遊樂者……"（下略——編者）。前述山水之奇，後則綴以議論："仰視澗旁諸山，吐内雲霧於叢林中，雷雨時尤奇……"（下略——編者）。

　　《故鄉賦》云："回首鄉山，煙雲縹緲。鐘鳴古刹，時增客子之愁；月射寒村，每覺離人之苦……"（下略——編者）

　　有這訓練，與無此訓練，於寫作，我看是不同的。就是在《水滸傳》中，有許多函牘賦贊，無此訓練，就難以勝任的。

浙江大學中國文學系概況

浙江大學文學院中國文學系,創於民國二十七年八月,迄今差近三載,爲時尚短,效績未彰,系中情況,請略言之。

今日大學中,研治中國學術,有三問題,最爲切要:一曰專與通;二曰新與舊;三曰中與西,此皆似相反而實相成。吾校中國文學系師生講授研究之宗旨,即在於此相反相成之中,求一適當之標準,茲分述於下:

一、專與通

今人論學,或主專家,或重通識。主專家者,鄙通識爲膚淺空疏;重通識者,譏專家爲支離破碎。吾人以爲承學之士,先須博讀基本要籍,然後擇一兩門性之所近者,用嚴密之方法,作精深之研究,仍須時有超卓之識,觀其會通。故所謂專家與通識,不過畸輕畸重之名,非水火相反之事。蓋真正之專家,無不修養深厚,兼具通識,非僅拘於一曲,如一種技術之工匠;而真正之通識,亦必有一兩種專精之學問,非泛覽膚受,如章實齋所謂"橫通"者。此吾人對於專與通一問題之態度也。

二、新與舊

今人論學衡文,每有新與舊之爭。吾人以爲學術文章,應論

“真僞”“美惡”“是非”，而不應僅論“新舊”。昔人謂佳文如日月，光景常新。日月乃天地間最舊之物，所以常新者，以其有燦爛之光輝也。反之，矢溺糞土，固無人因其新而寶之。“久則窮，窮則變”之原理，吾人承認之。惟變之中，仍有不變者存，故新之可貴，非僅以其新也，以其久則窮，窮則變，變而仍不失爲“真”爲“美”爲“是”也。此吾人對於新與舊一問題之態度也。

三、中與西

學術本無國界。“他山之石，可以攻錯。”印度佛學及梵文之輸入，能使吾國哲學思想、音韻學、文學、藝術皆受影響，則已試之效也。方今瀛海如戶庭，故雖治中國學術，亦非僅能讀中國書爲已足。以文學言，小說、戲劇，吾國不甚發達，故欲創作者，必熟讀西洋名著，以資模效。即作詩與散文，如精熟西洋文學，亦可於不知不覺中，創新意境、新風格。以文學批評言，應用西洋文學批評原理，讀吾國古人詩文，可有許多新看法、新解釋。以研究考證言，西人考證方法之精密，可供吾人仿效；西人治漢學之成績，可供吾人參考。（譬如音韻學，清代三百年中，成績雖甚卓著，而近來歐西學者，憑藉其科學之知識及方法，考中國古音，遂覺前修未密，後出轉精——此學者所公認者也。）居今日而治中國學術，苟不能讀西洋書，恐終難有卓異之成就——此吾人對於中與西一問題之態度也。

吾校中國文學系講授研究，對於專與通，新與舊，中與西三問題，既本上述之態度，而對於考據、義理、詞章三者，亦求平衡之發展。故所希望造就之人才，可以爲一種精深學術之專家，而必修養深厚，識見宏通者；可以爲工詩能文之作者，而必思想清新，學問切實者；可以爲小說戲劇之作家，而必於中國文學及西洋文學，有精深之造詣者；可以爲整理國故之學者，而必能讀西書，運用西方人之方法及見解者。又吾國古人論學，每重致用。所謂"致用"者，非淺近之功利觀念，乃由學術發爲事功之謂。時勢雖異，原理不磨。方今吾國，正爲保衛中國民族、中國文化而抗戰。異日國運中興，能負荷建設大業者，必爲有中國文化修養之人才，可以斷言。中國文學系學生，既有中國文化修養爲基礎，苟因天才興趣之所近，能於事功，有所樹立，亦極自然之事，吾人平日治中國學術，固不敢侈談事功，高自標置，以蹈迂闊之譏；然苟能自然產生此種人才，亦所深祈向者已。

系中課程，遵照教育部所頒布者，而斟酌實際情況，略有更易。大抵一、二年級，皆公共必修科目，及本系基本課程。三、四年級，則爲較高深及專門者。一、二年級必修科甚多，三、四年級則必修科較少，而重課外研讀。有數種功課，講授時均以西洋文學作品，或西洋文學理論相印證，並指定讀西洋文學書，以供參考。三、四年級選課指導時，勸學生選修外國語文學系課程。國內大學中國文學系，有自三年級以上，分文學及語文文學兩組者。本校中國文學系不分組，而二、三、四年級，均有語言文字學之課程。系中諸先生課室教授及課外指導，皆本上節所述之宗旨及態度。本系創立以來，甫及三載，不敢云有何成績；而諸師殷勤善誘，同學朴靜用功，已養成良好之風氣，異日或能發光輝於篤實也。本校師範學院國文系，與文學院中國文學系同時成立。國文系課程，除教育科目外，均大致與中國文學系相同，恕不贅述。

（原載《浙大學生》　1941 年第 1 期）

編者説明：本文據原刊印件録編，寫於 1941 年 4 月。原題《中國文學系概況》，今題"浙江大學"爲編者所加。

關於浙大中文系的一則補正

關於浙江大學中文系的介紹，杭州大學校史編寫組於 1987
年 8 月 30 日刊行《杭大校史通訊》第 4 期，其《部門小史》十三篇
中有《杭州大學中文系發展簡史》一文，中間失誤有若干處，不可
爲據。關於浙大中文系的介紹，開端就説：

> 浙江大學中文系創建於 1928 年，當時稱爲學門，1929
> 年改稱爲系。第一任系主任爲郭斌龢，江蘇江陰人，早年曾
> 獲英國劍橋大學、牛津大學文學博士學位，是一位著名的中
> 西文化貫通的學者。除郭斌龢外，當時有名望的教授還有：
> 《六臣注文選》作者、著名的選學家祝文白……

這是不符史實的。關於郭斌龢教授的履歷和到校年月，根
據南京大學 1987 年 9 月 15 日《訃告》核實，判然若揭：

> 郭斌龢先生 1900 年 5 月生於江蘇省張家港市（原江陰
> 縣）。1917 年就讀於南京高等師範學堂，1922 年畢業於香
> 港大學，1927—1930 年留學美國哈佛大學研究院，1930 年
> 在英國牛津大學研究院進修，1931 年春回國後，先後在東
> 北大學、青島大學、中央大學任教授。1937 年至 1946 年任
> 浙江大學中文系主任、英文系主任、文學院代理院長及代理
> 校長……半個世紀以來，郭斌龢教授把精力獻給我國的教

育事業。先生學識淵博，精通英文，通曉拉丁文、希臘文和法文。對中國古代文化和西方傳統文化的研究，造詣殊深；對亞理士多德及柏拉圖的研究有獨到見解。解放前曾出版《柏拉圖五大對話集》。經過多年精心琢磨，今年發表了世界著名柏拉圖《理想國》的中文譯本……

1927—1930 年，郭斌龢先生"留學美國哈佛大學研究院"，怎會是時任浙大中文系"第一任系主任"？

《六臣注文選》的作者不是祝文白先生，《文選》爲梁蕭統編，有李善注與五臣注（五臣爲呂延濟、劉良、張銑、呂向、李周翰）兩種不同的本子流傳。有人將兩種本子合刻，成爲所謂《六臣注》，這是攻讀中文系的常識，無勞深議。

此文失誤，曾向杭大校黨委及校史編寫組提請糾正，謂係中文系供稿，據中文系主任討論後蓋了公章發表的，足見鄭重。迄今未見改正，誠恐貽誤於後，爰特贅述於此。

編者説明：文本據代抄稿録編，寫於 1988 年，原無標題，今題爲編者酌擬。

浙江大學文學院革新運動爐餘殘稿

　　浙江大學文學院革新運動是一幕引起我們悲憤的回憶；但也是一面旗幟，一面永遠飄揚在我們心頭的歷史的旗幟。

　　顯然，那時的文學院是落後於時代的，而且向反的方向走。國民黨右派張其昀做了文學院院長，中文系封建氣氛濃厚，外文系充滿了買辦思想。中外文系正反映着處於半殖民地半封建社會的舊中國。整個文學院多少是爲封建官僚買辦法西斯反動統治政權作幫凶與幫閑的，這是中國人民所不能容忍的。"行看星星之火，燃成熊熊之燄。"革新運動的大纛終於舉起來了。

　　在白色恐怖下，同學們的工作是艱巨的。同學們用各種堅韌的方法向統治階級作鬥爭。寫費鞏壁報。爲寫壁報，使校方不能辨認出誰的筆迹，有的筆啣在嘴裏寫，有的用左手寫。一張稿子貼出，往往經過好幾個人的轉手。某甲可能是某乙，某乙可能是某丙。底稿隨時燒毀。同學們爲了較好地掌握運動的開展，壁報的揭貼，經過相當的審核，兩百多張祇貼出了一百多張。當中文系教授罷教時，嘗呼籲團結，檢討工作的優缺點。同學們深深地瞭解到集體的力量，不久便召開座談會、代表會，把文學院同學組織起來，成立文學院革新促進會，用團體的名義活動。這當然是犯忌的，訓導處、校長辦公室都注意到了。部分學生爲快畢業，要找工作，又在背後拉腿。同學們用上校長書等方式，争取"合法"的鬥争。這可説明同學的要求革新是正義的,不是隨意可以侮蔑的。

這運動是1948年紀念"五四"的一天晚會上掀起的。中文系同學周治平參加了這會,情緒激動,感到千言萬語都湧上心頭、筆端。他回到宿舍就寫了第一張壁報,題爲:《吾愛吾師,吾尤愛真理》。這張壁報是用文言文寫的。次日上午,他來找我。我看看認爲很好,中午就在文學院的大路旁壁報架上貼出來了。革新的要求,從中文系開始,發展到外文系和史地系去。波瀾壯闊,整個文學院就轟動起來了。我曾把1947年的一張入學招生中的關於中外地理的試卷試題中錯誤地把"廬山"列入外國地理中,遞給中文系同學盧卓才。圍繞着這個問題,就出現了許多壁報,指責這個錯誤,從性質講,那時説是賣國行逕。引起了校方的重視,校長飭查了這件事。接着出現一張"送張大仙"的漫畫,畫上題着"恭而敬之"四字,旁邊站着中文系的"二叔"披麻戴孝。這漫畫的矛頭所向,一看是很清楚的。由於這份試題是張院長出的,一時輿論譁然。張院長便在舜水館布告欄中貼出了辭去院長的布告。中文系便有教授領銜出來徵詢簽名挽留,上書竺校長,校長當時沒有表態。這運動據説初是同學自發的,後由地下黨領導的。當時地下黨員任雨吉、李文鑄是瞭解這次運動的過程的。

這年暑假,周治平同學在中文系畢業離校,回長沙去任中學教師。臨別前,他把這些爐餘殘稿給我。這些就是當時寫的幾篇原始材料的底稿,没有燒掉,這是很偶然地遺留下來的,有幾篇是我代擬的,偶然也被保存在我的劄記裏。這些稿子並不能充分反映如火如荼的文學院革新運動,因爲這不過是爐餘的一鱗片爪而已。從這些稿子看來,那時同學的要求是很低的,但學校方面已感到驚惶了。這不是説明同學的認識不足,相反地説

明那時反動教育的本質。解放以後,1952 年 7 月 15 日,浙江師
範學院在六和塔山上慎思堂開了一個"思想展覽會",我曾寫過
一篇前言,把這些稿子都陳列出來。經過"文革",有些稿子被
"工宣隊"要去,沒有歸還,損失了些,所剩落的更少了,就這幾
紙。《吳越筆記叢書》徵稿,因又寫了這篇記述。

1990 年 12 月 20 日於杭州文二路花園北村

編者說明:本文據代抄稿錄編。

浙江大學文學院中文系在遵義

　　1988年夏,我在杭州大學古籍研究所任教,迭接貴州省遵義地區地方志編纂委員會惠書,囑爲《浙江大學在遵義》一書中"關於浙江大學文學院中文系部分"撰稿。誠意殷渥,感慚交并。由於我曾隨着浙江大學西遷,留在遵義七年,是恢復中國文學系後第一屆畢業生並留校任教,瞭解一些情況;轉思如何報命? 考慮之下,不如提供一些原始資料,給予串連説明,或可以供編纂地方志者歷史地對待和研究的參考。是否有當? 祈請海内外師長學兄正之。

　　清代光緒年間,杭州有"敷文書院""崇文書院""紫陽書院""詁經精舍""東城講舍"和"學海堂"六個書院。中日甲午之役,清政府喪權辱國。有識之士,觸目驚心,感覺要儲國力,雪國恥,奮發圖强,非變法不可! 光緒二十三年(1897)浙江巡撫廖壽豐向清政府奏請於六書院外設立"求是中西書院",杭州府知府林啓(迪臣)受任爲總辦。光緒二十七年(1901)改稱"浙江求是大學堂",勞乃宣爲總理。光緒二十八年(1902)改稱"浙江大學堂"。光緒二十九年(1903)改稱"浙江高等學堂",吳震春爲監督。

　　中經衍變。民國十六年(1927)北伐軍過浙江,國民政府成立,設大學區制,將杭州高等院校合并,改稱"國立第三中山大學",設工、農兩學院,蔣夢麟爲校長。民國十七年(1928)改稱國立浙江大學,增設文理學院,邵斐子爲院長。本科設中國語文、外國語文(先設英文組)、哲學、數學、物理、化學、心理、史學與政治、體育、軍事十一學門,另設醫藥預備科。"中國語文學門"是時成立,劉大白爲主任,鍾敬文爲助教。民國十八年(1929)9月,文理學院將中文、外文、史學與政治、數學、物理、化學六主科"學門"改稱"學系",增設生物、心理、經濟、教育四學系。中國語文學門改稱"中國語文學系"。次年,中國語文學系還稱學門。

民國二十六年(1937),蘆溝橋事變,日寇爲虐,大舉侵華,浙江大學西遷,輾轉流徙,弦歌不輟,由杭州至建德,至吉安,至泰和,至宜山,最後到達貴州遵義與湄潭焉。途經六省,計程二千六百餘公里。在遵義、湄潭辦學歷時達七年之久。浙江大學原由中國語文學門添設爲系,醞釀於西遷泰和上田村。民國二十七年(1938),浙江大學循水陸兩路遷至廣西宜山,奉教育部令添設中國文學系,農學院設農業化學系。8月,增設師範學院,設教育、國文、史地、英語、數學、理化六學系。文理學院中國文學系和師範學院國文系正式招生入學。10月於廣西宜山文廟,兩系師生成立中國文學會,以宏揚國故、探討新知爲宗旨。是時校長爲藕舫竺可楨教授,文理學院院長爲胡剛復教授,師範學院院長爲季梁王璡教授,中國文學系主任兼國文系主任爲洽周郭斌龢教授。

中國文學系與國文系成立之際,系主任郭斌龢教授將"課程草案"印發宣讀,並作講解。時余略作筆記。茲錄於次,以供參考:

國立浙江大學文理學院中國文學系課程草案

大學課程,各校不同;而中國文學系尤無準的。或尚考核,或崇詞章,或以文字、聲韻爲宗,或以目錄、校勘爲重。

譬如耳目口鼻，皆有所明，不能相通；一偏之弊，殆弗能免。
昔姚姬傳謂：學問之途有三：曰義理，曰考據，曰詞章。必以
義理爲主，然後考據有所附，詞章有所歸。世以爲通論。而
學問之要，尤在致用。本學術發爲事功，先潤身而後及物。
所得内聖外王之道，乃中國文化之精髓。曠觀史册，凡足爲
中國文化之典型人物者，莫不修養深厚，華實兼茂；而非畸
形之成就。故中國文學系課程，不可偏重一端，必求多方面
之發展。使承學之士，深明吾國文化之本原，學術之精義。
考核之功，足以助其研討；詞章之美，可以發其情思；又須旁
通西文，研治歐西之哲學、文藝，爲他山攻錯之助。庶幾識
見閎通，志節高卓。不篤舊以自封，不騖新而忘本。法前修
之善，而自發新知；存中國之長，而兼明西學。治考據能有
通識，美文采不病浮華。治事教人，明體達用。爲能改善社
會，轉移風氣之人材，是則最高之祈向已。爰本斯旨，草擬
本系課程如次。

郭主任宣讀《草案》時，復加闡發：考據、義理、詞章三者，實
乃爲學之於科學性、思想性與藝術性的相互結合。居今日而論
學，須本姚氏之言而申之，不可滯於迹象。故所謂義理者，非徒
宋儒之言心性也；所謂考據者，非僅清人之名物訓詁也；所謂詞
章者，亦非但謂某宗某派之詩文也。凡爲學之功，必實事求是，
無證不信，此即考據之功也。考證有得，須卓識以貫之。因小見
大，觀其會通，此即義理之用也。而發之於外，又必清暢達意，委
析入情，此即詞章之美也。考據賴乎學，義理存乎識，而詞章本
乎才。孔子之修《春秋》也，其事則齊桓、晋文，其文則史，其義則
丘竊取之矣。其事則考據也，其文則詞章也，其義則義理也。非
三者相輔，不足以成學。明乎此意，庶可免拘率之見，偏曲之爭
矣。《草案》開宗明義，意在宣揚中國文化之優良傳統。辦中文

系不僅在傳授知識，而在獲得中國文化之修養，識見閎通，文字典雅，治事教人，明體達用。移風易俗，以期改善社會國家。給莘莘學子的教育，是十分深刻的。

復述課程於次（凡畫⊙者，爲必修科）：

第一學年：

⊙國文兼習作。

選授歷代名篇，講明中國文章之體裁及流變，賡續高中國文未竟之功，增進學生發表之能力。

⊙語言文字學概要。

講明中國語言文字之形義、聲韻、文法，使學生得語言文字學之基本知識。

⊙《論語》《孟子》。

《論語》《孟子》爲儒家要籍。二千年來，浸漬深厚，本課講明兩書精義要旨，使學生深解熟讀，期能涵養德行，開啓神智。

外國文學，中國通史、教學及自然科學、社會科學皆爲本學年必修科。

第二學年：

⊙國文習作。

教學生習作各體文章，注意修辭之訓練。

⊙《詩經》。

⊙唐宋文。

⊙唐宋詩。

《尚書》。

音韻學。

就第一學年語言文字學之基礎，而益求深研，充分利用西方語言學之知識，以治中國聲韻，考古審音，祈其精密。

小說研究。

英文名著選讀、西洋通史、哲學概論皆爲本學年必修科。

第三學年：

⊙《史》《漢》研究。

⊙宋明理學

義理之學，至宋明而精。本課選授兩代名家學案，尤致意於其由學術，發爲事功，以期養成學生體用兼備之用。

⊙楚辭、漢賦。

⊙六朝文。

《儀禮》《禮記》。

古文字學。

就第一學年語言文字學之基礎，進而研治金文甲骨，以撢文字之原。

訓詁學。

翻譯（與外文系合開）。

講明翻譯之原理與方法，教學生練習譯西文爲中文，求其能忠實暢達，文字優美，而蔚爲譯界之人才。

第二外國語。

本學年學生必須選修外文系文學批評。

第四學年：

⊙諸子研究。

指導學生研讀諸子之方法，於老莊墨荀韓非諸子中選一種或兩種。

⊙中國文學史。

⊙詞選。

《周易》。

《春秋》三傳。

專集研究。

曲選。

校勘學。

目録學。

中國哲學史。

中國政制史（與史地系合開）。

本學年學生必須在外文系選修一科，或詩，或戲曲，或小說。

治學之道，貴由博返約。先務廣覽，後求專精。本草案於經史子諸要籍，皆列入必修或選修之科，但祈精讀，不務矜奇。至第四學年，始授目録校勘之學。其途徑示以方法，深造自得，學成專家，則期諸英卓之士。

本草案於《詩》《書》《禮》《易》《春秋》諸經，皆開專科。惟以時間所限，不能均列必修。《詩經》於文學關係尤爲密切，故定爲必修，其餘則在選修之列。至於先後之次，則依孔門教學之法，先易後難，首《詩》《書》，次《禮》，而《易》《春秋》殿焉。

主任於此復作說明：六藝本王官舊典，孔子復董理之，各發新義，以授弟子，實爲中國文化之淵源，近人考古，雖多所獻疑，然自漢以後，二千餘年政治教化，學術文章，受其影響至深。故欲治中國學術，不得不首致力於此。《草案》辨章學術，考鏡源流，闡發中國學術文化之優良傳統，實有至理存焉。主任云：近世弟子，喜談流別。不讀先秦諸子，宋明儒書，而言中國哲學史；不讀《毛詩》、楚辭，名家專集，而言中國文學史。强記姓名，侈論宗派。聽其言，似博通古今；叩其實，乃茫無所得。充其量，不過如章實齋之所謂"横通"，於學之事無與焉。本《草案》定中國文學史、哲學史等科於第四年級，於學生研讀群書之後，加以綜合融貫之功。庶幾輕重無違，本末得所。昔章實齋謂九流之學，出而用世，必兼縱横，以見文采之不可以已也。今成輕視之事，無揣摩之功。論學則徵引萬言,蕪雜煩冗;應世則短函小劄,達意未能。令人復興蘇氏黃茅白葦之歎。本草案特重國文習作,使學生咸能爲清通修潔之文,足供應用。文字之學,古人幼而習之,故稱小學。漢晉文士,多精於此,而未嘗自炫。宋元以降,字學荒蕪。清人董理絕業,致力頗深,然亦不過以爲讀經之助。至於聲韻之學,昔人尤爲矜奇。今世以歐西科學方法,考定古音,簡易明確,並無秘奧。本草案定語言文字學於第一學年,所以植其基礎。第二、第三學年始開音韻學、古文字學。訓詁學等科,所以導其深研。方今世變之烈,振古未有。吾國文章學術,皆在蛻故變新之中。惟將循何種之方式途徑,則不得不借資歐西。采人之長,以益吾之短。本《草案》兼重西文,凡英文名著、文學批評、翻譯、西洋詩、小説、戲曲、第二外國語等,皆在必修或選修之列。使學者收比較之功,得攻錯之益。高明之士,可以自尋創造之途。

《草案》慎思明辨,高瞻遠矚。發表已將半個世紀,不少話還是切中時弊的。

民國二十八年(1939)8 月,文理學院分爲文學院與理學院,另設文科研究所史地學部、理科研究所數學部及史地教育研究室。文學院成立後,中國文學系隸屬於文學院,文學院院長爲梅光迪教授,理學院院長爲胡剛復教授。郭斌龢教授爲文學院中國文學系兼外國文學系與師範學院國文系主任。

民國二十九年(1940)2 月,浙江大學自廣西宜山遷於貴州遵義,囿於當時條件,校舍則分布於遵義、湄潭及湄潭之永興、貴陽之青巖數處。文學院與工學院在遵義上課,農學院在湄潭上課,師範學院添設附屬中學,亦在湄潭上課。一年級初設於青巖,9月份起轉設於永興。這時中國文學系和國文系計教師 9人。在宜山時,尚有劉弘度永濟教授,陳大慈講師,劉已離校他就,陳在宜山謝世。馬一浮大師則在全校講學一年(1938.4—1939.4),後去樂山創復性書院。餘如:夏定域、詹鍈、蕭璋、戴名揚、張仲浦、李菊田諸先生,嗣後陸續詣校系。今將9位姓名、字、性別、年齡、籍貫、學歷、經歷、所授課程及所任職務、到校年月,逐項縷述如次:

郭斌龢,洽周;男;40;江陰;香港大學文學士,美國哈佛大學碩士,英國牛津大學研究員;曾任清華大學和中央大學教授兼系主任;講授中國文學批評、外國文學批評;1937年8月到校。

祝文白,廉先;男;55;衢縣;浙江高等學堂文科畢業;曾任民國大學教授二年、燕京大學及國立北平大學講師九年;教授;講授《論語》《孟子》;一年級國文;1936年8月到校。

繆鉞,彥威;男;37;溧陽;曾任河南大學中國文學教授、廣州學海書院編纂,副教授;講授《詩經》、唐宋詩、高級國文;1938年10月到校。

王焕鑣,駕吾;男;40;南通;國立東南大學畢業,曾任江蘇省立國學圖書館編輯部主任,副教授;講授經學通論、唐宋文、高級國文;1936年8月到校。

酈承銓,衡叔;男;37;南京;曾任國立中央大學、暨南大學講師,國立廈門大學、私立金陵大學教授、副教授;講授杜詩、高級國文;1939年10月到校。

薛聲震,效寬;男;37;高郵;曾任河北省立第六中學、安徽省立潁州中學、河南省立信陽師範等校國文教員,河南大學講師;講授文字學綱要、一年級國文;1939年8月到校。

張清常,男;26;安順;國立北平師範大學中國文學系畢業,國立清華大學研究院國學系畢業,曾任交通部北平廣播電臺音樂史地講師;講授一年級國文;1938年11月到校。

許紹光,明兩;男;31;宜興;中央大學文學士,曾任浙江省立湘湖師範國文教員三年,助教兼文學院文牘;講授補習班國文。

張志岳,男;29;餘干;國立清華大學中國文學系畢業,曾任雲南省立昆華女子中學高中部國文專任教員、助教;講授先修班國文;1939 年 8 月到校。

民國三十年(1941)4 月,《浙大學生》刊,徵文於余,爲作《中國文學系概况》及《〈浙大學生〉刊第一期刊辭》。兹録於次,以見當時中國文學系的辦學精神與概况及學校學風的一斑。

(略——編者)

余在貴州遵義和湄潭永興浙江大學讀書和任教的七年中,自己的經歷和與窗友、師長的交往感受中,生活都是十分清苦的。男同學穿的一般是一領染成藍色的福生莊出售的織得很粗的土布縫的破舊長衫,女同學穿的是經受多年洗滌而褪了色的白花花的藍色陰丹士林布舊旗袍。就吃的説:我讀大學三年級時,在何家巷飯廳裏八人一桌吃飯,飯廳裏差不多已説不上供給飯菜了。桌子中央放着一隻缽頭,湯裏沉着一些黄豆芽,就是菜了。自己用紙包着一些鹽,用油炒炒,稱爲油鹽。小心打開來醮着舐舐,有些味道,就是過飯了。要想吃肉,飯廳旁是有工友家屬放着幾盆紅燒肉賣的。一般是看了又看,熬不過,纔掏出錢來,買塊細細嚼嚼,那算是難得的"牙祭"了。那時經過肉鋪,看到生肉,還真想咬它一口呢!

可是讀書大家都是很用功的。在柏油燈下,焚膏繼晷;熟讀深思,都是踏實下苦功的。書是整部、整部從頭到尾圈點的。竺可楨校長以及其他師長對於治學,主張中西兼通,文理滲透的。這種主張落實在學生的選課上,文科的要選理科課,理科的要選文科課,至少各要滿 12 學分纔能畢業。這種主張,是深入學人之心,蔚然成風的。例如:理工科的同學經常選讀唐宋詩和唐宋詞,並且進行創作。就我來説,讀文學院的,也曾選讀微積分、地

學通論和物理實驗等課。那時院與院間，系與系間，不像一些人
學中文、理壁壘森嚴，畛域分明。當時轉院轉系容易批准。學術
上的切磋琢磨、交流更爲頻繁。我曾被任雨吉學長邀請入天文
學習會，在湄潭夜間用望遠鏡觀測星象，參加過學術活動與撰
稿；和謝覺民學長一同讀朱庭祜師的地學通論；和茅於美、李精
治、裘克安學長一同讀郭斌龢師的中西文學批評；和王樹椒、馬
國均、邵全聲學長一同讀繆彥威師的唐宋詞；和徐規學長等一同
讀蕭璋師的訓詁學，不是那一系的師生就在那一系中團團轉的。
切磋琢磨，風雨一堂，由博返約，感情十分融洽。嚶鳴相求，是蔚
然成風的。在竺校長及諸師長的薰陶下，浙大人才輩出。當時
生活雖苦，却是培養出不少人才的。這些人才，是如何培養出來
的？自有多端，但學風踏實，重視基本功却爲重要的一端。文學
院全院同學，必修大一和大二國文，大一和大二英文。除中文系
外，還必修第二外國語。大一國文，學期開始，舉行甄別考試，分
班上課。所授課文，要求都能背誦，英文亦然。課外提倡圈點古
籍。兩周作文一次，當堂繳卷。中文系尚有各體文習作。唐宋
詩詞的教學與習作結合，不擅於斯者，難得高分。作業老師逐句
修改，並作總評。現余尚殘存《故鄉賦》一篇，讀之可以見當時習
作的情況。那時學習古典文學崇尚朗讀，有同學曾寫一則聽課
記云①：

> 每當上課之初，老師總先將所講的文章高聲朗誦一遍，
> 有時領着同學朗誦。文中慷慨、抑鬱之情，從朗誦中表現出
> 來，聽了自然會意。《歸去來兮》是抒發陶淵明的悠然之趣
> 的。文章親切動人，而"懷良辰以孤往，或植杖而耘耔；登東

---

① 劉録稿附記：手稿此處有"這裏過録我在永興分部先修班授課時同
學寫下的聽課筆記一則"一句，發表時略去了。

皐以舒嘯,臨清流而賦詩。"更顯示出他的閑情逸趣。讀了之後,好似身歷其境,感到雋永無窮。辛稼軒《摸魚兒》:"更能消幾番風雨",寫他的憂國抑鬱之情。聽了朗誦,感覺苦痛萬分。看一兩遍,是難於達到這效果的。我自讀時,則更覺痛苦,感情交流,文章的深意、美辭,更進一步理解。朗讀的功效,是不可忽視的。

當時的教學情況,要說的話是多的。限於篇幅,綴録當年試題三則,以見教學要求的一斑。

一年級國文月考試題:

(一)答問:

1.黃宗羲謂陽明之學凡前三變後三變試述其要。

2.述劉子駿《移讓太常博士書》之旨趣。

(二)解釋:

1.或懷妒嫉不考情實雷同相從隨聲是非。

2.深閉固距而不肯試猥以不誦絶之。

3.世果群怪聚罵指目牽引而增與爲言辭。

4.天下不以非鄭尹而快孫子何哉獨爲所不爲也。

(三)默文:

自"嗚呼,士窮乃見節義"至"道不行於時也"。

先修國文學期考試試題:

(一)答問:

陶淵明詩之特徵何在?

(二)默寫:

曹操《己亥令》自"而遭值董卓之難"至"梟其二子"。

（三）翻譯：

屈原至於江濱被髮行吟澤畔顏色憔悴形容枯槁漁父見而問之曰子非三閭大夫歟何故而至此屈原曰舉世混濁而我獨清眾人皆醉而我獨醒是以見放漁父曰夫聖人者不凝滯於物而能與世推移舉世混濁何不隨其流而揚其波眾人皆醉何不餔其糟而啜其釃何故懷瑾握瑜而自令見放爲

（四）作文：

述志

先修國文試題

（一）諸生讀先修國文一載，對於講解，對於選材，有何創獲，有何批評，願抒雅量，采納高見。

（二）諸生對於《詩經》楚辭、漢賦唐詩，皆略知畦徑；試就所知，加以沉思，就文藝觀點，略予說明異同。

（三）詞之爲體，其文小，其徑狹，造境淒迷，托情綿邈。言內而意外，辭近而旨遠，能言詩之所不能言，而不能盡言詩之所能言。能舉一例，以說明此種性質否？

（四）詞造崇於五代，滋盛於兩宋，中衰於元明，而復興於清代。能就文學史觀點，說明其遞嬗之迹，及衍變之由歟？

（五）就文學史觀，中國文學新體裁之産生，有二原因：一來自異域，一來自民間。來自民間者，自民間形成新體流行之後，文人采用之。增加其內容，提高其境界，而後此體始尊。迨後無聊文人用之，漸忘其內容與生命，雕繪蔓砌，此體遂由浮腫而僵化，於是新體代之而興。試舉一例說明之。

（六）試解釋下列諸名詞：花間集、八家繩墨、桐城義法、西昆體、江西詩派、八不主義、變文、散曲。

（七）試各就所知所見，評述當代文藝。

（八）中國文學之新途徑如何？試各就所見，分別說明之（散文、小説、詩歌、戲劇）。

（原載《浙江大學在遵義》　浙江大學出版社 1990 年 ）

編者説明：本文據原載録編，略去與前文重部分及文末的"作者介紹"，並改正一些文字和標點符號。

關於《浙大學生》復刊

一九四一年，浙江大學播遷在貴州遵義時，余主編《浙大學生》兩期，其第一期《刊詞》云：

（詳後見：公群第五——編者）

當時認爲：讀書明理，不抱殘守缺，也不全盤西化，養成獨立之精神，遠大之抱負。平理若衡，照物如鏡。篤實光輝，樹立風氣。

曾請竺可楨校長爲刊題簽。竺校長是年六月十五日《日記》述云："劉操南來。劉現爲《浙大學生》之總編輯，近得政府每月四百元之津貼能恢復出版。第一期稿已收齊，不日向貴陽《中央日報》社付印矣。劉謂本校學生分二派：一爲埋頭苦讀，不問外事之學生；一則專門喜弄筆墨，自命爲前進之學生，此輩不切實際，言論空泛。兩者俱失。云云。"

編者説明：本文據代抄稿録編，原題《〈浙大學生〉刊第一期刊辭》，今題爲編者酌擬，並略去與後文重者。

砸爛鐵鏈起宏圖

——在民盟浙江省第四次代表大會上的發言

在"四害"橫行之時,十年浩劫,我也無辜受到折磨。黨中央、華主席一舉粉碎"四人幫",給全國人民第二次解放。我和大家一樣,歡欣鼓舞,熱烈參加慶祝行列。"奮起鐵椽筆萬杆,澄清鬼蜮霧千重"。

中國人民,英雄又有了用武之地。鬥志昂揚,精神煥發。我也願意追隨。這裏,向同志們彙報一下我的一些想法。

一、吾願臺灣士,聯翩早相邀

臺灣歸回祖國,這是中華人民共和國九億人民的心願,也是九億人民的歷史使命。我們感覺這個光榮任務已經落到每個中國人民的肩上。今年元旦,調寄《滿江紅》,我寫了《書懷》一詞,來表達我的心願,詞的下半闋是:

> 四化事,爭朝夕。千秋業,掛胸臆。念臺澎同胞,歸心箭急。雪浪滔滔東海隔,鹿門灝灝相思溢。愛國家,錦繡好河山,同料理。

解放前,我在浙江大學讀書。抗日戰爭開始,我從杭州隨校西遷,轉輾至貴州遵義,復員回到杭州。現在美國、加拿大以及我國臺灣地區知道有老師、同學在那裏。中國的優良傳統歷來是重視師生、同窗情誼的。我想通過這種情誼,做些工作。

近日北美美籍中國科學家匹茲堡大學教授謝覺民、闞家蓂兩老同學伉儷來杭。分袂之時,我填《鷓鴣天》一詞贈之:

> 比翼雙飛萬里行,浮天跨海建虹旌。當年壯志誰人會?今日豪情四座驚。　　瀛海外,念群英。播州風雨故人情,歸來奔赴長征路,鐵板銅琶祝太平。

又用直幅宣紙寫七律一首,委托兩老同學返美之後,轉呈臺灣大學教授方豪老師:

> 彈指韶光四十年,播州花雨未成煙。側聞講學尊神父,深愧從師籤舊編。積愫正因一海隔,遐思彌覺兩情聯。西湖濃抹淡妝好,投轄何時共醉眠。

這種工作,各人根據各人自己的條件來做,我想對中美文化交流,祖國統一是有一定的現實意義的。

在杭州有個"西湖詩社"的組織。在詩社成立會上,我也詠詩騁懷:"臺澎一水迴幽夢,翰墨千秋寫壯詩。"

通過詩社活動,我想對於歡呼愛國一家,促進臺灣寶島認同回歸,早日完成祖國統一大業,可能起些作用。

二、十年若問爲何事? 三是采風七讀書

我有些喜歡搞搞章回小説。搞這工作,我有一些打算。想對民間故事、曲藝做些記録、整理、再創作、評論和研究工作,並進而研究明清小説及文學史。民間文學與作家文學需要結合起來。我感覺把優秀的民間口頭創作再創作成爲文學著作,是繁

榮文藝創作的途徑之一。這樣做是有意義的。我們的先輩已經這樣做了,並且獲得了輝煌的成就。我們應該發揚這一優良傳統。不過,今天文學藝術工作者對這工作重視得還不够,是一薄弱環節。

我曾根據杭州民間評話寫成《武松演義》,1959 年在浙江東海文藝社出版。在"四害"橫行之時,想不到竟成爲我的罪證,誣衊我爲大叛徒塗脂抹粉、樹碑立傳。不僅所謂批判從嚴,而且寫到我的結論中去,扼殺我今後再做這一工作。黑雲壓城是不久長的,劉主席最大冤案,終於昭雪了。我沉痛地寫了一首悼詩:

> 聽罷悼歌淚萬行,十年浩劫感滄桑。心傷報國家何在?夢繞憂民志益煌!砍地難逃三字獄,呼天唯見兩凶狂。汴梁一夕巨星隕,四海遥聞爲斷腸。

對我的誣衊不實之辭,也早推倒。《武松演義》在今年浙江人民出版社,也已增訂再版了。當時,有些"好心"的人對我做這工作也曾橫加嘲笑,認爲:"這不算學問,浪費精力。施耐庵已寫《水滸傳》,《水滸傳》是部文學名著,難道你能和施耐庵爭勝嗎?"製造一些輿論上的壓力,對我造成一些工作上的不利因素。但我對這工作是執着的,不斷宣傳我的主張。可是要和那些人講學術是非,是談不好的。

粉碎"四人幫"後,形勢大好。"鐵鏈砸爛矣,開拓更無疑。"這一工作可以較爲順利地開展了,我在"浙江省文學藝術工作者第二次代表大會"上,填《鵲橋仙》一詞《抒懷》,感謝文聯對我工作的幫助、支持。我當竭盡綿力,積極學習,奮鬥不已。

三、愧少萬言長策，舒寫平生壯志，幽夢寸心馳

我在大學讀中文系，選修過微積分、物理學、地學通論等課程，也曾讀過土木系。那時浙江大學文理學院是一個學院，文、理不分，讀文的要讀點理的，讀理的也要讀點文。教微積分的老師錢寶琮教授教誨我說：文科學生讀點理的，不僅懂得一些自然科學，而且在思想方法上"啓其精思，却其浮氣。"也可受到一些科學訓練。大學讀書重在方法引導，首先要能理解與分辨學說與知識的關係和區分。發明一條定律，用以解釋某些觀象，那是學說，或者稱爲學術、學問；把沒有弄清楚的某些觀象搞清楚來，那是知識。知識是基礎，學說是從知識中探索出來的。試舉編纂年譜一事說吧，如寫《梅文鼎年譜》，把梅文鼎曆算著述及其生平考證清楚，編出年譜，這是知識；但如通過梅文鼎的著述與生平的考證，進而闡發中西曆算史的幾條異同的規律來，指出其優缺點，獲得某些經驗教訓，這樣研究就可臻於學術之林了。如讀呂祖謙的《日記》，在文字版本上做些校勘工作，這是知識；但如就《日記》所記花開花落，從物候學角度，進行研究，得出成果，也就屬於科學研究的範疇了。我又聽到竺可楨校長講演，題目是《中秋月與浙江潮》，將大量的古籍資料進行科學分析與說明。校長的講演，具體地例示地使我懂得一些爲學之道。老師的教誨，對我的啓發很大，感到終身受用。

幾種不同的學科相互滲透，這一學科吸收其他學科的長處，用以促進自己學科的發展；或者幾種學科相互滲透，再作綜合研究，這樣的治學方法，在今日講，不僅是那幾位老師的主張，或是那一大學的辦學經驗，而已是世界學術潮流的大流。我國正在向實現四個現代化邁進，貫徹實施這樣的治學方法和教育體制，

實是當務之急;否則,國家要促進四化的早日實現,將會多走彎路。事倍而功半,或者竟是勞而無功。

但是這樣的治學方法並不是所有人都贊成的、理解的、不抵制的。解放以來,一度受過蘇聯辦學提倡單科教育的影響,把有些綜合性大學拆散了。大學中每一系,設了幾個教研組,作爲教學單位。影響所及,文科、理科兩科之間不相干。就文科説:中文系和外文系很少通氣,兩系之間,學生很少聽説相互選課,或者同上一課。從一系説,這一教研組和那一教研組在教學、科研上似乎也有些各自爲政,很少相互滲透、吸收、交流。這樣的治學方法,看來知識面狹,思想容易僵化。有些人,滿足於聽聽小道消息,對對口徑,隨大流,迎合胃口,來做科研工作;有些人,把一些新生的努力搞邊緣科學的斥爲"雜家",散布一些論調,説"這些東西,外行看起來是内行,内行看起來是外行,讓它自生自滅。"形勢是大好的,我所説的是前進中的小小阻力而已,波瀾而已。

民盟中央發出通知,要求各地方組織就當前教育工作中存在的問題,進行調查研究,總結經驗教訓,獻計獻策。我願披肝瀝膽,貢獻一得之愚。

我向大會表示,一定要努力學習,艱苦奮鬥!"筆底雲濤山可撼,胸中焰火石能流。"沿着黨所指引的方向,爲祖國社會主義建設,貢獻我的一份力量。

1980.7

編者説明:本文據打印稿録編。劉録稿後署"1980 年 7 月 26—30 日"。

關於《賈寶玉的煩惱》

《賈寶玉的煩惱》有五千多字，1944 年 1 月發表於《東方雜志》第 40 卷 22 期，署名"劉冰絃"，"冰絃"爲余之號。

時余在貴州永興場浙江大學大一分部任教，對《紅樓夢》，作過多次講演，如《千紅一哭，萬艷同悲》等，轟動一時。錢寶琮、黎子耀、張志岳、張仲浦等教授賦詩爲贈。

韓進廉《紅學史稿》（河北人民出版社出版 1981 年）寫入第九章《"新紅學"時期另闢蹊徑的論著》之第五節《其它論著的新觀點和新材料》中，略謂：

> 分析人物形象和時代背景的文章，有的至今看來也是站得住脚的，即經得起時間的考驗和實踐的檢驗。劉冰絃在《賈寶玉的煩惱》一文中寫道：
>
> > 曹雪芹的寫《紅樓夢》，正是表示曹雪芹在現實壓迫下的苦悶！曹雪芹在賈寶玉的身上，寄托了他自己的對現實的憤懣！反抗！對人生的悵惘！迷惑！
> >
> > 中國二千年來的社會，爲禮教所控制，黑暗無光。多少英俊有爲的青年，在忠君孝親的號召下，喪失了志氣；多少紅燈下的少女，在貞節牌坊下，葬送了青春。二千年來，禮教統治下，有多少革命思想，英雄事業，給

他悄悄地毀滅了!

曹雪芹不勝禮教統治的重壓了,以自己最大的痛恨,最深的憤怒,他咆哮了!寫出了七十餘萬言的《紅樓夢》,來發抒他的胸臆。

作者用這種火辣辣的語言,聯繫中國二千年來封建社會的意識形態,分析了賈寶玉"反忠論""反功名""不應酬""崇自然""信佛道""尊女性""富幻想"等性格特徵。這是當時分析賈寶玉思想性格文章中——如張天翼的《賈寶玉的出家》、吳羽白的《紅樓人物》(釵黛合論、賈寶玉論)、太愚的《賈寶玉的直感生活》、吳宓的《賈寶玉之性格》等——分析得比較全面而深刻的一篇。

當時我寫這文章,原題《賈寶玉贊》,發表時編輯寄我一函,怕檢查引起麻煩,改稱此題。那時,我在校中進步學生李景光等十餘人組織的"綠洲社"出版的"綠洲"壁報撰文,思想是傾向於進步的。同時,我講《紅樓夢》觀點較新,受到那時教社會學的陳庸聲教授的中傷,陳在"肅反"(中)投湖自殺了。

編者説明:本文據手稿錄編,無題,撰寫時間不詳,今題爲編者酌擬。錢寶琮教授等所賦詩及相關日記一則附後。

附錄一:錢寶琮教授等所賦詩

操南説《紅樓夢·葬花詞》感賦

東風何孟浪,可憐復可惱。乍驚節物新,滿地生芳草。花開亦多事,惆悵春歸早。傷春淚已枯,瘞花心未了。情思復斷連,清夜夢魂繞。明明相見時，咫尺蓬山杳。此情彌茫茫，此恨窮渺渺（書中渺渺真人，茫茫大士，似寓時空之意。）。淒惻《葬花詞》，語語摧肺肝。細繹惱春句，深扣長恨端。二百年前夢，憑君反覆觀。窗外雨聲細，宵深爐火殘。微言動四座，聽者淚暗彈。時運開世網，未覺天地寬。桃李依東風，恩怨何漫漫。美人感遲暮，今古同辛酸。

　　錄塵

操南弟　吟政

錢寶琮　未定稿

操南兄説《紅樓夢》賦贈

甲申季冬　弟張仲浦就正草

補天煉石忍重論，風颭茶煙夜不溫。今日高丘已無女，憑君辛苦爲招魂。

淚墜秋心曉未乾，瀟湘愁聽萬琅玕。輕雲釀雨猶如夢，莫向高唐賦裏看。

聆　操南兄説《紅樓夢》奉呈兩章敬求諟正

巢乘巢　初稿

佳兵方一世，説夢識憂深。室小衣光亂，宵寒燭影沈。風生

才士舌,淚墜女兒心。(君說瀟湘夜雨,有女郎聆之淚下。)宛作潯陽
客,弦聲冷到今。

寸舌吾魂寄,疑逢柳敬亭。甘爲蝶迷惘,休笑石頑冥。色相
隨花鬧,啼痕帶雨馨。蛇繩(用大乘起信論之喻。)世亦妄,蜃市空
滄溟。

附錄二:學生日記一則

卅四年三月十八日　星期日　陰

前兩天在我們的公告欄上——第九教室的壁上——一堆
"某某同鄉會聚餐""某某學會成立大會"等各色各樣的紙縫中,
擠出了一張紅紙的通告,紅色已够耀眼,而"黛玉與寶釵"五個黑
大字,是更增加誘力不少,在那小天地上,確有惟其獨尊之勢。
每次吃飯或出校時,不期然的總要抬頭看看上面注明的地點與
時間。講《紅樓夢》不但是今年來的第一次,也許還是永興的第
一次哩。

吃過中飯,回宿舍稍整理還放在桌上欲待作完的事,急忙的
同她們往江館跑。第二教室已聚集了很多人,我們好不容易的
在前面找到了位子。人是繼續的從各方面聚攏來,平時上課還
是空着一半的教室,今天是顯得特別小了,大家盡可能的往教室
裏擠,由教室的後壁挨着排列,直抵前面黑板。可是有人還嚷嚷
着加位,若教室是一個彈性體的話,定早澎漲而超過了彈性限
度。擠!擠!好像別人已站在前面,自己落後,似一個弱者
是的。

大家在計算時間的溜過,一點鐘快到了,還不見劉先生來,

焦急的心情,再也耐不住了。待耍主席再去請時,"來了!"不知誰報告了一聲,都站了起來。掙着從人縫中往外瞧,以來證此報告的正確。

劉先生上了講臺,教室中頓時静寂下來,大家屏氣,留心每一分鐘的經過,恐怕這名曲會輕輕的溜跑了。

一聲美的前奏,劃破了静寂。我們跟着劉先生跑進了大觀園,晴朗明媚的春天的大觀園,是使大家目不暇顧了。一冬沉静的日子過去後,各處都呈現了春的活力,我們感到輕鬆愉快甜美。在那幽静的妃竹叢中,我們拜訪了瀟湘妃子,所幸鸚鵡早爲報告,使我們的突然而至没有驚嚇了她。因爲她在病中,不耐久坐,我們很快的離開了瀟湘館。在往蘅蕪院的途中,我們還爲她凄然的身世、嬌弱多病的身體而歎息,而流淚;爲她那豐富的感情、聰敏的智慧,而歌頌,而贊賞。快到蘅蕪院時,一陣花香令人心醉,好像剛纔是由天上幽静的官殿,而跑到人間繁華美麗的貴族家中了,寶姑娘已立在花叢中,迎接我們了。雖然我們是那麽多人,但她殷勤的接待她的每個客人,使每個人都感覺到她的溫柔與賢淑。我們由蘅蕪院出來,時間尚早,得劉先生的嚮導,又順道拜訪了怡紅公子。在他的書房中,我們衹感到像女孩子的閨閣,綺麗、溫香,在他的言談上,我們感到他的癡情可笑。

出了大觀園,大家輕輕的透了一口氣,回味大觀園的情景,還不竟神往。希望每個星期日都有機會,進去觀光觀光。

編者説明:所幸以上附錄的作者手稿尚有劫餘之存,得據以錄編。關於《附錄一》之《操南説〈紅樓夢·葬花詞〉感賦》,劉操南先生後來爲此詩寫了一段"校勘記",曰:

錢師琢如《操南説〈紅樓夢·葬花詞〉感賦》詩原稿與浙江大學出版社所刊《錢寶琮詩詞》51頁對勘,録其差異如此：

1."感賦"刊作"感贈"。

2."此情彌茫茫"，"彌"刊作"被"。

3."此恨窮渺渺"下夾行小注云："書中渺渺真人、茫茫大士，似寓時空之意。""似寓"刊作"似含"。

4.夾行小注刊移詩後。下句"淒惻《葬花詞》"，刊空一行，另爲起首，遂成兩段，不妥。

5."深扣長恨端"。"長恨"刊加書名號，似亦不妥。

編者説明：《聆　操南兄説〈紅樓夢〉奉呈兩章敬求諟正》括號内爲原雙行小注。劉録稿附記云："偶於亂紙堆中發見當年學生的日記一則，與先生説《紅樓夢》有關。"亦幸事也！惜其作者，今已不詳，此又憾事也。

求是書院重修記

晚清"戊戌變法"前夕,愛國之士惕於甲午之役,海軍盡殲,皆思所以振弱雪恥之道。然科舉未廢,學校未興,終無以啓民智,轉移風尚也。林公啓調知杭州,遂於一八九七年創辦"求是書院"。次年,北京創"仕學館";越五年,南京立"兩江師範"。求是書院實爲我國新型高等學校之權輿也。

書院發展,名稱遞變,爲"浙江高等學堂",爲"國立第三中山大學",爲"國立浙江大學",迄今已九十有五周年矣。故址原爲蒲場巷普慈寺,即今浙江中醫學院西畔。一九八七年,杭州市人民政府公布求是書院爲市級重點文物保護單位。故址僅存歇山式殿宇一座,石柱桁檐,結構堅實。惜年深月久,甌垣隳壞,崩榛塞路,亟待修葺。一九八八年二月,諸學者聯名向浙江省第七屆人民代表大會建議,杭州市政府遂委浙江中醫學院任其事焉。一九九一年十一月,召開會議。參予單位爲浙江省教育委員會、浙江大學、杭州市園文局、浙江中醫學院。經費則由浙江中醫學院、市園文局和浙大校友總會分任之。越年六月修復。

林公爲御史時,疏請罷建頤和園,以蘇民困。出爲知府,以振刷士習爲先。浙江素爲文物之邦,求是子弟、莅杭人士,瞻仰故址,風範宛在,輒徘徊而不忍去焉。斯知林公教澤之深也。爰於告竣之日,樂爲之記。

公元一九九二年六月

劉操南　撰

張令杭　書

（原刊《北美浙大校友》第 31 期　1993 年 5 月）

編者説明：本文據原刊録編。求是書院舊址現僅存原普慈寺大殿，在杭州市大學路，是全國、浙江省重點文物保護單位，大殿刻有本碑文。

浙江大學一九四三屆畢業同學敬獻鐘記

　　求是書院爲我國新型高等學校之萌芽也。發展爲國立浙江大學。竺師藕舫可楨校長主其事，定"求是"爲校訓，而於大學路求是湖北置鐘焉。銘曰："莫謂常少年，光陰來轉轂"，以勗諸生。鐘惜毀於抗日之際。緬懷往事，時縈夢寐。爰於畢業五十周年紀念，敬獻此鐘，以志拳拳服膺之忱云爾。

一九九三年十月浙江大學一九四三屆全體畢業同學敬獻并記

　　編者説明：本文據手稿印件録編，原無題，今題爲劉録稿所擬。

浙江大學一九四二屆校友歡聚中原

中原——中華民族的搖籃，人類文明的四大發源地之一。自然風光多姿多彩，美不勝收。中原也是尋根謁祖、考古研究、旅遊休養、探幽攬勝的理想王國。陳國光、柳克令、龐曾漱，會同熊修懿學長主持，邀請浙大42屆校友歡聚，聞之不禁怦然心喜。初擬結伴，未果。耄年遠遊，稍覺躊躇，終於成行。却慕登封嵩陽書院、中嶽廟、少林寺等古迹，爲儒學、道教、佛教三者融洽之所，而告成鎮北周公廟内的測景臺和觀星臺，心嚮往之已久。元郭守敬曆法改革，重視實測。登封觀星臺是他進行天文觀測留下的唯一實物例證，築於至元年間。《授時曆》根據他的實測，使天文數據的精確度超越前代。他所定的歲實365.2425日，與格里高利曆一致，但較格曆早300年。企思一觀，余遂早三日莅鄭，其事則述於《登封遊記》中。

1995年10月26日，參加中原聚會的，在鄭州飯店報到。同學先陸續來，熊修懿、陳國光、柳克令等諸學長分別在車站、飯店恭候。晚上會宴，觥籌交錯，率詠一律志之，詩云：

　　舊雨新知大業開，八方踴躍鄭州來。作東暫駐蓬萊旌，暢飲交飛琥珀杯。席上騁懷真有意，醉中敘話好無猜。鳳還一曲清平樂，京劇世家獨占魁。

　　這次歡聚，以浙大 42 屆校友爲主，但也包括 43 屆的任允慧、吳祖康、楊傳堯三位。相逢都是舊雨，也有新知的。《易·繫辭》云："盛德大業，至矣哉！富有之謂大業，日新之謂盛德。"學長們都幹了一番大事業，首句故云"舊雨新知大業開"。大家散居各處，近的自鄭州、開封、洛陽、西安來；遠的則來自北京、漢口、杭州、瀋陽、安順；還有從臺北市，天上飛來的。次句故云"八方踴躍鄭州來"。宴會開始，熊學長站起首先致辭：這宴由陳猷、任允慧學長賢伉儷作東。兩學長自臺灣前來大陸，今晨從洛陽來，明日將去山東泰安，登泰山；然後詣北京，返臺。劉奎斗學長來信祝賀，並予贊助。白首相聚，其樂融融。次聯故云"作東暫駐蓬萊旌，暢飲交飛琥珀杯"。席上，陳國光、柳克令、龐曾漱、曹蓉江、唐廣蓀、王世文、林榮曾、范濂、熊修懿等學長，頻頻祝酒、發言，報告會務，笑談見聞。莊諧並作，各抒胸臆。68 屆馬連興學友現任開封市長，特來邀請諸學長參加"1995 中國開封菊花花會"，風華正茂。陳猷學長興致勃勃地説：今日的包公已經不是黑臉，可是他的額上還是有太極圈的。不信，請大家細細瞧瞧。大家環視而笑。曹蓉江學長離席祝酒，才思敏捷，説話饒有風趣，不減當年。飛觴暢談，宛如當年在遵義、湄潭柏燈夜讀相聚之時，意味雋永。腹聯故云"席上驤懷真有意，醉中叙話好無猜"。夜闌，陳猷學長是有心人，囊中取出從臺灣帶來京胡一柄拉起來。陳猷、允慧夫婦和世兄文新都擅長京劇，是名票友。世兄唱後，修懿兄接唱《太真外傳》，允慧姐唱《穆桂英掛帥》，珠聯璧合，堪稱梅派正宗，掌聲不絕。吳祖康諸學長紛紛助興。興高采烈時，大家敬請陳猷學長自拉自唱。陳猷學長説：我在祖國經濟騰飛之時返回到大陸，就唱一曲"鳳還巢"吧，表示衷心喜悅，在熱烈掌聲下，陳猷學長唱了壓臺戲。結聯故云"鳳還一曲清平樂，京劇世家獨占魁"。

　　27日晨,承馬連興市長和中國開封菊花會邀請,范濂、錢慧英、朱延國、陳國光、柳克令、龐曾漱、唐廣蓀、曹蓉江、黃婉如、唐耀先、林榮曾、林榮曾夫人、吳祖康、王世文、熊修懿和我,乘包車循鄭汴高速公路赴開封,下榻開封賓館。下午,暢遊相國寺、包公祠、鐵塔諸勝。

　　相國寺是中國著名的佛教寺院,始建於北齊天寶六年(555),原名建國寺。唐代延和元年(712),唐睿宗由相王登基,遂改名爲相國寺,以爲紀念。今存天王殿、大雄寶殿、八角琉璃殿、藏經樓等諸建築。布局嚴謹,法相莊嚴,巍峨壯觀。八角琉璃殿內香花供奉千手千眼觀音像一尊。像爲四面立像,高約 7 米。菩薩身軀,相傳在清朝乾隆年間,名工巧匠用一大棵大銀杏樹雕成,外加千手千眼雕飾。巍然站立,儀態慈藹。殿的四周,爲八角迴廊,繞以大型群塑《釋迦牟尼講經圖》。人物衆多,俱諸色相。佛說:無我相、人相、衆生相、壽者相,此則以我相、人相、衆生相、壽者相見。佛說:非有、非無、非非有、非非無,這是無上等覺,參悟禪機。

　　入寺瞻仰,大雄寶殿,正在舉行"衆姓水陸空和平吉祥大法會"。法師梵唱,善男信女披着袈裟,頂禮膜拜。殿後廊下,禪師在電視中講經,許多居士圍坐着諦聽。藏經樓前,寺僧綴菊成屏,鑲大壽字。遊客取其吉祥,競相攝影留念。繞天王殿側出,菊花成圃。點玉浮金,眩人眉睫。花圃內忽見殘石一拳,高可米許,背鐫"艮嶽遺石"四字,知爲宋徽宗艮嶽遺物,意此石當用花石綱,自太湖搬來。諦視,似不及杭州花圃所見的縐雲峰奇。私意此石可移"龍亭",以之教育群衆。道君皇帝寵信蔡京、童貫,豺狼當道,虎豹專權。不禁感從中來,遂吟一絕云:

　　　　眼前突兀一湖石,道是花綱未足誇。却笑道君輕社稷,軍聲戰血總如麻。

次遊包公祠。包公祠位於開封包公湖西岸,祀我國北宋著名清官包拯。占地約一公頃,氣象開朗。晉殿,瞻仰包公塑像,一字相貌,上懸"清正廉明"匾額。前置:龍頭、虎頭、豹頭之鍘。莊嚴肅穆。配殿陳其生平事迹。東殿陳列怒斬陳世美彩塑:包公右手托冠,走下公案。上首,太監捧着聖旨;下首,張龍、趙虎掖着陳世美衣襟;再下,則爲公主垂手站立。瞻仰包公儀容,肅然起敬。碑亭內置包公手書:"龍馬負圖處"和"開封府題名記"石碑。

遊了包公祠,深感華夏民族優良傳統,應予大力弘揚。默誦天安門詩詞"揚眉劍出鞘",這是新社會人民——民間詩人的吶喊,爲新現實主義傳統,兩者相輔相成。曾讀《莊子·説劍》,它把"廉政"譬爲刀刃。政失了"廉",譬之刀無鋒芒。現在中央領導提倡廉政,懲治腐敗,真的大聲疾呼:要知我們的時代是"機遇和挑戰同在,希望與危機交錯,成就同失誤并存"。遂吟一絶,以抒感慨:

> 執法如山氣自豪,勘今賂納已如毛。狂生欲獻河清頌,毋忘包公虎鍘刀!

次遊鐵塔。時近傍晚,遊興仍是盎然。鐵塔坐落在鐵塔公園內,建於北宋皇祐元年(1049),八角形十三層,高 55.08 米。塔基由於黄水泛濫泥沙沉澱之故,已被淹没。此塔建於開寶寺內,稱"開寶寺塔"。塔的外部全用褐色琉璃磚砌成,望似鐵色,元代起民間稱爲"鐵塔"。

鐵塔建築藝術名馳中外。塔身修長挺拔,高大雄偉;却又靈巧秀麗。通體砌以彩色琉璃磚,磚面飾以飛天、麒麟、伎樂等數十種圖案,栩栩如生,設計精巧。此塔建成 900 多年來,歷經兵燹、水災、地震等衝擊,至今巍然屹立。"開寶寺"猶存接引佛殿一座,殿內塑着宋代鑄造的銅佛一尊,重 12 噸,高 5.14 米,饒於迴向意境。墙有壁畫，惜燈暗難於透視。餘則未及遊賞。

余瞻鐵塔，感其亘千古而巍然屹立，這真充分體現了我國古代勞動人民——腦力勞動者與體力勞動者的卓越的才能和智慧。贊揚不已，吟一絕云：

> 彷徨時向夢中陳，誰是人間不銹身。一塔斜陽千載立，纔知華夏鐵精神！

車回賓館，開封市長招飲，遂相赴宴。與唐繼先兄同室，請教土壤之學，九時就寢。

28日，車馳龍亭。浙大校友參加"1995中國開封菊花花會"揭幕典禮。龍亭聳立高臺，位於潘楊兩湖之北。中築長堤，菊花7000個品種，30多萬盆，點綴堤上。淡艷冷香，賞心悦目。遊人熙攘，初蜂擁於門楼之前。氣球高懸，飄宕空際。晋陶淵明采菊東籬，悠然如見南山；宋李清照把酒黄昏，簾捲西風，人比花瘦，今則舉行花會，人心振奮，提高城市的知名度，增强市場經濟效益，爲改革開放服務。"花却燎原成五彩，誰云人比黄花瘦。"時代不同，情趣迴别。典禮既畢，人群、人流蜂擁而上，穿越大堤，趨向龍亭。

龍亭位於開封城的西北隅，這一帶原爲宋、金故宫的遺址。明洪武十一年(1378)，朱元璋封第五子朱棣於開封，號爲周王。朱棣在這裏營造了一座規模宏大、巍峨壯麗的周王府。明末，周王府受黄河洪水冲擊而淹没。清初，河南總督王士俊重建爲萬壽宫，用作節日大典，向皇帝遥拜朝賀之所。現存大殿就是萬壽宫的正殿。

龍亭大殿坐北朝南，建在一座十幾米高的巨大磚砌臺基之上，南向升階越72級，至巔。憑欄眺望，汴梁繁華盡收眼底。殿南潘、楊兩湖，平分秋色，倒影出龍亭的巍峨雄姿。傳説湖畔分别爲北宋名將楊繼業和潘仁美的故宅。龍亭前新建朝門、玉帶橋、嵩呼亭和龍亭大殿，南北遙相呼應，輝煌雄壯。大殿和東西朝房分別陳列着宋代八組皇帝和歷史人物的蠟象。廊檻上都用朱欄衛護，人群蜂擁，難以擠視。遊客多數祇得繞殿巡視，抬級而下。登車，車繞湖西南行，忽見門楣，懸"天波府"匾額，知爲楊宅。金釘朱戶，閃耀眼睫。

車返賓館，復承宴請，爲"花會迎賓招待會"，就桌入席。余遊龍亭，時諸學長勉以祝賀，遂吟詩云：

> 龍亭花會喜空前，革放中原着一鞭。人物風流齊鼓舞，功成四化美人間！

下午三時，花會安排，馳車黃河之干。俗云："不到黃河心不死！"我們的心是不死的。不久到了河岸，大家顧視而笑，紛紛攝影留念。自慚蹉跎歲月，百無一成，即事爲吟，聊志鴻爪而已：

> 輕車載笑到黃河，攝影觀光韻事多。忽憶播湄風雨日，蹉跎歲月愧如何！

晚七時，車詣開封市體育館，坐西觀禮臺，觀賞"菊花花會大型文藝晚會"。中外歌唱家、藝術家登臺演唱，載歌載舞。祥符鼓樂《八大錘大鬧朱仙鎮》、歌舞《金菊飄香迎賓客》，不少節目，富有地方色彩和現實意義。

29日上午，循高速公路返鄭州，仍息於鄭州飯店。

會散。乘興而返。

（原刊《浙大 1942 級級友通訊》1995 年 12 月 7 日）

編者說明：本文據原刊並參考代抄稿錄編，原刊題爲《浙江大學 42 屆校友歡聚在中原詠歌》，代抄稿題爲《浙江大學 42 屆校友歡聚在鄭州》，今題爲編者酌擬，文中提《登封遊記》，未見。

《國立浙江大學校歌》釋疏

一、創作背景

嶔崎磊落，倜儻自勵，棟梁之材，英傑之士，其必由於學乎！

1937 年 7 月 7 日，日軍侵襲盧溝橋，抗戰軍興。8 月 13 日，日本調集海陸空軍進攻上海。11 月，日軍在浙江全公亭登陸。浙江大學在日機轟炸中堅持三月學業，被迫遷徙。時方日寇肆虐，神州蕩析。校長竺師藉舫可楨教授，身膺重任，舉校西遷。數閱寒暑，途經六省，計程二千六百餘公里。自杭州五播而最後定居於貴州遵義與湄潭。八載之間，弦歌不輟。上懷國家，下哀民生，時復參加抗日救亡工作。以爲天之降大任於斯人也，必當發揚蹈厲焉。竺師之施教育也，高瞻遠矚，倡導綜合性大學，"有文有質，有農有工""海納百川，有容乃大"。法前修之善，而自發新知；存中國之長，而兼明西學。大學學生於至理要道，應有真知灼見。平理若衡，照物如鏡。教育青年，不僅於傳授知識，冀能使之獲得較高之文化修養，篤實光輝，樹立風氣，以期改善社會國家，負荷建設重任。爲人爲學，悉以"求是"之校訓貫之，而冀有所創新。當時名師雲集，學風蔚然。

竺校長之主持浙江大學也，1936 年 4 月 7 日，國民政府行

政會議通過任命。4月25日,竺校長正式到任。是日下午,竺
校長召開教職員茶話會,與學生見面,並於體育館作《大學教育
之主要方針》之講話,實爲《就職演講》。話中闡發"振興教育",
"第一須明白過去的歷史,第二應該瞭解目前的環境";"憑藉本
國的文化基礎,吸收世界文化的精華";"根據本國的現勢,審察
世界的潮流","纔能養成有用的專門人才","合乎今日的需要"。
同時於浙江鄉賢中,提出黃梨洲和朱舜水兩位學者:"一方爲學
問而努力;一方爲民族而奮鬥。"認爲"先型足式"。勉勵學生:
"承先啓後,以精研學術,而且不忘致用實行、爲國效勞的
精神。"①

　　竺校長下車伊始,求賢若渴。5月6日,經人"介紹",欣悉
"馬一浮先生與邵裴子,此二人杭州視爲瑰寶"。馬一浮"與大哥
同榜,爲案首。湯壽潛選爲東床,未幾,至美國。近卅年潛研哲
學,但始終未至大學教書"。遂委趙華照通過壽毅成爲介,"一探
其願否至浙大。邵裴子則余已訪晤一次,請爲國學教師極相
宜"。② 5月24日,竺校長偕鄭曉滄教授詣馬一浮寓,登門請教。
"勸其爲學生授課,甚至至渠寓所聽講亦行。"竺校長旋致函章子
梅洽聘。章由張聖徵轉告馬所提方案:"謂其所授課不能在普通
學程以內。"此點,竺校長"允許,當爲外國的一種 Seminar(研究
生班課程)"處理。"但一浮並欲學校稱其謂國學大師,而其學程
爲國學研究會。"③當時"在座者均不贊同",竺校長"亦以爲不
可,大師之名,有類佛號;名曰會,則必呈請黨部,有種種麻煩

---

①　浙江大學教育研究室編《浙大教育文選》,浙江大學出版社 1987 年版。

②　見《竺可楨日記》第 I 冊 1936 年 5 月 6 日,人民出版社 1984 年版(以
下出版社及出版年月略)。

③　見《竺可楨日記》第 I 冊 1936 年 5 月 24 日。

矣。""允再與面洽。"8 月 7 日,章子梅往謁馬老,視馬老尚無出山意,"故事又不成"。①

聘事暫寢。杭州淪陷。1937 年 11 月,馬老"由杭遷桐廬",曾作《將避兵桐廬留別杭州諸友》五古一首。翌年,自桐廬至開化。1938 年 2 月 20 日下午四點半,竺校長在梅迪生教授處談"馬一浮事",謂:"去歲約馬至浙大授課,事將成而又謝却。現在開化頗爲狼狽,並有其甥丁安期及門生王星賢兩家合十五人,願入贛避難,囑相容於浙。迪生與曉滄均主張收容。"竺校長"遂擬復一電,聘爲國學講座"。②

馬老得電首途,3 月 29 日,至江西樟樹,陳訓慈教授遇之於途。③ 4 月 3 日,馬老至泰和太原書院。梅光迪、郭斌龢、王以中、賀昌群四教授"宴請"。④ 馬老遂於泰和設講座,講稿刊爲《泰和會語》。

5 月 14 日下午三點,竺校長詣新村 10 號教室,聽講《西方近代科學出於六藝》,謂:"《詩》《書》爲至善;《禮》《樂》爲至美;《易》《春秋》爲至真,以《易》爲自然科學之源,而《春秋》爲社會科學之源。蓋《春秋》講名分,而《易》講象數。自然科學均以數學爲依歸,其所量者不外乎數目、數量、時間與空間,故自然科學之不能逃於象數之外,其理亦甚明顯。惜馬君言過簡單,未能盡其底蘊。"⑤

5 月 28 日下午三點,竺校長又詣太原書院聽馬一浮講《論

---

① 見《竺可楨日記》第 I 册 1936 年 8 月 7 日。
② 見《竺可楨日記》第 I 册 1938 年 2 月 20 日。
③ 見《竺可楨日記》第 I 册 1938 年 3 月 29 日。
④ 見《竺可楨日記》第 I 册 1938 年 4 月 3 日。
⑤ 見《竺可楨日記》第 I 册 1938 年 5 月 14 日。

語》第一章和最後一章,闡述六藝之道。①

6月26日,浙江大學在蕭氏宗祠舉行第十一屆畢業典禮,學生"唱了張橫渠四句教"。此歌"係馬一浮囑豐子愷覓人作歌譜者"。"唱畢,馬一浮講演",《贈浙江大學畢業生序》。後畢業生代表吳怡延致答辭。②

馬老在浙江大學德高望重,浙大播遷於廣西宜山。1938年11月19日下午三點,竺校長主持校務會議:"決定校訓爲'求是'兩字,校歌請馬一浮製作。"③

11月23日,竺校長詣文廟聽馬一浮講《六藝要旨》,馬"謂立國致用,當以立身行己着手。孔子所謂言忠信、行篤敬,雖蠻貊之邦行矣。言不忠信,行不篤敬,雖州里行乎哉"云云。④

12月8日下午三點,竺校長主持校務會議。會上"討論校歌問題。本校校訓前次已定爲'求是',校歌由馬一浮製成,擬請人將歌譜製就後,一并通過"。⑤ 未及兩句,馬老製成校歌。

1939年2月4日,竺校長在湄潭永興場湖廣會館召集一年級新生講演《求是精神與犧牲精神》,闡發校訓求是的精神與大學新生應有的使命。"所謂求是,不僅限爲埋頭讀書或是實驗室做實驗。""既能把是非得失瞭然於心,然後盡吾力以行之。""校訓爲求是,實事求是,自易瞭然;然而言易行難,一旦利害衝突,甚難實行'求是'精神。近世科學始祖,首推哥白尼、伽利略以及布魯諾三氏,除前一人著書外,後二人一秉求是精神,歷險如夷,

---

① 見《竺可楨日記》第Ⅰ册1938年5月28日。
② 見《竺可楨日記》第Ⅰ册1938年6月26日。
③ 見《竺可楨日記》第Ⅰ册1938年11月19日。
④ 見《竺可楨日記》第Ⅰ册1938年11月23日。
⑤ 見《竺可楨日記》第Ⅰ册1938年12月8日。

視死如歸,以身殉科學。""壯哉,求是精神!此固非有血氣毅力大勇者不足與言。深冀諸位效之"。①

馬老在浙大講學,約兩學期,旋應孔祥熙邀去四川主持復性書院。宜山講學,稱《宜山會語》,當堂石印散發,後結爲集。馬老將別,1939年1月16日,梅光迪教授約竺校長"餞行"。② 1月17日,竺校長約項定榮、梅光迪、陳訓慈、張其昀等二十餘人公宴。③ 1月24日,馬老將赴川,賦詩留別,詩云:"故國經年半草萊,瘴鄉千里歷崔嵬。地因有礙成高下,云自無心任去來。丈室能容師子座,蠶叢刀遣五丁開。苞桑若繫安危計,錦蕞(茅屋也)應培禹稷材。"④

2月7日,竺校長"接孔祥熙電,約馬一浮至渝主持復性書院"。"西南運輸管理局張慶餘來"接。2月8日,馬老首途往渝,"馬與家眷先乘交通部車赴貴陽,明日尚有二車載書籍赴重慶,乃軍政部車"。⑤ 竺校長與張其昀趨站送別,郭斌龢、賀昌群、繆鉞等教授相繼揖別。

1941年6月24日,竺校長致函國立音樂學院應尚能教授,"囑爲馬一浮前年在宜山時所製校歌譜曲"。⑥

《校歌》譜成,練習試唱。8月14日下午四點,在柿花園1號,竺校長請"各院院長及(涂)長望、(黃)羽儀、(張)薑謀、(蘇)步青、(王)勁夫,新聘之金城、豐子愷、邱仲康,並學生虞承藻等,'回聲''大家唱''飛燕'三團體成員之八九來唱校歌。計先後唱

---

① 見《竺可楨日記》第Ⅰ册1939年2月4日。
② 見《竺可楨日記》第Ⅰ册1939年1月16日。
③ 見《竺可楨日記》第Ⅰ册1939年1月17日。
④ 見《竺可楨日記》第Ⅰ册1939年1月24日。
⑤ 見《竺可楨日記》第Ⅰ册1939年2月8日。
⑥ 見《竺可楨日記》第Ⅰ册1941年6月24日。

三次,需時全歌計三分鐘"。"六時散"。① 校歌復在教職員工和學生中反復習唱;然後,在全校總理紀念周上演唱。

11月10日11點,浙大校歌在遵義丁字口慶華電影院作總理紀念周時,正式集唱。次由郭洽周教授"講馬一浮所製校歌"。竺校長在"日記"中稱贊"唱得甚好,洽周解釋亦極精詳"。②

郭洽周教授爲校歌解釋,撰《本校校歌釋義》,載於《浙大學生》第二期,概述歌之創作過程及其反映:"本校以前尚無校歌,前年在宜山時,由校長敦請馬一浮先生擬作一歌,迭經同仁商議決定采用,並請應尚能先生製譜。此次暑假中由歌詠隊試唱,成績良好。現學生中已有一部分人能唱,不久全校師生均能歌矣。對於校歌之意見,據個人所聞,大都贊成。偶有表示異議,感覺美中不足者,不外三點:一以爲校歌太莊嚴,二以爲校歌太難懂,三以爲訓誨意味太濃厚。其實國立大學之校歌,應當莊嚴肅穆,於紀念周開學典禮、畢業典禮及因故特開之大會時唱之,令人感發興起,油然生其敬愛之心。如遇球技比賽,歡呼踴躍,情緒激昂,自可仿照外國大學之例,於正式校歌外,另備一種校歌,並行不悖,相得益彰。至第二點,校歌本身,並不甚難,實因吾人對於經籍太不注意,故覺其難。歌辭取材於《易經》《書經》及《禮記》諸書,爲先哲嘉言,有至理存乎其間。一經解釋,便覺豁然貫通。至第三點,此歌與箴詩爲近,如韓愈《五箴》。雖稱爾汝,實乃自責。師生彼此以最高理想互相勖勉,互相告誡,而非任何人,訓誨其他任何人也。"

校歌嗣後於開學、結業典禮中唱之。竺校長亦常將歌義教育學生。11月17日八點,竺校長赴湄潭浙大分部,在這紀念周和開

---

① 見《竺可楨日記》第 I 冊 1941 年 8 月 14 日。
② 見《竺可楨日記》第 I 冊 1941 年 11 月 10 日。

學典禮時,"講校歌","最後以仁、義、禮、智、信勖諸生,並以文文山(文天祥)之能以身殉國,臨卒時所云:孔曰成仁,孟曰取義,惟其義盡,所以仁至。讀聖賢書,所學何事?而今而後,可以無悔。"[1]教誨學生。校歌大義,即是繼承和發揚民族優秀傳統,身體而力行之。

二、文字解釋

校歌歌辭,馬老原附說明,提掖要旨,轉載於《馬一浮先生逝世二十周年紀念特刊》。郭洽周教授之"三十年十一月遵義校本部紀念周講演",題爲《本校校歌釋義》,刊於《浙大學生》第二期。王駕吾教授猶有《浙大校歌難字詮釋》,刊於《浙大北美校友會通訊》第七期。諸文闡釋精闢,惜流播未廣,翻檢爲勞。今將歌辭逐錄如次,參考三文,逐句解釋,以供參考焉。管窺之見,祈請大雅正之。

(一)校歌歌辭

大不自多,海納江河。惟學無際,際於天地。形上謂道兮,形下謂器。禮主別異兮,樂主和同,知其不二兮,爾聽斯聰。

國有成均,在浙之濱。昔言求是,實啓爾求真。習坎示教,始見經綸。無曰已是,無曰遂真。靡革匪因,靡故匪新。何以新之,開物前民,嗟爾髦士,尚其有聞。

念哉典學,思睿觀通。有文有質,有農有工。兼總條貫,知至知終。成章乃達,若金之在鎔。尚亨於野,無吝於

① 見《竺可楨日記》第Ⅰ冊 1941 年 11 月 17 日。

宗。樹我邦國，天下來同。

（二）詮釋

　　大不自多，海納江河。惟學無際，際於天地。

　　就學制而言，浙江大學前身求是書院創辦人、杭州知府林啓，在《浙江巡撫廖中丞奏設求是書院摺》中曾言道："《大學》格、致、誠、正、修、齊、治、平之道，蓋古今中外而不能易者也。歐美諸邦，學堂各千百計，自髫齡入小學，以次而中學、而大學，猶是家塾、黨庠、州序、國學之制也。"①顯示求是書院相當於"國學"之大學。校歌所言："大不自多"之大，就學制言；其意兼蘊"大學"之大。郭洽周教授《釋義》遂謂："大學之所以爲大，以海象徵。百川匯海，方成其大。大學爲學問之海，兼收並蓄，包羅萬有。"義自此出。

　　就德業言："大學爲學問之海"，理當"兼收並蓄，包羅萬有"。此義《荀子·勸學》實啓其端。荀子云："積土成山，風雨興焉；積水成淵，蛟龍生焉……故不積跬步，無以至千里；不積小流，無以成江海。騏驥一躍，不能十步；駑馬十駕，功在不舍；鍥而舍之，朽木不折；鍥而不舍，金石可縷。"海之能大，百川朝宗，重在一個納字。學之成就，當是重在積字。李斯《上書秦始皇》云："太（泰）山不讓土壤，故能成其大；河海不擇細流，故能就其深；王者不却衆庶，故能明其德。"斯知大者當出於多。"泰山其高，江海其大"，以之喻學明道，宋儒習言。② 大學涵義，就學制言，指綜合性大學；就德業言，指研究之對象浩涵。學問之所得，日積月

---

① 　浙江大學教育研究室編《浙大教育文選》，浙江大學出版社 1987 年。
② 　張栻《河南程氏粹言序》云："若夫子之道，日月其明，泰山其高，江海其大也。"

累，須臾於是。郭洽周《釋義》因曰："英文稱大學 University，源於拉丁字 Universitas，訓混一，訓完全，引申爲宇宙。大學研究之對象爲宇宙。凡宇宙間所有之事事物物，大學皆當注意及之；大學本身可稱爲一小宇宙也。"大學學問之大廣闊無際，延伸之整個宇宙天地。"大"之涵義，自有其特定之内容也。

形上謂道兮，形下謂器。

郭洽周《釋義》云："大學學科繁多，然大別之，不外形上與形下兩種。形上指體，即講抽象原則之學；形下指用，即講實際應用之學。"中國哲學所稱之"形上"和"形下"，與蘇聯哲學家所稱謂之"形而上學"，兩者概念涵義不同，而是與之相反的。據《簡明哲學辭典》解釋："形而上學"指的是"把自然現象看做單獨的、彼此孤立的和不變的現象的一種不科學的方法，也就是與從現象的發展、變化和相互聯繫來觀察現象的辯證法直接相反的方法。"

中國哲學的形上與形下的涵義和分類，恰與形而上學方法相反。中國學説源於《易·繫辭上》曰："是故形而上者謂之道；形而下者謂之器；化而裁之謂之變；推而行之謂之通；舉而措之天下之民，謂之事業。"意謂：超出形體之上的，屬於概念性的東西，稱之爲道。道可指道路、歷程、規律、原理、方法等；或者稱之爲體，意即本體。具有形體可以覺察的稱之爲器。器指物質、形體、工具、現象等；或者稱之爲用，意即可以實際應用的。中國哲學將人類文化分成"形而上"與"形而下"兩個方面，這兩者的内涵相當於遍指人類的物質文明與物質生活和精神文明與精神生活。這兩者有着相互聯繫，可用辯證觀點來進行考察的。《易》傳概括爲"變""化""推""舉"四字，即是將抽象的原理與具體的事物加以適當的剪裁與變化，從而達到應用的目的，稱之爲"變"。這兩者的結合，際遇到了窮時，這就要變。所謂"窮則變”，變了就可作進一步的推演，使之實行，發揮它蘊藏着的潛在力，稱之爲“通”；成爲通達，就是：“變則通”，也就是觀其會通，融會貫通的意思。這樣引出方案，成爲措施，以供天下的人使用，稱作事業。這個道理，運用馬老引二程的術語來説，稱爲“體用一原，顯微無間”。

校歌中這兩句話：“形上謂道”“形下謂器”，承上“惟學無際，際於天地”而來，乃説一個“學”字，包括精神文明和物質文明，兩者會通，庶能“開物成務”造就“事業”。

“學問”古人或稱“學術”，不是祇稱書本的知識，而指“格、至、誠、正、修、齊、治、平之道”。“學”指“學習”；“術”指“治術”。即指學習治國平天下之“術”。《莊子·雜篇·天下》云：“天下之治方術者多矣。”“其在於《詩》《書》、禮、樂者，鄒魯之士，搢紳先生多能明之。”“其數散於天下，而設於中國者，百家之學，時或稱而道之。”又云：“道術將爲天下裂。”道術猶云學術，所以治天下者。正道則治天下，“邪説橫行”，則“道術將爲天下裂”。此“學”與“術”，合之稱爲“學術”，或“道術”，即爲治天下之方術也。馬老崇尚理學，其學自循古訓。“形上謂道”，“形下謂器”兩事，近於今日所稱精神文明與物質文明兩事。“化而裁之”，“推而行之”，“舉而措之”，以治“天下之民”，然後形成“事業”。此義較今日所言“兩手抓”，説得更爲細微具體。兩者“會通”，上上下下，有形無形，通貫一體，庶見人類社會文化的整體。兩千年前孟子早見及此，認爲理想社會不僅要有“五畝之宅，樹之以桑。……老者衣帛食肉，黎民不饑不寒”；而且還須“謹庠序之教，申之以孝悌之義，頒白者不負戴於道路矣”。兩者聯合，馬老所謂：不能“岐而二之”，必須視爲整體也。

禮主別異兮，樂主和同。

郭洺周《釋義》云:"大學生活,禮與樂當並重。禮是秩序,尊卑長幼,前後上下,各有分際,不宜逾越;樂是和諧,師生相處,有若家人,笙磬同音,訢合無間。"《樂記》:"樂者,天地之和也;禮者,天地之序也。和故百物皆化,序故群物皆別。"程子曰:"禮秪是一個序,樂秪是和。禮屬於智,在別其異;樂屬於情,在求其同。"

現在尚屬社會主義初級階段,理智上仍須認識有差別,感情上則力求團結,兩者相輔而行。《樂記》所謂:"樂者爲同,禮者爲異。同則相親,異則相敬。"《荀子·禮論》云:"人生而有欲,欲而不得,則不能無求。求而無度量分界,則不能不爭。爭則亂,亂則窮。先王惡其亂也,故制禮義以分之,以養人之欲,給人之求,使欲必不窮乎物,物必不屈於欲。兩者相持而長,是禮之所起也。"《樂論》云:"夫樂者樂也,人情之所必不免也。""可以善民心,其感人深,其移風易俗,故先王導之以禮樂,而民和睦。夫民有好惡之情,而無喜怒之應,則亂。先王惡其亂也。故修其行,正其樂,而天下順焉。"斯言禮樂之所由起,於社會安定有其效益。孔子云:"禮云禮云,玉帛云乎哉;樂云樂云,鐘鼓云乎哉。"禮樂二字,不當於歷史上之禮制樂制泥之;而當知其會通。馬老曾言:"此心自然不亂,便是禮。不憂不懼,便是樂。縱使造次顛沛,槁餓以死,仍不失其爲樂也。"禮樂序和之義,理學家如此釋之。禮樂之道,亦是"窮則變,變則通"也。

> 知其不二兮,爾聽斯聰。

郭洺周《釋義》云:"形上與形下,禮與樂,皆一事之兩面,相反相成,不可偏廢。此屬我國文化神聖之所在,亦即我國國立大學精神之所在。"

"聽思聰"見於《論語·季氏》:"子曰:君子有九思:視思明,聽思聰,色思溫,貌思恭,言思忠,事思敬,疑思問,忿思難,見得思義。"邢昺疏:"視思明者,目睹爲視,見微爲明。""聽思聰者,耳聞爲聽,聽遠爲聰。"此語承上言之,能知此章之意:爲"教化之本"。則耳聰目明矣。

《釋義》又云:"首章説明國立大學之精神"。遵循馬老的術語來説:則爲"首章明教化之本。體用一原,顯微無間。道器兼該,禮樂並得。以救時人歧而二之之失。言約義豐,移風易俗之樞機,實繫於此"。此段顯示作歌義藴,實也反映馬老粹於理學。《河南程氏粹言》卷一引程子曰:"《易》,變易也,隨時變易以從道也。至微者理,至著者象,體用一源,顯微無間。"程明道即以喻"善學"。"體用一源,顯微無間"。自屬理學思想體系,中國傳統哲學,是從探索宇宙本源的思想着手,進而研究天和人的關係。將外在的自然世界不僅視爲整體,同時將這整個人類社會置於其內,兩者形成彼此可以相互貫通的有機整體,從而將自然界的萬事萬物與整個人類社會,包括人類自身,都視作爲一個統一和諧的整體。張橫渠所謂"爲天地立心,爲生民立命",這個整體學者可從格物致知、認識事物出發,"學以聚之,問以辨之,寬以居之,仁以行之"(見《周易‧乾卦‧文言》傳),達到"與天地合其德,與日月合其明,與四時合其序,與鬼神合其吉凶","先天而天弗違,後天而奉天時"的境界。成爲"天人合一","天人一物"的天地渾然一體的宇宙整體的統一模式。從人和自然的和諧統一中,進而要求統治者從中獲得濟世安民的啓示與措施。張橫渠因而提出"爲往聖繼絶學,爲萬世開太平"的主張。山東曲阜聖廟中欞星門後有一石坊,額題"太和元氣"四字,説明孔子學説是像太空中元氣那樣,充塞於宇宙間的。馬老崇學,"惟學無際,際於天地"的思想體系,當與儒術是一脉相承的。

國有成均,在浙之濱。

成均,西周稱大學爲成均。《周禮·春官》:"大司樂掌成均之法,以治建國之學政。"《禮記·文王世子》鄭玄注引董仲舒曰:"五帝名大學曰成均。"此語意謂:國立浙江大學在浙江之濱也。

　　昔言求是,實啓爾求真。

　　國立浙江大學以求是書院爲前身。求是書院創建於 1897 年,即清光緒二十三年農曆正月。創辦人爲杭州知府林啓迪臣。林啓自任知府後,一面改革弊政,促進地方經濟之發展;一面着手籌辦學堂,開發民智,提高國民的文化素質。求是書院之創建,爲當時維新思潮興起之必然産物;亦爲林啓"講求實事"而執着奮鬥之成果。

　　關於"求是"精神,竺校長於 1939 年 2 月 4 日,在廣西宜山對一年級新生作了《求是精神與犧牲精神》的講演,闡述其義,十分明確。馬老對於"求是",亦自有見解:

> 今人人皆知科學所以求真理。(事物是現象,真理即本體。理散在萬事萬物,無乎不寓。所謂是者,是指分殊;所謂真者,即理一也。)凡物有個是當處,乃是天地自然之序,物物皆是當。交相爲用,不相陵奪,即是天地自然之和。(是當,猶今俗言停停當當,亦云正當。)序是禮之本,和是樂之本,此真理也。(六經無真字,老莊之書始有之。《易》多言貞,貞者正也。以事言則謂之正義,以理言則謂之真理。或曰誠,或曰無妄,皆真義也。是字從正,亦貞義也,以西洋哲學真善美三義言之,禮是善,樂是美,兼美與善斯真矣。《易》曰:天下之動貞夫一者也。《華嚴》謂之真法界,與《易》同旨。)故謂求是乃求真之啓示,當於理之謂是,理即是真,無別有真。

　　郭洽周《釋義》云:"次章言本校爲一全國性之大學,成均爲占代國立大學之通稱，本校設在浙省，其地位與古代成均無異。本校前身爲求是書院，並已取求是爲校訓。實事求是一語，出《漢書·河間獻王傳》，爲清代漢學家之口號，即事而求其是，即物而窮其理，乃所以求真。大學最高目的，在乎求真，必先能求真，然後美與善始有所依據。美國哈佛大學之校訓爲‘真’，University 與本校校訓‘求是’不謀而合。”

　　倡導求是精神，在中國由來尚矣；實爲中華民族學術界、思想界、政治界之優良傳統。“修學好古，實事求是。”見於《漢書·河間獻王傳》。漢儒提此口號，有其歷史背景。就《詩》論之，西周時爲樂正所崇，與《書》、《禮》、《樂》爲四術，列於庠序學校之中，以之教育貴族子弟，培養其政治上的繼承人，視爲“先王之教，王官之學”。暴秦焚書，“焚《詩》《書》”，“以古非今者族”。文籍大遭摧殘。漢興，惠帝始除秦禁。文帝、景帝時，“《詩》始萌芽”，傳《詩》有三家。“於魯則申培公，於齊則轅固生，於燕則韓太傅”，稱“三家詩”，用當時隸書書寫，屬於今文學派。三家釋《詩》，變換傳統授《詩》方式，托言闡發孔子經書的微言大義，實際結合緯書，以術數災異説經，使經學神學化，穿鑿附會，爲“漢興授命”創立理論根據。齊詩派益發攙入陰陽五行學説，用《詩》解説《易》和律曆，説明秦之當滅，漢之當興。三家詩於文帝、景帝時先後立之於學官。河間獻王，名德，是景帝的兒子，不以今文學説爲然，崇尚古文經學的《毛詩故訓傳》。《毛傳》重視“名物訓詁”，授《詩》之義，多爲先秦王官舊説，不適應當時政治需要。陸德明《經典釋文·序錄》故云：“不在漢朝，故不列於學。”有識之士崇揚這種治學態度，稱其“修學好古，實事求是。”《毛傳》釋《詩》，勝於三家，其主張是進步的。後世學者遂遵從之，采以爲訓，以爲學者之座右銘焉。韓愈因言：“文無難易惟其是”，僕之於文非務淵雅也，務其是耳。湖南嶽麓書院爲今存宋代書院之最早者，1982 年時，余猶見院講堂之東西壁轉輾猶存舊題遺辭：
"實事求是"，今已易爲匾額，懸於堂楣。陸象山云："吾人之志，當
何求哉？惟其是而已。"王陽明云："君子之學豈有心於同異，惟其
是而已。吾於象山之學，有同者非是苟同，其異者自不掩其爲異
也；吾於晦庵之論，有異者非是求異，其同者自不害其爲同也。"清
黄以周主講江陰南菁書院時，書其座右銘云："實事求是，莫作調
人。"這種治學態度，在中國學術界實有深厚的歷史淵源，亟應繼
承發揚。

竺校長倡導求是精神，不僅繼承優良傳統，實爲發揚光大。
"求是"古訓，賦以新義。不僅論學，且拓之於立身行事，齊家治
國；與振興中華，彪炳事功及歐西科學家的追求真理、堅持真理之
奉獻精神緊密融化，使求是精神向着高級發展，便之臻於追求真
理的理想境界，意義十分深刻。馬老援以撰入校歌，立言可與立
德、立功並美，其功將不朽矣。

習坎示教，始見經綸。

郭沿周《釋義》云："習坎爲《易經》坎卦之名。象曰：水洊至，
習坎，君子以常德行，習教事。水之至德爲漸，爲默，爲恒。徐子
曰：仲尼亟稱於水曰：水哉，水哉！何取於水也。孟子曰：原泉混
混，不舍晝夜。浙江古曰漸水，亦曰漸江。吾校學風，取法於水，
漸近默成，恒久不已；所謂君子之道，闇然而日章。今學校規模
已具，前途發展，正未可限量也。"

馬老《説明》云："《易》曰：水之洊至，習坎；君子以常德行，習
教事。義謂水之洊至、自涓流而匯爲江海，順其就下之性而無驟
也。君子觀於此象，而習行教化之事，必其德行恒常，然後人從
之。本校由求是蜕化而來，今方漸具規模，初見經綸之始，期共展
也大成，如水之洊至，故用習坎之義。取義於水，亦以其在浙也。"

兩釋闡述要旨精審，但文字涵義似尚有需申說者。䷜，習坎，是《易經》六十四卦中的一卦名，又稱爲坎。卦是䷜坎下坎下。☵爲水，䷜則爲兩重水。象曰："水洊至，習坎；君子以常德行，習教事。"卦象是兩重水，故云："洊至"；即水一再的到來。《論語·子罕》："子在川上曰：逝者如斯夫，不舍晝夜。"《孟子·離婁下》："孟子曰：原泉混混，不舍晝夜，盈科而後進，放乎四海。有本者如是，是之取爾。"爲學應當效法這種精神，須臾不懈，不斷進修自己之德性、品行、學業，熟習教化他人。校歌援以爲教，可謂循循善誘者矣。

經綸，是織綢時理順絲縷之意，引申義用以比喻策劃經營。《易》屯卦䷂震下坎上。象曰：雲雷，屯，君子以經綸。雲是雨兆，上卦坎釋爲雲，下卦震釋爲雷。雲雷象徵天地初創的苦難歷程，君子當以天下爲己任，擔負策劃經營建立秩序之職責。《禮記·中庸》："唯天下之至誠，爲能經綸天下之大經。"馬老鑒於浙大"初見經綸之始，期其展也大成"。故闡經籍嘉言，以示教也。

> 無曰已是，無曰遂真。靡革匪因，靡故匪新。何以新之，開物前民。嗟爾髦士，尚其有聞。

郭洽周《釋義》云："無曰四句，乃校訓之絕好注解，虛衷體察，弗明弗措，革不忘因，新不蔑故。真理如日月，光景常新。惟其求真，故能日新，抱此日新之精神，方可開物成務，爲人民之真正領導者也。"

馬老《說明》云："無曰四句，是誡勉之詞。明義理無窮，不可自足。勿矜創獲，勿忘古訓，乃可日新。開物成務，前民利用，皆先聖之遺言，今日之當務。（前民之"前"，即領導之意。）傅說之告高宗曰：'學於古訓乃有獲。'今日學子尊今而蔑古，蔽於革而不知因，此其失也。溫故知新，可以爲師。教者所以長善而救其失,此章之言,叮嚀諄至,所望於浙大者深矣。"

兩釋俱精,而馬老所示,尤有其針對性。"無曰"四句,爲誡勉之詞,勉人亦所以自勉。"無曰已是,無曰遂真。"王駕吾《浙大校歌難字詮釋》云:"求是之學,即是求真。真理不是容易得着的。學者探求真理,宜先有虛懷若谷之心,反復探尋,不斷證驗,未可得少爲是,自謂已是已真也。""靡革匪因,靡故匪新,"顯示繼承與革新交替的辯證關係。人類文化綿延發展,不能無所繼承。割斷歷史,另起爐竈,不是辦法。推陳出新,纔能生生不息。《文心雕龍·通變》云:"莫不相循,參伍因革,通變之數也。""名理相因,此有常之體也。文辭氣力,通變則久,此無方之數也。""名理有常,體必資於故實;通變無方,數必酌於新聲。故能騁無窮之路,飲不竭之源。"文藝創作:"必資於故實","必酌於新聲",纔得"飲不竭之源","騁無窮之路"。振興學術文化,當亦如是。馬老叮嚀:"今日學子尊今而蔑古,蔽於革而不知因,此其失也。溫故知新,可以爲師。教者所以長善而救其失。"此話有理,"文革"之浩劫可以爲鑒。"何以新之,開物前民。"如何進取,當有領導。《孟子·萬章上》:"天之生此民也,使先知覺後知,使先覺覺後覺也。"就今國情而言,正處於社會主義初級階段,建設精神文明,須從實際出發。對大多數人是樹立、鞏固和發揚社會主義的道德和思想。共産主義的道德與思想則爲對少數先進分子的要求,對大多數人説,祇能作爲一種方向來引導而已。這也存在着一個"先知覺後知,先覺覺後覺"的"開物前民"的問題。

嗟爾髦士之"嗟",爲呼喚語之發端詞,猶今口語中"喂"。嗟爾髦士,與《詩》"嗟爾君子""嗟爾朋友"同一語法。髦士,英俊之士。《詩·小雅·甫田》:"烝我髦士",陳子展《詩經直解》譯爲:"並進修了我俊秀之士的本領。""尚其有聞","尚"爲語氣詞,表示勸勉。此語意謂:英俊青年是能够攝取這些道理的。

念載典學，思睿觀通。

郭洽周《釋義》云："末章言本校使命重大，希望無窮。他日風聲所播，可由一國而及於全世界。念終始，典於學，是《書經·説命》文。思曰睿，睿作聖，是《書經·洪范》文。觀其會通，以行其典禮，是《易經·乾·文言》文。大學教育，當自始至終，以學術文化爲依歸，力求學生思想之深刻，識解之明通。"馬老於此，提要鈎玄，予以通體説明："末章之意，與首章相應。首言體之大，末言用之弘。念終始典於學，是《説命》文，典者常也。久於其道而天下化成，乃終始典學之效。成山假就於始簣，修塗托至於初步，要終者必反始，始終如一也。思曰睿，睿作聖，是《洪范》文。觀其會通，以行其典禮，是《易·繫辭》文。"

典學見《書·説命下》，原爲傅説勉勵高宗的話。"念終始，典於學。"孔穎達疏："念終念始，常在於學。"此移以勉浙大學生。"思睿"，見《尚書·洪范》：武王訪於箕子，箕子告以"五行""五事"。五事中"五曰思"，"思曰睿"，"睿作聖"。孔穎達疏："思必當通於微密也。""思通微，則事無不通，乃成聖也。""觀通"，見《易·繫辭》傳：原爲釋義之詞："聖人有以見天下之賾，而擬諸其形容，象其物宜，是故謂之象。聖人有以見天下之動，而觀其會通，以行其典禮，繫辭焉，以斷其吉凶，是故謂之爻。"意謂：聖人看到天下萬物的複雜現象，思想模擬它的形貌，使其正確地象徵這林林總總的事物，所以稱之爲象，象是模擬物象的意思；聖人看到天下萬物的相互關係，就在這錯綜複雜的變動之中，考察它的融會貫通的道理，作爲處理事物的法度和規則。[①] 將此法度和規則，反映之於語言文字，作爲判斷吉凶的依據，所以稱之爲

---

① 《河南程氏經説》卷一《易説·繫辭》："行其典禮。典禮，法度也，物之則也"。

爻，爻是效法事物的意思。

"念載典學，思睿觀通"意謂：學者對於文化學術的研究，自始至終，不能懈怠。心思需要縝密，對於變動不居的動態事物，活潑潑地，應視爲有機的整體，察其脉絡相通，發現規律；從而處理事物，作出措施。

> 有文有質，有農有工。

郭洽周《釋義》云："本校有文、理、工、農、師範五學院。吾國素尊師誼。後漢趙壹《報皇甫規書》曰：'君學成師範，縉紳歸慕。'今之師範生，其所肄習，非文即質，質即理也。大學中雖設五院，而實爲一整個之有機體，彼此息息相關，不宜自分畛域。大學與專科學校不同之處，即在每一學生，有自動之能力，系統之智識，融會貫通，知所先後，當行則行，當止則止。資質木訥，復經數載之陶冶，畢業出校，自能斐然成章，遂不離道，如玉之受琢，如金之在鎔焉。"

浙江大學當時施教，聽廣視遠，具有特色。繆鉞先生在《小休堂詩詞稿序》中曾予闡述："夫大學者，本應以培育通才爲旨歸，使受教育者能具有廣闊之襟懷，宏通之識解，出而應世，則所見者遠，而所成就者大。蔡元培先生之長北京大學，竺可楨先生之長浙江大學，均本斯義。故人才濟濟，稱盛於一時。""新中國建立之後，教育制度步趨蘇聯。在大學中，強調專業，壁壘森嚴，非但文科與理科不能互相溝通，即文科中之文、史、哲各系，亦限以藩籬，不能逾越。使承學之士，徘徊於小徑之中，局促於狹隘之域。曩者大學培養通才之規模，蕩然無存，此則深可惋惜者矣！"解放以還，院系調整，此優秀傳統，一時脫節，走了彎路。前事不忘，可爲後事師矣。

> 兼總條貫，知至知終。成章乃達，若金之在鎔。

　　馬老《説明》云："知至至之，可與幾也；知終終之，可與存義也。《易·乾·文言》文。知至，即始條理事，知終，即終條理事。同人於野，亨，《易·同人》卦辭。同人於宗，吝，《同人》六二爻辭。野者，曠遠之地，惟廓然大公，斯放之皆准，而無睽異之情，故亨。宗者，族黨之稱，謂私繫不忘，則畛域自封，終陷褊狹之過，故吝。學術之有門户，政事之有黨爭，國際之有侵伐，愛惡相攻，喜怒爲用，皆是同人於宗致吝之道。學也者，所以通天下之志，故教學之道，須令心量廣大，絶諸偏曲之見，將來造就人才，見諸事業，氣象必迥乎不同，方可致亨。"

　　郭洽周《釋義》云："同人於野，亨，《易經·同人》卦辭；同人於宗，吝，《同人》六二爻辭。言大學教育，應養成一種寬大之胸襟，廓然無垠，有如曠野，而不當侷促於一宗一派之私，自生町畦。"兩釋聯繫實際，對於學風具有深刻的教育意義。

　　《易·乾·文言》九三曰："君子終日乾乾，夕惕若，厲無咎。何謂也？"孔子解釋道："君子進德修業，忠信，所以進德也；修辭立其誠，所以居業也。知至至之，可與幾也；知終終之，可與存義也。是故，居上位而不驕，在下位而不憂，故乾乾，因其時而惕，雖危無咎矣。"意謂：君子進德修業，講求忠信，是謂人的進德，修飾應以誠意爲本，纔能建立事業。預知時機的到來，全力以赴，纔能掌握時機；知道時機終止，便予終止，纔能正確地對待事物。義者，事之宜也。這樣，居於領導的地位，便不會驕傲；處於被領導的地位，也不致憂忿。從而自強不息，適應時機，隨時警惕；雖然處於存在着危機的時候，便不致産生失誤和灾難了。

　　《孟子·萬章下》云："始條理者，智之事也；終條理者，聖之事也。"這是孟子藉以崇揚"孔子之謂集大成"和"聖之時者也"的。"兼總條貫，知至知終。"馬老云："知至即始條理事，知終即終條理事。"意謂：爲人論學，立身行事，宏觀微觀，處理問題，理當文思精密,頭腦清醒,具體分析,區別對待,善始善終也。

《論語‧公冶長》:"子在陳曰:歸與,歸與,吾黨之小子狂簡,斐然成章,不知所以裁之。"《集解》:"吾黨之小子狂簡者,進取於大道,妄作穿鑿,以成文章,不知所以裁制,我當歸以裁之耳。""成章"一辭取義於此。"成章乃達,若金之在鎔。"此承上文"兼總條貫,知至知終"而言,苟是,則水到渠成,斐然成章,臻於爐火純青,而非躐等以求也。"若金之在鎔",狀"成章乃達",形象生動。古時青銅器作坊鑄重器,需二十餘道工序。衆多坩堝,置銅錫礦於中,賴囊拓鼓風,達到一定火候,合金融化,然後同時出水注入範中。必需分工細緻,組織嚴密,否則,難以有此成就。爲學當亦如是。今世學者,輒見"趨捷徑,薄功底,襲陳言,眩口號"者,必當引以爲戒。

　　尚亨於野,無吝於宗。樹我邦國,天下來同。

"於野""於宗",見《易‧同人》卦。同人卦爲☲,離下乾上。卦辭:"同人於野,亨。"儒家理想社會爲大同世界,"同"意會同、和同,突破閉塞,進入大同,務求和諧。同人下卦爲"離",離象徵火;上卦爲"乾",乾代表天。火光明,焰上升,與天會同,是爲同人的形象。原始社會,樂於營火晚會,載歌載舞,同人卦義,或由此種生活感受而興。"同人於野",是爲曠野會同,境界廣闊,樂與人同,自然亨通。"六二:同人於宗,吝。""宗"指宗族、宗派。同人一卦,倡導會同;同時,指出其對立面:褊狹則吝。馬老意謂:"於野","野者,曠遠之地,惟廓然大公,斯放之皆准;而無暌異之情,故亨"。"於宗","宗者族黨之稱,謂私繫不忘,則畛域自封,終陷褊狹之過,故吝"。"愛惡相攻,喜怒爲用,皆是同人於宗致吝之道。"又謂:"學也者所以通天下之志,故教學之道,須令心量廣大,絕諸偏曲之見,將來造就人才,見諸事業,氣象必迥乎不同,方可致亨。"此就原則概括言之。信然,辦學爲政,大公無私,必然蒸蒸日上;結幫拉夥,將爲一團糟矣。風俗淳漓,亦可於此窺之。馬老於《校歌》中,多援經籍,顯示至理要道,見於傳統文化精華者多,此與在一部廿四史字縫中祇見"吃人"兩字者,異乎其趣矣。

三、思想内涵

《校歌》精義,在於繼承和發揚中華民族優秀傳統,"寓教思無窮之旨",使歌之者,"感發興起","樹我邦國,天下來同"。使中國文化不僅洋溢乎中國,而且施及海外和寰宇。歌辭突出發揚求是精神:"昔言求是,實啓爾求真。"由實事求是,向着追求真理的崇高境界高度發展。"溫故知新,研覈是非。"①中國古代學者,相率奉爲圭臬。浙江大學竺校長倡導求是精神,不僅予以繼承、闡發,而且賦以新義;不僅廣爲揄揚,而且躬行實踐。所謂新義,即與振興中華,彪炳事功,提倡科研,及與中國學術家、思想家、政治家和歐西科學家的追求真理、堅持真理的奉獻精神密切結合。曾云:"范文正爲秀才時,即以天下爲己任。現在諸位離校以後,每個人也應以中華民族成爲一個不能滅亡與不可滅亡之民族爲職志。""一洗往日柔善之習,衰老之態。相與精誠團結,內興要政,外禦強侮。"

1939年2月4日,《校歌》寫定以後,竺校長在廣西宜山,對入學新生作了《求是精神與犧牲精神》的講演,作了精闢的闡述:"浙大從求是書院時代起到現在,可説已經有了43年的歷史。到如今'求是'已定爲我們的校訓。何謂'求是'(英文是 Seek

---

① 見張衡《東京賦》。

Truth)？美國最老的大學哈佛大學的校訓，亦意爲求是，可謂不約而同。""歐美之所以有今日的物質文明，也全靠幾個先知先覺，排萬難、冒百死以求真知。當時意大利的布魯諾（Bruno），倡議地球繞太陽而被燒死於十字架；物理學家伽利略（Galileo），以將近古稀之年，亦下獄，被迫改正學識。但教會與國王淫威雖能生殺予奪，而不能減損先知先覺的求是之心。結果克卜爾（Kepier）、牛頓（Newton）輩先後研究，任自己之良心，且冒不韙，而真理率以大明。""所謂求是，不僅限爲埋頭讀書或實驗室做實踐。求是的路徑，《中庸》説得最好，就是：'博學之，審問之，慎思之，明辨之，篤行之。'單是博學審問還不够，必須深思熟慮，自出心裁，獨具隻眼，來研辨是非得失。既能把是非得失瞭然於心，然後盡吾力以行之。諸葛武侯所謂'鞠躬盡瘁，死而後已。'""中國的往史，不乏這樣的例子。最近的，就是孫中山先生……唯有中山先生，不但鼓吹革命，而且實行革命，這革命精神，正是源於求是的精神。"

　　竺校長在《科學方法與精神》的專論中，對求是精神的涵義，又作具體深入的闡述："在十六、七世紀地球爲萬物中樞學説之被推翻，是經過一番激烈的論戰，犧牲了多少志士仁人，纔能成功的。這種祇問是非、不計利害的精神，和我們孫中山先生的革命精神很相類似。認定了革命對象以後，不折不撓，雖赴湯蹈火，在所不辭。這種求真精神，明代王陽明先生曾剴切言之。他説道：'學貴得之於心。求之於心而非也，雖其言之出於孔子，不敢以爲是也，而況其未及孔子者乎！求之於心而是也，雖其言之出於庸常，不敢以爲非，而況其出於孔子者乎！'他與陸元静的信裏，又曾説道：'昔之君子，蓋有舉世非之而不顧，千百世非之而不顧者，亦求其是而已，豈以一時之毁譽而動其心哉！'此即凡事以理智爲依歸之精神也。"

在這文中，竺校長對科學家應有的態度，又是作了闡發："科學家的態度，一方面是不畏强禦，不受傳統思想的束縛；但同時也不武斷，不憑主觀。一無成見，所以有虛懷若谷的模樣。""有人問牛頓，他在科學上的發明哪一件最有價值？他答道：在自然界中，他好像是一個小孩，在海濱偶然拾得一塊晶瑩好看的石片，在他自己固欣賞不釋手，在大自然界，不過是滄海的一粟而已。""科學家的態度，應該是知之爲知之，不知爲不知，絲毫不能苟且。近代科學工作，尤貴細密。以期精益求精，與我國向來文人讀書不求甚解，無病亦作呻吟的態度却相反。"①

求是子弟，唱這支歌，於此等處當有體會，躬行而實踐之也。

四、實踐精神

校歌創作適在抗戰時期，浙大正在輾轉遷徙之中，風塵僕僕，在江西泰和遷向廣西宜山之際。竺校長發揚實事求是精神，結合實際，不尚空談，倡導王陽明"知行合一"學識，使成現實。竺校長在受任校長之時，作過《大學教育之主要方針》的講話，主張"辦理教育"，"第一須明白過去的歷史；第二應瞭解目前的環境。"在"近三百年的浙江學術史"中特別"舉出"黃梨洲和朱舜水"兩位傑出的人物"來，以爲"先行足式"：

> 他們承晚明敗壞之餘，而能矯然不阿，以其宏偉的學問，光明的人格，不但影響浙江，且推及於全國，甚至播教於海外，並且影響不限一時，而且及於身後幾百年，這就是我們共知的黃梨洲先生和朱舜水先生。

①　浙江大學教育研究室編《浙大教育文選》，浙江大學出版社1987年版。

　　黄梨洲因爲圖謀抗滿復明，被清廷指名緝捕至十一次之多。匡復之謀不成，乃奮志著書講學。他那部《明夷待訪錄》，包含了濃厚的革命思想。《原君》之作，早於盧梭的《民約論》一百年，實爲近代民權思想的先覺。他所至講學，著述極富，弟子光大其教，影響吾浙學問甚深。朱舜水與梨洲是餘姚的同鄉，並且同是復明運動的健將，曾到安南日本運動起義，事既不成，就隱遁日本，立誓不復明就不回國，因此終身於異國。那時日本人已傳入我們浙江大儒王陽明先生的學識，他的偉大人格也就引起他們的重視。日本宰相德川光國尊之爲師，講學論藝，啓導極多。所以梁任公先生說，日本近二百年的文化，至少有一半是他造成的。

　　梨洲、舜水二位先生留給我們的教訓，就是一方爲學問而努力，一方爲民族而奮鬥。因爲他們並不僅爲忠於一姓，推其抗清的熱忱，就是抵抗侵略的民族精神。……我們生在文化燦爛的中國，又是生在學術發達先行足式的浙江，應如何承先啓後，以精研學術，而且不忘致用實行、爲國效勞的精神！

竺校長在廣西宜山開學典禮上，又講《王陽明先生與大學生的典範》，倡導：

　　陽明先生治學、躬行、艱貞負責和公忠報國的精神。
　　我覺得王陽明先生正是今日國難中大學生最好的典範……
　　通常學者往往有一種誤解，以爲理學是一種不可理解的東西，又或以爲理學家是迂闊不切實際的。……真正的理學不但不迂闊，並且有許多話是切合人生實用的。……

最是有益於爲學與做人之道。而陽明先生才高學博,無論在學問、道德、事業與其負責報國的精神,都有崇高的造就。在此國家蒙難學府播遷之中,他那一段艱苦卓絕窮而益奮的精神,更是我們最好的典範。……這次民族戰爭是一個艱苦的長征,來日也許更要艱苦,我們不能不作更耐苦的準備。孟子所謂"天之將降大任於是人也,必先苦其心志,勞其筋骨,餓其體膚,空乏其身,行拂亂其所爲,所以動心忍性,曾益其所不能"。陽明先生平桂亂與謫貴州,正是賴非常的艱苦來成全他,結果果然動心忍性,增長他的學問,造成他的偉大。現在又屆孟子這話之嚴重的試驗了……

所謂知行合一,他的意思是"行之明覺精察處,便是知;知之真切篤實處,便是行。若行而不明覺精察,便是冥行;便是學而不思則罔。所以必須說個知。知而不能真切篤實,便是妄想;便是思而不學則殆。所以必須說個行。原來祇是一個工夫"。故"未有知而不行;知而不行,祇是未知"。所以說:"知是行的主意,行是知的工夫。知是行之始,行是知之成。"把知行打成一片,不容學者稍存苟且偷惰之心。……"致良知"之教,正是前說之擴大。其所謂"致",要義是"致吾心,良知於事事物物,則事事物物皆得其理"。這意義絕不玄虛,而很切實際。從近代科學的立場講,這樣的知,在一方面正是真知灼見的"知";另一方面又是可以驗諸行事的"知";我們做學問,理論上重在求真工夫,實用上則求在能行,正合先生之教。……

陽明先生偉大處,更應爲學者所取法者,尤在他那公忠報國的精神。先生當衰明,朝政廢弛。武宗之時,內則閹宦

竊柄,直士遇禍,外則官貪吏污、民怨思亂。他在三十五歲
時,以御史戴銑斥權宦劉瑾遇禍,抗疏營救,武宗竟用閹言,
罰他下詔獄,廷杖四十,絕而復蘇,就因此被謫貴州。其後在
江西與廣西之平亂事業,慷慨赴難,不辭勞瘁,主要都由於忠
君報國一念而來。……晚年受命赴桂,既辭而中樞不許。竟
以高年投荒而不懼,尤可見其鞠躬盡瘁死而後已之精神。

現在我們的國家,所遇不是內變,而是外侮;且是空前
嚴酷、危急萬狀的外禍。要救此巨大的劫難,必須無數赤誠
忠義之士共奮共力。……至於力學盡瘁甚至舍身爲國的精
神,更是國家所切迫期望於大學生的。①

竺校長的這些講話,正是校歌"昔言求是,實啓爾求真"的最
好注腳,同時,在學生的求學與任事中產生了深遠巨大的影響。
"風雨同舟,薰沐受教,仰之鑽之,精進不已。""畢業以還,乃得獻
身杜會,戮力上國,飲譽禹域,振藻海外,咸能明志立行,不負初
衷。"②浙大學生爲中華民族的富強昌盛作出了應有的貢獻,《校
歌》也就起了它的積極推動的作用。

(原載《中國當代理學大師馬一浮》 上海人民出版社 1992 年)

編者說明:本文據原載錄編。本文又於《浙大北美校友會通
訊》1993 年 11 月第 32 期、1994 年 5 月第 33 期、1994 年 11 月第
34 期、1995 年 5 月第 35 期,分四期刊發。

---

① 浙江大學教育研究室編《浙大教育文選》,浙江大學出版社 1987 年版。
② 劉操南《國立浙江大學一九四○年一九四一年兩屆同學畢業五十周
年返校紀念文》。

于子三烈士墓記（并序）

　　一九四七年十月二十九日，浙江大學學生自治會于君子三慘死於浙江省保安司令部之獄中，激起全國反迫害運動。時以"一〇・二九慘案"稱焉。爲新中國誕生前最後一次全國規模之學生愛國民主運動，亦爲中國現代革命史譜寫光輝一頁。是年十二月，浙大外文系同學邵浩然詣余珍珠巷寓，囑爲撰寫《墓記》及聯；山東同鄉會同學亦請爲撰寫挽聯，余亟應之。悠忽已越四十餘年矣，稿猶存於篋中。墓聯云："男兒死耳江水白；英魂來兮鳳山青。"挽聯云："萬里叩鄉關，雨夜凄涼東海遠；千秋齋壯志，忠魂澎湃浙江潮。"浙江省文史研究館《吳越筆記叢書》徵稿，爰録墓記，以存史料，且志敬仰云爾。

　　　　　　　　　　　　　　一九九〇年十二月二十日

故國立浙江大學學生自治會主席于君子三墓記

　　民國三十六年十月二十九日，君以無辜而慘死於杭州浙江省保安司令部之獄中。嗚呼，其亦甚可哀矣！夫君之所以致身囹圄者，以是月二十五日，賀友人婚禮於客邸，不意深夜竟以嫌疑被逮。二十六日，學校當局與同學代表，乃急赴保安司令部查問真相,並根據法律,要求於二十四小時內移送法院,然而竟遭拒絕。延至二十九日,君竟以自殺聞。消息傳來,全校驚震。尋又獲知其自殺也,係以玻璃二片。校長竺公,嘗親往獄中勘視。即覺監獄之警衛森嚴,玻片來歷,實屬可怪。而看守所言玻片出處,自殺情狀,又支吾其詞。第二日,同學集隊千餘人,前往獄中,瞻視遺體。血痕斑駁,慘不忍言。於是同學莫不悲切改容,甚者號啕痛哭。既歸,乃爲發喪於校內,廣播於全國,亦且絡繼詳徵證據,提起訴訟。當是時,本校教授會、講師助教會、學生自治會,以及其他會社,皆相繼爲維護人權,發出宣言,哀悼君之慘死。校長竺公,亦以應同學之請,特赴南京請願。並將慘案經過,布露報端,指陳其事之可疑與夫責任之所在。且不勝感慨,以謂君之慘死,恐成千古疑案矣。自是以後,其事遂遠播於四方。聞之者識與不識,無不哀慟。不數日,上海、南京、杭州、北平、重慶、昆明、武漢、廣州各大學、各中學,紛紛罷課,力主徹查真相。復先後贈以挽章,助以賻儀,無慮數十起,相率以“一○·二九慘案”稱焉。

夫當今之世,疑忌嚴刻,動輒得咎。是以人皆緘默,相誡明哲保身,而獨於君之慘死,海内人士,若不勝其扼腕者,是豈偶然也哉?

君諱子三,山東牟平人。民國三十一年以不堪敵僞暴行,毅然負笈皖北,入國立二十二中學。既卒業,乃應國立浙江大學農學院農藝學系考試,中式。三十五年,隨學校復員來杭州,勤苦好學,成績優異。其爲人有古仁人義士之風,熱心公益,而勇於任事。以擘劃多方,不辭勞怨。故每爲同輩欽慕不已。又雅好關心國事,疾惡如仇,遇事激發,不爲諱飾。故或謂其觸忌得禍,係由於此。

嗚呼!天道人事,果如是邪?君之歿,距生僅得年二十有四。山東故里,尚有老母在堂,弱弟無依,風雨晨夕,南天望斷,其可哀也已！君死之日，去今已月餘。其事誠有不可已於言者。是故謹叙其原委終始，鎸之貞瑉，傳之永遠，亦以慰英靈於九原，且昭告於邦人君子。

國立浙江大學全體同學敬立

劉操南　代撰

一九四七年十二月

（原載《兩浙軼事》　上海古籍出版社1992年）

　　編者説明：本文據原載並參手稿、代抄稿録編。手稿僅存小序及記文殘頁，題爲《于子三烈士墓記》；代抄稿無標點，題爲《故國立浙江大學學生自治會主席于君子三墓記》。今題"并序"爲編者所加，並酌加標點符號。文中所説《吳越筆記叢書》，后更名《文史筆記》。

　　另據劉録稿附記：本文及《浙江大學文學院革新運動燼餘殘稿》《梅光迪致胡剛復書》《〈浙大學生〉復刊辭》（即《關於〈浙大學生〉復刊》）、《抗戰時期浙江大學學生生活一瞥》（略）、《王樹椒別傳》《各體文習作不可廢》（即《宜山風土記》）、《陳子展教授〈龜曆歌〉》《錢琢如、繆彦威兩師對待來學》《浙大在遵湄時期的地下黨吕東明》《張紹忠教授創建浙大物理系》《張紹忠教授身教重於言教》《竺可楨教授治學重視格物致知經世致用》《林啓太守辦學》《馬老講學》《乖誤補正》（即《關於浙大中文系的一則補正》），當時應浙江省文史館《新編文史筆記》徵稿，有其體例要求，故皆篇幅短小。該書出版時（1992年）更名《兩浙軼事》，僅收《于子三烈士墓記》《竺可楨書條幅勉學生》《林啓太守辦學》《馬一浮講學浙大》四篇（詳各篇後之《編者説明》）。

五桂樓訪書記

一九六二年夏，浙江省第二屆民間文學座談會在餘姚集會，采訪革命民間故事，遂詣四明山梁弄，因得瞻五桂樓之藏書焉。

樓築於清乾隆間，凡三楹，周匝爲墙，前植桂五株，因以額其樓也。樹今榮三，墙垣斑駁，樓亦傾斜矣。土改時，此處曾爲農會辦公室，人雜喧嘈，書多散落，失其大半，存者爲劫餘物也。

登樓環顧，四壁圖書，列若圍城。架上取閱《汲古閣廿一史》，審紙色，乃明刻清印。徐入後軒，启其一橱，悉庋稿本。手抄本中見《宋元學案》二十册，書眉簽條累累，爲全榭山手澤。《宋元學案》乃梨洲先生未定稿也，囑子百家繼纂，全謝山續修之。慈水馮五橋云"初刊本據此校刊"者也。版旋毀，道州何子貞續刊之。王梓材、馮雲濠《宋元學案考略》謂：是書有梨洲黄氏原本、謝山全氏修補本、二老閣鄭氏刊本、月船盧氏所藏底稿本、樗庵蔣氏所藏底稿本和餘姚黄氏校補本云。餘姚黄氏，名璋，號大俞，梨洲先生之元孫也。館員告余云：此書即黄樟父子手訂之補稿。稿成於全祖望，王樟材增訂之後，曾獲前中央文化部鄭振鐸副部長暨陳叔通先生鑒定，彌足珍貴。橱中檢及《新推交食法》稿本一卷，館員云：此書自黄竹浦家訪得。余諗梨洲先生所著算書，有《新推交食授食曆》，惟審此書所列"中宫圖表"干支與梨洲先生存年不合，大可疑矣。

困於時間，同行促余行，未遑深究也。梨洲先生邃於曆算之學，著《〈授時曆〉故》四卷、《〈大統曆〉推法》一卷、《〈授時曆〉法假如》一卷、《句股圖說》一卷、《開方命算》一卷、《割圓八綫解》一卷、《圓解》一卷、《測圓要義》一卷、《魯監國〈大統曆〉》一卷、《歷代甲子考》一卷。傳於世者，僅《〈授時曆〉故》《魯監國〈大統曆〉》兩書而已。《〈授時曆〉故》，劉翰怡刊之於《嘉業堂叢書》矣。新會陳垣藏《魯監國五年〈大統曆〉》，云："自日本訪得，蓋即《魯監國〈大統曆〉》歟?"兩書錢寶琮《浙江疇人著述記》俱未注錄，可見知者鮮矣。

流覽未竟，日既西傾，樓將扃矣。梨洲先生諸稿，未能一一拜讀，徘徊久之，不忍去焉。同遊參觀者爲：省文化局許欽文局長、省文聯唐向青秘書長、餘姚文化館長諸公也。返杭之翌日，遂援筆記之。

（原刊《文獻》 1994 年第 1 期）

編者說明：本文據原刊並參手稿錄編。

梁山調查記

一九八〇年十月二十一日,我同研究生兩人自北京乘火車南歸,抵兗州,轉道梁山。在梁山逗留六日,叨蒙梁山縣領導同志熱情接待,導遊及介紹梁山風物。[①] 今將在梁山見聞,分梁山縣治建設、梁山宋江寨及棘梁山、梁山水泊、梁山與《水滸》四節,簡述如次:

一

"梁山縣,位於魯西南部,荷澤地區的東北邊緣,黃河與東平湖之間。東經 115°52′—116°21′,北緯 35°36′—36°10′。南鄰鄆城,西北靠黃河,東面隔湖與東平相望,東南與汶上、嘉祥接壤,爲橫狹縱長地帶,南北長 68.2 公里,東西寬 41.6 公里,總面積 1253.2 平方公里,係黃河下游沖積平原。地勢低窪,西高東低,

---

① 在梁山,叨蒙梁山縣文化局孫景全,文化館王茂君、張耀華,圖書館劉大倫、劉群,廣播局李香閣諸同志熱情接待,導遊及介紹梁山風物。梁山縣地名辦公室並以《地名考》一册、梁山地圖一幅相贈。《地名考》實爲張耀華同志所撰,現尚在增訂中。梁山縣地圖係山東省測繪局編印(一九七九年十二月)。又,研究生李夢生、劉振農兩同志與我一道作實地調查。

形成坡水向東流的自然趨勢。縣内主要有梁山、龜山、鳳凰山、獨山、臘山、昆山、銀山、金山等 23 座山,大小 46 個山頭,占地面積 28.5 平方公里,最高的臘山海拔 258 米,梁山海拔 197 米(黄海高程),其他大都在 100 米左右,均屬泰山山脉,多爲暴露巖石,由石灰巖、頁巖等組成。梁濟運河由西北穿黄閘向東南通過縣境流向濟寧,注入南四湖,長度 48 公里,流域面積 1311 平方公里。黄河流經縣境西北方向,境内長度 60 公里。東平湖大部分在梁山縣,占地面積 465 平方公里,位於縣境東北部。"①

梁山縣境原爲鄆城、壽張、泰安、東平、汶上、嘉祥諸縣的邊緣地區。宋屬鄆州、濟州。金屬鄆州、濟州東平府。元屬濟寧路鄆城縣、汶上縣、東平路東阿縣、壽張縣。明屬兖州府。清屬曹州、兖州、東昌府。一九二八年前,梁山屬山東壽張縣。梁山歷來是兵家必爭之地,戰略地位重要,在抗日戰爭中是革命老根據地。一九三八年四月建黨,一九三八年冬建立人民武裝,一九三九年八月二日原一一五師政委羅榮桓和副總參謀長楊勇指揮,在梁山南面一個不高的獨立山頭(稱爲獨山,古稱獨孤山)作戰,全殲日軍六百餘人,日軍大隊長敏江少佐死於此戰,成爲有名的"獨山戰鬥"。是繼平型關大捷之後的又一次殲滅戰。一九四○年建政,旋設昆山縣。一九四九年改爲梁山縣,由壽張、東阿、東平、汶上、鄆城等五個縣的邊緣地帶組成,縣治設在鄭垓村。一九五二年七月遷後集鎮,在梁山北麓。今文化館前曠地傳説爲梁山起義軍之曬穀場。梁山義軍眷屬聚居於此附近。建縣初期,縣鎮户數 476 户,城鎮人口 3329 人。一九四九年至一九五六年,縣鎮尚無工業,祇有個别小手工業。縣鎮祇有小學、中學各一處,衛生所一處。現在城鎮已發展到 3 萬多人,面積 3.6 平

---

① 見梁山縣地名辦公室《地名考》(打字本),下引梁山地理介紹均據此。

方公里。工業項目衆多,年産值達 8320 萬元。城市交通、財貿、文教、衛生、廣播、體育都具有一定規模。梁山由剛組縣時的一個普通集鎮,發展成爲具有相當規模的重要縣城。

梁山全縣現爲:斑店、銀山、代廟、趙堌堆、小路口、高老莊、小安山、大安山、黑虎廟、壽張集、城關、王府集、館驛、拳鋪、徐集、韓崗、信樓、韓垓二十處公社。石廟傳説爲《水滸》之石碣村,在銀山公社。司里山古稱棘梁山,在代廟公社,傳説爲晁蓋起義處。兩山俱鄰東平湖。青堌堆村在大安山公社,今地面下二十米發現蘆灰、瓷片。梁山在城關公社。拳鋪在拳鋪公社,傳説爲《水滸》朱貴賣酒處。其北、東北爲金沙灘。大安山公社引東平湖水,今已種植水稻。

二

關於梁山"宋江寨",顧祖禹《讀史方輿紀要》卷三十三諸條記述,與《古今圖書集成》中《方輿彙編・兗州府部》所載基本符合,祇不言"宋江寨"事。顧氏之言與今梁山民間傳説一致,信而有徵,故首引之。

顧祖禹《讀史方輿紀要》卷三十三《東平州梁山》條云:

> 州西南五十里,接壽張縣界,本名良山。漢梁孝王常遊獵於此,因改爲梁山。《史記》梁孝王北獵良山,是也。

又壽張縣下"梁山"條云:

> 縣南三十五里,以梁孝王遊獵於此而名。……又西南十七里有土山,又南有戲狗山,亦梁孝王遊獵處。

梁山原名"良山"。《壽張縣志・山川篇》亦云:"漢文帝第二子封爲梁孝王,曾於此山北麓打獵,死後葬於梁山,今鏊子山北

麓尚有梁孝王墓，因改良山爲梁山。"梁孝王墓據梁山文化館張
耀華同志介紹："此墓雄偉，文化大革命時尚在，曾發掘，墓已被
盜，無文物出土。"

顧祖禹《東平州梁山》條又云：

> 山周二十餘里。上有虎頭崖，下有黑風洞，山南即古大
> 野澤……宋政和中，盜宋江等保據於此。其下即梁山泊也。

梁山，"位於梁山縣城東南五里，西臨黃河，東靠京杭運河，
北依東平湖水庫，南接交通幹綫——濟蘭、兗梁公路。北緯 35°
47′，東 116°05′。此山由虎頭峰、雪山峰、青龍山、郝山頭四個主
峰和黃山、鰲子山、狗頭山、狗爪山、平山、騎三山、玉皇頂七個主
峰組成，最南面的虎頭峰是梁山的最高峰，海拔 197 米，是北宋
末葉宋江領導的農民起義軍的山寨所在地，名爲'宋江寨'。宋
江寨的最高處便是當年'聚義廳'的舊址，現山頂尚有當年的兩
重石砌寨墻斷續存在。寨內旗杆窩、蓄水池尚存。"顧氏所稱"虎
頭崖"，即今"虎頭峰"。"黑風洞"即今"黑風口"旁的"黑風洞"。
黑風口在虎頭峰與雪山峰之間，是通往宋江寨的一個山口。這
裏"東西兩側峽谷幽深，懸崖峭壁，難以攀登。大有'一夫當關，
萬夫莫開'之勢。"風大且急，又有"無風三尺浪，有風刮掉頭"的
謠詞。黑風洞是人工所鑿，爲守禦黑風口避風而設。傳說黑旋
風李逵在此把關，故稱黑風口。

站在黑風口，可以俯眺蓮臺寺，寺宇今不存在，但"唐雕佛像
依然端坐蓮臺之上。這裏遍布梨杏，每年春季杏梨爭妍，遠遠望
去，一片雪海，因名'雪花蓮臺'。"旅遊至此，不禁使人聯想到元
康進之《梁山泊李逵負荆》欣賞"桃花深映釣魚舟，更和這碧粼粼
春水波紋縐。有往來社燕，遠近沙鷗"。"人道我梁山泊無有景
致，俺打那廝的嘴。""那桃樹上一個黃鶯兒，將那桃花瓣兒咶呵

咯呵,咯的下來,落在水中,是好看也。"

顧祖禹《東平州梁山》條又云:

> 又棘梁山在州西四十里,頂有崖,東西判爲二。其上架
> 石爲橋,可通往來,名曰天橋。

又《古今圖書集成·方輿彙編·職方典·兗州府部》之《東平州
棘梁山》條云:

> 在州西四十里,山巔有崖,東西兩判。橫石其上,通往
> 來,名曰天橋。西南有洞,中鐫佛像。

棘梁山,現稱司里山,在梁山之北五十里,東平湖在其東。
湖水蕩漾,煙波彌漫,風光水色,秀麗媚人。屬代廟公社。古時
荆棘叢生,故名棘梁山。宋時設巡檢司,明清沿襲,後因改稱司
里山。傳說晁蓋起義於此。山上有"雲梯""仙人洞""千佛崖"
"宋代摩崖篆刻佛經"諸勝。十一月廿五日梁山縣文化局孫景全
局長以小汽車導遊,遂登棘梁山。山南𪩘,登山小徑,四十九級,
有殘迹可見,稱"雲梯"。首詣"仙人洞",傳說爲黑旋風李逵把關
哨所。洞在路北大石臺腹,爲人工所鑿,高 1.5 米,6 平方米。
有上山者,李逵必與之比武。過臺梯爲南天門,越山坡,地形平
坦,面積約六千平方米,爲比武場,爲糧倉。至頂峰,有兩巨石聳
立,稱"千佛崖"。正面刻大石佛如來,迦葉、阿難伺立。迦葉首
被擊去,阿難亦遭破壞。巨石兩側、四周,刻滿大小不同的佛像,
或坐或立。偶有刻文宣王、釋迦佛、太上老君儒釋道者。綫條清
晰,造型生動。造像旁邊,多有題記。如:治平三年、熙寧十年
等,從而得知其刊刻年代。東西兩石,原有天橋,可通往來,橋已
不存。崖上原有殿宇,亦圮,殘瓦尚存。明崇禎丁丑六月一日所
撰碑記稱玉皇廟。民國二十四年張耀彰書丹碑記稱玉皇殿,或
稱泰山行宮殿,傳說又呼晁蓋樓。崖前有"旗杆窩",崖後爲"練

武場"。崖東有"宋代摩崖篆刻佛經",在削壁上,傳説稱晁蓋壁。崖北俯眺富春山、狗山、猪山,軒堂在其麓。軒堂位銀山公社西南郊。傳説軒轅黄帝住過,故稱軒堂。此處發現漢代筒瓦連接的水道,説明漢代農業生産已開始人工灌溉,對研究古代農業經濟,有相當價值。[①] 晁蓋在棘梁山起義,宋江在梁山起義,宋江仰慕晁蓋,渴望聯合,因有三請晁蓋傳説。

石廟,在銀山公社,百墓山在斑店公社,石廟之北。傳説石廟即《水滸》所指之石碣村,村中分新老兩户。老户占 10%,姓阮,自稱阮氏三雄後裔。新户占 90%,都是在明洪武時或以後自山西洪洞遷來,因明以前,此村除山陵外,俱爲大水淹没。百墓山東側有一張族譜碑,文曰:"始祖張公震係山西省平陽府洪洞縣張莊人也。自太祖永樂年間奉詔遷居山東省兗州府東阿縣百墓山"云。

拳鋪,在梁山南十二公里的拳鋪村,屬拳鋪公社。傳説是梁山義軍的靠船碼頭,朱貴賣酒的地方。原名"船往堡",後簡稱爲"船堡""權鋪"。清末改爲"拳堡"。拳鋪之北、東北一帶爲金綫嶺,其勢較高。民間因有"梁山頂上見雜草(水草)。金綫嶺上結麻苞(瓜)"歌謠。認爲金綫嶺較梁山爲高;實際低於梁山。《古今圖書集成‧兗州府部‧鄆城縣‧獨孤山》條謂"金綫嶺發自獨孤山,東西横亘三十餘里,亦梁山之脉云。"傳説金綫嶺爲《水滸》所説之金沙灘。

蔡家林,在梁山東南十二公里處,屬徐集公社。村西高地,傳説爲梁山泊起義軍曬盔甲的地方,原名"曬甲林"。林西舊有歇馬亭,今已不存。

黄泥崗,在梁山南三十公里的黄堆集,今屬鄆城縣。傳説是

---

① 根據梁山縣文化館張耀華同志介紹。

晁蓋、吳用等智取生辰綱的地方。明萬曆十九年重修黄堆集五聖廟碑文記載：此處"北顧比肩梁山之巔，南瞰下卑巨野之波，東襟通汶河、濟水之津，西帶接壞丘之墟。中央堆突坦蕩，四周隱隱伏伏，縱橫廣袤，支連於金綫嶺之脉。……宋徽宗崇寧年間，環梁山八百里皆水也。堆北距梁山四十里許，爲水滸南岸。古稱黄土崗，即此處也。"

祝家莊，在梁山西北三十餘公里處，黄河西岸的祝口村。今屬陽穀縣。傳説是《水滸》中指的祝家莊。《壽張縣志》載："祝家莊者，邑西之祝口也。"祝口是個稀有的大村莊，中間穿越兩道大堤，西有圍子東臨河。今劃爲五個大隊，人口在五千以上。村中原有宋代佛塔，今已不存。

景陽岡，傳説在陽穀縣張秋公社沙堌堆村頭。有土崗子幾個，其中一個較大的土崗上建有武松廟。廟内有武松打虎的塑像。《陽穀縣志》載："景陽岡在陽穀縣城東四十里，俗傳武松打虎處。"《壽張縣志》載："武松打虎之景陽岡，今在陽穀。"電影《泰山南北》所攝之景陽岡即是此處。

獅子樓，傳説在今陽穀縣城中心十字大街，有一座樓房。青磚綠瓦，飛檐斗拱。樓前蹲着兩座石獅，爲武松鬥殺西門慶的地方。此樓解放後重修，"文革"中曾作毛澤東思想展覽室。

十字坡，傳説在范縣西南八十里爲金堤河灘正中。戰國時孫臏和龐涓交戰的馬陵，傳説亦在此處。十字坡西北有個村莊叫櫻桃園，傳説是孫二娘的娘家。東北有個張家營，傳説是菜園子張青的故鄉。[1]

---

① 根據梁山縣文化館張耀華同志介紹。

三

顧祖禹《讀史方輿紀要·梁山》條云："山南即古大野澤。……宋政和中盜宋江等保據於此，其下即梁山泊也。"又"鉅野縣鉅野澤"條云："縣東五里志云：'澤東西百里，南北三百里，亦曰：大野。'《禹貢》：'大野既瀦。'《職方》：'其澤蔽曰大野。'《春秋哀十四年》：'春，西狩於大野。'《爾雅》十蔽：'魯有大野'是也。"

《古今圖書集成·兗州府部·鉅野縣·大野澤》條云："在城正北，濟水故瀆所入也。亦曰鉅澤。南北三百里，東西一百餘里。……漢武帝元光中河決瓠子，東南注鉅野，通於淮泗是也。何承天曰：鉅野湖澤廣大。南通洙泗，北連清濟，舊縣故城，正在澤中，則古縣城矣。五代以後，河水南徙，匯於鉅澤，連南旺、蜀山諸湖，方數百里。《齊乘》曰鉅野，今梁山泊也。"

梁山泊，古稱鉅野澤，宋時以梁山爲中心，波及鉅野，水勢渺漠，成大湖泊，確有方圓八百里之勢。梁山泊的形成主要由於黃河多次決口，《大清一統志》卷一百二十九《兗州府·山川》云："梁山濼在壽張東南梁山下，久湮。按《五代史》：'晉開運元年（944），河決滑州，環梁山入於汶、濟。'……《宋史·河渠志》：'天禧三年（1019），滑州河溢，歷澶、濮、曹、鄆，注梁山濼。熙寧十年（1077），河決於澶州、曹村、澶淵，北流斷絶，河道南徙，東匯於梁山張澤濼。'宦者《楊戩傳》云：'梁山濼，古鉅野澤，綿亘數百里，濟、鄆數州賴其蒲魚之利。'蓋梁山濼即古大野澤之下流，汶水自東北來，與濟水會於梁山之東北，迴合而成濼。宋時決河匯入其中，其水益大。故政和中，劇賊宋江結砦於此。"又卷一百四十二《泰安府·山川》云："《水經注》：'濟水北徑梁山東'。袁宏《北征賦》曰：'背梁山，截汶波'，即此處也。《舊志》：'山周二十餘里,上有虎頭崖,下有黑虎洞。宋政和中,盜宋江等保據於此。'其下爲梁山灤。"兖州地貌由於山東丘陵和華北大平原接壤,及地質的折皺運動,形成一個盆地。北宋哲宗初年,汶、濟二水泛濫,梁山地勢窐下,大水潴匯於此,以致東南連南旺、獨山、南陽三湖,南接大野澤及泗水河,遂成歷史上有名的"八百里水泊梁山"。[①] 嗣後又由於黃河多次決口,河水注入,大量泥沙沉澱,使大湖泊湖底提高,大湖泊變成兩個湖群:南四湖與北五湖。今除東平湖外,餘皆已成平原。

梁山泊今已淤塞,滄海桑田,成爲陸地。但往昔確爲水泊,尚可佐證:1.在大路口公社賈莊一條故河中挖出一隻明代木質大船,長20餘米,有十三船艙,上置盔甲刀槍劍戟。鐵炮一門,上刻"洪武五年鑄"五字。船側沉没,出土時船角一公尺露出地面,船是遇風刮沉。兵器外又有元代捲口直立小瓶二十餘,内儲食用的油。船今存山東省博物館。2.徐集公社南部南旺湖地帶在地面下三十米處發現宋代瓷片,小路口公社在十米以下亦有發現。大安山公社孫莊,城關公社後孫莊復製土層兩米以下,發現水泊蘆葦腐蝕土,黑土中有蓮子,蓮子尚能發芽開花。此黑土,群衆稱之爲宋江土。可證宋時地面與今日不同。3.北宋韓琦《安陽集》卷五《過梁山泊》詩云:"鉅澤渺無際,齋船度日撐,漁人駭鐃吹,水鳥背旗旌,蒲密遮如港,山途勢如彭。不知蓮芰裏,白晝苦蚊虻。"蘇轍《欒城集》卷六《和李公澤赴歷下道中雜詠梁山泊》詩云:"近通沂泗麻鹽熟,遠控江淮粳稻秋。粗免塵泥污車脚,莫嫌菱蔓繞船頭。謀夫欲就桑田變,客意終便畫舫遊。愁思錦江千萬里,漁蓑空向夢中求。"元陳泰《所安遺集補遺·江南曲序》云:"余童卯時,聞長老言宋江事,未究其詳。至治癸亥秋九

---

① 　根據梁山縣文化館張耀華同志介紹。

月十六日,舟過梁山泊,遥見一峰,嶻嶭雄跨,問之篙師曰:此安山也。昔宋江□(脱字)事處,絶湖爲池,闊九十里,皆蕖荷菱茨,相傳爲宋妻所植。"(南按:安山即小安山,在梁山東北,高 157 米,今開山已劈大半。)元陸友《杞菊軒稿・題宋江三十六人畫贊》云:"我嘗舟過梁山濼,春水方生何渺漠。或云此是碣石村,至今聞之猶褫魄。"皆可佐證梁山泊確曾存在。

四

宋江,民間傳說是鄆城人,住宋莊,今屬水堡公社。《古今圖書集成・兖州府・關梁考・鄆城縣》條云:"水堡橋在城西三十五里。"關漢卿《坐樓殺惜》雜劇云:"家住水堡在鄆城,姓宋名江字公明。"《宋氏家譜》未見宋江。晁蓋傳說是鄆城人,住晁莊,在鄆城南十五里。《晁氏家譜》有晁盍。晁蓋斬山爲王,落草爲寇,不能入譜;但是晁族中人,把他斬頭入譜,因題晁盍。吳用傳說是鄆城東市人,在鄆城東南三十餘里,今屬嘉祥縣。阮氏三兄弟傳說是石廟人。宋、晁、吳、阮俱鄆城人,故旦夕之間得以相聚。

民間傳說:鄆城人對宋江非常尊敬,認爲他殺富濟貧,大仁大義,是個好人。不同意説他投降。宋江上梁山后,仰慕晁天王,渴望聯合,因有三請晁蓋傳說。

晁蓋劫生辰綱後,事情鬧大了,在晁莊住不下去。便偕吳用、李逵、阮氏三雄、燕青同上棘梁山聚義。大旗書寫替天行道,爲民除害。棘梁山東二十餘里常家林有一叢林。當家蔡青勾結官府,强擄民女。群衆敢怒而不敢言。晁蓋得訊,領兄弟前往包圍寺宇。李逵手持大斧,砍殺妖僧,放出民女,送回家中。棘梁山自此威名大震。東平府知府張官貴,魚肉鄉民,無惡不作,群衆要求晁蓋攻打。晁蓋率隊伍前往。李逵劈開城門。城内大亂。晁蓋宣布:俺來祇殺張官貴,不犯黎民。開倉放糧,救濟孤苦。百姓香花燈燭,夾道歡迎,上獻鐵天王大匾和大旗,大書"威名四海鎮八方,爲民除害鐵天王"。群衆紛紛要求參加,起義軍很快發展到四五百人。梁山宋江得訊,修書一封,便差心腹兩名前來棘梁山敦請晁天王前去坐第一把交椅,晁蓋不願放棄根據地,婉言拒絕。第二次宋江修書,再派人來,晁蓋還是婉辭。宋江第三次派人去請,授意對策,第三次晁蓋仍是拒絕,差人便說晁天王不願去梁山,我倆却願投奔麾下,不回梁山去了。晁蓋許諾,留宿寨外客房。兩人住了一段時間,取得兄弟信任,進寨遊覽,暗記糧倉和武庫地形。一天晚上兩人就放起火來,把棘梁山的資財都燒了。梁山宋江望到棘梁山火起,領着兄弟乘船前來迎接。晁蓋感於宋江義氣,就同吳用、李逵、阮氏三雄、燕青投奔梁山。宋江推晁蓋坐了梁山第一把交椅。[①]

三請晁蓋傳說,在"評水"時,隨着政治形勢變動,傳說也就不同。這時不說宋江爲了增強梁山戰鬥力,仰慕天王,誠意敦請晁蓋,却説宋江懷着陰謀詭計,放燒糧倉,逼得晁蓋祇得俯就與他。這個傳說今天已改正過來。[②]

(原刊《杭州大學學報》第 11 卷第 1 期　1981 年 3 月)

編者説明:本文據原刊録編未見手稿及抄稿。

---

① 根據梁山縣文化館張耀華同志介紹。
② 根據梁山縣廣播局李香閣同志介紹。

梁山調查續記

曩讀《水滸傳》，對於梁山，輒不勝神往。1980 年 10 月 21 日，道出兗州，有緣訪謁，叨蒙當地文化局和文化館等單位熱情接待，作一周遊。回杭後曾將見聞撰爲《梁山調查記》，刊於《杭州大學學報》1981 年 3 月第 11 卷第 1 期上。1982 年 2 月 19 日，梁山縣文化局孫景全和文化館王茂君等同志專程來杭見訪，徵詢意見。道及余前所獻建議，省、地區、縣領導重視，山東省委已將梁山列入名勝風景保護單位，作出措施。余前所記，限於篇幅，於梁山虎頭峰、宋江寨諸勝，未能詳述。因草《續記》，以補前記之略與未及者。

梁山，位於梁山縣城東南五里。西臨黃河，東靠京杭運河，北依東平湖水庫，南接交通幹綫——濟蘭、兗梁公路。北緯 35°47′，東經 116°05′。梁山由虎頭峰、雪山峰、郝山頭及青龍山四個主峰和黃山、鰲子山、狗頭山、狗爪山、平山、騎三山、玉皇頂七個支峰攢簇而成。登山之道，僅北坡一徑。虎頭峰前爲懸崖峭壁，無徑可攀。四主峰盤踞簇攢如虎。虎頭峰乃虎之首，雪山峰、郝山頭爲虎之左右爪，青龍山屬虎之尾。俗稱梁山爲"藏龍臥虎之地"。青龍山在梁山西北，原爲陡坡，近十年間，興建水泥廠和石料廠，采石開山，坡而峻峭，成爲峭壁幽壑，登山之徑，遂亦湮沒。今擬修建臺階兩百餘級。拾級而上，升陟山崗。崗脊爲宋江馬

道。傳爲宋江及梁山弟兄馳馬過道。道用不規則碎石鋪填，或
存或亡，痕迹顯然。前行一公里許，詣騎三山。騎三山與郝山
頭、雪山峰及虎頭峰綿延相連。西爲郝山頭，東爲雪山峰。雪山
峰東南山腰有一片平地，西側有大石數塊聳立，俗傳爲梁山之練
武場及點將臺。點將臺之石，係開山時保留，非建築物。過騎三
山詣黑風口。黑風口係虎頭峰和雪山峰間的一個山口，一條狹
窄的山梁接連兩個主峰。東西兩側峽谷幽深，山勢峻峭，難以攀
登。大有"一夫當關，萬人莫開"之勢，爲通往宋江寨的咽喉。當
年李逵曾守於此。由於氣流關係，松濤怒吼，震山欲倒，俗謠因
謂："無風三尺浪，有風割了頭。"李逵在此把守，弟兄前來，必偕
前去練武場比藝，覺有能耐，纔許通過。弟兄佩服李逵勇悍，與
飆風相若，因稱李逵爲黑旋風，山口爲黑風口。站立黑風口，俯
瞰蓮臺寺，幽壑之中，別有世界。巉巖峻峭，猿猴難以攀援。元
曲康進之《梁山泊李逵負荆》寫李逵於此下山，足見膽量。蓮臺
寺宇已不存在，尚留仰蓮覆蓮束腰蓮臺石刻，高約一米，係唐代
雕刻。所刻蓮花，生動逼真，綫條清晰，技法純熟。蓮臺上趺坐
全身佛像，乃宋代補置。綫條剛柔相濟，蒼勁流利，反映了宋代
石刻藝術的高妙。蓮臺附近，遍植杏梨，每當春季，杏梨爭妍，遠
遠望去似一片雪海，故名"雪花蓮臺"。是梁山佳景之一。《李逵
負荆》曾有"桃花深映釣魚舟，更和這碧粼粼春水波紋縐，有往來
社燕，遠近沙鷗"的描寫，撩人情思。臺的東面約百米處，有明代
抗倭有功的西竺和尚墓塔和開鑿的"問禮堂"，内鐫孔子和老子
立像。臺的南面百米處有一石井，呈八角形。俗稱："八角琉璃
井"，亦爲梁山佳景之一。井隱於杏花叢中。傳説李逵常來此飲
酒，王林賣酒的"杏花林"，即在於此。過黑風口，前行入虎頭峰。
虎頭峰爲梁山的最高峰，海拔 197 米。峰北爲宋江寨，有石砌寨
墙兩堵，高一米許。年久失修，殘缺不全。過寨，東南有旗杆窩

遺迹,西南爲蓄水池。傳説:梁山弟兄飲水於此。俗稱:英雄井。
寨中最高處爲"聚義廳"遺址,廳早廢圮,尚有斷磚碎瓦見於松蔭
亂草間。梁山青龍山之北,"後集"一帶,傳爲梁山家屬所居及曬
穀場。今爲梁山縣文化館及縣人民政府署。

　　梁山文化局孫景全同志告:"青龍山旁一片房屋,今已劃歸
梁山文物修建辦公室。修建規模初分三組。一爲保護,二爲修
建,三爲展覽。初步計劃,先修上山臺階,宋江馬道和聚義廳。"
徵詢意見,余建議在北路上山峭壁上榜書,鎸刻和髹漆"梁山水
泊"四字。於南面虎頭峰峭壁上並刻之,以壯觀瞻。宋江馬道鋪
條石,務求古樸。道旁轉折處建斷金亭一座。亭懸聯額。黑風
口前鎸李逵造像。巨額環眼,燕頷虎鬚,足蹬麻筋草鞋,腰垂雙
斧,坦胸抱拳而立。口上榜書"黑風口"三字,旁鎸"黑旋風李逵"
或題"槍挑一個洞,刀砍一條縫。割下一個頭,碗大一個疤。俺
乃梁山義士黑旋風李逵是也。"造像高可三米。聚義廳及其兩
廊,可參考《水滸》繡像插圖建築,壁畫或彩塑一百單八將於內,
旗杆窩上樹替天行道杏黃旗。余曾取出無錫彩塑梁山一百單八
將圖片一册,備作參考。此圖根據無錫老藝人所塑泥塑拍攝。
人物衣飾,所持兵器,及其顯示的神態,十分講究,具有民族
特色。

　　梁山城北五十里有司里山,原名"棘梁山"。此處荆棘叢生,
故名。傳説宋江起義,發難於此。宋江起義前,約集晁蓋、吳用、
公孫勝、劉唐、白勝和阮氏三雄等商議,決定先占棘梁山,再圖大
舉。於是親率起義兄弟,聯合群眾劈荆斬棘,修建山寨,製造戰
船,訓練人馬。人馬漸多,山小不能容納,眾議遷往梁山。此山
現稱司里山。山上存有"雲梯""仙人洞""千佛崖"和"宋代摩崖
篆刻佛經"諸古迹。"仙人洞"係一石洞,高 1.5 米,6 平方米。
傳説曾爲黑旋風李逵把關的哨所。過雲梯,到南天門。其上是

司里山的主峰。前有平坦曠地，爲"練武場"。山頂北部聳立着兩塊巨石，稱"千佛崖"。兩石原有天橋相通，千佛崖傳說：原建晁蓋樓。千佛崖上，正面刻大佛三尊。中爲如來佛，兩旁爲阿難與迦葉。兩側刻滿大小不一，或坐或立佛像五百尊。旁多題記，爲唐宋、明清不同時期雕塑。綫條清晰，造型生動。司里山東側，有宋代摩崖篆刻佛經，俗稱爲"晁蓋壁"。

石廟在銀山公社。石墓山在斑店公社，石廟之北。傳說石廟即《水滸》所指之石碣村。村中分新老兩户，老户占 10％，姓阮，自稱阮氏三雄後裔。新户占 90％，都是在明洪武年間或以後自山西洪洞遷來，因明以前，此村除山陵外，俱爲大水淹沒。石墓山東側有一張族譜碑，文曰："始祖張公震係山西省平陽府洪洞縣張莊人也。自太祖永樂年間奉詔遷居山東省兗州府東阿縣百墓山"云。

拳鋪在梁山南十二公里的拳鋪村，屬拳鋪公社。傳說是梁山義軍的靠船碼頭，朱貴賣酒的地方。原名"船往堡"，後簡稱"船堡""權鋪"。清末改爲"拳堡"。拳鋪之北，東北一帶爲金綫嶺，其勢較高。民間因有"梁山頂上見雜草（水草），金綫嶺上結麻苞（瓜）"歌謠。認爲金綫嶺較梁山爲高，實際低於梁山。《古今圖書集成·兗州府部·鄆城縣·獨孤山》條謂："金綫嶺發自獨孤山，東西橫亘三十餘里，亦梁山脉云。"傳說金綫嶺爲《水滸》所說之金沙灘。

蔡家林在梁山東南十二公里處，屬徐集公社。村西高地，傳說爲梁山泊起義曬盔甲的地方，原名"曬甲林"。林西舊有歇馬亭，今已不存。

梁山之東，運河傾斜，西北黃河迤邐而逝。小安山、大安山在梁山之東北，兩公社各以此山爲名。

梁山原屬水泊，古稱鉅野澤。梁山泊的形成，主要由於黃河多次決口,梁山地勢窪下,大水驟匯於此,以致其東南連南旺、獨山、南陽三湖,南接大野澤及泗水河,形成歷史上有名的"八百里水泊梁山"。又以黃河決口,黃水注入,大量泥沙沉澱,使大湖泊底提高,大湖泊變成兩個湖群:南四湖與北五湖。又以河道遷徙,湖河不相通,日益淤塞,民得耕種。今除東平湖外,餘皆已成平原。

宋人邵博《聞見後錄》卷三十云:"王荊公好言利,有小人諂曰:'決梁山泊八百里水以爲田,其利大矣。'荊公喜甚。徐曰:'策固善,決水何地可容?'劉貢父在坐中,曰'自其旁別鑿八百里泊,則可容矣。'荊公笑而止。"《水滸傳》第十一回:柴進説:"是山東濟州管下一個水鄉,地名梁山泊,方圓八百餘里。"此説可見其來有自。

清末舉人余嘉錫云:

> 夫宋之梁山濼,所以廣至八百里者,蓋歷經晉開運、宋天禧、熙寧三次河決,合汴、曹、單、濮、鄆、澶、齊、徐數州所灌之水而匯於一也。元至正四年黃河決堤,并河州縣罹水患者。案之宋時地理,單州爲宋舊治;曹州於宋爲乘氏縣,與定陶皆屬曹州;碭山、魚臺屬單州;豐、沛屬徐州;汶上,宋名中都,屬鄆州;濟南,即濟州,是皆宋時梁山濼之故道。餘如濟寧、金鄉、鉅野、鄆城、嘉祥、任城,於宋、金時皆屬濟州。觀其受災之區,與元人高文秀《黑旋風雙獻功》雜劇所謂:"寨名水滸,泊號梁山。東連大海,西接濟陽,南通鉅野、金鄉,北靠青、齊、克、鄆"者,正復相合。

關於宋江起義的根據地,余嘉錫云:"余嘗考之《宋史·張叔夜傳》言'宋江起河朔',《汪應辰文集》亦稱爲'河北劇賊',似江本據河北。然《東都事略》及《宋史·徽宗記》,於宣和三年二月,書'淮南盜宋江犯淮陽軍'與《叔夜傳》又復不同。蓋因江自淮南路,出兵以進淮陽,遂就其屯駐之地以爲之目。其稱'河北賊',亦特追叙其初起一時之事。故方勻《泊宅編》記宣和二年十二月事,又稱爲'京東賊'。江之未嘗久踞河朔、淮南可知。然則江之根據地果在何處,未易明也。惟《十朝綱要》於宣和元年書'招撫山東盜宋江',此其事載於詔旨,著於官文書,最可保信。是江之根據地,因明:在山東境内矣。""宋江據梁山,其地屬京東西路之鄆州,故稱之爲'山東盜'。《泊宅編》言:'京東盜宋江出青、齊、單、濮,皆京東路濱梁山濼之地也。'"

宋江據梁山,史無明文。《癸辛雜識》續集上載龔聖與作宋江三十六贊,俱述大行。盧俊義贊曰:"風光大行",燕青贊曰:"大行春色",張橫贊曰:"大行好漢",戴宗贊曰:"敢離大行",穆橫贊曰:"出没大行"。《宣和遺事》前集始言:晁蓋八個,劫了蔡太師生日禮物,不免邀約楊志等前往太行山、梁山濼去,落草成寇。宋江殺閻婆惜後,直奔梁山濼,晁蓋已死,吳加亮等推讓宋江做强人首領。

元陳泰《所安遺集補遺·江南曲序》云:

> 余童卝時,聞長老言宋江事,未究其詳。至治癸亥(元英宗至治三年,1323)秋九月十六日,舟過梁山泊,遥見一峰,嵼嵊雄跨,問之篙師,曰:"此安山也。昔宋江□事處,絶湖爲池,闊九十里,皆蕖荷菱芡,相傳爲宋妻所植。宋江爲人,勇悍狂俠,其黨如宋者三十六人。至今山下有分贓臺,置石座三十六所。俗所謂:'來時三十六,歸時十八雙',意者其自誓之辭也。"始予過此,荷花彌望,今無存者,惟殘香相送耳。

陳泰,字志同,號所安,茶陵人,元延祐二年(1315)進士官龍南

令。陳氏所云,這是將宋江與梁山泊聯繫起來的較早較詳細的
記述。陳氏得之長老傳聞,則此事流傳已非一日。安山在梁山
之東北,有大小安山兩處。大安山在東平湖南岸,小安山在運河
東畔。陳氏所見,當爲小安山。海拔157米,是一獨立山頭。有
石佛寺,龍王堂諸勝。今爲小安山公社所在地。由於開山采石,
山幾夷爲平地。"山下有分贓臺,置石座三十六所。"余曾車過其
地,未作調查,不知尚有此遺迹與遺聞否耶?

元陸友仁題《宋江三十六人畫贊》云:

> 憶昔熙寧全盛日,百年曾未識干戈。江南丞相變法度,
> 不恤人言新進多。蔡家京卞出門下,首亂中原傾大廈。睦
> 州盜起瞞連北,誰挽長江洗兵馬。京東宋江三十六,白日橫
> 行大河北。官軍追捕不敢前,懸賞招之使擒賊。後來報國
> 收戰功,捷書夜奏甘泉宮。楚冀如古在畫贊,不敢區區逢聖
> 公。我嘗舟過梁山濼,春水方生何渺漠。或云此是碣石村,
> 至今聞之猶褫魄。

陸友,字友仁,平江人,自號硯北生。柯九思、虞集薦於元文宗
(1329——1331)未及用。此詩見於《元詩選》三庚集。碣石村,
《宣和遺事》稱石碣村。今梁山縣銀山公社所在地銀山,所屬石
廟,俗稱爲《水滸》的石碣村。銀山在晁蓋起義處司里山之北,位
於黃河與東平湖間。宋元時此村諒爲水澤迴繞之所,與虎頭崖
之梁山泊相連。

元袁桷《清容居士集》卷五《次韻瑾子過梁山濼》云:

> 大野豬東原,狂瀾陋左里。交流千尋峰,會合百谷水。
> 量深恣包藏,神静莫比擬。碧瀾渺無津,緑樹失其涘。揚帆
> 鳥東西,擊楫鷗没起。長橋篙師歌,短渡販客止。天平雲覆
> 幕,灣迴路成砥。鷹坊嚴聚屯,漁舍映渚沚。……高桅列魚

> 貫,遠吹笙鳳觜。前奔何無休,後進復不已。遠如林鳥旋,
> 疾若坂馬馳。

此詩作於元至治、泰定(1321──1328)間。詩中所言波瀾之闊,
舟楫之盛,可見梁山泊當時尚是汪洋巨浸。

元胡翰《仲子集・夜過梁山濼》詩云:

> 日落梁山西,遥望壽張邑。洸河帶濼水,百里無原隰。
> 葭菼參差交,舟楫窅窕入。劃若厚土裂,中含元氣濕。浩蕩
> 無端倪,飄風向帆集。野闊天正昏,過客如鳥急。

胡翰(1307──1381)嘗自金華北上,取道運河,北遊元都,他所
見的梁山泊與袁桷無異,廣闊當不止百里。

《大明一統志》卷二十三《兗州府・山川》云:

> 梁山濼在東平州西,宋宋江爲寇,嘗保此中,有黑風洞。

明嘉靖《山東通志》卷五《山川上・兗州府》云:

> 梁山在東平州西南五十里壽張縣界,一名刀梁山,上有
> 虎頭崖及古石庵迹。

虎頭厓,或作虎頭崖,當即今之虎頭峰。黑風洞在虎頭峰之北,
古石庵迹不知是否指蓮臺寺石刻? 不詳。

顧祖禹《讀史方輿紀要》卷三十三《東平州》云:

> 梁山……山周二十餘里,上有虎頭崖,下有黑風洞。山
> 南即古大野澤。……宋政和中,盜宋江保據於此,其下即梁
> 山泊也。

顧氏所言梁山有虎頭崖、黑風洞及古大野澤,今多信而有證。

康熙《壽張縣志》卷一《方輿志》云:

> 梁山在縣治東南七十里,……上有虎頭崖、宋江寨、蓮

花臺、石穿洞，黑風洞等迹。《縣志》所云之虎頭崖、宋江寨、蓮花臺、黑風洞今亦皆可證驗。惟石穿洞不詳，不知是否指練武場西南之數巖洞。

又《藝文志·曹玉珂〈過梁山記〉》云：

> 丁未秋康熙六年（1667），改令壽張，梁山正在境內，擬苫止之後，必詳審地利，察其土俗，以綢繆於未雨。至壽半月，言邁瑕丘，紆途山麓。正午，停輿騎馬，……居人以桔槔灌禾，求一溪一泉不可得，其險無可恃者。乃其上果有宋江寨焉。於是進父老而問之，對曰："昔黃河環山夾流，巨浸遠匯山足，即桃花之潭，因以泊名，險不在山而在水也。"又云："祝家莊者，邑西之祝口也。關門口者，李應莊也。鄆城有曾頭市。晁、宋皆有後於鄆。舊壽張則李奎擾邑故治也。"……且戰陣往來，皆能歷述，多與《水滸》合。更津津艷稱忠義之名，里閈猶餘慕焉。

曹玉珂，進士，富平縣人。康熙六年十月到壽張縣任。曹氏所言，今亦皆可復按。祝口村在黃河西岸，離梁山西北三十餘公里處，今屬陽穀縣，傳說爲《水滸傳》中的祝家莊，祝口是個稀有的大村莊，中間穿兩道大堤，西有圍子東臨黃河。現在劃爲五個大隊，人口在五千以上。村中原有宋代佛塔，今已不存。關門口之李應莊及鄆城之曾頭市，未調查不詳。晁蓋傳說是鄆城人，住晁莊，在鄆城南十五里。宋江傳說亦鄆城人，住宋莊，今屬水堡公社。《古今圖書集成》兗州府有關考鄆城縣條云："水堡橋在城西三十五里"。關漢卿《坐樓殺惜》雜劇云："家住水堡在鄆城，姓宋名江字公明。"

乾隆《大清一統志》卷一百二十九《兗州府·山川》云：

> 梁山在壽張縣東南七十里，本名良山。因梁孝王遊獵

於此而名。上有虎頭崖，宋江寨，其下舊有梁山濼。

又卷一百四十二《泰安府·山川》云：

> 梁山在東平州西南五十里，接兗州府壽張縣界。……舊志"山周二十餘里，上有虎頭崖，下有黑風洞。宋政和中，盜宋江等保據於此"。其下爲梁山濼，詳見兗州府。

清汪師韓《韓門綴學續編》云：

> 梁山濼在宋爲盜藪，世俗以爲宋江據此。……《徽宗本紀》及《侯蒙傳》《張叔夜傳》記宋江事者，俱不及梁山濼。他若"許幾知鄆州，梁山濼多盜，皆漁者窟穴。……"此俱及徽宗時，而未及宣和。宋江橫行在其後，其先或窟穴於此。逮至黃河移故道，梁山濼退地甚廣，民得恣意耕種，地已不屬宋矣。《金史·佞幸·李通傳》："正隆六年（1161）海陵南伐，時梁山濼水涸，戰船不得進。"《食貨志》云："金刷梁山濼地，遣使安置屯田，民懼徵其租，逃者甚衆。大定二十二年（1182），"又命招復梁山濼流民，官給以田。"此乃宋孝宗淳熙九年（1182），距宣和時（1119—1125）又五十餘年矣。《元志·河渠》《食貨》，俱不及梁山濼，惟於決堤偶序及之。明洪武初，胡翰有《夜過梁山濼》詩云："洸河帶濼水，百里無原隰。葭葰參差交，舟楫宭窊入。"又云："往時冠帶地，孰踵萑蒲習。肆噬劇跳梁，潛謀固壞蟄。"是明初猶有水有盜也。景泰間，河決沙灣。徐有貞請開廣濟河，謂"其外有八十里梁山泊，可恃以爲泄"，其地之窪下而間空可知。今人見其無水，並疑小説言有水者爲謬。豈知地在宋、元爲衆水之所聚哉。

梁山及梁山泊，宋江曾否據此起義，在宋代的文獻上難於找出證據，宋江寨祇是元後的一種傳説而已。傳説不一定是史實，但也有其意義的。

　　編者説明：本文據代抄稿録編，其後附《注》云："1.《梁山調查記》中已有注者，此略；2. 余嘉錫之論，采自《宋江三十六人考實》，1955 年，作家出版社出版。其餘歷史資料，亦有同著、他著轉録者。"另有鋼筆手繪簡圖三幅，今略。劉録稿附記：本文"撰於 1982 年 2 月—4 月"。

讀《梁山的名稱來由辨析》

讀岳玉璽先生《梁山的名稱來由辨析》一文，感覺獲益匪淺，啓發良多。關於梁山改名，久存兩説，《梁山地名考》云：

> 梁山，原名"良山"。據《壽張縣志·山川篇》記載："漢文帝的第二子封爲梁孝王，曾在此山北麓打獵，死後葬於梁山。今鰲子山北麓尚有梁孝王墓，因此改良山爲梁山。"又據《東平州志·山川篇》記載："東漢光武帝名良，爲避諱改爲梁山。"

余讀顧祖禹《讀史方輿紀要》"東平州梁山"條云："州西南五十里，接壽張縣界，本名良山。漢梁孝王常遊獵於此，因改爲梁山。"采取前説；後説余嘉錫主之，余説見《宋江三十六人考實·梁山濼》。余旅梁山，聽張耀華同志介紹，並謂："余嘉錫先生未至梁山，其説有誤。"因未深辨。今讀岳先生之文，始知後説爲長。

岳先生文中伸張後説，提出兩個論證。一爲："《史記索引》云：《述征記》：'碭有梁孝王之冢。'可知在晉代梁孝王墓冢在碭猶存？那麽，是什麽時候把梁孝王墓遷至梁山之陰的呢?"一爲："《漢書·地理志》'東郡壽良'條云：應邵曰：世祖叔父名良，故曰壽張。……這是良山易名的原因的有力旁證。"（引號内標點悉

依原文)這兩論證,確能説明問題,十分有力。余嘉錫先生早已論及,余云:

> 《史記·梁孝王世家》索引曰:"《漢書》作梁山。"《述征記》云:"良山際清水",今壽張縣南有良山,服虔云:"是此山也。"正義曰:"《括地志》云:"梁山在鄆州壽張縣南三十五里,即獵處也。"索隱又引《述征記》:"碭有梁孝王之冢",則《明統志》謂孝王葬梁山者,固誤。《通志》以爲葬雍梁山者,亦非矣。《漢書·地理志·東郡壽良縣》注:應劭曰:"世祖叔父名良,故曰壽張"。然則良山之改梁山,亦避趙孝王諱也。"(書名改用今常用號,地名不標)

余氏之論:"索隱又引《述征記》:碭有梁孝王之冢,則《明統志》謂孝王葬梁山,固誤;《通志》以爲葬雍梁山者,亦非矣。"即岳先生之第一論證。又論:"《漢書·地理志·東郡壽良縣》注:應劭曰:世祖叔父名良,故曰壽張。然則良山之改梁山,亦避趙孝王諱也。"即第二論證。

余氏論中,留有資料、論證,亦爲岳先生稱述者,此不俱論。顧氏於此,似有疵誤,然余氏於顧氏之學,不加指責,推崇備至,曾云:

> 顧祖禹史學名家,著述尤爲不苟,又嘗與修《一統志》,得見《永樂大典》及天下郡國圖經,故《讀史方輿紀要》,考據精密,具有本源。

此又何故關於梁山改名前後兩説?信以傳信,疑以傳疑,鄙意不妨兩存其説。岳先生認爲:"有的牽强,有的臆造,有的則較近情理。"所謂"牽强"者,蓋指其"辨析"之第一説:

> 梁孝王在景帝時"最親有功,又爲大國","地北界泰山,

西至高陽”,“出從千乘萬騎,東西馳獵”。可見,他所獵之處,不獨“良山”,但爲什麼他所到的其他地方,都没有以“梁”命名或更名,祇有良山得其“獨厚”呢?所以,説因梁孝王到此打過獵,就因以改之,這種説法是牽强的,理由是欠充分的。

岳先生提出疑問,認爲“這種説法是牽强的,理由是欠充分的。”鄙意可這樣説,也可以不這樣説。因爲以“梁”命名或更名,祇有良山得其“獨厚”,這種理由也不能説是欠充分的,難道梁山因梁孝王遊獵而命名或更名,其他所遊獵之處都必命名或更名嗎?試舉一例(當然這例與梁山改名是兩回事,不搭界的):乾隆南巡,餘杭有橋改名沾駕橋。從鎮江至杭州經過多少橋,都没改成沾駕橋啊?何以沾駕橋得其“獨厚”呢?根據這樣的“理由”,能否定這一事實嗎?

所謂“臆造”,蓋指其“辨析”之第二説:

“明洪武十七年黄河水溢,淤没無存”,既然明初已被黄淤,且其後梁山又多次被黄塞,那所謂的“墓”與“碑”該深埋地下了,爲什麼“今鰲子山北麓”又“長”出個“梁孝王墓”呢?而且又“雄偉”壯觀呢?可見,這是第二次被附會僞做出來的,更不足爲信了。

循岳先生之意,張耀華同志所見之“長”出個“梁孝王墓”,而且又“雄偉”壯觀,當爲“明洪武十七年”後,“被附會僞做出來的”。此議有理,但尚須作進一步的調查與研究。在梁山時,張同志曾談及兖州地貌及地質褶皺運動,河決及汶水、濟水迴合的情況。梁山是否被黄淤,張同志可能還有話説。梁山由虎頭峰、雪山峰、青龍山、郝山頭四個主峰,和黄山、鰲子山、狗頭山、狗爪山、平山、騎三山、玉皇頂七個支峰組成。鰲子山之北麓,明時是

否"深埋地下",尚待地理學家科學的證實。岳先生於此亦無科學資料説明,却以張耀華所見爲"臆造",爲"僞做",復云:

> 今天,我們應以科學的求實精神去分析辨析,不可重複盲目信古和做古的錯誤。

言外之意,張耀華同志所説:"此墓雄偉,文化大革命時尚在,曾發掘,墓已被盜,無文物出土。"是"重複盲目信古和做古的錯誤。"否則,岳先生之論,成爲無的放矢了。假使這樣,我認爲:岳先生對張同志的批評有些欠分寸了。張同志是學地質的,我看批評他"盲目",批評他"做古",都是不確當的。

岳先生文中,《史記索隱》寫作《史記索引》,《東平州志·山川志》寫作《東平縣志·山川志》,不知是否筆誤,抑另有所據?

最後,讀了岳先生之文,表示感謝!因爲讀了此文,使我明確認識到,梁山改名,以"東漢光武帝名良,爲避諱(叔父名劉良)改爲梁山"説爲長。

編者説明:本文據手稿録編,劉録稿云:"此文是對 1981 年 4 月 21 日梁山縣工人子弟學校歷史老師岳玉璽質疑文章的答覆。1981 年 5 月初撰。"

劉家福起義調查録

光緒年間,浙江江山兩年連續鬧旱,當時城中首富何六師,人稱"添舍狗",勿巴結官府,自己是武舉,兒子秀才。何家祠堂一千多擔米由他掌握,全入他的腰包。他在慈橋頂開着一爿萬昌米行。裏三堂、外三堂全堆着白米。他在帳房裏打算盤,嘩哩叭,嘩哩叭,米價一日湧漲三四倍。

劉家福是江山縣鐺鐺響的一條好漢。父親被財主殺害,對財主爺恨得頭骨也要嚼了,爲苦佬佽出一口氣。那日,他到萬昌米行,他看財主見死不救,趁火打劫,恨得要把米行一拳打碎。

這時添舌狗關照帳房,今天米不糶了。把米價再升高一點,帳房説:"不糶,苦佬佽怕會起哄。"

添舌狗衝到店堂,拍着櫃檯吼道:"没米了,不糶了! 膽大的敢來搶何六師的嗎?"

劉家福叉腰踏步上前,大聲叫道:"行裏米多得很!"

大夥負氣地回道:"米多不糶怎麼辦?"

劉家福揮手道:"怎麼辦? 難道你們圍裙没法裝嗎? 畚斗也有漏洞嗎?"真是洋火點松毛,撲魯一轟! 像決堤一樣,大夥兒衝進,圍裙包呀,畚斗畚呀! 乾脆有的把生米往嘴裏塞呢! 肚子餓痛啦!

添舌狗指着劉家福罵:"光天化日,哄着刁民搶米,没皇法了！"

劉家福一箭步衝入店堂,坐櫃檯上,雙手叉着,瞪着眼回道："囤米不糶,餓死人算犯啥法？各佴盡力搬,坐牢有我劉家福呢！"

添舌狗哈哈笑道："官府正查你不着,今日却來自投羅網。"便向家福直撲過來,劉家福飛起一腿,添舌狗摔倒在三丈以外。劉家福又一踪,站上櫃檯説道："各佴聽着:官府催租逼税,財主囤米不糶。苦佴佀没法生活。今日劫了米行,添舌狗定要告官。一不作二不休,咱們祇有反了,有種的就磨亮着刀在家等着。"隨手抓過米行招牌,砸個粉碎。邁開腿,蹬出南大門揚長而去。到哪裏去？劉家福是去福建九牧竪旗呀！

兩面神旗。

庚子五月,劉家福和軍師劉矮子製了兩面杏黄旗,一用紅綫繡上"興漢滅旗"四字;一用黑綫繡上"抗清滅洋"四字。入置於泥罐,埋在村口大樟樹下。

六月初六那日,劉軍師扒在桌上瞇衝懵懂。突地跳了起來,連稱關公在此,盟兄義弟一時被弄得丈二和尚摸不着頭腦。有人以爲關公顯聖,撲倒頭便跪拜。劉軍師昏昏沉沉,嘴裏念道："快到樟樹下取我天書來！"

劉家福便道："天菩薩保佑,關王大帝要天書,還不速去取來！"

大家轟到大樟樹下,挖呀,挖呀,咣啷一聲,敲着石板,挖開露出泥罐。罐裏衝出一股紅光。大家七手八脚來取,發現兩面黄旗,一面"興漢滅旗",一面"抗清滅洋"。得這兩面旗,大都樂開呀！連忙拿回家去,香火供奉起來。

胡樹基道："劉師父想的做的就是這旗上這兩句話。苦佴佀恨死官府財主,也恨透橫行霸道的洋鬼子。我們要把他們殺光。"

得神旗的事,像風一樣很快飄到周圍十幾里地方,苦偈侃都跑來,跟劉師父圖謀大事啦。

這消息也傳到了浦城知縣耳朵裏,便出火箋,勒令劉家福獻出神旗。不然,將他逮來。兄弟們保護神旗,將衙役五花大綁起來。劉家福道:"官逼民反時間到啦。我們就在六月十八日祭旗起義吧!"

蘇佛海道:"劉師父說得對,菩薩和我們一條心呀!還怕的啥?"

六月十八日劉家福在九牧起義,升起神旗,祭奠一番。

劉家福然後將杆砍斷,旗向北倒。

紅巾軍決定攻打江山城。劉家福騎上白馬,左右肩扛着神旗,直奔仙霞關。

神旗嘩嘩拉拉飄着,豪光四射,旗下義軍越聚越多了。

* * * * * *

庚子,劉家福豎旗時,曾向漁梁(今屬福建浦城)許達佬借過兵器。

劉家福在九牧開飯店,走郎中。暗中結拜十八兄弟,練拳習武,耍棒弄槍,圖謀大事。

漁梁把總許達佬聽到風聲,便喚兩個哨探扮作商客,一叫管大,一叫秦吉前來。堂倌打量兩人一番,不想接待,兩人大鬧起來。劉家福聽到,却忙款待他們。心想:來者不善,善者不來。有心留下,陪着飲酒,想換出個道理來。

秦吉刁鑽,差事在身,飲酒留着分寸,心中捉摸着探聽虛實;管大碰上吃酒,點滴不漏,差事早已丟酒罈裏去了。酒過數巡,管大開言道："聽説劉大哥一手好武藝,可有此事?"

佛海回道："不假。師父耍刀,抓把棗子丢去一個挨不上身,而且個個都見刀口;耍鏢五枝齊發,落板就是一朵五瓣梅花。"

秦吉伸舌半晌縮不進去。又問:"聽説,老大哥仗義疏財,江湖上結交的兄弟可多呀!"

劉家福道:"出門靠朋友,爲着一張嘴而已。"

管大已有七分醉道:"兄弟的話不假,祗是俺把總老爺……"

秦吉怕他露餡,忙説:"他醉,先安歇吧。"

管大却説:"還可端兩罎來!"瞅起醉眼,挺胸一拍,落下銅牌,滚在家福脚邊,家福眼尖拾起藏了,並忙唤堂倌再抬兩缸高粱陳酒,换大碗來。

秦吉暗急。劉家福假意問道:"公差哥該是量淺,身子發冷不成?"

秦吉聽説,益發慌得發抖,忙道:"劉大哥,休錯認了人,兄弟祗是做買賣的。"

家福冷笑一聲,抽出銅牌,上有"漁梁哨兵"字樣。佛海睜眼,意欲發作,家福勸退道:"井水不犯河水,貴差光臨,諒必上司所差,就請實説,莫怪無禮。"

秦吉哆哆嗦嗦叩拜,將漁梁營兵多少,刀叉槍炮齊説了。家福唤堂倌安頓兩人,和兄弟商議,將計就計,向漁梁借兵器去。

次日放出秦、管,説要他倆代勞一事。家福遞信交與秦吉,道:"兄弟想向你家老爺暫借兵器,此信煩勞帶回。"

又對管大道:"兵器藏處,煩你帶衆兄弟一走。"

兩人聽了,心冷半截,祗得勉强答應。

時過晌午,漁梁把總握着煙槍,喳叭喳叭正抽烏煙。秦吉前來叩頭,許達佬忙問,秦吉没啃聲,抽出書信呈上。許達佬笑顔道:"回頭領賞。"秦吉退出。

許達佬啓封不看猶看，看後呆若木鷄，半天，從床上狂跳起來，正想整衣，趕往中堂，令哨兵集隊。這時哨兵慌張着闖進來道："大……大老爺，不……不好了！軍營被劉家福的兄弟圍……圍住，槍炮都……拿……走了。"

許達佬喝道："胡說，我還沒答應呢？他怎知道藏在哪裏？"

哨兵道："是管大領去的。"

許達佬一聽，嚇得三魂七魄飛上了天，光着腦袋鑽下床去。哨兵道："劉家福還等着回話呢？問……問大老爺肯不肯借？"

"肯！肯！肯！快去替我回話。"許達佬在床底下說出這微弱的命令。

不一回，哨兵又跑來回話道："老爺，劉家福還借了你棗紅馬，戴了你的官頂，穿了馬褂去呢!"

＊　＊　＊　＊　＊　＊

九牧地方有個司長，是個大財主，人家當面叫他九牧司，背後罵他獅子狗。這人天靈蓋上生疔瘡，壞透頂。哪家田好，就霸占；哪家姑娘漂亮，就強迫同房；店鋪開張不送禮，就喚人去敲招牌。

庚子那年，劉家福搶了米行，跑到九牧來開飯店，沒送禮去，自寫招牌。獅子狗吼道："這條熱鍋裏泥鰍，到了閻羅殿還不懂得死活！喚三麻子去辦。"

劉家福正在店裏忙，見三麻子來，心想黃鼠狼進鷄棚，沒好事。轉念：初來人地兩疏，好漢不吃眼前虧，且看來意再作道理。陪笑請坐倒茶拿菸。

三麻子看劉家福和氣巴結，以爲他是膿包，好欺。掀着鼻子冷笑道："別在鼻子裏插葱，裝得倒像，小鬼進了閻羅殿還唱啥大戲。"

劉家福聽了,堂上掛草席,看看不像畫。又想:早露頭不如遲出面,仍笑道:"三先生,我劉家福來此開爿小店,混口飯吃。一不欠皇糧,二不虧私債。三先生何必這樣難看?倘有不是,祈請明指明點。"

三麻子翻眼道:"喔,見了城隍不燒香,還是你有理!"說着一腳踢翻飯桌。咣啷宕,杯碟翻得滿地滾,還跑到門口,敲打招牌。

劉家福看三麻子無理,腰裏拔出一支銀鏢,揮梭標從三麻子頭頂心嗖的飛了過去,釘在對面牆上。三麻子見着,連人帶牌跌倒,呆坐那裏哭着臉求饒。

湊巧獅子狗等三麻子沒回,挺着肚子前來。劉家福看惡賊來,心想:正好教訓教訓他,鏢再飛出。獅子狗聽到嗖嗖嗖的聲音,眼見牆上五鏢直插,像一朵剛開的梅花。獅子狗心裏別別地直跳,想來個黃鱔鑽洞,溜了。劉家福哪裏肯放,雙眼緊盯住他。獅子狗眼睛一眨計上心來,便罵三麻子道:"你這奴才,來此做啥?還不快滾!"說完轉身就走。

劉家福喝聲:"且慢。"一個箭步,攔住獅子狗道:"恰纔三麻子道:九牧司有什麼教訓,就請教吧!"

獅子狗道:"沒……沒……沒這等事,這都是三麻子胡説!"

劉家福道:"和尚頭上生蝨子,明打明的。三麻子來敲,誰的主意,還賴什麼?"說着,運了氣功,伸出兩個指頭,夾着獅子狗的脖子點着。獅子狗伏伏貼貼,忽地爬倒在地了。街坊四鄰舍,看到劉家福治了這個壞蛋,喜在臉上,樂在心頭。

獅子狗爬在地上,半天透不過氣來。劉家福戳着他的臉道:"這次饒你狗命,今後再欺貧苦傁伲,我手中的銀鏢可認不得你。"

"多謝劉老闆!"

"多謝劉老闆!"

獅子狗和三麻子像兩條落水狗,夾着尾巴溜回去了。

* * * * * *

浙江福建交界處有個險要關口，叫仙霞關，在清時是福建通京的官道。楓嶺營有哨兵四十人，駐守此關。嶺關腳下是廿八都村莊，廿八都是關的前哨。莊裏有驛站，還有把總薛達佬的官宅和清兵宿營。

劉家福帶領的紅巾軍打天下，開旗是攻奪廿八都，攻仙霞關。紅巾軍一出九牧，劉家福和眾兄弟商量智取，派周老虎帶三十人扮作樵夫，各挑松椏，內裝洋油、長矛，混入都中放火燒營；派劉耀明帶五十人從官道虛攻水安橋；劉矮子帶二十人埋伏在都附近的山嶨裏，劉家福親領徒弟蘇佛海、胡樹基等抄山路越都潛伏關邊山林中，但見都中火起，放炮爲號，相互接應。

這日廿八都把總薛達佬探悉漁梁營兵器被劫，九牧豎旗起義，大爲震驚。九牧離廿八都祇四十里路，推測紅巾軍不日即到，即作防範，領兵嚴守水安橋，喚哨長卜知銘在關備防。

申牌時分，劉耀明帶領人馬與清兵在水安橋接火。義軍虛攻，清兵怕死，却無一兵一卒掛彩，薛達佬暗笑，並笑漁梁許把總無用，以爲紅巾軍祇是烏合之衆，不知戰陣。清兵於是衝過橋來，紅巾軍將漁梁繳來的兩門過山炮，突然轟擊。清兵聽到，縮了脖子，又退上橋，有的將浸過水的被絮遮在橋欄掩護。薛達佬看兵勇這樣泄氣，正想前來指揮，突見背後黑煙衝天。兵勇喊道：“兵營起火了！”兵心霎時大亂。薛把總回見烈火熊熊，紅光遮天，嚇得面如土色，嘴唇發白，急忙下令救營。劉耀明看賊兵亂做一團，乘勝占領水安橋。清兵慌慌張張，退到半路，又被紅巾軍截住，進退兩難。薛達佬知已中計，棄槍落馬，丟了官頂、馬褂，跳溪竄逃。清兵看把總已溜，到處亂碰，被殺死不知多少。

仙霞關駐守卜知銘正在看望動靜，突聽炮響，遙見廿八都火光，深恐把總有失，急令集合往援救廿八都去。

六月十九日，日尚未出。劉家福借着星光，窺見清兵動靜，讓他們剛出關，像雞籠口捉雞一般，來一捉一，四十個沒漏一個，順利地占領了仙霞關。

這時，在廿八都三路紅巾軍毀了驛站軍營，收拾兵器，趕上仙霞關會師。

        *   *   *   *   *   *

光緒年間，江山皮石壟地方，有個篾匠，稱吳家猷，傳說他要做皇帝的。

吳家猷的父親交不起老虎昌貴的租，被他五花大綁送進衙門。家猷抽出篾刀，敲着桌子，吼道："我剮這小子。"衝出門。恰好老友蘇春齡來，撞個滿懷。蘇春齡拉他進屋，勸說："蠻幹成不了事。"

家猷丟下篾刀，怒道："那我到衙門去和他打官司。"

春齡道："這也不行，柴多火焰高，人多力量大。不如聚眾造反。"

那時亂得很！民謠比牛毛還多。什麼"閏八月，清朝滅！""三山（江山、常山、玉山）出天子"，"閏八月，拿刀切"。吳家猷聽在耳裏，喜在心裏，恨不得馬上殺起來，來個天翻地覆。蘇春齡總說："不急，我是算命先生，還去算命，你還做篾工。"

說起做篾，吳家猷確是把好手，方圓十多里聞名。打個畚斗、籮筐，扎扎實實。編個寶盒、書箱，細巧圓實。打條篾席，雙獅圖、百鳳朝陽，花樣多呢。自己睏的篾席圖是黃龍騰空。

這天悶熱，吳家猷午睡方起，蘇春齡來，猛一抬頭，看他背上，印着席印，蘇春齡哈哈大笑起來，"老弟呀，時候到啦，等着坐龍位吧！"

家猷樂了，磨刀磨了三盆水，磨掉了一大塊磨石。春齡拿了弦子，周圍地方跑了個遍。大家就問："算命先生，你懂天文地理，看天會變嗎？"蘇春齡翻眼一看，周圍沒財主官家的人，道："沒聽説吧，皮石壘吳家猷真龍現身啦！要坐龍位呢！殺財主，殺官家，苦伢伲還不去投他！"走了一村又一村。人家問他，他説："真龍天子下凡了，苦伢伲要出頭了。皮石壘吳家猷……"

大家都知道要變天了，紛紛説："老天有眼，看我們活不下去了。封吳家猷來殺官家財主，替我們苦伢伲出氣！説啥廢話，快去找吳天子吧！有意的跟上來！"

大夥舞着槍刀前來，有上百人。吳家猷道："我是真龍天子，上天派我來凡間，專治富家惡人。我封蘇春齡爲軍師，他的令大家要聽。大家頭上包塊紅布，我們就叫紅巾軍。"

蘇春齡道："大家要一股勁殺官家財主，天子説殺哪個財主，就叫哪個六斤四兩落地。説攻即攻，那地就要占下。"

話没説完，大家都喊："反吧！我們該抬抬頭了。"

當天是六月二十二，吳家猷領着衆兄弟衝入老虎昌貴家中，捉了昌貴和他的狗腿秋狗。把他的金銀財寶分了。大家高興得打背脊板，投紅巾軍的人更多了。

這天劉家福率起義軍已經打到新塘邊。劉家福和吳家猷匯合，和衆兄弟商議，將老虎昌貴和秋狗拿來祭旗，舞着大刀殺進城了。

＊　　＊　　＊　　＊　　＊　　＊

光緒二十六年，江山縣連續兩年大旱，百姓苦透，皇上財主拼命要税要租，百姓的骨頭都榨乾了。新塘邊有個苦伢伲吳家猷，種了財主老虎昌貴十畝山壘田。交不起租，父親被縛去坐牢。這兩家還沾點親，老虎昌貴是吳家猷的姑夫。這個專喝窮人血的姑夫，成爲幾十里方圓的大財主，哪裏把這窮內侄看在眼裏。

家猷父親被捉後，吳家還交不出租，老虎昌貴大怒，差狗腿秋狗去催，再不交把家猷也捉來。

這個秋狗終日歪帶帽子，斜睨着貓眼，上鈕扣下鈕。吃、搶、嫖、賭，抽鴉片樣樣全，無一不幹。

這天，他帶着打手大搖大擺地去了。

"呼、呼、呼！"打手把門敲得裂開來。這班像虎狼樣的強盜，衝進一看，不見人影。打手你一包，他一卷的，把能搶的東西都搶了，跑到村口，樹林裏跳出二十幾個小夥子，站在最首的正是吳家猷。半路殺出這許多程咬金，秋狗嚇壞了。哭着説："家老爺請你到家去，有事商量。"吳家猷二話没説，喝令："兄弟動手。"秋狗被打得青一塊紅一塊，黑一塊紫一塊，躺着求饒。家猷和大家商量，把他放了。防老虎昌貴報復，差人去福建九牧，告訴義兄劉家福。

六月十八日，劉家福在九牧竪旗起義風聲遠播，財主老爺逃的逃，躲的躲，都怕六斤四兩搬家。獨有老虎心想：家猷是自家內侄，打了秋狗没難爲他。到時候，送點白洋、稻穀就是。衹是秋狗心裏不安，老爺没走，自己難走掉。

六月二十二日，劉家福的紅巾軍打到新塘邊鎮了，在掃帚山崗和吳家猷會師了。劉家福對吳説："在出師打江山城前，弄兩頭牲畜來祭祭旗，旗開得勝。"

吳家猷連忙説："這件小事歸我辦好了。"説完，跑馬到新塘邊鎮去了。回來，遠遠地見他兩腋每邊挾着一頭牲畜，走近看時，挾來的不是毛猪，而是財主老虎昌貴和狗腿子秋狗。劉家福大喜，連聲贊好。

老虎昌貴和秋狗被挾得昏昏沉沉，摔在地上，睜眼看時，滿山滿塢都是威風凜凜的紅巾軍，嚇得三魂六魄上天。老虎昌貴像搗蒜似地求饒，家猷道："今天要向你借點東西用用，可肯呀？"老虎昌貴聽借東西，心裏一寬，忙道："肯肯肯。"

家猷道："一不借穀，二不借錢，祇借兩頭豬頭祭祭旗。"老虎昌貴聽説是借豬頭，忙笑道："賢侄不早説，兩隻豬頭還用説借，二十頭家裏也有，我去叫人送來。"

家猷揮手道："不用你費心了。先借你這兩隻豬頭用用吧。"兩人一聽，嚇得軟在地上，屎糞都拉在褲襠裏了。

午時三刻，家猷大聲傳令："祭旗開始！"

三聲炮響，兩面杏黃旗飄灑。一面綉着"興漢滅旗"；一面綉着"抗清滅洋"。兄弟們一聲喊，就把老虎昌貴和狗腿秋狗扛到大旗下，咣嚓嚓，砍了頭。苦傴佝看殺了惡財主、活閻王都拍手稱快。

祭過旗，劉家福和他十八個義兄盟弟，騎着馬，領着義軍，浩浩蕩蕩直逼江山城去了。

江山知縣周緒一聽説紅巾軍攻進城來，忙派楊都司帶着幾哨清兵，前來清湖鎮防守。清湖鎮離城十五里，是江山南鄉大門，一個水陸碼頭。船隻一天有幾百隻進出。楊都司一到就封船隻，浮橋也拆散了。

第二天紅巾軍趕到，過河没橋，擺渡没船。河面寬闊，波浪滾滾。吳如海拍着胸脯，喊着："跟我來！"想跳下河去。

吳家猷拉住他手道："你不看河面，清兵巡邏，空手過去不是自投羅網嗎？"

謀士劉矮子也勸説，幾個想跟如海劃水的，都停下來。吳家猷傳令安營燒飯。自己和劉矮子來到街上。見老百姓早都逃了，冷冷清清的。走到街頭拐彎處，突見一家三角店房裏，跑進一個穿件破青竹布衫的人，正想轉身關門。吳家猷忙上去頂住門板喊道："老朋友慢點關。"

劉矮子也趕過來，兩人踏進門，這人怕得縮成一堆。劉矮子看時，這人面熟，却記不起來，看屋是個茶店。想起來了。忙說道："老三哥，三年前請你發'天財'，可記得嗎？"那人聽說，端詳了一番道："你可是劉大哥一夥的那個劉先生嗎？"

原來三年前，劉家福與結義兄弟鬧清湖時，在他店裏喝過茶，住過夜，還同到土豪張老七家發過"天財"。老三哥沒去九牧，他們的情義却忘不了。聽說今要去打江山，過不了河，連忙一口應承，船包在他的身上。

老三哥道："苦佝倸跟官府背了心，船鎖得盡嗎？走，跟我去。"

三人走了三里路，穿進柳林，遠遠看到一座座籠蓬靠連一起。走近一看，像水鴨那麼多的船，把條小溪都塞了。船上炊煙繚繞，大家正在燒飯吃。老三哥先跳上船，進艙，把紅巾軍雇船事說了，大家都受過劉家福劫富濟貧的天財，個個磨拳擦掌，願助一臂之力。便和吳家猷、劉矮子約好引渡河的地點、時間。

四更時分，吳家猷帶弟兄來到鹽埠頭。徐培楊、吳如海兩營登船先發。

六月廿三夜，月色照着河水，五船偷偷地前進，却被清兵發覺，叭叭叭一陣洋槍聲襲來，船老大嚇着將船調轉舵了。吳家猷心想：不好發作，難道罷了不成。突然，脫口叫道："對！就是這個主意。"

劉矮子忙問："什麼主意？這樣高興？"

吳家猷道："用漁梁借來的'過山龍'作掩護吧！白天強渡過去。"

大家聽說，忙着準備去了。

東方發白，五船弟兄，分作十船，再行渡河。船身輕，划得快。船到河心，沒等槍響，過山龍對準溪西橋頭，點燃引綫，轟通一聲，濃煙直冒，守防橋頭的幾十個清兵，霎時蜂亂。轟通又是一炮，祇聽對岸一片呼爹喊娘號啕叫聲，洋槍屁都不放，全變啞了。

徐培楊緊搶時光，十船飛梭划過河西。

轟通又是兩炮，阻船清兵，被打退了。

吳如海沒等船靠，將身一竄跳上了岸。舉槍朝着戴青頂的都司直刺。

徐培楊、周老虎等衝殺上岸。

紅巾軍像出山虎一樣，逢人便殺，遇馬就砍。

楊都司見紅巾軍全衝上來，急忙勒韁溜了。清兵看頭領已逃，拔脚都跑。祇恨爹娘少生一雙腿，逃不快的，齊到閻羅殿去掛號了。

船老大看清兵一退，馬上幫搭浮橋。

劉家福後隊人馬，趕到清湖。

這樣紅巾軍浩浩蕩蕩地渡過清湖河，直逼江山縣城去了。

編者説明：本文據手稿録編。劉録稿附記："劉家福（約1870—1900），江山人。出身農家，少讀私塾，粗識文字，好習武藝，爲紅巾軍首領。劉先生於上世紀六十年代去當地采訪並調查，實録下文字。本文中提及的"苦偓伲"亦據手稿，詞意未詳。"

瞿振漢起義采訪録

　　瞿振漢起義，樂清傳説俱以清咸豐三年(1853)大水緣由，被逼起義。一説：瞿振漢在樂清虹橋開設醬園店，咸豐三年店受大水衝擊崩潰，損失慘重，虧空紋銀一千兩。他在虹橋鎮上揭貼布告，勸群衆茹齋七天，以免罪過。否則大水還要來，比這遭還大。大家認爲有理，不買魚肉海貨，祇吃蔬菜。三日内，瞿振漢將其店内豆腐乳售罄，賺了不少錢。考試也不參加，以爲群衆易受蠱惑，思想起義來了。一説：瞿振漢品性好，和氣公道。咸豐三年發大水時，老百姓没東西吃，他將店中豆腐乳一埕一埕送給人家。錢花光了，向縣府借。每次幾百兩，有次借一千兩。縣官沉臉呵斥："借一千兩要動庫銀，動不得！"瞿説："定要借，否則你把頭借給我好了。"説着，大踏步走了。

　　瞿振漢起義失敗，也有不少傳説。他和弟弟振山兩家全家就義，祇有一個侄兒和一個兒子逃出。在樂清座談會上聽到一説：他的兒子和侄兒躲到了一個姓蔡的舉人家裏。這人在地方上負有威望。他就站出來説："這裏没有逃犯，你們嚷些什麼？"差役惡狠狠地嚷道："我們是來捉兩個逃犯的！"舉人還道："搜不着，你們闖了我家，怎麼辦呢？"差役看樣子不對，就一哄而散了。夜裏，舉人將他兒子、侄兒悄悄地送到水口，讓他們向福建逃生去了。還有在虹橋聽到的：瞿振漢的妻子抱着侄兒，攙了兒子在逃,被官府捉到了。縣官問她:"爲啥不抱兒子呢?"她説:"侄兒是天上掉不下的,地上抽不出的。兒子可以再生的。你要殺就殺了我兒子吧!"縣官深受感動。詳文上去,却將她的侄兒、母子都放了。又説:這兩個孩子都被捕了。孩子對解差説:我們年紀小,戴着鐐銬走不動,反正逃不了,除下倒可走快些。解差就除了。夜裏,解差挾着兩小孩睡。弟弟拉拉哥哥,悄悄翻過解差的身上,逃了。逃進山坳,一個老太婆收留下他們。

關於瞿振漢,樂清文人林大椿《紅寇記》誣他是:"狡譎性成,關機捭闔。"有的説:瞿振漢父親的墳墓風水很好。陰陽先生説是:"缺水可惜,倘有水要出皇帝的。"咸豐三年發了大水,滿過墳頭。陰陽先生説:可惜這水不是墳裏長出來的,水是有了,衹是別處滿過來的。瞿振漢做不了皇帝,衹做野皇,沒有幾天,把性命斷送了。有個看相人見了瞿振漢,身材魁梧,仗義疏財,説他將來要發達的。他進考場,姓名貼在燈上,小鬼見了跑不了,朝着燈團團轉,都被他盯住了。他上茅廁,有狐狸來替他提燈火的。他在夜裏行走,碰着了鬼。他不怕,鬼小了下來。空中響着説道:"振漢相是要做皇帝的,有福份的。"那鬼就不見了。振漢相到了長工家裏,長工的病就好了。振漢回家裏走,雨是跟着他跑的,衹跟在他後面。他提的燈總是亮旺旺的,路也乾的。回到家裏,身上沒沾一點水的。回頭看門外的水早已漲得在開河了。

在這次采訪中,所得印象是:座談會中聽到的,探討起義原因與失敗的較多。對於起義過程:攻城掠地沒有談到。當時有些人當革命快掀起時,城裏有了風聲,就惶惶不安起來,作種種推測;起義失敗後,又紛紛談論;而在義軍攻城時,正好躲閃開了。這些故事是在這樣的場合下產生的。有些人是同情和支持起義的,但仍帶有很大的階級局限。如有個故事説:虹軍起義時,有不少士紳到縣府擔保,瞿振漢是決不會"造反"的。縣官信以爲眞,不加防禦,不曉起義軍已在路上了。又有故事説:有個教諭,當義軍攻進了城,想逃。瞿振漢向他説:"你是不須逃的,逃也逃不了。假使要走,我派兵保護你走吧!"教諭看到城中安民告示,又聽瞿的説話,就不敢走了。這可説明城市裏人不少是擁護他起義的;而他是善於爭取人家的,把敵對力量化爲有利的力量的。

在虹橋貧下中農對起義領袖是滿懷熱情歌頌的。説得有聲有色。這是農民一件大喜事啊。白馬祭天,烏牛祭地。七星炮響,驚天動地。大纛旗飄灑在新橋頭前,威風凜凜。路帥都像四大金剛一樣,手臂粗的像升籮。一手拿了大紅旗,一手拿了金砍刀。旗有兩條蘆席那麼寬,金刀是雪雪亮的。刀柄套根棍子,丈把長。五更天起義,像洪秀全一樣,打到那裏,那裏就有人來了。瞿振漢是騎馬進城的。頭上戴着紅纓帽。紅纓向下掛着。一路吩咐過去:"窮人好,財主死。"有害怕的,他就安慰他們:"不要怕,窮人會好起來的。財主死。"蒲歧、柳市、黃巖四路的義軍都圍攏來了。進城安民,照常營業,不動老百姓一針一綫。

傳説爲何千差萬別?不同階級立場的人,必以他們自己的觀點、立場對素材改編,所以需要去僞存眞,作出科學的分析。

瞿振漢起義是和太平天國的革命配合的。瞿振漢奉了"太平天國東王楊劄委,主持浙東軍事,限期起兵,到溫州,經瑞安,與閩軍會師,掃除惡象,以救百姓"(見《浙東除暴安良虹軍統帥瞿》的檄文。自樂清周起渭先生傳抄)而掀起的。説明浙江人民是熱烈支援太平天國的革命的。瞿振漢起義失敗後,樂清有個白布會,在芙蓉、大荆、蒲歧、柳市一帶繼續秘密活動。浙江的農民起義正在風起雲湧。平陽有趙起領導的金錢會起義,嘉善有韓德全領導起義,餘杭有胡萬成領導起義,於潛有"紅白旗黨"起義,臨安有趙四喜領導起義,淳安有淳安人民起義,餘姚有十八局起義,鎮海有范維幫、洪世賢起義,諸暨有蓬蓬黨起義,奉化有銅刀會起義,鄞縣有周祥千、史致芬、張潮清起義,寧海有鋼坑林文廣、王□牙領導起義,太平有李大六、李小六起義,景寧有饑民起義,臨海有黃金滿起義,江山有劉家福起義,說明當時的階級矛盾是十分尖銳的。

瞿振漢起義在文藝領域中有着一定的反映。在樂清除民間傳說外,還有曲藝道情。這些曲藝是在民間傳說基礎上發展的。傳說瞿振漢的義軍開到楊虎山下,就停軍了。瞿振漢跨馬下來,禱告天地,市民伐罪,進城不動老百姓一草一木。在封建社會裏,農民革命常常借助神力作爲號召,以組織群衆的。瞿振漢的禱告,可能實有其事。這無異是一篇誓師詞,有它的歷史特點和作用。這在道情中就有較爲充分的發揮。唱到瞿振漢的軍隊快進城時,楊虎爺就派陰兵出來擋駕,陰風怒號。瞿振漢跨下馬鞍,向天祈禱,起義完全爲了百姓。楊虎爺聽了,十分高興。統率陰兵,助他一陣,幫他攻進城去。從楊虎爺和瞿振漢的矛盾和轉化中,進一步顯示瞿振漢的崇高的革命動機和英雄品質。民間故事樸素,曲藝有所渲染。兩者有其基礎與發展關係的。虹軍進城時,傳說每個軍士頭紮紅巾,以爲記號。這事在杭州評話"水泊梁山"梁山鬧江州時,梁山泊弟兄頭上太陽穴裏貼個小膏藥,潯陽江弟兄頭上插朵小花也有以此作爲標幟的說法。這也可以看出生活與創作的關係,文藝作品來自生活,其表現內容與形式又是不局限於生活的。

編者說明:本文據鋼筆手稿錄編,無題,今題爲編者酌擬。另有題爲《瞿振漢起義的故事傳說》的鋼筆手稿及題爲《瞿振漢農民起義的民間傳說》的毛筆手稿,後者係采訪記錄,茲并附於後。

附錄一：

瞿振漢起義的故事傳説

父老們都傳説，振漢相品性好，極講義氣。眼睛看到人家站不起來，就送東西去了。清代咸豐三年，樂清虹橋一連滿了三次大水。連竃神爺都泅了，老百姓没有什麼東西可以吃的，振漢相把自己店裏的豆腐乳一埕一埕的配給人家吃。没有米的，把米送給他們。没有錢的，把錢借給他們。他把錢都化光了，寧願自家吃苦。

有年除夕，有個長工病了，振漢相提了燈籠，挾了糖和米粉乾去看他。振漢相纔離新橋頭不遠，跑到油車河頭，碰見一個女子，打扮得很齊整。振漢相問他："怎麼一個人孤單單的在野地行走？"女子答道："抬橋的人，祇管抬轎好了，不要管轎子裏邊新娘拉尿！"把話衝他。振漢相又問道："你到底是怎樣的人啊？"女子笑道："你不用管閑事了。你怕不怕鬼呢？"振漢相道："鬼有什麼可怕的？"女子聽了，霎時蓬頭散髮，把頭頓時漲大起來，好像笆斗一般。兩眼吊出，伸出毛叢叢的兩隻手，向振漢相撲來。振漢相提手把燈籠一照。喝道："做了鬼還要纏人嗎？"却見那鬼不見了。聽到空中響道："振漢相是有做皇帝的福份的。"

振漢相到了長工家裏，那長工見了他，病就好了。長工急忙披衣起坐招呼。振漢相已在豬欄上坐下了。長工道："振漢相，這裏很髒，快起來吧，我去端條板凳來吧。"振漢相雙手搖着："你病着，別動！"兩人就談明年起義的事來了。談到半夜，振漢相説："我要回家去了。"長工挽留道："風緊得很，快下雨了，你就歇在這裏吧。"振漢相道："我還有事情呢。"長工道："讓我陪你走一程吧。"振漢相道："不要緊，我走慣夜路的。你好好養病。"自提燈籠走了。振漢相上路，天就落雨了。説也奇怪，這雨都是跟着振漢相跑的，提的燈火總是亮旺旺的，走的路也總是乾的。他的脚後，却是濕漉漉的一片。振漢相跑到家裏，没有沾到一點雨。家門口階沿上，水滿的像在開河了。

虹橋義軍起義時，祇三四百人。像洪秀全一樣，打到那兒，那兒就有人來了。起義是咸豐四年十二月五更天氣。一面大纛旗竪在老宅前新橋頭塊下，有兩條蘆席那麽大，威風凛凛。白馬祭天，烏牛祭地，七星炮響，驚天動地。路帥都是雄糾糾氣昂昂體格魁梧的長工。手臂粗的像四大金剛，一手拿了大紅旗，一手執了金刀。這刀有門板那麽大，雪雪亮。有的執了軋草刀，刀柄裏套根棍子，有丈把長。振漢相騎一匹棗紅大馬，頭帶紅纓帽，率領起義軍浩浩蕩蕩向樂清縣城進發。看到莊稼，一路吩咐過去："莊稼是窮人種的，不准侵犯！"老輩傳説，隊伍過東垟時，有的人嚇了。振漢相安慰大家道："不用怕，窮人會好的，財主死！"不多久，蒲岐、柳市、黃巖四路義士都圍攏來了。義軍到了楊虎廟，振漢相就停軍了。他從馬上跨下來，禱告天地，替天行道，並向義軍宣布：進城安民，不准動老百姓一草一木。振漢相領了義軍，很快地殺進城了。

編者説明：本文據手稿録編，手稿后有"附記"云：

> 這段故事是在浙江省文聯第二次民間文學座談會時搜集的。搜集地是樂清虹橋，時間是 1961 年 11 下旬。同伴：林興標、谷源、崔鈺寶、趙一。講述人：倪傳順，六十四歲，貧農，住樂清虹橋鎮茅橋頭。鄭繼鎬，七十八歲，貧農，住樂清東垟，離虹橋鎮約四里。瞿振漢在咸豐四年十二月十七夜午時起義，曾奉"太平天國東王楊劄委，主持浙東軍事。"
>
> "相"即相公。農民尊稱"振漢相"，意即振漢先生。

虹橋人説"一埕一埕",即一板一板。

"配",虹橋人指做菜蔬。

瞿振漢故居,在虹橋鎮安橋北岸,俗名東新橋。起義失敗後,其故居被滿清反動政府焚毀。禁令此地永不得更建房屋。余所見,今此地東、西、北三面,原宅圍墙墙角尚在。墙旁猶一厠坎。《虹川瞿氏族譜》中有記載。

又有毛筆手稿"附言"云:

樂清虹橋鎮後垟新橋,有瞿氏老宅基地,乃瞿振漢烈士起義發祥地也。這地是我等訪問貧下中農所探知,領導應考慮作爲重點保護單位,並在原瞿氏祠堂辟專室,陳列文獻,教育人民。

關於瞿氏起義,北京曾數次來浙調查,都誤以虹橋鎮瞿氏所開的醬油店(今爲百貨商店)爲起義地點。1962 年 11月,浙江省第二次民間文學座談會在雁蕩山開會,余與樂清文化館林興標、谷源、曲協崔寶鈺同去調查,從七十二歲老貧農潘岳順口中得悉詳情。潘老居址離瞿宅祇六七百步路,其事余另有記。

附録二:

瞿振漢農民起義的民間傳説(記録)

采集時間:一九六一年十一月廿八日、廿九日。

地點:浙江樂清虹橋附近。

參與者:樂清文化館館長林興標、館員谷源、曲藝協會崔寶鈺、樂清小學趙一。

記録者：劉操南。

傳説者：潘岳順，七十二歲，貧農。住在虹橋鎮後垟新橋，離瞿振漢的老宅僅六七百步。

振漢相造反的地方在新橋頭，早時候不用槍，祇用刀，起義時人不很多，他的出身是個文生員，後來補過廩。造反前十多個人住在一起，都是至親好友，準備了年把時間，殺進城厢，縣官逃了，他就安民。後來五營四哨集合起來打他，全家殉難，祇有一個兄弟逃走了。省裏到虹橋來，把他的家放火燒了，把他家的祠堂也燒了。他家隔壁有個姓瞿的生員，説我族裏並不造反，不能放火。後來却是把他的四親六眷的家都放火燒掉了。

振漢相公在地方上感信很高，天大困難的糾紛祇要他説一句話事情就解决了。十三四歲時，他是賣葱韭菜的，後來開醬園店。有個走江湖看相的人見了他，説他將來定要飛黄騰達的。他曾進過考棚，有個考名。他把考名貼在燈籠上，小鬼見了嚇得不敢跑，圍着燈籠轉，都被他看見了。

造反時，殺猪殺羊，祭刀、祭天地，然後出門。殺猪羊是在祠堂裏殺的。他家是大户，打刀是在地坑裏打的。從大荊雇了幾十個人來打，鄰居都不知道的。造反時那扇大黄旗很大，有兩丈長，有個大漢擎着走，振漢相是騎馬的，人很魁梧。

振漢相的弟弟叫振山，是個讀書人，没有功名。振漢相是文武全才的。他有兩個後代：一個住在東盛店隔壁，叫壽梅，是種田的；一個住在欄杆橋頭，叫壽東，是開糖果店的。

我説的話是從父親那裏聽來的，知道的不多，父親輩的老人都已死掉了。去年死的更多。兩年以前有個九十二歲的老人,很瞭解情況,可惜已經死了。現在住在振漢相老房子附近六十歲以上的老人都沒有了,祇有五十多歲的,是不清楚情況的。

打刀是夜裏打的,白天沒有打。家裏養着很多的鵝、鴨,鬧的很,人進入人家就不注意了。

振漢相失敗後,官府下個命令,把房屋統統燒了,以後這塊地上萬古千年都不准造房子。

岳順老伯説完這話,就領我們去看振漢相的老宅。並指點着説:"這是振漢相的老宅,打刀也在這裏。"我看後,把圖畫了下來,並和林館長談,要好好把這現場保存下來,這是振漢相公領導農民起義的發祥地,有重大的現實的教育意義。

關於瞿振漢農民起義,我所知道過去北京和省裏都有人來調查過,但祇知道虹橋鎮上瞿振漢所開的醬園店,瞿振漢的老宅和瞿氏祠堂原址都不知道,也未到過。宗譜上的材料,也未發掘引證。

傳説者:瞿增魁,七十二歲,中農。兒子小商,自己種田。

你們都是好人,所以同你們講了。解放前有好多班人來問,我是不敢説的,怕連累自己人。因爲説我們上輩造反,就會改成小姓,子孫就不能考官了。過去殺猪的、開飯店的、抬轎的、剃頭的都是小姓,不准考秀才的。

東盛屋前的屋基,是振漢相公的老屋基,造槍炮就是在那裏造的。下有地坑,上面養着鵝,有一百多隻。祭旗用牛羊,是在橋上祭的。造反時那面旗很大。可惜得很,打到樂清沒有幾天就失敗了。

失敗後,温州府派一個大爺來調查。大爺姓郭,他很同情這件事情。造反是叛逆,本來七族的人都要被殺的。姓郭的上報時說是虜掠劫庫,把罪減輕了。聽說振漢公確實被殺掉的。兒子却逃出了,逃到青田那邊山上,有人把他救出,給他讀書,讀了二十多年的書。兒子名叫元梅,孫子叫星甫。兩人後來回家教書。教書時,我已十多歲了。我讀書就是在瞿氏祠堂裏讀的。

振漢公造反失敗,瞿氏的祠堂是被燒掉的。我讀書的祠堂是第二次造起的。抗戰時被日本鬼子燒去,現在的祠堂是第三次造了。解放後,這祠堂改爲國家的倉庫。

姓瞿的,虹橋有五房。振漢公是大房,東街是二房,欄杆橋到烏家是三房,上四房是四房,茅橋頭五房。

張學順,八十左右,做糖果生意,住在上四房林宅附近,振漢公(事)也可以去問問他。

傳說者:鄭朝錢,四十九歲,東垟人。

瞿振漢在虹橋開店。有一天他回家去,大雨跟在他的後面,看他的腳跨進門檻,雨纔落下來,天也幫助他。東垟人都這樣傳說,振漢的星宿很大,東西被他看見,就逃不掉了。

東垟地方跟着瞿振漢跑的人極多,都戰死在城裏。

瞿振漢的兒子和侄兒避難逃到福建,做過試官,後來隱名回到虹橋。有次武試,有個姓瞿的人參加考試,連射三箭不中。試官喚他再試三箭,就射中了。這人年紀很輕,大家推測他是瞿振漢的兒子或侄兒。

咸豐三年滿大水,東垟地方一連滿了三次,竈神爺的水都滿了。

瞿振漢起義時,樂清縣軍師暗暗接引,他身着白衣扮做孝子的樣子。這是一個記號。可惜那時小兵不知道,東門一開就把他殺死了。振漢跳下馬來,索索的哭了。

　　振漢起義時，東垟有個白布會，參加這會的都用白布為記。大荆、芙蓉都有人參加。後來清兵發覺就來抓人。東垟有個領袖，喚做潮起大王，就被抓去。關到光緒年間，死在監裏。

　　我的爸爸兄弟四人。有個兄弟跟隨振漢攻城，死在那裏。

　　鄭紀鎬今年八十餘歲。他的爸爸和振漢年歲差不多。常常講說振漢的事，他自己也常講的。鄭昌年今年六十餘歲，他的太公也是參加振漢起義的。

傳說者：倪傳順，六十餘歲，貧農。住虹橋鎮茅橋頭。

　　瞿振漢起義是在新橋頭五更天氣祭旗的。白馬祭天，烏牛祭地。七星炮起，聲音洪亮。是一個大喜事，參加起義的有三四百人。起義的旗子很大，有兩條簟皮那麼大的。打旗的人，力氣極大。一手擎旗，一手持刀。頭上打着英雄結，威風凜凜。

　　振漢平時和農民交情極好，咸豐三年發大水時，他把店裏豆腐乳送給農民，有些人家缺米，他把米送給他；沒有錢，把錢借給他們。

　　有個長工病了，生活過不下去。年關時，瞿振漢去看他，帶着米粉乾、糖和錢去送他。瞿振漢走到油車河頭，離開新橋頭不遠，碰見一個婦女，打扮得很妖艷。振漢就問她說："深夜呷嗨野裏望哪裏跑？"那婦女就不客氣的回答道："抬轎的人，祇管抬轎好了，不要管轎子裏邊的新娘拉小便啊！"振漢好意的問倒被她衝了。就說："你到底是怎樣的人啊？"那婦女就說："好啊！說了出來你不要嚇了一跳，我就是吊死鬼啊！"說着，霎時披頭散髮，舌子伸得很長，看來非常嚇人。振漢笑了一笑，却是一點不怕，再問。那婦女就又説道："你不怕，你要看大的，還是看小的？"振漢笑道："就看大的吧！"振漢話纔説完，祇見那鬼七竅流血，翹起指頭却自贊道："你是有做皇帝的福份的！"霎時就不見了。振漢繼續走去，走到長工家裏。長工見了他，病就好了。馬上坐起和他商量明年起義的事，這個長工後來起義時就是擎大旗的。

瞿振漢起義失敗後，他有兩個兒子，一個六歲，一個七歲，都被逮捕去了。起解時身上是有枷栲和鐵鏈的。他倆同解差説：小孩子戴了這麼重的枷和鐐，哪裏走得動？我倆是逃不掉的，不如除下就快些走。解差聽了，就把它除下了。解到青田。夜裏解差挾着小孩子睡，解差睡熟了，小弟拉拉哥哥的衣服，準備逃走。兩個孩子從解差身上爬出去，很快的跑了。這兩個孩子後來被一個老太婆收留下來。

振漢失敗後是逃下海的，振山被割去了四肢。振漢造反後，溫州知府知道了。縣裏向溫州報，祇説饑民奪糧，不講造反；因爲説造反失陷，自己也要殺頭的。溫州府也就這樣向省裏報告。

瞿振漢的起義隊伍，金刀非常鋭利。大的有門板那樣大。有的是軋草刀，非常鋒利。大將軍身體魁梧，手很粗，像四大金剛一樣。大軍出發時，一人拿了一面大刀，還拿了一面大旗。

瞿振漢打到樂清，這時七里的營船（官方的海軍）磐石的營盤，都已投降。軍師戴着眼鏡，把皮袍反穿過來，腰間拴着稻草繩，開城出來迎接。軍師原是清朝的科房，他以爲人家認得他的，不曉得人家把他作爲清朝的縣官殺了。殺是黃巖來的兵殺的，樂清的兵是認得他的，不會殺的。起義兵進城,到了縣前馬上安民。瞿振漢同起義軍士説清楚,不能動老百姓一點東西,對待老百姓要和氣。

虹橋義軍進城時,祇三四百人,義軍打到那兒,那兒就有人來劫富濟貧,像洪秀全一樣。振漢品性好,肯幫助人。眼睛看到人家站不起來,就送東西來了。虹橋滿大水,人家生活不下,他把豆腐乳一埕一埕的配(配是虹橋方言,意思做菜蔬吃);沒有米的送米;沒有錢的送錢。人很公允,老百姓的東西一點不肯觸的。

瞿振漢家打刀的地方養着不少鵝,路上都放起來。

手下大將,像四大金剛。手有升籮那麼大,一把刀有一仞(虹橋人常説一仞、幾仞)多長,板門那麼闊,很快很快的,有個大將,挑大糞不用扁擔。兩隻手提着糞桶跑到河邊,把糞直倒到船裏。

瞿振漢福氣大,他上毛坑,是有狐狸來替他打燈籠的。

振漢家中做戲,日子已經定好。黃巖有個響噹噹的,也要做戲,就到虹橋來和他商量。振漢就答允他,明日讓他家做,自己晚上原要演三串戲的,就祇做個插幕(折子戲),正本不做。喚戲班早把箱籠整理好,連夜送到黃巖去。黃巖那人非常感激,天下竟有這樣的好人。就説:"以後,你有什麼事,我總想法幫助你啊?"振漢道:"我要三千人馬呢!"黃巖人説:"好啊,我就給你三千好了。"以後起義,黃巖就來了三千人馬。

傳説者:鄭繼鎬,七十八歲,農民。住在東垟離虹橋四里。

瞿振漢有個兄弟是五馬分尸的,他的妻子背上縛着侄兒,手裏攬了兒子逃難。縣官問她:"為啥不背自己的兒子呢?"她説:"這是我的侄兒,天上掉不下,地上抽不出,兒子還會生的！要殺，請殺我的兒子吧，把侄兒留下來。"縣官聽了很感動。公文上報，後來母子、侄兒都留下來了。

振漢開的店鋪很多，有染布店、南貨店、廣貨店、酒店和醬園店。他的染布店裏，人家送白布去染，總是拿不着的。送了半年，還是沒染好。因爲振漢暗等紅布會，有白布來一律染成紅布，分給同志起義時包在頭上作爲記號。人家定要取布時，他就賠償人家了。

振漢常到縣裏去打交道，向縣官借錢。一借總借幾百兩，回來送給窮人。有次自己錢早光了，向縣主要借一千兩。縣主說："幾百兩還可以商量，一千兩要動庫銀，我沒這膽量。"振漢說："定要一千兩，銀子不借，那麼早晚把你的頭借給我好了。"說着就跑出來了。

振漢曾到大荆、芙蓉去招兵，東垟人也有不少參加。起義隊伍過東垟時，我的祖母曾向我說："有些人驚慌。"振漢勒住馬頭說："不用怕，窮人會好的，財主死！"打到縣城，縣官從水城門逃走了。有個管庫房的，名叫水裏仙。他早與義軍有聯繫，當作軍師。他的娘已死了。他假裝出喪，扶着棺材，這樣東門就可以早些開了。義軍一半進城，有的士兵不知道水裏仙，一刀把他殺了。瞿振漢馬到，看到軍師死了，馬上跳下來，捧着水裏仙的頭大哭。到了城裏，巷戰激烈。被打死了幾千，屍積如山。縣官翻屍找不到瞿振漢在哪裏。瞿振漢被圍，站立城頭，撐開兩把雨傘，跳下城去，逃到福建去了。瞿振漢在福建生下三個兒子。這三個兒子後來都做了官。有次虹橋武考。有個考生姓瞿的，騎在馬上連發九箭不中。大家鬧了起來，不給他考。考官就說：我也姓瞿，我的爸爸是虹橋人，特許他再考一下。大家懷疑這人就是瞿振漢的兒子。

瞿振漢家打的刀多，五間房子都堆滿了。有次被一個捻額頭的媒娘看見，驚道："啊唷，屋裏有這麼多的刀，定是要造反了。"她把這事悄悄告訴人家。人家向她說："你不好吵，下次切不能說。我們的地方要造反，也是不得已。你如響了，你的頭也保不牢了。"以後這個媒婆就沒敢聲響。

瞿振漢相貌堂堂，傳說是黑狗精出世，瞿振漢待人慷慨，請人吃飯住宿，化錢是不在乎的，請客殺豬是經常的。他常到農家去，在豬欄旁就靠起來，人家說："振漢相，這裏太髒，不要靠！"他說："不要緊，不要緊，揀這嫌那，大家就不親昵了。"瞿振漢性情爽直，說走就走。有次天快下雨了，山頭在不斷打雷閃電。大家喚他："振漢相不忙走，待會兒雨過了再走吧，你的綢衫都要淋濕了。"振漢說："不要緊，我還有事，逕自去了。"說也奇怪，雨是跟著他跑的。他走的前路是乾的，腳後邊就濕了。一到家裏，踏進階沿。人家看外邊雨落得很大，振漢相的綢衫和鞋子卻是乾簌簌的。

起義軍振漢相騎著高頭馬，頭上戴著紅纓帽，紅纓下垂，威武得很。振漢相一路交代過去："窮人好，財主可恨，該殺！"老百姓都說他好。起義軍裏面，我的祖母講，台州兵有一萬光景，在虹橋過了一夜，就打進城裏去了。溫州那裏也早有聯繫的，有兩個營船，一個是磐石是牽引好的，一個是七里沒有弄好，送信的送錯了。

傳說者：萬邦才，二十五歲，萬橋人，離虹橋五里。轉述六十多歲的吳壽昌老人所講的。

振漢相是個落第秀才，他痛恨清政府的腐敗，誓師起義。

咸豐三年大水，振漢相所開的醬油店給大水沖壞，損失很大。他就到縣裏和陶紅先商量。這人是科房中人，自己虧空也有一千多元。兩人碰頭，振漢説："考試不中，生活也不能維持。"陶紅先却説："解決你的問題，我倒有辦法。"振漢不解問他，他説："明天你可在虹橋附近貼些紙頭，勸大家吃素七日，否則大水非但不退，還要再漲，比三年前那次還大。"振漢就照他説的話做。這樣三天之内，振漢店裏所剩的豆腐乳都推銷了。振漢就是在這裏看到群衆是容易組織的。考官就絶了念頭，決心等待時機起義。

振漢相又曾和蒲岐人吳開明商量。封吳開明爲大元帥，陶紅先爲軍師。他自己像當皇帝一樣，封了八個路帥。這八路是：龍澤、長山、下深橋、萬橋、竹嶼、石潭、瑶嶨、黄塘。萬橋有人叫萬廉錢的，他的祖公叔叔就是路帥。黄巖有三個路帥。起義前，樂清附近都已布置好。温州有兩家碗店，是作爲聯繫點的。但一家聯絡好，一家没有弄妥。大旗有藍、紅、緑、黄四扇。祭旗是在樂清城外楊府山麓祭的。那時陶紅先曾參加，知縣得到一些風聲。陶紅先回衙，知縣問他，他説："決没這事。"知縣就拖他一起睡覺。睡到半夜，知縣愈想愈怕，推説巡邏，私自逃了。清晨，黄巖起義軍來了。起義軍的頭上都是用紅布紮額的。軍師没有紮，樂清人是都知道的，黄巖起義軍却不認得，把他當作知縣拖起，就殺了。樂清起義軍到了縣裏吃飯時，刀放在操場上，被知縣下面的人劫走了。起義軍去温州聯繫的，送錯了信。把信送到一家没有弄妥的碗店裏了。碗店裏就把這信送到府衙告密。

刀是在瞿振漢家地坑裏打的，打了三年之久。黄巖人都是夜半三三兩兩到他家來開會，天亮前人都散了。他們來往活動是有地道的。躲在裏面商量，人家是不會覺察的。

起義軍的暗號，白天用紗綫縛在腕上，晚上提的燈籠是用竹條做的，柄上有兩個刻痕。

起義軍失敗後，縣令派人來萬橋抓人，要地方上把那個路帥繳出來。如果不繳出來，就要燒房子，把地方上的人殺光。那個路帥當時躲在枯井裏，大家都不肯説。他知道後就站出來，縣役就把他抓去殺了。

傳説者：五十七歲，地主。

振漢相是讀書人，打刀的地方上面養着鵝鴨，是在河邊老宅地坑下打的。打刀的人是黃巖來的。起義時有千把人。黃巖有一彪人馬來的，可惜沒接洽好，遲來三天。起義時，虹橋和溫州也有聯繫的，可惜送信的人送錯地方。這信送到護洋船（營船）上去了。

起義軍失敗後，振漢相不知下落。他家的房子被放火燒了，屋基不准再造房子，一直倒塌荒蕪着。

振漢相的老宅在新橋頭對岸，前面的河傳説是青龍頭，會出皇帝的。他的爸爸的墓在郭路。有個陰陽先生説："這墳就缺少一點水，有了水就要出真皇的。""咸豐三年滿大水，水是外地滿過來的，不是地裏派出來的，所以祇出了個野皇。"那時水來得快，滿水滿到屋檐頭。大家都把樓板挖了，怕水勢湧猛把房子衝走了。水滿六七天纔漸退下。

林興標同志轉述：

茅野地方有個英雄喚做彭瑞虎，是振漢相的同黨，起事前做好了一件龍袍。失敗後，房子被燒掉了。一些不覺悟的人造個民謠説：瑞虎大王想坐天，茅野大屋倒了祇剩一個圈。

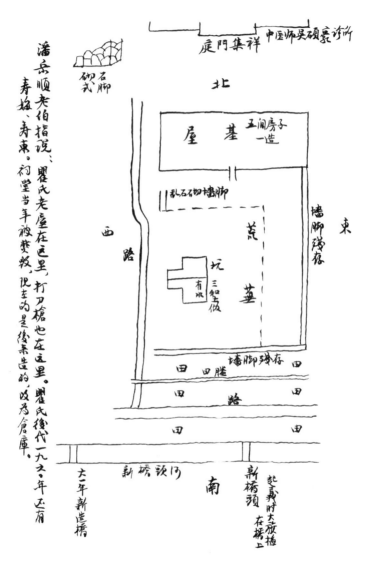

劉操南手繪瞿振漢老宅簡圖

176

潘岳順老伯指説：

瞿氏老屋在這裏，打刀槍也在這裏。瞿氏後代1960年還有壽姆、壽東。祠堂當年被焚毀，現在的是後來造的，改爲倉庫。

操南按：潘岳順老伯所説的新橋頭，即瞿氏宗譜所説的鎮安橋，俗名東新橋。宋嘉定間建，光緒七年辛巳重修。瞿氏老宅毀於清咸豐四年十二月。反動統治者勒令此處永世不准再造房子。我在1961年11月拜訪時，還是一片荒蕪。最可駭的，宅後庭宇儼然，宅前田禾豐茂。宅地既不造屋，亦不種植，讓其荒蕪荊棘，可以想見當時統治的凶狠殘酷，後人猶有餘悸，終於成爲習慣，不去管理。這塊場地，我當時所見：宅基猶存五間房子的基地一塊，長方式，三和土打底，地上蒼苔斑駁。基前東西南三面亂石墻脚石脚都有殘存，東南兩面更多完整。西面祇存北頭很短一段，大概是西旁造路時挖去的。西面留有兩連毛坑一所。用三和土砸制，坑深不漏，見時尚積污水。宅北是中醫師吳碩豪診所，大門上掛着診所牌子。門庭磚砌，刻上"祥集門庭"四字。宅前爲田爲田塍，秩序井然。更前爲新橋頭河，河上架新橋。爲起義時插旗處。浙江近百年來農民革命風起雲湧，這裏是農民革命的一處發祥地，人民政府亟應保護，用以教育人民。今關於瞿振漢農民起義的遺物可能尚有保存，亦應收集陳列。今鎮上改作倉庫的瞿氏宗祠，可以題作瞿振漢烈士紀念館。樂清雁蕩山將作爲開放遊覽區，虹橋瞿振漢起義發祥地也應重視介紹。文化大革命前，我曾向有關方面彙報建議，惜未采納，良可慨也。今後如有機會，當再提議之。

傳説者：林昌訓，五十九歲。

太平軍來時對人很和氣。太平軍到虹橋，營盤紮在高橋。人馬散到黃塘、茅垟。壽昌寺有個和尚會打拳的。太平軍打來時,他拿條棍去打,把旗奪下。太平軍開槍,把和尚打死了。

傳說者:吳發育。家有咸豐壬子"婺輝四世"和"耋齡齊慶"匾額。訪問未遇。

瞿氏宗譜保存瞿時坤瞿仲元家中。葉逸蓮是助修譜,住在虹橋。張雲雷省文史館館員。東街瞿原生,住在廣貨店內。瞿增魁、瞿增寶、胡瑞姆都須訪問,惜有(又)未遇見。

《王梅溪集》《葉水心集》《府志》《縣志》,都有農民起義資料。

李大隴、二隴、蘇立貴、蔡時風四人,志書無傳。

葉長春在浙江打太平軍。

金阿滿,見《永嘉縣志》。

莊松圃,九十二歲死去,曾寫過瞿振漢傳,見《族譜》。

葉逸蓮寫過《瞿子的傳》,亦見《族譜》。

郭廷以《太平天國史事日志》,商務版。

《樂清縣志》第十六卷,民元修。

遜學齋文錄,孫衣言著。

遊天台華頂石梁散記

余垂髫入塾，讀《文選》孫綽的《遊天台山賦》，道天台山，譬之"方丈蓬萊"，"皆玄聖之所遊化，靈仙之所窟宅"。非常神往。一九九四年十一月十六日承國清寺可明方丈之邀，由允觀副監院來杭嚮導，追隨書家沈兄定庵前往。這日清晨，乘麵包車離杭，經紹興，山道迤邐蜿蜒，中午抵國清寺。在寺盤桓六日。適逢溫州信男善女，齋僧布施，晨鐘暮鼓，得瞻水陸威儀。十七日，與允觀副監院、華頂寺當家、沈兄定庵同行，馳車華頂，償此夙願。

華頂是天台山脈的主峰，海拔高 1138 米。李白形容它的魏峨，説"天台四萬八千丈。"今人樂道唐詩之路，就詩取景，拍攝電影。唐代遷客騷人取徑剡縣、沃洲東南去天台山的有：孟浩然、李白、皮日休、陸龜蒙等，留下題詠，保留於山志縣乘中。

這裏略述明清之際：徐霞客、潘耒、齊周華三位詩人、學者、旅遊家的考察遊踪，以助雅興。

徐霞客在《遊天台山記》中説：

> 至太白（堂），循路登絕頂，荒草靡靡，山高風冽，草上結霜高寸許；而四山迴映，琪花玉樹，玲瓏彌望。嶺南山花盛開，頂上反不吐色，蓋高寒所勒耳。

他在華頂眺望,四山"琪花玉樹","頂上反不吐色",由於"高寒所勒"。觀察精細,解釋透闢。又説:"每下一嶺,余謂已在平地。及下數重,勢猶未止。"山坡是一重一重地下降的。這個論述符合於現代地理學關於天台三級平面的原理,受到現代地理學家丁文江教授的高度贊揚。有趣的是:天台有上、中、下"兩兩相比(近)"的六顆星,稱爲三台星。這六顆星,《史記·天官書》《漢書·天文志》原稱"三能"。朱駿聲説:"能,假借爲台。"三能後世稱爲三台,也稱三階。

這六顆星分爲三組:上台、中台和下台,它們的經緯度含有臺階之意。台有高而平的意思,也可解釋爲臺階。天台上應台星,這從星象組合的形象意義來説,可知古人對於天台的三級平面,已有妙悟。

清代潘耒遊華頂時,與天下名山對勘,認爲天台山"掩衆美、羅諸長、探索不盡"。吟了氣勢雄渾的古風《華頂》,對它作了淋漓盡致的描繪。詩曰:

> 昆侖之脉從天來,散作岳鎮千瓊瑰。帝愁東南勢傾削,特聳一柱名天台。天台環周五百里,金翅擘翼龍分胎。峰巒一一插霄漢,澗瀑處處奔虹雷。華頂最高透天頂,萬八千丈青崔嵬。乘雲御風或可上,我忽到之亦神哉。遊氛豁盡日當午,洞視八表無纖埃。南溟東海白一杯,括蒼雁宕青數堆。千峰簇簇蓮花開,中峰端嚴一蓮臺。

屈原乘風上天,説"願輕舉而遠遊"。孫綽馳神運思:"俯仰之間,若已再升者也。"潘耒也説:"我忽到之亦神哉。"真的上山造頂,"烏能輕舉而宅之。"那時攀登極不容易的。浮想聯翩,此詩氣象恢宏,令人神往。

華頂每當春秋佳日,山多晴日。遊者佇立於華頂的望海石上,四顧"峰巒重疊,山有八重"。可以東眺溟渤,北望錢塘,西招括蒼,南瞻雁蕩。八重峰巒,如朵朵蓮花,盡來眼底。這是仙佛聖地:"王喬控鶴以衝天,應真飛錫以躡虛。"頂嶺有拜經臺。傳說爲天台宗創始人智者大師拜誦《楞嚴經》之地,由是聞名。惜已毀於"文革"。稍下爲"太白讀書堂"。唐後人想像太白遊踪,立堂紀念。久圮。一九八四年,就與慈塔院舊址重建,稱"太白堂"。堂西爲"黃經洞"。傳說王羲之隨白雲先生於此學"永"字八法,裂帛寫經,因以爲名。

拜經臺是觀賞雲海、旭日的好地方。清雍正時邑人齊周華,他曾爲呂留良冤上疏雍正,下獄。是個嶔奇磊落的愛國志士。他遊山時,撰《台岳天台山遊記》,描繪日出的情景,親切生動。太陽在雲海中恰將升時,像一個金球熔於爐中。摩蕩再三,始從海上升起。升的時候,體圓忽長,像鷄蛋黃垂垂欲流一樣。升上來時,圓球色呈紅紫,體積膨脹。再升高時,球體縮小。光芒萬丈,直刺人眼,祇見大千世界,一片光明,霞光萬道。遊者心曠神怡,大家歡呼雀躍不已。

我們乘的汽車就停留於華頂寺畔的入口處廣場。當家法師嚮導先至客堂。奉茶,瞻視興慈方丈遺容。出堂升階。瞻仰大雄寶殿,甍脊已竣;惟臺階磚地在鋪砌中。建殿基金來自海外善士捐助三百萬。木料堅致,勝於紅木,能抗白蟻蛀蝕。聞來自蘇門答臘。墙垣在築,塑佛尚早。繞至殿后,鬱鬱蒼蒼。後殿荒蕪,水杉成行,見人在采伐。沈兄惋惜,意欲止之。法師婉言:"農場將遷矣。"下山,自小徑轉向前山門來。寺前爲大片叢林地。有大柳杉十餘株,高者達二十八米,樹齡都在千年以上。懸法郎牌保護。沈兄偕余,繞林周匝觀賞。法師介紹華頂芙蓉朵朵,此處位於蓮蕊中,可眺四山紫嵐。今則浮雲蔽日,四顧茫然。

華頂創寺於後晉天福元年(936),始於禪宗法眼宗德韶建華頂圓覺道場。宋治平三年(1066),改名善興寺。元代無見先睹任住持時,日本臨濟宗、曹洞宗的僧人常來參謁問法。明初以後,時遭火劫。現在建築是一九三一年興慈上人任住持時重修。客堂猶留遺容攝影。圓寂於五十年代。塔院砌在太白堂,有汽車可通。適在開山築路,步行往返時間來不及,欲謁未果。

沈兄偕余環視門樓,寥廓有氣勢。惟檐窗數扇經改建後類於民居。法師云:第二期工程,山門必需翻建,後山並建藏經樓等。因請余爲山門大雄寶殿和藏經樓撰聯,婉辭未就,返國清寺,遂各撰之。山門聯云:

> 明瞭法華,遠眺朝暾,臨乎萬象;
> 行深般若,上攬朗月,遊於太虛。

大雄寶殿聯云:

> 波羅密多,五蘊皆空,引慈雲於西極;
> 摩訶止觀,一塵不染,注法雨乎東陲。

又聯云:

> 華頂講寺,六度萬行,妙道凝玄,幽贊法華秘典;
> 圓覺道場,一心三觀,法流湛寂,恢弘智顗初門。

藏經樓聯云:

> 華頂泉清,一塵不染菩提地;
> 經臺月朗,萬善同歸般若門。

華頂遊後,公路盤旋曲折下馳。沿途蒼松合抱,清澗湍急,風濤聲不絕於耳。車至龍王堂,分成兩路:一路直往"石梁飛瀑";一路循着盤山公路,返國清寺。詣石梁步行。山徑陡削,奔壑響雷,眩人耳目。清初汪濚吟有一詩,道出這石梁飛瀑的"奇與秀":

靈斧誰將石壁開，瑶虹垂處訝奔雷。明珠萬斛從天落，素練千尋動地來。龍偃峻巖驚客渡，鶴飛滄溟帶雲回。曇華高閣重凝望，一片霞光映上台。

石梁在天台縣城東十七點五公里的石橋山中。兩岸對峙如門：一石橫空，俯瞰深潭，飄於天際。石之北端旁中方廣寺，南端則接蒸餅峰，可通而須折回。長約七米，厚可二米。梁面狹不容屣。如蒼龍聳背，躡之膽寒。汪詩所謂："龍偃峻巖驚客渡"也。蒸餅峰上庋銅殿，深廣米許，鑄五百羅漢像於其壁。爲明天啓元年(1621)欽差提督九門太監徐貴等施助。往昔僧人渡石梁日往銅殿焚香而返。今已移入中方廣寺中，余得瞻仰。

石梁之後，左右重巒疊峰，翠壁懸崖。千澗之水，匯爲雙溪。斜傾奔瀉，冲折匯於巖下大壑中。奔騰跳躍，聲若驚雷。水流三折，越梁而陷。一躍千仞，注於淵潭。雷翻轂轉，復躍而出。矢矯婉蜒，墜於林梢。遊者神移。

世間飛瀑不少，有"飛流直下三千尺，疑是銀河落九天"的廬山香爐峰瀑布；有"百尺尚是水，百丈煙霧嫋""人立百步外，寒泉撲面攪"的雁蕩山大龍湫。或以雄渾著稱，或以灑脱聞名；而石梁飛瀑，既奇於瀑，更奇於梁。橫空突兀，兩相輝映，遂爲奇觀。

作家郁達夫遊石梁時，推其成因。謂："大石不知經過了幾千萬年"，"終於被上流之水冲成一個弓形的大窟窿"，"水經此孔，一直沿石搗下去，就成了一條丈高的飛瀑。"此論與"流水冲蝕"的地學原理符合。地學上稱之爲"天生橋"。文人妙思，真的暗契天趣。

中方廣寺通和法師，爲寺方丈。乃沈兄故人，延客奉茶。入茶軒即見壁懸沈兄所書元曹文晦詩句聯曰："兩龍爭壑那知夜，一石橫空不渡人。"身歷其境，情境交融。縱談多時，爲治素齋，委余爲山門石柱題聯。余不能免俗，爲題聯云：

> 傾崖噴壑雙龍鬥，
>
> 滾雪驚雷一脊寒。

上聯意謂：懸嶂千潤雙溪之水，折騰飛瀉，噴壑穿巖，戞於石窟；下聯意：瀑群飛注，雲擁湍激，珠濺浪滾，穿梁而逝。色瑩白如霜雪，勢震攝如雷霆。湛藍深杳，直搗碧泓潭中。獅吼雷奔，山鳴谷應，極盡雄渾奇險之致。

石橋山爲晉僧曇猷開發，始建石橋方廣寺。宋建中靖國元年（1101）重建。紹熙四年（1193）修。石橋山谷遂有上、中、下三座方廣寺叢林。

唐高僧玄奘《大唐西域記》載："佛言震旦（中國）天台山石橋方廣聖寺，五百大羅漢居焉。"寺僧日以清茶供養羅漢，作"分茶""百戲"等遊藝。茶杯中出現"茶八葉蓮花紋"。中方廣寺築於峭壁上，青藤紫蕊，蓊叢山岸。茶軒下臨碧潭，遠眺朝暾，俯瞰飛瀑。雲際樓臺爲品茗絕妙佳境，不仙亦仙。下方廣寺於南宋時建應真閣，供奉五百羅漢。"真"即羅漢。現在殿宇髹漆煥然一新，建築保持了明萬曆年間的舊貌。1983年國務院批准：中方廣寺，下方廣寺俱爲全國重點開放單位。上方廣寺廊廡數楹，今爲民居。

石橋山上多摩崖石刻，古色古香。宋米芾行書"第一奇觀"爲最早。余家鄉無錫惠山龍頭下有米芾所書"人傑地靈"石坊，舟行入惠山濱即遙見，惜遭"文革"之劫。睹此愴然傷懷。續有明甘雨隸書"飛梁懸瀑"、石綸正書"大觀"、陳璲"神龍掉尾"、王樹行書"星橋勝概"；清劉璈"前度又來"、曹掄選隸書"萬山關鍵"、康有爲正書"石梁飛瀑"等，琳琅滿目，共廿餘處，摩摩留連，觀賞無窮。

允觀副監寺扶余蛇行斗折而下一公里許，行至鋏劍泉，坐溪灘。仰視飛瀑瀉潭，如長方廣舌。光騰於外，聲勢噌吰。雪波湧浪,溪流逶迤。遂折返攀山,循路至下方廣寺。月真法師好客,延沈兄等茶聚。隨喜上了佛殿,法師囑余爲下方廣寺山門暨大雄寶殿撰聯,余勉承之,爰各草擬一聯。山門聯云:

> 素練石梁懸,妙演方廣舌;
> 慧雲紺殿繞,幽樓清净身。

大雄寶殿聯云:

> 變現有身,半空花散三千界;
> 去來無迹,五百真栖不二門。

諸聯將請沈兄書,懸制於中、下方廣寺中。遊畢在中方廣寺就餐。旋乘車返國清寺,宿迎塔樓。塔樓匾額,爲蔡元培先生法書云。

(原刊《北美浙大校友會通訊》第 36 期　1995 年 11 月)

編者説明:本文據原刊録編,原刊處尚有《江南遊》(周報)第 321 期,1995 年 2 月 10 日第 3 版,題爲《天台山石梁撰聯記》、臺灣《寧波同鄉》第 315 期,1995 年 6 月,題爲《天台山華頂、石梁遊記》,文字詳略不盡相同。

西行散記

　　塔里木缺水，汽車衹從邊緣走，腹地從古以來不能去。今日用直升飛機去偵察，霎時狂風驟起，便是飛沙走石，人車會有埋葬的危險。當年彭加木爲了找水，離開人群，不過十幾分鐘便失踪了。派出了飛機尋找，發動了不少解放軍。當時還有一些誤解與謠傳，説他跑到蘇聯去了，其實去蘇聯不可能，路途遥遠得很，諒他埋葬在沙漠中了。

　　新疆油田多，准噶爾是戈壁，風吹、卵石吹不起來，設井、開采比較方便。塔里木沙漠，油田更多，開采不是那麽方便了，困難大得很。現在"七五"計劃，法、美和中國專家合作勘測，"八五"計劃預備列入計劃開采。

　　艾比湖，周圍數百里，湖中盛産蘆葦，尚未利用。吴耀成書記談及造紙，急需引進資金，引進技術，設廠需動力煤和電力，配套成龍，條件尚不夠。

　　嘉峪關是無人成市的，當年礦藏量估計得高，作爲重工業基地，實際貧礦，是決策性錯誤，不相信知識分子，不相信科學，吃了大虧，好心幹了蠢事。現在，黨總結正反經驗教訓，腦子清醒些了，開始大幹，火力猛，一幹覺察到不理想，規模纔縮小，所以盲目性投資，盲目性開發。今後要記取這個教訓，重視科學，讓專家說話。記得大躍進時，"蔣某""陳某"提出一夜、一周寫多少小說、多少首詩，幹勁看來十足，我不以爲然。有次，在紹興開會，有個同學告訴我，"陳某"在廬店總結時，寫我的總結鑒定，前一天開小組會向黨團員收集我散布的右傾言論。現在看來，你的態度一向比較實事求是的，做人爲學是嚴肅的、慎重的，但是吃不開，誰瞭解你啊！

哈薩克族是我國一個具有悠久歷史的民族，其起源和古代的塞種、月氏、烏孫人有密切的關係。它由中亞西亞操突厥語的許多氏族部落和部落聯盟組成。從公元十五世紀起，哈薩克開始逐步形成一個獨立的民族，建立了哈薩克王國。

哈薩克是一個直率勇敢、熱情豪爽的民族，主要是從事畜牧，過着逐水草而居、按季節轉場的遊牧生活。氈房是他們的活動房屋，駿馬是他們的交通工具。

素有"高山雄鷹"之稱的新疆塔吉克族。塔吉克族自古以來就是生息繁衍在新疆廣大地區的塔吉克人和不同時期從帕米爾西部東遷並定居的塔吉克人組成的，是我國歷史悠久的民族之一。帕米爾地區牧草豐茂，水源充沛，宜於畜牧業、農業。

須兀鷲，隼形目，須兀鷲亞科。

（此處有手繪鳥形圖，下寫："金雕，隼形，鷹科"。略——編者）

自漢代博望侯張騫鑿通西域孔道之後，一條起自長安中經河西走廊、新疆以達中亞西亞，直抵歐洲的絲綢之路，隨着各國人民友好經濟和文化的交往，日趨繁榮，經久不衰，一直延續了幾千年；同時，絲綢之路也成了促進我國各族人民相互學習、相互團結、相互融合，保衛祖國領土完整統一的紐帶。在漫長的歷史歲月中衆多的政治家、外交家、軍事家、文學家、宗教授播者都通過這條大道做出了卓越的貢獻，而彪炳於世。今日猶保存完好的敦煌藝術、龜茲石窟、高昌古城、居延漢簡，以及坎曼爾詩箋等珍貴文物，一一都閃耀着我們先民的智慧，凝聚着先民的汗血，象徵着各族人民的團結和友誼。

維吾爾人蒙古包中愛懸氈毯，一以禦寒、隔溫。夏不畏日，冬不怕寒；一以爲飾，小天地中見色彩、對比之美，一室盎然，多生意。遊牧民族，羊駝之毛，剪毛爲裘，割取其標，織以爲氈，綜合利用，極爲便利，無棄材矣。氈覆於地，就地而坐，勝於草席。置於車上，坐臥柔軟，故蒙古包中，户户有之。定居以後，室中習慣亦以爲飾。古人房屋之飾，有所謂"壁衣"者，楚辭謂之柏，疑亦仿於此乎？

新疆雨量稀少，房屋多爲土室。屋面置衡木數架，復以梁杆墊之，塗以厚泥，稍稍傾斜。既冬雪下不化，無妨。平日用以曝晾植物，任其過夜，食時取之。

伊犁產香梨，果小、水分多，爽口而甜。《西遊記》中稱之爲人參果，文學家其妙乎善想像與誇飾矣！

牛奶凉時，奶麵之油，掠取堆積，稱爲酥油，盛於瓷碟，回族人喜以塗饢，食之甘美。饢者，貼麵於爐壁烤之，絕其水分，久貯而不腐黴。吐魯番車師墓中，出唐代饢，未變形也。出門便於携爲乾糧，實因地制其宜也。酥油塗之，可解其燥，食之口更潤矣。

1986 年 10 月 11 日，遊惠遠鐘鼓樓。

樓有臺，臺上建樓三層。臺頂橫梁上書：

中華民國十六年夏曆九月重修

陸軍中將牛時監修

公元一九八一年至八三年進續重修

霍城縣文管所主持監修

臺下拱門內放置他處移來螭首乾隆聖旨碑碣一塊、道光十一年漢滿碑文一塊。漢文僅存"道光十一年"五字，餘爲洗衣者擦磨泯滅，滿文余不識。即此兩碑，實爲惠遠是我國疆土的鐵證。此地在光緒初年，曾爲沙俄侵占，左公出兵凱旋取回。

樓上鐘鼓樓爲近年修築，其彩畫中央文物局、國家文管局仿東陵繪畫。建築仿酒泉明代鐘鼓樓興建。四角，元時翹高，明代稍低，清時更低，取四平八穩之意。今殿角較酒泉略低。

是日下午遊吐虎魯克‧鐵木爾汗麻札，爲自治區重點文物保護單位，自治區人民政府一九五七年一月四日公布。麻札遊畢，詣霍爾果斯海關，攝影留念。

1985 年烏魯木齊、博樂塔拉州學生曾上街呼口號："60 年後來的黑大爺滾回！"

蘇聯撤回專家時，克拉瑪伊油井被破壞。嗣後，探測器開到中國境內。中國警告制止不聽，今已停止。

賽里木湖，是新疆海拔最高、面積最大的高山湖泊，面積有 453 平方公里，深度 70—700 米。水溫低，水生植物、動物少。今已試驗養鱅魚，成功。魚味無泥土氣，較好，惟排卵關，尚未突破。水位每年 6.7 公分，今漸上升；雪綫上升 50 米左右。文革時，打洞爲渠，以利灌漑。開十年未通，議論不一。或謂水多礦物質，引水灌田，土質變硬，把田搞壞。或謂：怕塌方成灾。今已停止，不鑿矣。

10月1日，蘆草溝大雪尺許。10日，余去伊犁，車沿賽里木湖行駛。日午，經蘆草溝友人家，家屬謂1日大雪尺許，四山皆雪。近日街市巷陌泥濘，皆雪水所致也。蘆草溝地低窪，雪早已融化矣。

12日返，停車冒風雨，在湖畔徘徊。狂風撲面，佇立四眺。西山雪稠，茫然雪雲難辨。南北兩山稍稀。然湖南之雪，侵及公路地面。東山則遠離湖泊，湖畔爲平原牧草區，草已枯矣。東山之景，則窺未清晰也。返時，南山雪已消矣，西山稀薄，不如前日之皚皚矣。

阿拉山口，中國設哨所、氣象臺。尚未設海關，爲少數民族聚居處，情況較複雜。

遊牧分冬牧區、夏牧區，四季皆可放牧。逐水草而居。有水有黃土處爲小鎮，附近種植，蒙古王爺駐之管理。新疆建設兵團至，從事墾植，猶古之屯田，農業興起，而多種經濟、綜合經濟形成。經濟發展，社會繁榮，兵團之力實爲大矣。

博爾塔拉州居民、單位多住土室，街道雨時，泥濘不堪。今艾比湖賓館等大建築，皆拔地而起矣，此近數年之事也。爲新疆謀者，民族團結、引進技術、文化、人才，此當務之急也。中蘇關係正常化，亦爲重要條件。

今中蘇關係正常，阿拉山口將興建鐵路通烏魯木齊。自是國際通道成，此不僅爲新疆一大事，亦爲中國一大事。眼前，霍爾果斯海關通商，以鋼材、水泥與羊皮羊腸交貿，各得其所，經濟效益昭然，當地人民眼睜睜，看得清楚也。

天山分新疆爲三：其東曰東疆，北曰北疆，南曰南疆。北疆天山雪融，水皆北流，此與口內，即嘉峪關以東，水皆東流異也。

林則徐戍邊至伊犁效力。林威望高，伊犁將軍出五百里迎接之。

新疆春不明顯。太平洋、大西洋濕空氣皆吹不到，所謂"春風不度玉門關"也。陽月十一月、十二月、一月、二月、三月皆爲冬日，雪下不融矣。又謂"涼秋九月，塞外草衰"也。

遊牧社會雖不及農業社會，實由於土地氣候使然；以遊牧之地，不適於農業也。《詩·王風·君子于役》云："日之夕矣，羊牛下來。"《鄭箋》云："日則夕矣，牛羊從下牧地而來。"陸佃曰："羊性畏露，晚出而早歸，常先於牛。"牧地羊牛駱駝俱露宿，羊性何畏露，不知陸氏何所據而云然。鄙意牧群羊成片，牛少，就其習見曰羊牛也。

博州房屋如土室，方形，平頂微有傾斜，以衡木爲梁，平行擱置，復置高粱所束之杆，頂用泥封。不覆蓋瓦。博州旱燥，連日陽光煦照，偶有雨，霎時間灑塵而已。冬日雪，至春不化。迨夏雪去，室不潮濕。室內砌火墙，用煤生火，在二十度上，極暖和。土墙厚，無一隙縫，縫小泥塗之，室內外溫差大，否則風極大也。《七月》云："塞向墐户"，有此生活，而後能味此語之寫生活真實，不覺重現也。

10月17日，余自博爾塔拉州返烏魯木齊。

過奎屯、石河子，曾訪烏孫墓。駕駛員停車指點，見五高大土墩，中雜砂石。駕駛員謂：考古者發掘此地，僅尸骨，木架已朽，未發見多少殉葬品。以物殉葬，烏孫族不重也。余返時，冬麥已植，寸許，雪覆之如被，明年發之極旺。若春種植，則不若冬麥之產量矣。

賽里木湖中有島，聞有乾隆祈湖神碑文。余問之博爾塔拉州氣象勘察隊及市管理科技者，皆云未見、未知。林則徐過時，適大風雪，欲訪碑未果。余過湖沿，惜無條件，恨不能雇舟一訪也。

10 月 21 日，余自烏魯木齊乘軟臥返。

東行至甘肅天水地區，見牛耕，亦有耦耕者。耕時，一人持犁，犁柄植衡木，人持木前行。或謂古時耦耕，雙人用脚插耜。此耦耕未諗古之耦耕有聯繫與衍變之迹否耶？

（此處有手繪示意圖，並説明："人負衡木前行──人持犁鏟地。"──編者）

《九章算術》中述及耕種有發、耕、播三序。發者，翻土也；耕者，耕田也；播者，播種也。長安之土堅於隴西，故種植須經此三序也。

甘肅柳園缺水，鐵路設站，用水飲水自玉門關輸送，故俗用水比油貴之説。柳園可乘汽車去敦煌，較爲便利。自烏魯木齊返申，東行過甘肅蘭州，氣溫便漸上升矣。余於車中脱一毛背心。

車及隴西，漸見房屋院落之趣。屋面傾斜度增，蓋雨量饒於甘肅、新疆矣。多土山，稍稍見林木。山土堅實，挖以爲坎，以藏果蔬糧食。新疆居民，在單位新穎宿舍層樓建築前，户户有之。至西安，參觀半坡遺址，六千年前已有剩餘糧食，掘坎貯之。

隴西見屋面，瓦都反裝，至西安，猶如是；惟行間，有數行覆瓦間之。如大雁塔前大殿即是。反裝省料，西北雨量少；且少暴雨，薄瓦足以承擔矣。若江南，非鴛鴦瓦反復蓋之；否則，颱風致，何以當之，將屋漏如注矣。古時之瓦，有所謂牡瓦牝瓦者，牝瓦爲板瓦，制時爲筒瓦之半，即二分之一，以爲溝瓦，或爲合縫承水；牝瓦制時四瓦成筒，濕坯晾乾，而後裂之。筒瓦可爲瓦當，牝瓦則以爲滴水。復有花料，作走獸螭吻，民間省工，悉以牝瓦承之，然亭臺樓閣，殿宇園林之美，瓦諸式樣，不可廢也。

隴西車行道中，山野田舍多見紅柿，黃土白水中紅綠粲然，映於空明，洵奇觀也。至西安，游華清池，食火晶柿子，其色溫潤如琥珀，食之甘美。

隴西溪澗，多挾泥沙，亂流交錯，稍沉澱淤積，溪便改道，水黃，雖非黃河，爲其支裔，實一類也。黃河古稱河，水系俱黃，程度不同耳，黃河爲大，故初名河，不突出黃，其後遂以名黃，以判於江淮漢水耳。在甘肅槐樹灣，所覩之水，俱極混濁矣。

（此處手繪山洞水略圖，並注：“土山、坎洞、浪水”；“天水車站附近見。”——編者）

過天水，始見青草，隴畝井然秩序矣。水則殊黃也。

秦中有八川，小溪之不知名者亦夥矣。然則何以《關雎》之詩“在河之洲”，“河”何以定爲黃河也？河，《毛傳》《鄭箋》未釋。《詩集傳》謂：“河，北方流水之通名。”余冠英《詩經選》：“河，黃河。”古謂流水之通名，今謂黃河，兩説孰是？余謂：河，古時爲專稱，詳言之曰黃河。《水經注》首河水，其次爲汾水、澮水、涑水、文水、原公水、洞過水、晉水、湛水、濟水、清水、沁水、淇水、蕩水、洹水、濁漳水、清漳水、易水、滱水等，皆言“水”，而以汾、澮、涑、文專稱之也。故知“河”者黃河之專稱也。考《詩》稱河凡26見，《玄鳥》：“景員維河”，“河”乃“何”誤，此作別論。餘25見。“河水瀰瀰”“河水浼浼”，在《邶風》；“在彼中河”“在彼河側”，在《鄘風》；“如山如河”，亦在《鄘風》；“河水洋洋”，在《衛風》；《詩集傳》謂：“河在齊西衛東，北流入海。”“誰謂河廣”，亦在《衛風》；《詩集傳》謂："衛在河北，宋在河南。""在河之澵""在河之涘""在河之滣"，在《王風》；"河上乎翱翔""河上乎逍遥"，在《鄭風》。或謂"河上"爲地名，"寘之河之干兮""河水清且漣猗""寘之河之側兮""河水清且直猗""寘之河之滣兮""河水清且淪猗"，在《魏風》；《詩集傳》謂：魏"南枕河曲，北涉汾水"。"必河之魴""必河之鯉"，在《陳風》；余冠英謂："黄河的鯿，尤其名貴。""不敢馮河"，在《小旻》。"居河之麋"，在《巧言》；"及河喬嶽"，在《清廟之什》；《詩集傳》謂："河之深廣，嶽之崇高。"意指黄河、華山。"允猶翕河"，在《閔予小子之什》……諸"河"類皆可以黄河實之。而《詩》言"揚之水""汶水湯湯""汶水滔滔""彼汾沮洳""彼汾一方""彼汾一曲""漢有游女""漢之廣矣""滔滔江漢""江漢浮浮""江漢湯湯""江漢之澵""如江如漢""遵彼汝墳""亦流于淇""送我乎淇之上矣""瞻彼淇奧""送子涉淇""淇水湯湯""淇則有岸""以釣于淇""淇水在右""淇水滺滺""在彼淇梁""在彼淇厲""在彼淇側"……皆以"水"題其專稱也。

《周南》《召南》古以爲文王之化。所謂文王之化者，當首及涇、渭，而後至於雒、汭，下逮於江、漢也。《韓詩》謂："南郡、南陽之間"，然則《甘棠》之詩，其地將安指乎？陸德明《音義》曰："《周南》，周者代名。其地在《禹貢》雍州之域，岐山之陽。於漢屬扶風美陽縣。南者，言周之德化，自岐陽而先被南方。故《序》云：化自北而南也。《漢廣序》又云：文王之道，被於南國，是也。"

天水之東，古秦西伏丘之地也。漸見村落簇擁，聚數十户，瓦屋土墙，鷄犬相聞，與西來輒百里無人煙者，迥乎異矣。

見村中樹枝間，懸掛紅辣、包穀，豈種子歟？若爲糧食，殊嫌其少。種子透風，將便於保存乎？疑莫能明。麥已透芽。新疆此正收拾棉花時也，而麥苗已寸許矣。溪水黄濁。繞村而逝，時見淤積。東行多巖洞，眺望時爲所掩。

（此處手繪簡圖，並注："山、溪、田畝、樹木、村落、
田"——編者）

亂流乃山間溪流自然形成。水繞山阻，勢分緩急。水流緩
時，沙漸沉澱。流水交錯，遂亂其流。亂之既久，或掩或沉。沉
者爲田，掩則爲流。窮則變，變又通矣。水奪故道，成新道矣。
天行無常，亦有常也。古云：原田每每，舍其舊而新是謀也。不
變是暫時的，變是經常的。政治體制、措施，亦當作如是觀，於
是：變革之道，乃天之道，人知從乎大勢所趨矣。

一片柿田，展現眼前，平平整整，秩然有序。余前所見，僅一
枝兩枝而已。開拓眼界，蔚爲奇觀。旁有村落，青瓦苔墙，斑斑
駁駁，頗存古意。村前有鐵索橋，承以鋼筋，高狹而無動宕之虞
也。望村中童叟往返，如天上人矣。同車者爲上海詣烏市開會
之公安人員，歸途時時以相機攝之。惜余未能留此影也。水流
廣闊，襟懷爲開，江南未見此奇境也。余識殊陋，於山水畫中亦
未遇。因憶太史公周覽名山大川，而文境益奇。飽看天涯山水，
情溢乎辭矣。

車過葡萄園見麥苗青青，農田多沙，黃水排泄，有時咆哮而
過。南有村落，若隱若現，或坡或洼，錯落成趣。山峰峻峭，聳立
溪旁，氣勢雄偉，新疆所見天山，非不高也，乃拔海耳，山形望如
狼牙，如虎齒，與形勢河西風物美，異其趣矣。

車行入陝，一覘爲快，燈火黃昏，山水已藏於夜色簾幙中矣，
古無記也。過寶雞，沿渭水東流而下，思古周、秦文化，創業垂
統，幽情不禁湧於腦際，往來於胸也。

藏馬世居於青藏高原，居於"世界屋脊"。公元八世紀西藏
土蕃王朝爲了鞏固與大唐間的"甥舅之盟"，派使臣詣唐都長安，
迎娶第二位唐室宗女金城公主。此行促成了一場馬球賽。土蕃
隊員騎馬參賽，戰勝了唐朝宮廷隊。這次藏馬又來到西北邊城

烏魯木齊，參加比賽。見《新疆日報》1986 年 8 月 13 日第四版
《藏馬第二次出征》。

西漢三女傑，是指西漢時期出嫁烏孫的三位漢族姑娘，她們
是細君、解憂和馮嫽。由於她們的自我獻身精神，加强了民族的
聯繫，奠定了烏漢聯盟的政治基礎，爲新疆各族人民擺脱匈奴的
奴隸統治作出了貢獻。劉錫淦《西漢三女傑》，《新疆日報》1986
年 8 月 8 日第四版。

1986 年 10 月 23 日上午，西安東綫一日遊。

長安東行過咸陽、灃水。

"咸陽市秦都區灃西陳陽派出所"——路見此牌。

赭土，麥已寸許，與日前在寶鷄、天水所見稍長。

茂陵，高帝長陵，惠帝安陵，景帝陽陵，昭帝平陵，武帝茂陵，
五陵原。

興平縣馬嵬派出所過，見唐楊氏貴妃之墓，石刻中有李商
隱詩。

路見有農人持釘耙過者，其刺見未清晰，不是九刺，總是多
刺。其地土質鬆，故以釘刺耙之，不若江南土黏，需用鋤頭、鐵耙
翻也。此耙諒爲《西遊記》豬八戒手持九刺耙之所本，而形象誇
大之。

乾陵，位於陝西乾縣北梁山上，唐高宗李治、武則天合葬於
此，是唐十八陵之一。氣勢雄偉。墓成高陵，陵前左右衛士兩
叢，首皆已被擊去。衛士前左右各有高宗的墓碑和武則天所樹
無字碑，碑前左右列翁仲數十，更前爲駝鳥、翼馬及華表。

翼馬也稱天馬，是一種想像的獸類形象。兩翼雕以卷雲紋
圖案，立於乾陵，增加了陵墓的神秘氣象。

　　駝鳥據傳爲阿富汗贈送以作葬禮,浮雕造型,刻劃圓滑,綫條流暢。

　　梁山地勢峻峨,係秦時梁山宮所在。

　　余於乾陵博物館所見三彩男俑,其所戴之帽,今日在少數民族人士中尚見。

　　　　(此處有手繪帶帽男俑形。略——編者)

　　遊章懷太子墓。其墓道陵園前欄内見萱草挺茂。憶《伯兮》詩云:"焉得諼草",諼草即萱草,北方固産萱草也。萱草,南方謂之黃花菜,金華、蘭溪、紹興山區都産之。

　　車行途中見街市店牌有題:"西安未央區阿房宮供銷社。"

　　10月24日,遊大慈恩寺雁塔。

　　大門兩旁磚欄見修竹數十竿。遊客中有戴瓜皮帽,南方解放後已不見矣。

　　東木市巷見民間喜事門旁猶貼聯額,額曰"比翼雙飛"。聯曰"花好月圓姻緣美滿;天長地久幸福延綿"。

　　1986年10月25日,遊西安大清真寺。

　　聯額抄録於次:

　　　　品尊至聖不帝不王悦服帝王者萬國
　　　　行注真經爲道爲教景從道教於四方
　　　　　　　光緒癸卯夏日　頭品頂戴尚書衝撫陝使者長白升允書

　　橫批:名震關中(左)
　　　　品齊東漢心原古

德播西京績自奇

橫批：德堪闡教（右）

功擬新城恩澤普

潔聞丹陛鑒知真

　　　天寶元年壬午仲秋吉日立

愛敬古梅如宿士

護持新笋似嬰兒

海上六鼇承紫極

雲中一鶴肅青霄

難解網蛛　兵銷呼鴿

信傳戰馬　約復放獐

　　　光緒癸卯中秋日　道員用河南開封府知府翰林院編修

　　　文悌書

橫批：參贊化育

　　　大宋元豐時元章米芾書

道貫古今包宇宙

法遵聖賢馭人神

　　　勅賜禮拜寺　禮部侍郎董其昌書

禮原一敬勤昭事

拜懔五時貴竭誠

書爲治世之珍追百韻
德乃傳家之寶效三公

大清真寺在整修，見一四塊方磚所砌之横額，曰："塵到不一"。余與工匠言，應改砌爲："一塵不到"。砌者不解，旁一遊者謂先生之言是也。匠言："當稟告主持，改之。"

西安市上見青頭蘿蔔（即蘿蔔），長有尺許。

編者說明：本文據手稿録編，原無題，電子文本題爲《新疆見聞》，題下括號內云："1986 年 9 月 8 日至 10 月 20 日應新疆博爾塔拉州師範之邀，前往講學"，蓋劉録稿所加。然其內容，實不限於"新疆"，時間起訖亦不盡吻合。手稿記事廣泛，時間順序不甚嚴格，且有一事多記者。這次入選，編者稍加調整，並酌擬標題。

伊犁抒懷

　　六年前,我去過新疆伊犁,開拓眼界,親聆遺聞:林文忠公戍邊,伊犁將軍崇敬少穆焚煙,鐵腕丹心,不避鋒芒,出五百里,馳馬隨從,躬至博爾塔拉州郊迎。林少穆來時乘騾車,至此入陣。經賽里木湖時,渡湖考察,恭讀乾隆所立漢、滿、回三體碑文。出天山,經果子溝,至伊犁。在伊犁,戍邊效力,勤勞不遺餘力。伊犁爲多民族雜居地區,漢人極少。少穆尊重回族人風俗習慣,相處融洽。遂發動回民,續開伊犁河,延長數十里,繞伊犁故城而逝,稱爲"皇渠"。

　　伊犁城爲土城,位伊犁河下游。沙俄侵略新疆,受其炮擊,淪陷。余巡其垣,彈痕猶累累。遍地植土豆,少人煙。根觸傷懷,有黍離麥秀之感。

　　左宗棠率軍反擊,收綏遠,至伊犁,築惠遠城,造將軍府。此新城離故城且數十里。新城城樓三層,琉璃排空,近予修茸,氣勢雄偉軒昂。宗棠復修孔廟,余瞻其宇,尚覺荒蕪。新疆孔廟,就所知者,烏魯木齊清乾隆時曾修一座,此其二也,兩處俱曾攝影,今刊城樓一影,以見一斑。

　　遊牧民族,逐水草而居。新疆氣候,日夜溫差極大,宜於植物生長。余見惠遠之葱,其高逾桌。伊犁河便於灌溉,家家垂楊,戶戶流水,沃野千里,故有"小江南"之稱。

在新疆戈壁灘上行，汽車行一二小時，常不見溪流樺林。鳥飛不下，獸鋌亡群。何也？以無水草，鳥獸不得其食，安得栖息之乎？伊犁則大異，一片綠油油，花果遍地，製爲果脯，甘冽爽口。盛産香梨，皮薄饒水分。回族人好客，奉盤佇立爲敬。俗謂《西遊記》中孫悟空所竊之人參果，實係香梨之轉輾誤傳也。

余在伊犁，吟詩抒懷，茲録四首如下：

賽里木湖懷古

百里净湖一鑒開，下車冒雨又徘徊。直言我愛洪亮吉，每讀遺詩淚滿懷。

遊惠遠鐘鼓樓

曉來百里絮雲開，點翠飛黄上壁苔。一路聽歌兼遠眺，雪峰送我惠樓來。

惠遠故城懷古

日下廢墟炮眼開，故城河畔一徘徊；戍邊我眷雙賢士，十萬牛羊惠遠來。

皇渠

宴罷峪關醉玉樓，冰河入夢亦優遊。荷戈猶向天山笑，皇渠綿延塞上秋。

編者説明：本文據手稿録編，原題《新疆伊犁偶記》，今題爲編者酌擬。

林啓太守辦學

　　林啓，字迪臣，任杭州太守四年零二月，於光緒二十三年丁酉（1897）農曆正月創辦“求是中西書院”，四月二十日正式開學。求是中西書院爲今浙江大學前身，較今北京大學前身之京師大學堂創辦早一年，較今南京大學前身之南京高等師範早七年。同年，林啓辦“蠶學館”，蠶學館爲今浙江絲綢學院前身；光緒二十五年己亥（1899），辦“養正書塾”，即今杭一中、杭四中前身。

　　三校爲浙江省開創省立大學、職業學校和普通中學的先河。爲啓迪新知、振興中華，培養出大批優秀人才。人民應該紀念林啓。

　　清光緒年間，杭州城中有六書院：敷文書院、崇文書院、紫陽書院、詁經書院、東城講舍和學海堂。陶鑄群材，恢宏學術，一時兩浙人文，蔚然成風。

　　中日甲午一役，清政府喪權辱國。愛國之士，惕目驚心。感到要儲國力，雪國恥，奮發圖強，非變法不可。光緒二十三年，浙江巡撫廖壽豐有鑒於斯，向清政府奏請設求是中西書院，就蒲場巷普濟寺，改建齋舍。杭州府知府林啓太守總其事，陸懋勳任監院，定學額爲三十名。光緒二十七年，改稱“浙江求是大學堂”。

陸懋勳入京，勞乃宣接任，定學額爲一百名；光緒二十八年去"求是"，改稱"浙江大學堂"；光緒二十九年（1903），改稱"浙江高等學堂"。這時，祝文白、陳布雷、蔣絅裳、沈西庱等入學，攻讀國文、經史、數學、輿地諸科。

祝文白教授爲余業師，在浙江大學講學時，稱頌林太守的熱愛國家。慈禧太后撥海軍款造頤和園，林啓時爲御史，上摺奏諫，觸怒太后，貶爲衢州知府，旋移杭州知府，籌建求是中西書院、蠶學館及養正書塾。嘉惠後學，高風亮節，實爲後學楷模。

編者説明：本文據代抄稿録編。劉録稿附記：在（浙江）省政協第六屆第三次會議（1990年3月6日至13日）上，由劉先生執筆《"於林社原址建立林啓紀念館"的提案》。

略談竺可楨教授的治學方法

竺可楨研究會學術年會，1985 年 11 月在杭州浙江賓館舉行。會上我宣讀論文，題爲《發揚求是精神，開拓研究中國古籍的領域，促使建立衆多的具有中國特色的社會主義的新學科》。由於論文較長，篇幅有限，這裏衹能略談一些。竺藕舫可楨教授，是我三四十年前在國立浙江大學讀書和任教時的校長，理當尊稱竺師。

竺師的治學方法、治學精神和治學目的意味着在自然科學和社會科學研究中的一次騰飛。竺師的學術成就樹立了若干具有中國特色的社會主義的新學科的典範。竺師在古籍研究中突破六經諸子内容，七略四部畛域，視中國古籍爲寶貴的科學資料，爲"無比利器"，"極爲豐富，爲世界任何國家所不能企及"，"正待我們去發掘"，"給以充分珍視和使用"。同時，由於階級和歷史的局限，有些應"給以批判式的選擇"，實事求是，發揮其歷史上的優越性，多學科地、多方面地、多層次地反復論證，探索規律，從而建立若干具有中國特色的社會主義的新學科：如歷史氣候學、物候學等；開物成務，面向現實，富國厚生，學以至用。這樣的治學道路，看似尋常，在研究中國古籍者來説，實是具有爆炸性的，影響極爲深遠的前越古人、後啓來者的一場學術思想革命。在短時期内可能尚不爲更多的學者所察覺、所理解、所接受。"木鐸起而千里應,席珍流而萬世響。"精義益堅,英華彌章。
這新的學術潮流,波瀾壯闊,洶湧澎湃;這巨浪是永遠衝擊着而
前進的。

　　爲什麼我是這樣想的呢?舉歷史氣候學這門新學科來說
吧。歷史氣候學是一門研究歷史時期氣候的科學。所謂歷史時
期指的是人類自從有一定文化以來至今約數千年的一段時期。
這段時期的氣候可以通過陸續發現的文物考古和歷史文獻的分
析研究,尋找恢復當時氣候的佐證。我國是氣候史料極爲豐富
的國家,我國歷史氣候學的新學科是由竺師所開創的。竺師晚
年發表三篇重要論文:《論我國氣候的幾個特點及其與糧食作物
生產的關係》和《物候學》直接可爲發展農業生產服務的。《中國
近五千年來氣候變遷的初步研究》論證五千年來氣候時見波動。
不如:"四十或五十年前,歐美大多數正統氣候學家相信,氣候在
歷史時代是穩定的。"不是穩定而是波動的。在我國歷史時期的
氣候無常,古代學者如沈括、劉獻廷等"早有懷疑"。這波動是世
界性的。相互呼應,變化是它的主要趨勢。從我國古代氣候變
化的規律,討論其未來演變,從而可以探索它的周期性的長期預
報。這學術研究有它的社會效益。這三篇論文就可代表性地顯
示竺師治學的特色。

　　例示地說:竺師在漫長的數十年的歲月中,從 1921 年起至
逝世前一年止,除親自觀測記錄物候現象外,他是十分珍視和使
用中國古籍的。如 1937 年竺師在杭州時,讀高攀龍《武林遊
記》,高氏於庚寅八月十五日遊滿家村、龍井、煙霞洞、石洞,時值
丹桂盛放,飄香滿山。萬曆十八年中秋即 1590 年 9 月 13 日,竺
師聯繫自己於 1936 年 9 月 13 日遊山,桂尚初放;因思近三百年
間桂花盛開,相差至少爲一星期。他讀《遊記》時注意的是丹桂
飄香的古今時日之異。1943 年竺師在遵義時見南窗外梨花如

雪,桃花盛開,時值春分;玩誦蘇東坡詩:"梨花淡白柳深青,柳絮飛時花滿城。惚悵東闌一株雪,人生看得幾清明。"意識到:可見宋時梨花清明時始開,而今日遵義春分前已如雪,桃李芬芳。竺師這樣玩味宋詩,可謂妙解。竺師讀《吕氏春秋·十二紀》中有"仲春之日,倉庚鳴",秦時"倉庚鳴"在"仲春",現在黄鶯與布穀飛到黄河流域都需於五月間。竺師以《吕氏春秋》爲物候資料,作了今昔比較,創獲新知。竺師讀《左傳·昭公十七年》:"郯子來朝"一段中有"玄鳥氏司分者也"一語,他把這語讀活了。魯昭公見郯國國君來拜會,就問他:你的祖先少皋爲什麼用鳥類的名稱來定官名呢?郯子回答:郯國的祖先少皋在夏、殷時代曾用玄鳥來定官名的,稱爲玄鳥氏。玄鳥指家燕。燕羽色黑,故稱玄鳥。分指春分。那時玄鳥飛到郯國,時值春分,因以此爲春分之點,視爲農業開始的先兆。設置專職官員管理這事。故云:"玄鳥氏司分者也。"説明三四千年前家燕在春分時節正規地已到郯國,郯國以此觀測春分便利農業。現在物候觀測,家燕近春分時節正到上海,十天至十二天后到纔到山東泰安縣。郯國居於上海與泰安之間。E·威爾金森《上海鳥類》中云:"家燕在 3 月 22 日來到長江下游、上海一帶,每年如此。"據此可知三四千年前家燕於春分已到郯國,而現在春分那天還祇飛抵上海。古今來熟讀《左傳》的學者很多,却很少作這樣的考慮與研究。竺師就是這樣閱讀了大量的中國古籍,今昔對比,因論氣候有:東西南北、山岳平原、海濱大陸、古今先後的不同,物候隨着差異。在《中國近五千年來氣候變遷的初步研究》中從而指出在三千年前的黄河流域(即從仰韶文化到安陽殷墟)比現在年平均溫度約高 2℃左右,冬季溫度高 3℃—5℃。三千年來有一系列的冷暖波動,最低溫度在公元前 1000 年、公元 400 年、1200 年和 1700 年,每個波動約歷時 400—800 年,年平均溫度變幅約 1℃—2℃。其中論證物候時期的氣候振動，列出 55 條證據。據張家誠《論歷史氣候學的發展》中統計：50 條出自經、史、子、集和筆記、日記、地方志和詩文集等，計四十種。這就約略可以窺見竺師是如何珍視和使用中國古籍的。

竺師曾云："掌握物候規律有什麼好處呢？回答是：對農、林、牧、副、漁物候規律統可以起一定作用。"例如：蕭山、杭州一帶種雙季稻。無錫歷來是稻麥兩熟制。由於小麥產量比不上蕭山的早稻，無錫也曾多次試種早稻。可是：水稻種得早，由於氣溫、土溫低，會爛秧；種得遲，秋天霜凍會影響晚稻收穫。雙季稻和稻麥兩熟地區的界綫就在杭州與無錫之間。兩地南北緯度相差 1 度 10 分，春季物候相差先後不過一候（五天），在平常年度無錫種雙季稻就不合適。不過春天物候的來臨不是穩定的：有時早，有時遲。它的搖擺幅度很大，遲早之期遠遠超過五天。在季節來臨早的年份，從季節角度看無錫種雙季稻是毫無問題的。而這來臨的遲早，可從當年春初物候的記錄中獲得預告。竺師的這番議論強有力地説明物候學與農業生產的關係和爲農業生產服務的。學以致用，面向現實，是爲四化服務的。

竺師治學，提倡科學精神，不迷信權威，經典著作，習慣勢力，遇有悖於理者，敢於懷疑、批評與抵制。曾議"經傳"云："我國經傳之勢力，不亞於歐洲中世紀時之耶穌《聖經》，凡有背於古者，輒視爲離經叛道。是以因《周禮·大司徒》：'日至之景，尺有五寸，謂之地中。'而後世遂誤會之謂潁川陽城爲地中，於是而地圓之説，遂不可通矣。"又云："'影長一寸，地差千里'之説，創於《周髀》，全不足信，貽害無窮。"大聲鏗鏘。竺師思想解放，對"經傳"的失誤，敢於指責。葛洪、沈括於科技史功績昭灼，於其謬論，亦加批評。批葛洪云："此乃全憑臆説。"又嘗沈括云："沈括所記迷信事極多。如卷十八云：'髮屬於心，稟火氣，故上生；鬚屬腎，稟水氣，故下生；眉屬肝，故側生'。"無稽之談，衹能混淆視聽。對於舊社會中官方所刻的時憲書，謬種流傳，士大夫習以爲常，熟視無睹，竺師更予尖銳的批評云："所可怪的是從隋唐到明清一千三百年間，我們勞動人民和知識分子已積累了許多的物候知識，可以應用於農業生產，而歷代官方所發印的時憲書統還是抄襲二千年以前《逸周書·月令》所記的物候，依樣畫葫蘆地照抄。這也可知在我國封建時代的士大夫階級衹知以科舉來獵取功名而全不謀勞動人民的幸福。""編月令成爲士大夫的一種職業；明清兩代，由於士大夫以做八股爲升官發財的跳板，一般缺乏實際知識，真是菽麥不辨，所寫物候，統從故紙堆中得來，怪不得完全與事實不符。"這又具體説明對待中國古籍，不能思想僵化，抱殘守缺，混飯吃，衹從故紙堆中討生活。

竺師針對國內外學術界對歷史氣候變化的關心，撰了具有高度國際水平的論文：《中國近五千年來氣候變遷的初步研究》，奠定了中國歷史氣候學的基礎，使這門新學科一直得到國際學術界的重視。竺師於論文中云："本文的研究，僅僅是一個小學生的試探。"竺師虛懷若谷的態度與對新學科建立高瞻遠矚的負責精神，令人感動。自然，新的學科正處於發展階段，可以預期，在不斷地研究過程中，將會獲得更爲輝煌的貢獻。就研究生説，現在也正處於學習和研究的階段，怎樣正確對待學術、對待中國古籍，建立新的學科，竺師所開創的治學道路，其治學方法、精神與目的，值得重視、學習與借鑒。讓我們不斷地開發我國古代文獻的寶庫，發揚求是精神，開拓研究中國古籍的領域，促使建立衆多的新學科，朝着竺師所開創的道路努力吧！

（原刊杭州大學研究生會《研究生》 1985 年第 3 期）

　　編者説明：本文據原刊録編，原刊《編者按》云："劉操南教授早歲負笈浙江大學，受竺可楨校長薰陶教育，文理滲透，博涉無方。前在杭大中文系，今入古籍研究所任教與研究。對於中國古代天文曆算、古典文學、詩歌與章回小説創作，造詣尤深。今年十一月中國科學院主辦竺可楨研究會學術年會在杭州浙江賓館舉行，劉教授特邀在會上宣讀《發揚求是精神，開拓中國研究古籍的領域，促使建立衆多的具有中國特色的社會主義的新學科》的論文，受到學術界的注意和歡迎。竺可楨教授的治學方法，對於我們研究生進行學習和研究，深有啓發。由於論文較長，因請劉教授改寫成短文，以饗讀者。"

竺可楨教授治學重視格物致知經世致用

　　竺可楨，字藕舫。出生於浙江省紹興府上虞縣東關鎮。垂
髫時，讀書毓菁學堂。性愛自然，往來原野，見燕子歸來，桃李芬
芳，花開花落，秩然有序，輒凝思徘徊；有得則簿書之，久之而嫻
其時變之規律，篋遂累累。

　　早歲求學美國，先去伊利諾斯學農，次至波士頓哈佛大學攻
地理學。美國國境處於太平洋、大西洋間，屬温帶，無嚴寒酷暑。
農作生産，遂不斤斤於節候之遲早。中國東南臨海，西北背山，
太平洋濕空氣與西北寒流擊蕩，從而四季分明。數千年來，以農
立國，"治國之政"首務農時。先哲早慮及此，著述遂爲世界冠。
竺可楨深悉國情，綜合在美所習的氣象學、地理學和農學等，歸
國究心物候的觀察，建議全國各地設立氣象站，形成網路。嗣
後，周遊世界，足迹幾及全國，勤於考察，稽之古籍，理論聯繫實
際，反復推勘，形成體系。著書立説，經世致用。培養人才，迄今
已逾三代。

　　解放後，竺可楨任中國科學院副院長。上班、歸家，兩次步
行，途經北海公園，顧盼園中草木榮枯，燕雁往來；北海冰融，風
沙沉積，日日綴於日記。在頤和園建立物候觀察站，在全國建立
物候觀察網。積二十三年在北京北海公園之物候觀察資料，益
之以在南京三十年代的觀察累積，編爲北京和南京的自然曆。

以五十年前後在西南、東北和西北的綜合考察資料，着眼於農作物——麥、稻、棉、豆之初播與栽移，從而提高其產量，爲新中國衣食的自給需要服務，撰《中國近五千年來氣候變遷的初步研究》，受到國際學術界的青睞。周總理讀了此文，認爲這是中國科學界的光榮。竺可楨教授的學術成就不僅已臻高峰，而其治學方法，理論聯繫實際，格物致知，經世致用，亦爲學人樹立了光輝的榜樣。

編者說明：本文據代抄稿録編。

竺校長爲學生題寫條幅

抗戰時期，余負笈浙江大學。在廣西宜山讀書時，龍江畔齋舍爲茅廬。雨時泥濘，雜草怒生，生活條件較差。竺(可楨)藕舫校長曾書條幅：

> 寧寒於體，勿寒於義。寧餒乎身，勿餒乎仁。

勉同學以進德修業，求是求真。

王季梁院長則用諧語，講了一户鐵匠鋪對聯：

> 幾間東倒西歪屋，
> 一個千錘百煉人。

以千錘百煉相勖。

師長訓誨，拳拳服膺，未敢一日忘也。

編者説明：本文據代抄稿録編，原題《條幅對聯》，曾附於《馬老講學》後刊出(《古今談》2001年第1期)，今獨立爲文，題目爲編者酌擬。

王季梁(1888—1966)，本名王璡，字季梁。1909年庚款赴美，1915年回國。1938年到浙江大學，先後任教授、系主任、理學院院長。杭州大學成立後爲一級教授，1966年12月慘死於自稱紅衛兵的鐵棒下。

竺可楨教授的"悼兒詩"

竺可楨教授是中國科學院前副院長,我國現代科學家、教育家的楷模,氣象學界和地理學界的一代宗師;又是一位瑰奇磊落、感情懇摯、胸懷曠逸的詩人。現錄他的詩作兩首,以饗讀者:

鵲雛失踪有感

鵲噪驚清夢,鳴聲震四隅。

狸奴甘作賊,孤鳥失其雛。

上下如梭織,東西將伯呼。

人生如好戰,豈不愧慈烏。

哭希文

憶汝十六氣崢嶸,投筆從戎辭母行。

殺敵未成違壯志,讀書不遂負生平。

失言自知咎應得,却毒無方腹疾嬰。

痛爾壯年竟早逝,使我垂老淚盈盈!

這兩首詩見於《竺可楨日記》中。第一首載於 1958 年 7 月 20 日、21 日、23 日,兩易其稿,三稿後定。7 月 20 日記云:

今天黎明即聞喜鵲狂叫聲,余起而視察,見鵲從樹上飛至屋檐,又飛至樹上,狂鳴不已;尤對於我家黃貓加以注意,黃貓至屋頂即隨之而叫。昨晚見小鵲出巢,疑當晚即爲黃

貓所吃，所以有此一場喧嘩⋯⋯晚爲鵲雛失踪有感，作五言
四韻，并引蘇東坡"思鵲"詩二句：

　　　昧旦狂鳴鵲，心疑有禍災。
　　　即起出仰望，慈母失其孩。
　　　但恨不能言，相對空唉唉。
　　　飛鳥尚如此，使我心爲摧。

7月21日記云：

　　　今日下午要老張覓小鵲，因爲鵲苦鳴不止。在院老榆
　　樹下覓得一隻，已垂斃不可救。又在東院覓得一隻雛鵲，爲
　　小兒所獲，釋之放於亭頂。母鵲得重聚，不復鳴。聞小鵲共
　　四隻，其二爲貓所食。（改）五言四韻爲：
　　　　昧旦驚鳴鵲，聲撼老古榆。
　　　　開門翹首望，知爲失其雛。
　　　　上下如梭急，東西將伯呼。
　　　　飛禽知慈愛，我豈可獨無。

7月23日記定稿，如前所録。惟在《日記》下頁將"人生如好戰"
改"如"爲"若"。

這首詩，竺師感於鵲雛失踪而作，寓情於景，其意深沉。7月
20日《日記》中於"一場喧嘩"下插語云："接孫祥清函，知希文已於
8日去勞動改造。"這寥寥十七字，實爲竺師當時的隱痛。觸景生
情，托物起興，遂吟成此詩。爲鵲覓雛，釋之亭頂，使鵲重聚，不復
哀鳴。誦之，如見其人，如聞其聲，如窺其心。白居易《慈烏夜啼》
吟："慈烏失其母"；竺師眷念愛子，感情益發沉重懇摯。

竺師共三子三女，長子竺津，號希文，聰穎活潑。1938年初
中畢業，正值抗戰之際，浙江大學内遷江西泰和。希文年十六，毅
然投筆從戎，在吉安考入中央學校，赴廣西。對日軍作戰英勇，勝

利前夕，報考軍官外語訓練班，學習外語。抗戰勝利後，入駐外軍官預備班，擬赴英國，因患沙眼，未遂所願。1947 年去廣州，旋即回南京，迎接解放。解放後，向人民政府作了舊職登記，分配到中學教數學和英語。他工作積極，很快入團。在"鎮反"和"肅反"運動中，對於某些懲處不符實際的情況，提過意見。1958 年"反右派"鬥爭擴大化，他所在單位爲了完成"指標"任務，把他錯劃爲右派，又被打成歷史反革命，開除公職，遣送蘇北農場勞改（1978 年原單位給予平反）。1958 年 7 月 20 日，竺師接兒媳來信稟告：竺津已被遣送勞改。竺師情動於中，吟成此作。

這詩第一稿采用樂府體，感情樸茂真平，第二稿心潮起伏，第三稿感情沉重，深入主題。"狸奴甘作賊""人生如好戰"諸句，雙敲側擊，反映他對"反右"積極分子和"反右"擴大化有所譴責。"甘"字、"好"字，可謂詩眼。藝術表現較前兩稿完美。"如梭急"的"急"字易爲"織"字，形容焦急心理更爲形象。"豈不愧慈烏"，較"我豈可獨無"，蘊藉而耐人尋味，感人益深。

《哭希文》與第一首同詠一事。希文厄運連連：在勞改中，備受歧視，被迫參加超強體力勞動；不久患血吸蟲病。1959 年 5 月病重保釋，在家養息。1959 年 9 月被迫返農場勞動，當年 12 月病重。1961 年 1 月 20 日晚 10 時許去世。病危時，醫師診斷爲血吸蟲病，肝硬化，吐血不已。時值災年，饑餓過度；又缺乏真正的治療，終於不起。竺師慟失愛子，人前未嘗流露，然哀下自已，托之於詩。1961 年 1 月 29 日寫出初稿，1 月 30 日、2 月 12 日又作修改，到 2 月 20 日定稿。

竺師此吟，婉而成章，深得風人"哀而不傷，怨而不怒"的情致。希文從戎，母病已深，竺師時爲遷校行役。慈母嘉其報國之忱，勸稍等待，夜扃其戶，希文越窗而去。竺師詩云"辭母""氣崢嶸"，即指此而言。希文殺敵勇敢，讀書勤奮，爲人耿介，刻苦自勵。恥於脅肩奉迎，與同學交誼篤厚。其弟竺安説他回京探親，輒與竺師展開討論。竺師詩"殺敵未成違壯志，讀書不遂負生平"，深惜亦深憾之。希文召禍，竺師悔恨未能及時提醒兒子，傷其"失言自知咎應得"。希文患血吸蟲病，肝硬化，吐血不已，無法挽救，竺師悼其"却毒無方腹疾嬰"。希文一生，襟懷磊落。老杜詩云："出師未捷身先死，常使英雄淚滿襟。"竺師詩結云："痛爾壯年竟早逝，使我垂老淚盈盈。"這"痛"字分量沉重，道出竺師對兒女的深切感情。

竺師最鍾愛的孩子是竺衡。竺衡和愛妻一起死於抗戰期間浙大西遷途中。竺師長女竺梅，1948年奔赴解放區，獻身革命，因氣喘不治，在大連逝世。現在竺師又眼見竺津蒙不白之冤，溘然長逝，竺師的悲痛難以言狀，經常在夢寐見到早逝的三個兒女，默然神傷。要不是他身後日記公開，人們是很難瞭解竺師心靈（這詩）裏所隱含的如此深刻的隱痛的。詩以言志，言爲心聲。當時他的念子之情是"但恨不能言，相對空唉唉"，既難以名狀，也不能言説。"上下如梭織，東西將伯呼"，其心頭焦急如此；"飛鳥尚如此"，"豈不愧慈烏"，傷懷且有自責；而"狸奴甘作賊"，"人生如好戰"，正是悲劇的製造者。

天地間唯有真感情、真學問、真事業纔可以感人，可以壽世。我誦竺師詩，不禁感從中來。但竺師把悲痛埋藏在心底，更加努力工作，風塵僕僕，"從北京飛往廣州"，"從廣州飛往海口"，"從興隆農場到三亞"，"從三亞到鶯歌海"，"從鶯歌海至熱帶作物所"，"從熱帶作物所經海口到廣州"，宵旰從事。一息尚存，此志不懈！更加感到竺師的偉大！

（原刊《古今談》 1993年第3期）

　　编者説明:本文據原刊録編。原題《竺可楨教授的兩首悼兒詩》,今題爲編者酌改。劉録稿附記:本文撰於 1993 年 7 月 28 日,又刊《北美浙大校友會通訊》第 32 期(1993 年 11 月),《求是》第 17 期轉載,文字稍有不同。

母校紀念竺校長誕辰一百周年

　　1990 年 3 月 5 日至 7 日，浙江省教育界、科技界人士在母校浙江大學隆重舉行竺校長誕辰一百周年紀念活動，會期三天。

　　竺校長 1890 年 3 月 7 日生於浙江上虞東關鎮。青年時代，他就立志獻身於祖國的科學教育事業。抗戰軍興，帶領浙大師生積極投入愛國救亡運動。同時，輾轉萬里，艱苦辦事，爲中華民族培養了大批棟梁之才，使浙大從地方性的大學崛起成爲有"東方劍橋"之稱的著名大學。解放後，他出任中國科學院副院長，爲新中國科技事業發展作出巨大貢獻。他不愧爲我國科學界、教育界的一面旗幟，中國知識分子的傑出代表和學習楷模。

　　7 日上午舉行隆重集會，到會五百多人，濟濟一堂。省委副書記劉楓和中央候補委員、中國科協副主席、浙江大學校長路甬祥對竺校長的光輝一生作了高度評價。全國政協副主席、浙大校友蘇步青賦詩，表其衷心懷念。會上發言的還有省科協、上虞縣政府和北京、臺灣的浙大校友會代表、竺校長生前的秘書等。下午舉行紀念學術報告會，到會二百多人。由戚叔偉、李天助、陳錫臣、劉操南、楊竹亭、林昭六位校友、學長分別作了報告。四二屆浙大校友劉操南的講題爲《竺可楨教授與中國古籍研究》，別開生面，引起聽衆注意。文可見《一代宗師竺可楨》，浙江人民出版社出版。

5日上午舉行浙大校友總會二屆二次理事擴大會議,會長韓楨祥作工作報告。各地校友會已建 64 個,總會與各地校友聯繫已近兩萬名。去歲,天津、寧波、嘉興、揚州等地舉行年會,總會均派代表祝賀,介紹母校改革和發展情況。總會和北美、香港及臺灣校友聯繫日益密切。1989 年就有十多位臺灣校友回母校參觀訪問,分贈《國立浙江大學》和《臺灣浙大校友通訊》等。母校編輯出版《浙大校友通訊》亦寄臺灣。在"求是精神"的激勵下,正在加深相互瞭解,以取得更進一步的聯繫與交往。《浙大校友通訊》從第 7 期起,納入浙大出版社圖書出版計劃。32 開,改稱《浙大校友》,每年上、下兩冊,發行量至五千冊。打算在今後 1—3 年内,籌備出版《浙大校友通訊錄》和《浙江大學校史》。理事擴大會中就"校歌"需否修改或改定問題,作了討論。有人認爲文字難懂,有的以爲内容好。"大不自多,海納江河。惟學無際,際於天地。"大學應有這氣魄。現在北美、臺灣都還在唱,不必改動。未作結論。

7日,去上虞東關鎮竺校長故居瞻仰。故居去歲十月重修,現受上虞縣政府列爲重點文物保護單位。樓房上下各爲兩間,室内陳列着 40 多幅竺校長生前各個時期的照片和珍貴文物,真實反映了竺校長從一個愛國民主主義者成爲共產主義戰士的歷程。室中懸掛着著名學者王淦昌、蘇步青、貝時璋、王啓東和路甬祥等所寫的條幅,表達了廣大知識分子對竺校長的崇敬之情。在故居的揭幕式中,蘇步青教授發言道:我第一次來這裏,但感到很有意義。竺老的高尚品德、愛國精神和科學作風一定要好好學習和發揚光大,要教育我們的下一代,使之千秋流芳。

這次紀念會上,有六種八冊關於竺校長的出版物問世,這六種爲:

1.《竺可楨傳》,《竺可楨傳》編輯組著,1990 年科學出版社,定價:6.5 元。

2.《竺可楨日記》,科學出版社,定價:14.8 元。

3.《竺可楨誕辰百周年紀念文集》,浙江大學校友會、電教新聞中心編,1990 年 2 月浙江大學出版社,定價:精裝:9.50 元,平裝:6.50 元。

4.《俊彩星馳——求是學人群芳譜》(第一輯),毛正棠主編,1990 年 2 月,浙江大學出版社。

5.《浙江大學在遵義》,貴州省遵義地區地方志編纂委員會,1990 年 2 月,浙江大學出版社。定價:20 元。

6.《一代宗師竺可楨》,劉操南主編,1990 年 2 月,浙江人民出版社。定價:2.95 元。

（原刊浙江大學 41 級級友《求是》第 11 期　1990 年 8 月）

編者說明:本文據原刊錄編,略去序號及小標題。

梅光迪致胡剛復書

民國二十八年(1939)八月，抗戰軍興，浙江大學自杭州經江西吉安、泰和遷在廣西宜山。原文理學院院長爲胡剛復教授，此時，文理學院分爲文學院與理學院，另設文科研究所史地學部、理科研究所數學部及史地教育研究室。文學院成立，中國文學系隸屬文學院，文學院院長爲梅光迪教授，理學院院長爲胡剛復教授。

七月八日，梅院長曾致書於胡院長云：

剛復吾兄先生 惠鑒：

文理學院曩在 吾兄領導之下，擘劃精詳，日起有功，文科同仁，均深感佩！惟爲本校全局之發展及合於現行大學制度起見，不得不將文理劃分，今文學院雖已獨立，而附庸之國，蔚爲新邦。締造艱難，端賴護持。且文理同爲大學主科，其求真求是，所重在純粹學術，不在職業功利，尤當爲兩院之一貫精神。故形式分而精神則合，此後針芥相感，蘭茝同薰。尚乞時錫良謨，共襄盛業。弟謹代表全院同人，致謝過去之教益，兼表將來之期望。 肅此 順頌

教安！諸希 鑒察不宣。

弟 梅光迪 拜啓
廿八年七月八日

把文理分家,視爲形式分而精神合。針芥相感,蘭苣同薰;學術所重,求真求是;新邦締造,端賴護持;禮讓往來,和衷共濟……虛懷若谷,風格自高。這是值得後人學習與借鑒的。

編者説明:本文據代抄稿録編,原爲《浙江大學文學院中文系在遵義》之一部分,未被采用,現獨立成文。

讀《草〈戴震算學天文著述考〉畢繫以二章》
——紀念錢師琢如先生算學教學之一片斷

錢師琢如寶琮先生，著有《戴震算學天文著述考》一文，脫稿後，曾賦七律兩首，以志心得，現引錄如下：

草《戴震算學天文著述考》畢，繫以二章①

其一

樸學奇材眾所望，研經象數藝兼長。"西洋弧矢"傳疑舊，"北極璇璣"解異常。引史頻訛浮大白，讀書未遍下雌黃。親家難得微波榭，肯爲先生校刻忙。

其二

纂要鉤玄著作傳，網羅算氏紹前賢。《割圓》體仿荆川《論》，《原象》功猶《玉海・編》。籌策縱橫添異訓，緯經顛倒失真詮。公書唯恐人能解，解得渠時亦枉然。

不久前，重讀詩作，念及琢如師早歸道山，如今物是人非，不禁感慨難已。

---

① 見浙江大學校友總會編《錢寶琮詩詞》，杭州，浙江大學出版社 1992。本文以《詩》簡稱之。

蘆溝橋事變,抗戰軍興,余時參加中央、交通、浙江三大學聯合招生,以第一志願録取,負笈入國立浙江大學文學院史地系。時校長竺師藕舫可楨教授蒞任之次年,辦學高瞻遠矚,樹立風範。讀書倡導:博學、審問、慎思,明辨、篤行;中西交叉,文理滲透;由通才而爲專家。文學院學生須讀大一英文、大二英文和第二外國語。讀書八學期,於必修、選修課程中,須修十二學分理科課程;理、工、農學院學生,亦必修文科課程。大學一年級,遷於於潛西天目山禪源寺,余選何增禄師物理學,朱庭祜師地學通論,林天蘭師大一英文,祝文白師大一國文,張蔭麟師中國古代史等。浙江大學遷於廣西宜山,爲 1938 年秋,余從錢師遊,讀其所授微積分課,三學分。

錢師上第一堂課,衣綢長衫,來至宜山東門外標營茅舍某教室座前,風度翩翩,口説板書,措辭諧婉,饒有意趣,引人入勝。他開宗明義,闡述文科同學爲何要讀理科課程,且爲算學,説明三點函義:

一爲:中國爲世界四大文明古國之一,學術源遠流長,博大精深。六藝九數、九流十家爲學有其次第。然而各有其長,各有所見,理當兼收並蓄。西漢武帝尊崇儒術,識見甚卓;然而“獨尊儒術,罷黜百家”,這就偏了。《莊子·天下篇》提出“道術”“無乎不在”,此論極是。古之道術即學術也,當非鄒魯之士“詩書禮樂”或“詩書禮樂易春秋”之四術或六藝所得概括。就辯者言之,所提命題,亦當研究。“一尺之棰,日取其半,萬世不竭。”[1]這個命題就是蘊涵着微積分的思想萌芽,應予繼承與發展。讀書須由博返約,文科同學就閱讀與整理古籍言之,於理科知識,豈能茫然?

二爲:開物成務,富國利民。治學必須聯繫實際,舉一反三。

---

[1] 《莊子·天下篇》引惠施“歷物”十事。

知其一,兼知其二;橫向聯繫,融會貫通。錢師因舉法院審決汽車翻車例示言之:公路建築工程坡度、彎度自有規格,倘不合式,翻車責任不在駕駛,而在工程師之設計。審判根據法律看是文事,然審判者亦當須有理科知識。

三爲:讀書明理,需要文化修養,經受邏輯思維鍛煉。古人稱通天地人者謂"儒"。儒者論學,首重格物致知。致其知,務在明其理。物理渺然,人智昏頑。如何爲學?如何任事?錢師因舉徐光啓《幾何原本雜議》首條之義,爲之闡發:

> 下學工夫,有理有事。此書爲益,能令學理者,袪其浮氣,練其精心。學事者,資其定法,發其巧思,故舉世無一人不當學。聞西國古有大學師,師門生常數百千人。來學者先問能通此書乃聽入。何故?欲其心思細密而已。其門下所出,名士極多。[①]

錢師於"袪其浮氣,練其精心",反復道之;且於"西國古有大學師","來學者先問能通此書乃聽入",與孔子弟子三千及其所言"自行束脩以上,吾未嘗無誨焉"[②]並論。孔安國《訓解》曰:"言人能奉禮自行束脩以上,則皆教誨之。"[③]斯知孔子所要求者爲禮貌,爲道德修養,視角不同,於後學影響及其所形成之學術傳統亦異。孰得孰失,發人深思。"練其精心""發其巧思",算學教學有此功能,吾人真不可忽也。

錢師這一堂課,給人印象深刻,不僅引導學生重視微積分之教學,實爲提示治學門徑。倘能虛心體會,真的終身受用。

---

① 見徐光啓《幾何原本雜議》。上海市文管會編《徐光啓著譯集》(五),上海古籍出版社 1983 年版,綫裝影印本。

② 《論語・述而》。

③ 《論語注疏》卷七。《十三經注疏》本。

錢師以治數學史名,後讀其書,漸識其治數學史於考據、義理、詞章三者兼顧。言必有據,文理密察,深入顯出,實事求是。在宜山時,馬一浮理學大師講"六藝要旨",嘗謂:"六藝該攝一切學術","六藝統四部","六藝統攝於一心","西來學術亦統於六藝"。錢師時發異議,以爲未必然也。馬老曾言:"《繫辭傳》是天地間大文章,非孔子誰做得出來?"錢師憾其缺乏論證,無徵不信,此武斷乎?竺師聞之,以爲學術之事:"萬物並育而不相害,道並行而不相悖。"各抒所見,真理將愈辨而愈明也。

余從錢師遊,課餘趨謁,因求師著讀之。錢師授余:載於《浙江大學科學報告》一卷一期中者——《戴震算學天文著作考》一文[1],囑細讀之。渴者思飲,饑者思食。余得驚喜,於宜山文廟明倫堂閱覽室日夕誦之。前讀《戴東原集》,感其晦澀難通,鄉所未解者,疑症難題,渙然若有所釋;而於學人治學態度,文化遺產之精華與糟粕,亦似知所區分。讀書貴乎獨立思考,慎思明辨也,而於錢師之識解與實事求是之精神,爲不可及而心嚮往之矣。獲益匪淺,爰縷述之,越半世紀,而師已歸道山,悼念之切爲何如耶!

讀錢師之文,深悉戴震算學、天文之學,類多出於西法,而戴氏諱之飾之,托之於古。師考其事,而總結其觀點於《詩》中。誦其《詩》者,恐有未能深究者矣。《詩》尚無注,不揣譾陋,因絮述焉。

阮元《疇人傳》卷四二述戴震九數之學,謂:"西法三角八綫,即古之勾股弧矢。自西學盛行,而古法轉昧。取梅文鼎所著《三角法舉要》《塹堵測量》《環中黍尺》三書之法,易以新名,飾以古義,作《勾股割圜記》三篇。"阮元明言戴學出於西法,然云"轉

---

① 中國科學院自然科學史研究所編《錢寶琮科學史論文選集》,科學出版社 1983 年版,第 151－174 頁。

昧", 易滋誤解。錢師繫《詩》, 觀點鮮明, 則昭然若揭矣。

中國算學, 在元以前, 原有勾股測望術、弧矢割圓術。但與明末西洋耶穌會教士傳入之"西洋三角術"有異。《崇禎曆書》中有《大測》二卷, 討論三角八綫之關係;《測量全義》十卷, 討論平面三角形及球面三角形之解法。平面三角術有正弦定理、餘弦定理、正切定理等;球面三角術有直角三角形解決三十公式及斜三角形解法公式。清初梅文鼎據以撰《平三角舉要》五卷、《弧三角舉要》五卷、《環中黍尺》五卷、《塹堵測量》二卷。江永繼聲論球面三角術, 撰《算賸》一卷, 列於《翼梅》之第八卷。其中《正弧三角會通》《重弧法趨捷》《次形》三篇, 論述此學。戴震讀梅、江二氏之書, 述"西洋弧矢", 撰《勾股割圜記》三篇。上篇言平面三角形解法, 中篇言球面直三角形解法, 下篇言球面斜三角形解法。所舉公式不出梅氏諸書範圍, 僅圖證稍有變更。戴震爲江永弟子, 江永私淑梅氏, 著述題作《翼梅》, 而戴震諱言所自, 何耶? 其《勾股割圜記》終篇言:"因《周髀》首章之言, 衍而極之。以備步算之大全, 補六藝之逸簡。"①又恐人發覺, 遂將明季傳入通名, "易以新名, 飾以古義"。復恐讀者難曉, 自撰圖注, 托吳思孝筆, 以通行之平弧三角術語, 爲之補注。使人讀之, 疑爲古已有之。戴文尚奧, 讀者如邁周誥殷盤。吳思孝《序》故云:"余讀其文辭, 殆非秦漢以後書。"②弟子段玉裁因譽師記"吐辭爲經", 比之於"經"。時人服其高古, 然卓識之士自能辨析。焦循《釋弧·自序》云:"戴書務爲簡奧, 變易舊名, 恒不易了。"③李善蘭

① 戴震《勾股割圜記》。見張岱年主編《戴震全書》(五), 黃山書社 1995年版, 第 250 頁。
② 戴震《勾股割圜記》吳思孝序。見《算經十書》微波榭本。
③ 焦循《釋弧》卷上。見《里堂學算記》雕菰樓叢書本。

《則古昔齋算學·劉世仲序》云:"勿庵之書,唯恐人不解;東原之書,唯恐人能解,公私之判,遐哉邈矣!"凌廷堪云:"《記》中所立新名,懼讀之者不解,乃托吴思孝以注之,如'矩分今日正切'云云。夫古有是言而今日某某可也,今戴氏所立之名,皆後於西法,是西法古而戴氏今矣,而反以西法爲今,何也?"錢師於戴氏撰《記》托古矜飾之心態,詳入曲入顯出,爲之考釋,袪除霧障,明辨是非。

秦蕙田尚書纂修《五禮通考》,戴震由錢大昕舉薦爲纂《觀象授時》一門,綴其天文曆法之説於後。戴氏一反常態,多借西洋新法,與古人辯難。第一卷釋《周髀算經》"北極璇璣"云:"今人所謂赤極,即《魯論》之北辰,《周髀》之北極樞也。今所謂黄極者,黄道之極,即《周髀》之北極璇璣也。《虞書》'察璇璣玉衡以齊七政',蓋設璇璣以擬黄極,故《周髀》即以璇璣爲黄極之名,或言古人不知有黄極,非也。"[1]古以北斗之魁爲璣,杓爲衡,其繞北極環行,視其所指方向,以建四時,藉以制訂曆法。或謂古之測天器,爲渾天儀。其圓盤爲璣,以珠飾之;望遠管爲衡,以玉爲之,以察日月五星之運行,辨其行度。震於《書補傳》於二説外立新解,不曉《周髀算經》之北極璇璣,明爲當時距離北極約 $5^{\circ}2'$ 之一星,與黄道極判若天淵,何可混而爲一?戴氏牽合《堯典》璇璣,《周髀》北極璇璣、黄道極三者爲一,撰《釋天》與《周髀北極璇璣四游解》以實其説,實爲穿鑿附會。錢師予以糾謬,《詩》中舉此二事爲代表,闡明明季傳入之"西洋弧矢",使人疑爲舊傳;北極璇璣,解釋詭異,婉云:

"西洋弧矢"傳疑舊,"北極璇璣"解異常。

可謂一言破的,入木三分。

---

[1]　秦蕙田編《五禮通考卷》181"觀象授時"。

钱师论文於《引言》《策算》《勾股割圜记》《天文著作》《四库天文演算法类书提要》《算经十书校勘》诸章节中，对戴氏治学态度"但知诲人，不能飭己"，不无訾議；引史頻訛，沾沾自喜；读书未遍，信口開合，《诗》中續予批评：

> 引史頻訛浮大白，读书未遍下雌黄。

明代官书《永乐大典》"事"字韻部凡三十五卷，兼收古今算书。震入四库馆，於《永乐大典》散篇中纂次《算经十书》而校訂之。四库所收《算经十书》中《周髀》《九章》《海岛》《孙子》《五曹》《夏侯阳》《五经算术》七种，皆屬《永乐大典》辑本。（另有宋王普撰《官曆刻漏圖》二卷、元趙友欽撰《原本革象新书》五卷、宋秦九韶撰《数书九章》十八卷、元李冶撰《益古演段》三卷，戴震未辑。）震之兒女親家孔繼涵爲刻《算经十书》，即世稱之微波榭本。微波榭本《周髀》《九章》《孙子》《五曹》《夏侯阳》《緝古》六种後附頁記元豐七年（1084）九月校定字樣，并列秘书省官衔姓名。證此可知震於纂次《永乐大典》前已得汲古閣影宋刻本矣。今天禄琳琅閣本汲古閣影宋抄本《周髀》《孙子》《五曹》《夏侯阳》，當即孔繼涵所得毛氏本。钱师考辨戴氏纂辑、校訂《算经十书》實據"影宋抄本"與《永乐大典》。刻书有其功績，遣辭却見有浮誇處。褒中寓有微辭。《诗》之结句，遂云：

> 親家難得微波榭，肯爲先生校刻忙。

戴震入四库馆，纂修、分校天文演算法类书：推步之屬 31 部，427 卷；算书之屬 25 部，210 卷，悉循撰述時代先後爲序，编入總目。各撰提要，撮舉大凡，叙其名稱、卷数及著者世次、爵里。有疑竇者，爲之考證。後題胥屬紀昀、陸錫熊、戴震三人。昀與錫熊任總纂官，天文演算法非所諳習，提要出於震筆無疑。钱师於此首予肯定，顯其勞績與歷史地位。《诗》於次章之首，吟云：

纂要鉤玄著作傳，網羅算氏紹前賢。

震於《算經十書》校勘，功績不可泯滅；然尚有其不足。原本顯有誤文，而尚未訂正；未誤而妄事改竄，亦復不少。蓋校勘算書，事屬創舉，短時期內校訂久經湮晦之算書至九種之多，求其無訛無漏，自是甚難。錢師於此崇其長而不掩其短。疇人立言，自有體制，亦爲民族形式也。震之記論，曷自仿乎？明唐順之"通知回回術法，精於弧矢割圓之術。嘗著《勾股測望論》。"阮元《疇人傳》論云："順之習回回法而不知最高，讀《測圓海鏡》而不知立天元術，凡所論述，亦祗得其淺焉者耳。然明季士大夫率以空疏相尚，順之以勾股弧矢表率後賢，一綫之傳，終於不墜，其功固有足多者。"[1]宋王應麟撰《六經天文編》二卷，裒六經之言天文者，以《易》《書》《詩》所載爲上卷，《周禮》《禮記》《春秋》所載爲下卷。雖以天文爲名，旁及陰陽五行卦氣，悉備録之。雖以六經爲名，頗以史志互證。《玉海》204卷，分22門，內《天文圖》一卷、《天文書》二卷、《儀象》一卷、《圭景》一卷、《曆法》一卷、《漏刻》一卷、《時令》《迎氣》一卷、《改元》一卷。戴震撰《原象》一卷，凡八篇：一論黃赤道，明日躔發斂薄蝕之故；二論昏旦中星十二次，明歲差之根；三論土圭測土深，正日景，明里差之由；四論日月五星步規法，明儀象之原；五論割圓；六論弧矢；七論三角；八論測望榘；末附《迎日推策記》。其一二三四概稱《釋天》，爲治經而作，與宋王應麟《六經天文編》用意大致相同。惟應麟集後世天文家言以詮釋六經，而震借重六經以闡天文。循體制言，錢師遂吟《詩》云：

《割圓》體仿荆川《論》，《原象》功猶《玉海·編》。

---

[1] 阮元《疇人傳》卷三十。

戴震撰《策算》一卷，其術爲西洋籌算也。明意大利人羅雅谷至中國，譯納白爾算籌之書，號曰"籌算"，明清之際算家多學習之。西人數字橫書，故用直籌。梅文鼎適應國情，易爲橫籌直寫，用兩半圓以替原法之斜綫，以便於算，撰《籌算》七卷。戴氏後梅氏六十餘年，其撰《策算》，衍用橫籌直寫，惟不用半圓，而仍取原法之斜綫耳。《自序》未言其術之所自出，僅易其名，以策爲籌。以爲"以九九書於策，則盡乘除之用，是爲策算。"①不悟"盡乘除之用"，不僅"書於策"，而在於用籌也。算家習稱籌算，易名爲策，實屬多事。

戴震撰《迎日推策記》，記日月五星之軌道，大致以江氏《翼梅·七政衍說》爲宗。亦祇易名，以淆視聽。稱本輪爲左旋之規，均輪爲右旋之規，月行之負圈爲附綴之規，次輪爲次右旋之規，次均輪爲次左旋之規。藉以附會中國古代天文家言。復摘西漢武帝時方士公孫卿劄記中語："黃帝迎日推策"，侈言以爲上古推步之祖，顏以爲題。錢師斥之爲"非愚則妄"。戴震撰《續天文略》，於星見伏昏旦中篇云："虞夏與周先後一月，不聞古人以爲疑，而各隨其時代仰觀之象著於令以示民，則歲差之故，古人明知之，漢初乃失其傳。"②於七衡六問篇論云："赤道極居中，黃道極環繞其外，晝夜旋運而有移徙，故古人以璇璣名之。蓋同爲樞機而有移徙不移徙之殊，璇以言乎其移徙也。"③錢師斥其"立說之謬妄無稽，實較《釋天》四篇爲尤甚。"等等。錢師《詩》中評之：

> 籌策縱橫添異訓，緯經顛倒失真詮。

---

① 戴震《策算》。見《戴震全書》（五），第 5 頁。
② 戴震《續天文略》上。見《戴震全書》（四），第 38 頁。
③ 戴震《續天文略》中。見《戴震全書》，第 55 頁。

戴震之著"於我國古代算學絕續之交,頗知尊重古學,從事提倡,洵屬盛舉。"①爲"草創之功臣,而非發揚之健將。"有"其創辟榛蕪之功"。然"自視過高,張作强人,是以難免後人訾議。"行文以艱深文淺陋,錢師讀之,猶感"難讀","恐非殘碑斷碣所可比擬矣。"錢師《詩》中遂總評之:

　　　公書唯恐人能解,解得渠時亦枉然。

可謂婉而多諷者矣。

錢師結合科技史、文獻學,考釋戴震算學、天文之學。取精融宏,正本清源,糾謬發覆,稱心而言,隨處閃耀着實事求是精神。就前賢之意,達以今人之筆。事出於沉思,義歸乎翰藻。就其治學方式法言之,可謂考證、義理、詞章三者兼顧。其學遠紹清代乾嘉學派考證之學,而堂廡擴大,覃研深邃,有以過之。爲研究整理評價古籍開一新門徑,承先啓後,有其指導意義與現實意義。錢師之學與"竺學"之倡導"中西交叉、文理滲透"特點,實爲相互表裏。余在宜山,初讀錢師之文,不啻振聾啓聵,愧未心領神會,拳拳勿失。嗣後立雪受教,鑽研古籍,冀欲有所汲引,試爲習作。浙江大學遷於貴州遵義時,曾草《重差術及測定日距方法考》《祖冲之、祖暅球積術闡義》《日躔盈縮、月離遲疾兼論中西學術》等②,蒙師贊許,然愧無所就也。追思往事,倏忽已逾半世紀矣。值師百歲誕辰紀念之際,爰草此文,追述師耳提面命之一片段,猶歷歷如在目前也。然則,師之教澤於人也深矣!

---

① 錢寶琮《戴震算學天文著作考》。見《錢寶琮科學史論文選集》第169頁。

② 見劉操南《古籍與科學》。哈爾濱師範大學《北方論叢》編輯部1990。
(前兩篇亦見此書——編者)

1992年8月5日燈下書於金華雙龍洞望江飯店，
時出席浙江省社科聯第五屆工作會議

（原刊《中國科技史料》 1997年第18卷第2期）

　　編者説明：本文據原刊並參以代抄稿録編。原刊《編者按》
云：“這是杭州大學劉操南教授的一篇舊作。其中談及竺可楨校
長的辦學方針和浙江大學治學的求是精神。抗戰期間，浙江大
學内遷廣西、貴州等地。文中記述了作者當時在浙江大學親聆
著名數學史家、數學教育家錢寶琮先生教誨的情景，並且對錢寶
琮先生完成重要論文——《戴震算學天文著述考》後的兩首詩作
的背景及内涵，作了較詳細的注釋。現發表於此，以紀念著名科
學史家錢寶琮先生誕辰105周年，並連同錢熙、錢燕兩文藉以奉
賀浙江大學建校100周年。”據劉録稿附記：該刊標注的收到文
稿日期爲1996年4月2日，收到修改稿日期爲1996年11月3
日，“時父親已動了手術。”又記：“據1992年父親給民盟省委的
函中知：1992年紀念李儼、錢寶琮誕辰一百周年學術討論會，會
議日期：1992年8月20—22日；報到地點：北京香山臥佛寺飯
店。主辦單位：中國科學院自然科學史研究所、中國科技史學
會、中國數學會、國際數學史學會。邀請書外附組織委員何紹庚
研究員函，論文外囑撰紀念文章，因撰此文。最終没去參加會
議，因父親參加8月26日在杭州舉行的“中國科學史國際學術
研討會”。

錢琢如、繆彥威兩師對待來學

　　錢琢如、繆彥威,是對我的業師,也是恩師。但他們對於來學,教育的方法不同。到錢師處,放下工作,就説學問。他看到同學前來,總要講些心得、真知灼見給你聽聽。話匣子一開,滔滔不絶。數理深邃,他却深入淺出,説得很形象,有根有據,引人入勝,耐人尋味。到繆師處,讓你坐下,開口便問近日讀何書、有何心得、有什麼疑問。他仔細聽人回答,然後談他的意見。擺出證據,説明道理,指之有處,持之有故,分析細緻,曲中肯綮。經過質疑辨難,獲得新解。兩師誨人不倦,深悔(自己)絲毫未能學到。

　　編者説明:本文據代抄稿録編,另有手稿數頁,作時非一,不相連貫,取一亦附於下。又,劉録稿附記:繆鉞先生,字彥威,江蘇溧陽人。1904 年 12 月 6 日生。1938 年應聘爲浙大中文系副教授、教授。時浙大在竺可楨校長的執掌下,人才濟濟。與先生往來最密者,有郭斌龢、譚其驤、蕭璋、錢寶琮等。外來學者至浙大短期講學與先生相得甚契者,有馬一浮、劉永濟、錢穆諸人。抗戰勝利後,應華西協和大學之聘,任該校中文系教授,同時兼任四川大學歷史系教授。1952 年院系調整,專任四川大學歷史系教授。1995 年 1 月 6 日病逝。

附録:

操南同學弟:

頃奉　寄來長劄,循誦之餘,快如覿面。

吾弟學詣精進,方面廣闊,著述宏富,弛譽士林,遠道聞之,甚爲欣慰。囑寫《史記春秋十二諸侯史事輯證》書名題籤,已寫畢兩份(一竪寫,一橫寫),附上。因書名有十二個字,一行容不下,故寫成兩行,較爲美觀。

我近來精神尚好,但體力日衰,雙腿軟化,行動困難(常怕傾跌),故很少出門,工作均在室中。主要工作即是培養博士生、主編《北朝會要》,與葉嘉瑩教授合撰《靈谿詞說續編》,其餘不必要之工作,大概辭謝,蓋精力不濟也。

回憶四十多年前在宜山、遵義講習之樂,均爲昨夢前塵,諸友星散,且多已下世。數年前,我致友人書云:"故交零落,憶南皮之就遊;枯樹婆娑,哀子山之新賦。"亦可概矣。

近作小詩一首附上。此頌

著祉

繆　鉞啓(1989 年 8 月 31 日)

抗戰時期,國立浙江大學播遷之際,余在廣西宜山和貴州遵義讀書及任教時,繆彥威師是我傳道、授業、解惑的恩師。師訓以大學學生於至理要道,應有真知灼見,不篤舊以自封,不婺新而忘本。平理若衡,照物如鏡。庶幾從違取舍,咸得其宜;篤實光輝,樹立風氣。余受之,拳拳服膺,未敢一日忘也。今值師尊九十壽辰,借用窗友茅於美學長《鷓鴣天》頌詞爲壽,以曾相值交談,感受同也。"五十年前拜講筵,黔山苦憶讀書天。幽蘭着露花爭發,嘉樹留巢鳥競還。逢盛會,嘉薪傳。蕪詞恭祝壽綿綿。任隨世事滄桑變,著說昭垂天地間。"

祝文白先生在浙大

　　清代光緒年間,杭州城中有六書院(下略——編者)。光緒二十九年(1903),"浙江大學堂"改稱"浙江高等學堂",這時祝文白(字廉先)先生入學,和慈溪陳布雷、泉唐蔣絅裳、沈西宬等同窗,攻讀國文、經史、數學、輿地諸科。道光年間,仁和龔定庵治今文學,有聲於時。夏穗卿繼承他的學說,和新會梁卓如、瀏陽譚壯飛一同講學。認爲孔子之學從春秋以後,發展爲荀子、孟子兩派,至漢代經師,不問今文學派或古文學派,都出荀子,這樣就孟學絕,孔學衰。夏穗卿在浙江高等學堂以"絀荀申孟"相號召,當時各種新思想勃發,而絀荀申孟之風也大興。祝先生受這教育的影響很深。

　　民國十六年,設大學區制,蔣夢麟孟鄰爲浙江大學校長,校舍則就蒲場巷高等學堂故址。民國十七年文理學院成立。民國十八年邵裴子長光繼任浙江大學校長,後程天放先生、郭任遠先生來校任校長。民國二十五年春郭任遠去職,竺可楨藕舫繼任。民國二十六年,蘆溝橋事變起,抗戰軍興。秋季開學,日機不斷侵襲,杭城危急,於是遷一年級新生於浙西於潛的西天目山,繼遷二、三、四年級於建德。這時祝先生在西天目山禪源寺授大一國文。大一學生甄別考試,大一國文分甲、乙、丙、丁、戊五班,祝先生授甲班。我這時在甲班受課,與滕維藻諸兄爲同窗。祝先生授課，重視自學和啓發。每次上課，先喚同學站立講解，有不解或誤解，始爲剖析。解後留出一部分時間，讓同學朗誦。祝先生講解，徵引經史，從不看書，都是脫口而出，信手拈來，有的用粉筆默寫於黑板上。《左傳》《文選》尤熟，經常大段大段地寫。兩周課堂作文一次，有不通處，逐字逐句地改。佳者提出一、二篇傳觀，並懸於教室牆上。

　　民國二十六年冬，日寇在浙省的金山衛登陸，浙江大學西遷。初時集中建德，溯江入贛，留於吉安者兩月，繼遷泰和。民國二十七年七月，經湘入桂，校址定於廣西宜山。這時我讀史地系，未聽祝先生課。民國二十八年冬，邕寧淪陷，宜山空襲頻繁，浙大再遷自宜山北上至貴州遵義，設分校於青巖及永興；農、理兩院，東移湄潭；校本部及文學院置於遵義。三年之中，周流五省，間關萬里。祝先生這時先去青巖，後詣湄潭，授大一國文。

　　浙江大學西遷之時，烽火連天。在這非常時期，艱苦異常。大學在竺校長及委員會的領導下，教授、講師、助教、職工、同學都投入戰鬥，戮力同心，視校如家。在遷徙中，有的去設前站，有的擔承押運，有的爲留守，循着預定計劃、部置，集體前進。到了一暫定點，草草定居，很快恢復上課。一條板凳坐着數人，一塊木板放在膝上，便爲課桌，用以寫字，記筆記。翻轉木箱，爲實驗室；豎起木箱，便成圖書架子。在宜山，警報聲中，敵機來襲，則避於山洞中，伏在田塍上。白髮教授穿着補釘大褂，口講指劃，兢兢業業。家中茶爐無煙，米甕已空，入不敷出，吃山芋充饑。君子固窮，猶自埋首實驗室、圖書館，完成實驗，發表文章。從而令譽日彰，蜚聲海外。讀書不忘救國，組織戰地服務團，慰勞前方將士，爲當地群衆服務。於泰和築防水大堤，於沙村開墾高壟荒地。八年如一日，孳孳不倦，咸以校訓"求是"自勵。黔南事變後，余詣永興授課，祝先生在湄潭。湄潭離永興祇四十華里，星期日，有時徒步上城拜謁，下午返歸永興。

祝先生澹泊明志，以校爲家。嘗述其師吳震春先生之訓勉勵同學。又屢稱頌林太守的操守嚴謹：慈禧太后撥海軍款，造頤和園。大臣奴顔媚骨，奉觴上壽。林時爲御史，上摺奏諫。太后怒，貶爲衢州知府，旋移杭州知府；因籌"求是中西書院"及"蠶學館"，嘉惠後學。林太守之高風亮節，實爲後學楷模。祝先生之教，余志之未敢一日忘。祝先生以吟詠爲樂。是時江問漁先生隱於湄濱，與先生常過從。先生吟詩云："湄水班荆已一年，江山每喜結詩緣。地偏始識閒中趣，累少何殊陸上仙。到手功名塵與土，切身經濟食和眠。人生得過會須樂，況值當頭月正圓。"

民國三十四年九月，抗戰勝利，浙大開始復員返杭。民國三十五年春夏間，於東返旅途綫上設辦事處，整頓殘破校舍，循陸路自貴陽、長沙、漢口、南京、上海東歸。沿途設運輸站一百零六次，陸續出發。余出遵義來薰門時，長橋石欄上所刻百餘隻獅子，昂首凝視，似有留客之意，余不忍去，伸手撫摹、徘徊者久。終於兩袖清風，飄然布履上汽車離遵義，直向烏江駛去。經貴陽，中折向東，取道玉屏，詣長沙，上洞庭而下江；抵漢口，換輪船，直放上海回杭。祝先生暨師母，帶着幾簏書，杖履優遊，歸返西湖。

杭州浙大原有容納六七百同學校舍數處，在大學路、華家池及羅苑，被毀一半以上。復員師生在二千五百以上，宿舍擁擠，僅避風雨。學校所領薪津，稍有調整，但不及戰前十分之一，窮困艱苦，可以想見。這時祝先生與余賃居於杭州馬坡巷珍珠巷，常侍起居。祝先生讀書教育，老而彌篤，怡然自得。

勝利復員，浙大龍泉分校，在浙南離杭州近，近者先至，貴州來者稍後。龍泉來者，教師大抵住在羅苑。龍泉分校師範學院設國文系，主任爲鄭石君先生。祝先生與鄭先生有舊誼，關係融洽。這時任某在文學院好弄權術,興風作雨,挾鄭先生,擠祝先生。祝先生聞之,持系印信,詣校長室,向竺校長辭聘,竺校長勉留之。祝先生辭者再,遂獲辭。閑雲野鶴,益笑傲於山水間。

祝先生工詩文,能畫。其文就所悉者有:《文選六臣注訂訛》《兩浙詩學源流》。《梅雪圖卷》(畫作),有馬一浮、江問漁諸老題詩數十首,爲長卷。祝先生謝世於十年浩劫中,稿多散佚。

經雨池荷枯,戰風庭葉亂,蕭蕭一室中,凜凜星物換。吁可悲矣!

编者説明:本文據手稿録編,略去與前文重部分。原稿無題,今題爲編者酌擬。

張紹忠教授創建浙大物理系

　　張紹忠教授是我國傑出的物理學家、教育家和物理學奠基人之一。1920 年，考取庚子賠款留美公費生，入芝加哥大學和哈佛大學研究院攻讀物理，導師爲諾貝爾獎金獲得者 P・W・勃利奇曼，導師主攻高壓物理。1927 年回國，先後在廈門大學、南開大學、浙江大學任教授、系主任、文理學院副院長和教務長等職。在浙大創建和發展物理系，倡導求是學風，鞠躬盡瘁，死而後已。浙大遂於圖書館懸掛張教授的遺像，以志景仰。

　　張教授學成歸國，翌年，應蔡元培先生之聘，來浙大創辦物理系，任主任。聘朱福炘先生任助教，金學煊先生爲技工。招收新生，承擔全部課程和實驗。四五年間，先後聘請王守競、束星北、徐仁銑、何增祿、酈堃厚、鄭衍芬等名教授；又聘顧功叙、吳健雄爲助教。購買圖書，充實設備儀器，有的自行設計製造，用以培養青年教師動手能力。重視基礎課的教學，對同學的作業與實驗嚴格要求，系內學術空氣濃厚。每周一次，開文獻報告會。四年級同學和教師輪流報告，聽衆提出問題，進行討論。開設選修課，開拓師生視野，提高研究能力。抗戰時期，浙大物理系主辦過四次區域性的學術活動，中國物理學會貴州年會第十一次會義由張教授親自主持。

　　浙大物理系爲國家培養出多批物理人才，爲祖國的建設事業,作出一定的貢獻。今日中國科學院學部委員中在浙大任教者達 23 人,畢業於浙大者達 39 人。這些教師和同學絕大部分是抗戰時期在浙大任教和學習過的。

　　編者説明:本文據代抄稿録編,大約撰於 1988 年至 1990 年間。

張紹忠教授身教重於言教

浙大畢業同學，人才輩出。回顧過去，總忘不了老師對他們的嚴格要求。張紹忠教授在浙大任教務長時，以身作則，重視校紀、校風的整飭。平日，教育同學勤學，各門課程通過作業、實驗、報告會和大小考，能過得硬。學校規定：成績不及格的學分超過所學學分一半的開除；超過三分之一的留級，淘汰率是比較高的。有的同學怕留級或開除，對張教務長的執法如山非常敬畏，極少數同學也有因之對他不滿、忿恨的。晚上，有人竟把一包大糞放到何家巷教務辦公室的桌上，這事幾乎全校震動。許多教師主張開除這個同學。張教務長便召開一次學生代表會議，會上曉之以理，他說：舉行會議，並非單純追查這個做錯事的同學；而是重申學校的各項紀律，是需要嚴格執行的。代表們情緒緊張，以爲他將大發雷霆，開除同學；不想他如此和藹可親，從而認識到他的博大胸懷，受到教育，愛戴之心，油然而生。"無規矩不成方圓"，真的，張教授是一心爲着國家，培養出棟梁之材，纔這樣嚴格要求同學的。

張教授嚴以律己，爲人師表，久與他相處的，是深有感受的。抗戰時期，浙大由杭州西遷，經過建德、吉安、泰和和宜山，最後到達貴州的遵義和湄潭。五次搬家，間關萬里，歷時兩年半。初遷時，張教授已有四個孩子，最大的僅十歲，夫人懷孕，家庭需要他的照料。遷校途中,他將教學工作放在首位,視校如家,很少與家屬同行。終年奔波,設置教室和實驗場所,不輟弦歌。他的家屬遂與朱福炘教授、王淦昌教授結伴而行。有一次旅舟在去蘭溪、龍遊的途中,船蓬着火,這時舟中盡是婦女和小孩,張紹忠夫人冒着危險,急忙將燃燒着的船蓬,扯下投入水中,免去一場灾難,夫人雙手已被烈火嚴重灼傷,送入醫院,盼望張教授速歸。張教授爲着工作,未能前來照顧。浙大遷到遵義後,張教授與院領導數人冒雨去永興,訪尋校舍。黃昏趕路,不慎落水。溪流湍急,幾經衝擊,張教授被冲到一塊石邊,從而攀登上岸,渾身青腫。同行者勸他歇息,他却堅持按着原計劃前去永興。

竺校長對張教授深爲敬重,《竺可楨日記》中云:"對於内遷事,藎謀之功尤大。因其任特種教育委員會主席也。"謝世,竺校長悲痛悼念。挽聯云:

> 十餘年得助最多,獲益最多,況離亂同舟,瘴雨蠻煙當日夢;

> 二三子成德以教,達材以教,歎須臾返駕,隻鷄斗酒故人情。

（原刊《古今談》　1992 年第 1 期）

編者説明:本文據代抄稿録編,約撰於 1988 年至 1990 年間。劉録稿附有簡介:"張紹忠(1896—1947),字藎謀,嘉興人。1939—1947,任浙江大學教務長。物理學家、教育家。回國後畢生獻身於我國教育事業。創建了浙江大學物理系,爲該校開展物理學實驗和研究奠定了基礎。協助竺可楨校長率領全校師生員工西遷,爲倡導和發揚'求是'校風,將浙江大學發展成爲國内著名大學之一,起了重要作用。是中國物理學會早期領導人之一。"

"馬一浮國際學術研討會"致辭

今天，"馬一浮國際學術研討會"隆重開幕，這是一件很有意義的大事。我能躬逢這次盛會，使我多一學習弘揚祖國優秀文化傳統的機會，感覺非常榮幸和高興。我謹代表浙江省文史研究館和浙江省詩詞學會，向大會致以衷心的祝賀！

1938年，抗戰時期，浙江大學西遷，馬湛翁一浮先生在江西泰和和廣西宜山浙江大學講學，我在座下聽講兩學期。那時，我是大學一年級學生，離開今日，已經五十五年了。説來慚愧，馬老講的微言大義，我是毫無理會。

馬老講的"六藝要旨"，開端運用宋張橫渠先生的四句話："爲天地立心，爲生民立命，爲往聖繼絕學，爲萬世開太平。"稱爲"四句教"。闡發"六藝之道"，勉勵學生"依此立志，方能堂堂的做一個人。"馬老説："國學者，六藝之學也。"六藝之學"該攝一切學術。"在中學"六藝統諸子""六藝統四部"；在西學"亦統於六藝"。中西學術一切皆來源於中國古代的六藝之學。所以，六藝之學高於釋、道，高於其他學術。

又説：六藝的精義，"統攝於一心"。弘揚六藝之道，需要"復性"。"六藝之道，即是此性德中自然流出的，性外無道也。"盛贊："大哉，六藝之爲道！大哉，一心之爲德！學者於此，可不盡心乎哉！"嗣後，他到四川峨眉山開設復性書院。

　　馬老的哲學思想體系，揚幽闡微，博大精深，值得我們重視、學習與研究。今天開這研討會，群賢畢至，共同研討，這是有重大意義的。爲弘揚民族優秀文化傳統，爲社會主義兩個文明建設服務，必將産生深遠的影響。由於馬老哲學思想博大精深，這個研討，應該説是一個良好的開端。這個研討的任務，必需繼續開展下去。同時，我們還當認識，在這研討的過程中，隨着學習與研討的深入，還當取其精華、袪其糟粕。這也是我們今日應持的馬克思主義的治學態度。

　　最後，我預祝這次大會圓滿成功！

　　編者説明：本文據手稿録編。劉録稿附記："馬一浮國際學術研討會"於 1993 年 3 月 16 日上午在浙江賓館一號樓會議室召開。

馬老講學

馬一浮隱於孤山,讀文瀾閣《四庫全書》。抗戰軍興,竺藕舫出長浙大,崇其德業,三晋謁之(其事詳見《竺可楨日記》中),馬老感焉。浙大西遷,詣江西泰和講學。其學出入二氏,返之六經。首論治國學先須辨明四點:"一、此學不是零碎的知識","應知道本一貫";"二、此學不是陳舊呆板的物事","應知妙用無方";"三、此學不是勉强安排出來的道理","應知法象本然";"四、此學不是憑藉外緣的産物","應知性德具足"。次述橫渠四句教:"爲天地立心,爲生民立命,爲往聖繼絕學,爲萬世開太平"。"國學者,六藝之學也","六藝該攝一切學術","統諸子""統四部",而實"統攝於一心"也。"六藝者,即《詩》《書》《禮》《樂》《易》《春秋》","此是孔子之教,吾國二千餘年來普遍承認。一切學術之原,皆出於此。""廣大精微,無所不備。"輯爲一集,以官堆紙鉛印,題曰:《泰和會語》。後張曉峰去臺灣,辦臺灣文化大學,亦以四句教弟子。

浙大再遷廣西宜山,馬老設講座,校長師生多往就教焉。講義石印,題曰:《宜山會語》。開講首述"顏子所好何學論",繼論"六藝該攝一切學術","西來學術亦統於六藝"。以爲"自然科學可統於《易》,社會科學可統於《春秋》。因《易》明天道,凡研究自然界一切現象者皆屬之。《春秋》明人事,凡研究人類社會一切組織形態者皆屬之。"其説較前北大陳漢章教授之説爲圓通，而溯其源則梅文鼎已啓其端矣。時同事中，如錢琢如教授等不以爲然，並援事駁之。校長任其論争，各抒所見，謂理愈辯而愈明也。

馬老詣遵義，旋詣四川樂山，辦"復性書院"。揭示"革命"與"復性"兩義，相輔相成。"湯武革命，順乎天而應乎人"，此一義也；然昌言革命，日久蔽生，當以"克己復禮"糾之。"學問之道，無他，求其放心而已矣。"此又一義也。今日之事，首務克己，即復性也；否則，將何以拔本塞源乎？

（原刊《古今談》 2001年第1期）

編者説明：本文據原刊録編，並參以代抄稿。

王樹椒別傳

王樹椒，江西安福人也。落拓不羈，負才氣。年十九，考入國立浙江大學史地系。時浙江大學播遷於廣西之宜山，遂自故里來粵西肄業焉。一日，繆彦威先生授課畢，樹椒立案側，叩問孔子删詩之説，論辯殊久。余頗奇之，遂與訂交。

浙江大學遷遵義後，樹椒僦舍於四方臺街。樓上下各有五間，樹椒居樓上，名其樓曰"望雲"，又曰"橘影"，自號曰"慧聲"。性澹遠，喜讀晋人書。其文豐贍，藻飾甚美，雍雍舒展，而意又盡能達之。詩詞直抒性靈，不主故常。詩似李太白，詞似辛稼軒，蓋才氣使然也。

樹椒喜辯學，語語自真知灼見中出，絶不尚遊談。性惡俗人，俗人亦惡之。余嘗與樹椒論王充，坐湘江畔荒坡上，至夜分月移。其説殊審，以爲《論衡》論史者精，而論文者泛。王充所反對者，爲當日辭賦家之綺縟，與讖緯家之荒誕。荒誕則盡虚，綺縟則失真。王充所力言者，祇爲"疾虚妄"三字，即浙江大學校訓"實事求是"之精神。必附會言之，亦可曰王充爲寫實主義者，或自然主義者。東漢學風，下啓魏晋，而與西漢迥異。王充《論衡》至漢末始顯，漢末學風受王充影響者，未審果何如？以後學風，殊有若干特點，頗與王充所主張者相似。淺言之，魏晋論師之名論若干題目，即自《論衡》中出，如阮修以"無鬼論"著，無鬼即《論衡》中所常言者也。

樹椒讀書，愼思明辨，殊厭俗學。以爲或者學者自居，而腹儉如洗者有之矣；復以人事酬應，維護其地位，恬不知人間有羞恥事，樹椒不屑師之也。以此心殊憤激，嘗與某先生辯歐陽修、曾子固優劣，謂歐之識解，遠勝於曾，舉證甚備。某先生拍案罵曰："汝學即成名，我弗佩服也！"樹椒勿顧，雄議如故。

民國三十年夏，樹椒以事離浙江大學，轉讀雲南大理民族文化書院。嘗有書致余曰："書院内部，非弟所宜言，亦非弟之所欲言。書院有教授一人，即《中國大事年表》之作者也。此君學問，由其大著，略可窺知；而其餘書院一切，亦可由此教授，約略推知。"此數語也，牢愁抑鬱，不滿現實之情，已可見矣。蓋樹椒爲學，心遊六合之外，情寄八荒之表，塵垢秕糠，陶鑄堯舜，而俗士方相笑於榆枋之間，嗜朽鼠而甘，宜其掉首不顧也。

樹椒體素弱，余亦多病，蓋同病相憐焉。是年冬間，樹椒體不適，余嘗貽書勸之："天寒乞善珍攝！尊體素弱，又用功過度，令人念極！前人謂全謝山先生云：'吾子料理今人事不了，又料理古人事，安得不病。'此語固爲閣下所深悉，然請更爲閣下誦之。書院環境極佳，然閣下今所亟應努力者，爲身體而非學問。萬里投荒，高堂慈親之念，似不能不顧及也。"樹椒復書，亦以爲然，頗契斯言。

自後樹椒離滇赴蓉，流轉蜀中。余疏懶，鮮通音驛。1945年（民國三十四年）8月24日，李源澄先生忽自成都寄書於繆彥威先生，謂樹椒在四川遂寧病逝矣，年僅二十六。嗚呼！樹椒英才卓礫，度越恒流。苟天假以年，樹椒之學，未可量也。噫！天胡不假耶？

生前樹椒寄我詩詞數闋，有《鷓鴣天》兩首詞云：

　　欲向盧龍塞外行，自來弓馬山幽并。隔江莫問南朝事，玉樹歌殘唱後庭。　　天柱折，地維傾，悲歌洙泗久聞腥。魯連到此將何往，滄海如今亦姓嬴。

　　賃廡晨昏未有期，此身只合傍要離。群臣攘攘陳封禪，那許梁鴻詠《五噫》。　　螳臂勇，不須嗤，亦知孤木力難支。一朝率海非殷土，周粟可能飯伯夷。

樹椒原爲一介書生，沉浸於故紙堆中，經過重慶，接觸社會現實，怵目驚心。愛國之心，油然而生。欽佩八路軍在華北的抗戰，自己感到"螳臂""孤木"，力量有限。"一朝率海非殷土，周粟可能飯伯夷。"强烈的反封建的民主思想，噴發而不能自抑。

惡耗傳來，心傷不已。因撰別傳，以志永念。

（原刊《古今談》　1992 年第 2 期，署名劉冰）

編者説明：本文據原刊並參以代抄稿録編，實則劉先生爲王樹椒"別傳"非止一稿，最早發表於上世紀四十年代的《浙大同學會會刊》（具體日期卷次不詳），較本文稍簡；《浙江大學文學院中文系在遵義》中，亦有部分内容。今尚存兩紙有關王樹椒的文字，兹據尤抄稿附録於下。

附録一：

浙江大學在遷徙道中，弦歌不輟，培養了不少人才。值得一提的，王樹椒是當年的英才之一，可惜他謝世的過早了。譚其驤教授對他的逝世"爲之惋惜不置，以浙大而言，謂自有史系而來，尚未有堪與此人相提並論者也。"在大學讀書時，他就與陳寅恪教授函牘辯難。他的遺稿，他的妻子不知珍惜，惜都散失了。

　　王樹椒在浙大文學院讀了兩年，便去雲南大理民族文化書院，又詣成都。1942 年，在四川成都省立圖書館工作。我還保存着與他通的兩封信：

操南學長大鑒：

　　手教奉悉，至感至慰！年來萍飄南北，奔走道路，輪聲塵影中，究非讀書之地。念足下潛肄上庠，物無所攖，如在天上矣。今已入蓉。蓉中讀書環境頗佳，能偷得數年間，在此小住，則當終身有所受用，否則直成行道之人耳。每誦定庵詩，可知銷盡勞生骨，盡在方言兩卷中，未嘗不泫然也！公孫龍子書，於先秦諸子中最費解，足下董理新義勝理，當足以啓迪後生。恨僕不在道，未克拜讀，至悵！忽遽，祝好！

　　　　　　　　　　　　　　樹椒拜上　　五月十二日

操南學長大鑒：

　　頃奉手教，敬悉一切。本館所藏，大率係人間常見之書，左右以《張河間集》見詢，真所謂入山采珠者矣。有辱明問，至爲歉仄。數學史弟係門外漢，前讀尊稿，徒仰首羨企而已。匆，餘不一一。耑此，敬詢
著祺！

　　　　　　　　　　　　弟　王樹椒拜　　五月廿五日

附録二：

　　樹椒讀書，起步早。父親做過私塾教師，學有家傳。幼時便

見才華，小學畢業會考，名列南昌市第三，免試保送南昌第二中學，獲獎學金，維持學業。課餘愛自修文史，讀《鶡冠子》。讀高中時，汪國鎮教師規定作文必須寫文言文，要求學生課外選讀古書。樹椒選讀《莊子》，仿照《逍遙遊》寫讀書心得，大爲教師贊賞，批語："可以亂真"。一九三八年，以第二名考入浙江大學史地系（第一名爲趙松□學長）。讀書之時，余與同居四方臺街。見其圈讀四史全部，曾謂《三國志》的裴注，實開後世鑒別史料、駁正舊史的先河。又謂劉知幾《史通》、司馬光《通鑑考異》受其啓迪。裴注貢獻，惜尚無人真正認識。李源澄師因謂："樹椒是班裏的佼佼者。"樹椒詣成都後，發表《西晉禁軍考》，於四川省立圖書館集刊第二期，寄余。余捧讀之。分析禁軍的特點，指出"八王之亂"連續不斷，實與禁軍和鎮兵的矛盾有關，獨具卓見。又撰《府兵制溯源并質陳寅恪先生》，刊於第五期。讀書得間，敢於和六朝隋唐史的權威學者論難。實爲畏友，可惜不幸短命矣！

緬懷吾師費鞏烈士

爲我國民主革命事業犧牲的費鞏教授，是我求學浙大時期的老師。際此費師殉難 50 周年之際，回眸前塵，猶有餘痛。

費鞏先生字香曾，1905 年生於江蘇蘇州，世爲望族。幼承庭訓，卓犖有大志。既長，攻讀復旦大學，舉爲學生會評議會主席。時值國勢凌夷，"五卅慘案"事起，悲憤填膺，發動罷課遊行，投身於愛國運動中，鋒穎初見。畢業後，出國深造，入牛津大學，習政治經濟學。學行兼優，獲榮譽畢業證書。歸國，任教上海中國公學、復旦大學，講授英國政治制度。1933 年應聘浙江大學，任政治經濟學教授。所著《英國文官考試制度》《英國政治組織》《比較憲法》等書，相繼問世，蜚聲士林。

迨竺可楨教授出任浙大校長，值抗戰軍興，學校西遷。其所倡導之導師制，爲竺校長所深許，聘爲訓導長。在固請固辭之情況下，費師以不參加國民黨、不領訓導長薪爲條件乃出。宣言："不是黃老，無爲而治；亦非法家，嚴刑峻法；而爲孔孟之道，以德服人。爲同學顧問、保姆，是所願也。"

於是旦夕精勤，身體力行，深受學生愛戴。當時浙大內遷遵義，無電燈，燭火熒熒，燈光幽暗，費師遂自費制植物油燈分送，時譽爲"費鞏燈"焉。創辦生活壁報，評議國是，倡導民主，以爲喉舌。師遇難後，改稱"費鞏壁報"，以志永思也。吾師秉性剛正清廉，憂國愛民，敢言人所不敢言，遂受當局之忌。

1945 年初，吾師應母校復旦之聘，自遵義詣重慶，逗留月餘，簽名於郭沫若所草《對時局進言》。慷慨陳詞，讀者動容。當時國民黨諸權要設宴邀請，多婉辭。孟子所謂"説大人則藐之"。當局深感其未易就範，竟下毒手。3 月 5 日凌晨，師在千廝門碼頭候輪去北碚途中，竟被秘密綁架，突告失踪。

嗣後，社會輿論嘩然，復旦、浙大等校紛紛罷課請願。經在渝民主人士與竺可楨先生多方奔走責詢，中共中央和周恩來同志揭其事於報端，呼籲營救，其事乃遠播於四方，相率以"費鞏事件"稱之。1946 年，國共兩黨政治協商，周恩來提出釋放費鞏等於"八項要求"中，未被采納。遂罹陷害於中美合作所楊家山鏹水池中，年僅四十。嗚乎！可謂慘矣！當是時，疑忌嚴刻，是以人皆緘默，然噩耗之傳，海內外人士，識與不識，無不爲之扼腕哀慟。

1978 年，師被追認爲革命烈士。次年，浙江大學隆重舉行紀念會。又次年，衣冠盒庋於上海龍華烈士陵園正廳，供群衆瞻仰，永勵來茲。夫人袁慧泉，品性嫺淑，相夫教子，支持正義，逝於 1989 年。子一女二，均斐然有成。

（原刊《聯誼報》 1996 年 11 月 1 日第 3 版）

編者説明：本文據原刊並參手稿錄編，另有《費教授香曾烈士傳略》稿二，大同小異。

夜讀《粟盧詩集》緬懷鄭曉滄教授

鄭宗海曉滄教授，是我十分尊敬的師長。抗戰時期，國立浙江大學一度播遷於廣西宜山，我始晋謁鄭師。不久，鄭師受竺校長委托，返浙江龍泉分校續任主任。嗣後，詣貴州遵義浙大校本部。抗戰勝利後，鄭師隨浙大復員回杭。院系調整（時）入浙江師範學院和杭州大學，歷數十寒暑。余在宜山，在遵義，在杭州，經常拜會鄭師，親聆謦欬。鄭師振鐸上庠，謙讓未遑，雅言明訓，留下很深印象。中心藏之，何日忘之。

鄭師善詩，言爲心聲。青燈漏夜，每讀《粟盧詩集》，追溯往事，緬懷鄭師之高風亮節，憬然在目。或云：人之所以爲詩，與詩之所以爲詩，兩者統一。詩以明志，詩實如其人也。爰録鄭師詩作六首，略抒讀後感受。淺見薄識，未敢揄揚文字，率供愚忱，亦冀欲發其潛德之幽光而已。

《粟盧詩集》卷五補五《詠懷杜甫五律三首》

> 湏洞風塵日，狂歌天地心。
> 痌瘝常在抱，哀樂一何深！
> 思契人天理，情推胞與襟。
> 神龍千萬態，瞻企幾沉吟。

哲匠流風遠，郢壇山斗尊。

陰何資啓發，庾鮑謝清新。

篇就能賡雅，詩來似有神。

洪聲自鏗鞳，至味總醇醲。

飄泊干戈際，羈栖危苦身。

白鑱當健僕，黃獨度殘春。

風拔茅蓬杳，情傷餓莩親。

孤吟動天下，志在活烝民。

鄭師這三首詩，歌頌杜甫的爲人與詩作，說的都是實質性的，語語都落在點子上。第一首詩寫仰慕杜甫憂國憂民的愛國思想；第二首詩尊重杜甫詩創作的特色與偉大成就；第三首詩寫杜甫遭遇流離失所的痛苦，猶是念念不忘憂國憂民，與第一首詩所寫遙相呼應。三詩是一組詩，渾然一體，結構嚴密。

杜甫詩聖，歌頌杜甫，可從多方面落筆。鄭師抓住顯示其實質性的三點來寫：一是詩人的遭遇流離失所。"飄泊干戈際，羈栖危苦身。""長鑱長鑱白木柄，我生托子以爲命。""親朋無一字，老病有孤舟。"二是胸懷磊落，民胞物與。"思契人天理，情推胞與襟。""安得務農息戰鬥，普天無吏橫索錢。""已訴徵求貧到骨，正思戎馬淚盈巾。"三是創作成就，繼往開來，牢籠萬有。"陰何資啓發，庾鮑謝清新。篇就能賡雅，詩來似有神。"杜詩真如《唐書·杜甫傳贊》說的："渾涵汪茫，千彙萬狀，兼古今而有之。"這三點雖是分詠，實爲水乳交融，緊密聯繫的。可窺鄭師詠詩，非爲吟風弄月，爲寫詩而寫詩，而是深有所得所感而發的。

不僅如是，詩題《詠懷杜甫》，三詩不僅顯示了鄭師對於杜詩的認識、推崇和讀詩的功力；同時，也就抒發和寄托了鄭師自己的懷抱，對杜甫的"疴瘵常在抱"，產生共鳴，也就顯示和展現了鄭師的思想感情和胸襟，同樣是懷着"情推胞與襟"的。

杜甫吟詠，胸懷寬廣，饑溺在心，才思沉厚。詩以言志是"致君堯舜上，再使風俗淳。"哀念民生；才思是"感時花濺淚，恨別鳥驚心。""朱門酒肉臭，路有凍死骨。"詩家贊美杜詩有道是：人家說不過七八分者，杜甫必說至十分，甚至十二三分。故能上薄風騷，下該沈宋，奪蘇黃，吞曹劉，掩顏謝，綜徐庾，集諸家之長，牢籠萬有。鄭師有鑑於此，因贊杜詩："澒洞風塵日，狂歌天地心。""哲匠流風遠，郢壇山斗尊。""篇就能賡雅，詩來似有神。洪聲自鏗轄，至味總醇醪。"極有分量。讀鄭師詩，有時感到穩重有餘，氣勢不足；所以他"沉吟"杜甫的"洪聲鏗轄"，這是對杜的仰慕，亦爲自勵之辭，可窺其虛懷若谷的一斑了。鄭師一度避迮亂離，關懷國事，哀念民生，詠吟"孤吟動天下，志在活烝民"，也就顯示其愛國憂民的思想感情了。

《粟廬詩集》第二十八、二十九頁
《聞閬師來杭主掌浙江圖書館喜而賦此》

藻繪江山錦繡開，蒲場舊迹未全灰。
春風湖上重回首，又見侯芭問字來。

搜補叢殘丁與張，江南文物魯靈光。
文瀾閣裏相知舊，萬軸牙籤入夢香。

這兩首詩，鄭師是贈他的老師張宗祥閬聲先生的。第一首詩是懷舊，懷念昔日在杭州蒲場巷普慈禪寺舊址浙江高等學堂受閬師教導讀書時情況的。侯芭是漢朝鉅鹿人，常從揚雄居，受《太玄》《法言》。《皮日休詩》："擬受《太玄》今不遇，可憐遺恨似侯芭。"侯芭，鄭師自喻。鄭師猶有《敬悼張老師閬聲》四首，亦用此典。"老矣侯芭舊，聞哀哀倍加。"侯芭亦可泛指當年及其後向閬師之請教者。

第二首詩，歌頌閬師暨丁丙、丁申及其他文瀾閣中同事參與補齊《四庫全書》，而有貢獻者。鄭師服膺在懷，《敬悼張老師閬聲》詩中，又曾言之："業繼丁申後，期成癸亥間。江南有完秩，補闕到文瀾。"知識分子的關懷國家文化、文物，感情深厚，形成優良傳統，可窺一斑。

鄭師篤於師誼，同人中盛傳一事：閬聲先生既逝，師適在病榻，親撰挽聯，倩人代書。人未悉其關係，落款不當。鄭師婉辭囑請重書，庶送吊唁。此種風尚，今日實應珍視。

《粟廬詩集》卷一第三頁《宜山空襲警報後》

昨日警鐘鳴，頃又警報發。傾耳一諦聽，聲聲何清越！意敵未必來，伊予何所懾？萬一敵果來，未可逾門閾。況甚鐵鳥威，已如虎縛翼。天塹不可見，天網何曾設？扶搖八百里，瞬息即可達。不如且早計，善保慎明哲。身懷一卷書，手將老幼挈。滿路盡行人，載奔望城北。千人復萬人，門口爲填溢。老婦杖蹣跚，嬰兒縛背脊。行色盡張惶，行李亦雜遝。逶迤下坡坨，躑躅度沙磧。欣已過河梁，駐足一憩息。沿江多嶙峋，崖壁峻且窄。鉅石豁然開，窈窈穹深穴。豈不可容身，去城僅咫尺。陟岡復北行，村景足娛悅。馴犬樂搖尾，午雞啼振翮。槽櫪方自甘，豚豕正戢戢。不識與不知，怡然順帝則。果林出女墻，累累垂柚橘。黃鋪秋草枯，紅飄霜葉脫。惟有竹與榕，嚴時葆茂密。秋光浩無際，列峰殊峭絕。幾回勞陟降，終達天然窟。自分原保蟲，何妨地下蟄！兒啼與兒嬉，人事紛錯雜。警鐘忽連鳴，聽之聲續續。應是敵機近，懦夫已變色。慈母戒兒啼，百夫咸屏息。似聞有機聲，危坐或戰慄。惡禽如果至，生命懸呼吸。屏息待多時，空谷人語寂。忽聞疏鐘響，如聽綸音發。載笑復言歸，重得睹天日。

關於警報，我有一些感性認識。1937年秋負笈浙大，那時有兩位師長，他倆的身教給同學感受很深。一是錢基博子泉教授，一是竺可楨藕舫校長。錢師授課，把青花白地夏布包袱解開，取出《古文辭類纂》來，選文講解。適遇警報，喚同學避警報去，謂：若解除，尚在上課時間，同學即來，每次如此。錢師是不避警報的，兀坐教室，流覽古籍，直到退課返歸宿舍。有時警報中途解除，同學都來聽課。警報是應避的，但錢師這種涵養，是十分可敬可佩的。藕舫校長在警報時，總是招呼學生自治會主席劉奎斗兄同去宿舍和求是橋土山旁防空洞一帶周匝巡視。這種對工作以身作則的高度負責精神，也是教人肅然起敬的。

浙大搬遷至廣西宜山時，是日機轟炸的一個目標。警報頻繁，宜山居民炸死過許多人。每遇北山掛紅燈籠時，許多人緊張地出城，逃過龍江去。

鄭師此詩，那時還未讀到。近年來始得玩味，益覺親切。對鄭師的胸懷曠達，臨危不懼，從而有着深一層的理解。

《宜山空襲警報後》，這是一首敘事詩。透過敘事，親切地體會到鄭師深蘊中國文化涵養的曠達胸襟。警報頻繁，有的聽了會膽戰心驚，倉皇逃避，慌不擇路。鄭師不是這樣："傾耳一諦聽，聲聲何清越！"感到聲音"清越"，自然鎮定自如。為什麼呢？敵機未必來啊！"意敵未必來，伊予何所懾？"怕什麼呢？認為"天塹不可見，天網何曾設"，也就視有若無了。但不能麻痹，須作防範，亦有必要。"不如且早計，善保慎明哲。"利用時間"身懷一卷書，手將老幼挈"。領着眷屬，帶一卷書去，備憩息時流覽。態度是多麼從容啊！人家怎樣表現呢？"滿路盡行人，載奔望城北。千人復萬人，門口為填溢。老婦杖蹣跚，嬰兒縛背脊。行色盡張惶，行李亦

雜遝。""奔""填""張惶""雜遝"，多麽慌張啊！鄭師是："欣已過河
梁，駐足一憩息。""陟岡復北行，村景足娛悅。"在欣賞風景。"欣"
"息"，"娛悅"，多愉快啊！親近自然，眼中景物是："馴犬樂搖尾，
午雞啼振翮。槽櫪方自甘，豚豕正戢戢。"馴犬不是狂吠，啼雞不
是亂逃。槽櫪方甘，豚豕正戢。足見鄭師的文化修養，順其自
然，怡然自樂。"不識與不知，怡然順帝則。"懷着這樣的心情，飽
覽山村風光"果林出女牆，累累垂柚橘"。"秋光浩無際，列峰殊
峭絕"，自然界多麽充實和美麗啊！警鐘驀地急打起來，北山上
的燈籠，不是一個，而是三個了，連串地掛着，人群就緊張起來
"警鐘忽連鳴，聽之聲續續。應是敵機近，懦夫已變色"。鄭師感
覺懦夫色變。這時"慈母戒兒啼，百夫咸屏息。似聞有機聲，危
坐或戰慄"，"屏息待多時，空谷人語寂"。那樣地緊張和慌張，鄭
師還是從容鎮定。終於"忽聞疏鐘響，如聽綸音發。載笑復言歸，
重得睹天日"。一場虛驚，鄭師並未驚到，而是說笑着回家去。宜
山空襲，是半個世紀前事，多種人影，歷歷如在目前。有文化修養
與缺少修養的兩種人的心態及其表現是不同的。

　　鄭師的詩，肯定是從多方面反映現實、顯示情懷的。僅上面
六首詩自難窺其一斑。不過行文圇於篇幅，下筆豈可不能自休，
所以祇舉六首，略抒一些淺薄的感受而已。

　　中國的知識分子，從歷史上看，儒家、法家、道家，不論哪家
哪派，治平之術有異，表現方式、方法不同，"同歸而殊塗，一致而
百慮"，都是愛國的。誦鄭師詩，深悉其思想意識是從屬於儒家
的。遭遇與杜甫不同，可是產生共鳴。推崇杜甫的偉大成就，首
提杜甫的憂國憂民。"天下何思何慮?"說明鄭師的志，與杜甫的
志是契合的。這可說是中國文化幾千年的優良傳統。知識分子
崇尚尊師，鄭師尊師與重視文化、珍惜文物，緊緊扣住。這在今
日實足發人深思，是有其深刻的現實教育意義的。鄭師襟懷曠

達,從容自如,有其主導思想在。孔子曾説:"飯疏食,飲水,曲肱而枕之,樂亦在其中矣。不義而富且貴,於我如浮雲。"又云:"君子坦蕩蕩,小人常戚戚。"這種文化修養,我是認爲應當大力提倡的。這話聽來是老生常談,做來却不容易啊!

鄭師在浙江師範學院執教時,住月輪山,曾爲芳鄰,頗有過往。寓龍遊路時,亦時拜謁,意在聆其謦欬,豁我蒙昧。余好小説家言,纂撰《水泊梁山》,鄭師贈詩三絶,以資鼓勵。恭録於次,以志人琴之痛云爾。

杭大同人劉操南先生以評話體重編《水滸傳》承示作三口號以報

海寧鄭曉滄稿
一九六二年十二月

粗豪膽氣千年在,《水滸》重修百倍明。
説向堂前齊拍手,繞梁三日有金聲。

高塔猶祠行脚僧,洒家悲憤每填膺。
武林英迹還如許,椽筆淋漓寫愛憎。

朱家郭解原非軌,冤積天遥孰可攀?
爲使人間留正氣,梁溪才子説梁山。

1991 年 5 月 26 日　　燈下

(原載《粟廬詩集》　杭州大學出版社出版 1995 年)

編者説明:本文據原載録編。

浙大在遵湄時期的地下黨呂東明

　　浙大在 1940 年初遷黔，校舍分設在遵義、湄潭和貴陽的花溪。花溪是大一分部，後來搬到湄潭的永興場，1946 年夏遷回杭州。現在知道，地下黨是由南方局領導的，並由李晨聯繫。1942 年暑期，李晨到浙大找呂東明和卞姍談話，傳達南方局的指示：黨的“長期埋伏，積蓄力量，以待時機”的方針，和作爲這個總方針具體化的一項政策——“三勤”政策，就是勤學、勤業、勤交友。

　　呂東明是和我經常往來的，他的“三勤”，我是深有體會的。他初是史地系的繪圖員，兢兢業業，工作做得出色。當時史地系上自系主任張其昀，教授葉良輔、譚其驤，以及同是繪圖員的周丙潮，都器重他。我原是讀史地系的，又爲無錫同鄉，他是常到楊柳街和四方臺我的住處看我。那時自然是一點沒有覺察他在做地下工作的。當時，卞姍這個人很活躍，我倒聽人談論過的。有過一次，早晨，他來看我，我看他的眼睛很紅，布滿血絲，簡直像兔子的眼睛。我說：“怎麼你的眼睛紅到這個樣子，太辛苦了。”他沒說什麼。此外，我祇知道他和王天心、施雅風、何友諒都很要好的。那時他三人住在校外，租房子住，我也常到那裏去。他來，我們經常談談《論語》。記得曾說：古人說半部《論語》可以治天下，裏邊有許多話是終身受用的。“三人行必有我師焉,擇其善者而從之,其不善者而改之。""見善如不及,見不善而內自省也。""學不厭,教不倦。""知之爲知之,不知爲不知,是知也。""子入太廟,每事問。"現在,我還保存着他在湄潭時寄我的一封信,信上說到:"何時再來湄潭,祈請賜知,以便擇機暢聆教益。四方臺聽講《論語》,至今猶戀戀也。"他的聯繫工作,是這樣做的:君子深藏若虛。今日,那時的地下黨領導李晨評他是個好的典型呢。

爲什麽呢?回憶起來,我似乎有些粗淺的理解。他的交友很廣泛,書也讀得好,人家信任他,由此而容易瞭解情況,很多情況是他提供給黨組織的。他在史地系工作,有次,蔣介石電示張其昀,請他撰篇祀孔的文章。他把這個信息提供給黨,捅出來了。輿論從而譴責張其昀爲御用文人。張其昀不知道這事人家如何知道的,懷疑到他。就與葉良輔、譚其驤說,兩教授都說:他是書呆子,人老實,不會是他幹的。這樣就過去了。同學罷課,教育部意欲解散浙大,呂與葉、譚兩教授無意閑談,兩教授愕然。由於兩教授向張其昀表態,起了作用,情勢就轉變了。因此,他的"勤交友",特別與好學的人往來,對工作是有好處的。

解放後,在紀念費鞏烈士的會上,我倆隔了數十年又相遇了。我說:"我很慚愧!愧對故人。那時,我祇知道讀書啊!"他說:"研究學問的人過去、今日都是需要的。"這裏,使我體會到黨的教育。他的寬博的胸襟和卓越的才能,真是特殊材料所做的啊!

編者說明:本文據代抄稿録編。

收藏名家朱翼厂先生

蕭山朱氏收藏，多爲國寶。化私爲公，獻諸國家。政協浙江省蕭山市委員會文史工作委員會，衷爲專輯。此輯從不同方面與角度，述其過程，讀之使人感奮，洵士林之佳話，學人之楷模。值此國故悄悄瑟瑟之際，未易旦暮遇之。余也束髮入塾，始誦詩書；白首窮經，未入堂奧。鄴架既寒，邊腹尤澀。受師友之教誨，愧老大之寡聞。誠椎魯之未達，抑微妙之難知也。睹此鴻寶，心曠神怡；振聵啓聾，空谷足音，不禁跫然而喜矣。

蕭山朱氏，源出婺源。朱壽爲南宋朱熹第七世孫。廿一世孫朱鳳標，爲輯主朱翼厂先生之曾祖也。道光十二年進士，官體仁閣大學士。立朝端正不阿，治事秉公無私。第二次鴉片戰爭之際，章奏言人所不敢言，堅持主戰。事見《咸豐朝夷務始末》，今藏國家第一檔案館內。祖朱其煊，歷任工部郎中、湖北荆襄兵備道、山東布政使等職，所至捐資移辦新政。事見清代《政治官報》第 449 號《山東巡撫袁樹勳奏摺》。父朱有基，歷官江西建昌九江府知府、四川川東道，卓有政聲。重慶浮圖關有川東所屬府州縣民所立功德碑，迄今尚存。奕世風流，家教仁澤，由來尚矣。

朱翼厂（ān）先生，名文鈞，號幼平。生於光緒八年，卒於民國二十六年。遊學英、法。辛亥革命後，歷任財政部參事、鹽務署廳長等職。工書善畫，學識淵博。無日不披覽群籍，輒午夜方休。故宫博物院成立，受聘爲特約專門委員，負文物審查鑒定之任，爲世所重。著有《〈左傳〉杜注補正》《讀〈禮記〉劄記》《讀〈漢書〉劄記》《歐齋石墨題跋》四卷、《蕭山朱氏所藏書畫目録》《蕭山朱氏藏書目録》《歐齋百硯譜》《翼厂藏墨記》《翼厂藏印記》《倚山閣詩文存》《翼厂書畫存真》《鱻署牘草》《論綘一束》《寶晋齋帖釋文》等十五種。邦國文獻，嫻習於懷，可謂博學多聞者矣。一也。

朱翼厂先生家藏書十萬卷，中多善本。所收宋蜀本唐人文集六種，爲藏書中之冠冕，因以名齋曰"六唐人齋"。中有《李長吉文集》四卷、《許用晦文集》二卷、《拾遺》二卷、《張文昌文集》四卷、《孫可之文集》十卷、《司空表聖文集》十卷、《鄭守愚文集》三卷，此唐人秘籍，世無二本，張菊生先生以之列入《續古逸叢書》。所藏書畫，如蔡君謨《自書詩册》、元釋溥光《草書草庵歌卷》、明李東陽自書《種竹詩卷》，俱爲各代"法書首選"。宋李成《牧牛圖》、元錢舜舉畫《禪定圖》、明沈石田《吳江圖》《瓜榴圖》、文徵明《雲山圖》、董其昌《峒關蒲雪圖》，亦爲畫中之菁英也。

碑帖多得古拓，積累漢唐碑版七百餘種。碑中以北宋拓本《魯峻碑》，推爲巨擘，可補宋洪適《隸釋》此碑之闕字。初出土之《漢張遷碑》拓本"東里潤色"四字完全，傳世者僅此一本。《漢曹全碑》拓手絶精，此碑出土未久即斷，未斷之拓本則絶少。此拓未斷，自屬第一。唐碑如北宋拓未剜本《九成宮醴泉銘》，北宋拓"務"字不損本《皇甫碑》，北宋拓《雲麾碑》，宋拓《崔敦禮碑》，宋拓《麻姑仙壇記》，北宋拓《集王聖教序》等，悉爲洞心駭目，罕見之善拓也。朱翼厂先生於諸古拓，勤於考稽，衰爲《歐齋石墨題跋》。啓功先生撰序譽謂："近代石墨之藏，無或踰此，完且美也。"

朱翼厂先生收藏兼及銅、瓷、竹、木、玉、硯、墨、印等古器物，收無不精，每類皆可成專藏。詳述於其所藏記中及其哲嗣朱家濂所撰《先父翼厂先生年譜長編》中。觀者遂以宋代米芾之"英光堂"與明代毛晋之"汲古閣"相比擬之。

本世紀之前期，北京以收藏珍貴傢俱著稱者四家，爲：滿洲紅豆館主溥西園侗、定興觶齋郭世五葆昌、蒼梧三秋閣關伯衡冕鈞和蕭山翼厂朱幼平等家。收藏之精富，則首推蕭山朱氏矣。王世襄先生撰《蕭山朱氏舊藏珍貴傢俱紀略》，志其盛。爰舉其要，以見一端，爲：明紫檀夾頭榫大畫案、明紫檀四面平式雕螭紋畫桌、明紫檀四開坐墩、明或清初黃花梨嵌楠木寶座、清前期紫檀透雕蟠螭紋架几案、乾隆紫檀迭落式六足畫桌、乾隆紫檀蝠盤紋大羅漢床、乾隆紫檀嵌玉小寶座、乾隆紫檀多寶格、乾隆紫檀四開光坐墩、乾隆紫檀雙魚扶手椅、乾隆紫檀條紋方凳、乾隆紫檀鏡屏、清彩漆靈芝椅等計十四項。若干屬於一級文物。

朱翼厂先生哲嗣猶有《蕭山朱氏珍藏明清傢俱譜》，敘及：清乾隆紫檀雕花大床一件、明紫檀大畫案一件、清乾隆紫檀雲蝠圈口鑲漆描金書案一件、明紫檀雕花漆面書案一件、明紫檀透雕大架几案一件等，製作精雅，別具風格，俱爲上乘。清乾隆紫檀雕漆百古閣一對。閣中陳列：雍正古月軒小碗一對、鮮紅古諄式瓶一對、豇豆紅帶綠之太白尊一對、宣窑豇豆紅小碗一件、康熙青花松蔭夜泊瓶一件、乾隆青花磨款仿古銅小尊一件、成化青花人物筆筒一件、乾隆粉彩書畫插屏一件、雍正雙圈款天青百摺花花甕一件、萬曆彩八角盤一件、土定雙耳花囊一件、嘉靖款青花人物大碗一件、雍正雙圈款粉彩人物畫洗子一對、康熙仿嘉靖青花山水畫筆筒一件、成化款松鶴杯一件、乾隆天竺大石榴尊一件、郎窑觶瓶一件、白瓷暗花大梅瓶一件、明代宣德建瓷白爐一件、乾隆仿成化鷄缸杯一對。又有：清乾隆紫檀背鑲玉寶座件，自熱河避暑山莊散出。購自榮興祥，歸於朱家。此等珍貴傢俱百餘件，俱爲希世之寶，一鬻之嘗，未遑詳述。不僅琳琅滿目，美不勝收，而且顯示了華夏文化工藝美術廣越恒流的崇高的精神境界。
二也。

　　朱翼厂先生曾與故宮博物院前院長馬衡先生約，將以所藏
善本碑帖全部歸諸國家博物館，冀以永久保藏，不致流散。先生
棄世，蘆溝橋事變起，此約未能實現。八年抗戰勝利，1949 年 10
月中華人民共和國成立。在中國共產黨領導下，全國人民奮發
圖强，自立更生。先生哲嗣兄弟（家濟、家濂、家源、家潛）四人，
稟承遺志，於 1952 年將舉家全部所藏碑帖 700 餘種，無償捐獻
國家，歸故宮博物院收藏。迨十餘年後，先生老伴張静儀女士臨
終遺言，囑將家藏文物、古籍全部捐獻國家，以完先生遺志。哲
嗣兄弟又將所藏明清善本書籍兩萬餘册和明清珍貴紫檀傢俱
20 餘件，以及端硯、宣爐等文物，分別贈送予中國科學院歷史研
究所、承德避暑山莊博物館和浙江省博物館等處分別收藏。捐
獻以後，社會輿論對此極爲重視，傾其瞻仰之忱。如《故宮博物
院院刊》《文物》雜志、《歷史博物館館刊》《人民日報》《人民畫報》
《北京晚報》《九三學社社刊》《紐約華僑日報》等報刊，分別刊載
朱翼厂先生遺作，及有關論文與述評。哲嗣亦爲其父編寫紀念
册集。而此册集即爲諸報刊之匯輯也。振藻神州，飲譽海外。
三也。

　　就此三端，可窺此輯之歷史意義與價值矣。政協文史資料
工作，涉及歷史社會、政治經濟、學術思想、文獻文物文化諸方
面。而旨在“三親”，倡自周恩來總理。近半世紀來，宏構問世，
波瀾亦壯闊矣。然所謂三親史料者，其術亦夥矣。與文獻結合，
持之有故，言之成理，此善術也。發爲專題，差異即興，若論文
心，不尚浮華。采通人之説，不溢其美；揚先哲之芬，修辭立誠。
學冀專長，辭欲爾雅。知人論世，既識者之當先；含英咀華，乃學
人之素養。寓教於史，力求着實；藏往知來，不托空言。

發揚民族優良傳統,有助於建設精神文明。似非當世之亟
務,實爲高瞻遠矚者所不廢歟!余不佞,忝列浙江省政協文史委
員會副主任職,得參預輯事。蓽路藍縷,以啓山林。余欣其成,
頓豁雙眸。偶有校讎,不辭淺陋。觀水於海,益歎汪洋矣!余與
幼平先生哲嗣家濟兄爲舊交,悉其家世芳馨。近讀《中國典籍與
文化》,覺斯刊之所闡發者,斯事似近之。實事求是,爰草斯文投
之,冀發其潛德之幽光耳。

(原刊《中國典籍與文化》 1994 年第 2 期)

編者説明:本文據原刊録編,原刊題爲《珍貴文物 獻諸國
家——記浙江蕭山收藏名家朱翼厂先生》。本文原是爲《朱翼厂
先生史料專集》所作的序文,見《杭州蕭山文史資料專輯》第五輯
《朱翼厂先生史料專輯》,後署時間爲 1993 年 9 月 14 日;又見
《聯誼報》1993 年 11 月 5 日,詳略稍有不同。今題爲編者酌擬。

《朱翼厂先生史料專輯》審讀記

朱氏收藏，俱爲國寶，化私爲公，捐獻國家。此輯從不同方面與角度，述其過程。讀之使人感奮。洵士林之佳話，學人之楷模。值此國故悄悄瑟瑟之際，未易旦暮遇之。余也束髮入塾，始誦詩書；白首窮經，未入堂奧。鄴架既寒，邊腹尤澀。受師友之教誨，愧老大之寡聞。誠椎魯之未達，抑微妙之難知。睹此鴻寶，心曠神怡，振聵啓聾，豁然似有所得矣。

此一事也。然審讀之餘，文字之間，偶感微有失誤。體例未純，思慮容或未精。轉輾抄錄，遂生誤植，然此固細枝末節也。隨筆校之，未諗當乎否耶？

一、《九成宮醴泉銘》。明拓已了不起，況宋拓乎？朱氏得之，視逾珙璧，輯中屢屢述之，亦見空谷足音，不禁跫然心喜者矣。惟其題識，稍有疏漏。“醴泉銘”輒書作“酒泉銘”，亦有偶書“醴泉銘”者，則以紅筆改之。實智者之一失也。余初惑之，以所見僅麟遊之清拓耳，躊躇久之。宋拓未遘，豈初拓果如是耶？未得其解。既見《歐齋石墨題跋》附圖（000358.000359 兩頁），而恍然冰釋矣。圖一：北京拓《九成宮醴泉銘》封面，題曰：“九成宮醴泉銘”。圖二：“得禮之頁”，頁有“醴泉出於闕庭”。圖五：《九成宮》後面的題跋：“右庫裝本醴泉銘，北京初拓本。予平生所見第一，是本初藏故内”諸語，知“酒”爲“醴”，手民誤植無疑。倘不校正，誤處非一，將以訛傳訛矣。

二、史輯主人爲朱翼厂先生。"厂"字同庵，繁簡字也。輯中多書作"厂"，時或作庵、菴、盦不一，遂統一之，作"厂"。然僕於此欲有議者："厂"字今人習讀爲厂（chǎng），解作工廠之廠；將"chǎng"讀作"庵"字者鮮，於此易生誤讀。輯中人名書名，如龔定庵，《龔定庵全集》之"庵"（000727頁）悉書作"厂"。古人古書，悉予改易，未諗當否？今後世之讀者，蓋易誤認爲兩人兩書矣。此枝節問題，於此可存而不論也。

三、《朱翼厂暫編藏書録》中，時見誤字，如：《白日道人詩》一卷（000615頁），《白日道人琴曲古怨解》一卷（000699頁），"石"誤作"日"。《孟子字義迹證》三卷（000658頁）、《方言迹證》十三卷（同頁），"疏"誤作"迹"。《邵亭知見傳本書目》十六卷（000692頁），"邵"誤作"邵"。《讀史方隅紀要》一百三十卷（000714頁），"輿"誤作"隅"。《爾雅草禾蟲魚鳥獸釋例》一卷（000716頁），"木"誤作"禾"。《史籍篇疏識》一卷（同頁），"證"誤作"識"。《箑澤叢書》四卷（000726頁），"笠"誤作"箑"。

四、《朱翼厂暫編藏書録·後記》云："1926年（民國十五年丙寅），先兄家濟奉父命，編《家藏書目》。"朱家濂先生此記撰於1993年6月，家濟爲其長兄。又《年譜》45歲條云："大兄家濟重編《家藏書目》畢，先父校過，並題其端曰：《翼厂暫編藏書録》。"知編者爲朱家濟先生，輯中未列，似應補入。就此書録，朱氏藏書、捐書之績，灼然粲然。崇德報功，亦不當泯也。

五、輯中文字，可對勘矣。偶或樸質，略予潤色，不當祈再易之。

編者説明：本文據手稿録編，亦作於1993年。

王國松教授教育基金會紀念文

王國松教授(1902—1983)，爲中國著名科學家與教育家。曾任浙江大學副校長、代校長等職，從事教育、科研凡六十餘載。斯文有傳，學者有師。先生宅性謙和，持躬清儉。擢拔英才，如恐不及。功被電機，績紀上庠矣。學術精微，倍懷前輩之典型；器識浩瀚，永矢後學之仰止。浙江大學暨浙江省電力工業局，仰瞻先生自强不息之精神，弘揚電機工程教育事業，遂捐資興學，建立基金會。辱承志學之士，寵錫隆儀，集腋成裘，共襄盛舉。爰鑄於銅，以志芳馨，而垂久遠焉。

编者说明：本文據手稿録編，劉録稿附記云："本文作於1997年病重期間。1997年4月2日下午2时，浙江大學第二教学大楼门厅举行"王国松教育基金会"揭碑仪式，时正值浙江大学百年校庆。基金会铭文：⋯⋯（下略——编者）基本未改。"

朱福炘教授九十上壽獻詞

瞻仰朱夫子,高風天下聞。格知沈叟學,憂樂范公文。
槐市宏教化,杏壇三馥芬。稱觴榴火日,瑞屋滿彤雲。

格知,即格物致知。沈括有《夢溪筆談》,爲中國古代科學名
著。此喻　福炘教授深研物理之學。

憂樂范公,意謂范仲淹先天下之憂而憂,後天下之樂而樂。
此喻　福炘教授民胞物與之懷,實爲民主人士應有之胸襟,高風
亮節,值得吾儕學習。

杏壇槐市,指孔子等大教育家之弘揚民族文化優良傳統。
今湖南長沙嶽麓書院猶懸周谷城和楚圖南兩同志所書匾額。此
喻　福炘教授任杭州大學副校長生春風中之德澤。

建議此詩,請書法家書,裝入鏡框,於祝嘏會上,贈送　福炘
教授,留念!

詩中所述,擬者考慮,尚無溢美泛辭。深悔才疏學淺,千祈
正之。

編者説明:本文據手稿録編,原無標題,《揖曹軒詩詞》題作
《祝朱福炘教授九十上壽》,注云:"朱福炘教授是民盟盟員,曾任
杭州大學副校長。"劉録稿附記:"朱福炘教授生於 1903 年,90
歲應在 1993 年,估計(此文)撰於那一年。"今題爲編者酌擬。

安子介也是文字語言學家

　　我在病中讀了王遂今先生發表在《聯誼報》上《爲香港起飛作出貢獻的安子介》一文，引發了我寫本文的興趣。安子介先生是當代"寧波幫"中的一位奇才，他不但是一位實業家，社會活動家，同時，他也是一位成就卓越的文字語言學家。

　　中國的漢語漢字和歐洲的拼音文字比較起來，是有它的特色的，經安先生潛心研究，他用兩個公式來概括：

　　歐洲語文：拼寫＝發音≠意義。

　　漢語文：字形≌發音≌意義

他說："現代世界各地的文字都是寫音性的，祇有漢字是寫意的。"研究漢字的"内涵與外延"，從而得出漢字是"世界上獨一無二的會意文字"的結論。

　　安先生認爲歐洲的拼音文字，就其語言所形成的文字來說，表達思想，反映客觀事物是以辭彙爲單位的。一個辭彙一般是多音的，由於字的拼寫、發音並不等於它的意義，時代不同、地域有異，語言中的辭彙經常就會變動。辭彙由時代、地域性的衍變，新的辭彙就會不斷湧現，舊的辭彙不斷沉澱。這樣新舊交替，辭彙就會不斷地愈來愈多，辭典裏的辭條愈來愈多，而且需要不斷的修纂。

　　漢字的辭彙由一字或多字組成,一字可以多義,又可以多音。辭彙的組成是以字爲單位的,新的辭彙出來,所用字還是習見的,新舊辭彙交替,其中所用的字一般祇是字的組合有異,很少需要創造新字。安子介先生舉"水""流"兩字作例,解釋這一現象。他說:這兩個字可以與其它字不同的組合,形成許多辭彙,例如:水流、流水、流水帳、細水長流、人流、電流、流産、流血、流體、流量、流通、交流、流行、流行性、下流、流氓、流彈、流言等等。這些辭彙由於字的組合不同,形成許多辭條,而這些辭彙運用的字都是習見的。但在歐洲拼音文字中,每一辭彙就祇能成爲每個單獨的字。他從而體會到漢字構辭的潛力極大,"在世界上百多種文字中,漢字對人類文明起了巨大促進作用"。

　　安先生又從另一角度來理解漢字的作用:由於漢字的任意組合,不同組合形成許多辭彙,反映豐贍的内涵。他統計:"一部《紅樓夢》總字數 242,017 個字,祇用 34,462 個不同單字;茅盾的《子夜》總字數 242,687 個字,祇用 33,129 個不同單字……"他又統計:"《說文解字》收了 9,353 個字。""清代《康熙字典》達最高峰,共收 47,035 個字。""現在用字不過 3000——6000,用來創造新辭有大量餘地,足够我們步入 21 世紀。""西方文字爲了對付新生事物,要創造新辭彙,應接不暇。英文辭彙目前已達幾十萬之多。相反,漢字的字數比起古代却大爲減少。"爲此,安先生對漢字的贊美,稱之爲:"中國在世界上之'第五大發明'"。

　　安先生精通英、日、德、法等國語言文字,他就深刻地理解漢字與歐洲拼音文字各自不同的特色。他經常接觸外賓,外賓是比較難於理解漢字功能、奥妙的。他因此寫了《解開漢字之謎》這本書,初意是寫給外賓看的,可是他的這一工作,却開拓漢字研究新的領域、新的紀元,有劃時代的意義。

　　我國歷史上的文字學家,從東漢的許慎起,是從探索漢字的形、音、象形、形聲着手，闡其會意、指事、轉注、假借，求其本義與引申義和假借義，稱爲"六書"。引經據典，觸類旁通，成爲一門專家之學，稱爲"小學"。安先生的漢字研究，在接受傳統方法單字研究的基礎上，擴張爲辭彙組合的探索，側重字的字際的組合與運用，剖辭析理，進而闡述它的妙用。方法是新穎的、科學的。

我曾寫過一篇短文，題爲：《中國古代第五大發明》，論述漢字的歷史性、綿延性、科學性、藝術性、實用性和國際性的六個特色，發表於浙江省文史研究館編的《古今談》1994 年第 1 期，辱承安先生認可，引爲同道，並贈我《解開漢字之謎》《安子介現代千字文》《漢字科學的新發展》諸書。讀後，深感安先生對漢字研究，開闢了新的領域，啓迪了新的風氣。特撰此文，聊表敬慕之誠。

（原刊《聯誼報》 1996 年 4 月 26 日第 3 版）

編者說明：本文據原刊錄編，劉錄稿附記："此文在 1995 年 12 月浙一醫院動手術後，住院期間完成。"另有手稿一紙，茲附於下：

附錄：

安子介先生謂漢字爲中國第五大發明，此語識卓。漢字之特色可自其歷史性、綿延性、科學性、藝術性、實用性與國際性六性述之。漢字之由簡趨繁，由於社會發展，反映社會現實之文字，促使孳乳分化，一字遂生數義，而此數義，或於原字上增筆劃符號，如："采"之爲"採"、爲"彩"，"匕"之爲"匙"，"乍"之爲"作"，"豈"之爲"凱"；或分化爲兩字、三字，是文字之一種進步。文字由繁成簡，是一種改革，以字之筆劃加多，不便書寫，使之簡化，而文字之涵義未變，是爲一種改革。文字之趨繁與簡化，初由於人們之社會實踐，約定俗成，政府循而劃一、統一之，頒爲法令，以便應用。此統一劃一工作，當就文字綜合六性而分別具體考慮之，行若干年，經過實驗檢驗，予調整修正，不能簡單化，作硬性規定，草率從事也。

南國經筵弘學術　西泠翰墨煥文章

——紀念徐映璞先生誕辰一百周年

"南國經筵弘學術，西泠翰墨煥文章"。這是我紀念浙江史學家、清平山人徐映璞先生誕辰 100 周年的一副對聯。"經筵"一詞，有廣狹兩義：經筵講官，爲專門名詞。此指先生定居湖上，設帳授徒。"四人幫"橫流之際，余時拜謁先生，常瞻先生端坐授徒，日課《易經》《詩》《書》，終日不倦，弘揚民族優秀文化傳統，懇篤之忱，今日追憶，催人淚下。先生健筆，論著數百萬言，詩作八千餘首，今遺殘稿僅四分之一。我的聯語衹是粗率概括，未能展其豐贍内容。先生搤經爛史，博覽群籍，而尤擅於鄉邦文獻。浙東史學，萬（萬斯同）、全（全祖望）、邵（邵念魯）、章（章學誠）表彰高風峻節之士，焜耀千秋。余謂先生之鈎深撮要，弘揚文化，闡發愛國主義精神，正補浙西史學之缺也。先生著作：《吴越編年》《孔氏南宗考略》《書明季浙江防倭事略》《太平軍在浙江》《杭州駐防旗營考》《紅巾瑣憶》《辛亥浙江光復記》《壬午衢州抗戰記》《甲申衢州抗戰記》等，爲鄉邦文獻樹一幟，史學價值甚高。

先生爲學爲人，足資範世。他慎思明辨，實事求是。先生與馬一浮、葉左文、余紹宋諸老誼篤，然於論史，獨抒所見，未嘗苟同。撰《太平治浙記》，責難紛起。先生婉辭答之，異議無以難也。他虛懷若谷，獎飾後生。余撰《〈史記〉春秋十二諸侯史事輯

證》，請教先生，先生謂：足下"補苴抉揚，無微不至。""予也鶼架
既亡，邊腹尤嗇，不足以螢光附電炬也。"謙讓未遑，足覘風範。
他好學不厭，誨人不倦。余謁先生，時詣朝陽里寓，適值"浩劫"
之際，局處斗室，然隨寓而安，勤於撰述，從容自如，應對賓客。
吟詩云：

> 胸次維摩境，人天閱暑寒。檐低真似獄，床窄勝如棺。
> 對客堪容膝，揮毫側據案。微生原蟻虱，襪綫亦能安。

讀書、著述、論學、授徒不輟。以小字簿，蘸藍黑水，每日以其日
課，寫入日記，從不間斷。時當昭明，新纂省縣志書掀起，其成就
祈望采掇，先生遺著續予整理出版。爲學術計，幸甚！幸甚！

（原刊《聯誼報》 1993 年 5 月 14 日第 3 版）

編者說明：本文據原刊錄編，副標題爲編者酌加。

歡迎孫常煒學長到杭大講學

今天我很高興，也很榮幸，熱烈歡迎臺灣大學、臺灣師範大學、中國文化學院教授、臺灣"國史館"編修來杭州大學講學！

孫教授、孫學長來杭大講學，感到特別親切！十分親切！因爲：一是孫教授是老學長，當弱冠之年，半個世紀已經過去，往事猶歷歷在目。那時我在浙江大學文學院中國文學系讀書，孫學長在浙江大學師範學院國文系讀書，真是苔岑相契、風雨一堂！杭大一部分是從浙大衍變而來，今年是浙大 92 周年校慶，也是杭大 92 周年校慶。孫教授是浙大校友，也是杭大校友。

二是我倆都是愛好中國文學、古典文學。孫學長是學者、是詩人；我也對於讀書、吟詩有些愛好。闊別四十餘年，可稱心心相印。我這麼說，不是門面話，而是心裏話，因爲我倆沒有見過面，已有數詩往返了。我曾寫過兩首打油詩寄給孫兄，詩寫得蹩腳，可是感情都是真摯的：

　　柬臺灣大學教授孫常煒學長返浙游湖（二首）

　　　　石火流光數十年，播州風雨倍依然。
　　　　遥知海角多芳草，日誦丁丁《伐木》篇。

　　　　西湖日麗室生光，舊雨新知聚一堂。
　　　　銀翼日行三萬里，何求縮地費長房。

"天涯何處無芳草",芳草無涯,孫學長,我夢中心頭的天涯芳草啊!

孫學長很快給我和詩:

杭州大學劉操南學長詩邀返浙游湖步原韻和之

似水韶華四十年,異鄉遊學思惘然。

人生寄世浮雲白,喜讀衛風《河廣》篇。

蠹窗如畫月如光,求是橋邊憶一堂。

試問臨湖雙柳樹,可曾相識費長房。

在心爲志,發言爲詩;其感人也深,其行之也遠,這不是一般的感情吧!

三是孫學長學問淵博,詞章蒼健。"放眼乾坤三尺劍,等身著作滿架書。"就他的蔡元培先生研究來説吧,撰了《蔡元培先生年譜傳記》(上中下三冊,臺灣"國史館"印行)就有二百餘萬言;還有《蔡元培先生全集》,一百五十萬言,《續集》,一百五十萬言,這樣合起來就是五百萬言。其他著作和論文就不提了。孫學長致力於蔡元培先生的研究,不僅是重視他學術事功,更重要的是他的品德,是"學界完人""不驕不吝""仰而思之,夜以繼日;幸而得之,坐以待旦""學不厭,教不倦"的精神;"一沐三握髮,一飯三吐哺"的待人精神。孫學長的治學精神,使我敬佩不已! 自覺學術荒落,慚愧無已。

我的話完了,下面敬聆學長們的指教!

編者説明:本文據手稿録編,原無標題,今題爲編者酌擬;據劉録稿附記:浙江(杭州)大學 92 年校慶應爲 1989 年,此文應爲當年孫常煒教授來杭大講學的歡迎(主持)詞。

憶吳恩裕教授杭州之行

　　西方政治思想史專家、《紅樓夢》研究家吳恩裕同志,在去年年底不幸逝世,令人不勝傷悼!我不禁翻出恩裕生前所贈的照片、條幅及書信,面對貽物和遺墨,往事一幕幕清晰地浮現於眼前。

　　那是在一九七八年九月份,我與恩裕在杭州大學中文系第一次會面。他作爲西方政治思想史專家的情況,我瞭解不多,但我早就知悉他對《紅樓夢》及作者有濃厚的興趣,曾花了不少精力研究曹雪芹的身世和生平。過去他曾發掘和提供了有關曹雪芹的許多資料,而且還發現了一些據說是曹雪芹的佚稿和遺物。

　　恩裕氣勢軒昂,舉止莊重,頗有學者風度。他很健談,相見時,他開門見山地說明了來意。他說:過去他曾根據自己發現的曹雪芹佚稿和遺物,結合當時有關文字和傳說,創作了《曹雪芹傳記故事》,其内容主要描寫曹雪芹逝世前後情況的;現在,他準備進一步收集曹雪芹早年生活的資料,以此爲素材,打算寫曹雪芹傳記。這次到南方來,是想追溯曹雪芹北上以前在南方生活的遺踪。推測曹雪芹在童年時代有可能到過杭州,所以來杭查訪舊迹,以求獲得創作的感性材料。他認爲當時曹雪芹祖父曹寅爲南京織造,杭州織造是其親戚,如到杭州肯定住織造府,希望我能幫助找到遺迹。曹雪芹生活的時代距今已有兩百多年了,風雲變幻,天地翻覆,往事已難以尋覓,幸而我在研究中曾涉及《杭州府志》,曾考察過杭州的一些歷史古迹,對杭州的變遷略有所知。我告訴他，當年杭州織造府在市區梅花碑附近，可以到那裏去實地查訪。

於是，我們驅車前往，在佑聖觀路（即今勝利路）附近，找到了當年杭州織造府的舊址。當年的織造府，從表面看，是給皇宮辦紡織品的機關，似乎權勢不大；但實際上是皇帝布置的耳目，負有監視各級政府、察訪民情的使命。他們可以密摺上奏，直通皇帝。現在從清宮中清理出的許多奏章，就充分證明了這一不平常的職權。加之康熙與曹寅、李煦諸人有特殊關係，康熙南巡，幾次住在南京織造府，這就給織造府帶來非凡的權勢，在當時可以想見它的威威赫赫，不可一世。現在這裏已成爲省交通局、水利局等單位的辦公樓和宿舍了。地面以上的建築已面目全非，古老的樓閣廳堂已全無踪影，祇是偶而見到幾個巨大的石磔，使人聯想起當年建築的雄姿。這是片獨立的建築，四周有馬路，高大的圍墻有幾段相當古老，可以使人感覺當年的威嚴。據附近老人說：織造府南面原有一垛照墻，行人是在照墻背後穿過的。府左邊是馬弄，當年達官貴人從正門側面下馬，馬由奴僕從馬弄牽入府中。這馬弄的名稱一直沿用到今天，成爲織造府舊址的有力佐證。織造府附近有兩座道士觀：佑聖觀和宗陽宮，這兩處現已辟爲工廠了，外觀已絲毫找不出當年的影子。

在這裏，恩裕同志饒有興味地察看着，詢問着，歷史的遺迹將他帶到了遙遠的年代。他說：曹雪芹童年如來這裏，這兩所道士觀肯定是他遊玩之地，說不定《紅樓夢》中有關賈敬奉道、煉丹等細節，還可能來自這裏的生活哩。那麼，他如來這裏，是坐船還是乘馬呢？我的看法是坐船，因爲當時曹雪芹尚年幼，不善乘馬。他表示同意。於是，我們去察看附近的中河和新宮橋（今仍此名）。我們設想，曹雪芹來杭的路程應是這樣：從蘇州出發，過楓橋、寶帶橋，走吳江、平望，經杭州拱宸橋、賣魚橋，至新宮橋上岸。當時,中河上靠錢塘江,下接古運河,是運木排的要道,每天晚上是水運木排的時刻。那時木排頭尾相銜,燈火不斷,筏工繁忙……曹雪芹當年應看見這一景象。

我們乘車又到了閘口拔壩放排的地方。我説:當年工人拔壩放排是極辛苦的。恩裕望了望白塔嶺,把地點記下了。回招待所後,他與我交談起《紅樓夢》的研究情況,我們共同交換了一些有關紅學的學術觀點,交流了研究成果。當他知道我發現了清代陳其泰的"桐花鳳閣評《紅樓夢》"(簡稱《陳評》)手稿,並且作了輯録和初步研究,感到極大的興趣。他認爲《陳評》有獨到的見解,很有啓發作用。他看得愛不釋手,第二天又花了半天時間,摘抄了許多《陳評》的眉批文字。

相處幾日,交情彌篤。在訪曹雪芹舊迹之後,恩裕邀我同遊西湖,並作嚮導,介紹一些杭州的歷史遺迹和民間傳説,我樂於相陪。我們過白堤,在平湖秋月附近,尋找"白、蘇二公祠"遺址;來到孤山前,我爲他指點當年皇帝行宮的舊址——聖因寺(今爲浙江博物館和中山公園);在靈隱,觀看南宋抗金名將韓世忠爲紀念岳飛而造的翠微亭;登飛來峰,鑒賞關於唐僧取經的石刻;至龍井,談論康有爲在龍井寺石柱上的對聯;路過斷橋和雷峰塔舊址時,我們自然談起了優美的民間傳説——《白蛇傳》。我就給恩裕同志談了別具一格的杭州市的評話《白蛇傳》,特別是"水漫金山"一節,故事構思得十分巧妙和奇特。恩裕同志聽後大爲贊賞,表示希望能見到這個本子。我告訴他,我珍藏着嘉慶年間的《秘抄白蛇奇傳》,全書二百六十回,約一百六十萬字。根據鄭振鐸考證,明代刻本《白蛇傳彈詞》爲我國最早的本子,但至今未見。我這本子可以説是現在能見到的《白蛇傳彈詞》最早、最詳的本子了。當然其中瑕瑜互見,值得研究。恩裕借看了前後兩册,歸還時他大發感慨地説:這種民間文學不被人注意,實在可惜！看來中國文學史需要重寫，應該使民間文學在其中占重要地位。在寫元、明、清文學時，這部《白蛇傳》應寫進去。過去，許多研究中國文學史的人對民間文學史都沒有給予充分注意，許多好作品都失散了，這真是無可挽救的損失！恩裕對民間文學的真知灼見，出於他對祖國珍貴文學遺產的熱愛。他爲民間文學的地位而大聲疾呼，對我們應起振聾發聵的作用。

在離開杭州前，恩裕送給我關於曹雪芹遺物的照片，並書寫了個條幅相贈。條幅上述茅盾同志的一首詩和他自己寫的題跋：

浩氣真才耀晚年，曹侯身世展新篇。自稱廢藝非謙遜，鄙薄時文空纖妍。莫怪愛憎今異昔，祇緣頓悟後勝前。懋齋記盛雖殘缺，已證人生觀變遷。

一九七三年二月，予草《曹雪芹傳記材料及其佚著》一文發表後，沈老雁冰於其見訪時，以此詩見贈。七八年九月來杭，雨窗無聊，塗此自遣，時正同劉操南先生訪問杭州織造府歸也。

茅盾同志的詩，盛贊了恩裕在"紅學"研究上的成績，給他極大的鼓勵和贊揚。恩裕不以此爲滿足，仍在不停地發掘。這次不遠千里，南下訪舊，縱橫數省，風塵僕僕，這種鍥而不舍地尋求真知的精神，實爲我們一代研究者的楷模。

面對物存人逝，不盡哀思在腦中縈迴。不由命筆賦詩一首，以寄悼念之情：

分袂黯然語未忘，投書泉路悵茫茫。嘔心許國書千牘，咯血撰傳遍大荒。聞笛山陽悲夜永，憶游織造浴秋光。曹侯若問人間事，爲道劉郎鬢欲霜。

（原刊《西湖》 1980 年第 5 期）

編者説明：本文據原刊録編。

説"道"

何謂"聖人之道"？道法自然，即自然而然之發展，故道生萬物；萬物讓其自然發展，故道不得占爲己有也。人在宇宙之中，故人法地，地法天，天法道，而道法自然。萬物之在宇宙自然界也，有五要素焉，爲時間、空間、運動、象數和存在。宇宙之大之小，宏觀、微觀，具象、抽象，皆存在也。而其發展規律，則爲道矣。

《易》言：太極生兩儀，兩儀生四象，四象生八卦。此爲形上之謂道，亦爲宇宙萬物發展之道。兩儀、四象、陰爻、陽爻，爲先天，亦爲後天。先天無，爲零；後天有，爲一，形成太極，便生兩儀、四象。發展者，分裂之謂也，故四象變而爲八卦。自物言之，此宇宙觀屬於自然科學；自理言之，則爲道，此宇宙觀屬於社會科學。自然科學則爲元素，爲質子、電子；社會科學則爲禮義、爲禮樂，爲仁、義、禮、智、信，五德亦爲五常也。兩者溝通，則聖人之道，所以爲禮義之邦也。

人爲一小天地也，亦爲小宇宙也。時、空、動、數、存於是融焉。宇宙萬物，古人樸素視之，爲五元素曰：金、木、水、火、土。而於五德言之，曰：仁、義、禮、智、信，兩者配合，則爲仁木、義金、禮火、智水、信土也。仁柔以義斷之,故金剋木。義盛則失於剛,以禮節之,故火剋金。過禮失之於拘,以智通之,故水剋火。智溢則詐,以信鎮之,故土剋水。萬物過猶不及,五者故互爲用而相濟也。五行相濟,八卦相蕩。互相融通,以成天地之大。既濟、未濟,於人、於社會而濟於大同世界也。

中醫學理,《素問》《靈樞》暢於理;《内經》則施之體,平衡之謂六脉調和;偏則病矣。人有性情,性者生而有之,其體也静,秉於先天,遺傳也;情屬後天,其動也,得之環境,得之教育,兩者亦互爲用也。

編者説明:本文據手稿録編,原無標題,今題爲編者酌擬。另有相關手稿幾頁,亦附於下:

附録:

怎樣來看中西學術,這個問題牽涉面廣,内容豐贍,説來很不容易,但要抓要害,學個關雲長、張翼德"萬軍之中,取上將首級"。科學研究要懂得《周髀》講的道理"言約而用博","問一類而萬事達",用以説明問題。

西方學者許多人相信基督教。我們這宇宙是怎樣形成的?基督教認爲:高踞萬有之上有個上帝,上帝是全智全能的。這個現實世界是他以六日之功造成的。人類的生活和命運全是由他決定的、操縱的。人一生下來,來到世上就是有罪的,需要贖罪,歌頌上帝,贊美上帝,懺悔、祈禱,求得永生。在這樣的宗教信仰和束縛下,人是渺小的,怎樣能發揮他的主觀能動性呢? 在這樣的思想統治下,有着教會的組織、教皇的威權,伴以宗教法庭的嚴酷刑律,無怪歐洲要成爲黑暗的時代了。

伽利略、牛頓、萊布尼茨，都是篤信有個全智全能的上帝的，他們的科學活動原是服從於這一基本信條；可是他們又是一個追求真理的實驗家，研究日心學説、萬有引力，反對地心學説。他們的學術研究，就與上帝創造世界的神學發生了矛盾，客觀上實際是向神學堡壘進攻。歐洲有識之士頌揚他們，同情他們，支持他們，影響所及，這就掀起宗教改革，科學從而獲得大大的發展，導致蒸汽機的發明，從而又產生了工業革命。

在歐洲中世紀，神學是統治着他們的整個世界的，整個人心的。這樣久而久之，形成黑暗時代。社會發展，物極必反，掀起了一個文藝復興運動。自然科學不自覺地成了反神學統治的先鋒和主力。哲學界提倡唯物主義，對神學的反叛也自揭竿而起。唯心與唯物的對立，是反神的革命產物。

在中國的學術傳統是怎樣的呢？中國却是没有上帝創造萬物的學説，也没有神學這門學科。中國没有神學，却有"天人學"，或稱"天人關係學"。中國對於宗教、哲學、科學有着自己的特色，在傳統學術上，中國學術界討論和研究這個問題的，有着儒、道、法三派。這三派的學説各有其相異處，但也各有其統一面的。

這裏先從道家説起。道家認爲這個宇宙，天地萬物是怎樣起來的呢？認識到：萬物皆出於自然。中國古代哲學家最大的特點是不信上帝，道家這句話很明顯的説明了這個道理。"自然"不是上帝，不是世界的創造者、主宰者；"萬物"祇是皆出於"自然"而已，不是都上帝創造，而是都出於自然的。

那麼"自然"是什麼呢？老子有句話用來説明這個問題的：道生一，一生二，二生三，三生萬物。萬物負陰而抱陽，冲氣以爲和。這句話祇短短 25 個字，内涵却十分精湛豐富。概括了"道""萬物""陰陽""氣"及其關係的"冲"和"和"，其中"一""二""三"

是萬物中的部分，是用"一""二""三"的數位記號來説明它的内涵，用以顯示它的自然觀。這個自然是由"道"的連續性形成的，即"道生一，一生二，二生三，三生萬物"的。"萬物"是怎樣道的"連續"而形成萬物的呢？是由"陰"的"負"與"陽"的"抱"，"負陰""抱陽"而形成的。這個意義的内涵，和《易經》講的"一陰一陽之謂道"是相通的。"負陰""抱陽"是萬物連續運動的過程，那麽，這運動内容的物質基礎是什麽呢？老子説是"氣"。老子把"氣"作爲它的基礎。這運動的形態又是怎樣的呢？老子用一"冲"字形容，這就説明它的形態是"流動"的，"擴散"的，非凝聚的。流動、擴散是變，是動態；但是由於它的連續性，又是相對的凝聚的，這就是"和"，凝聚和分散的反復交替，這就是"萬物"運動"負陰""抱陽"的過程，也就是道的"一生二，二生三，三生萬物"的過程。"氣"的"冲"與"和"，就是萬物的分散與凝聚。這"陰陽之氣，聚散相蕩"，就成爲宇宙萬物出於自然變與不變規律的道。老子這個宇宙自然觀的哲學原理説明，自然是一種思維活動，一種從感性認識提升爲理性認識的一種推理，可以抽象地原則性地去理解它，也可以具體地物質性地去理解它。

在老子那個時代，這樣樸素的思維活動，還不能通過實驗，予以例證。後世的學者，也多祗從思維邏輯上加以演繹、發展……（以下散佚——編者）

＊　＊　＊　＊　＊　＊

春秋戰國之際，百家爭鳴，學術發皇，産生了諸子百家。各就他們的所見所聞，所研究而有心得與收穫的，對治國平天下之道，提出了他的見解與方案。以此先秦諸子之學——儒、道、墨、名、法、陰陽、縱橫、小説、農諸家學説，各有所長，有它的巨大的或特定的貢獻。但一個學派的成立，有時吸收其他學派的長處，豐饒了它自己學派的内容。可是往往祇是看到自己學派、學説、主張的優異，認爲天下道術都在吾是，而輕視、歧視人家，這就形成一個學派的蔽，門户之見，也就是他的偏執。這樣就有綜合性研究的學派出來，比較研究，入乎其中，出乎其外，這就是雜家。雜家意欲集各家之長，熔其優者於一爐。以此不能低估雜家的作用，認爲雜家没有學問、學説，祇是東抄西襲，稗販成説而已。

中國傳統學術的基礎，奠定於先秦。從學術上指導政治，提出了各家的治國平天下之道。漢唐時代是政治上、軍事上、經濟上開疆拓土富强的時代，它的特色稱爲"漢唐精神"。中國第二個學術高峰是宋代學術，這一時代的學術不僅包括了繼承先秦和漢以來的物質生産和精神文明的成就，更涵容了大量外來文化的成果，特别是佛教哲學的批判吸收，在科技上也是繼承以往的成就向高級理論的探索發展。例如：宋代曆學不僅是曆術，即曆的數據與方法，而是有其突出於前人的劃時代的曆學理論。可惜關於這點，今日的學者注意得不够，甚至没有多少研究，而采取輕視、歧視的態度以掩飾自己。這樣就有失學者的風度，對於學術就會造成很大損失和不利。

"新儒術"説

儒家學術爲"格物、致知、正心、誠意、修身、齊家、治國、平天下"之術，亦爲"内聖外王"之道。自孔孟創立學派，居於"九流十家"之首，至西漢武帝"罷黜百家，獨尊儒術"，遂成爲封建統治者立國的指導思想，中國文化建設的核心。兩千多年來，一直居於主導地位，在歷史上産生過巨大的和重要的作用。"孔曰成仁，孟曰取義"，成爲立身處世的崇高境界。

儒家學術有其優勢，亦有其弱點。崇之者見其功，斥之者以爲憂。今日當以馬列主義、歷史唯物主義、辯證唯物主義觀點予以結論。采取審慎態度，取其可取，棄其可棄，在借鑒與摒棄中，指出其發展方向；與現代文明相融洽，於建設有中國特色的社會主義、振興中華中，發揮其應有的作用，建設有中國特色的社會主義。是爲嶄新事業，是有許多豐富的實踐經驗需要總結的；但亦有不少問題、不少領域需要進行探索，予以解決。

堅持黨的"一個中心、兩個基本點"，是爲今日的基本路線。經濟建設，今人或謂"四小龍"之經濟騰飛，發軔於"新儒術"。斯知"新儒術"於經濟建設有其作用或關係焉。此一問題，在當前"兩個文明"一起抓的形勢下，值得重視。提供正確的理論指導和決策的科學根據，哲學社會科學的研究者有其歷史重任。此一課題應該提到日程上來，有其理論意義和實踐意義。

儒家學術，內涵範疇可謂深廣，但有重點，其於歷史優良傳統，繼承、發揚與革新爲其重要特色。"言必稱堯舜"，"殷因於夏禮，所損益可知也；周因於殷禮，所損益可知也"，"郁郁乎文哉，吾從周"……孔子之學術思想，其治國平天下之具體措施，闡述於"樂正四術"，即《詩》《書》禮樂之教，西周稱爲"先王之教，王官之學。"孔子以《詩》《書》禮樂教弟子，其論爲學"學而時習之，不亦説乎？"《詩》《書》禮樂即孔子"爲學"之內涵。《詩》爲現實生活之反映，其社會效益，關係國之興衰。"詩可以興，可以觀，可以群，可以怨。"《詩》之主題思想，爲形象教育。《書》爲國家檔案文獻，"宜鑒于殷"，"周鑒於二代"，總結其正反經驗教訓，寓教於史，如歷史教育。禮、樂爲國家的文化建設的核心，禮儀規範的組成部分。行之於世，安上治民，移風易俗，使社會安定團結，使民族性格"極高明而道中庸"。陶冶了人民，鍛煉了民族。筆之於書，成爲古代的典章制度。此四者，用以培養與訓練國家的政治上的繼承人、管理人才與人民，在中國歷史上起過作用。今日應予正確對待，使之脱胎換骨，推陳出新，融入時代精神，爲今日社會主義物質文明和精神文明服務。

"説禮樂，而敦《詩》《書》。《詩》《書》，義之府也；禮樂，德之則也。德義，利之本也。"則在中國文化史上起過良好效果。今日對這歷史事實，應作深入的調查研究，充分掌握此類材料，予以具體分析，歷史地正確對待，以顯示其爲今日社會主義物質文明和精神文明服務的借鑒作用和現實意義。惜自"五四"以還，儒學儒術研究，已成薄弱環節，需要克服種種難關，突破種種難題，知難而進。一爲：今日嫻習經史者少，熟讀《詩》《書》《左傳》《史記》者少，需要充分掌握此類史料，融會貫通。二爲：大量的考古發現，需要多所瞭解。有時出土一件有價值的青銅器，幾等增添一篇有價值的《尚書》。進而瞭解和結合其時代背景，以探索《詩》《書》禮樂之本義和古義。三爲：運用馬克思主義的世界觀和方法論，進行科學研究，減少或避免以往有些學者的不少偏見、誤解和曲解，從而獲得新的貢獻，爲中國特色的社會主義增添新的光彩。

編者説明：本文據手稿録編，原無標題，今題爲編者酌擬。

小説每見大道

——兼論"舉賢授能"

"小説"，一般視爲"小言"；小言是對"大道"而説的。"小説"一詞見於《莊子·外物篇》："飾小説以干縣令，其於大達亦遠矣。"意爲使用小説求得賞格，與"經世"的"大達"距離太遠。《漢書·藝文志》中"諸子略"，分天下道術爲十家，小説家屬於"可觀者九家"之外的第十家，"街談巷議，道聽途説者之所造"，意爲民間口頭創作，是隨便虛構的。《尚書·序》説："伏羲、神農、黄帝之書，謂之三墳，言大道也。"正經、正史是講大道的。今天，我們可以説，把小説視爲小言，這是歷史上的偏見。小説也是可以説大道的。由於通俗，它的效益有時還大於正經、正史呢。

舉例説吧：治理國家，行政管理，這可説是一條"大道"吧。"舉賢授能"，是中國古來政治家、思想家竭力主張的。春秋時代，子路問過孔子怎樣"爲政"？孔子説了："先有司"。這話是什麽意思呢？用現代的術語説就是，先把領導班子搭好。怎樣搭好這個班子呢？選賢的辦法是"赦小過，舉賢才"。因爲人無完人啊，舉賢才卻要赦他的小過；因爲小過是次要的，抓牢不放做什麽呢？好的領導使用他時，可以提醒他一下，要注意那些事項啊。簡單化的辦法把他放棄了，那是不對的。"舉賢才"這個主張，不是孔子首創的，西周"武王伐殷"，建立中國統一的第三個奴隸制社會國家時，已經總結出這條經驗來了。《尚書·武成》

中提出"建官惟賢，位事惟能"。這是在說：領導要賢，辦事要能。這話的實質就是"舉賢授能"吧。再向上推，《尚書·大禹謨》中也曾記載傳說大禹的行政理想是"野無遺賢，萬邦咸寧"。戰國時，屈原盼望楚懷王推行美政，《離騷》中就是強烈地反映着屈原追求"舉賢而授能兮，循繩墨而不頗"的思想感情。這一條顛撲不破的真理，在中國古籍中是反復強調的。就這一點說，古人重視正經、正史是有道理的。

但是宣傳這一條的，小說何嘗沒有它的一份功勞呢。《三國演義》寫的"三顧茅廬"是婦孺皆知的。推而言之，《封神榜》中所寫的"文王訪賢"，姜太公八十遇文王，也是家喻戶曉的。文王訪賢、三顧茅廬，就是樹立了"尊重人才"的榜樣。諸葛亮是不會投奔到曹操、劉表和孫權那裏去的，這個道理，這裏暫時不談。諸葛亮對一些領導人物是有考慮的，因此，他好爲"梁父吟"。他如不遇劉備，怕是一輩子就躬耕於南陽了。隆中一對，劉備深有體會地說："孤之有孔明，猶魚之有水也。"這事從而傳爲美談。這事的實質，我們吸收它的精神，可以作爲領導與被領導的相互尊重，融洽無間來理解的。從社會的效果來說，《三國演義》中所寫的較之《三國志》寫的，是更爲深入人心的。

關於使用人才的問題，我們不妨從這一事推開來看：魏、蜀、吳三個國家，曹操、劉備、孫權三個領袖都有一套使用人才的辦法。由於三國的政治、軍事、經濟的條件不同，采取的辦法也就各異。曹操托名漢相，大權獨攬，挾天子以令諸侯。平袁紹、袁術，統一黃河流域。他憑藉的是什麼呢？是他的雄才大略和深厚的政治勢力。那麼，怎樣發揮他的政治優勢呢？"推心以待智謀之士"，這條是起了很大作用的。王夫之在《讀通鑑論》中早就點出來了，說道："孟德智有所窮，則荀彧、郭嘉、荀攸、高柔之徒左右之，以算無遺策。"這點，《三國演義》是通過許多情節，或多或少地有所反映的。曹操和蜀、吳不同的所在，是他有個智囊團，他的帳下可稱智慧密集。這個智囊團成爲他的"知識外庫"。曹操仗了這個"外庫"，好比添置了不少"電腦"，集思廣益，增長聰明，制訂策略，幫助着他戰勝敵人。《三國演義》經常寫他：在那軍事、政事風雲突變的時候，一聲令下，一棒聚將鼓響，文武站立兩旁，各抒所見，議論一番。提得好的，他便采納，捋着鬚道"正合吾意"；說錯了的，也不追究。赤壁之戰大敗，曹操思量怎會誤中黃蓋苦肉之計，並未殺却庸才蔣幹，衹是仰天大慟，傷心地說：郭奉孝死的早了！哀哉！痛哉！惜哉！曹操緣何深惜郭嘉，他深深地體會到：謀士對於戰役勝負有時會起關鍵性的作用的，他是深得謀士之力的。

劉備采用的是經理制，他自退居二綫，可稱是"二綫領導"。行政管理不同於魏、吳，這是劉備的才能所決定，也是他的高明和過人之處。劉備懂得自己的弱點，"興漢室"却少卓識遠見。他在南征北戰的二十年中，沒有獲得固定的地盤，心中也制定不了多少政治方針與策略。初是"往奔青州公孫瓚"，繼依"徐州牧陶謙"，"又歸曹操"，"再歸袁紹"，"敗奔荆州依附劉表"，衹是隨處依附，思想利用軍閥，打倒軍閥，打敗曹操，實際却是亂打一通，東奔西走，難以獲得安身立命之地。劉備拜訪諸葛亮，見面即說："欲信大義於天下，而智術短淺。"這話不僅說明劉備的態度謙遜、誠實，真有政治家的風度；實際也可說明劉備確有"自知之明"。這話他是說得深刻的，"不誠無物"，對待朋友應該如此。這不是淺交講深話，而是肝膽相照，開誠相見。接着"虛心求教"，咨詢"計將安出？"諸葛亮隆中一對，劉備茅塞頓開，五體投地，贊歎道："孤之有孔明，猶魚之有水也。"真的慧眼識英雄。這樣的政治風度、思想境界，可笑曹操、孫權、劉表幾曾夢見？諸葛亮由是感激，"夙夜憂歎"，奉行"職分"，親督三軍，披荆斬棘，輔佐劉備，崛起荆州。好爲"梁父吟"的諸葛亮積極性調動起來了。看官：試思人才的積極性是怎樣調動的？靠錢嗎，名嗎？我説都不是，靠的是積極支持他的事業性啊！建安十三年孫、劉聯盟，赤壁抗曹。六、七年間建立蜀漢政權，獻身遂志，輔助王業，終至秋風五丈原，一病歸天。"躬鞠盡瘁，死而後已。"諸葛亮以身許國，今日看來，實爲國家民族的統一，奮戰一生。可是不遇劉備，不得賞識與支持，諸葛亮的抱負能施展三分四毫嗎？《三國志》因評劉備與諸葛亮的關係説："君臣相遇，可謂希世一時。""誠君臣之至公，古今之盛軌也。"燈下讀之，不知看官心中是何滋味？看有多少抱負，眼見得無聲無臭地埋没了。

孫權的行政管理，又是一套辦法。史稱孫權"任才尚計，有勾踐之英奇。"據有江東，已歷三世：一憑江東物饒，"國險而民附"；二仗父兄基礎，個人才幹，"賢能爲之用"。東吳是三權分立：内史張昭，都督周瑜，外交魯肅。孫權深深懂得"得人者昌，失人者亡。"因而廣攬賢俊，知人善用，這是孫權一大長處。曹操八十三萬大軍壓境，文武震驚，文臣議降，武將主戰，鬥争激烈。孫權多次開帳議事，讓諸葛亮舌戰群儒，藉以多方面聽取意見，分析形勢。他是深慮曹軍數量上占優勢，但悟曹軍有其致命弱點，决定孫劉聯合，當機立斷。最後，抽出寶劍砍去議案一角，以表决心。封周瑜爲大都督，程普爲右，魯肅爲贊軍校尉。程普是東吳叱咤老將，令爲副手，足見孫權所事，冷静大膽。諸葛亮因而主張東吳"可與爲援，而不可圖也。"

讀了《三國演義》，我們可以藉以增長聰明，懂得如何舉賢授能。條件不同，行政管理的辦法也異。這些辦法優劣短長，可以分開來，合起來，比較地看。今天情勢自然與古不同，但尚有其借鑒作用。我們把古代"舉賢授能"的辦法與精神，借鑒一下和消化一下，或可有助於我們減少一些事務主義和官僚主義。《尚書·益稷》中説：“元首叢脞哉！股肱惰哉！萬事墮哉！”這似乎在説：做元首的不要搞事務主義，把芝麻、綠豆的事全都堆在身上，那就會形成“幹部”惰哉，萬事墮哉。又説：“元首明哉！股肱良哉！庶事康哉！”“股肱喜哉！元首起哉！百工熙哉！”這似乎在説：元首明鑒，那就會形成“幹部”良哉，庶事康哉，百工熙哉。龔自珍寫過一篇《明良論》，就是在説明這個道理。經、史、子、集有些方面衹是體裁分類不同，從内容看，應該説這裏面都有講大道理的，不能説小説就是小言的。

這樣看來，小説不一定就是“小言”，其中饒有治國安邦的大道理呢。這點古代的進步的小説理論家已經指出了。“演義者，演正史之義也。”當然這大道理不一定就在演正史之義，小説内容是不受這個腔調束縛的。但就這一點説，有時會比正史演得更細、更深、更透，而且是更形象與生動的。小説可稱之爲百科全書，因此中國的小説評點派往往借鑒於經學家和史學家的注疏與評論的方法，對小説寫了許多序言、讀法、眉批、行間評、夾行小批和總評，對小説從不同的角度作不同的評語，這也可説是中國的一份寶貴的文學遺産，是值得我們重視的。

當代文藝理論家對於古典小説已經相當重視，把小説在中國文學史的地位也相應地提高。但一般學者較多地受着外國文藝理論的影響，把精力集中地傾向於分析小説作品的時代背景、人物形象，以及它的思想性和藝術性。這是必要的，但對中國小説歷史傳統的特色，古人發憤著書，借酒澆愁，通過創作顯示他的政治抱負，或者從政治角度，對創作所反映社會現實和塑造的人物形象，進行發掘，顯示它的安邦治國的大道理，增長我們的識見的較少，這就期待着我們要在這方面多下功夫啊！

（原刊《古今談》 1988 年第 1 期）

要賢能的人做幹部

行政管理需要幹部，要賢能的人來做幹部，需要幹部也即需要人才。

古代管理幹部稱爲"官人"，官人意即管理的人。"官人"一詞初見於《尚書‧皋陶謨》，"官"意即"管"，"官"是"管"的初型，即是"管"的簡體。春秋時，士的階層興起，戰國時處士橫議，士開始參預國事朝政。那時士作幹部，尚無制度。有的人主徵辟，有的推薦，有的毛薦。漢興，漢高祖看到士不論在爭取政權和治理國家都起重要作用，由是而屢下求賢令，使士參政議政。後世浸爲"教育、選舉、職官"三者配套，成爲一種組織幹部的班子。

從唐高祖李淵武德五年，試時務，策進士，迄於清季德宗光緒三十年開恩科止，推行科舉取士，綿延 1282 年，開了 724 科，衍爲"教育、考試、任官"的制度。這種選拔幹部的制度較六朝的九品中正選舉制度爲客觀與優越，得天下英才而教育之，合理競爭之，是較祇憑社會地位、政治地位，所謂"上品無寒門，下品無世族"較爲進步。

科舉考試，明清分郡試、鄉試、會試、殿試四檔，大小十幾場，甚至幾十場。前三試重視知識文字的基本訓練，能過硬的，文字的表達能力都能言簡意賅是不差的。殿試內容包羅宏富，重時務對策，以弘揚民族文化，修、齊、治、平之學爲主旋律。對策雖多應制諛辭，學術往往爲了適應政治需要，從而多走彎路，導向畸形發展；但有識之士，不乏真知灼見。慷慨激越，直言極諫，洋溢着中國古代知識分子的憂國愛民的滿腔豪情，提出許多治國、安邦、濟世的良策。如：宋紹興二十七年丁丑科，王十朋狀元殿試，一天之内寫了洋洋萬餘言。梗直敢言，勉勵高宗乾綱獨斷，實際就是他對高宗寵信奸相秦檜的譴責和忠告。那時秦檜還在臺上，他並不害怕由此遭禍，高宗也没難爲他，却予贊賞，點了他爲狀元。高宗這樣做爲了裝點門面，對王狀元並未重用。宋寶祐四年丙辰科，文天祥在殿試中提出"不息""爲陛下勉"，"公道""爲陛下獻"，也是洋洋萬餘言。這萬餘言文字樸質簡練，也是在一天寫就的，這是不容易的。他在卷中放膽論議："天變洊臻、民生寡遂、人才乏而士習浮，國計殫而兵力弱。荷澤未清，邊備孔棘。"批評時政，揭發時弊，凝聚着他的政治智慧與憂國愛民的思想。就清季湯壽潛先生的會試試卷看，其中閃耀他的聰明睿智，愛國愛民之懷，匡世濟世之心，治國平天下之道，這也可以説是一份珍貴的文學遺産。關於這點，有些學者没有充分掌握材料，很少静坐下來讀些書，却是輕率地把它否定了。説得重些，這樣做是對文化犯了罪的。我們提倡應當科學地分析，明辨出誰是真正的精華，誰屬純粹的糟粕，讓祖國的優良傳統，發揮其應有的作用啊！

　　編者説明：本文據手稿録編，原無標題，今題爲編者酌擬。

西周初期奴隸制國家的"統戰"工作

"統戰"是黨的"三大法寶"之一。有人説：中國歷史上哪裏有"統戰"工作？這不是標新立異、眩奇聳聽嗎？我説："統戰"工作，中國自古有之，没提出這個名詞罷了。這裏，我對西周初期的統戰工作，粗綫條地進行探索。是否有當，祈請專家正之。

要想説明這個問題，我從先周和西周初期的受封、遷徙、建都和分封諸侯説起。

周族始祖——后稷，傳説他的母親姜嫄是踏了巨人的足迹而生他的。這話實際意味着姜嫄尚屬於"不知有父"的母系氏族社會，而從后稷以後，轉變爲父系氏族社會的。后稷是父系氏族社會的一位領袖，他却是一位半神半人的人物。説他半神，因爲後世追念他的人把他神化了；説他半人，他却是一個歷史人物。《史記·周本紀》説他是帝嚳的兒子，堯時爲農師，舜帝封他在今陝西武功縣的西南的邰。姬姓。周族認爲他是開始種稷和麥的人。傳到他的曾孫，一説他的十餘世孫，有個唤做公劉的，受到遊牧民族的侵擾，被逼從邰遷豳，開荒定居。再傳至十三世孫古公亶父，又受戎、狄的逼迫，從豳再遷到岐山下的周原。他率領人民開墾荒地，發展農業，營建城郭宗廟宮室，國號曰"周"。周族漸强，號周太王。太王的第三子名唤季歷，商武乙時，朝商，封爲牧師。曾攻西落鬼戎，俘虜二十翟王，旋爲太丁所殺。季歷的兒子即文王,紂王封爲西伯。西伯解決在今山西平陸的虞和在今陝西大荔的芮兩國的爭端,兩國歸附周族。西伯敗戎人,滅在今甘肅靈臺西南的密須、在今山西長治西南的黎、在今河南沁陽西北的邘和在今河南嵩縣北的崇等國,商王朝因而受到震動。文王爲求地域發展,從渭水北的周原,遷徙到渭水南、灃水西的豐來建都。武王即位後,封呂尚爲師尚父,弟弟周公旦爲輔,在灃水東岸的鎬建都,像後世的漢口和武昌那樣,兩相依附。武王九年,東至盟津,會諸侯,傳說參與會的諸侯八百。十一年,武王率戎車三百乘、虎賁三千人、甲士四萬五千人,與庸(今湖北竹山)、蜀(今川西、陝南)、羌(今甘肅)、髳(今山西平陸)、微(今陝西眉縣)、盧(今湖北襄樊西南)、彭(今房縣)、濮(今川東、鄂西)等族,經過桃林之塞(今潼關),向東、渡盟津,伐紂,戰於牧野。這時紂王的主力部隊遠征淮夷,一時調度不來,紂王就命俘虜來的奴隸去抵抗。奴隸倒戈,朝歌不保,紂王遂自焚鹿臺而死。商朝滅了,但商的殘餘勢力實際還是存在。

　　周族在滅商以前,祇是一個僻處西陲、地方百里的小國。商朝是"邦畿千里",人口在百萬以上的奴隸制大國。武王牧野一戰,征服了商,但以人口不過十餘萬的小國,怎樣來統治這十倍大於自己的被征服者呢? 周族是以農立國的,從竄於戎、狄之間的遊牧民族,轉變爲開荒定居、以農立國的國家。后稷"教民稼穡","后"是大的意思,"稷"是五穀之首,稱爲"后稷",就是顯示周族的始祖在開創和發展農業上有着功勳。太王國號曰"周","周"是田疇的意思。"天作高山,太王荒之",說明周族的領袖重視和參加農業勞動;"周原膴膴,菫荼如飴",說明周原的農業發達。周族提出"敬天、保民、明德"的政治思想,因而郊祀社稷,以之配天。"社稷"嗣後成爲歷史上國家的代稱。社祀的是土神,稷祀的是穀神。五穀生長離不開土壤,祀土祀稷,也即重視農業。這可説明周族建國重視農業生産是十分突出的。

　　周族自后稷受封於邰，到武王滅商，可説是從原始社會的氏族制度、母系氏族和父系氏族綿延發展了一千多年，遂建立中國的第三個奴隸制國家。武王面臨這個現實，怎樣立國，考慮怎樣來鞏固它的統治？氏族是按照血統關係結成的集團，周族就利用氏族社會的血緣制這根紐帶，把分封制與宗法制結合起來，擴大商朝的分封諸侯，逐漸形成"天子建國，諸侯立家"的成套的政治組織機構，在封地之内並給諸侯以政治、經濟、軍事和司法的特權，用以加強對奴隸和商人的奴役和壓迫。它的結構形式，立表説明如下：

建國	大宗	天子	天命
立家	小宗	諸侯	屏藩
	血緣	諸侯(甥舅、異姓功臣)	統戰
	賞賜	諸侯(堯舜夏商之後)	

大宗嫡長子			
	天子	天子	天子	普天之下莫非王土；率土之濱，莫非王臣。
小宗(餘子)	諸侯	諸侯	諸侯	封國
小宗	大夫	大夫	大夫	采邑
小宗	士	士	士	禄田

　　這樣一來，周族就可把當時的奴隸制國家，"制其畿方千里而封樹之"，諸公之地"方五百里"；諸侯"方四百里"；諸伯"方三百里"；諸子"方二百里"；諸男"方百里"，劃成許多塊塊把它們統治下來。這一制度在西周初期奴隸制國家中確曾起着鞏固統治、安定社會、發展生産的作用，促使奴隸制社會經濟處於鼎盛

時期,從而產生了燦爛的青銅器文化。這一制度的出現,柳宗元《封建論》説過:"封建非聖人意也,勢也。"是有歷史的必然性的。

西周初期:武王、成王、周公和康王,就是遵循着這一設想,擴大血緣關係,封了許多諸侯。《左傳・昭公二十八年》説:"昔武王克商,光有天下。其兄弟之國者,十有五人;姬姓之國者,四十人,皆舉親也。"《荀子・儒效》説,周公封七十一國,姬姓占五十三國。這是周王統治的核心,立家的諸侯是緊緊保衛着"建國"的周王的。《左傳・昭公九年》説:"文、武、成、康之建母弟,以蕃屏周。"同姓之外,周王封了異姓功臣;功臣以外,同時又考慮到歷史上遺留的問題和社會上潛在勢力,這樣又封了與血緣無關的若干諸侯。這些分封與工作實質是含有"統戰"意義的。

《禮記・樂記》上説:

> 封黃帝之後於薊,封帝堯之後於祝,封帝舜之後於陳,下車而封夏后氏之後於杞,投殷之後於宋,封王子比干之墓,釋箕子之囚,使之行商容而復其位。庶民弛政,庶士倍祿。

這裏就可看出,武王在滅商以後,不僅考慮有血緣關係的同姓和異姓功臣的輔助周室,同時還注意到"統戰",來解決血緣外的國家、社會力量了。武王特別要考慮的是被征服的商,還保持着殘餘的實力,因而就封紂子武庚"商紂畿内方千里之地",爲邶、鄘、衛,來統治商的餘民氏。武王沒有把他殺掉,而是利用他,這是有道理的。武王又封弟叔鮮於管(今河南鄭州),弟叔度於蔡(今河南上蔡),弟叔處於霍(今山西霍縣),來"尹而教之",史稱"三監"。武王死後,成王年幼即位,周公旦攝政。沒有想到出了問題:武庚、管叔、蔡叔率東方夷族——淮夷反周,周公興師東征,三年平亂,誅管叔,殺武庚,放蔡叔,(廢霍叔,)收殷餘民,因封康叔於衛，封微子於宋，以奉殷祀，寧淮夷東土（見《史記·魯周公世家》），正確地對待了這次叛亂。

從這些歷史事件中，我們很清楚地看到，西周初期武王、周公都是大軍事家，善於做這"統戰"工作的。

一是：周族地處雍州，即今陝西。這陝西境內和境外住着許多少數民族，武王能夠搞好關係，團結他們。《尚書·牧誓》說：伐紂時，武王與"庸、蜀、羌、髳、微、盧、彭、濮"八個少數民族共同宣誓："稱爾戈，比爾干，立爾矛"，"惟恭行天之罰"，矛頭一齊指向"商王受（紂）"。這就是說：武王能夠團結一切可以團結的力量，戮力同心，所以取得牧野一戰的勝利。

二是：在分封諸侯的時候，在重視擴大血緣的關係外，還注意到要分封堯、舜、夏、商的後裔，特別是對於商的殘餘勢力，應予足夠的重視，把它安定下來，將畿內方千里之地，封爲邶、鄘、衛，設置管叔、蔡叔、霍叔"三監"監視。這個措施，當時是有必要的。後來"三監"以殷叛，可能由於武王偃武修文。"馬散之華山之陽，而弗復乘；牛散之桃林之野，而弗復服；車甲釁而藏之府庫，而弗復用，倒載干戈，包之以虎皮。將帥之士，使爲諸侯，名之曰建櫜。然後天下知武王之不復用兵也。"搞得太早些，失去了警惕，分寸、火候掌握得差了一些。

三是：周公東征，他是着實辛苦、忙碌了一番。三監叛亂平後，周公殺了武庚，把邶、鄘之民遷到洛邑（見《漢書·地理志》），"封微子於宋，以奉殷祀。"對於三叔：管叔"誅"，蔡叔"放"，霍叔"徙"，而康叔沒有插手，"封康叔於衛"。具體分析，區別對待。後來，蔡叔在流放途中死了，他的兒子名胡，爲人"馴善"，周公沒有難爲他，而舉胡爲魯國卿士。胡在魯國幹得出色："魯國治"，"周公言於成王，復封胡於蔡，以奉蔡叔之祀。"（見《史記·管蔡世家》）周公處理這個問題，不記私怨，十分公正，工作做得深入細緻，這是難能可貴的。

綜這三事，我們可以看到西周初期奴隸制國家的“統戰”工作，是值得稱贊的。所以，今天我們是有理由提出來，請大家來研究中國統戰史的。

編者説明：本文據代抄稿録編。

"正名"説

什麽叫"名""名學""名家"？這些詞的概念,在歷史上是早已弄清楚的,但就我來説,是受着困惑而有誤解的。它的涵義原是不很明確的,老子曾説:"道可道也,非恒道也;名可名也,非恒名也。無名,萬物之始也;有名,萬物之母也。"萬物之始,尚無人類,更無語言文字,自屬無名;有了語言文字,可以題名,故云"有名,萬物之母"。老子之"名",乃指其道,故云:"吾未知其名也,字之曰'道'。"老子對其所稱之道,予以特殊定義,故云:"道可道也,非恒道也;名可名也,非恒名也。"然就名的一般意義言之,萬物各有其名。《管子·心術上篇》因云:"名者,聖人之所以紀萬物也。"即謂:語言文字是紀載萬物萬事的工具。循是以論,研究紀述萬物萬事之學,謂之"名學";其學者謂之"名家"。學者循名責實,著書立説,明辨是非,亦尚口説,名家故與辯者聯繫。名紀萬物萬事,事物有形,名與形連,故稱"形名","形""刑"先秦二字相通,"名學"亦可稱爲"形名之學"。此學鄧析啓其端,嗣後法家申不害、商鞅、韓非以之治"形名法術"之學。"名學"與"法學"合,遂衍爲"形名之學"或"刑名之學"。

名學在春秋戰國之際,百家爭鳴,不一定名家治之,名學以之爲專業而已。儒家亦重名學,謂之"正名"。《周禮·春官·外史》"掌達書名於四方",鄭玄注曰:"古曰名,今曰字。"又注《周禮

·秋官·大行人》"九歲,屬瞽史,諭書名"曰:"書名,書之字也。"又注《儀禮·聘禮》"百名以上書於策,不及百名書於方"曰:"名書,文也,今謂之字。"鄭玄注《論語·子路篇》:"子曰:'必也正名乎?'"亦曰:"正名,謂正書字也。古者曰名,今世曰字。"孔子的正名,即訂正文字的内涵,使之名實相符。此事孔子極爲重視,子路問孔子曰:"衞君待子而爲政,子將奚先?"孔子説:"必也正名乎!"使文字涵義規範明確,不容有歧義模糊。子路以爲此非當務之急,孔子告以正名的必要性和重要性:"名不正,則言不順;言不順,則事不成;事不成,則禮樂不興;禮樂不興,則刑罰不中;刑罰不中,則民無所措手足。"説明"正名"是國家大事,不是迂。荀子也是重視"正名"的,他特意寫了《正名篇》,説:"故析辭,擅作名以亂正名,使民疑惑,人多辯訟,則謂之大奸。其罪猶爲符、節、度、量之罪也。"這是對孔子"正名"重要性的闡發與注釋。荀子説"文字"是"王業之始";許慎説"文字"是"王政之始",這種認識和孔子把"正名"列爲爲政第一優先辦理是一脉相承的。這是先秦儒家的傳統觀點。秦并六國,實行李斯"同一文字"的建議,以秦文"大篆"爲本,令李斯作《蒼頡》篇,趙高作《爰歷》篇,胡母敬作《博學》篇三種"正字"書,推行"書同文"政策。在這一點上,李斯忠實執行了他的老師荀况的"正名"學説,也可以説李斯第一個實施了孔子的"正名"學説,實現孔子的"正名"理想,也實現了孔子"爲政"第一優先推行"正名"政策和志願。

東周列國,政治、經濟、文化差異很大。各國言語異聲,文字異形,至戰國而更甚。孔子於語言,提倡雅言:"詩書執禮,皆雅言也。"於文字則重視"正名"。這個要求,實際不是孔子一個人的理想或學術觀點問題,而是學術發展,文化要求提高,一個急待解決的社會問題,祇是在孔子之時不少條件尚未成熟而已。

關於"正名",當時學者有識之士都是注意及之,或多或少都是認真地做了工作的。孔子的正名方案，今已不能詳悉；荀子正名，則有專篇敘述的。他提出"名不正"的問題和"制名之樞要"的原則："有循於舊名"的文字繼承和"有作於新名"的文字創造；指出"名宜"即"字形"和"名實"即"字義"的"約定俗成"，以及檢驗的辦法："驗之名約，以其所受，悖其所辭，則能禁之矣。"提出從"名、辭、説、辯"四個方面進行工作。"名"包括"字"的"形、音、義"；"辭"包括"詞法""句法"；"説""辯"包括"修辭學""文章學"和"邏輯學"等内容。前乎孔子，老子《德道經》中就有許多關於他的哲學道理名辭術語的闡發與定義；後乎孔子，墨子作《墨經》，爲其科學名詞、學術名詞下了嚴格的定義；公孫龍、惠施等，對於名學的不少命題趨向邏輯學作了探索與論述。這些實際也是在作"正名"的工作。法家與名家結合，在法術理論與術語推究上，形成形名之學，則爲名學的一個支流，異軍突起，而蔚爲大國。漢世"形名之學"湮没，獨尊儒家，《爾雅》《説文解字》成爲文字訓詁專著，而焜耀千秋。

孔子"必也正名乎！"即講"正字"問題，明確字的涵義與用法，使之規範化。在歷史上產生過很大的誤會，劉歆、班固把它誤解爲："名位不同，禮亦異數"。東漢鄭玄予以糾正，惜未引人注意。清代"小學家"段玉裁、盧文弨、孫詒讓，皆重申鄭玄"正名"爲"正字"之説；但仍有學者，不明本義，株守劉歆、班固之説，可見誤會積習之深。"正字"之學，孔子首倡之，亦見其重視文化，貢獻之深且久也。

編者説明：本文據手稿録編，原無題，今題爲編者酌擬。

略説"刑名之學"

　　中國第一部"刑書"，是鄭國子產領先鑄在鼎上的。一個制度要創辟、完善，總是要經過不少艱難曲折的道路的。子產鑄刑鼎，在春秋鄭簡公三十年（前 536 年）。當時，叔向就寫信給他，勸道："民知爭端矣，將棄禮而徵於書（以刑書爲徵）。錐刀之末，將盡爭之。"有了成文法典，老百姓將要求按照法律辦事，一點"錐刀之末"的小事，將會爭論到朝庭上來。隔了 23 年，晋國效法鄭國鑄作"刑鼎"，孔子就起來反對。推行法治，就使"言出爲法"和"刑不上大夫"的制度遭到破壞，損害了大貴族的利益，所以嗣後商鞅、吳起變法，都曾遭到殺戮。

　　訂個法律，固然需要毅力鬥爭；同時，要使制度完善，也非容易。法律條文必須嚴密。文字應規範化，詞義不許有含混不清之處，語法邏輯須十分嚴謹，不能有任何歧義。中國先秦百家爭鳴，從而在這方面出現了名家和形名之學，或稱刑名之學。據《列子·力命篇》説：鄧析"當子產執政作'竹刑'，鄭國用之。"子產的"刑書"是參考鄧析的"竹刑"而定的。鄧析當時是子產推行法治、制定法律的高級顧問。《列子》説鄧析考慮問題是："操兩可之説，設無窮之辭。"就是説立法首先要考慮避免"兩可"的情況，不允許出現"可不可無辯"的情況，所立條文要看到能適用於各種具體情況，即"設無窮之辭"，纔能行之有效。

《呂氏春秋‧離謂篇》曾經説到鄧析協助子產辦事，他是很會"鑽"子產發"令"不嚴密和不完善的"空子"的。"鄭國多相縣以書者，子產令無縣書，鄧析致之。子產令無致書，鄧析倚之。令無窮，則鄧析應之亦無窮矣。"意思是説：鄭國庶民有在街上多掛"大字報"議政的習俗，子產就下令禁"縣書"，鄧析教人改"縣書"爲"致之"，即傳遞傳單的"致書"；子產又下令禁"致書"，鄧析教人改"縣書"爲"倚之"，即將"大字報"竪立在道旁的"倚書"。鄧析的"點子"很多，子產"令無窮，則鄧析應之亦無窮矣。"鄧析看到法律條文，不容許有歧義，使辯者利用。因此，對於字義、詞法、句法、修辭和邏輯學推究審訂，都有很高的要求。

先秦學者對這學問，稱爲名學，這課程稱爲正名。《墨經》就是墨家繼承和發展"形名之學"的唯一流傳下的著名經典。秦禁《詩》《書》百家語，焚書坑儒，這門學問可惜很快就失傳了，在歷史上，祇有少數學者的斷篇殘説若隱若現地保留一些而已。今日，中國正在釐行法治，制訂各種法規，這門學問正應發揚光大啊！

編者説明：本文據手稿録編，原無標題，今題爲編者酌擬。

"吐故納新"淺說

　　毛澤東主席說："一個人有動脉、静脉，通過心臟進行血液循環，還要通過肺部進行呼吸，呼出二氧化碳，吸進新鮮空氣，這就是吐故納新。一個無産階級的黨，也要吐故納新，纔能朝氣蓬勃。不清除廢料，不吸收新鮮血液，黨就没有朝氣。"在這裏，毛主席運用一個自然科學的例子，生動、形象、確切、通俗地說明了一個哲學和政治問題：人的肌體，血液循環，新陳代謝——呼出二氧化碳，吸進新鮮空氣，這就是"吐故納新"；黨的建設"也要吐故納新"，這樣"纔能朝氣蓬勃。"毛主席爲什麼在"吐故納新"四個字前面加上"這就是"三字？原來，"吐故納新"這個詞彙，是個成語，古已有之。毛主席用這詞彙，並非生造，是有它的繼承性的。這裏，我不妨摘録一些材料，以供參考。

　　《莊子·刻意》曰："吹呴呼吸，吐故納新，熊經鳥申，爲壽而已矣。此道引之士，養形之人，彭祖壽考者之所好也。"陸德明《音義》曰："呴，吸……吐故納新，李云：吐故氣，納新氣也。熊經……司馬云：若熊之攀樹而引氣也。鳥申……司馬云：若鳥之嚬呻也。道，音導……李云：導氣令和，引體令柔。"（南按：《楚辭·天問》曰："受壽永多，夫何久長？"洪興祖《補注》曾引《莊子》爲釋。）

　　《淮南子·精神訓》曰："是故真人之所游，若吹呴呼吸，吐故内新，熊經鳥伸，鳧浴蝯躩，鴟視虎顧，是養形之人也。不以滑心，使神滔蕩，而不失其充，日夜無傷，而與物爲春，則是合而生時於心也。"《淮南子·繆稱訓》曰："如鴞好聲，熊之好經，夫有誰爲矜。（各任自性，非徒矜也。）"《淮南子·齊俗訓》曰："今夫王喬、赤松子吹嘔呼吸，吐故内新，遺形去智，抱素反真，以游玄眇，上通雲天。今欲學其道，不得其養氣處神，而放其一吐一吸，時詘時伸，其不能乘雲升假亦明矣。"《淮南子·地形訓》曰："食氣者，神明而壽。（仙人松喬之屬）……不食者，不死而神。"

《楚辭·遠遊》曰："餐六氣而飲沆瀣兮。"《補注》曰："遠棄五穀，吸道滋也。"《章句》曰："漱正陽而含朝霞。"《補注》曰："餐吞日精，食元符也。《陵陽子明經》曰："春食朝霞。朝霞者，日始欲出，赤黄氣也。秋食淪陰。淪陰者，日没以後，赤黄氣也。冬飲沆瀣。沆瀣者，北方夜半氣也。夏食正陽。正陽者，南方日中氣也。并天地玄黄之氣，爲六氣也。"《補注》曰："莊子云：御六氣之辨。李云：平旦爲朝霞，日中爲正陽，日入爲飛泉，夜半爲沆瀣，天玄地黄爲六氣也。《大人賦》云：呼吸沆瀣兮，餐朝霞。"嵇康《琴賦》云："餐沆瀣兮帶朝霞。"《補注》曰："五臣注云：沆瀣清露，朝霞赤雲。"

從這些材料看，古人很重視呼吸對人的生理衛生的作用。"吐故納新"是一種體育鍛煉，古人重視這種鍛煉，强調這種鍛煉，認爲可以促進人的健康，甚至長壽，像彭祖、王喬、赤松子那樣。這種鍛煉的理論方法，稱爲"導引之術"。呼吸對人的生命是一個必要的條件，但不能説是唯一的，祇要呼吸"吸風飲露"，"不飲五穀"，連飯也不要吃了。應該説：空氣、日光和水都是必要的，飲食也是必需的。古人强調呼吸，和飲食對立起來，這不僅是有片面性的，而且是錯誤的。古人對於空氣，直感的理解到"平旦""日中""日入""夜半"，"春""夏""秋""冬"成分不同，對人的作用也不同；但還不能作科學的解釋，因而所謂"呼吸"，所謂"故"，所謂"新"，吐的什麼？吸的什麼？故是什麼？新是什麼？祇能籠統地說"吐故氣，納新氣"，不能明確地說。這裏有合理的內核，也有些神秘。毛主席在這裏就明確地指出："呼出二氧化碳，吸進新鮮空氣。"從科學內容說，賦以新義，是推陳出新的。

古人"吐故納新"，片面强調它的促進人的健康作用；從事吐故納新的人，稱爲"道引之士"，"養形之人"。《楚辭·遠遊》說："吾將從王喬而娛戲。"《補注》曰："《淮南·泰族》云：王喬、赤松，去塵埃之間，離群慝之紛，汲陰陽之和，食天地之精。呼而出故，吸而入新。蹀虛輕舉，乘雲遊霧，可謂養性矣。"在生活上避免城市的空氣污染，"去塵埃之間"；在政治上逃避鬥爭，"離群慝之紛"，"遺形去智，抱素反真"，祇搞呼吸導引，升臂彎腰，幻想乘雲遊霧，做個"人"，即超階級、超時代的超人。這是沒落的意識形態。毛主席運用這個例子，給以改造，賦以革命內容，說明了無產階級的一個哲學觀點、政治理論。這裏的批判與繼承的關係，實際是社會辯證發展的結果。

編者說明：本文據手稿錄編，原題《"吐故納新"——學習毛主席一條語錄筆記》，寫於粉碎"四人幫"初期。今題爲編者酌擬。

"蹚論""貓論"漫談

近聞,沈善宏校長説:今日還是"兩論"起家,過去是《實踐論》和《矛盾論》,今日是《蹚論》和《貓論》。這很值得思考。

開放、改革,没有高瞻遠矚、謹慎從事,通過怎樣的藍圖和方案,逐步進行?而是走一步看一步,"蹚"到哪裏就是哪裏,譬如赤着脚過河,一脚踏下去是石塊,另一脚便再踏上去,是水塘、空洞,便縮回來。今年春説:大家要勇敢些,開放、改革是要冒風險的;接着看看不行,形勢嚴峻,於是提出整頓經濟環境,治理經濟秩序,這樣改革纔能深入下去。這種辦法就是"蹚論"的表現。搞社辦企業,發展生産力,便一哄而起,大力推行,加以扶植。在這社辦企業中,帶來許多流弊,"履霜堅冰至",發展下去會造成經濟環境的混亂,社會秩序不穩定,出現一些腐敗現象,那就看不到,便不同時考慮。到了搞不下去的時候,再想辦法。這是"貓論"的表現。

社會上有句話説:"搞了三十年,還是五一年"。解放初期,農民説心裏話:最好在中國共産黨領導下進行個體生産。在國民黨下,有土豪、惡霸、地主剥削,現在没有了,可以安心生産。但是這時黨和幹部不認識,以爲這是小農經濟,一定要搞合作化、人民公社。農民也没辦法,祇能遵循着這樣做。黨吃了虧,接受經濟教訓,走了一大段彎路,還是搞承包制,包産到户。可見制定政策需要瞻前顧後，審時度勢。"敬事而信"，不能操之過急，矜持太過。執政者始終保持"虛懷若谷"的態度，反復考慮問題是必要的。

解放後，在學術界中受到不少行政的干涉，搞了不少運動，受了不少折騰，消磨了不少時間，對於國家、對於民族，確實吃了很大的虧，理應痛定思痛，作爲借鑒，避免再走彎路。譬如：批判《武訓傳》《清宮秘史》和《紅樓夢》等運動，現在受批判的在政治上或學術上都給予平反，可是浪費了多少精力？而且它的副作用、流弊實是很大的。這尚作爲人民内部矛盾處理，批判胡風是作爲敵我矛盾來處理的，現在也是早已平反，可是它的消耗和損失就更大了。我們在辦前人沒有辦的事，當然有些缺少經驗；但也不能以此寬恕自己。古人説：責己嚴，臨事而懼。這將會從中獲得好處的。提倡嚴以律己，我看是有道理的。《論語》説："萬方有罪，罪在朕躬。"《禮記》説："禹思天下有溺者，猶己溺之；稷思天下有饑者，猶己饑之也。"胸襟何等開闊！我看作爲執政者，應該考慮這個問題。這樣就對民族、國家會有極大的利益的。

有人説：今人也是以"三明"治國：一是國家領導的英明；二是由於領導的英明，從而發揚民主，成爲開明；三是人民的有自知之明。這話很深刻，但這三明，與真正的民主還是有着本質的差異，有着很大的差距。

朱教授是研究愛滋病的，在民盟六屆會小組會上曾説：舊社會，不少姑娘是哭哭啼啼去做妓女的，有的家貧，有的上當受騙。當妓女認爲掉入火坑。今日做妓女的，不少是歡歡喜喜去做的。落了工，三三兩兩到咖啡館去、舞廳去、賓館去。那裏燈光閃爍，光綫很暗。約會、相會了一些時候，便到房間去幽會。愛滋病便是兩個黑人大學生的美國青年傳來的。性交是傳染這病的主要途徑之一，這些姑娘接觸了他們，染上了這病，便又與人亂來，這樣這病就蔓延起來。這當然是很少數人，但爲害却是無窮啊！人家的好處没學到，壞處却學來了。調查這些姑娘是這樣來看待這問題的：有的是好奇，和外賓這些人接觸，思想嘗洋腥，開開眼界；有的是想搭識個洋人，攀着他想出國；更多的人是爲了錢。一晚一般可以獲利百元，最高的竟可達到一晚三千六百元，還可撈到一些外匯。在她們中間流行着一句話：喚做"褲帶鬆一鬆，好抵一月工"。因爲一月的工資不過百元，得錢哪有這樣方便呢。如此覓錢，她們竟是習以爲常，這個問題，難道我們可以等閑視之嗎？

楊同志説：讓一部分人先富起來。鄧説：中國總不會有百萬富翁。據温州某銀行調查，現在存有五百萬的有五人，百萬的有十三人。這些人都是倒來倒去發大財的。對生產力發展起什麼作用呢？有的人，過去是個癟三，現在鄉下造了三代房子。所謂三代，不是説祖、子、孫，而是説他的房子改造三次：第一、第二代的棄了，造這第三代的是别墅式的，化了四十萬。這些人中間有個想法，認爲：吃、喝、嫖、賭四字，吃喝有限，吃不進，穿不了，有個限度，就是化過千元一席，請客，也有限的。賭不值得，一下子輸光，銅錢掉在水裏。嫖最實惠，最上算。討小老婆好，但不如舞廳去，廣泛得多。這樣賺來的錢，黑來黑去，對社會危害性大，執政者對政策的流弊不知知道没有？

社辦企業，就是采購員本領大於國營的，這樣國營企業就會倒了。有的説：現在鄉鎮企業包圍城市，經濟不是發展，是畸形發展，是倒退。生產何嘗上去？今日有許多事，一搞，不正之風就搞進來。什麼東西都在貶值，豈僅幣制？學術亦在貶值。評職稱已濫，也在貶值。許多地方都在出現弄虛作假。楊同志説：常常發現是共產黨員拆共產黨的臺，這就是十分可以憂慮的事了。

寧波民盟秘書長在小組會説：舉發（檢舉揭發）大家不感興趣。爲什麽？要看看，因爲有兩件事，領導早已知道，群衆也是知道，可是並不處理，無法處理。那就還要舉發幹什麽呢？人家問他，哪兩件事？他説：譬如，一事，用解放軍車牌號，穿解放軍服走私洋菸，運到寧波，改換車號，穿上便服，這車香菸就流入民間。這麽一倒，當然賺了一大筆錢，就難處理啊。有人説：這麽多事，整頓經濟環境，搞兩年是不夠的，看問題要看到困難些。這次戰役，比打淮海戰役還要困難些。祇許成功，不許失敗。倘若走過場，問題就更不好辦了。

人民都是愛國的。知識分子憂國憂民之心，應該理解。所以，有些話不是牢騷，而是屈原之作《離騷》所言"憂愁幽思而作《離騷》。"時窮見節義，板蕩識忠臣。執政者應該理解這一可貴精神啊！

"五四"運動、"一二九"運動，都是黨所領導的，有人説：現在最怕這運動的倒是黨啊，這就值得反思。這運動矛頭指向越南等等，是歡迎的；不是呢？那就可虞了。

編者説明：本文據手稿録編，劉録稿推測寫於 1988—1990年間。原無標題，今題爲編者酌擬。

關於"七中全會"學習的一點認識

我膚淺地初步認識到：這個"十年規劃和'八五'計劃的建議"，在國內、在世界都是堅持高舉馬列主義大旗，走建設有中國特色的社會主義道路的里程碑。實施這個規劃與計劃，可以充分發揮社會主義的優越性。它宛如百科全書，每個人都可以從這裏邊找到他的奮鬥目標，問題就在自己需要好好學習和理解如何去落實與闡發？少說空話，多做實事，扎扎實實地工作。

我就談談這 72 條中的第四條的一些粗淺認識吧！"堅持走建設中國特色的社會主義道路，是實現第二步戰略目標的根本保證。"這第四條，又分 12 條，其中第七條說：

> 堅持以馬克思主義、毛澤東思想爲指導，繼承和發揚祖國優秀文化遺產，借鑒和吸收世界上一切優秀文化成果，不斷提高全民族的思想道德和科學文化素質，建設社會主義精神文明。

這一條我認爲十分重要，是近代、現代救國、建國的正反經驗總結，關係着國家興衰的命運。認爲可以而且應該納入科學研究的規劃中去，經世致用，爲理解、闡發與落實精神文明建設服務。

今日中國的新文化，應該是在馬克思主義爲主導下的多種文化因素的"互動",通過相互作用和相互吸收而形成一個有機的整體,核心還是要適合中國的國情,給中國傳統的優秀文化以崇高地位。融合中西,使之向現代轉化。同時,通過研究、總結傳統文化現代化的歷史經驗和理論教訓,使之成爲新文化建設中的一份養料。做這工作,需要充分掌握材料,兢兢業業,埋頭苦幹,力避簡單化與庸俗化的傾向。腳踏實地,作實事求是的、科學的分析。博學、審問、慎思、明辨、篤行,對於每一學派、每一學科的主張與理論,要能入乎其中,出乎其外,進得去,出得來。不能相互標榜,謀名弋利;切忌門户、先入之見;貴有真知灼見和客觀的評價;作多層次、多角度綜合的比較的研究,從而探索其内涵與規律。

中國是有數千年文化的文明國家,許多東西是值得我們下功夫的,從而獲得繼承與發揚,或者借鑒與吸收。這裏我就舉一個例,來談這個問題。毛澤東同志説:"六億神州盡舜堯。"古代人民一直是歌頌堯舜的,這就成爲中國的歷史傳統。古代是怎樣歌頌堯舜的呢?祇談一小點,翻開《尚書》,第一篇是《堯典》,其中有八個字是頌揚堯的:"光被四表,格於上下。"這八個字的概括性是很強的。"被"指的是覆蓋面;"光"指他的思想、行動、政治、功業的光輝。這個光輝覆蓋到當時的神州大地東南西北。"四表"也即四荒;"格",至也。格於上下,亦即達於上下。"協和萬邦""允釐百工"。這可見其廣度與深度。堯怎樣選擇他的繼承人呢?這禪讓並不隨隨便便的,是經過他的"三載考績"的。這"考績"也有幾句話,一條是:"納於百揆,百揆時叙。"二條是:"賓於四門,四門穆穆。"三條是:"納於大麓,烈風雷雨,弗迷。"一條是教他"度百事,揔百官",做許多事。"百事時叙,無廢事業。"許多事治理,他都理順了。二條是應對四方諸侯,都能和睦美好。三條是"納於大麓",舜不爲"烈風雷雨"所迷。弗迷,就是不停止的工作。這樣堯就讓他涉位。堯用這樣的三條來考績他的繼承人，看來是很有道理的！這三條都是說在點子上的，不是廢話！第一條是處事用人的安排，包括體制建設和行政組織。第二條是辦外交，能夠和睦共處。第三條看來似乎涉及深入生產和深入基層。靠天吃飯，舜能"烈風雷雨，弗迷。"這是原始社會，堯、舜是部落酋長的領酋，可稱那時第一把手。他能經得起這三條的"三載考績"，應該說是不容易的，工作是辛苦的。所以，古時說許由、務光就不願這樣幹了。《尚書》開始提出這樣的主張，可說是古時最高統治者的經驗的概括與理想，也可說是對古代執政者要求的一個好的起點。"五四"以來，反對讀經，這有它的時代的進步意義；但我們今天都有這麼一個錯覺，譬如一提到《尚書》，以爲裏邊純是糟粕而已，可以一筆抹殺。讀《尚書》時，最多祇從散文發展史上提它一筆，不知裏邊還閃耀着優秀文化的精華呢！關於這個問題，學術界的認識有時不免還有紛歧，甚至存在一些混亂現象。有的把精華說成糟粕，有的把糟粕作爲精華，這類例子是較多的，這裏就不談了。去年暑假，浙江省社科聯在岱山開會，領導在會上說：有些鳴而不爭。所以我也認爲：進一步貫徹"雙百方針"是有必要的。繼承和發揚祖國優秀文化遺産，黨已大力提倡。這個任務就是落到中國人民的肩上，需要我們加倍努力來承擔這個責任啊！

編者説明：本文據代抄稿録編，劉録稿附記云：本文的寫作"時間應爲1991年。因文中提及的"七中全會"和"八五計劃"，即爲1991－1995年是中國第八個五年計劃時期。1990年12月十三屆七中全會審議並通過了《中共中央關於制定國民經濟和社會發展十年規劃和"八五"計劃的建議》。"

儒家文化的優良傳統

儒學文化，源遠流長。它是組成中國文化主要的核心部分之一。今天，我們必需運用辯證唯物主義、歷史唯物主義予以正確對待。

分析一個學派，可以從三個方面着眼：一是思想體系，二是文化修養，三是階級立場。這三者水乳交融，是緊密聯繫着的。這裏就這三者中的"文化修養"這一重要內涵來進行一些探索與研究。

儒家的創始爲孔子。孔子論學是與爲人兩者融合在一起的。他的論學，實是爲人，即是他從文化修養上來看爲人與爲學的。孔子論學，曾説：

> 吾十有五而志於學，三十而立，四十而不惑，五十而知天命，六十而耳順，七十而從心所欲，不逾矩。

這話的內涵是什麼呢？孔子在母親顏徵在的教育下，自幼好禮。《史記·孔子世家》説他："爲兒嬉戲，常陳俎豆，設禮容。"爲什麼説"十有五而志於學"呢？這是説：孔子在童年艱苦學習的基礎上，更自覺地在進德修業上，即學問道德上，不斷提高完善自己。

到了三十歲，孔子已經奠定了治學、做人、爲政等堅實的學問德業的基礎。這時鄭國的子產卒，孔子泫然出涕，贊美子產，認爲"古之遺愛也。"（見《左傳·昭公二十年》）他有君子之道四焉："其行己也恭，其事上也敬，其養民也惠，其使民也義。"（見《論語·公治長》）齊景公和晏嬰跑到魯國去，齊景公問孔子，秦穆公何以能稱霸，孔子回答：秦穆公善於用人啊！（見《史記·孔子世家》）這可見孔子很有識見，學問德業已打下堅實的基礎。

孔子説"四十而不惑。"所謂"不惑"，意思是説：他早已確立的世界觀、人生觀到了這時獲得考驗，已經能夠堅定不移。三十歲時樹立了他的思想體系，通過十年的考驗，能到不惑的地步了。孔子在三十四歲時，與南宮敬叔一日到洛陽去，參觀周朝的文物制度，收穫極大。他對夏、商、周三代的歷史傳統作了比較，他説："周監於二代，郁郁乎文哉！吾從周。"（見《論語·八佾》）三十五歲時，孔子因魯亂適齊，路經泰山，遇一女子哭訴親人被虎咬死仍不願離開時，不由發出"苛政猛於虎"的感歎。（見《禮記·檀弓下》）三十六歲時，孔子在齊與齊太師語樂，聽到傳説舜時的音樂《韶》樂，三月不知肉味，興奮地説："不圖爲樂之至於斯也。"（見《論語·述而》）這時，齊景公問政於孔子，孔子對曰："君君、臣臣、父父、子子。"公曰："善哉！信如君不君，臣不臣，父不父，子不子，雖有粟，吾豈得而食諸？"（見《論語·顏淵》）齊景公欲以尼溪之田封孔子，晏嬰出來阻撓，沒有成功。（見《史記·孔子世家》）三十七歲，孔子在齊，齊大夫揚言欲害孔子。齊景公向孔子表態説："吾老矣，弗能用也。"於是，孔子自齊返魯。（同上）返魯時，境遇險惡，正在淘米，未及煮飯，提起來濾着跑路。《孟子·萬章下》因述："孔子之去齊，接淅而行。"三十八歲，孔子在魯。晋魏舒（魏獻子）執政，滅祁氏、羊舌氏，分祁氏之田爲七縣，羊舌氏之田爲三縣，選派賢能之士，包括其子爲縣宰。孔子十分贊賞，説魏子之舉："近不失親，遠不失舉，可謂義矣。"（見《左傳·昭公二十八年》)三十九歲,孔子在魯。冬,晋鑄刑鼎,將范宣子所制刑書鑄在鐵鼎上。孔子以爲"貴賤無序",這樣做有損了統治者的尊嚴。歎息:"晋其亡乎,失其度矣!"這看法是保守的。從這十年孔子的思想意識及其行誼看,他的人生觀已確立而成型了。從學習與從政中,獲得提高與鍛煉,在考驗中堅定其信心。故云:"三十而立,四十而不惑。"

孔子說:"五十而知天命。"意謂:孔子這時已經能够掌握客觀事物發展的規律。中國哲學將人類文化分成"形而上"與"形而下"兩個方面,這兩者的内涵相當於遍指人類的物質與精神文明,其間有着相互的聯繫、滲透和融洽的。《易·繫辭上》傳說:

> 是故形而上者,謂之道;形而下者,謂之器;化而裁之,謂之變;推而行之,謂之通;舉而錯之天下之民,謂之事業。

《易》傳把這兩者關係概括爲"變""化""推""舉"四字。即是將抽象的原理與具體的事物,加以適當的剪裁與變化,從而達到應用的目的,稱之爲"變";兩者結合際遇到了窮時,這就要變;"窮則變",變了就可作進一步的推演,使之實行,發揮它蘊藏着的潛在力,稱之爲"通";這樣引出的方案,成爲措施,以供天下的人使用,稱爲"事業"。孔子所說的"知天命",當爲理解掌握人類社會文化:自然規律與社會規律相融洽的發展規律的整體。孔子四十六歲時,在魯曾觀魯桓公置於座右的欹器,孔子就對弟子講了"持滿"之道:"吾聞宥坐之器者,虛則欹,中則正,滿則覆","惡有滿而不覆者哉!"從而認爲爲人、爲政的正確態度應該是:"聰明聖知,守之以愚;功被天下,守之以讓;勇力撫世,守之以怯;富有四海,守之以謙,此所謂挹而損之之道也。"(見《荀子·宥坐》)四十七歲時,陽貨專政魯國,孔子不願出仕。(見《論語·陽貨》)退而修《詩》《書》、禮、樂,以教弟子。(見《史記·孔子世家》)孔子説:"不義而富且貴,於我如浮雲。"孔子在生活實踐、政治鬥爭中,從而觀其會通,上上下下,有形無形,通貫一體,有其客觀規律在。"無道則隱",因而退而修《詩》《書》、禮、樂,垂空文以示後世。

孔子説:"六十而耳順。"意謂:這時孔子聽到任何事情,憑其經驗,就能辨明是非。五十一歲時,孔子任中都宰(今山東省汶上縣西),卓有政績。治理一年,四方則之。五十二歲,孔子由中都宰升小司空,由小司空升大司寇,攝相事。夏,齊與魯媾和,魯定公與齊景公會於夾谷(今山東省萊蕪縣南),孔子以大司寇身份爲定公相禮。孔子認爲"雖有文事,必有武備。"事先作了準備。齊欲劫持定公,孔子以禮斥之。齊君敬懼,遂定盟約,並將侵占的鄆、讙、龜陰等地歸還魯國,以謝過。(見《穀梁傳·定公十年》)五十三歲時,孔子在魯,爲魯大司寇,魯國大治。根據《呂氏春秋·樂成》記載,開始尚疑其才,既而政化盛行,國人誦之。五十四歲,孔子在魯,爲大司寇,子路爲季氏宰。孔子主張强公室,削私家,向魯定公建議:"家不藏甲,邑無百雉之城,古之制也。今三家(三桓)過制,請皆損之。"(見《孔子家語·相魯》)將墮三都,先毀叔孫氏的郈邑(今山東省東平縣南)和季孫氏的費邑(今山東省費縣)。墮費時,費宰公山不狃乘魯都曲阜空虛,率費人攻曲阜,幸賴孔子命申句須、樂頎二大夫率部反擊,敗於姑蔑(今山東省泗水縣東)。遂墮費。再毀孟孫氏的成邑(今山東省寧陽縣東北),受孟孫家臣公斂處父的抵制,墮都失敗,半途而廢。(見《史記·孔子世家》)五十五歲時,魯國得治,齊國懼,欲敗其政,乃饋女樂,季桓子受之,君臣怠於政事,不朝聽政。孔子失望,去魯適衛。衛靈公予以俸祿,後信讒言,監視孔子,遂適陳。過匡地(今河南省長垣縣境)時,匡人誤認孔子爲陽虎,圍困孔子。後經蒲地,會公叔氏起事,又被當地群衆所圍。五十六歲時，孔子回衛，曾見衛靈公夫人南子，子路不悦。衛靈公與南子還讓孔子爲次乘，招搖過市，孔子亦恥之。五十九歲時，孔子在衛，視衛靈公不能用他，喟然歎曰："苟有用我者，期月而已，三年有成。"衛靈公問陳於孔子，孔子説："俎豆之事，則嘗聞之；軍旅之事，未之學也。"（見《史記·孔子世家》）遂行，投奔晋國趙簡子。至河，聽説趙簡子殺了兩個賢人，歎息着返衛國。然後去衛，如曹適宋，途中，曾與弟子習禮於檀樹下，宋司馬魋欲害孔子，把大樹砍掉了。孔子微服而行，適鄭。鄭不接待，取道適陳。六十歲時，孔子在陳。魯季桓子病，悔未重用孔子，囑子季康子召回孔子。公子魚阻攔，季康子改變主意，改召孔子弟子冉求。冉求將行，孔子説："魯人召求，非小用之，將大用之也。"（見《史記·孔子世家》）孔子很想返魯貢獻自己的力量。孔子允文允武，栖栖遑遑，冀學以濟世。在政治的鬥爭中提高了識辨力，增加了才幹。故云："六十而耳順。"

孔子説："七十而從心所欲，不逾矩。"意謂：孔子到了七十歲，在以往"而立""不惑""知天命""耳順"的基礎上，任何想法和作法都不會越出他的政治理想"仁道"的原則和周禮所定的規矩了。孔子曾説："鳥獸不可與同群，吾非斯人之徒與而誰與？"他一生所追求的，就是這種理想。孔子晚而好《易》，"讀《易》韋編三絶。"（見《史記·孔子世家》）在他的政治實踐中，從而理解到其中的樸素的辯證關係，得心應手，用以解決具體問題。孔子六十三歲時，在陳、蔡間被困，絶糧七日，弟子饑餒皆病，孔子依然講誦，弦歌不輟。子路等由於屢遭挫折，對孔子之道産生懷疑，祇有顔淵認識孔子道大，不爲當時所容，"是有國者之醜"，孔子感到欣慰。（見《史記·孔子世家》）這（可）見孔子信道篤而自知明，不折不撓。爲學、爲人、爲政，三者結合，向着理想目標追求，最後至於"從心所欲，不逾矩"的最高境界。

　　這可説是儒學，也可説是中國文化、東方文化的優良傳統。這給後世炎黄子孫、東南亞甚至世界影響很大，成爲人類社會精神文明的精粹。社會在發展，時勢在變異。"殷因於夏禮，所損益可知也；周因於殷禮，所損益可知也；其或繼周者，雖百世可知也。"（見《論語·爲政》）從文化修養來説，後世社會歷史背景不同，典章制度的繼承與革新，人所追求的成爲理想的完人，則有其共同處的。

　　編者説明：本文據手稿録編，原題《關於儒學傳統與現代文化的思考》，今題爲編者酌擬。

傳統學術的繼承、批判與發展

中國傳統學術植根於夏、商、周三代，轉型於周春秋、戰國，綿延衍變於近代、當代。孔子説："周監於二代，郁郁乎文哉！吾從周。"荀子曾將當代學術，自其不足處予以揭示，作《解蔽篇》《非十二子篇》。莊子概述古代及當代學術，撰《天下篇》。漢代班固撰《漢書・藝文志》，將古來學術分類爲"九流十家"，後世遂有"諸子出於王官"之説。後世嗣將"六經""諸子"概稱傳經學術。班固述之，認爲："儒家者流，蓋出於司徒之官""道家者流，蓋出於史官""墨家者流，蓋出於清廟之守"云云，意謂諸子之學，皆有由來；並爲國家承認，都爲傳統學術，爲吾華夏文化土生土長之學。諸學着一"蓋"字，意謂大概，説明關係，都有分寸。胡適"諸子不出於王官論"，未曾審讀"蓋"含義，不免執着。

"六經""諸子"之學，後世確立形成"顯學"的有儒家、道家、法家三家。三家之學，思考所涉的中心問題，提出有效的一套治術，稱爲"學術"，即治國平天下之道。諸學當時相互影響、滲透，推之於世，著書立説；然又相互排斥，各尊其學，譏刺對方主張，展開爭鳴與辯駁。

歷史證明，最有效的並非某一家的方案，而是由三家理論綜合形成的宏觀調控體系。法家學説受到戰國之際急欲稱霸天下的諸侯的歡迎，得到其實現政治主張的機會。商鞅、吳起在秦、楚兩國的變法實踐證明：在短時期確可取得富國强兵的明顯效果，秦、楚成爲較盛的兩大諸侯國家。秦孝公"據崤函之固"，"席卷天下"，最後并吞六國，一統天下。但秦朝很快滅亡。漢朝賈誼總結經驗，撰了有名的《過秦論》，確是有真知灼見。漢武帝總結歷史政治的教訓，思欲保持社會的長期穩定與發展，采取董仲舒的建議："罷黜百家，獨尊儒術"，實際上他所行的是"外儒內法"，以儒家爲理論的宣傳，以定"君君、臣臣、父父、子子"的名分，復以法家嚴法峻刑爲手段，以確立社會的良好秩序。

儒家(孔孟)的仁義學説，重義輕利，先義後利，顯得迂闊而遠於事實，不被諸侯重視，而遭到冷遇，沒有得到實踐理想的機會。一直到漢代劉氏政權基本鞏固以後，總結秦朝二世而亡的沉痛教訓，纔開始獨重視儒家。此時的儒家學説也已有所改革，漢世的儒家實已吸收了陰陽家、法家的某些主張而有所改變。所以當時儒説也已成"外儒內法"或"儒法互補"的東西，而與孔孟之道，自有差異。這個傾向到了後世也就愈來愈顯著了。孔孟主張：君臣名分。"爲政奚先？必也正名乎！"然孔子説："君使臣以禮，臣事君以忠。"孟子説："君之視臣如土芥，則臣視君如寇仇。""聞誅一夫紂矣，未聞弒君也。"董仲舒提倡"三綱五常"，三綱是："君爲臣綱、父爲子綱、夫爲妻綱"。就君臣關係來説：臣子祇有在君主前有用，纔有存在的價值。這是法家的主張。臣子與君主的關係，不是相互尊重，各具有自由的意志、獨立的人格。臣子在君主前是渺小得很，恐懼得很。我們祇要看秦的刻石就可知道了，"臣誠惶誠恐，死罪死罪"，先秦儒家有過這樣的領導思想嗎？這類語言，董仲舒給以升華，而理論化了。"誠惶誠恐"，後世就成爲金科玉律，如南宋的王十朋殿試策論《萬言書》就這樣寫的，形成了規範。韓愈《羑里操》："臣罪當誅兮，天王聖明。"社會上也流行着一句口頭禪："君要臣死，臣不得不死；父要子亡,子不得不亡。"慈禧太后由於陳寶箴主張變法,"戊戌政變"事起,把他罷官,繼又賜死,寶箴無所逃於天地之間。這把軟刀子,"五四"時期,吳虞把它歸咎於封建禮教,算到孔孟的頭上,提出"打倒孔家店"。這可説是缺乏具體分析,也可説對歷史的誤解或無知。如今,這些學術研究,關於這個那個禁區已經解除,想必不再有人會發起圍剿,給人戴"反動文人"或"復古分子"的帽子了。

法家治國平天下之道,宏觀調控,從性惡論出發,認爲人都是自私的,自利的,"好爵禄而惡刑罰",追求名利是人的本性。因此從利益驅使和法律制約,爲國家制訂治國理論和政治措施的方案。認爲人際關係祇有利害關係,因而調節利害關係,制約人的名利行爲,制訂法律是最有效的手段。執政者祇要掌握賞罰的手段,即可隨心所欲地駕御百姓,控制社會秩序。在制定和實施法律時,他們總是或者寧可把百姓看得壞一點,説得壞一點,嚴法峻刑,樹立政府和皇帝的威信,使百姓敢怒而不敢言。"誹謗者族,偶語者棄市"。商鞅就認爲:"古之民樸以厚,今時民巧以僞","以良民治,必亂至削;以奸民治,必治至強"。在當時歷史條件下,結合實際,商鞅提出變法,以"農戰"作爲立國之本,治理國家的基本政策。其餘如精神文化建設(禮樂、詩書、修善孝弟、誠信貞廉、仁義、非兵羞戰)的"六蝨",都在打擊之列。這種主張,韓非當時已經覺察,他清醒看到:"法立而有難,權其難而事成,則立之;事成而有害,權其害而功多,則爲之。無難之法,無害之功,天下無有也。"(《韓非子》卷十八)明知其弊,祇是由於貪圖眼前利害,不爲國家人民負責,予以糾偏或改變與放棄啊!

儒家繼承夏、商兩代和西周治國平天下的正反經驗教訓,重視物質生產和文化教育的建設。看到楊墨和法家等的單純利益的驅使的危害，認爲如果全社會群體人際都在爭名奪利，爾虞我詐，見利忘義，就會激化社會矛盾，導致領導與被領導失去正常關係，演變爲臣弑其君、子弑其父的混亂局面。孟子對梁惠王說："何必曰利？亦有仁義而已矣。王曰：'何以利吾國？'大夫曰：'何以利吾家？'士庶人曰：'何以利吾身'？上下交征利，而國危矣！"這樣等級制度社會的秩序就難以維持，要想維持"君君、臣臣、父父、子子"的良好社會秩序，必須重義輕利，先義後利。

儒家從性善論出發，主張推愛："刑於寡妻，至於兄弟，以御於家邦"，"老吾老以及人之老，幼吾幼以及人之幼"，"故推恩足以保四海"，以德治國，以禮治國，把道德規範、禮教作爲社會調控的主要手段和必要手段。可是，儒家學說在當時因見效慢，顯得迂闊，遠與事實，事倍而功半，就不得當時的青睞、重視和器用。孔子當時就於七十二君而不用，孟子也祇得"退而與萬章之徒序詩書"，難以發展抱負。直到漢世，接受秦亡的歷史教訓，纔開始獲得重視。這就是所謂"取之以力，持之以義"。自是，儒家在漢代以後被再認識，而在社會調控中起到明顯作用，因而道德規範和禮制教育也就起到了它應起的作用。

儒家重視名節，與法家重利不同，把國家利益放在首位，個人利益服從國家利益，自覺遵守道德風範和接受禮制教育。甘願"殺身成仁"，"舍身取義"。文天祥以身殉國，躬行"孔曰成仁"，"孟曰取義"，"而今而後，庶幾無愧"。至於韓愈所謂"臣罪當誅兮，天王聖明"的愚忠，宋明理學的提倡"餓死事小，失節事大"的壓迫婦女的片面主張，實是法家專制主義的流毒，後世俗儒不察，使儒學蒙受侮蔑，實是代人受過。秦刻石屢言男女有別，秦始皇表彰巴女懷清，實是始作俑者。儒家主張"天視自我民視，天聽自我民聽"，"民爲貴，社稷次之，君爲輕"的開明政治。"外儒内法"，漢以後專制政治，實是披着儒家外衣，陰行法家主張，使法家專制政治陰謀得逞，儒家代人受過，應予澄清。

道家認爲最好的社會調控是"無爲而治"。老子主張"絕聖棄智，民利百倍；絕仁棄義，民復孝慈"；"天地不仁，以萬物爲芻狗此是也；聖人不仁，以百姓爲芻狗此則異矣"。莊子《胠篋篇》説："將爲胠篋探囊發匱之盜而爲守備，則必攝緘縢，固扃鐍，此世俗之所謂知也。"都爲批判，主張抛棄文明，恢復原始的自然秩序。指出法家利害驅使和儒家的道德教化，作爲治平之道、社會調控的手段，是不必的，不合理的，强加於人的，導致產生"以身爲殉"的惡果。莊子説："小人則以身殉利，士則以身殉名，大夫則以身殉家，聖人則以身殉天下，故此數子者，事業不同，名聲異號，其於傷性以身爲殉，一也。"爲名利而傷性害生，則是不應該的。爲了矯正追逐名利的不良傾向，道家倡導一種自然主義的人生觀和生活態度，以人格獨立，精神自由，歸真反樸，寧静自然，爲人生的價值目標，反對"喪己於物，失性於俗。"道家崇尚自然，對文明持消極態度、否定態度，其本意是反對一切人爲的社會調控手段。故嚴格説來，道家的無爲而治，不是積極的治國平天下之道，但它的客觀效果，在法家措施形成社會災難之時，社會調控起一種緩和消解之時，要喝一劑清凉散，道家學説却顯示它的作用了。漢初承秦之弊，需要與民同休，休養生息，恢復生產，疏解民怨，故竇太后好黄老。魏晋之世，統治者借儒家禮法，阮籍、嵇康"非湯武而薄周孔"，避世佯狂，托言清談，社會調控也就傾向於道家了。道家學説主張無爲而治，在法家看來，"不臣天子，不友諸侯"，雖賢，却"不得而保"，"不得以賞罰勸禁。"治國者用不上他們，却似社會上的一種蠹蟲、虱子，消耗實力，不僅無用，實爲有害。韓非子因此曾講過太公望誅殺二隱士的故事。

道家學説，後世逐漸發見對社會不僅無害，且還有其利處。皇甫謐《高士傳》就是意識到隱士有"厲濁激貪"的作用。《梁書》

中也説隱者可以"揚清激濁，抑貪止競"。歷代統治者常有招隱、禮賢之舉，遠離名利的隱士受到肯定與讚揚。由於道家學説並無治國平天下之抱負，後世衍變流於追求長生練丹，與儒家、法家遂判爲兩途；而道家流爲道教，屬於宗教的一門，而老子諛稱爲太上老君，道家學説也就納之於道藏中了。

概括説：中國傳統學術，顯學中，儒家、法家、道家各有其存在的作用與價值；"陽儒陰法"，"儒道互補"，於穩定社會秩序、宏觀調控，於舊社會中，或多或少各自有其貢獻，起着一定的作用。今日，建設有中國特色的社會主義的理論，是在和平發展成爲時代主題的新的歷史條件下創立的，是馬克思主義的中國實踐和時代特性相結合的產物。從内容來講，這新的理論和學説的產生，總結我國社會主義勝利和挫折的歷史經驗和借鑒其他社會主義國家興衰的歷史經驗。對於我國數千年來的傳統學術，是應予決裂還是給予繼承、批判與發展？古爲今用，穩定社會秩序，作爲宏觀調控之一，是屬於應該嚴肅考慮和研究的課題之一了。

編者説明：本文據手稿録編，劉録稿附記云："字迹較亂，應是 1997 年 6 月左右第二次住浙一醫院時斜臥在病床上所撰。此時癌細胞已侵腐骨内，無力下床，手指握筆不穩，然思維敏捷，精神堅毅，安之若素。引經據典，都是憑記憶寫下的。""整整 6 頁'浙江省文史研究館'的無格信箋紙寫滿，第 5 頁的背後還有……（附後）"

附録：

孔子説："學而時習之，不亦悦乎？"又説："知之者不如好之者；好之者不如樂之者。"因爲認識的東西，不一定轉化爲人們的行爲；祇有通過實踐，使自己認識的東西變成感覺了的，擁爲己有，變强制的爲自願，變別人要求我做的爲我自己願意去做。不論政治思想教育還是道德、國家社會倫理教育，從情感上接受它，纔能卓有成效；否則收效甚微。孔子强調學習在於"悅"字，"好之不如樂之"，就是這個意思。

教育，追求真善美。人的情感能這樣獲得溝通。譬如欣賞一幅畫，一棵松，畫得長得挺直很美，産生審美情感，並不想到它的出售，實際利益和某種欲望的衝動，使人的情感由動物的情緒，衍爲陶冶人的情操、净化人的心靈。高級、低級之分，高尚、鄙俗之分，情感調節情感，情感疏導情感，情感戰勝情感。以高尚的、美好的、文明的情感來改造和排除鄙俗的、低級的、粗野的情感。使之升華，進入純净、高尚的境界。那麼像"己所勿欲，勿施於人"，"老吾老以及人之老；幼吾幼以及人之幼"的人際關係，就不難實現。社會纔能變得更爲和諧、文明、美好！法家將百姓視爲"奸民"，需要"嚴刑峻法"，"人之性惡，其善者僞也。"收效一時，情况發展，不可收拾。

提倡跨學科綜合研究

出版界支持科學研究，我想今日科學研究不論搞自然科學，或者社會科學，應該提倡一些跨學科的綜合研究；至少應該把它作爲治學方法途徑之一。研究中國古代文化，整理古籍，也應如此。這裏我想舉一例證，試談一下這個問題。

中國古代把大火星視作"天之光明"，農業視作"地之光明"。觀察大火星的出没、昏中、日中，相應地作出政治上、農業上的措施。焚田、種植、祀火、禁火的專職人員，古代稱爲"火正"，這個官職是世襲的，所謂"世序天地"，對他十分重視。要説明這個問題，中間的相互關係，需要天象、農業、官制幾個方面綜合起來研究，纔能把這個問題解釋得比較清楚、完整、透闢。

人類生存從消耗植物方面説，初是采集野生植物以維持生活的。無意或有意中看到種子落地，生長結實，人類逐漸懂得將野生植物培育成爲栽培植物，在種植（稼）、收穫（穡）的實踐中，又逐漸懂得"物其有矣，維其時矣"。要農作物茂盛，多收穫，需要重視農業。古時没有曆本，人類與大自然相處，黃道上星宿出没，東方升起，南中和西流、西没，一年四季迴環不息，恰好可以利用作爲農時的標準，於是人類逐漸又將天象、農時以及農作物稼穡聯繫起來。《夏小正》説："夏五月……初昏大火中，……種黍、菽、糜。"《書·大傳》説："主夏者火，昏中可以種黍。"《尚書考靈耀》説："夏火星昏中，以種黍、菽。"《尚書帝命期》説："夏火星昏中，以種黍、菽。"《淮南・主術訓》説："大火中，則種黍、菽。"《説苑・辨物篇》説："主夏者大火，昏而中，可以種黍、菽。"通過這些資料，可以説明天象與農作物的種植關係。

　　黍稷、黍菽，屬於中國古老的栽培植物，這些植物的種植和大火的南中有着密切的關係。中國古人重視這個觀測是理所當然。觀察火星南中，這個官職稱爲南正；南北方位相連，又稱北正。這個官職管天，又管人間措施，即管地，有時一人，有時兩人。《史記・自序》因説："昔在顓頊，命南正重以司天，北正黎以司地。唐虞之際，紹重、黎之後，使復典之。至於夏、商，故重黎氏世序天地。"根據黑龍江省博物館報導，在中國新石器時期原始社會遺址中發現過黍稷的炭化子實，説明六、七千年前已經培育。黍稷是一種具有營養價值和耐貯存的作物，古代人民對之很爲重視。《吕氏春秋》説："飯之美者，玄山之禾，不周之粟，陽山之穄，南海之秬。"黍稷培育既早，火正，這個官職可能原始社會已有。《左傳・襄公九年》説："陶唐氏之火正閼伯居商丘，祀大火而火紀時焉。相土因之，故商主大火。"陶唐是堯有天下之號，閼伯爲高辛氏之子。相土契孫，商之祖也。《左傳・昭公元年》説："昔高辛氏有二子，伯曰閼伯，季曰實沈……遷閼伯於商丘，主辰。商人是因，故辰爲商星。"從這個資料顯示，火正這個官職是由來已久的。

　　火正觀察火星南中作出相應的農業措施，焚田是措施之一，種黍、禁火、祀火亦各爲措施之一。《左傳・襄公九年》説："古之火正"，"以出内火"。《漢書・五行志上》説："古之火正，謂火官也。掌祭火星，行火政。季春昏，心星出東方，而味、七星、鳥首，正在南方則用火。季秋，星入，則止火，以順天時。"焚田在中國古代農業生産上有其作用，一是可以驅除農田上的障礙物；二是灰肥即鉀肥，鉀素可以肥田；三是焚后土壤鬆散，便於植物生長等。焚田也須及時，否則，這些作用不能達到，或者相反。所以有時禁止焚燒，所謂"内火"或"止火"。焚田以後，即行種植。這樣耕作，當較不知農時爲優。農業易於增産、豐收，給人民帶來了好處。古人對於火星出没，因此産生感謝的情緒，謝之火星，便産生了"祀火"的制度，即"祭火星"。

祀火在原始社會諒已産生，到了奴隸社會，統治階級利用，用以鞏固統治，形成祀火的典禮。甲骨文中"商"字，朱芳圃先生解釋説："蓋商人祭祀時，設燭薪於 ☐ 上，以象徵大火之星，或增 ☐☐ 象星形，意尤明顯。"這話是很有識見的。"商"字造字初誼，爲祀大火，商人遂以商爲其部族、國家和朝代的名稱，可見商時當有沿襲原始部落社會的火正。同時，又見農作物黍稷在當時人民生活中也占有極爲重要地位。

黍稷在周代農業生産中仍占重要地位。稷、黍爲同一農作物，秖是品種不同。黍、稷在《詩經》中經常提到，較其他作物爲夥。周人重稷，設爲農官，稱祖先爲后稷，"后"有大意，后稷即爲大稷。農業生産需要土地，土極重要，土稱后土，后土也即大土。祀土稱社，祀土、祀稷連稱社稷。社稷爲祭祀之稱，也是國家的代稱。這就顯示着我國古代是以稷爲主要農作物立國的農業國家。祀土、祀稷、祀火，三者事相通，義也連屬。《爾雅翼》因説："稷者五穀之長，故陶唐之世，名農官爲后稷。其祀五穀之神，與社相配，亦以稷爲名，以爲五穀不可遍祭，祭其長以該之。"説明了一些道理。

觀察火星對農業生産關係密切，古人印象極深。《詩·豳風·七月》寫西周豳地人民勞動生活及農時，開口就説："七月流火"。七月非一年之始，四季時令爲序，何以突出"七月流火"作爲一詩一章首句？應從社會發展史觀點，綜合天象、農時、官職幾個方面研究，這樣就比較便於説明問題。

　　幾種不同學科相互滲透，這一學科吸收其他學科的長處，用以促進自己學科的發展；或者集中幾種學科相互滲透，作跨學科的綜合研究。這樣的治學方法，在今日講，應該蔚爲風氣，這已經不是少數人的主張，而是世界學術潮流的大流。我國正向實現四個現代化邁進，出版界應爲貫徹實施這種主張給以熱烈支持，作出貢獻。有些方向對頭，提出問題大有前途，但方法、内容是新的，尚未成學派，或者尚不爲一般人所理解，不能讓它自生自滅，而應給以滋長、茁壯的條件；更不可對它歧視，把它扼殺於搖籃之中。否則，將會使四化的早日實現，多走彎路，甚至事倍功半，或者竟是勞而無功。

　　編者説明：本文原稿部分爲代抄，部分爲手迹，兹據以録編。原無標題，今題爲編者酌擬。

應當多寫論文

　　"五四"新文化運動，站在時代尖端，促進社會發展，樹立了功勳，應予充分肯定。新生事物，未能臻於完善。對於傳統文化，時有絕對化的傾向，精華見得太少，否定過多。如說：綫裝書要投入茅厠若干年；一部廿四史，字縫中祇見"吃人"兩字。果是，古籍祇能讓其爛掉，取出來已是臭不可聞。中國的歷史祇是吃人的歷史，吃了數千年，人怕都已吃光了。不僅亡國，早已絕種。自然偏激之辭，今天理當反思！

　　時至今日，我以爲須少寫雜文，多撰論文。博學、慎思、明辨、審問、篤行。具體問題作具體分析。文理密察，多作科學研究，吸取其精華，批判其糟粕。首先應該繼承和發揚其優良傳統，不要割斷歷史，而應把這優良傳統，融化到今日的社會主義中去，古爲今用，發揮其應有的作用。

　　古籍是需要認真讀的，因爲裏面確實存在着一時難以估計的至理要道，這些至理要道，是客觀規律的反映，是已發見的真理或接近於真理的。這份寶貴文化遺產，能輕易地把它抹煞嗎？

　　墨子説過一句話："力，形之所以奮也。"這句話是什麼意思呢？是他對"力"的一個動辭加以解釋，認爲什麼喚做"力"呢？它的涵義是事物由此興奮，由此飛躍。這就對力這一現象，作了定性的説明。這個力可以是哲學上的、政治上的、生物學上的和物理學上的，如：生命力、凝聚力、動力、靜力等。墨子生於戰國時代，能說這話，有這樣的發見，確實了不起啊！墨子說這話，固然顯示了力的意義，但實際遠非如此，它的效益可大了。人是有所作爲的，人要作爲，需要動力；事物想要飛躍，必需加強力量。倘無力量，事物怎能飛躍呢？"力，形之所以奮也。"這就顯示墨子說這話的作用和效益。

墨子能說這話，自是創見，有其功績，此言不朽。但他顯示的，祇是力的定性，而尚不是定量。定性可以理解，誘人聰明；定量說明，則可使人便於掌握，開物成務。近代英人牛頓爲力下定義：F ＝ ma，這就爲力作了定量的解釋了。有了這個定律，人們就便於掌握和應用了。自然這個力祇能說明自然科學上的物理作用，而並不能適用於哲學上的、政治上的和生物學上的其它方面。

人們在日常生活中，推、拉、舉、投等動作都需要力的，它的直觀意義，是人的肌肉的一種感覺。推而廣之，馬拉車，是馬對車用了力；火車頭拉車廂，是火車頭對車廂用力；子彈出膛，是火藥爆炸產生的氣體對子彈有推力的結果。從實例中力的現象，人們就意識到：力和物體是分不開的。力實際是物體對物體的作用而形成的，所以，離開物體是無從談到力的。墨子說："力，形之所以奮也。"可以理解：他是從現實生活中覺察，從而道出了它的本質。

牛頓則從力的物體間相互作用中，通過實驗，證明物體受力時產生的加速度的大小和它所受的合力的大小成正比，和物體本身的品質成反比；加速度的方向和合力的方向一致。用 F 表示一個物體所受的合力，用 m 表示它本身的品質，a 表示它在受此合力時產生的加速度，得出公式爲：a ＝ F/m，或作 F ＝ ma。這個物體運動的變化（即加速度）和受力以及品質的關係，成爲牛頓第二定律。這個定律在工程技術中有着廣泛的應用，可以解釋許多現象。因此，墨子提供了力的創見，通過實驗可以不斷的研究和深化。可惜後起之秀，没有很好予以繼承和闡發啊！

"事業"一詞，應有怎樣的内涵？我們怎樣正確地予以對待？在《易·繫辭上》中却有精闢的解釋。這個解釋，我想今日很少人會注意到它的了。《易》及其傳自然是屬於"經"的，可以不讀嗎？可以譏笑或者阻止人去讀嗎？《易·繫辭上》云："是故形而上者，謂之道；形而下者，謂之器；化而裁之，謂之變；推而行之，謂之通；舉而錯之天下之民，謂之事業。"這段文字意謂：超出形體之上的，屬於概念性的東西，稱之爲"道"，道，可指道路、歷程、規律、原理、方法等，或者稱之爲"體"，意即本體；具有形體可以覺察的，稱之爲"器"，器，指物質、形體、工具、現象等，或者稱之爲"用"，意爲可以實際應用的。中國哲人將人類文化分成"形而上"與"形而下"兩個方面，兩者的内涵相當於遍指人類的物質文明與物質生活、精神文明與精神生活。這兩者有着相互聯繫，可自辯證觀點來進行考察的。《易》傳概括爲變、化、推、舉四個字，即是將抽象的原理與具體的事物，加以適當的剪裁與變化，從而達到應用的目的，稱之爲"變"；這兩者結合際遇到了窮時，就要變，所謂"窮則變"。變了就可作進一步的推演，使之實行，發揮它蘊藏着的潛在力，稱之爲"通"；"變則通"也就是觀其會通，融會貫通的意思。這樣引出方案措施，供天下人使用，稱作"事業"。這道理，宋儒稱爲"體用一原，顯微無間"。

這個"事業"，把它範疇縮小一些來說，就説一個"企業單位"吧，怎樣搞好一個企業呢？從原則上說：是兩個翅膀一起飛，兩個輪子一淘滾，就是物質文明、精神文明兩手一起抓，不是一手硬一手軟的。那麼就一個生產單位説，物質生產爲精神文明服務，精神文明反過來可以促進物質生產，就是精神變物質。我曾視察過兩個工廠，一是杭州市的杭一棉，一是海鹽縣的第二絲廠和絲織廠。一個比較多祇管生產，一個同時重視對工人進行社會主義教育、文娛體育活動和工人的生活福利等，工人愛廠如家。從招工問題上看，一個容易，一個艱難。這裏就可看到，辦好企業，需要"兩個"文明建設，這就能促進各項工作。企業如是，成就事業也是如此。《易》傳早已提出：要把"形而上""形而下""化而裁之""推而行之""舉而錯之"，這樣纔成"事業"。這可説是先哲的至理要道，所形成的優良傳統。

從哲學的觀點説，把自然現象看作單獨的、彼此孤立的和不變的現象，是一種不科學的方法；中國哲學則把事物的本質與現象的發展、變化相互聯繫起來觀察，這就具有樸素的唯物辯證的觀點。兩千年前的孟子早見及此，認爲理想社會不僅有"五畝之宅，樹之以桑。""老者衣帛食肉，黎民不饑不寒"，而且還須"謹庠序之教，申之以孝悌之義"。小之今日一個企業，也當如此。不僅要重視生產，而且還要重視文化。在這問題上，《易》傳和墨子一樣，提出了定性管理的見解，我們今日應當進一步探索、深化，結合實際，形成具體的方案與措施。

中國是一個文明古國，有豐富的文化遺產，真像一個寶藏，有許多東西可以繼承與發展，或者獲得啓發與借鑒，從而開拓我們的智慧，豐富我們的知識。倘若祇是采取鄙棄的態度，好像過去有些學者那樣，一味鄙棄中醫，鄙棄京劇，祇是譏訕，這不僅不應該，在今日是應該受到人民的譴責的。

編者説明：本文據手稿録編，原無標題，今題爲編者酌擬。

淺談漢字"六性"

中國的語言文字，豐富多采，博大精深。好像海洋中，島嶼縈迴，雲氣迷濛，看不到邊。漢字有：歷史性、綿延性、科學性、藝術性、實用性和國際性的六個特色。這種文字，生氣蓬勃，是有強大的生命力和廣闊的前途的。

一、歷史性：商朝後期，即盤庚遷殷以後的270餘年間，這時的文字，大量見於甲骨刻文，次爲銅器鑄款，偶然亦有石刻文字。這屬中國漢字的初期階段，結構已臻完美。學者佐證傳世的巖畫和出土的陶文，進而探索文字的起源及其與甲骨文衍變的關係。從文字萌芽迄於今日，可窺漢字創造和運用衍變的歷史是十分悠久的。

西周文字遺存於今的，多爲鐘鼎款識，還有少量的甲骨刻文。隨着社會發展，文字孳乳，隨體屈曲，由簡趨繁，由繁就簡，字體時見變革。舊傳周宣王時太史籀作大篆，傳說《石鼓文》是他書寫的。春秋戰國之際，政權不在王室，各國文字隨之變易，字多異體，衍爲六國文字。秦始皇統一中國，"同一文字"，把秦國原用的籀文——時稱大篆——和六國所用而不與秦文合的，命令停止使用，予以審定、改革後推行之，名爲小篆。但一般官署和民間運用的文字，爲求簡捷，自然而然地加以改變，形成一種草篆，名爲隸書。《説文解字·序》説"秦書有八體"，即大篆、小篆、刻符、蟲書、摹印、署書、殳書、隷書，當時的字體實際還是較多的。

二、綿延性：西漢時代文字書法流傳於今的，有石刻、竹木簡、銅器鑄款和墨筆帛書。石刻隷書和鑄刻的字，結構平方整齊，未脱篆意。嗣後筆勢漸起波磔。東漢隷碑，瑰奇偉麗，世稱漢碑。三國前後百餘年間，漢字字體由隷變楷。曹魏繼承兩漢王朝的文化傳統，出現《三體石經》。西晋禁止立碑，重視函牘，而晋帖遂興。陸璣的《平復帖》爲中國傳世的第一件名家墨迹。東晋書法以王羲之、王獻之父子爲代表。二王傳世書迹，多行書，也有小真書。流風逸韻，一直影響到了今日。漢字字體在歷史上時時變易，然其遞嬗之迹，内在聯繫，一脉相承。於此可窺漢字衍變發展的綿延性了。

三、科學性：《説文解字》爲中國第一部運用"六書"理論分析漢字的形音義的專著。六書的名稱初見於《周禮・保氏》，細目則始於劉歆的《七略》，許慎六書的細目與之稍有差異。許慎對於漢字字形結構的解析，可分爲三類，用以説明它的形、音、義：獨體文字，屬於象形或指事；形體可以拆開的屬於會意或形聲；由於語言發展而派生的，或因節制文字而不另創新字，就原字而賦以新義的，屬於轉注或假借。許氏立論，類多博采通人，非憑一孔之見，言冀有據，其學遂能傳之久遠。文字之學，古稱"小學"，童而習之。後世探賾索隱，著書立説，衍爲文字、訓詁、音韻之學。《説文》語言資料，采自周秦文獻。所收文字自晚周、秦皇以來，迄於漢世字體。當時甲骨契文尚未出土，鼎彝銘識希見。許氏囿於見聞，解釋文字難免有其疏漏和謬誤之處。然學人以此爲基，循序漸進，綜合研究，可以從而尋繹文字創造和發展的軌迹與規律。可見漢字結構是有其内在的科學性的。

四、藝術性：中國漢字，在商代後期的甲骨、石器、陶器諸出土文物中，已見朱書墨書。審察它的書寫痕迹，可曉是爲毛筆書寫。甲骨卜辭刻辭多署卜人名字。此卜人一般認爲是刻字的人，卜辭的寫刻捷健優美，可認爲中國早期的書法家與篆刻家的。卜人司契，當時分工成爲專業。反復練習，精益求精，在實踐中不斷提高，相沿成習，遂爲歷史優良傳統。這個起步很好，歷史上從而獲得優越的成就，作出巨大的貢獻。嗣後，刻石、鑄器、書帛、寫楷所用的工具與材料雖有不同，然其刻苦用功，揣摩練習，繼承不絶，名作如林，如入園圃，百花齊放，各具特色。漢碑晋帖，流芳千秋。

漢字字形結構，由於毛筆書寫，輕重頓挫轉折，重在筆意、筆勢和筆姿。《説文解字・序》説："（古文）厥意可得而説。""厥意"即指筆意。筆勢、筆姿可自字的形體不斷變化與書法恣肆多姿諸方面理解之。書之多姿，一方面由於漢字體形多變之故；另一方面也由於人的思想感情所驅使。書由人書，人的性情自然流露其間，故其精神實爲人的性情與懷抱之所寄托。孫過庭《書譜》云："草不兼真，殆於專謹；真不通草，殊非翰劄。真以點畫爲形質，使轉爲情性；草以點畫爲情性，使轉爲形質。"此語道出字體與書家的素質與性情的關係。書家蔚起，儀態萬方。就漢碑論，康有爲在《廣藝舟雙楫・本漢篇》中舉出許多具體的事例，啓發學人。如入寶山，采繹不盡。學人在臨池、鑒賞之中，可以從而領悟漢字書法藝術性的高妙與深邃了。

五、實用性：中國地域遼闊，歷史悠久。胡越殊語，古今異辭。在歷史上，語言是不容易統一的，而漢字可以超越地域、時代，從而在書面上形成一種共同語言。《論語・學而》第一章説："子曰：學而時習之，不亦説乎？"識漢字者，不問何時何地之人，讀之自能識其内容。即使周誥、殷盤，詰屈聱牙，繹其文體，自可理解。口語形之筆墨，表達情思，寫氣圖貌，反映《詩經》的社會現實，漢字的表達能力可以説是能曲盡其妙。一個國家民族能夠創造出這樣的文字，相契於心，莫逆於口，視胡越爲一家，古今爲一體，真是了不起的。我們國家團結着各族人民，漢字實是産生了極大的凝聚力的作用。蒙古、滿族入主中原，各爲漢文化所同化，應該説漢字也起了很大作用。漢語爲口頭語，漢字爲書面語，兩者有其差異性，亦有其同一性。漢字於此兩者，巧妙結合，使之各適其用，並行不悖。

漢字一字一言，"春風風人"，"夏雨雨人"，詞位不同，詞性遂異；然文字筆劃仍舊，不見有何增損。運用漢字，練字琢句，對仗押韻，顛來倒去，内容豐贍，文字則殊簡約。杜甫《倦夜》詩云："重露成涓滴，稀星乍有無。"露成涓滴，可曉露重；星乍有無，以明星疏。重露、稀星；涓滴，有無，十字相映成趣，組合之妙，其他文字恐難達此境地。一字多義，即一字多用。作家行文可以概括、濃縮，言近旨遠，意内言外。這不僅節制了文字，亦經濟了語言。

甲骨文今日尚在繼續發掘與研究中。所見單字已近 5000，識者未及其半，推其所常用者，恐未必大越此數。《説文解字》收集正篆與重文總數爲 10516 字。今日常用的漢字爲 3650 字，使用率爲 98.5％；不常用約爲 2238 字。此例真可説明漢字運用越數千年，文字亦新陳代謝，常用之字與古時比，並未大增。但其在歷史文獻的作用與勞績，是無法估計與説明的。今日稍有文化修養的，都能共曉。因爲"漢字"能使人發生"聯想"，對世界文化有着巨大的貢獻。不僅如此，漢字組詞能力强，能跟上時代和語言的變化。漢字信息量大，字形與字音相輔，使每個漢字都能携帶大量的信息和情感，突破了時間和空間的局限。其他文字如拼音文字是詞而非字。詞彙有了變化，便造新詞。從而時代語言不同，新詞迭起，新的詞典也不斷編纂。這可窺見漢字實用價值之大了。

六、國際性：中華民族的文化，隨着社會歷史的發展而發展。嫻習漢字的不限於漢民族，蒙古、滿、藏、維吾爾等許多少數民族都在學習它；不限於中國版圖，日本、韓國以及東南亞的國家也都學習它，運用它，可見漢字潛力之大。炎黃子孫、海外僑胞、國際友好人士、黃種人、白種人，大多數人都喜愛它。由於語言不同，有的因地制宜，結合方言給以再創造，這也屬於漢字派生的支流吧。可見運用漢字表達情思，記載事物具有廣泛的國際性。

綜此"六性"，說明漢字的優勢是很明顯的。世界上許多文明古國，都是國家滅亡而其文字隨之亡。中國的漢字，却能够歷經幾千年而不衰，即使在受到漢族以外的民族統治的時候，也沒有能把它改變。可見漢字的生命力是如何的旺盛啊！近世、當代有些人認爲漢字是死文字，必需廢止；有的説得還要厲害，把漢字的廢存和國家的興亡等同起來，這實是使人痛心的！國人是決不敢苟同的！漢字以象形爲本源符號，蘊涵着指事和會意、形聲和假借，其形體結構和造字方式相當科學，有其特色，頗可代表人類語言文字發展的方向。許多人都還沒有想到，世界上最古老的漢字，在電腦時代却爲輸入電腦最快的文字。因此，英國一位專家曾經預言，漢語將成爲聲控電腦的第一語言。二十一世紀是漢字發揮威力的時代，漢字是中華民族的瑰寶，豈可等閑視之！

（原刊《北美浙大校友會通訊》 第 37 期 1996 年 5 月）

編者説明：本文據原刊錄編，本文原載於陸子亢《漢字形近偏旁辨析》序，三秦出版社，1994 年。又刊於《古今談》1994 年第 1 期，文字稍繁。

略説文字繁簡

文字由繁趨簡，世盛稱之；獨於由簡趨繁，亦是一種改革、一種發展，却忽視之。余謂：兩者結合考慮，始能識其全，而臻於用也。

由簡趨繁，試舉六字明之：

匕——匙
乍——作
辱——褥
刑——型
豈——凱
奧——燠

前爲簡體，後爲繁字。所以然者，字義豐贍，一字多義，簡體不便於用，衍爲繁字，義始有所別也。

匙，古時作匕。《詩·小雅·大東》云："有捄棘匕。"意爲：一柄彎而長的棗木匙子。"棗匙"寫成"棘匕"。

作，古時作乍。近歲陝西永壽縣好疇河發見的古銅器有一件銅匙，其上鑴銘文云："中柟父乍匕永寶用。"乍匕，今寫"作匙"，十分明白；如寫"乍匕"，看來許多人不解矣。

煩文褥節之"褥"，古時作"辱"。《詩·周南·葛覃》傳云：

"女功之事煩辱者。""辱",今寫爲"褥"。"辱"今用作恥辱之辱；而煩辱之辱，不經解釋，恐亦衆人不解矣。

典型之"型"，古時作"刑"。《詩·大雅·思齊》云："刑于寡妻。"刑者，法也，法則之意。今寫作"型"，否則便與刑罰之"刑"相混。

凱歌之"凱"，古時作"豈"。《詩·小雅·魚藻》云："豈樂飲酒。"豈樂爲凱旋之樂。豈樂飲酒，謂舉凱樂而飲酒也。

寒燠之"燠"，古無"火"旁。《詩·小雅·小明》云："日月方奧。"意爲：日月正在温暖的時候。今加"火"旁，使之與堂奧之"奧"有别也。

舉此六字，便見文字字義孳乳，心思日趨縝密，文字字形從而增添。字體趨繁，亦爲發展一途。淺學往往知其一，而不其二也。復强作解人，謂歷史上無此現象而否定之，實可悲也。

編者説明：本文據手稿録編，標題"説"原作"論"。

對"文白之争"的反思

清代龔自珍對於中國歷史文化發展，認爲存在着一種必然的變化趨勢："自古及今，法無不改，勢無不積，事例無不變遷，風氣無不移易。"這種趨勢到了晚清、民國，由於中西文化交流、激蕩、拼搏，發展到了一個新的高峰。

在這新文化運動中，胡適首舉"文學革命"的義旗，他的主張，不斷擴張，涉及三個方面：一是《文學改良芻議》；二是"研究問題，輸入學理"；三是"科學的方法""整理國故"。胡適提出關於這三方面的主張，在歷史上有其地位與功績，但也有其偏頗之處。對這些主張，今天我們不妨重新認識，重新估價一下。這裏首先談談他的"文學革命"。

1917年胡適在《新青年》第二卷第五期上發表了《文學改良芻議》，它的内容可以概括爲"八不主義"。胡適寫道：

> 吾以爲今日而言文學改良，須從八事入手。八事者何？一曰，須言之有物；二曰，不摹仿古人；三曰，須講求文法；四曰，不作無病之呻吟；五曰，務去爛調套語；六曰，不用典；七曰，不講對仗；八曰，不避俗字俗語。

陳獨秀爲之推波助瀾，樹立起"文學革命"的旗幟：

> 文學革命之氣運，醖釀已非一日。其首舉義旗之急先

鋒則爲吾友胡適。余甘冒全國學究之敵，高張"文學革命軍"之大旗，以爲吾友之聲援。

陳獨秀一改胡適温和的態度，旗幟鮮明地提出他的"革命三大主義"：

> 推倒雕琢的阿諛的貴族文學，建設平易的抒情的國民文學；推倒陳腐的鋪張的古典文學，建設新鮮的立誠的寫實文學；推倒迂晦的艱澀的山林文學，建設明瞭的通俗的社會文學。

這兩篇文章激起了巨大的反響，"文學革命"就在批評、贊賞或同情的激烈争辯中展開了。

胡適接着著文推動，在《建設的文學革命論》中，自定宗旨是"國語的文學，文學的國語"。發表他的"最堂皇的宣言"："一、要有話説，方纔説話；二、有什麽話，説什麽話，話怎麽説，就怎麽説；三、要説我自己的話，别説别人的話；四、是什麽時代的人，説什麽時代的話。"

這是針對當時的時代背景、社會情况而説的。

今天，這個"文學革命"的時代背景，由於社會發展，與陳獨秀所要"推倒"和"建設"的已經有所不同了。這樣，我們可以平心静氣，從學術的角度，對胡適所提出的"八不主義"和"最堂皇的宣言"結合歷史的發展，來作冷静的思考，給以再認識和分析了。

這個"文學革命"，就文體來説，總的趨向就是白話與文言之争。

胡適説的"白話"，十分顯豁，他説："白話即是俗話"，"乾乾净净，没有堆砌塗飾的話"，倡導"白話小説"，"言之不文，行之最遠"。他説："話怎麽説，就怎麽説。""白話"就是"俗話"；這就是好，何必"文"呢？

　　胡適所指的"文言"，範圍較廣，"古文""駢文""古文文學"都屬於"文言"的範圍。他把"駢文、律詩、八股"與"太監、姨太太、五世同居的大家庭"，有時加進"鴉片、麻將"作爲"中國獨有的"，"幾千年幾百年之久的固有文化"的代表，"都是無濟於事的銀樣蠟槍頭"，叫人承認"我們自己百事不如人"。這些話今天看來顯然説過頭了。

　　胡適認爲"白話"是"真文學""活文學"；"駢文、律詩""古文文學"是"假文學""死文學""腐敗文學"。他寫的《白話文學史》宣示：白話文學史是中國文學史的中心部分，去掉了白話文學的進化史，就不成中國文學史了，祇可叫做"古文傳統史"罷了。並開講："古文是何時死的？""古文學的死期"，"古文學的末路"，把"白話文學"與"古文文學""古文文學的末路史"與"白話文學的發達史"兩者截然對立起來，認爲是水火不容，勢不兩立的。

　　今天如何看待"文白之爭"呢，我覺得首先要把文言、白話兩者的性質、界綫和關係認識清楚。這裏，我想提出一些粗淺的看法，祇是抛磚引玉而已。

　　一，白話、文言都是運用漢語、漢字來反映社會現實，抒發攝寫人的思想感情的，這是兩種不同性質、各具特色的文體。這兩種文體的形成從其內涵粗綫條分：白話源於、側重於口頭語言；文言則源自口頭語言，經加工潤色，往往超越於口頭語言，而成爲一種書面語言。兩者有其統一性，也有其差異性。我認爲兩者可以分道揚鑣，也可熔爲一爐。兩者各具特色：白話保存口語多，饒於生活氣息；文言已經提煉、升華，文字少，内容較多，凝聚豐富。由於都用漢語、漢字寫作，可以相互補益，文白結合。就拿胡適所提倡的白話小説《紅樓夢》來説，是白話文，其中却也有不少詩詞歌賦，這不是文言嗎？兩種文體融在一起，都能很好地爲小説的主題服務，你能説這文言部分是"死文學""假文學"嗎？

《芙蓉女兒誄》還是用駢文寫的，哀感頑艷，不是把賈寶玉的叛逆感情寫得淋漓盡致嗎？能説這篇東西是"腐敗文學"嗎？它們祇是以漢語、漢字作爲工具的兩種不同表現方法所形成的不同文體，以此劃綫説哪是"真"的、"活"的，哪是"死"的、"假"的，這是不恰當的，不合理的！又如四史：《史記》《漢書》《後漢書》《三國志》，無疑爲古文，能説這些都是"僵化"了的，祇是"古文傳統史"，沒有生命力嗎？

二，白話、文言，從性質看，既是兩種運用不同的表現方式所形成的兩種文體，那麼有些作者受到兩種文體的訓練，兼攬兩者寫作，而成爲另一種文體，這樣的文體該劃入白話，還是劃入文言呢？這種作品在歷史上是常出現的，劃爲文言或劃入白話，這條界綫就難於掌握，如《金剛經》：

> 如是我聞：一時，佛在舍衛國祇樹給孤獨園，與大比丘眾千二百五十人俱。爾時，世尊食時，著衣持鉢，入舍衛大城乞食。於其城中，次第乞已，還至本處。飯食訖，收衣鉢，洗足已，敷座而坐。

這樣的文學不是明白如話嗎？是白話，還是文言呢？我們還可舉先秦的名著爲例，哪些應該劃入白話，哪些應該劃入文言，有些感到難以説清楚的。

《尚書》中的《大誥》《康誥》《酒誥》《召誥》《洛誥》和《盤庚》上、中、下三篇，今天讀來是艱澀難懂的，可是這些作品當時都是循着口語寫下的，該劃入白話文。

《春秋》是歷史大綱；《左傳》鋪陳春秋史事，抒情敍事多用口語加以提煉；《國語》稱"語"，語言藝術不及《左傳》；《戰國策》議論縱橫，對話很多，明白曉暢，富於波瀾。這些作品，是白話，還是文言？

《論語》稱語録體，是孔子弟子記録當時師生的言行的，文簡意賅，平易近人，是白話文嗎？《墨子》《孟子》，前者文字質樸，邏輯性強；後者文采飛揚，氣勢豪邁，其文章都從口語轉化而成書面語言的，該説是白話，還是文言呢？《荀子》中有《成相》一篇，采自當時流行的歌謡，記録整理中有文言氣息，能説是白話嗎？

由此可知：文、白兩者的界綫是值得探索的。

三，白話、文言都是運用漢字、漢語作爲工具的，它們之間形成的不同特色，各有優劣與短長，今就文言、白話各舉例來説明：

《史記·宋微子世家》記載箕子東渡，到了朝鮮建立王朝，回到周朝進貢，經過商都，不禁觸景傷情。這段文學寫得十分生動！

> 箕子朝周，過故殷墟，感宮室毀壞，生禾黍。箕子傷之，欲哭則不可；欲泣爲其近婦人。乃作《麥秀》之詩，以歌詠之。其詩曰："麥秀漸漸兮，禾黍油油；彼狡童兮，不與我好兮！"所謂狡童者，紂也。殷民聞之，皆爲流涕。

《淮南子·精神訓》描寫先民"以物取象"，汲取動物健身活體的特徵與規律，萌悟出種種與人體運動有着相互感應的功能，從而發展成爲氣功。文章説：

> 若吹呴呼吸，吐故内新，熊經鳥伸，鳧浴蝯躍，鴟視虎顧，是養形之人也。

非常簡練。

劉宋祖冲之造《大明曆》，想不到得罪了朝廷寵臣戴法興。冲之"上表""辯析"，這篇文章是用駢文寫的，可説字字珠璣，沒有廢字廢話：

> 按何承天曆，二至先天，閏移一月；五星見伏，或達四

旬；列差妄設，當益反損，皆前術之乖遠，臣曆所改定也。既
沿波以討其源，刪滯以暢其要，能使躔次上通，晷管下合，反
以譏詆，不其惜乎？

胡適說"記事散文""駢體文"都是"清客階級的專門玩意
兒"，"祇圖被皇帝'第其高下，以差賜帛'"，這話是言過其實的。

俗話口語當然有它的長處，可以寫得鮮明生動。今人創作
的《水泊梁山》，揭露慕容彥達陷害秦明的凶狠毒辣，斬了秦明一
家：老掌家、蘭珍、夫人和兒子，最後斬他的老娘，把她的頭從城
樓上摜下去。請看：

> 秦明忙把手中四頭一丟，掄身過去，一個筋斗，竄起身
> 來，雙手捧住老母親的頭泣不成聲。渾身如同澆了冰水一
> 般，遍體冷了。胸脯氣破，淚如泉湧。思想堂堂提督軍門，
> 號稱霹靂火，為了留下幾條性命，竟這般屈辱地向仇人苦苦
> 哀求；結果，還是全家被殺。不覺昏了，牙齒緊閉，高叫一
> 聲："老母！親娘！我的娘啊！"心頭一翻，哇哇哇一聲大叫，
> 嘴裏咕嚕嚕地吐出一窪鮮血，跌倒在地，不省人事。正是：
> 忠奸自古同冰炭，人情於今判偽真。

可謂妙筆傳神，用文言怕難以寫得這樣淋漓盡致！又如其中贊
宋江看燈：

> 遠聞得鑼鼓聲音，果是前邊，果是前邊來了燈。先放
> 炮，火流星，平升三級走馬燈。熱鬧紛紛，紛紛擠在天井裏。
> 宋公明亦在其內，亦在其內看分明。但見那一品當朝燈、二
> 仙和合燈、三星福壽燈、四季百花燈……耍孩童，扮戲文，短
> 短衣衫簇簇新。扮個唐明皇，遊月宮，月亮裏個娑婆樹，扎
> 得能伶仃……海神廟，哭神靈，王魁辜負敫桂英。格齣戲
> 文，格齣戲文太傷心！……

寫得別饒風趣。但如按胡適的主張，祇需"俗話"，怕也難以達到
這種境界的。他的《四十自述》，寫他母親馮順弟教育他的話：

> 你總要踏上你老子的脚步，我一生祇曉得這一個完全
> 的人，你要學他，不要跌他的股。

並不見得很高明啊！

從這些例看：兩種文體各有特色，各有其生命力。

四，我們今天已經看到白話、文言這兩種文體不同的表現方
法、特色和作用，應該怎樣來處理它們的關係呢？有三種態度：
一是並存；二是相互交流，有機地結合；三是水火不容，你死我
活。胡適當年是采取這第三種態度的，例如，他把"律詩"與"太
監、小脚、鴉片、麻將"一樣看待，深惡痛絕。胡適的話不僅偏激，
而且是錯誤和荒唐的。1917 年蔡元培任北大校長時，對"各家
學説"主張"相容並包"："苟其言之成理，持之有故，尚不達自然
淘汰之命運；即使彼此相反，也聽他們自由發展。"對這個問題的
看法是："照我的觀察，將來應用文，一定全用白話；但美術文，或
者有一部分仍用文言。"蔡元培是較有遠見的。

但是不論如何説，胡適提出的"文學革命"乃順應歷史之潮
流，爲時勢之必然。這裏面有成果，亦見流弊。比如他提出的
"八不主義"，發表的"最堂皇的宣言"，至今還有現實意義。他説
須言之有物，不摹仿古人；須講求文法，不作無病之呻吟；務去爛
調套語；以及要有話説，方纔説話；有什麼話，説什麼話；話怎麼
説，就怎麼説；要説我自己的話，別説別人的話；是什麼時代的
人，説什麼時代的話，等等，對我們當今某些東拼西湊、空話連
篇、言不及義等文章，不是亦可起到一些針砭作用嗎？有的人的
文章，自己不知所云，卻還要"以其昏昏，使人昭昭"，這做得到
嗎？胡適提出：不用典，不講對仗，不避俗字俗語，我看卻值得討

論。我認爲:"不妨用典"。用典恰當,可以經濟語言,豐贍内容。例如:有人爲《敦煌寶藏》寫序云:

> 敦煌石室寶藏初出壁壤,如浣紗西子,未受珍視。後遭劫掠詐騙,滯留乎異邦,艷色始爲天下所重。一時鑽研敦煌之風,東起日本,西迄英法,世稱顯學;而國人於此,八十年來,徒傷美人娟娟,爲秋水所隔耳。

這裏没有典嗎? 顯然是用典的。"不講對仗",我看也不能絕對,有時也不妨講講。例如:有人在"二戰勝利"紀念之時,過富陽千人坑題詩一首,在所寫條幅的小序中云:

> 憤日寇之暴行,悲同胞之慘遇。賦此一絶,伐之告之。

用"憤""悲"一聯來表達他的感情,這樣寫語言精練,增强氣勢,加深讀者印象,又有什麽不好呢? 俗字俗語,則要看情況,有時用了可使文章生動,情景逼真;但有時用了反而令人不堪卒讀。限於篇幅,例子就不舉了。

總而言之,胡適在文白之争中有貢獻,亦有不妥之處。對他的功勞,我們不可一筆抹煞。

(原刊《古今談》 1996 年第 1 期)

書面文學不能否定

　　“五四”新文化運動是有其歷史進步意義的，作出了巨大的貢獻。其中一項，批判文言文，提倡白話文，也可以這樣看。但有它的偏激與過當之處。口頭文學與書面文學，有其差異的一面，也有其統一的一面，兩者有時是相反相成的。胡適認爲話怎麽説，文就怎麽寫；認爲口頭文學是白話文是唯一的，反對寫文言文，它的實際流弊就是否定書面文學。文言文是書面文學，豈容一筆抹煞？豈容爲着提倡白話文而能把它廢除的？

　　這裏就舉酈道元的傳世名篇中《三峽》所寫長江的一段來説吧：

　　　　自三峽七百里中，兩岸連山，略無闕處。重巖疊嶂，隱天蔽日。自非亭午夜分，不見曦（日色）月。至於夏水襄陵，沿溯阻絶（到了夏天發大水時，漫過丘陵，上下航路全斷絶了）。或王命急宣，有時朝發白帝，暮到江陵。其間千二百里，雖乘奔（快馬）御風（駕御長風），不以疾也。春冬之時，則素湍綠潭，回清倒影，絶巘多生怪柏，懸泉瀑布，飛漱（沖激）其間。清榮峻茂（水清、木榮、山高、草茂），良多趣味。每至晴初霜旦，林寒澗肅，常有高猿長嘯，屬引（相連不斷）凄異（特別凄涼），空谷傳響，哀轉久絶。故漁者歌曰：“巴（今四川省東部）東三峽巫峽長，猿鳴三聲淚沾裳！”

　　這段對長江三峽的歌詠與描述，寫得多麼優美與凝練：水勢山色，冬夏晴晦，錯落變化，動静相兼，寫得有聲有色。祇是短短百餘字，真可與長幅巨軸一較短長。就文字説：水清、木榮、山高、草茂，洗練爲"清榮峻茂"四字。就造句説：雖是趁着奔馬，駕着長風，還比不上它快啊！錘煉成："雖乘奔御風，不以疾也。"字字着力，多麼遒勁。就結構説：寫三峽的水勢山色、冬夏晴晦的錯落變化，層次井然，環環入扣，引人入勝。這篇自然是文言文，是書面語言，能説是"話怎麼説，就怎麼寫"的白話文嗎？所以，祇知白話文，不知文言文對口語的洗練、概括、提高，那是散文的一大損失。説得重一些，也可説是受得一場浩劫。今日，文言文還當讀，可以寫，還當寫。它還是有着蓬勃的生命力的！

　　編者説明：本文據手稿録編，另有手稿四紙（見附録），劉録稿云："（此四頁）無標題，且字迹較亂，似第二次住浙一医院撰，時已无力下床，仍终日思考撰寫。"

附録：

　　文言與白話，都是運用漢語、漢字形成文體的一種表現形式。中國的漢語、漢字，是口頭語言與書面語言組成文體的一種素材。這兩種不同的文體體裁運用漢語、漢字，成爲文體結構中的因素，輕重之間有其差異，但難截然劃分。有其差異性，猶有其交叉性、統一性。有人以爲白話即口語，把口語就説成是白話或白話文，這樣來認識文章文體是不確當的。例如："你要學他，不要跌他的股"，這是口語，可以説是白話文嗎？口語、白話、文言，從口語到白話，從白話到文言，從口語到文言，從文言到白話、到口語，從文言到口語，這中間是有其交叉性、跳躍性、統一性的。從總的説:這三者的邏輯關係、内在聯繫,實際是一個低級向高級發展的過程。白話接近口語,白話便於保持口語語氣;文言可以接近白話,也可以接近口語,保持口語的語氣。這中間有着口頭語言與書面語言的差異性與統一性的内在邏輯關係。白話比文言更可接近口語,使讀者通曉,明白易懂,這是它的優點;但文言經過洗練概括,看來不能保持口頭語氣,實際也能達到這個功能和任務的,這與文化修養有關。文化修養較差的人,自然一時不易理解了。但不能由於這點就否定文言文、反對文言文了。這是文言文的優點還是缺點呢?否定它、反對它的人,自然無疑説是它的缺點。不僅是缺點,甚至可説是流弊、是罪行了。認識到它這功能的人,就認爲這是漢文化的優點。不僅是優點,還是精神文明的一種高的境界呢。這個境界可以跨越更大的時空,詞彙豐富、語言精練、文筆警策、題旨升華,實際是勝於白話。隨着人們文化素養、文化水平的不斷提高,人民對文學精練的要求也將不斷提高,這樣人們可能對白話的優點,就感到不够滿足,而欣賞文言的優點,甚至遠勝於白話了。胡適把《史記》《漢書》都看成"死文學",這文學真的都"死"了嗎?這偏激之辭,是經不起歷史的檢驗、考驗的。

舉個例證來説吧。天台山石梁中方廣寺門楣上有一幅對聯:

　　傾崖噴壑雙龍鬥
　　滾雪驚雷一脊寒

下聯七字是什麽意思呢?滾雪、驚雷、一脊寒,包括三個方面三層意思:滾雪,指石梁上下的澗水,飛流直瀉,水是白的,有人稱白浪滔天爲雪浪滔天。水浪翻滾,這是寫水;驚雷,"如萬馬結隊,穿梁狂奔。凡水被石撓必怒,怒必叫號,以崩落千尺之勢。"這是寫水聲。石梁像條鯉魚的脊背，滑溜溜的，人走上去，膽小的人不免寒心，脊背發冷。詩要用最經濟的語言，這聯用口語、白話來說來寫，可以用多少話纔能說個清清楚楚？但這裏把許多名詞、動詞都省了，祇用主要名詞：雪、雷、脊，而這三字前各加形容詞，成爲滾雪、驚雷、一脊，而一脊下加一"寒"字，有一定文化素養的就人一目瞭然；缺少這素養的，可能莫名其妙。那麼應該把它（對聯）否定呢還是肯定、欣賞呢？胡適提倡"言之有物"，這是對白話說的，言外之意文言文是空洞的，言之無物的，能說這是言之無物的嗎？

不能因爲（一般人）看不懂就否定它。譬如數學，一加一等於二，大家都懂得；可是微積分，就不是一般人能懂得的了。在微積分中，簡單的一個符號，很多人都看不懂，能否定它的意義嗎？說它沒有價值嗎？這個道理是很清楚的。同樣的道理，能說這文言文沒有價值、必需打倒嗎？

言之無文　行之不遠

胡適提倡"白話"，白話就是"俗話"，"乾乾净净没有堆砌塗飾的話"；推崇"白話小説""言之不文，行之最遠。"他在《建設的文學革命論》中提出一個主張："話怎麽説，就怎麽説。"通過改革，"替中國創造出一派新中國的文學"。

胡適的這一觀點在"五四"時期曾經産生過很大的影響，但是用今天的眼光來看，其傾向性是值得推敲的。

按照胡適的觀點，"話怎麽説，就怎麽説"，似乎書面語言需要遵循口頭語言亦步亦趨，這就導致一種"大白話"的傾向性。白話、文言是運用漢語漢字作爲工具反映現實、表達文思的不同體裁，在文學園地中，是應該容許它們自由生長、百花齊放的。"五四"時期把駢文視爲"餘孽"，古文視爲"謬種"，是"假文學""死文學""腐敗文學"，提倡"白話文"，就這觀點展開，白話文學、白話文學史就成爲中心，成爲主流。胡適就是把"古文文學的末路史"和"白話文學的發達史"截然對立起來，水火不容地來展開工作的。

基於這種觀點引申，人們對於作者的寫作訓練和文學史上作品的研究，視野和導向就傾向於祇是以白話爲中心了。這個傾向性，我們今天看來是有再認識需要的。中國是一個歷史悠久的文明國家，在文學園地裏，數千年來樹立的多種文體，各具特色,有的至今還是生氣蓬勃的。那麼,各種文體是否可以各自發展,相互交流、滲透、融洽,從而産生一種、多種新文體呢?

口頭語言重在使用漢語,書面語言重在使用漢字,兩者發揮語言文學的側重不同,形成特色也異,却是可以結合起來。這就是中國文學不同於或者超越於世界上單純地運用拼音文字所形成的書面文字不同之處。口頭文學與書面文學有其統一性,也有其差異性。就統一性説:是可以説"話怎麼説,就怎麼説"的;從差異性説:書面文學不同於口頭文學,就需要"文采",不能"不文",祇是"俗語","大白話"。倘若話怎麼説,文就怎麼寫,這就削弱了書面文學的獨特性和作用。

香港的安子介先生説:漢字是"世界上獨一無二的會意文學"。漢字的形、音、義三方面統一於"會意"。發揮漢字的會意聯想作用,可以達到妙用、大用。書面文學因此較之口頭語言,更能發揮漢字的靈活性、多樣性。一個詞、一句話,説出來往往聽不清楚,寫出來却容易心領神會。口頭文學明白曉暢,往往流於單純淺顯;書面文學却能超越口語,含義深邃,饒弦外之音、空中之響。口頭文學在方言、語氣上突出其形象性,使人神往;書面文學則於煉字造句、結構章法上鍛煉。由於漢字字組字際的組合不同,産生多種文體,駢文、古文、小説、散文、章回小説、詩、詞、歌、賦,這些文體,到了今日,都應虛心探索,讓其各露頭角,發揮其應有的作用!

當代著名的心理學家郭可敬教授説:漢字與大腦的關係特色是"復腦大學"和"多重編碼"。"學習漢字可以開發大腦左、右兩半球的潛力,有利於發展大腦智力。"他認爲:漢字通過"形"的視覺、"音"的朗誦、"義"的理解,通過大腦胼胝體的聯結作用,使漢字的語言、字形、語義起到多重編碼的作用。拼音文字在認知中,它的語音編碼方式也是起其主要作用的;可是漢字是語言編碼、字形編碼和語義編碼兼用的。在大腦的認知中，其編碼方式和神經通路是多樣、複雜而靈活的。所以就大腦智力開發來説，中國幾千年來使用漢字信息組成文章，它的内心就優勝於使用單純的口語或者拼音文字的。因此，衹以大白話來寫文章，看不到或者抹煞其他文體的作用，這就會削弱中國文學的表達力，這個損失是無法估量的。

今天，我們對於文體的認識，不能局限於胡適那時的視野與水平——"言之不文，行之最遠"了，"不文"行嗎？"白話即是俗話"，是"乾乾净净没有堆砌塗飾的話"，對文學創作衹提出這樣一點要求，認爲"古文文學"，如"古文""駢文""律詩"等都是"假文學""死文學""腐敗文學"，把這看法作爲文學批評與創作的"金科玉律"，那是不合理的，不公允的。應該認識到，作家的層次有異，寫作的内容、對象是各式各樣的，許多文體是各有它的蓬勃的生命力的。文體間應該相互交流、滲透、融洽，截長補短，不能看作水火不相容的。海納百川，有容乃大。這樣纔能"替中國創造出一派新中國的文學"呢。

（原刊《學習與思考》 1996 年第 3 期）

讀書人重四個字

讀書人，俗稱"吃硯墨水的"，今稱"知識分子"。其標志，可概括爲四字：識、學、才、德。劉知幾《史通》主張"才""學""識"；章學誠《文史通義》加一"德"字，四字即識見、學問、才華、品德。

我國書院制度，教學稱爲講學，稱之爲自由講學。今人教學搞統一，而視自由講學爲非，實有片面性。四字不並重，祇見一"學"字，"學"字内容，實爲知識。是爲一大缺陷，當力糾正此失。

"識"有高下。《史記·留侯世家》讀的人多，中有"圯橋進履"一段細節描寫，含有深刻道理。圯橋老人對張良進行教育，爲張良生平做事的轉折點。蘇軾對這一節理解極深，他寫了篇《留侯論》，顯示一個道理：張良是韓國後裔，意欲存韓滅秦；但心燥急，看問題簡單，這樣非治國大才，不能解決重大國家政治問題。圯橋老人以納履及約會之事折磨張良，試其能否忍耐。張良能接受考驗，這對張良辦事態度和方法啓發極大。"運籌帷幄，決勝千里"，有計劃性、針對性、目的性，得到了新的啓示，終身受用。故司馬遷把這一細節在他傳中突出地寫。蘇軾讀留侯傳，能看出這點，這就是識。有識讀書，纔能得間；否則，不能消化，讀了無用。

做人有兩種態度：露和藏。藏者，有的在幕後做手腳，消息靈通，胸有城府；但人前視若飄飄然，大方得很。露者，有的處處鋒芒逼人，人家吃不消，實則肚皮草包，以攻爲守而已。但有的藏者，虛懷若谷，滿瓶不響，腳踏實地，不與人爭名利；有的露者，敢挑擔子，明是非，絕不含糊，不畏權勢，辦事有原則，有事業心。是藏露優劣，不在藏露，而在此等人之本質如何。

《水滸傳》寫武松打虎，遊街，一路用烘雲托月法渲染；中出武大，武松打死人，逃出清河，武植勸他遠避，是寫武大爲兄弟情分擔風險。武松回鄉，思念哥哥，是塑造武植亦是塑造武松。寫武松單人行走，却像兩人同行一般，並不寂寞。武松上崗打虎，心中亦有矛盾。當武松考慮打虎時，常常思想哥哥，矛盾中寫人物性格。虎會中出武植，寫世態炎涼；寫世態，又寫人，把人放在特定環境中寫。

文章有手揮五弦，目送飛鴻之法。手揮五弦，不易，然尚易；手揮五弦，更能目送飛鴻，則更不易。寫虎會遊街，寫得熱鬧有聲勢，固不易；然寫虎會遊街，更能顯示武松、武植性格，世情冷暖，則更不易。此亦謂手揮五弦，目送飛鴻也。

《紅樓夢》的《警幻仙姑賦》，有特色。《神女賦》《洛神賦》《警幻仙姑賦》，爲歷史上寫尊重婦女的三賦。《神女賦》寫侍妾，是此一體裁首創，文筆靈活優美，其思想內容則婦女地位尚不甚高，男女不平等，以色悦人而已。楚王亦有居高臨下、垂憐垂愛之勢，欣賞之而已，實爲污辱女性。《洛神賦》對婦女形貌、精神描寫生動，由表及裏，由粗及精。亦有相互愛慕，抑德之情，思想意境，較《神女賦》大大跨出一步。總結起來，可以一語蔽之曰："覯一麗人，於巖之畔。"《警幻仙姑賦》是小說，爲曹雪芹寫作《紅樓夢》十二釵命運作一提示，不僅寫警幻，塑造警仙典型，而且寫其對十二釵命運所起的作用，是掌握十二釵命運的人物，亦欲從警幻典型中透露十二釵之願望和要求，以及對其所受遭遇的看法。故此人物之思想内容，較前神女、洛神社會意義大爲繁雜。實際上，警幻形象的塑造，顯示着封建社會婦女被壓迫的悲劇命運。《神》《洛》是欣賞，《警》是揭露，二者大異其趣。讀書者於此不辨，可謂食而不知其味。

學須博覽，觸類旁通，相互滲透。《説文》之所謂推"十合一爲士"，即由博返約之説。今人有的强調分科、單科教育，視爲捷徑，不知一株電杆木弄不多高，脆弱易折也。讀書當如金字塔，基礎厚實，纔望能高大也。

佛藏看來自然是宣傳佛法，但其中却有希臘、阿拉伯、印度之科學史料在。研究科技史者，安可不注意及之？道藏中有關於氣功、名山大川、洞天福地的記録，搞旅遊事業者可以參考，又安可不注意之？此明博之有意義也。

"啓驪山之姥"，《集仙傳》(《説郛》《太平廣記》皆有徵引)、《圖書集成·神異典》，皆曾涉及驪山姥教李筌認陰符經事，而今人有望文生訓、附會穿鑿解釋驪山姥者，可笑也。

"才"是藝術表現才華，表現能力。虚構、概括、想像，都需要能力。不同文體有用不同語言以表現之者，此爲文之風格，亦即某一文體之特色。《禮記》"克紹箕裘"，用民間話説就是"龍生龍，鳳生鳳，老鼠兒子會打洞……"知識分子則云："種瓜得瓜，種豆得豆。"

"德"爲對待問題的態度，出處、進退，皆與道德修養有關。提倡創造性，亦非故意標新立異；心中自有主見，決非隨波逐流。爲人有骨氣，站得住。迎合獻媚之士，祇有嘩衆取寵，不能實事求是。那是巧官，決非學者。

編者説明：本文據手稿録編，原題《四字》，今題爲編者酌擬。

讀書瑣談

我自己讀書不好，感覺是要好好讀書。那末談些什麽呢？同學們既然要我談，祇好勉强談一些了。

一、讀書的範圍要寬博些，打開眼界，觸類旁通

比如説，我們讀白居易的《琵琶行》，假使對於古代琵琶的彈奏有所理解，對於我們深入課文是有幫助的。琵琶，原稱曲項琵琶，是從西域傳來的。隋唐之際，纔傳入到中國的南部。它的彈奏方法，初是橫抱撥彈，後來感覺這樣彈不像中國固有的琴瑟箏弦直接用手指彈來得靈便，這樣就逐漸改爲直抱手彈了，這種彈法稱爲"搊彈"。《舊唐書》卷二十九《音樂志》上説："舊琵琶皆以木撥彈之。太宗貞觀時始有手彈之法，今所謂搊琵琶者是也。"我們看波斯古畫上的琵琶樂師，敦煌千佛洞上的壁畫，北朝的石刻，日本奈良、平安時代的雕刻與繪畫，《信西古樂圖》，徐悲鴻藏的《八十七神仙圖》，故宮的《韓熙載夜宴圖》，現代福建莆仙戲中琵琶的彈奏，都是橫抱撥奏的。這種彈奏方法爲"撥彈"，在唐前及唐時還是很盛行的。《樂府雜録》曾説：曹剛善運撥若風雨。白居易《聽曹剛琵琶兼示重蓮》詩説："撥撥弦弦意不同，胡啼番語兩玲瓏。"所寫的是可以説明這種情況的。唐時琵琶用來伴奏大曲，張祐《王家琵琶》中説："祇愁拍盡涼州破，畫出風雷是撥

聲。"就是説，用撥彈的琵琶來伴奏"涼州破"的大曲的。舞蹈音樂需要有明顯、強烈的節奏，而對音域與音色的廣度與變化的要求是在其次的，所以撥彈能起作用。但這時攊撚已經興起，元稹《琵琶歌》説："《緑腰》散序多攏撚。"這就是用攊撚來彈琵琶的。這時撥彈、攊撚是並行的。《樂府雜録》曾説："奏琵琶有兩法，用撥彈，用手奏，是從人之所好而已。""貞元中有王芬、曹保保子善才，其孫曹綱，皆襲所藝。次有裴興奴，與綱同時。曹善運撥，若風雨而不事扣弦；興奴長於攏撚，不撥稍軟，時人謂：曹綱有右手，興奴有左手。"到了宋元時代，説唱文學與戲曲音樂逐漸發達，隨着歌唱伴奏與器樂獨奏的需要，彈奏琵琶就有擴大音域和變化音色的要求。這樣就要增加音柱位和講究手彈的技巧，把琵琶竪起來來彈，使指法上下更加自由，所謂竪抱指彈。這種彈法因而是比較進步的。在後世就變爲主要的和唯一的彈法了。宋元之際，彈唱西廂記諸宮調的，直稱爲《西廂記攊彈詞》。祇有少數人還沿襲着撥彈的舊法，所謂"猶撥琵琶説趙家。"現在蘇州彈詞，彈琵琶都是直抱指彈的。

我們懂得了這些，再來看《琵琶行》中所寫的長安倡女彈奏琵琶的情況，所謂"聽其音，錚錚然有京都聲。問其人，本長安倡女，嘗學琵琶於穆、曹二善才"；"千呼萬唤始出來，猶抱琵琶半遮面"；"輕攏慢撚抹復挑，初爲《霓裳》後《六么》"，就可以知道這個倡女所彈的琵琶是經過名師傳授後，而在長安流傳不久的攊彈琵琶了。所以白居易一聽，就可知道它"錚錚然有京都聲。"她對於撥彈琵琶是很熟悉的，所以她開始時"轉軸撥弦三兩聲，未成曲調先有情"，來定定音；琵琶彈的落調的時候"曲終收撥當心劃，四弦一聲如裂帛"，是參用撥彈的，可知這倡女對攊彈的技巧是很高明的。"低眉信手續續彈，説盡心中無限事"，信手而彈，自然是不用撥子的。指法靈活，又能把自己的思想感情都體驗出來。她彈的"輕攏慢撚抹復挑，初爲《霓裳》後《六么》"，是用撥彈來彈大曲的，因而她的彈琵琶是有特色的。"弦弦掩抑聲聲思，似訴平生不得志"，這樣的彈奏實在是開後世說唱文學彈詞的先聲了。因而我們感覺到她說："十三學得琵琶成，名屬教坊第一部。曲罷曾教善才服，妝成每被秋娘妒。"深深的體會到不是一句空話了。

二、讀書不要死扣書本，囿於成説，要能破除迷信，解放思想

比如説，中國小説都是從茶館起家的。我們看生活與創作的關係，生活是源泉，創作就是生活的反映。民間傳説有些是有真人真事的，有些是虛構的，有些是從生活中概括出來的。這些街談巷説，不斷的擴大，逐步的典型化、形象化，就接近於小説了。藝人生活在民間，常常把許多民間傳説組織起來，概括起來，根據他自己的生活體會，加以發展。這樣就把歷史、社會生活的真實，通過一代一代藝人的集體創作，提高它的思想内容和藝術表現，就變成一部一部口頭創作的書了。比如就《水滸傳》説，宋江三十六人軼事是見諸街談巷説的，後來逐步發展，變成了《水滸傳》的評話了。在宋元時，這些傳説與評話，有些就被記錄下來，就成爲《宣和遺事》和初期《水滸傳》的脚本了，由口頭創作變爲書面的或案頭的讀物了。《水滸傳》的脚本引起了知識分子的注意，二者相互結合起來，經過加工、提高、發展，就逐步形成爲文學名著《水滸傳》了。水滸書的一支，變爲案頭讀物的《水滸傳》以後，是比較定型的。一般讀書人都是孤立的把《水滸傳》作爲一部文學作品來研究，但水滸書的另一支在民間還是繼續流傳、不斷的發展，一脈相承，這個就是現在民間説的水滸書了。這個水滸書假使我們有條件把它記錄、整理出來，經過一段歷

程，那就是新的《水滸傳》了。我們給它一個名字，就叫做《水滸演義》吧。所以我們要研究《水滸傳》的源流變遷，來龍去脉，及分析《宣和遺事》和《水滸傳》，都應該掌握這種情況，全面的來看。這樣纔能看清楚《水滸傳》的來龍去脉；這樣纔能有助於對《水滸傳》的思想内容、藝術表現的特點作具體分析。但有些人就不這樣看，往往覺得有這樣一個框子，好像《水滸傳》就是直接繼承了《宣和遺事》的。又有些人説，好像施耐庵寫《水滸傳》，是讀了宋史，看到張叔夜的一句話，心血來潮而寫成的。或是説他在書房裏看到了《宣和遺事》，因而就把它創作出來的。又有些人把《水滸傳》單純的看作作家的作品來研究的，他們不知道説話藝術與《水滸傳》創作藝術特點是血脉相通的。假使有人從這個方面來加以探討，他們就大笑了。他們這樣的看法，實際是書生之見，是不符合於客觀實際的，對學術的研究是有妨礙的。所以我們應該破除迷信，打破這個框子。

研究《水滸傳》是這樣，研究其他小説也是這樣。比如從《武王伐紂書》到《封神榜》以及今天民間評話的《封神榜》；從《三國志平話》到《三國演義》以及今天民間評話的《三國志》；從《説唐傳》到《隋唐演義》以及今天民間説的《隋唐演義》；從《大唐三藏取經詩話》到永樂大典本的《西遊記》，到吴承恩的《西遊記》，到今天民間説書的《西遊記》；從《薛仁貴征遼事略》到《征東》，以及今天民間説的《征東》；從《新編五代史平話》到今天民間説的《五代隋唐》；從《北宋志傳》到《楊家府世代忠勇通俗演義》到《楊家將》以及今天民間説的《楊家將》；從《三遂平妖傳》到《平陽傳》到《金台傳》，以及今天民間説的《金台傳》；從《大宋中興岳王傳》到錢彩的《説岳全傳》，以及民間説的《精忠説岳》等等，都應該這樣的來看它的來龍去脉的。應該在曲藝裏作一番調查研究，把每部書好好地聽聽，好好地摸摸，有一些具體生活的體會，再來和歷史上的書面材料印證，纔能夠把這些書的傳統性、變異性、脉絡綫索弄清楚。這樣的讀書，就活了。

又比如說，有人討論宋代說話的"家數"。關於"家數"，在《醉翁談錄》《夢粱錄》《夢華錄》《都城記勝》《西湖老人繁勝錄》這些書中，都有或多或少的記載。這些記載可能當時他們所知道的就不夠清楚，那末他們記錄下來的材料，相互之間自身自然會存在矛盾了。因此根據這四個材料來排比"家數"，到底是那四家？比如像王國維、譚正璧、孫楷第等，各人都有自己的說法，這就很難一致，誰也不容易說服誰。這個問題我們現在應該可以到民間去調查一下，或若有些發見，也說不定的。又如"商謎"，在宋人說話的"家數"裏擺在什麼位置上呢？我在杭州曾與老藝人名叫陳國昌的（78 歲，已去世）談，他曾說起他在清朝說書的時候，往往在書臺旁邊貼許多謎語。他說的是《水滸傳》，這許多謎語就是用水滸的內容來做的。有些聽眾來得早，藝人很難招呼，說一段"入話"不能解決問題，用這種方法讓聽眾自己商談商談，猜猜謎語，可以穩定觀眾，又可使聽眾熟悉書情，他們是很感興趣的。在說書完以後，往往要"賣關子"，就是把一個沒有解決的矛盾遺留下來，那些猜中謎語的人，可有一個特權，可以來"打書"，打一轉，打二轉。那末藝人就再說一轉書，二轉書。但有本領的藝人，雖然給他們打了一轉書，二轉書，仍不脫關子，可以吸引聽眾明天還要來，這樣叫人回味無窮。所以那時在書臺旁貼謎語，可以推廣業務，是很有作用的。懂得了這一點，我們再看文獻中所記瓦肆（茶館）中的所謂"商謎"，就有新的、親切的理解了。

三、讀書要善於能透過藝術形象來體會它的思想內容

一個好的藝術作品，總是思想性與藝術性相融會的。文學

作品是反映生活的,而一個好的作品,往往把生活的真實轉化爲藝術的真實。所以我們一定要從它的藝術特點裏來體會它的思想內容。假使撇開藝術表現不談,幾條筋筋的,來說明它的思想性,那往往會是安排上去的,這樣就會使文學作品暗淡無色。比如說,《紅樓夢》裏寫晴雯之死,晴雯被攆出了大觀園,寶玉去看她,晴雯睡在蘆席上,寶玉含着眼淚伸手去拉拉她,悄悄的喊她,情景是够凄涼的了。晴雯要喝茶,渴了半天,喊了半天也喊不到;寶玉來了,拿了個大粗碗,在露臺上黑砂的吊子裏酌了半碗,晴雯好像得了甘露一般,一口氣就喝下去了。寶玉就問:"你有什麽話,趁没有人時告訴我。"晴雯嗚嗚咽咽的說:"我死也不甘心的。""如何一口死咬定我是狐狸精。""早知如此,我當日也另有道理。不料癡心癡意,祇說大家橫豎在一起。不想平空裏生出這一節話來,有冤無處訴。"說畢就哭。晴雯揩了眼淚,伸手剪指甲,送與寶玉。晴雯說:"我將來獨自在棺材裏躺着,也就像在怡紅院裏一樣了。回去他們可見要問,不必說謊。"我們就看到寶玉、晴雯的情誼深厚,晴雯美麗高貴的品質,他們在靈魂深處是共鳴的。我們爲她的不幸遭遇悲憤着。可是晴雯之死,作者却没有繼續寫下去。這裏忽然來一個插曲,就寫晴雯身旁出現了一個荒唐的婦女,那就是晴雯的嫂子——燈姑娘,笑嘻嘻的來勾引寶玉,把寶玉合抱了回到怡紅院。第二天寶玉被父親喊了去,没有能再去看晴雯。後來寶玉祇在丫頭口裏隱隱約約的聽到了,仿佛晴雯是死了。我們想想,《紅樓夢》並没有寫晴雯之死,一般的理解,在這麽種場合中,好像總應該寫晴雯是怎樣死的。這種描寫,實在顯示一個問題:就是寫這樣一種性格"心比天高,身爲下賤",在這樣一個社會裏,就無聲無響地悄悄地死去了。《紅樓夢》這樣寫是很忠實於生活的。同時,也是更深刻的鞭撻了社會,顯示在那個社會裏,對好人是冷酷無情的。這也可以看出，《紅樓夢》是怎樣從生活的真實很巧妙的轉化爲藝術的真實，發出了無上的光彩。

四、讀書要注意作家是怎樣來安排形象的，這能說明他的藝術風格問題

文學作品主要是對人民進行教育，說明道理，滿足人民精神生活的要求。但是，它不等於哲學、政治學。哲學、政治學是可以用哲學、政治學的術語來說理的，而文學是要通過形象的邏輯來思維的。不同的作家往往用不同的方法來塑造他們的形象，形成他的藝術風格。所以藝術風格是多種多樣的，不是千篇一律的。我們讀書，應該能看出他的特點，這樣就能容易理解他的精神面目。比如說，白居易描寫彈琵琶的聲音，他在《琵琶行》裏就用雨聲來形容："大弦嘈嘈如急雨，小弦切切如私語"。從生活中可見的事情來寫，教人喚起懸想，使人體會到琵琶節奏的錯落美妙，感覺親切有味。這樣就形成白居易風格的平易近人，所謂婦孺皆知，都能體會。這種寫法，後來王實甫寫作《西廂記》還是應用的。他在《琴心》這一折中，描寫鶯鶯聽張生彈琴，是這樣寫的："其聲壯，似鐵騎刀槍冗冗；其聲幽，似落花流水溶溶；其聲高，似風清月朗鶴唳空；其聲低，似聽兒女語，小窗中，喁喁。"也是從習見的，或一般人所能理解的，多方面來描寫；但與《琵琶行》比較起來，較爲細緻複雜，已有發展了。不過這種描寫，到李賀手中就不同了，李賀曾在《李憑箜篌引》中描寫李憑彈箜篌的聲音，也是用雨聲來描寫的。但他的構思是：他想，好像古代有一個神話，說共工氏與黃帝打仗，共工氏失敗，發怒，把不周山的天柱打斷了。於是天的西北一面塌了一大塊下來，那末女媧就用五色石來補天；有一次天忽然又塌下來了，天也嚇了一跳，天塌的地方，就落了雨下來，這樣落雨的聲音就是李憑彈箜篌的聲

音。因此他詩中寫道："女媧煉石補天處，石破天驚逗秋雨。"用這樣的雨聲，來描寫彈箜篌的聲音，這種構思方法一般人是不會這樣寫的，實在顯得奇特，真是不落凡響。他用不平凡的事例來寫平常的事例，因此也樹立了他的獨特的風格。歷史上評論他的詩有鬼氣，説他是鬼才。這種用詞、用典和構思方法，實在是從《楚辭》中得到了啓發，瑰奇瑰麗，而他又用唐代的語言節奏來表現。這種情況在唐代是很少見的，所以就形成了一個獨特的流派。我們今天，在某些場合，也可以作爲借鑒或適當的吸收他的創作方法，來豐富我們的藝術表現，以達到古爲今用目的。

五、讀書也應該不爲現象所局限，應該從林林總總的現象裏，看出一些原則性的東西來；透過現象，看出它的本質來

比如説，講散文，過去常常講筆法，説先揚後抑，先抑後揚，一張一弛，擒縱疏密，這些都是現象；但裏邊卻有一個原則存在，有它的本質意義的，那就是古人懂得運用一些樸素的辯證觀點。這些抑揚、張弛、擒縱、疏密，都是辯證的關係，古人就運用這種辯證的觀點來進行創作。比如説《晏子使楚》，作者先把晏子壓一下，寫他外形矮小，貌不驚人，好像是碌碌無能的。實際看人不應這樣的，但孔子還是如此，他説："以貌取人，失之子羽。"這樣看是不正確的。於是作者由表及裏，由粗及精，接着寫他内在的美麗、才幹和品質的高貴，使人驚訝，真要刮目而視，十分突出。所以作者前面的抑他，實在是爲後面揚他服務的。又如《馮諼客孟嘗君》，塑造了馮諼這個人物形象，也是采取這個方法的。司馬遷寫《史記》，一篇文章開頭或是完了，常常有一段"太史公曰"，對一件事或一個人物加以議論。他看問題，往往能夠比較全面的從各個方面看。從這一方面看，是個優點；但從另一方面看，是個缺點。這樣看問題，在文字上表現出來，就顯得一波三折，搖曳生姿，多樣變化。在結構上就是起承轉合。在虛詞的運用上，往往用"也""矣""哉"這些詞來轉折。

我們假使能夠把語言結構與思想內容統一來看，就可看出它的内在邏輯關係了。比如我們看戲，古今戲劇表現方法不同，因而腳本創作的藝術表現也就不同。比如說，古代演戲是沒有什麼布景的，所以要在唱詞中來顯示布景的。現代演戲，舞臺設計是很好的，是從布景中來顯示人物行動的，所以古今戲劇中的唱詞創作方法與重點就不同了。因爲要在唱詞中顯示布景，像《打漁殺家》，就這樣描寫：蕭恩一上場就唱："白浪滔滔兩眼花，青山綠水難描畫；婦女們打漁作生涯，家貧哪怕人笑咱。"就是這個意思。又如《西廂記》長亭送別，起初寫鶯鶯早晨起來在妝樓上推窗遠眺，接着鶯鶯下樓。張生騎馬，鶯鶯坐車，大家到了長亭。到傍晚馬兒向東，車兒向西，兩人依依不捨的分別。這些情景都是沒有布景來配合的。但作者怎樣使觀衆身歷其境呢？作者就在這三個場合安排了三支曲。這三個曲都是寓情於景、情景交融的。上來鶯鶯唱："碧雲天，黃花地，西風緊，北雁南飛。曉來誰染霜林醉？總是離人淚。"中間唱："下西風黃葉紛飛，染寒煙衰草萋迷。酒席上斜簽着坐的，蹙愁眉死臨侵地。"最後唱："四圍山色中，一鞭殘照裏。遍人間煩惱填胸臆，量這些大小車兒如何載得起？"比如鶯鶯一上場時，鶯鶯一早起來，手托香腮，雙眉緊鎖，紅娘把窗簾掀開，鶯鶯舉首眺望，祇見窗外是一片暮秋瑟瑟景象，寒風料峭，紅葉飛舞，滿地是憔悴的黃花，天上掠過一陣塞雁。鶯鶯想到今朝送哥哥上朝取應，眼淚像斷綫的珍珠相仿，簌簌拋下。昨天是好端端的兩個人廝守在一塊兒，今日就要分袂了，好煩惱人也！漫山的霜樹，也是顛顛倒倒的，真被離人的眼淚染醉了。雖然沒有布景的配合，但在唱詞中已經完全能達到這種目的了。這些都可以看出，當時他這些創作方法是與他的生活特點相聯繫的。我們要善於發現這些特點。這樣我們就便於吸收古典文學的優良傳統，使它古爲今用，不是生搬硬套，而是靈活運用了。

六、讀書要能够披沙揀金，吸收它裏邊有用的東西

比如就目蓮戲來説，目蓮戲是宣傳宗教迷信的，這是没有問題的；但我們是否看了目蓮戲就一筆抹煞，用粗暴的態度來對待它呢？這是不可以的。目蓮戲是否有它文獻上的價值，同時也有它某些可取之處呢？這是可以研究的。比如説《女吊》是目蓮戲中的一個節目，這裏就塑造了一個强烈的復仇形象，鞭撻、揭露舊社會，就很深刻。魯迅先生説："這是很正確的。"又比如説，"陰告""陽告"是《紅鸞配》中的兩個重要場面。這戲寫王魁負桂英。王魁中了狀元，一封休書到萊陽，拋棄桂英。桂英在無可奈何中到海神廟去哭訴，這是"陽告"。後來桂英自刎，閻王答應派判官來勾捉王魁，這是"陰告"。昆曲的《焚香記》以及川劇的《情探》，電影的《情探》和彈詞中的《情探》，這些都是從目蓮戲中直接或間接發展出來的。昆曲《孽海記》中的《思凡》是具有反宗教迷信、追求幸福生活的積極意義的，婺劇、杭灘都有這個節目，唱詞結構也是大同小異。這些劇目都是從目蓮戲中胎生出來的。這就説明目蓮戲不應該全部否定，至少還是值得我們注意與探索的。就文獻的角度看，目蓮戲在唐朝就有了。在南宋的杭州也很盛行。現在浙江、四川以及過去北京的内府還是流傳的。在浙江紹興解放前，每年七月中元恤孤的時候，都要演一次目蓮戲，一演就是八個晚上，共演八本。這種演出情況和《夢粱錄》中所記載的南宋杭州演出的情況差不多。目蓮戲有時與其他劇種同時演出時，照例先演目蓮戲，再演其他戲。演目蓮戲的人，他

們都是有個宗教概念，即一定要遵守清規戒律，不能隨便的改動它，否則就是得罪了菩薩。因此就有其他劇種吸收目蓮戲，目蓮戲是不會吸收其他劇種的，保守性比較強。這自然是它的局限，但同時也有好處。從歷史的角度看，古代演戲的情況，聲腔、扮演、結構，倒在這裏得以更多的保留了下來，在文獻上是有它的特殊貢獻的。因爲戲曲音樂的變動性是很大的，特別是解放以後，有了特大的躍進。古代的戲曲音樂又沒有錄音傳下來，有的沒有記譜，而在這裏倒可以供給我們一些綫索，可以找些來龍去脉，來尋求某些方面的源流變遷。這不但對我們研究唐宋時代的目蓮戲有好處，就是對研究宋元的官本雜劇、温州雜劇和北方雜劇及福建莆仙戲，都是有借鑒作用的。這裏也説明讀書是個細緻複雜的工作，對於問題應該深入的調查研究，而不能簡單的用一句話、兩句話來否定它的。

七、讀書應該掌握應有的材料，從實際出發，對具體問題作具體分析

比如就《白蛇傳》來説吧，有人説《白蛇傳》是"千百年來人民所積累創造出來的一個故事"，又説《白蛇傳》是以反封建爲主題的神話。這一主題通過追求幸福的婦女白蛇和封建勢力法海的矛盾和鬥爭發展出來的。這些話可能是從理論出發來説的"想當然之事"，那是不够深入和全面的。爲什麼道理呢？因爲：

第一，《白蛇傳》是從一個妖怪故事逐漸的變爲一個美麗的神話故事的。它的發展是在矛盾鬥爭中發展的：統治階級爲了鞏固他們的封建統治，維持不合理的制度，往往加强對女性的鎮壓，男尊女卑，輕視女性，把婦女説成禍水，説成妖孽，對人民施以精神壓力；但在人民心裏，認爲婦女不是妖孽，沒有什麼可怕。就是妖孽，而有些也是美麗的，可敬可愛的。這就是《白蛇傳》故

事在社會上衍變的本質原因。這裏體現着人民力量的抬頭,這個看法,我們是從《白蛇傳》一系列的故事演變中探索、概括出來的,從感性認識而後提高到理性的。《白蛇傳》故事的具體衍變,我們可以扼要的提提。這故事是從唐代無名氏撰的《白蛇記》,南宋評話《西湖三塔記》,明代馮夢龍修訂的《白娘子永鎮雷峰塔》以及清代方成培據淮商祝崁本改編的《雷峰塔傳奇》,衍變過來的。這些記述,我們可扼要的來分析。《白蛇記》裏所寫的白蛇是個孀婦,年輕貌美,誘惑讀書人李璜。這孀婦是白蛇變的,是個害人妖精,李璜上了她的當,與她同宿一宵,回家就毒發而死。《白蛇記》裏又有性質相同的另一個傳說:少年李琯受了她的誘惑,第二天回家就腦疼而死。這個故事顯然是反映了統治階級的觀點的,是污蔑女性,賤視女性的一種看法。早在《詩經》時代,就有人把女子看成蛇了。《小雅·斯干》上說:"維虺維蛇,女子之祥。"唐代《會真記》寫張生引誘鶯鶯,始亂終棄,最後還罵鶯鶯是妖孽。《白蛇記》就是把這種思想意識形象化了。這種故事祇有對反動階級是有利的,人民是反對的。到了明代的《白娘子永鎮雷峰塔》的故事傳說,對白娘娘這個人物形象的塑造,已經起了變化。寫白娘娘有人的一面。人的一面,是她熱愛許仙,如魚如水,朝歡暮樂,過着人間的幸福生活;但也有妖的一面,那這一方面,許仙與白娘娘是有矛盾的,而且許仙感到無法對抗。白娘娘常常向許仙威脅,許仙於是求助於法海,法海就把白娘娘鎮壓在雷峰塔里。顯然可以看出,這個故事在民間流傳,人民已經開始和逐步的用自己的觀點來處理這作品的思想內容,來重新塑造白娘娘這個人物形象,刻劃白娘娘的善良、美麗、勇敢。但同時歷史上所遺留下來的舊框子還沒有完全打破,還有不少方面遺留下來。到了清代,梨園戲和彈詞的脚本,對於白娘娘人物形象的塑造愈來愈美麗了。我們幾乎看不出它有什麼妖性。

這所謂妖，所謂蛇精，教人一看，就顯然感到是外加上去的，是統治階級外加於她的一個壓力，一個束縛而已。說白娘娘的人物形象，本質上是個妖精，那完全是沒有理由的。這樣，白娘娘名稱上是個蛇精，本質上並無妖氣，而且是十分高貴與善良，可敬可愛的，所以就變成了神話中的人物了。而且這個作品，也從妖怪故事而變為神話故事了。所以《白蛇傳》故事演變的過程，也是一個脫胎換骨的過程，也是兩條道路、矛盾發展，人民的力量抬頭與勝利的過程。這個過程曲折地反映了社會矛盾、社會發展和歷史動向的。所以我們可以這樣說，把《白蛇傳》祇看成是"千百年來人民所積累創造出來的一個神話故事"，那就犯簡單化的毛病了，是與客觀事實不符合的。

第二，《白蛇傳》反封建是有它的特點的，比如，我們就白娘娘追求許仙這一件事來說，白娘娘是在什麼思想指導之下來進行這種行動的呢？社會上總是有兩種思想的：一種是反映統治階級的觀點，認為婚姻是命定的，父母之命，媒妁之言，門當戶對，好好壞壞是反抗不了的；一種是反映人民的觀點的。白娘娘的追求許仙，其思想行動是屬於這種範疇的。白娘娘認為與許仙有緣，所以千里迢迢從峨眉山到武林來追求許仙。認為這個緣是天經地義，白娘娘有這個緣應該和許仙結婚的。這個緣法海沒有辦法，如來佛也沒有辦法。白娘娘有了這個緣，可以自由主張，來追求許仙了。這實際上是種鬥爭方式，可以說是采取公開的、合理的鬥爭方式。她就是以人民的觀點所塑造出來的緣，來反抗統治階級所說的宿命。這樣的鬥爭自然可以說是不夠徹底的，但有它的歷史特點，這樣的鬥爭可以爭取更多人的同情，力量倒是巨大的。又比如說，在階級社會裏，又是有這樣的兩種思想：一種是提倡苦行得道，六根清淨，禁欲主義，要脫離紅塵，到天上去，忍受今生痛苦，修修來世。這種思想其實質上也是反映統治階級的觀點的，用來麻痹人民，使他們忍受剝削。還有一種思想，認爲天上也是寂寞的，没什麽好，修些什麽。看到人間就要思凡，認爲人間是幸福的，願意接受考驗，堅決的到人間來找。白娘娘就是有了這種思想，因而千里迢迢的到武林來追求許仙了。所以《白蛇傳》的反封建、追求自由幸福生活，戀愛觀，有它自己的特點。假使我們不把具體問題具體分析，祇從理論出發，凌空的説一通，那就把這些特點都取消了。《白蛇傳》裏所表現的這些特點，不要説今天不是這樣，就是和古代的其他作品如《西廂記》《牡丹亭》《紅樓夢》，所表現的都有所區分的。所以我們讀書要細緻深入，腳踏實地，不是湊湊熱鬧，誇誇其談的。

八、讀書要有自己的觀點、綜合的研究，探索它的源流變遷，這樣就不會支離破碎，而是生氣勃勃的

比如就温州雜劇來説，它是種歌舞劇，它和話劇在藝術表現上是有差別的。一般的話劇是把説白與動作做它的基本表現形式，而歌舞劇是以歌唱和舞蹈做它的基本表現形式的。所以我們要來研究温州雜劇的藝術傳統，那末就要從詩歌、音樂、舞蹈各個方面來加以考察。從腳本到舞臺演出，應該從各個方面聯繫的看。這樣纔可看出，温州雜劇是錯綜複雜的，繼承、融化和發展了許多戲曲藝術樣式，同時又有它自己面目的一個新體裁。它的藝術成就，又和歷史上的特別是北宋的舞蹈、音樂、滑稽、説唱以及傀儡戲、影戲都是有千絲萬縷的聯繫的。這些方面都要細細的摸，同時又可把温州雜劇所遺留下來的腳本《張協狀元》具體分析，印證。這樣纔可看出這個劇種與其他劇種、曲藝的關係和它自己創作的特點。這裏我們來不及細説，從探索的成果來説，是可以看出温州雜劇，是從歌舞戲中吸收了舞步和音樂；在滑稽戲中繼承了一部分角色以及演出的樣式，插科打諢之類，旁敲側擊的刻劃人物；從説唱文學、唱賺、諸宮調和民間傳説中學得了聯套組合的歌唱形式，吸取故事素材，增強戲劇的故事性，並加以安排、集中和剪裁，這些都是相互聯繫着的。這樣的研究，對於温州雜劇就可以獲得較爲深刻的理解了。

比如有人看了和劇《斷橋》，就説這是温州雜劇的後裔，和劇是有八百年歷史的；有人看了杭劇《銀瓶》，就把杭劇和杭灘混爲一談，説它南宋時已有了，這些看法都是錯誤的。所以形成這個錯誤，就是因爲不能從各方面來考察、探索它的源流變遷而形成的。杭劇祇有數十年的歷史，是從宣卷調發展出來的。前期創社的人"三英六牡丹"中還有在世的，基本調是武林調，二六、大六板、反工二六。杭灘是灘簧，是坐唱形式的曲藝，是從昆曲蜕變出來的，在清代乾隆以後纔盛行的。杭劇武林調是板眼音樂，表演板穩，有節奏，是服從舞臺的表現的。杭灘在堂會演出，很少人聽，演唱不需要很大的聲浪。咬文嚼字，音調低沉緩慢，在數百個人的廣場上演出就有問題。因此以杭劇爲主，吸收杭灘，來豐富杭劇的劇目和音樂内容是可以的；但是把二者混爲一談，那是要出問題的。因爲杭灘是坐唱音樂，坐唱音樂搬到舞臺上來，必定要有一個加工過程的。從劇目、聲腔各方面看，怎能説南宋時已有呢？平陽和調是灘簧的一支，祇是語言上有些不同而已。《斷橋》原是婺劇灘簧本移植過來的，怎能與温州雜劇混爲一談呢？和劇的傳統脚本是没有"《荆》《劉》《拜》《殺》"的，連《琵琶記》也没有。許多劇目都是寫明代及其後的，所以和劇又是温州雜劇以後新産生的。因此我們讀書能聯繫各個方面看，對於事實的真相就更容易清楚了。

拉拉雜雜的説了許多話，不知是否有當？談不上什麼經驗，祇是説明我一些讀書的看法而已。至於關於史學、哲學、曆算、政治等其他方面，以及我是怎樣學習過來的，這裏來不及談了。

上面這些看法，如果對的，自然肯定下來，得到推廣；不對的，希望得到批評，也可提高我的認識，我也可以修正或收回我的意見；或者來一個反批評，這樣對學術發展是有利的。是暢議的時候了，來一個百家爭鳴吧！

編者説明：本文據代抄稿録編，據劉録稿附記：係徐鍾穆抄寫，落款時間爲 1962 年 1 月。

詩須熟讀　反復玩味

有人問我，詩詞何故需要熟讀，反復玩味？我説：中國詩歌傳統，重在含蓄蘊藉，迴環吟誦，邊讀邊思，便於體會作品所反映的人物性格、思想内容與詩意境界。試舉楚辭《九歌·湘君》《湘夫人》爲例説明。

《湘君》《湘夫人》是楚辭中的名篇。《湘君》寫湘夫人追求湘君，女神追求男神，盡力打扮自己。用桂枝編成一葉扁舟，盼望沅、湘無波，江水安流，争取與湘君會晤。湘君不行，誰留中洲？湘夫人自疑慮，吹簫抒情；既而飛龍北征，轉道洞庭，大江揚靈，奮不顧身。侍女爲之歎息！望穿秋水，人影杳然。將玉佩丢入江中，徘徊而不忍去。湘夫人沉浸於愛情之中，伊怨之深，愈見伊愛之摯，心靈境界之美。《湘夫人》寫湘君思念湘夫人，男神追求女神。刻劃湘君追求湘夫人，望之未見，會之無因，熱情期待的情景，兩神會晤，各懷一片赤熾之心，是人間男女相悦之情的曲折反映，予以美化、神化。兩篇實源於生活，而高於生活。

先説《湘君》。湘夫人唱出："君不行兮夷猶，蹇誰留兮中洲？"湘君"行"啊，纔能赴約。"行"字提挈全文。却於"行"字上加"不"字，"行"成"不行"。"不行"是眼前景。緣何"不行"？湘夫人尋思起來，怕湘君在"夷猶"啊！"夷猶"即"猶豫"，不定之貌。湘夫人用"夷猶"一詞狀湘君之不行之情，這裏包涵着她的猜測。湘君爲什麽猶豫？提出疑問：是他在赴約途中被人攔住了嗎？起首兩句，宛如風吹殘荷，搖曳生姿。湘夫人又唱道："美要眇兮宜修，沛吾乘兮桂舟。令沅湘兮無波，使江水兮安流。"湘夫人情緒起伏，却没粘住湘君的"夷猶"不放，而是別具情懷，不談湘君，轉説自己。看啊！我打扮得多麽美麗啊！她的美用"要眇""宜修"兩詞形容。美目流盼，齲齒巧笑。我趁着桂舟，順風順水，迎接湘君。希望沅、湘水没有波瀾；江水也平静地流着。湘江北去，直指洞庭。寫人之美、舟之芳，希冀沅湘之無波、江水之安流，實質是寫迎之誠。然而湘君未見，不禁湧出疑問："君不行兮夷猶，蹇誰留兮中洲？"這兩句原應順着這四句寫，却是翻到起首，用這逆筆，目的在於突出"不行"兩字，提挈全篇，逗人耳目。湘夫人續又唱道："望夫君兮未來，吹參差兮誰思？"候之不至，吹簫寄思。一"望"字便從字裏行間，躍然紙上。前云"不行"，此説"未來"，不僅文字變化，而且内容有異。行，是首途，不行，是未啓程；來，是將至，未來，則望之不見，一啓一至，兩者情况不同。"誰思"，提問，耐人尋味。倘曰：思湘君也，語似直截，味之則同嚼蠟。湘夫人要眇宜修，悱惻善懷；舉止嫻雅，顧盼流情。一層層寫，脉絡貫通，前後呼應，字字句句耐人尋味，須於熟讀深思中體會之。浮光掠影，怎能漸入佳境？

　　次説《湘夫人》。湘君唱道："帝子降兮北渚，目眇眇兮愁予。嫋嫋兮秋風，洞庭波兮木葉下。"《湘君》首寫："君不行兮"，此則却道："帝子降兮"。"降兮"，那太好了。一"降"字：喜從天降，真是神來之筆。一是"不行"，一是"降兮"，看來兩事相反。毛澤東同志詩云："九嶷山上白雲飛，帝子乘風下翠微。"所寫帝子降臨人間，看到人民在舊社會中的苦難，在新社會中的歡樂。可是《湘夫人》所寫的"帝子"呢，"降兮"没有？湘君熱烈盼望，"眇眇"一詞，狀其極目遠眺，多麽傳神。神降該是多麽歡樂啊！應道：

"喜予",不意吐出"愁予"兩字！這一"愁"字,出人意外,説明帝子就是没有來啊！"降"是願望,願望未必實現。希望愈大,則失望愈深。"愁"是現實,願望落空。"降"與"不行"異致。"筆有正反,墨有左右",實質倒是一樣。《湘夫人》接寫:"嫋嫋兮秋風,洞庭波兮木葉下。"不寫湘君,也不寫湘夫人,劈開人我,却爲秋風、洞庭、木葉;這與《湘君》"不談湘君,轉説自己"生色,又換一副筆墨,文思何等夭矯不群！秋風起兮,洞庭泛起漣漪,木葉蕭蕭落下。然則,帝子降否?却未談及。吴夢窗詞云:"何處合成愁,離人心上秋!"古人寫秋常是寫愁,宋玉《九辨》云:"悲哉,秋之爲氣也。"以秋寫愁,寓情於景。點出愁字,即是點出湘君悵惘。然則,帝子降否?不言可喻。不着一字,盡得風流。文心之妙,於此可見。湘君繼唱:"登白薠兮騁望,與佳期兮夕張。"《湘君》云"望夫君兮未來。"此云"登白薠兮騁望","望"前加一"騁"字,心理迫切,其情如見。白薠、騁望,浮想聯翩,形象何等鮮艷！《湘君》所寫,作爲鋪墊;此則引而伸之,想像益見豐富。

　　兩篇配合,層次遞進。觸類旁通,相得益彰。帝子未降,望之不見,會之無因。却道:"與佳期兮夕張。"何來"與",又何來"佳期"與"夕張"?即此,便見湘君一厢情願。

　　《湘君》《湘夫人》,反映兩神愛慕之情,細緻縝密。如魚飲水,冷暖自知。不熟讀,似難循序漸進。讀書之道,蓋當如此。

　　編者説明:本文據手稿録編。

教師也要"下水"

我在杭大中文系進行古典文學教學,在教學中有些想法,提出來,請同志們指教。

進行古典文學教學,我想,必需貫徹"古爲今用"原則。從寫作角度看,在古典文學的教學過程中,提高同學閱讀、欣賞古典文學能力,從而理解其藝術表現手法,通過寫作實踐,認識水平提高,相應地同學的寫作水平也可提高。在閱讀、欣賞古典文學的藝術表現,與提高同學的寫作能力之間,中間有條渠道,或者說是一個階梯吧,就是教師也要"下水",寫些東西給同學看看。潛移默化,心領神會。這樣同學容易學會,寫作水平也容易不斷提高。

這裏,我想談談學習的一些體會。在中學時,我在無錫縣立初級中學讀書,有位語文老師叫繆海岳先生。他教古文,課堂上兩周作文一次,那時稱爲"綴法"。老師出題,同學作文。同學繳卷以後,繆老師除了改作,自己也寫一篇,油印發給學生,課上並作解釋。繆老師還喜吟詩,記得在"九一八事變"時,他作《古風》一首發給我們,中有"九月十八夜將午,夢裏忽驚聞戰鼓。東鄰倭寇帶甲來,殺人縱火勢如虎""版圖佇看顏色改,黃帝子孫今安在"諸句。繆老師講解感情充沛,形象生動。同學們聽了、讀了,很受教育。繆老師的詩文,我很喜歡吟誦。感到老師的寫作,對同學學習寫作，啓發很大。因爲古典詩文常感艱深，時代離我們遠些，自己不會寫作，基礎又差，老師的創作像個階梯，文字較爲淺顯，親炙其間，對他的情況比較瞭解，學習老師怎樣選材和運用古典文學的表現手法，由淺入深，由近及遠，有利於循序漸進地學習。那時，班上有好幾個同學包括我自己在內，就是這樣學習寫作和吟誦的。畢業時，編過一本冊子，喚做《甲戌春季級畢業紀念刊》，裏面一些作品，就是在老師這樣的教學下寫成的。我在貴州浙江大學讀書時，文學院中國文學系有"詩選及習作"和"詞選及習作"兩門學程。那時教我們詩詞的老師是繆彥威先生，他教詩詞，有時將他的創作《冰繭庵詩詞稿》發給我們。那時，老師把他的詩文創作發給同學閱讀是很自然的。有次，他在課上，教同學説個意思，讓他運用詩詞語言表現出來。有個同學説：在舊社會中，常感壯志難酬，事情還沒有做，便遭橫逆，引以爲憾。繆先生吟詩道："昨夜枝頭風雨惡，翠英欲墜未開時。"據説：陳授庵先生教同學習作讀史劄記，同學習作後，他常答卷示範。這樣的教學方法，在今天大學的講臺上，我想還是應當大力推廣的。

但是解放以後，在強調學習蘇聯的那段時間裏，強調集體備課，教材內容和教學環節提倡"一刀切"。那時，如果老師發揮創造性就會遭到非議，就會被有些自認爲"懂得一些理論的人"出來指責："這是資產階級的教學方法，教學大綱上沒有的，你講了；教學大綱上有的，你沒有講。你這樣進行教學，怎能完成教學任務呢？照你這樣講，集體備課，統一教材，都成了空話。"有的甚至指爲："你把自己的作品寫出來，拿到古典文學課來上，你的作品能够代替古典文學嗎？"有的領導誤聽流言，不敢多事，就不敢支持這一主張和做法了。這樣下去，能調動那些教師的積極性嗎？能發揮他們的教學專長、顯示他們的教學特色嗎？演員演戲可以發揮藝人的藝術特色，什麼梅派啊，麒派啊；評彈也有許多不同的唱腔，什麼麗調啊，侯調啊，教書的人就祇能束縛在一個框框裏過日子嗎？不容許抒發他才華和學問嗎？說老實話，有段時間我也是有些納悶的，好像肚裏有些東西總是吐不出來似的。我常宣傳我的觀點，可是滿口鮮紅血，人家就當作蘇木水了。那有什麼辦法呢？現在情況完全不同了，大家不是這樣認識了，解放思想可以衝破這個限制麼。

近日我填《鷓鴣天》一首，上闋是控訴林(彪)江(青)，下闋為判凶稱快。詞云：

> 大盜林江毒且橫，血刀瀝瀝氣森森。忍聞騏驥黃泉泣，還看驊騮黑夜驚。　　風雷動，顯豪英，判凶今日見權衡。從來懲惡首從嚴，薄海歡騰擊節聲。

中間"忍聞騏驥黃泉泣，還看驊騮黑夜驚"兩句，是悲痛革命老幹部、先驅者遭受林、江反革命集團的陷害，有的含冤而死，有的受盡折磨。革命老幹部、先驅者為什麼用"騏驥""驊騮"兩詞呢？我們知道：寫舊體詩詞不宜多用新詞彙，更不能生造。這裏"騏驥""驊騮"兩詞，是受《離騷》"乘騏驥以馳騁兮，來吾道夫先路"及杜詩"驊騮開道路，鷹隼出風塵"的啓發，借用過來的。古人寫馬，不僅渲染馬的神貌，同時還顯示作者的胸襟和抱負。這樣運用"騏驥""驊騮"兩詞，意欲賦以時代的新的涵義，吸取古人詞彙的意境，為抒發我們自己時代的思想感情服務。這樣，我想：在進行古典文學教學講到《離騷》及杜甫詩這句子時，結合提示一下，對同學，在某些意義上，是有啓發作用的。

我的想法：教師可以寫些東西，拿出自己一些東西，給同學看看，講些給同學聽聽。這作為教學方法之一，作為提高同學的閱讀能力和寫作輔助方法之一，是可以的。我想今天有人願意發揮這方面的積極性，領導群衆是會給以支持的！

（原刊《浙江盟訊》新第 3 期　1981 年 4 月 25 日第 2 版）

編者説明：本文據原刊録編，原文刊於"民盟省委經驗交流會發言專欄"下，有副標題："杭州大學中文系副教授劉操南同志在經驗交流會上的發言（書面）"，今從略。

賞花莫忘花籽

"鳴","放"。"大膽地鳴","大膽地放"。就我看來,今天還不盡是"大膽"與"不敢"的問題,而是盼望領導方面多在有效的具體的措施上着眼,讓"家","花"有足够的條件"鳴""放"。

現在有些人祇看見"花",看見花已欣欣向榮或含苞待放,就拍手歡笑,嚷着:好花好花。贊美,自然是應該的。但問題在於有些人往往會看不見花種,他們忘記了種子是要落在泥土裏纔會抽芽、發條,開出花朵來的。他們既然看不到這些種子,自然這些種子的生長條件是要差得多了,甚至讓它受牛羊風雨的摧殘。偶然盛開起來,人們或許會驚訝一下;種子枯萎而死呢?他們當然也是看不到的。由此看來,現在有些人是祇知"錦上添花",而不知"雪裏送炭"的。

我想就我所接觸到的來談一談。杭州的曲藝:評話、彈詞、杭灘等等,其中是有很多優秀東西的,但是要欣欣向榮的盛開,條件還很差。從繁榮創作的角度看,這些藝人都是文藝創作者。章回小説、詩話、詞話,在歷史上產生過不少文學名著,在元、明、清的創作領域裏,就盛放過鮮艷燦爛的花朵,不少名著就是從藝人的口頭創作中提煉出來的。就杭州書説:從"武王伐紂"到"乾隆下江南"四十多種書中,總的説來,它們都是深入而廣泛地反映了歷史的真實的,藝術形象經過許多代藝人的提煉,可説九煉成鋼。今天的文藝工作者，如果努力采集加工，也不無産生巨著的可能。

今天的條件，應該是比元明清那個時代好得多，我們光榮的歷史傳統是一定要繼承的。黃楊木雕、青田石刻，作爲雕刻藝術已響亮地提了出來；國畫也已同樣的逐漸受到重視；民間音樂有了相當的地位，但承繼民間説話優秀傳統的章回小説這一藝術花朵，却還像私生子一樣没有受到足够的重視，有的簡直連話都説不響。在我與藝人合作修訂"《水滸傳》評話"的過程中，就感到這種氣氛。現在是徹底打破這種氣氛的時候了。

我們浙江有豐富多彩的民間藝術，它們爲廣大的人民群衆所深深的熱愛。我們不能忽視這一支力量，而應創造更好的條件，深入地向各個角落發掘，讓這些花朵都能受到更多的雨露，更多的陽光，讓它們開放得更加健壯。

是百花真正齊放的時候了！

（原刊《杭州日報》　1957 年 5 月 27 日星期一第 3 版）

書要讀活　古爲今用

——略談《曹劌論戰》

《曹劌論戰》這篇文章，是大家很熟悉的。今天就領導的行政管理角度來説，讀了它，還有它的借鑒意義。

這篇文章的故事是寫：魯莊公十年（前 684 年）時，齊國出兵攻魯，魯人曹劌看到强敵壓境，齊强魯弱，若不深謀遠慮，勢必潰敗。因此，他挺身而出，求見魯莊公，詢問魯君憑何條件進行這場戰爭。魯君便提出兩條：

第一條："衣食所安，弗敢專也，必以分人。"這一條的精神是説：吃的和穿的這類用以養生的東西，魯莊公是從來不敢獨吞獨占，或者多吃多占；而是一定要分給別人。這條對有些人來講，要做到是有些難的。在怕得罪人的時候，不敢仗義執言；有利可圖時，手又伸得很長，總想撈上一把。魯莊公能够約束自己，引以爲慰。曹劌聽了却道：做到這條不錯；可是，"小惠未遍，民弗從也"。這些小恩小惠衹是施於貴族，還不能作爲作戰的政治準備。戰爭動員時，百姓是不會跟着幹的。

魯莊公於是又提出了第二條："犧牲玉帛，弗敢加也，必以信。"這條精神是説：魯莊公祭神時對神祝辭時所設的祭品，不敢絲毫虛報，一定誠實對待。古時統治者神道認爲政權是神所賜，對神負責，亦即表示對政治負責。這條精神是説：彙報情況，不敢弄虛作假，説老實話，做老實事。魯莊公自思：能這樣做，已够好了。曹劌却又説道：不虛報，稱得上信。祇是："小信未孚，神弗福也。"還是不能獲得神的充分信任，在百姓中建立崇高威信的。

魯莊公所做的這兩條：屬於"小惠""小信"，未能獲得曹劌的高度評價。於是他又提出第三條。"小大之獄，雖不能察，必以情。"這條精神是説：大大小小的訴訟案件，雖不能一一查清斷明；但我總是根據實際情况，區別對待，妥善處理。曹劌聽了，乃頻頻點首。爲什麼呢？曹劌認爲：魯莊公這樣處理問題，戰時就能振奮士氣，有着旺盛的戰鬥力。這個道理，值得我們三思！獄指訴訟案件，情指實情。"小大之獄"引伸開來可以看作"小大之案"。對於這些大小案件，魯莊公的處理方法是"必以情"。從實際出發，區別對待，妥善處理。曹劌認爲這是對工作高度負責的表現，能够鼓舞百姓。所以滿口稱許："忠之屬也，可以一戰。"這次戰役，通過曹劌的參與，魯國終於打敗了齊國，贏得勝利。

這三條曹劌是從"長勺之戰"的作戰政治準備檢查來考慮的。我們讀這篇文章，考慮這三條的借鑒意義，不妨可以推而廣之。第一條問題是關於分享福利；第二條是説老實話，做老實人；第三條是關係到領導的工作方法，這三條都是應肯定的。但後一條的作用是大大地超越了前兩條的。在此改革之際，我們要衝擊和抛棄一些不相適應的僵化模式，那麼，"必以情"的工作方法是很值得重視的。讀書鑒古，聯繫實際，把書讀活，這是良好的讀書方法。

當前我國形勢發展迫切地需要改革，而改革的任務不祇是合理地分幾斤蘋果，幾斤桔子；或者説老實話，做老實人就能了事；而是必需："按照黨歷來要求的把馬克思主義基本原理同中國實際相結合的原則，按照正確對待外國經驗的原則，進一步解放思想,走自己的路,建立起具有中國特色的、充滿生機和活力的社會主義經濟體制,促進社會生產力的發展。"(《中國共產黨十二屆三中全會文件》)。今日的"必以情",性質和任務與古代不同,但是值得我們重視和力行。

(原刊《中央盟訊》 1985 年第 1 期)

編者説明:本文據原刊録編,手稿題同,文字稍詳,撰於 1984 年。

雖九死其猶未悔

——漫談屈原的愛國主義思想

屈原是我國文學史上偉大的愛國主義詩人。他熱愛祖國，不計個人安危得失的精神，名垂千古，令人深爲敬仰。

屈原的代表作品是《離騷》。我讀《離騷》，是在四十年前抗日戰爭時期。讀了《離騷》，感覺給人一種精神力量，激發人們愛國圖强。

屈原所處的時代，秦以連橫而鬥諸侯。劉向所謂"橫則秦帝"。屈原認爲秦是虎狼之國，主張聯齊抗秦。"縱則楚王"。當時楚國，國勢漸趨衰落，政治也腐敗起來。國内統治集團内部新舊勢力的鬥爭，十分尖銳。這種鬥爭表現在外交上，形成兩條不同的外交路綫：一條是聯齊抗秦；另一條是投降秦國。屈原是前一路綫的代表，令尹子蘭、上官大夫、靳尚是後一路綫的代表。屈原主張聯齊抗秦，保全楚國的獨立，再圖發展，進而統一中國。楚懷王做過合縱長，聯合六國的軍隊，叩函谷關而攻秦。齊也助楚，進取曲沃。屈原時爲左徒，王甚任之，國富强而法立。楚懷王有復興楚國的志向，更張國憲，以應政勢。屈原爲造憲令。但懷王后來動搖，"内惑於鄭袖，外欺於張儀，疏屈平而信上官大夫、令尹子蘭。兵挫地削，亡其六郡。"聽了媚秦派的讒言，"身客死於秦"。屈原在内政上主張改革政治，傾向法治，也就是屈原在《離騷》中所追求的美政。

在《離騷》中，屈原强烈地表現了他對祖國的忠貞，對祖國前途的關懷，爲着他的政治理想而奮鬥終身。屈原的遭遇，忠不見諒於楚王，正却被讒於黨人。稍涉國事，便會受到怨毒。屈原在《離騷》中說："豈余身之憚殃兮，恐皇輿之敗績。"（難道我怕自身要遭禍殃啊，是擔心君王的車乘顛覆。）"亦余心之所善兮，雖九死其猶未悔"。（祇要我內心是認爲正確啊，縱使死上九回我也不會悔改。）"雖體解吾猶未變兮，豈余心之可懲！"（即使遭到車裂的慘死，我也不會改變啊，難道我的心會受了威脅而動搖。）當他橫遭迫害乃至流放，他還是不忍離開可愛的鄉土；就是他的僕夫和馬，也不願離開。在屈原的詩篇中，充滿着爲祖國願意竭盡自己力量、獻身爲國的精神。在《抽思》中說："何獨樂斯之蹇蹇（忠言）兮，願蓀美之可完。"（"蓀"兼指國家）他日夜憂慮着祖國、人民的命運，日夜思念着國家的未來。"心不怡之長久兮，憂與愁其相接。"《哀郢》這種自始至終忠貞愛國、關懷着祖國命運的思想，表現爲一種急欲回到故都的衷情。

屈原的愛國思想還表現在他熱愛故鄉、熱愛祖國人民。他在《哀郢》中寫道："鳥飛反故鄉兮，狐死必首丘。"很難設想，一個不愛故鄉的人，會愛國愛人民的。正因爲屈原這樣愛故鄉，纔能真摯地熱愛祖國和人民。"願搖起而橫奔兮，覽民尤以自鎮！""長太息以掩涕兮，哀民生之多艱。"正因爲他關懷祖國、擔憂人民的命運和前途，纔產生巨大的動力：堅持他的理想，堅持他的政治主張，不妥協地同危害國家和人民的黑暗勢力展開英勇鬥爭。他的變法圖强思想，是應乎時勢、合乎民意、利國利民的。他的這種熱愛祖國的深摯感情，不計個人安危得失的精神，至今仍有它的現實意義。

"國家興亡，匹夫有責。"我們要熱愛祖國，熱愛我們社會主義的新中國，爲着中華民族的振興，爲着"四化"的實現，努力工作，貢獻自己的一切力量。"四化雲濤起，慷慨獻歌詩。"看到祖國燦爛美好的遠景，怎麼能不歡欣鼓舞而努力奮鬥啊！

（原刊《浙江日報》　1981年6月9日第4版）

"對酒當歌" 爲何而歌?

《三國志》是史書,理當遵循客觀史實;《三國演義》是小說,可以虛構,但應符合歷史真實。出人意料之外,當在情理之中。

歷史上有許多事,當時十分清楚,後世却模糊了。欲明史實,需要琢磨琢磨,纔可略知一二。曹操的《短歌行》如何理解?可爲一例。羅貫中可能受到蘇軾《前赤壁賦》的影響,把它的寫作時間放在赤壁之戰前夕。

赤壁之戰前夕,曹操已經經歷十餘年的征戰,統一了北方。大軍南下,先吞荆、襄,然後要"會獵"東吳,脅其投降,氣概真的不可一世! 在這橫槊賦詩、大宴文武之時,怎會唱出"譬如朝露,去日苦多。慨當以慷,憂思難忘"這樣内心抑鬱不平的聲音呢?又怎會唱出"憂從中來,不可斷絶"這樣抑止不住的痛苦呢?

曹操另作《對酒篇》,傾吐他的政治抱負。《短歌行》第二首則是他歌頌周文王、齊桓公、晋文公的功勳。曹操經受赤壁之戰的磨折,感到他的抱負一時難於施展,深感一種"憂思"襲來,"不可斷絶"。痛定思痛,總結經驗教訓,因而清醒地認識到延攬人才,對他的建功立業不可缺少,而且大有好處的。

郭嘉投奔於他,兩人共論天下大事,相見恨晚。《短歌行》中曹操的"憂思難忘",早有人說:就是抒發對謀士郭嘉懷念之情的。

赤壁戰敗在建安十三年（208），建安十五年（210）曹操就下了一道《求賢令》。《短歌行》以詩言志；《求賢令》落實措施。由此可推：《短歌行》可能作於赤壁戰敗之後，《求賢令》頒布之前的一段時間。

（原刊《錢江晚報》 1995 年 2 月 10 日第 7 版"晚潮"副刊）

讀曹操《短歌行》

　　曹操，我們在平劇裏，《三國演義》裏，《三國志·魏書·武帝紀》本文及注裏，知道得很多。可是這都是人們對他的寫照。這裏我們想聽一聽他自己的聲音，從他自己的聲音裏，我們來窺探他的内心，衡量他的品格。

　　詩，是人類心靈底的流露。曹操具有政治家的風度，能文能詩。《短歌行》是一篇有聲有色，含有生命富有戲劇性的詩篇；這裏寄託了他最真实的心靈。

　　是一個夜晚吧，萬里無雲，長江的水，滾滾向東流去。天上掛着明月，星被月光脅迫得沒有光彩，三個二個，掛在天邊。曹操觸景生情，生命之火推動了他的詩興。"明明如月，何時可掇？"曹操開始怒吼了！"明亮的月亮呀，什麼時候能够把它摘下來呀？"

　　感傷的詩人，在月亮下徘徊，憂憤的詩人，在月光下哭泣。李商隱説："曉鏡但愁雲鬢改，夜吟應覺月光寒"；杜甫説："永夜角聲悲自語，中天月色好誰看"。

　　超曠的詩人想脱離這塵世而去。蘇東坡説："明月幾時有，把酒問青天，不知天上宮闕，今夕是何年，我欲乘風歸去"。

　　可是政治家別有胸懷，欣賞不是他的目標，名譽、地位、權利，纔是他真的欲望。月亮美麗嗎？那不衹是欣賞，重要的是占有。

野火在心頭燃燒，燃燒得五臟快要焦爛了。可是天下是有幾件事能滿人意，希特勒何嘗統一歐洲，拿破崙亞歷山大一個個的歷史英雄主義者，祇看見倒下去。

明明的月亮呀，那裏容易拿得到呢？

痛苦，紊亂，像亂絲一樣，在心頭交織，曹操痛苦極了，於是他接着吟頌：「憂從中來，不可斷絕。」《短歌行》據說是曹操在赤壁之戰前一晚寫的。蘇東坡在《前赤壁賦》有一段生動的描寫：「方其破荊州，下江陵，順流而東也，舳艫千里，旌旗蔽空，釃酒臨江，橫槊賦詩，固一世之雄也。」那時的曹操真是得意，他的眼中，何嘗還有他人，他在詩神面前屈服了，他很坦率的吟着：「月明星稀，烏鵲南飛。」月亮雖亮，星却稀少，寥廓的天地，祇有一隻烏鵲，從北向南飛來。

說穿了一句，這裏當然是詩人象徵的說法，月明是漢室之堂皇，星稀是漢室之無臣，烏鵲指曹操自己，南飛是指這次南征。在《讓縣自明本志令》裏，曹操曾坦白說：「設使國家無有孤，不知當幾人稱帝，幾人稱王。」在旁人眼中，孫權也說：「老賊欲廢漢自立久矣，徒忌二袁、呂布、劉表與孤耳。今數雄已滅，惟孤尚存，孤與老賊勢不兩立。」（見《周瑜傳》）孫權說得很明確，不過曹操那時把赤壁鏖戰，看得像會獵一樣，又那裏看得起孫權，孫權說的後一句，還是閂起門栓的話語。

曹操感歎着月明星稀。可是曹操是不是想做個好的臣子？「治世之能臣，亂世之奸雄」這兩句話，注定了曹操的命運。他又幾曾瞧得起漢獻帝，接着他又歎息「繞樹三匝，何枝可依？」「良禽擇木而棲」。這隻烏鵲祇有彷徨、惆悵，那裏有樹枝可棲息呢？

英雄畢竟孤獨，苦痛！那麼，乾脆一些，曹操竟篡奪了漢家的天下，好不好？這談何容易，一口氣呼不熟一個饅頭，獻帝還有兩隻眼睛呢，曹操不像張獻忠那樣莽撞，夏天哪裏可穿皮衣？曹操祇有忍耐："青青子衿，悠悠我心，但爲君故，沉吟至今。""山不厭高，海不厭深，周公吐哺，天下歸心。"

讓我們再溫一溫《短歌行》：

> 喝酒唱歌的時候，一生中有好幾次呢，人生像露水一樣呀，消逝的光陰太多了。慷慨一些吧，苦痛實在難以忘掉，怎樣消除苦痛呢？還是喝酒。青年們呀，我的志向真遠大呢，爲了你們的關係，我一直沉默到現在。鹿呦呦然在叫，吃着田野間的蘋草，我有好的客人，吹笙鼓瑟來歡迎他。明亮的月亮呀，什麼時候能够把它摘下來呢？苦痛向心頭襲擊，不能斷割呀！東奔西走，徒費了一翻心，投機或是不投機的談笑，心頭牢掛念着往事。月亮很亮，星卻很少呀！一隻烏鵲向南飛來，繞樹飛了三轉，那裏有樹枝可以棲息呢？山不怕高，海也不怕深，周公懇摯的接待賢者，天下人才歸附他呀！

詩好像是最暗藏，不懂詩的人，以爲詩人在風月的字面上打圈子。其實詩最顯暢，曹操在詩裏，無法施展他的詭計。曹操，從詩裏我們深深的瞭解你。

卅六年七月廿六日午夜寫畢

碧空朗净，百蟲如奏

（原刊《中學月刊》 1947 年 4、5 期）

編者説明：原刊載有曹操《短歌行》，現略。感謝錢永紅先生有心搜集到此文。

如何評價武則天?

看了電視連續劇《一代女皇》,感到這片塑造人物形象,描寫生活細節,渲染環境氣氛,烘托主題思想,具有特色,對觀眾富有感染力,藝術表現有一定的廣度和深度。

這是一部歷史劇,要向歷史負責。這部作品基本上是有史實根據的,塑造的人物和情節與歷史文獻的記載基本上是符合的。作爲藝術作品,由於主題思想和表現手法的需要,對於史事有所選擇,作某些增刪潤飾也是容許的。片中某些人物的重要對話,不少也是有歷史依據的,這就可以窺見編者用心之細了;自然,片中還有失當之處,這是難免的,今舉數例述之:

一、永徽五年、六年,唐高宗欲廢皇后王氏,立武氏爲昭儀,並爲皇后。"高宗難於發言",諮詢幾位顧命大臣,提出的理由是:"莫大之罪,絕嗣爲甚。皇后無胤息,昭儀有子。今欲立爲皇后,公等以爲何如?"褚遂良上殿奏道:"皇后出自名家,先朝所娶。伏事先帝,無愆婦德。先帝不豫,執陛下手以語臣曰:'我好兒好婦,今將付卿。'陛下親承德音,言猶在耳。皇后自此未聞有愆,恐不可廢。臣今不敢曲從,上違先帝之命,特願再三思審……"遂良致笏於殿曰:"還陛下此笏。"乃解巾叩頭流血。帝大怒,令引出。長孫無忌曰:"遂良受先朝顧命,有罪不加刑。"事見《舊唐書》卷八十。

二、唐中宗李顯嗣聖元年（睿宗李旦文明元年、武則天光宅元年）二月，武則天廢李顯爲廬陵王，立豫王李旦爲睿宗，《歷代統紀表》卷九概述此事：

> 帝欲以后父韋元貞爲侍中，裴炎固爭，帝怒曰："我以天下與韋元貞，何不可，而惜侍中耶？"炎懼，白太后，密謀廢立。太后集百官於乾元殿，勒兵宣令，廢帝爲廬陵王。帝曰："我何罪？"太后曰："汝欲以天下與韋元貞，何得無罪？"乃幽於別所。立豫王旦爲皇帝。

這兩件事，電視劇通過環境氛圍、細節描寫、人物刻劃，生動地再現了歷史。

三、王皇后與武氏爭寵，王皇后被截去手足許多情節，片中虛構較多，和歷史記載有較大出入。

> 初，武皇后貞觀末隨太宗嬪御，居於感業寺。后及左右數爲之言，高宗由是復召入宮，立爲昭儀，俄而漸承恩寵。遂與后及良娣蕭氏遞相譖毀，帝終不納后言，而昭儀寵遇日厚。后懼不自安，密與母柳氏求巫祝厭勝。事發，帝大怒，斷柳氏不許入宮中。后舅中書令柳奭罷知政事，并將廢后。長孫無忌、褚遂良等固諫乃止。俄又納李義府之策，永徽六年十月廢后及蕭良娣皆爲庶人，囚之別院……初囚，高宗念之，閑行至其所。見其室封閉極密，惟開一竅通食器出入，高宗惻然呼曰："皇后、淑妃安在？"庶人泣而對曰："妾等得罪，廢棄爲宮婢，何得更有尊稱，名爲皇后？"言訖悲咽。又曰："今至尊思及疇昔，使妾等再見日月，出入院中，望改此院名爲迴心院，妾等再生之幸。"高宗曰："朕即有處置。"武后知之，令人杖庶人及蕭氏各一百，截去手足，投於酒甕中，曰："令此二嫗骨醉。"數日而卒。後則天頻見王、蕭二庶人

披髮瀝血，如死時狀。武后惡之，禱以巫祝。又移居蓬萊宮，復見，故多在東都。(《舊唐書》卷五十一)

見《歷代統紀表》卷九概述：武氏初爲太宗才人，上爲太子，入侍太宗，見而悅之。太宗崩，武氏出爲尼。時王皇后無子，蕭淑妃有寵。后令武氏長髮，納之後宮，欲以間淑妃之寵也。既而武氏自扼殺其女，以誣后。帝因欲廢后，立武氏。褚遂良屢諫不聽。

電視劇增改了不少情節：增皇后誣武氏，與僧通生子和弘兒滴血；改扼殺其女非武氏而爲奶娘，以誣皇后；刪武后截去王氏、蕭氏手足、投之於酒甕中，改爲武后令人杖王氏、蕭氏而死，並顯示王皇后先對武氏進行逼害。這樣，對武氏陰狠毒辣的性格雖有揭露，却大大減輕了。劇中的明學文、程南英兩角諸事，史書未見記述；蓮兒諸事亦屬想當然；借此以襯托武后處事"恩怨分明"。

電視劇中，武則天暗藏《仇人錄》，經常翻閱，處心積慮，欲置諸仇人於死地；唆使佞臣許、李羅織罪名，上章彈劾。除一仇，則圈去一人。武則天用個人"恩怨"劃綫，不遵是非標準，"順我者昌"，"逆我者亡"。電視劇渲染武則天這種性恪，究竟是批判呢？還是贊賞呢？

這裏讓我們對褚遂良和許敬宗、李義府這三個人物作一番考察吧！

褚遂良在貞觀十年撰《起居注》，唐太宗問他："人君得觀之否？"遂良曰："今之起居，古左右史書。人君言事，且記善惡，以爲鑒誡，庶幾人主不爲非法。不聞帝王躬自觀史。"太宗曰："朕有不善，卿必記之耶？"遂良曰："守道不如守官。臣職當載筆，君舉必記。"太宗聽了"以爲然"，並未難爲他。從這事看，褚遂良有古良史之風，辦事有原則。修"高祖太宗兩朝實錄"，人稱"修者頗多詳直"。

　　許敬宗將褚遂良"謀逐"後,任中書令,將《起居注》"輒以己愛憎曲事删改,論者尤之。"兩人判若雲泥。他的生活又如何呢?"敬宗營第舍華僭,至造連樓,使諸妓走馬其上,縱酒奏樂自娱。"唐太宗對褚遂良與許敬宗兩人"任遇相殊",視許"才優而行薄";褚則召爲顧命大臣,把李治托付與他。許"阿附豺狼,窺圖權軸。人之凶險,一至於斯。"(《舊唐書》卷八十三)《新唐書》甚至把他列入《奸臣》列傳中。

　　李義府"善揣事"。"武昭儀方有寵,上欲立爲后,畏宰相議。"李義府便"直夜叩閤,上表請廢后立昭儀。帝悦,召見,與語,賜珠一斛。""貌狀溫恭,與人語,必嬉怡微笑;而褊忌陰賊。既處權要,欲人附己,微忤意者,輒加傾陷。故時人言義府'笑中有刀'。"是歷史上有名的陰險人物。武則天把許、李倆作她"誣構"人的得力助手。

　　歷史對武則天和許敬宗、李義府三人狼狽爲奸,謀逐和殺害忠良之士,是如何記述的呢?

　　　　敬宗於立后有助力,知后鉗戾,能固主以久己權,乃陰連后,謀逐韓瑗、來濟、褚遂良,殺梁王、長孫無忌、上官儀。朝廷重足事之,威寵熾灼,當時莫與比。(《新唐書》卷二百二十三上)

這是對許敬宗罪行總的揭露。褚遂良是第一個被貶的,接着長孫無忌被誣,奪爵流放。許敬宗借李巢反案,使用酷刑和權術,騙取僞證,上封事誣陷"無忌交通謀反"。高宗聽武后的話,令敬宗與辛茂將鞠之,高宗"竟不親問無忌謀反所由,惟聽敬宗誣構之説,逐去其官爵,流黔州。"這時,無忌未受審問,許敬宗與李義府又"遣大理正袁公瑜就黔州,重鞠無忌反狀。公瑜逼令自縊而死,籍没其家。"武則天以無忌支持遂良之諫,"心甚銜之"。但無忌在太宗時，圖於淩煙閣廿四功臣之首，高宗且親爲圖贊，並無過失，如何動他？武則天祇得栽贓誣陷他謀反，奪爵流放至黔州後，又逼令自縊。劉昫修史至此，不勝感歎：“無忌既有大功，而死非其罪，天下至今哀之。”“忠信獲罪，今古不免。無名受戮，族滅何辜。主暗臣奸，足貽後代。”

褚遂良左遷潭州都督後，旋轉桂州都督。許敬宗、李義府希皇后之旨，誣奏瑗與褚遂良潛謀不軌。説他在桂州便於用兵，“更貶遂良爲愛州刺史”。

韓瑗，在“高宗欲廢皇后”時，“涕泣諫”。褚遂良左授潭州都督，他又上疏切諫。許、李以此“希皇后之旨，誣奏瑗與褚遂良潛謀不軌”。“左授瑗振州刺史。四年，卒官。”“明年，長孫無忌死。敬宗等又奏瑗與無忌通謀，遣使殺之。及使至，瑗已死，更發棺驗尸而還，籍没其家。”韓瑗已死了五年，敬宗等不知道，還誣蔑他與無忌“通謀”，真是貽笑天下。從而也可見其“威寵熾灼”、跋扈狠毒之醜態。

來濟，在“高宗欲立昭儀武氏爲宸妃”時，“密表諫”。顯慶二年，“許敬宗等奏濟與褚遂良朋黨構扇，左授台州刺史。五年，徙庭州刺史。”“龍朔二年，突厥入寇，濟總兵拒之。”“没於陣。”

上官儀，不過弘文館一學士耳，武則天對他也不放過。“麟德元年，宦者王伏勝與梁王忠抵罪。許敬宗乃構儀與忠通謀，遂下獄而死，家口籍没。”電視劇中，武則天取出早寫好的王伏勝、上官儀一紙，在兩人名上狠心用朱筆劃一大叉，再加一點，然後大大鬆了一口氣。

褚遂良、韓瑗、來濟、上官儀這四位，祇有來濟“没於陣”，死得光榮，未蒙慘禍。劉昫評曰：“褚公之言，和樂愷愷。鐘石在虡，動成雅音。二猘雙吠，三賢一心。人皆觀望，我不浮沉。”（《舊唐書》卷八十）天地正氣，永留人間。

　　這些人在高宗、中宗復位和則天皇帝遺制中都獲得了平反。流徙家屬，稍受安慰。長孫無忌是"上元元年，優詔追復無忌官爵。"褚遂良的家屬是"弘道元年二月，高宗遺詔放還本郡"。（他的子孫原流放於愛州，愛州在今越南境內。）"神龍元年，則天遺制：復遂良及韓瑗爵位。"

　　這裏祇是看了電視劇《一代女皇》後的一些想法。對於歷史上的武則天的功罪，究應如何評價？還有待於歷史學家進一步探索。

（原刊《古今談》　1993 年第 4 期）

　　編者説明：本文據原刊並參手稿録編，手稿無題，原刊題作《從電視劇"一代女皇"説開去》（《一代女皇》即電視劇《一代女皇武則天》，1990 年播出）。今題爲編者酌擬。

略談《馬説》開端的四個"有"字

《馬説》，或作《説馬》，是韓愈所作《雜説》四篇中的第四篇，舊題或作《雜説四》。《馬説》這題目，是編教材者加的。

韓愈（768—824），字退之。唐河内修武（今河南修武）人，唐宋古文八大家之一，著有《韓昌黎集》。伯樂姓孫，名陽，秦穆公時人，善於鑒馬。

《馬説》名爲説馬，實際是在説人。名馬未被發現，受到糟蹋，不能成爲千里馬。譬之人才不被賞識，同樣會被埋没。這時有人感歎"天下無馬"，"天下無才！"這是"真無馬耶？"還是"其真不知馬也！"是"真無才耶？"還是"其真不識才也！"這個問題倒是發人深思的。

這文開端兩句，磐空而起，提挈全文：

世有伯樂，然後有千里馬。千里馬常有，而伯樂不常有。

連用四個"有"字，説得着力，寫得突出；錯落變化，重而不犯；朗朗上口，給人印象極深。

"世有伯樂"，第一個"有"字是有無之有；"然後有千里馬"，第二個"有"字涵義與第一個"有"字不同，有"發現、形成"的意思。有的人説：千里馬是客觀存在，不是以伯樂的存在而存在，怎能説：然後有千里馬？這是不能很好地理解這"有"的特殊涵

義。千里馬是名馬，没有伯樂，就得不到區别對待。這馬"一食
或盡粟一石"，"祇辱於奴隷人之手""食不飽，力不足"，那怎能發
揮它"千里馬"的性能呢？馬亦不能"以千里馬稱也。"下文許多
具體分析，幾層意思，實從此字闡發。

"千里馬常有"，第三個"有"字是常有；"伯樂不常有"，第四
個"有"字是不常有。一常有，一不常有，兩者對比關連。有的人
説：千里馬未必常有，怎麽能説常有呢？這也不然，説它常有，是
爲伯樂不常有而説的。如説：千里馬不常有而伯樂更不常有，顯
得累贅，不若原文乾浄利落。同時更能突出"世有伯樂，然後有
千里馬"的命題。

這四個"有"字，字面相同，涵義却不一樣。有了伯樂，名馬
纔會被發現，區别對待；策之以道，食之盡材，鳴之通意，不與一
般的馬"駢（同）死於槽櫪之間。"可惜的是，善於鑒識名馬的伯樂
難遇啊！這四個"有"字，字字着力，牽一髪而動全身，與全文的
思想内容關連密切。

人有神經系統，穴道脉絡，蓬勃就多生氣。文章亦然，名作
中譴詞造句，總與全文有機結合，息息相關。字有字法，句有句
法，作用也於此見。從這四個"有"字來説，看似疊用，説來平常，
却具妙理。馬的能否成爲千里馬？許多層次，都使這字連鎖結
穴，呼吸相應。因此，我們可以默契於心。分析字義語法，應從
會通全文精神、思想内容着手，這樣纔能使作品講解不致支離破
碎，離題泛説了。

編者説明：本文據代抄稿録編，約作於 1984 年。

李後主其人與詞

　　記得在五十多年前，抗戰軍興，我進浙江大學讀書，隨校西遷。快離杭州的時候，在大學路牆上，看到"無限江山別時容易見時難"筆墨淋漓的十一個大字。這是李後主《浪淘沙》詞中的一句，讀之熱情奔放，思緒萬千。這個印象深烙心頭。次年，我在宜山，課堂作業寫了篇《故鄉賦》，在《小序》中說："江南不可以居矣，驅琴書兮西行；歎膻腥之披靡兮，心惻惻而神傷。"結尾中說："一掃殘槍，豈感傷於徵車；再履中原，觀升平於流霞。"這樣的思想感情，可說多少是讀了李後主詞在心中迴蕩的反映。

　　那麼，我們該怎樣正確地來看待李後主詞呢？我以爲當先理解李後主是在怎樣的歷史背景下吟撰這首詞的。

　　宋太祖開寶八年(975)，宋軍攻破南唐京城金陵，李後主匆忙地在一張潔白的澄心堂紙上，寫下了《臨江仙》詞的首句："櫻桃落盡春歸去"。這時一個內侍神色慌張地跑了進來，向他稟告：宋軍已經殺向宮來。這詞他再也填不下去了，立即召集文武官員，一同奔趨宮門，肉袒請降。就這件事，有人受到感動，贊美李後主忠誠詞的創作，有耶穌基督的獻身精神，爲詞創作甘願釘在十字架上。

　　有的詞家分析，詞的創作常是形象和境界大於它的思想內涵的。讀者對詞的感受與作者的本意可以是不一致的。李後主想的故國，祇是雕欄玉砌的糜爛生活呢，那是不值得同情的！讀者吟誦這詞，却可以產生愛國主義思想，兩者的內涵、性質是不相同的。

李後主是個禍國殃民的庸主。就詞論詞，透過它的文字描寫，反映的現實生活和思想內涵，祇能引爲炯戒，談不上他有什麼奉獻的。這點，論李後主詞的，却往往是忽略的。

李後主被俘北上，囚居汴京，日以眼淚洗臉。有些人同情他，不知道他這時還在思念什麼？還是過去的“車龍馬水”的豪華生活，通過這一沉痛教訓，他對他的“禍國殃民”並無絲毫認識，也没絲毫悔改之意。南唐李後主的荒淫亡國，看來大家熟悉，是個常識；可是有些詞家却未進一步的理解滲透到他詞裏的思想內涵中，這是值得再提一提的。這樣説，自然不等於否定或者削弱他詞作的藝術成就和他在詞史上的地位。

李後主繼承南唐的祖宗舊業：“三千里山河”。他不知治國，却是縱情詩酒、聲色，信任讒佞，殺害忠良，直至亡國被俘。這是愛國之士應該引以爲戒的。

這裏應該提一下：李後主的皇后是周娥皇，容貌非凡，壓倒群艷。她 19 歲時入宮，先是陪伴李璟，受到李璟的寵愛；李璟却又把她賜給他的兒子。後主即位，兩意柔情，如膠如漆。周娥皇爲了取悦後主，天天打扮，一時成爲人們模仿的榜樣。

周娥皇擅長音律，她從殘譜中恢復了《霓裳羽衣曲》，還創作了《邀醉舞破》和《恨來遲破》的新曲。周娥皇循曲舞蹈，朝朝暮暮，兩人沉溺於輕歌曼舞之中。李後主無心去理朝政，大臣替他着急、擔心；他却祇求對宋太祖進貢稱臣，以爲可以保住半壁山河。對大臣進諫，有時口頭敷衍，積習不改，終年祇是歡宴歌舞罷了。

周娥皇有個妹妹，人稱她爲小周后。身穿紅色羅衣，一顰一笑，逗人喜愛。周娥皇病，她來探望，李後主見着，眉來眼去，公然偷情。周娥皇病重，氣得差點昏了過去。皇后逝世，李後主寫了一篇誄文，以示悼念。便娶小周后。國庫空虛，大臣力諫婚禮辦得越簡越好，李後主主張隆重熱鬧，就這樣辦了。

小周后不嫻音樂舞蹈，却是弈棋高手。晚間歡宴歌舞，白日弈棋消遣，把大好時光消磨過去。

這時，江淮流域和福建沿海受颱風侵襲，大臣趨奏，請求賑濟災民；還有跪奏：國庫空虛，入不敷出，宋朝正在調兵遣將，提醒皇上早作防禦。前來進奏的都被衛士擋在宮外，一個也不能進見。

李後主縱情酒色，荒廢政務。還有一事需要涉及：有個俏麗多姿、能歌善舞的姑娘，未蒙李後主的垂青，她不甘冷落，想出一個奇詭的主意，摧殘自己的肉體。她用丈許的絹帛，緊緊裹纏雙足。日久，兩足纏成尖小的三寸金蓮，戰立不穩，跳起舞來，搖搖晃晃，別具風韻。這下，她却出了大名。這個姑娘名叫宵娘，獲得李後主的寵倖。爲她鑄造了六尺高的金蓮花，周圍裝飾各種名貴的珠寶。她在蓮上舞蹈，仿佛是酒醉的芙蓉仙子。

宵娘以扭曲的心纏足，竟然博得李後主的歡心，却被後世歷代的封建禮教所承認，成爲摧殘婦女、束縛婦女的一種殘酷手段，把這畸形的雙足說成女性的美。宵娘以肉體的痛苦，換來君主的寵倖。李後主的荒淫，實是令人髮指。這使中華婦女蒙受了千百年的災難，李後主種下了這禍根。

李後主正當通宵達旦尋歡作樂之際，南唐却有個直言敢諫之士，三朝元老大理寺卿蕭儼，看着李後主步着陳叔寶的後塵，葬送國家，他不怕殺頭、丟官、坐牢，決心要教訓這位祇圖逸樂，不理朝政的君主。

蕭儼穿着朝服，向宮裏走去。衛士前來攔擋，他用力推開，衝了進去。李後主與小周后正在對弈，祇聽"嘩啦"一聲，蕭儼將棋盤摔在地上，黑白的棋子落得遍地。小周后嚇得跑回寢宮去了。後主厲聲喝道："卿想幹什麼？難道想當魏徵嗎？"

蕭儼厲聲答道："臣願做個魏徵，請陛下以（唐）太宗自勉！假使臣不配做魏徵，那麼，陛下也就不配做太宗！"後主設想到蕭儼這話厲害，爲了顯示自己的寬宏，承認了自己的過失。短時間內，有些改變，不久就故態復萌了。

宋太祖覺察李後主的荒廢朝政，知道南下滅唐的時機到了。這個災難就落到名將林仁肇的頭上了。

林仁肇留守南昌，是南唐最有謀略和最能帶兵作戰的大將。宋太祖派遣畫師，悄悄地來南唐，把林的形象畫了下來，帶回汴京，懸於別室。南唐使者來到汴京，宋的廷臣有意將使者引入別室。故問：此人是誰？使者道：林仁肇，不知何以在此？宋臣躲閃，最後泄密。使回江南，稟告李後主。李後主缺乏政治鬥爭的經驗，聯想到林仁肇多次要求出征，認爲他意存投降。便以慰勞爲名，藥酒將他毒害了。林仁肇死，大臣陳喬哀歎。南唐內史舍人潘佑上疏，言詞激烈。後主大怒，潘佑下獄自刎，妻子、老母逐放饒州。

宋太祖知時機成熟，發兵南下。南唐一髮千鈞之際，李後主任皇甫繼勳爲神衛統軍都指揮使，抵禦宋軍。宋軍步步緊逼，南唐節節敗退。李後主却不知道，皇甫繼勳避而不報。炮聲已逼長江，李後主登上城樓遠眺，宋軍密密麻麻地循江而列，旌旗遍野，帆檣林立。刀槍劍戟，閃閃發光。李後主目瞪口呆，驟思：勝利消息頻傳，如何忽地兵臨城下？回宮把皇甫繼勳火速召來，問他爲何隱蔽軍情？皇甫道："北軍無人能敵，臣把每天敗情上報，不是白白地使朝廷震驚嗎？臣知陛下是沒有好辦法的！"這話激怒了李後主，把他下獄，不久處死。殺了皇甫，李後主還是想着，長江天險，宋軍怎麼會輕鬆地渡過來呢？

大軍壓境，金陵危在旦夕。李後主采取陳喬建議，命鎮南節度朱令贇，率十幾萬大兵勤王，裏應外合，以解金陵之圍。朱令贇勤王軍未抵金陵，大船被宋軍縱火焚毀，全軍覆没。朱令贇跳入火海，以身殉國。南唐君臣，在萬般無奈下，向宋太祖投降。

宋太祖開寶八年秋，宋軍攻破南唐京城金陵，陳喬自殺。勤政殿學士鍾簹朝服冠帶，坐於堂上。敵兵來時，全家服毒自殺。唐將昌彦、馬承信、馬承俊，巷戰受傷而死。金陵城陷，李後主正在吟撰《臨江仙》詞，寫了"櫻桃落盡春歸去"一句，寫完，忙着就命殷崇義等四十五名文武官員排列宮前，肉袒請降。

宋將曹彬率軍前來，李後主遞上降表。曹彬撫慰一番，批准請求，給他一天時間，整頓行裝，拜別祖廟。曹彬部將問他爲何放他回宮，倘若自殺，如之奈何？曹彬大笑："他想自殺，還來肉袒請降嗎？"

李煜被俘到了宋京汴梁，吟了若干闋詞。這裏録他《破陣子》詞一首，以供分析：

> 四十年來家國，三千里地山河。鳳閣龍樓連霄漢，玉樹瓊枝作煙蘿，幾曾識干戈？
>
> 一旦歸爲臣虜，沈腰潘鬢消磨。最是倉惶辭廟日，教坊猶奏別離歌，垂淚對宮娥。

反映的情況是符合客觀情況的。我們三復吟誦，是同情他呢？還是引爲炯戒，嚴肅對待，給以無情的鞭撻呢？

編者説明：本文據手稿録編。

明弘治狀元倫文叙

中國從唐高祖李淵武德五年（622）開進士科，點孫伏加做狀元，到光緒三十年（1904）西太后七旬萬壽恩科，點劉春霖做狀元，1278 年間出 724 名狀元，他們的姓名大都可考，殿試卷子存世的尚有幾十篇，有些還待發掘。

殿試側重“時務”對策，聯繫實際闡揚修身、齊家、治國、平天下之道。中多頌辭諛言，却也不乏真知灼見。其中有的是：總結歷史教訓，激勵明君，鞭撻昏主，揭露社會腐敗現象，反映人民願望，憧憬太平盛世的。這裏面洋溢着中國古代優秀知識分子的滿腔豪情，多有治國、安邦、濟世的良策，顯示其憂國愛民的强烈的責任感，威武不屈、貧賤不移的高尚人格。值得後人敬仰。我們不應簡單地粗暴地盲目地否定，像文天祥的殿試卷子就可作爲例證。這裏暫不論，衹談一位才思敏捷的狀元的遺聞軼事。

明孝宗弘治十二年（1499）己未科，殿試題爲《問致治之法與出治之本》。廣東南海人倫文叙考中狀元。關於他的生平，民間有不少帶有傳奇色彩的傳説。

文叙家道貧寒，父親是種田人。七歲上學，邊勞動、邊讀書。神童之名，聞於州裏。傳説：巡撫吳琛召之，出聯囑對：“一介寒儒，攀龍攀鳳攀丹桂”，意存譏諷；文叙即對：“三尊寶佛，坐獅坐象坐蓮花”，滿座皆驚。吳琛憫其失學，獎給白銀五十兩，資其膏火。

文叙發憤讀書，弘治二年，通過鄉試。十二年，赴京會試，寄居廣東會館。鄰居湖廣會館住着一位舉子柳先開，他是書香子弟，饒有文采。仗着姨夫趙士德在京做官，公然寫了"新科狀元柳"五個大字，貼在會館門口。文叙看後，就在字下添上"未必"兩字。經過會試，倫、柳兩人都中進士。梁太師站出奏請皇帝面試欽點狀元，皇帝面試，梁太師出一聯，讓兩人作對，上聯是："鴉撲丫枝，丫折鴉飛丫落地"。鴉、丫同音，構成一景，難度頗大。不是才思敏捷，難於應付。誰知上聯一出，柳即對曰："豹經炮口，炮響豹走炮衝天。"對仗工整，皇帝點頭，柳很得意。文叙不慌不忙，沉着對曰："鵠踎穀穗，穀垂鵠去穀朝天。"倫對情景交融，尤稱完美。鵠踎穀穗，田野隨處可見；炮豹的對，涉於荒誕。皇帝原想就此欽點，柳的姨夫趙士德懇請聖上命題，以定高下。次日皇帝再試，當時明月懸空，銀光滿地。即以《明月》爲題，各詠一絕。柳欲先聲奪人，略爲沉思，一揮而就：

讀盡九州十國賦，吟成四海五湖詩。月中丹桂連根拔，不許旁人折半枝。

文叙成竹在胸，揮毫寫道：

潛心奮志上天臺，瞥見嫦娥把桂栽。偶遇廣寒宮未閉，故將明月抱歸來。

皇帝看了，高興地説："強中自有強中手，一山還比一山高。"便即欽點倫文叙爲新科狀元。

編者説明：本文據手稿録編。

杭世駿奉旨收賣廢銅爛鐵

　　杭世駿(1696—1773)，號堇浦。清乾隆年間杭州人，家住大方伯里。杭州有他的一件軼事：因爲得罪了乾隆皇帝，杭世駿罷歸杭州，在官巷口擺了一個地攤，放着一幅布招，上書："奉旨賣廢銅爛鐵"。攤上雜置一些破爛的小件文物，一時觀者如堵，也有人來爭購的，認爲這是翰林家物，彌足珍貴，這是怎樣的一回事呢？

　　杭世駿學問淵博，著述宏富，是清代一位著名的學者。乾隆元年，經浙江總督推薦，參加博學鴻詞科考試，獲得翰林院編修的職稱，參加過武英殿《十三經》《二十四史》的校勘工作。他的《史記考證》考證精當，被張照攝入《館本史記考證》中，却未説明出處。

　　杭世駿爲人耿介，敢於直言。時值天下大旱，乾隆特開"陽城馬周科"，測驗翰林院官，意在選拔人才，幫他治理國家。杭世駿在這次試卷中直言不諱，條陳建議，提出"朝廷用人"不要以滿漢劃綫，應該泯滅"滿漢之見"。"滿州賢才雖多，較之漢人十之三四。天下巡撫常滿漢參半，總督則漢人無一也。何内滿而外漢也？"還説："三江兩浙，天下人才淵藪。邊隅之士，間出者無幾。今則果於用邊之人，不計其才，不計其操履，不計其資俸，而十年不調者，皆江浙之人，豈非有意見畛域？"話説得懇切。原來乾隆開科,取治國幹才,却是葉公好龍,一旦真的聽到"直言",就怒不可遏:"怒抵其卷於地者再,復取視之。"傳說人家幫杭世駿開脫,説他是"狂士",乾隆便説:"這種狂士,祇能收賣廢銅爛鐵!"杭世駿由是罷歸田里。他回到杭州,就擺了一個地攤,布招大書:"奉旨收賣廢銅爛鐵"。嗣後,教書謀生,閉門養母,讀書著述。

杭世駿工於畫梅,詠物寫志,畫的梅總是南枝盛開,實寓漢人多才。他又詠《全韻梅花詩》,借梅喻志,真是奇才。惜未輯入他的詩集《道古堂詩集》中,怕是有關礙吧!余曾自其手稿抄錄,詩以詠之,詩曰:

梅花俏麗推奇絶,大寒天閉地欲裂。幽香馥鬱遍山阿,雪虐風饕情自悦。董浦老人在揚州,日坐春風寫林樾。新詩句句逼鴻濛,灑向梅花同傲兀。南枝北枝惹是非,自流清芬傳禹域。一枝寒瘦幽人賞,冷雋祇合伴明月。詩稿傳世知者鮮,亂離却喜張翁瞥。三十年來縈清夢,一室融融盈香蕊。古來哲人多遐思,雨露冰霜久閲歷。眷愛幽姿出雲煙,玉貌翩翩香鬱鬱。願翁搜圖庋高閣,百神呵護寶此物。不然影印五百卷,托諭清遠,貌執心裁,播與世人繼芳烈。

"辛亥革命"勝利後,杭州人民將鎮壓太平軍起家的彭玉麟的退省庵廢棄,改建爲四賢祠,奉杭世駿爲四賢之一。四賢祠在平湖秋月北端,抗戰時期爲日寇所毀。

（原刊《錢江晚報》 1994 年 12 月 31 日第 7 版）

編者説明:本文據原刊並參手稿録編。

略談中國小説的筆法

我略談一些中國小説的傳統筆法，也許可作今日小説創作的借鑒。

一、移虚就實法

小説刻劃人物性格，常常是需要注意它的虚寫和實寫的辯證結合的。虚寫不是真的虚寫，而是爲實寫服務的。畫家用墨，講究虚實、明暗、輕重、濃淡、疏密的配合關係，所謂"近山濃抹，遠樹輕描"。小説創作，也講這個原則。寫人物有時着墨不多，甚至未露一面，却是"隱而愈現"，形象鮮明，促使作品顯得含蓄、深厚，耐人尋味。《紅樓夢》中寫晴雯之死，可以説明這個道理的。晴雯受了襲人攜掇，"四五日水米没曾沾牙"，被王夫人蠻狠無理的"攆出了大觀園"。傍晚，寶玉去看她。晴雯"嗽了一日，纔朦朧睡着"，見寶玉來，"又驚又喜，又悲又痛"，緊握他手，半晌方説出半句話來："我祇當今生不得見你了!"寶玉流淚問道："你有什麼話？趁着没人告訴我。"晴雯拭淚伸手取來剪子，將左手上的兩根葱管一般的指甲，齊根絞下，遞與寶玉。説道："我將來在棺材内躺着，也就像在怡紅院的一樣了。"寫到這裏，曹雪芹並未繼續寫下去，直寫到晴雯的死。這時在晴雯身旁，却出現了一個荒唐卑劣的婦女，晴雯的嫂子燈姑娘，把寶玉驚走了。燈姑娘的出現，顯然曹雪芹是用來襯寫晴雯的純潔的。「就同一盆纔抽出來嫩箭的蘭花，送到猪窩裏去一般。」這樣，寶玉回到了怡紅院。第二日，我們想寶玉總要去再探望晴雯了，却又被他的父親賈政纏住，没法再去看視晴雯。晴雯之死，寶玉祗能從兩個丫頭嘴裏彷彿聽到。「秋紋見這條褲子是晴雯做的，因歎道：『這條褲以後收了罷，真是物在人不在了！』麝月憶道：『這是晴雯的針綫嗎？』又歎道：『真是物在人亡了！』」《紅樓夢》没寫晴雯之死，却在回目上標出：《俏丫鬟抱屈夭風流》，明説她是慘死了。這樣一個「心比天高，身爲下賤」，富有叛逆、反抗的女奴，就在這樣的階級壓迫下無聲無響的被蹂躪、踐踏而死了。這樣的虛寫，實際是突出的實寫「無聲無響」四字，是用虛寫透過一層的實寫。這樣的虛寫不就是更高明的實寫嗎？《紅樓夢》的筆觸是含蓄多致、虛實結合的。從這例看，不是恰好説明曹雪芹是善於移虛就實，把生活真實轉化爲藝術真實嗎？

二、草蛇灰綫法

小説刻劃人物形象，安排細節描寫，須分先後層次，起伏照顧，要前後呼應。一個人物出場，有時不妨把他的出場拉得晚些，或者在這人物還未出場之前，先抹幾筆，斷斷續續，擺些伏綫，未雪先霰，渲染一些氣氛，然後讓他出場。「未見其人，先聞其聲」。這樣就使人物出場，讀者好像對這人物，早有思想準備，早有印象，不會感得突兀了。這裏，我舉《水滸》中武松的老兄武植，弟兄相會的一場爲例來説吧。

寫弟兄相會，我看是有兩種手法：一是開門見山法，即是用簡捷的筆法來寫。武松打了猛虎，到陽穀縣。「那一日，武松心閑，走出縣前來閑玩，祗聽得背後一個人叫聲：『武都頭，你今日發迹了，如何不看覷我則個？』武松回過頭看了這人，「撲翻身便

拜。"原來這人正是武松的嫡親哥哥武大郎。"武松拜罷,説道:
'一年有餘,不見哥哥,如何却在這裏?'"這樣就是弟兄相會了。

另一是草蛇灰綫法。在武松與武植弟兄還没有相見之前,
就斷斷續續的寫兩人的關係。武植還没出場,就從武松的身上、
心中寫武植。這樣寫是較細緻的,讀者的印象是較爲深刻的。
在水滸評話中,武松在滄州出發時,説書人先有一番表書,説道:

> 武松幼年,爺娘早死。家道貧窮,受盡人家冷淡蹂躪。
> 家裏祇有哥哥大郎一人,單名一個植字。武松小時,是大郎
> 撫養長大。大郎販賣炊餅度日,每天從武家寨挑炊餅上清
> 河縣去,没人照料二郎。大郎一頭挑着吹餅,一頭挑着二
> 郎,討些乳水,喂些豆漿,把二郎養大。因此兄弟情分篤厚。
> 武松長到十八歲,生得體格豐偉,性情剛强,不像大郎那人
> 做人懦弱,模樣猥瑣。這年在縣中路見不平,與機密撕鬥起
> 來,祇一拳打得那廝昏沉。武松道他死了,武植喚他逃避。
> 武松四處飄蕩,投奔到河北滄州柴王府中爲門下食客。武
> 松思念哥哥,今天從河北滄州,回歸山東清河縣來,探望
> 哥哥。

點出武松、武植的關係和兄弟情分,接着又説:

> 這日下午,武松到了一個所在。遠望山坡下林蔭叢中,
> 隱着鎮頭。武松尋思,這地好生面熟,莫非就是景陽岡下的
> 景陽鎮嗎? 武松怎會感覺這地有些熟悉呢? 因爲武松小
> 時,跟着哥哥逃避黄河水灾,來到這裏的。武松看到這裏,
> 思想很快就到了家了。心中高興,大踏步走去。

一路上就是處處暗寫大郎。接着説武松在景陽鎮喝酒,酒醉上
崗,在山神廟前看到陽穀縣的告示,知道崗上真的有虎。心想:
千里迢迢,回鄉探望兄長,不要兄長未見,自己先喂了老虎,不是

耍的。正在躊躇，眼前仿佛看見一個衣衫襤褸的小三子，割草時被老虎拖去了。人想喊，血已流了滿地。武松耳朵裏，還隱隱聽得一陣婦人家的哭聲。隨風送來，哭的真慘！這自然是小三子媽在哭了。武松放慢脚步，想道：回頭走，是乞人恥笑的！還是尋上山去，把這大蟲除了，爲民除却一害。到家與哥哥談談，好當下酒物。哥哥聽了，定會歡喜。這樣刻割武松，也是處處渲染大郎，反襯大郎性格善良。草蛇灰綫，時隱時現。大郎雖未出場，讀者早和武松的心情一樣，也在早盼和武植相見了。

三、四照玲瓏法

一盞燈四方八方看去都是亮的，一件事也是，可從各種不同角度去寫，寫到透貼玲瓏，這叫四照玲瓏法。這裏舉水滸評話的獅子樓爲例來説吧。

評話説獅子樓，有三個不同的細節描寫：一是武松與大郎弟兄相會在獅子樓；二是武松去東京與大郎分袂在獅子樓；三是武松回陽穀縣殺西門慶也在獅子樓。這三回書地點都在獅子樓，看來重，實質一點也不重，倒是"犯而不犯"，集中緊凑，顯得筆力飽滿。

第一次寫弟兄相會。武松打虎遊街，消息傳開，大郎起來，來得遲了。大郎想看看打虎英雄是否就是弟弟二郎，因把炊餅擔寄了，逕奔獅子樓來。人生的奇矮，擠上前去，總被攔在人家背後，怎麽也瞧不見。東一竄，西一鑽。人家就罵他："討債的，你尋死嗎？"把他悶頭推過去，那邊的人看是大郎，也把他推過來，喝道："你偏要死到這裏來。介穢的手，別碰在我的身上！"霎時，一個禿頭喊道："我的荷包不見了，定是你偷的。"舉起拳頭，向武大郎劈腦打來。旁人還罵："賣炊餅的，怎麽偷起人家的銀子來了！"街上因此哄嘈起來。武松騎在馬上，遠遠瞧見，傳話留步。一看被打的人，驚喜道："來者莫非就是兄長武植武大郎嗎？"武松説話洪亮，大郎聽得清楚，急忙抬頭看覷，便也問道："馬上這位英雄，莫非就是俺的好兄弟武松武二郎嗎？"武松聽了，歡喜道："兄長怎樣來到這裏？"慌忙下馬，撲翻身子下拜。那個秃頭見了，慌忙趁人不注意時，竄出人叢溜走了。街上人看大郎是打虎英雄的哥哥，换了一副面孔，齊來湊奉大郎。這會弟兄相會，實際是寫封建社會裏的人剥削人、人壓迫人的世態炎凉。

第二次寫武松別兄。武松上東京，哥哥大郎依依不捨，送弟到獅子樓前。大郎説道："好兄弟啊，我倆初會時，好兄弟説：'爲弟的，要請兄嫂上獅子樓一聚，飽餐一頓，暢談衷曲。現在已來不及了，不覺又要分手，盼好兄弟早日回來！'武松道：'久想請兄嫂上獅子樓叙叙寒暄，不想爲公事擔誤了。爲弟東京回來，再償這個宿願吧！'"武松叮囑哥哥幾句，剪拂而去。武植看武松影子已經消逝，久久纔回家去。

第三次寫武松殺西門慶。武松回縣，嫂嫂潘金蓮已經倒向惡霸西門慶懷中，謀害了大郎。西門慶上獅子樓會宴，設法對付武松。武松思想，和兄嫂上獅子樓，水酒一叙。這點些小願望，竟成泡影。前事歷歷在目，今日仇人相見，分外眼紅。遂將西門慶鬥倒在獅子樓上。

這三回書都説在獅子樓，却串聯着三個不同細節。因而反映面廣，挖掘得深，顯得筆墨飽酣。從現實性説，武松在縣裏生活一段時間，三件事發生在同一地點，是不足爲怪的。這樣寫，就又顯得文字透貼玲瓏了。

編者説明：本文據手稿録編。

"三大名著"的結構特點

《紅樓夢》《水滸傳》《三國演義》三大名著,各有特色。

《紅樓夢》選取一户不大不小、亦高亦低的賈府,反映中國一定的歷史社會現實。大觀園,大矣;但比之内庭宫苑,渺乎其小。但就當時社會來説,畢竟屬於高檔的。當時的"四大家族"之大,屬於最上層的。

其中人物衆多,寫作却有主次。賈寶玉爲主,林黛玉、薛寶釵,宛如奇峰對插,錦屏對峙,左右圍繞。次爲金陵十二釵,次爲副釵、又副釵。大觀園、賈府、京師、中國、海外,框架結構,宛如在畫同心圓,一圈又一圈,從核心逐漸放大。譬之投石於湖,波瀾淪漪。其寫人物,重在言情,故其點染,精雕細琢。人物生活於大環境、小環境中,故其刻劃、細節描寫,有時相對獨立;然而不時却與小場面、大場面結合。着筆之時,近山濃抹,遠樹輕描。愈近核心者愈濃,近邊者則甚淡。圓圈之間,有其脉絡連貫。《紅樓夢》的結構方式可稱爲"蛛網式"。

《水滸傳》是寫階級的矛盾鬥争的。寫一次"農民起義"的掀起、發展及其覆亡的過程;寫朝廷失政,一些正直的人受到迫害而走上革命的道路;寫人民的自發鬥争,尋找根據地來迎接戰鬥;寫個别的鬥争逐漸走向集體的鬥争;寫農民革命的掀起,有人出來聯絡、組織,發抒其領導才能、軍事才能與組織力量;寫革命發展，從農村攻向城池，打祝家莊、打高唐州、打大名府等。通過人物顯示，書路循着《林十回》《楊十回》《武十回》《宋十回》《三打祝家莊》《打高唐州》《打大名府》等發展。前爲短袴書，後爲長槍書，雜以胭脂書、冠帶書。前書重視顯示英雄人物性格及其能耐；後書則在鋪陳細寫戰爭場合。諸書各自獨立，又自相互聯繫，有其内在邏輯關係，故其結構可稱爲"盆景式"。

《三國演義》是寫天下大勢，分久必合，合久必分。中央闇弱，地方勢力擴張。魏蜀吳三國鼎立，三個政權逐鹿中原。作家所寫，重點顯其軍事上的策略計謀，贊賞出奇制勝。三國人物，作者崇揚諸葛亮，突出諸葛亮，故諸葛亮成爲人民智慧的化身。官渡之戰以後，曹操統一黃河流域。當時主要有四個政治集團：曹操、孫權、劉表與劉備，各爲代表人物。曹操出身於世家宦族，政治勢力雄厚，憑仗着雄才大略，奉迎天子至許都，可以挾天子以令諸侯。在那群雄割據的亂世，取得合法地位，調兵遣將，師出有名。但在荆襄漢沔的名士看來，曹操飛揚跋扈，玩弄權術，不過一國賊而已。劉表是東漢名士，號稱八俊之一。然胸無大志，不曉軍事，祇圖自保一方。曹軍南下，荆州首當其衝，危在旦夕。劉表内則二子失和，外則諸將各有彼此。諸葛亮洞見癥結，自不會歸順劉表。孫權據有江東，已歷三世。意欲統一中原，但軍事力量猶嫌不足，又苦師出無名，故素持守勢。劉備此際兵不滿千，將不滿十，然胸存大志，折而不撓。縱然寄人籬下，被人視爲孤窮，却壯志不衰，謀圖散而聚，敗而起，興漢室之志，未嘗稍泯。諸葛亮信奉正統，擁護漢室，思借漢室人物，實現安定統一中國。諸葛亮看待曹操是陰謀篡位，看待孫權是分裂國家，獻帝昏庸腐敗，無法中興漢室，祇好寄希望於漢室之後劉備身上。所以諸葛亮出山，輔助劉備，崛起荆州，獻身遂志，輔助王業，鞠躬盡瘁，死而後已。這就成爲作者的思想傾向，三國鼎立，人民盼望諸葛亮獲勝，一統天下。所以這書的結構是三塊，在這三塊中離合紛爭，各竭其力。運籌帷幄之中，決勝千里之外，出奇制勝，聯合分化，勾心鬥角。故其結構可稱是"合分式"的。

三國人物和三國故事，是歷史上的真人真事；《三國演義》是小說創作，兩者有着矛盾，怎樣使之矛盾統一呢？正確的對待是：史事素材則取之於史；藝術構思，細節描寫，則按藝術規律辦事，可以虛構。古人所謂：紀事傳信，傳奇貴幻。忽焉怒發，忽焉喜笑，俱見英雄本色。推之本事，類多於史有據。三國框架，不乖史實。情節發展，心理描寫，可以出於意料之外，却在情理之中。這就形成《三國演義》虛實相間的特色。

　　編者説明：本文據手稿録編，原無標題，今題爲編者酌擬。

浙江的文言小説

浙江小説源遠流長，和全國同調，相互影響，創作時間各有先後。從作品的文體表現來説，可以分爲文言小説和白話小説兩個系統。中國小説發源於口頭創作——神話與傳説，作家就其生活體驗和所熟悉的素材，把它記錄下來成筆記體，發展成爲筆記小説。文言小説較白話小説的産生，早了不少時間。

就文言小説這一系統説，浙江小説發端於南朝的志怪和志人小説。南朝宋散騎侍郎東陽無疑撰《齊諧記》，南宋失傳，馬國翰《玉函山房輯佚書》輯爲一卷，十五條，所記的都是神異故事。南朝梁吳均撰《續齊諧記》，其中《陽羨書生》一篇，內容十分奇詭：書生口吐女子，女子還吐別一男子，男子又吐出一個婦人，男女各具世態人情，是古小説中的名篇。兩書都是志怪小説。南朝梁沈約撰《俗説》，記載南朝宋時上層人物的各種傳聞瑣事，內容龐雜；刻劃人物形象，語言簡練平易，爲志人小説。

唐代傳奇小説流行。沈亞之撰《湘中怨解》《異夢錄》《秦夢記》《馮燕傳》四篇傳奇小説，前三篇所寫都是仙鬼故事，後一篇叙述人間故事。《湘中怨解》文筆華艷，設想奇特，是沈亞之小説的代表作。朱慶餘撰《冥音錄》，抒情寫景，富於感染力，是傳奇小説中的名篇。杜光庭撰《神仙感遇傳》，其中《虬髯客傳》，以善於描寫人物見長。紅拂的卓見、機智，李靖的雄才大略，沉着冷靜,虯髯客的俠士義氣,豪爽個性,被稱爲"風塵三俠",爲唐代傳奇小説代表作之一。范攄撰《雲溪友議》,多記晚唐文壇的軼事趣聞。爲唐代軼事小説集。這書每篇綴詩,所以有的把它歸入"詩話"類的著作。

宋代筆記小説,名著迭見。沈括撰《夢溪筆談》,奕世聞名。這書所記,涉及面廣,內容博洽。如:天文、曆算、樂律、地理、醫藥等記,饒於科學成就。其中有關官政、人事、藝文的軼事奇聞的筆記,則多小説家言。周密著作頗多,筆記《齊東野語》是他的經意著作;除此以外,還有《武林舊事》《癸辛雜識》《浩然齋雅談》《雲煙過眼録》《志雅堂雜鈔》《澄懷録》《浩然齋意鈔》和《浩然齋視聽鈔》。他的寫作"參之史傳諸書,博以近聞脞説",保存了南宋不少史料。

元人筆記小説:陶宗儀撰《南村輟耕録》,名垂奕世。這書雜記聞見瑣事,內容豐贍,是筆記名篇。同時,饒於史料價值。

明人劉基撰《郁離子》,采取講故事闡哲理的形式,揭露元末社會黑暗,批判腐朽政治。作品性質近於筆記寓言。宋濂撰《秦士録》,塑造秦地壯士鄧弼形象,帶有英雄傳奇色彩,又富有生活的真實感。却是未能展其懷抱,流露出作者懷才未遇,對封建社會不滿的情緒。瞿佑撰《剪燈新話》,撰寫青年男女婚姻戀愛及鬼神怪異故事,旨在揭露社會現實的不合理與黑暗,成傳奇小説集。田汝成撰《西湖遊覽志餘》,記載西湖古今掌故軼事;又撰《幽怪録》,記述仙鬼靈怪故事,前者屬於筆記小説集,後者屬於傳奇小説集。

清代筆記小説接踵而上。袁枚撰《子不語》,後見元人説部已題,改名《新齊諧》,今猶沿用原名。他着力搜求奇聞怪異,寫鬼怪神道者多;但也有教人不怕鬼、打鬼的故事。同時雜有宣揚封建腐朽思想。梁紹壬撰《兩般秋雨盦隨筆》,傳述清代文學家、藝術家的遺聞軼事，以及詩話、文評、小說、戲曲等方面的資料。俞樾是清末著名的學者和文學家，著述豐贍。晚年意興闌珊，仿干寶《搜神記》和任昉《述異記》等志怪小說的筆法，撰《右台仙館筆記》六百六十餘則，多涉神鬼怪異故事。又撰《薈蕞編》和《耳郵》，說鬼說怪，旨在勸善懲惡。然囿於他的時代環境和階級局限，糟粕雜糅。陳球工詩善畫，喜讀傳奇小說，擅長寫駢體文，他的小說《燕山外史》，文字通暢華美，在中長篇小說創作中獨樹一幟。

　　編者說明：本文據手稿錄編，原題《浙江省文學志》，據劉錄稿附記，本文係爲《浙江文學史》所撰部分文稿。今題爲編者酌擬。

南宋臨安以來的話本小説

　　南宋初年，中原動亂，朝廷南遷，官民蜂擁南下："渡江之民，溢於道路"，"中原士民，扶携南渡，不知其幾千萬人"。江南一帶，原稱富饒之區，加之中原貴族大地主、大商人、官僚文士紛紛前來，成爲全國的經濟繁榮與文化發達的中心地點。臨安都市喧嚷，畸形發展，遠勝汴梁。北宋嘉祐二年（1057），杭州居民不過十萬餘户，到南宋孝宗乾道年間（1165—1173），增至二十六萬一千六百九十餘户，計五十五萬二千六百餘人。南宋末葉，杭州人口超過百萬，成爲全國第一大城市。

　　杭州都市，南宋時有十二大行會，每一行會包括萬餘户。米市交易，每日萬千石。大錢莊一百多家。珠寶市交易，輒以萬貫計算。耐得翁《都城紀勝·坊院》云："今中興行都已百餘年，其户口蕃息，僅百萬餘家者。城之南、西、北三處，各數十里，人煙生聚，市井坊陌，數日經行不盡。各可比外路一小小州郡，足見行都繁盛。"周密《武林舊事·西湖遊幸》云："貴璫要地，大賈豪民，買笑千金，呼盧百萬。以至癡兒騃（呆）子，密約幽期，無不在焉。日糜金錢，靡有紀極。故杭諺有'銷金鍋兒'之號，此語不爲過也。"

　　都市繁榮，娛樂業遂亦發達。娛樂場所，宋代稱爲瓦子，又稱瓦舍、瓦肆或瓦市。杭州瓦子較北宋汴梁爲夥。據《咸淳臨安

志》載,有十七處;《武林舊事》載,於十七處外更增六處。闕名
《西湖老人繁勝錄·瓦市條》云:"瓦市:'南瓦、中瓦、大瓦、北瓦、
蒲橋瓦。'"勾欄中,有各流名角主演曲藝或雜劇。説史書、雜劇、
相撲、説經、合生、覆射、踢瓶弄碗、杖頭傀儡、懸絲傀儡、打硬、雜
班、背商謎、教飛禽、裝神鬼、舞番樂、水傀儡、影戲、賣嘌唱、唱
賺、説唱諸宮調、喬相撲、踢弄、談諢話、散耍、裝秀才、學鄉談等,
晝夜演出不閑。城市中有瓦市五座,城外二十座。瓦市附近,店
鋪林立,爲商業繁榮的地區。瓦市常與酒樓毗連。官營者稱爲
"官庫";私營者稱爲"市樓"。歌舞升平,宮廷貴族過着紙醉金迷
的奢侈生活;一般市民的文娱要求隨着提高,"説話"行業也更
發達。

　　説話在北宋時已見端緒。如明田汝成《西湖遊覽志餘·熙
朝樂事》云:"杭州男女瞽者,多學琵琶,唱古今小説、平話,以覓
衣食,謂之陶真。大抵説宋時事,蓋汴京遺俗也。"男女瞽者在街
坊上行走説唱,尚無一定場所。明初瞿佑過汴梁詩因有"陌頭盲
女無愁恨,能撥琵琶説趙家"句。民間説話盛行,影響宮廷。明
郎瑛《七修類稿》云:"小説起宋仁宗時,蓋時太平盛久,國家閑
暇,日欲進一奇怪之事以娱之。"(《今古奇觀·序》有類似之説。)
《武林舊事》曾載:小説伎藝人,供奉德壽宮者二人,御前者五人。
吳自牧《夢梁錄》又述王六大夫係御前供話。這點南宋、北宋情
況相似;但南宋説唱除在街坊演出外,主要在瓦子演出,已有固
定場所。洪邁《夷堅志》云:吕德卿偕其友,"同出嘉會門外茶肆
中坐,見幅紙用緋帖,其尾云:'今晚講説漢書。'"可見茶肆中有
民衆來聽的書場,一直流傳到今。南宋時農村也有説唱,陸遊詩
云:"斜陽古柳趙家莊,負鼓盲翁正作場。身後是非誰管得,滿村
聽説蔡中郎。"已由都市推及鄉村。

　　説話是南宋臨安瓦市中很受歡迎的技藝之一。"話"的内容

爲故事，説故事稱"説話"。説話是宋人術語，又稱舌辯。元明人改稱"平話""詞話"。説話脚本流行以後，有了本本，藝人可以據以演説，清人故又改稱"説書"。

説話由來已久，如：唐郭湜《高力士外傳》云："每日，上皇與高公親看掃除庭院、芟薙草木，或講經、論議、轉變、説話，雖不近文律，終冀悦聖情。"元稹《長慶集》第十卷《酬翰林白學士代書一百韻·自注》云："嘗於新昌宅説'一枝花話'，自寅至巳，猶未畢詞。"盧仝詩云："聽我暫話會稽朱太守。"可見唐時説故事已稱説話。

説話由來有二：一自唐人市人小説；一自唐人變文。唐時市人小説屬於雜戲，是雜耍的意思。《西陽雜俎·續集四·貶誤篇》云："予太和末，因弟生日，觀雜戲，有市人小説，呼'扁鵲'作'褊鵲'，字上聲。"《東京夢華録》《夢粱録》《武林舊事》中均有記述。（余幼時，聽藝人説《水滸傳》鐵叫子樂和時，曾説"樂"字有三種讀法，並舉《論語》《孟子》爲例説明。）宋時説話在瓦子演出，蓋襲唐人遺風。唐朝寺廟定期講唱經文，稱爲"變文"。南宋瓦子説經、説參請，爲説話四家數之一。當衍變文而來。變文以韻文爲主，有的韻散兼重。話本初亦突出韻散，嗣後以説爲主，即以散爲主，然尚保留吟誦。話本有説唱，因又稱爲"詩話""詞話"。後來分道揚鑣，遂有"大書""小書""平話""彈詞""平詞""話詞"之分。唐時變文説唱在寺廟舉行，定期開場；宋時説話由於業務需要，在瓦子作場，日夜演唱。遞嬗關係，可以想見。説話行業日趨擴大，向職業化、專業化、商品化發展。自由競爭，藝人獻技，精益求精。職業分工，説話因而有了家數。

説話演員稱"説話人"，今稱"藝人"或"評話表演藝術家"。爲説話編書的，稱爲"才人"，或呼"老郎"。藝人、才人的組織，宋時有"雄辯社"，一般稱爲"書會"，參加的稱"書會先生"。《東京夢華録》《夢粱録》和《武林舊事》記載：宋時説話分爲四家，即四家數；但對四家數，王國維、魯迅、李嘯倉諸先生分法各不同，王國維分：

> 1.小説；
>
> 2.説經；
>
> 3.説參請；
>
> 4.説史書四家。

魯迅分：

> 1.小説；
>
> 2.説經；
>
> 3.講史書；
>
> 4.合生四家。

李嘯倉（見《宋元伎藝雜考》）分：

> 1.銀字兒（小説）；
>
> 2.説公案、説鐵騎兒；
>
> 3.説經、説參請、説諢經；
>
> 4.講史書四家。

胡適、孫楷弟，趙景深，還有不同分法。

兹述四家如次：

1.小説。又名"銀字兒"。小説是宋時説話人術語，銀字兒爲樂器，即銀字笙。説時以銀字笙、篳篥伴奏。小説包括：煙粉、靈怪、公案、傳奇、説鐵騎兒，以及撲刀、杆棒、發迹、變態之事。

2.説經、説參請。謂演説佛經、參禪之事。

3.講史書。講説前代史書，爭戰興廢之事。

4.合生、商謎、説諢話。三者含有耍笑性質。合生在唐代爲歌舞戲，來自外國。演時一生一旦，後世發展爲生旦戲；説唱衍爲喬合生。

四家數中，煙粉即人情小説，靈怪叙寫鬼神。宋時兩者常合一起。《京本通俗小説》中除《拗相公》《馮玉梅團圓》無靈怪例外，餘皆煙粉、靈怪揉合一起。如《錯斬崔寧》就是如此。公案、傳奇，如《醒世恒言·勘皮靴單證二郎神》是。撲刀、杆棒、發迹、變態，如《楊温攔路虎傳》《鄭節使立功神臂弓》是。説參請，演説佛書，參禪悟道，如《簡帖和尚》是。説經，現存者有《大唐三藏取經詩話》《東坡居士佛印禪師語録問答》一卷，有明刻本，今藏日本。講史書，傳世者如《三國志平話》《五代史平話》和《薛平貴征遼事略》等。

此四家中，小説最爲發達。杭州一地，名藝人有九十二名之多，占説話半數以上。《武林舊事》記説話人姓名，小説有五十二人，講史書二十三人。説話所編脚本，稱爲"話本"。北宋話本質樸，南宋話本驟放異彩。話本作者已不可考。描寫社會生活，叙述奇聞異事，新的形式表現新的內容，富於現實精神，爲中國白話小説開闢蹊徑。惜乎傳世不多，據鄭振鐸考證，宋話本僅廿七種，屬於小説一類。講史無傳。《大宋宣和遺事》《五代史平話》《大唐三藏取經詩話》三種，尚難確定是否宋人作品，最早也應是宋末之作。今有傳本通俗小説七種，餘二十餘種散見於《三言》中。

宋人小説有講有唱，如《清平山堂話本·蔣淑珍刎頸鴛鴦會》以唱詞爲主，中有《商調·醋葫蘆》十首、《南鄉子》一首。格式與趙德麟《鼓子詞》相似。有"奉勞歌伴，先定格調，後聽蕪詞"的話。《西山一窟鬼》有《念奴嬌》等詞十五首，《碾玉觀音》用《鷓鴣天》三首，《蝶戀花》一首，《眼兒媚》一首，詩七首。《醉翁談録》云："吐談萬卷曲和詩。"説話不僅舌辯雄談，且以聲音娛人。形式多樣，場面熱鬧。宋詞爲主調，後世承沿，因稱詞話。表演樣式，承自唐人市民小説。所不同者，唐人唱七言詩，宋人則唱長短句。

小説演出，在未入正文前，用相同或相反的短篇故事作爲引子，用"得勝令"歌唱，稱爲"得勝頭回"，作爲入話，藉以吸引聽衆，使場子靜下來，並等待遲到聽衆。與變文首唱押座文相類。接着引入正文，説唱交替，一段白話，一段唱詞，直至終了。今見宋人話本開頭有詩有詞，如《碾玉觀音》，中間却少唱詞，這是由於刻書時删了。唱詞可以調節聽衆的興味。小説較短的，不分回；長的，分上、下兩回。説到緊張處，用成語概括收束，藉以加深觀衆印象。今傳南宋"話本"，爲《京本通俗小説》。舊抄本，繆荃孫在上海親戚家妆奩中發現，民國四年付刊，有小説九篇，一篇破碎，一篇穢褻不堪入目，未印，印者七篇。亞東書局翻印改題《宋人話本七種》。其餘散見《三言》《兩拍》中。

話本特點，略述如次：

1.話本是爲説話寫的，多説話人對聽衆的口吻。如《西山一窟鬼》云："自家今日也説一個士人，因來行在臨安府取選。"《碾玉觀音》云："説話的爲甚説這《春歸調》?"從話本發展來的文學名著《水滸傳》，還留着這種痕迹。如《水滸傳》第三十八回《及時雨會神行太保》云："説話的，那人是誰？便是吳學究所薦的江州兩院押牢節級戴院長戴宗。"

2.話本對象爲聽衆，適應聽衆需要，不斷變化吸引聽衆。如"入話""得勝頭回"，且説且唱，或説故事，或誦詩詞，或插議論，危言聳聽，多樣變化。

3.話本有時一次講不完，説到最緊張處，突然煞住，留個懸念，讓聽衆心癢難熬，下次再來。今人稱爲"栓馬樁"，或稱"賣關節"。

宋人長篇小説，源於講史書，結構以詩開頭，以詩結尾。範山模水，狀人寫事，中間穿插駢文。講史話本大都爲宋元作品，如《新編五代史平話》（殘本）、《新編宣和遺事》（或題《新話宣和遺事》，或題《新鐫平話宣和遺事》）、《全相平話殘本五種》、元至治間刊的《新刊全相平話武王伐紂書》《新刊全相平話樂毅圖齊七國春秋後集》《新刊全相秦并六國平話》《新刊全相平話前漢書續集》《新刊全相平話三國志》。講史書後世衍變爲長篇的通俗演義，如《東周列國志》《三國志通俗演義》《隋唐演義》《說岳全傳》等。講史體例，受唐傳奇文、變文與詠史詩的影響。講史有評，故"平話"又稱"評話"。明蔣大器《三國志演義序》云："前代曾以野史作爲評話。"元楊維楨《東維子文集》卷六《送朱女史桂英演史序》云："演史於三國五季，因延致舟中，爲予說道君艮嶽及秦太師事。"可見講史、評話、演義，實爲一脉相承。"平話"二字，不見宋人著述，當時因未注意，文體於民間草創之時，類多如是。平話、詞話，元代始見，此後便爲人所習知。蓋以流傳既廣，遂被重視，因而筆之於書。

講史受詠史詩影響，此略述之。詠史詩盛於晚唐，作者較著名者爲周曇、胡曾兩人。周曇詠史詩，從上古至隋唐，有七言絕句 203 首。每詩題下，說明故事大意，後加論斷，稱爲"講話"，向皇帝進講。體裁與平話相近。胡曾詠史詩有七言絕句 150 首，時作訓蒙課本，爲兒童讀物。詩後引正史文說明，有注有評。晚唐五代社會人視之爲歷史知識，與《叙古千文》《蒙求》合刻，前蜀宮廷引作諷諫之用，五代時用爲評論世事的依據。宋時説話人喜其材料豐贍，語言通俗，吸收入話，作爲營養。胡曾詩因而流行於瓦舍及講史中，如金刊本《劉智遠諸宮調》，開端有《商調·回戈樂》引子一首，是據胡曾詠史詩而寫的。《宣和遺事》引胡曾詩四首，《全相平話五種》中所引亦多。"講話"是向皇帝進講；"説話"爲市民服務。"講話"逐漸淘汰，詠史詩却被保留在講史書中。周曇詠史詩今存知聖道齋鈔本，藏北京人文科學研究所。胡曾詩爲《四部叢刊（三編）》所收本。

説話行業，宋元之際似乎有些中衰，到了明代嘉靖年間，又見興盛。長篇演義小説一時風行；短篇作品也爲人所注意，坊間競相搜集。萬曆、天啓年間，話本愈刊愈多。群衆對於小説出版，興趣轉濃，大有供不應求之勢。文人受到啓發，從而擬作。魯迅稱爲“擬話本”。其寫作動機，則與宋元異趣：宋元爲了説唱，此時給人閲讀，故其發展途徑，自講臺而案頭，由重訂而仿作、創作，這是中國小説又一進展。

話本最早刻本爲嘉靖間洪楩所刊《清平山堂話本》，收宋、元、明短篇小説十五篇，體例頗不一致。如《藍橋記》《風月相思》兩篇，全爲文言，不類話本。《快嘴李翠蓮記》一篇，通篇韻語，想爲彈唱腳本。其餘有宋人作，亦有明人擬作。《雨窗集》《欹枕集》亦爲話本叢刊。話本叢刊原爲六集，稱《六十家小説》。《雨窗》《欹枕》兩集衹是其中兩種，其餘惜皆亡佚。這兩種爲馬隅卿在寧波紙堆中所得，帶至北京印出的。明天啓、崇禎間，話本小説大量刊行，馮夢龍對此貢獻極大。

馮字猶龍，一字子猶，長洲（今蘇州）人。崇禎時官壽寧知縣，明亡殉國。畢生致力於搜集、編輯、改寫和出版話本等通俗文學，堪稱功臣。馮氏編輯“三言”，即《喻世明言》《警世通言》和《醒世恒言》（《喻世明言》又稱《古今小説》），各收話本數十篇，中多宋元舊作，部分是他的擬作。

次爲凌濛初。凌字玄房，號空觀主人。烏程（今湖州）人。亦勤於小説的編輯、改寫與擬作。他是有心攄其才華，擬作話本。所刻“二拍”（即《拍案驚奇》初集、二集）幾乎全是他的擬作。書刻精美，常用兩三種色套印。中多説教意味和色情描寫，品質不及《三言》。

《三言》《二拍》共五集，收話本近二百篇，有一篇重複，一篇爲雜劇。晚明時風行，抱甕老人就此五集選取四十篇（《三言》二十九篇，《二拍》十一篇），題名《今古奇觀》。宗旨是標榜勸善與娛心，如：《蔣興哥重會珍珠衫》，屬勸善類；《喬太守亂點鴛鴦譜》，屬娛心類。此本問世，《三言》《二拍》從此湮没不彰。近人鄭振鐸始將《三言》《初拍》印出，《二拍》由王古魯從日本抄回，售與商務出版。

明末短篇小說擬作尚多，較著的有天然癡叟的《石點頭》，十四篇，崇禎刊本。周清源的《西湖二集》，三十四卷，崇禎刊本。《西湖一集》，未傳。東魯古狂生有《醉醒石》十五回，清代李漁有《十二樓》《西湖佳話》《西湖拾遺》《娛目醒心》等作，可說是《三言》《二拍》的延續。形式猶存話本面目，生氣却大遜了。

《全相平話五種》，元至始刊本，原藏日本，鄭振鐸自日本拍照寄回印出。這五種平話未經文人潤色，別字破句，觸處可見。惟其結構，長篇連綿，脉絡分明，實開章回小說的先河。《武王伐紂書》爲《封神榜》前身。《三國志平話》爲《三國志通俗演義》前身。

元末明初，文學主要形式爲由雜劇轉向小說，詞話、平話發展較快。民間故事，各地流傳，原自一鱗半爪，忽斷忽續。歷元、明兩代，便向縱深發展。通過書會董理，至嘉靖、萬曆間，名作巨著，相繼問世。《宣和遺事》寫於宋元間，至此有《水滸傳》出，思想性與藝術性飛速提高。《西遊記》《封神傳》亦見定本。《三保太監下西洋記》受人歡迎。嘉靖以後，上層社會生活淫糜，《金瓶梅》一書便是描寫惡霸的腐化生活。又如《楊家將演義》《精忠傳》《英烈傳》《平妖傳》《東西晉演義》《韓湘子傳》《隋煬帝艷史》，都從講史書成爲演義小説。

明清之際，歌頌才子佳人小說崛起。這些書藏在大連，將由春風出版社陸續整理出版。這些作品篇幅從十五、六回至二、三十回，爲中篇小說。文字清麗纏綿，多寫戀愛故事。女性常爲主角，正面人物，每加推崇。徐秋濤，號駕湖煙水散人，爲主要作家之一。或云即徐震，又名天花藏主人。嘉興人，生平事迹不詳。有改編，有創作，所作《女才子書》，"鼓吹婦女婚姻自主思想"，爲清初小說創作中較有影響的作品。清初小說著述之較著者，還有董說的《西遊補》，陳忱的《後水滸傳》、丁耀亢的《續金瓶梅》，爲作家文學擁彗先行，中國小說從而進入又一階段。

蒲松齡字留仙，號柳泉。山東淄川人。教書爲業，老於牖下。著《聊齋志異》四百三十一篇，文筆犀利。所寫狐鬼，都具人性。又著《醒世姻緣傳》，歸爲"前世孽緣"。對官吏貪穢，監獄黑暗，壓榨人民，亦多有揭露。吳敬梓著《儒林外史》，熱嘲冷諷，貶刺儒林。曹雪芹著《紅樓夢》，不僅爲文學巨著，且可視爲封建社會的百科全書。兩書俱爲作家文學的佼佼者。江陰夏二銘著《野叟曝言》，寫窮老書生理想。《綠野仙踪》，所寫如"一幅沉痛的百鬼圖"。嘉慶時李汝珍著《鏡花緣》，喜將經學、小學、考據之學穿插於小說之中。民間流行的，又有俠義、公案故事，如《兒女英雄傳》《三俠五義》等。《三俠五義》俞樾改爲《七俠五義》，魯迅云："俠義小說之在清，正接宋人話本正脉，固平民文學之歷七百餘年而再興者也。"《七俠五義》說大書的，今日還在演出。

（原刊政協杭州市委員會編《南宋京城杭州》 1984年9月）

編者說明：本文據原刊錄編。另有《話本放異彩 小說辟蹊徑——臨安以來話本小說》載《南宋京城杭州》，浙江人民出版社1987年版，詳略稍有不同。

讀魯迅的《湘靈歌》

魯迅《湘靈歌》：

　　昔聞湘水碧如染，今聞湘水胭脂痕。湘靈妝成照湘水，皎如皓月窺彤雲。高丘寂寞竦中夜，芳荃零落無餘春。鼓完瑤瑟人不聞，太平成象盈秋門。

　　關於魯迅《湘靈歌》的思想意義，有兩種不同的理解：一種是悼念革命烈士和對國民黨反動派屠殺革命人民的控訴；一種是歌頌革命根據地和對國民黨反動派在上海等地白色恐怖的揭露。這兩種不同的理解，哪一種是符合魯迅原作的思想內容呢？讀了陳友雄同志在《杭州文藝》上所寫《湘靈一曲慰忠魂》這篇文章，從他所提供的關於《湘靈歌》的一些史實裏，獲得很大啓發，我基本上是同意前一種解釋的。這裏，我想談談對於這首詩的粗淺理解。毛主席說："我們的要求則是政治和藝術的統一，內容和形式的統一，革命的政治內容和盡可能完美的藝術形式的統一。"魯迅的詩歌是"革命的政治內容"和"完美的藝術形式的統一"的光輝典範。我們學習和玩誦魯迅的作品，不僅要努力闡述它的"革命的政治內容"，同時，還要十分重視它的"革命的政治內容"怎樣通過"完美的藝術"來表現的。分析詩歌可以從許多不同的角度進行，卻不能忘記了從詩的角度對作品進行具體分析，不能忘記了作者是怎樣把生活的真實轉化爲藝術的真實，從而去理解詩歌的真正涵意。

魯迅《湘靈歌》是采用帶有楚騷風格的舊詩體裁寫的，它的表現方法與傳統詩歌的表現方法有一定的内在的聯繫。我國詩歌的傳統表現方法，運用古代的文藝理論術語來説，有所謂"賦、比、興"的。"賦"是鋪陳。這個寫作方法是直陳其事，也即直接描寫。"比"是比喻，就是"以彼喻此"，即從另一件事比喻這一件事。"興"是起興，就是"因彼及此"，即從另一件事説到這一件事。"比興"是通過客觀事物與作者感情的聯繫的間接表現，"以彼喻此"和"因彼及此"，兩者有區分，也有聯繫。在某種情況下，"因彼及此"往往又是"以彼喻此"，難於確指爲比爲興，古代文藝理論就説"比而興"。"比興"手法，在古代詩歌中有時比"賦"用得更爲巧妙，歷代詩家都很重視。白居易《與元九書》論詩稱爲"風雅比興"，柳宗元在《楊評事文集後序》中因稱説理記事的散文爲著述，"導揚諷諭"的詩爲"比興"。在古代的詩歌創作中，楚騷運用比興手法，"其稱文小而其指極大，舉類邇而見義遠。"（《史記·屈原賈生列傳》）獲得了極爲輝煌的成就。這一優良藝術傳統，"中國文化革命的主將"魯迅是十分重視的，而且批判地加以繼承與發展的。

毛主席强調指出："詩要用形象思維。""所以比、興兩法是不能不用的；賦也可以用。"這就總結了我國的古代詩歌創作的豐富經驗，闡明了詩歌創作的藝術規律。

關於運用"賦、比、興"的手法寫詩，這裏，我們各引魯迅詩一首，作爲説明。

> 華燈照宴敞豪門，嬌女嚴妝侍玉樽。忽憶情親焦土下，伴看羅襪掩啼痕。

這首詩題爲《所聞》，就是從他所聽到的"人間悲劇"的一個側面來直接描寫的。這首詩寫一家豪門夜宴，在華燈下大吃大喝，卻有一個不幸的少女强作歡顔，爲他們捧杯斟酒。她忽然想起慘死在"焦土下"的親人，不禁傷心落淚；却還不能流露，祇好裝作看襪，用衣袖悄悄去揩拭淚痕。"佯看羅襪掩啼痕"，這個少女的悲慘遭遇宛然如在我們的眼前。這是魯迅對國民黨反動派統治帶給人民嚴重災難的憤怒控訴。這詩的寫法是直接描寫，可以說用的是"賦"筆。

　　　風生白下千林暗，霧塞蒼天百卉殫。願乞畫家新意匠，
祇研朱墨作春山。

這首詩題爲《贈畫師》，是通過對畫師的要求與願望，提出了藝術創作應該寫什麼和怎樣寫的問題。

　　金陵古稱建康，唐時稱爲白下。魯迅用白下指南京，也即指南京國民黨反動政府統治下的白區。不稱建康，而稱白下，在引起人們的聯想上具有深意。白下刮着陰風，千林暗淡，蒼天塞滿迷霧，花草凋零。這直接是寫國民黨統治區的陰森暗淡；實際上是顯示革命人民的慘遭屠殺鎮壓，多災多難。魯迅因向畫家提出新的構思，要他們磨起朱墨來創作春山，用鮮紅的彩色來畫"春山"。"春山"意内言外，實際是對毛主席創建和領導的紅色根據地"風展紅旗如畫"的禮贊歌頌。這詩的寫法用的是"以彼喻此，因彼及此""比而興"的手法，是通過客觀事物與作者感情聯繫的間接表現。

　　魯迅的詩歌，像他所寫的後期雜文一樣，是投向敵人的"最深刻有力"的匕首。他對白區的無情揭露和悲憤控訴，是對反革命的軍事"圍剿"和文化"圍剿"的輕蔑嘲笑，以及對革命根據地的歌頌。采用"賦""比興"，各極其妙，是根據戰鬥需要和寫作風格與藝術特色而定的。《湘靈歌》的創作則是運用"比興"手法寫的。

　　湘靈是湘水之神，也可説是湘巫所扮演的湘水之神。"湘靈

443

鼓瑟"，語出《楚辭·遠遊》，唐代詩人錢起創爲詩歌：

> 善鼓雲和瑟，常聞帝子靈。馮夷空自舞，楚客不堪聽。
> 苦調淒金石，清音入杳冥。蒼梧來怨慕，白芷動芳馨。流水
> 傳湘浦，悲風過洞庭。曲終人不見，江上數峰青。

曲調淒清，是有所"怨慕"之作。魯迅在"亥年殘秋"中曾把這詩書與友人，思想感情諒有聯繫之處。魯迅《湘靈歌》實際上也可稱爲《湘靈鼓瑟歌》，或是繼承錢詩，"反其意而用之"。

《湘靈歌》是通過"湘靈"的"聞"和"窺"來悼念"芳荃"的"零落"。湘靈過去聽到的湘水是"碧如染"，現在聽到的是"胭脂痕"，她祇耳聞，還未目見。她鄭重其事，嚴肅對待，整理容飾，"妝成"再"照湘水"，"窺"見的却是"彤雲"。夜深獨立，她感到"高丘寂寞""芳荃零落"，沒有一絲半縷春意。她彈起瑟來，寄托哀思，可是沒人聽聞，倒是"太平成象"，遍着秋山。這詩的結構和思路是如此，但是顯示的是什麼思想內容呢？這是用比興手法寫的，也就可以通過這一藝術表現來進行探索了。

我們聯繫陳友雄同志提供的《文藝新聞》上所載的消息。這詩"作於長沙事件，及聞柔石等死耗時，故語多悲憤云。"詩中所提的"胭脂痕"和"彤雲"，實如陳同志所說的，指"國民黨反動派對革命人民進行殘酷的屠殺，鮮血染紅了長沙，染紅了湘江，這是沉痛的教訓"和"柔石等死耗"等事。"胭脂痕"指"革命先烈的鮮血"，"不是象徵革命根據地。"用胭脂代鮮血，古詩常見，如李賀《雁門太守行》："塞上胭脂凝夜紫"。"彤雲"是貶義詞，魯迅《哀范君三章》第二首曾說："故里彤雲惡。"這裏"彤雲"上用"窺"字也有貶義。"彤雲"又實與魯迅詩中常提的"長天列戰雲"，"戰雲暫斂殘春在"的"戰雲"相類。"胭脂痕""彤雲"的深刻含義，實可與魯迅另一詩"血沃中原肥勁草，寒凝大地發春華"聯繫起來

理解。"高丘"是指國民黨反動派統治區;"芳荃"指革命者和愛國志士。"鼓完瑤瑟人不聞",表面上是"湘靈鼓瑟",實際是作者感情的表現,把自己擺進去了。這樣的思想感情正如魯迅在《無題二首》中所寫:"所思美人不可見,歸憶江天發浩歌。"這時魯迅的心情也如他在《爲了忘却的紀念》中寫的:"我又沉重的感到我失掉了很好的朋友,中國失掉了很好的青年,我在悲憤中沉靜下去了,不料積習又從沉靜中抬起頭來,寫下了以上那些字。"魯迅在沉痛地哀悼犧牲的烈士,深切地同情苦難的人民,熱烈地呼喚鬥爭的風雷,輕蔑地嘲笑敵人的垂死挣扎,對革命前途滿懷勝利的信心。"太平成象",這是反話,實際是說:太平假象。秋門意即秋山。(見《李長吉歌詩·自昌谷到洛後門》"蒼岑竦秋門"王琦注。)魯迅在《亥年殘秋偶作》中寫:"曾驚秋肅臨天下,敢遣春溫上筆端。"用秋肅來指斥國民黨反動派的殘酷統治,白色恐怖;用春溫來顯示對紅軍長征的勝利,心底像春天一樣的溫暖。詩不能句句落實,說得太死;但從詩歌的篇章結構、寫作特色和藝術表現進行探索,還是可以領會它總的精神和思想意義的。

根據以上這樣的粗淺理解,我基本上同意前一種解釋的。關於這詩,采取後一種說的還是習以爲常的。學術是非,是可以通過貫徹黨的"雙百方針"討論來解決的。

1977 年 12 月初稿
1978 年 4 月修改

(原刊紹興師範專科學校《教學參考資料》 1978 年第 10 期)

編者說明:本文據原刊並參手稿録編,原題《魯迅〈湘靈歌〉試釋及其它》,手稿落款"1977 年 6 月"。今題爲編者酌擬,並將原稿附録的《湘靈歌》移於篇首。

懷念泰戈爾

今年 5 月 7 日，是印度的偉大詩人泰戈爾誕生 130 周年紀念日。今天 5 月 5 日，在中國杭州舉行紀念會；同時舉行紀念陶行知誕生 100 周年詩歌吟誦演唱會。這是很有現實教育意義的，我對這會的舉行致以衷心的祝賀！

就紀念泰戈爾説，我們不僅欣賞他的文學作品，同時由於他對我國人民無限熱愛，他對我國歷史文化瞭解很深，十分重視源遠流長的中印關係。他熱愛中國，甚至説："我的前生一定是個中國人。"

早在二十歲的時候，泰戈爾發表一篇文章，題爲《死亡的貿易》，抨擊英國政府强銷鴉片，毒害中國人民。感動了加爾各答碼頭工人，拒絕裝運鴉片。1913 年，泰戈爾獲得文學獎後，譽滿全球。1916 年日本政府邀請他去訪問，期望他對日本擴張政策歌功頌德。但他在講演中，竟直率譴責他們侵略中國的行爲，引起日人反感，污蔑他爲"失敗的詩人"。泰戈爾撰《失敗者之歌》一詩反譏之。詩中喻勝者不可逞强，敗者終將奮起。二次世界大戰後，一個日本戰犯在國際法庭聽審時，念這首詩，表示悔恨。

泰戈爾曾於 1924 年 4 月訪問我國，到上海後，4 月 14 日來杭州，遊覽西湖。在靈隱寺前，禮贊 1600 年前來我國的印度高僧慧理法師；嗣後，在杭州人民的歡迎會上作了講演。曾對他的學生魏風江先生説："輕舟蕩漾在西湖中，感覺到人和湖光山色融合在一起了。這種悠遊的快樂是前所未有的。"他的講演涉及文學、哲學、藝術及政治上許多問題，其中最主要的，希望中印兩國文化界人士，一致努力，務使兩千多年前就已開始的中印文化交流繼續奔騰向前。

泰戈爾在我國抗戰期間，發表許多詩文，聲援我國。籌組醫療救護團，命醫生柯棣華和巴蘇等率領來延安救護傷病軍民。日本多次寫信給他，説日本軍人是在拯救中國人民，請他不要老是指責。泰戈爾回信説："日本軍人在中國燒殺淫掠，叫中國人民相信這是在拯救他們，要他們感謝日本軍人的大恩大德。那麼，世界已無天日，我也無話可説，你也不必再來信向我嘮叨了。"

泰戈爾熱愛中國，終生不渝；所以，我國人民也是始終深深地懷念他的。

編者説明：本文據手稿録編，寫於 1991 年 5 月 5 日。原無標題，今題爲編者酌擬。

"角抵"補説

翻開 8 月 12 日《浙江日報》，第四版有吳秀明同志寫的《我與歷史小説評論》，文章中有一段云：

> ……我是根據寫評文的需要，有目的地、有針對性地看一些歷史書。特別是遇到疑難之處，更是勤勉其事，不敢有絲毫的隨意和怠慢。譬如有一部描寫秦末農民起義的歷史長篇，它在開篇之初就有聲有色地寫了一個秦二世在上林苑中觀看人獸相鬥的殘酷娛樂場面。我當時看了就不大相信：中國怎麽會有這樣"娛樂"的風俗呢？我懷疑作家是將《斯巴達克思》裏所寫的古羅馬的"角鬥"簡單地搬移到中國國土上來……先後查閱了《史記》《漢書》《太平御覽》《秦會要》，以及有關稗官野史、筆記小説，最後終於辨清了真假是非。這個例證，我曾經把它寫到一篇題爲《評近年來的歷史小説創作》的文章中去。在那篇文章裏，有關此事的評論文字祇有寥寥幾行，但它却實實在在耗費了我足有一個星期的時間。

吳同志把他感到有着"疑難"的一個問題，"勤勉其事，不敢有絲毫的隨意和怠慢""實實在在耗費了我足有一個星期的時

間"，把它的"真假是非""辨清了"。吳同志的《評近年來的歷史
小説創作》的文章，我尚未讀過。這"寥寥幾行"，想是十分精彩，
可惜在這文章中没有點明；否則，可以省了人家翻檢。不過爲了
這個"疑難"，化了"一個星期"的工夫把"真假是非"辨得清楚，效
果是驚人的。

　　不過，根據《三輔黄圖》的記載：秦始皇大規模地集中各國的
女樂倡優萬餘人，在咸陽縱歌作樂。"庭中可受十萬人，車行酒，
騎行炙，千人唱，萬人和。"《史記·李斯傳》説："(秦)二世在甘泉
(宫)，方作觳抵優俳之觀。"説明秦二世時，宫廷中已有優俳參加
表演的"觳抵"活動。觳抵原是一種角力、比武的軍樂活動，即所
謂"戲樂"；到了秦時，改名"角抵"。應劭注："角者，角技也。抵
者，相抵觸也。"這種角力實爲周代角力、角技藝、角射御等的比
賽形式的繼承和變異。秦宫廷中的演出當是加了化裝表演與娛
樂成分。秦宫的角抵優俳，當與夏桀時的"奇偉之戲"一脉相承，
與後世"百戲"有淵源與繼承關係。秦二世時無"上林苑"，看
來那位寫歷史長篇的知識不足，而吳同志要在"寥寥幾行"辨清
這個問題也是不容易的。我常懷疑抱着實用主義的觀點做學
問，恐怕會自誤和誤人的。

　　　　　　　1986 年 8 月 13 日書於莫干山武陵村四號樓

　　編者説明：本文據手稿録編，原無題，今題爲編者酌擬。

蓋叫天演武松小議

蓋叫天是京劇界的一代名人，尊之爲活武松。但有其美中不足處，不能迷信權威，説他的戲一點也不能議，不能改。蓋戲武松打扮"羅帽鸞帶"，可演許多戲；但武松穿着羅帽鸞帶不是處處都切合武松身份。林冲在太嶽廟、野猪林、草料場穿着不同；武松在景陽岡、獅子樓、十字坡、飛雲浦打扮也各自不同。祇用羅帽鸞帶來表現武松性格，一瞪眼，一踢脚，處處武戲文做，表現其演戲手段，表現絶技不能表現人物身份，祇能説此表演爲技術，而不是藝術。

武松是城市貧民，流浪江湖，一無靠山，二無後臺，祇憑精拳一對，專打天下不明道義的人。所以，人民特別喜歡他，敬重他，把他甚至有些神化了，視作人民的力量化身，把路見不平、拔刀相助的願望寄托在他的身上。這是武松所以爲人民所喜愛、敬重的原因。武松打虎是武松出場的第一個亮相，今天打山中猛虎，明朝後日就要打人間猛虎，剪除贓官惡霸。武松打虎塑造了武松的英雄形象，塑造了流浪江湖的英雄好漢。這時，武松尚未到陽穀縣暫時做都頭，就是專治河東水西的緝盗都頭，這時武松打扮怎麽可以讓他頭戴羅帽，腰繫鸞帶？同時，讓他以後一直是都頭打扮，把都頭打扮成爲武松形象的裝束。武松的英雄形象在《水滸》上描寫完全不是這樣，是比較合理的。

　武松武戲文做，看來是蓋老的創作，大家都認爲他創了這一流派，創得好，喝彩聲響徹雲霄。我在這裏却想提出一個問題，請大家考慮：水滸戲在歷史上流傳衍變，確也有些戲上沿着武戲文做的路子變化的。雜劇戲中魯智深、李逵與後來傳奇、昆曲中魯智深、李逵就是不同。演魯智深，應該歌頌他醉打山門敢於施展自己的力量，還是欣賞他的唱腔"寄生草"一曲，"來去無牽掛"的佛家清净的思想感情呢？演李逵，是贊美他的敢於堅持爲民除害原則，敢於砍倒"替天行道"杏黄旗，還是欣賞他的追逐流水中的桃花片呢？是贊賞武松勇猛開打，與老虎鬥、西門慶鬥、蔣門神鬥及飛雲浦上的夕徒鬥呢？還是祇須欣賞欣賞一瞪眼，一踢鴛帶，把敵人蔑視不在話下呢？這一改變，是對塑造英雄形象、反映人民堅强的鬥志有加强，還是減弱呢？是對塑造英雄人物形象的更加豐滿、飽滿，還是有所削弱呢？

　　蓋戲武松劇情，《十字坡》大家公認，他自己承認是傑作彌天《十字坡》，這應該說是了不起的，看來已是發展到頂點了。但是，我還感覺這戲不是不存在問題的，而是存在着很大問題的。《十字坡》這戲，看來經過蓋老的創造，實質上是歪曲了孫二娘，用以抬高武松，實質上也就歪曲了武松。這個戲塑造武松打店形象，我看是沒有道理的。爲什麼這樣說呢？因爲，這戲交代，武松與孫二娘的矛盾是敵我矛盾。孫二娘在唱辭中説是江湖女豪客，這是對的；但在接待武松中，她感覺武松藏着銀兩，於是留他夜宿，看覷他。武松在孫二娘行動中，覺察她在窺視他，在夜宿時候作防範。果然，夜間孫二娘開武松房間，前去行刺，謀財害命，一場廝鬥，於是開始。終於武松施出絕技，打得了她。張青前來，看來不是話頭，動問客官姓名。武松、孫二娘、張青各個報出，原來江湖上都曾聞名，一笑而罷。我想這樣解決矛盾是否已解決了呢？説是已經解決，那就説明武松的專仗精拳專打天下不明道義的人是無原則的,碰到有一定關係的就妥協了。這樣的劇情可稱是傑作嗎?關於獅子樓,我曾聽過蓋老的分析,他認爲武松是英雄,西門慶也是英雄,大家光明磊落,所以在獅子樓明槍交戰,一場廝鬥。武松到獅子樓,武松責問西門慶,連問幾句,西門慶連連回答是俺、是俺,毫不掩飾。武松衙門告狀不准,士兵願意爲他佐證,武松拜了士兵。於是嘴裏唱着,花街柳巷找尋西門慶。一會兒出來,説明西門慶在獅子樓,武松於是賞了他十兩紋銀,表示守信,言出如山。這樣塑造武松的英雄性格,並企圖把西門慶也塑造成英雄性格,使他兩虎相鬥,耍出絕技。這樣表演,是否是好?我看這樣的主導思想下,這樣處理戲劇情節,應該説是有問題的。

在藝術創作上,我們是承認有權威的,而且希望多產生一些權威。但是這權威的樹立,應該是大家心悦誠服的。如説權威還有他的一定的美中不足,我想也應該容許人家提出一些意見的。黨的雙百方針肯定是要貫徹的,戲改也是肯定的。因此我提出這一不成熟的意見,我想應該會獲得黨和人民群衆的贊許而予以發表的。

編者説明:本文據手稿録編,原無題,今題爲編者酌擬。

讀孫過庭《書譜》

唐孫過庭《書譜》一向爲書家所重，其中説：

> 雖篆、隸、草、章，工用多變，濟成厥美，各有攸宜。篆尚
> 婉而通，隸欲精而密，草貴流而暢，章務檢（斂）而便。然後
> 凜之以風神，温之以妍潤，鼓之以枯勁，和之以閑雅。故可
> 達其情性，形其哀樂。驗燥濕之殊節，千古依然；體老壯之
> 異時，百齡俄頃。嗟呼，不入其門，詎窺其奧者也！

這是孫過庭對書法藝術的精湛見解，意謂：篆隸草章四種書體，
後世承前世之美。篆書以婉曲條貫爲貴；隸書以精煉細密爲要；
草書需要流利通暢；章草務求法式簡便。然後形於氣韻，使人肅
然敬畏；風度美好，令人感到和藹可親；瘦硬蒼勁，可以激發感
情；優美閑雅，可以調和性靈。這樣就能够抒發人的性情，形於
哀樂，這在書家的運筆緩急與墨色濃淡之中可以體會出來。人
生百年，倏忽即逝；然而就書家的作品：壯年的和老年的却是可
以檢驗出來的。這裏邊的奧妙，不通書法門徑的人，怎得窺見？
　　孫過庭用風神、妍潤、枯勁、閑雅四辭，凜、温、鼓、和四字，道
其書法的實踐與境界：論者崇爲“深得旨趣”（張懷瓘《書斷》）、
“頗能推闡入微”（包世臣《藝舟雙楫》）。這可説明書法藝術、功
力固然重要，但是没有一定的審美情趣、哲學思考、學識根基和

品德修養,怎能達到度越恒流的高尚境界呢？書法家沙孟海先生説:書家不懂得繼承,怎能够獲得創新？所謂推陳出新,温故知新嘛！

　　書道淵博,真的浩如煙海啊！生也有涯,知也無涯。

　　編者説明:本文據手稿録編。

吳昌碩臨石鼓文

吳昌碩(1844—1927)，名俊卿，字倉石、蒼石，後改字昌碩，號缶廬。浙江安吉人。他是近代著名的書畫家、篆刻家，曾與同道創立西泠印社，任社長。

吳昌碩於篆刻書畫，重視功力，曾說：治印須仿漢印千方。提起吳昌碩，就不禁使人想到他擅寫石鼓文，樸茂雄健。吳氏臨摹石鼓不知始於何時，但從他的臨本稽考，以 59 歲時爲最早，其次是 65 歲、72 歲和 75 歲等，還有很多時間不可考的。

石鼓文是現存最早的刻石文字，關於它的寫刻，傳說紛紜。這鼓發現於唐代，十塊，每鼓刻四言詩一首。杜甫、韋應物、韓愈等，各有詩篇題詠。唐人認爲它是周宣王太史籀的手筆，字體屬大篆，稱爲籀文。宋代董逌、程大昌把它提升到成王時代，翟耆年認爲它的筆劃無三代醇古之氣，把它定得晚些。鄭樵認爲鼓中"醫""丞"等字與秦代金石文通，應屬秦代。直至清代，震鈞提出係秦文公東獵時之物，曾獲不少人支持。近代馬衡認爲是紀念秦穆公(前 659—前 621 年)稱霸西戎時，天子致賀之物。郭沫若則定爲襄公八年(前 770)立西畤時之物。唐蘭推定在秦獻公十一年(前 374)。現學界一般認爲，石鼓文早於秦始皇刻石150 餘年。

秦始皇的刻石，書體稱爲小篆，可以說是篆書中的藝術水平最高的作品。文字改革與統一是秦始皇的一大功績，推進這改革與統一的據説是李斯。這刻石文字傳説是他的手筆。殷周的甲骨文和金文書寫表現，相當自由。秦篆的完成，却立於皇帝的權威上，以静止、安定、嚴密的形式爲美，趨向凝練。

石鼓文的書體，顯露出籀文與小篆的中間姿態，學習石鼓可以上溯古文，下窺小篆。吴昌碩於石鼓文功力深細，他所根據的本子是清阮元摹刻的范氏天一閣本。阮元刻本並非原拓，而是摹寫，因此筆劃多少有點訛誤。吴氏的臨本，比勘原刻，較爲縱長。論者謂他受了小篆的影響。范氏天一閣本石鼓文，後題"北平翁方綱觀"，今存。宋代古銅器出土，至明清逐漸增加，學者好古，產生了"金石之學"。清人寫篆成爲風氣，產生了鄧石如、吴讓之、趙之謙、徐三庚、吴大澂等名家。漢朝以後，書家經過長期間的用筆鍛煉，至近代，篆書形成一時之盛。徐三庚的篆書，從"神讖碑"追求小篆的變化；吴昌碩則從臨摹石鼓文，追求字形的變化，並上溯小篆以前。論者因謂學篆書可以吴大澂鞏固基礎，吴昌碩養筆力，徐三庚提高技巧。吴昌碩書畫篆刻以臨書石鼓爲基礎，終身温習，回到書畫篆刻創作上來，尋求突破。論者稱其壯年所臨石鼓文：流暢如水，行間的餘白，幾爲綫條所滿；晚年則字形整飭，蒼健凝練。這應該就是孫過庭《書譜》所説的"驗燥濕之殊節"，"體老壯之異時"吧。

編者説明：本文據手稿録編。

讀王伯敏詩

半唐齋主人王伯敏兄，余之故人也。擅書畫，工美術史，飲譽海內外。餘事以詩鳴。徜徉湖山，時得挹其清芬。其詩：苦語、悲語、歡語、豪語，皆出之淡，宅性然也。曷言平淡，文字不尚藻飾，結構不崇蝌宕。春雲舒卷，秋水潺湲。遇事能發，稱心而言。涉筆成趣，雋而彌永也。藝之道夥矣，各異其趣也。此詩之所以稱別裁也。"淡淡長江水，悠悠遠客情。落花相與恨，川地一無聲"，此悲語也，而以淡語出之。其內涵，淡乎否耶？明乎此，可以誦柏閩詩矣。伯敏之論詩也："寫詩或讀詩，若於更深之時，坐在冷月斜照旁，加上一杯苦茶，可以獲得禪味的境界。這個時候，外靜內定，正宜騁無窮之思。"論詩亦為論詩境也。詩亦以境界為尚，此詩之所以稱別裁也。伯敏幼時父母迫於生計："傷心兒作幼雛賣，娘自汲瀾爹斷腸。"其《頌母》詩曰："一丈細紗五齒機，三更燈暗苦梭飛。蕭蕭木落催刀尺，依舊家人荷翟衣。"此苦語也。《無題》云："烏雲翻滾亂江山，造反歌喉無日閑。大字牆頭書鬼語，夜深血染白沙灘。"此憤語也。《生日自況》云："作畫著書鬢未斑，煮茶夜坐自安閑。而今猶幸如松健，昨日又登齊魯山。"此歡語也。《畫竹寄鷺山先生》云："一竿草草三錢墨，寄贈先生屋後栽。他日成林明月夜，婆娑影裏任徘徊。"此豪語也。吐屬行文，如行雲流水。《記長沙帛畫呈郭沫老》論帛畫云："上繪展翅鳳，旁圖矯健龍"；"論掘長沙土，物證必無窮。"跋《中國繪畫史》云："丙午初成稿，丁未風雨狂。""我心痛如絞，夢裏亦情傷。""待到風雨過，計時十載長。""舉頭山水綠，回首聞茶香。"蜻蜓點水，旋點旋飛；珠走玉盤，圓轉自如，所以不尚跌宕開合，議論縱橫也。言爲心聲，悉由於其胸懷曠逸使然也。故一皆以淡語出之，拙兄未悉然乎否耶？

> 劉操南　一九九七年五月十七日
> 於浙一醫院　伏枕書

（原載《勒石篇——王伯敏教授八十華誕暨從藝六十周年》中國美術出版社 2002 年）

編者説明：本文據原載並參手稿，原無題，今題爲編者酌擬。原載還附有劉文漪致王伯敏先生信，兹從略。本文又載《書畫論集》（《華夏書畫學會叢書》第二輯，2001 年），題作《評王伯敏詩》。

古時捕魚瑣談

在宴會時，有時會有人談起，現在黃魚難吃到了。爲什麼呢？杭大董聿茂先生説過："在黃魚産子時期，就是在海汛來時隨意捕撈，宛如'竭澤而漁'，這樣會使黃魚絶迹的。"這話是有科學的預見性的。

小時候，我讀《孟子》，記得孟夫子説："不違農時，穀不可勝食也；數罟不入洿池，魚鼈不可勝食也；斧斤以時入山林，材木不可勝用也。""順時取物"，可見我國古人很早就知道利用這條自然規律的。

稍長，我讀《國語·魯語上》，瞭解到：魯國太史里革勸阻魯宣公夏天在泗淵裏去濫捕魚的故事，給我的形象性教育印象更深了。魯宣公夏天在泗水裏濫捕魚，里革把他網砍破扔掉了。里革對魯宣公説：現在是"水蟲孕"的時候，怎能去濫捕捉啊！古時在季冬、孟春這段時間裏，魚類已經成熟長大，主管魚類資源的"水虞"纔讓捕捉，你怎能破壞這個規定呢？魯宣公聽了這話，没有生氣，還贊美他："吾過而里革匡我，不亦善乎！"可稱"良罟"，教"有司"把這話記下來，長期保存，用來隨時警惕當官的。

里革説這是"古之訓也"，説明"鳥獸成，水蟲孕"這條順時捕魚狩獵的禁令，我國早已有了。那麼，古到什麼時候呢？甲骨文中記述商人常在十月至十二月間捕魚，周人遂有正月和十月一年兩次獺祭的制度，這制度或稱"獺魚"。《禮記·月令》上記載：正月獺祭後，"虞人不得入澤梁"。有了這條禁令，這樣就能保護魚類産卵、繁殖和生長。《禮記·王制》也記載着：十月"獺祭魚，然後虞人入澤梁"。"草木零落，然後入山林"。這時纔開禁，捕魚、伐木。古代生産力低，保護動植物的生境合理，生態平衡，這與發展漁業農業經濟是大有利的。孟夫子等所提倡的"不違農時"，是有其經濟效益的。今日，民間養魚，何時放種，何時起塘，還是依循時令行事，有其科學實踐的規律的。

這樣看來，我國不少優良傳統是源遠流長，值得我們研究與重視的。

編者説明：本文據手稿録編。

略述干支紀日

中國的干支紀日，是世界各國無與倫比的最準確、最長久而又最簡便的紀日法。這一獨立系統的紀日標準，不受年月的牽制和曆法改革的影響，在中國曆法史上是有重大意義與作用的。歷史傳説：黃帝之世，大橈始作甲子。這自然是不可靠的，但從甲骨文的實際材料看，這種紀日方法，確是沿用了很久。起源於何時？難以確知。不過從已發現的甲骨史料推算，從武丁二十九年十二月庚申開始，到公元一九五二年一月一日丙午，已用三千二百六十二年，共計一百一十九萬一千一百零七日。

中國的"農曆"是用陰陽合曆，根據日干的紀載，除以年數，可統計出較爲準確的歲實。這是過去研究曆法的唯一可靠的依據，例如：《春秋左氏傳》紀載過兩次日南至（即冬至）：一次是僖公五年春王正月辛亥朔；一次是昭公二十年春王二月己丑，這兩次日南至相間一百三十三年。從干支中可推得中間實距四萬八千五百七十八日，以一百三十二年計算，除四萬八千二百十三日，可得歲實三百六十五日有四分之一。中國最早的四分曆法，就是從這種實測和統計的方法中求出來的。嗣後歷史的紀錄資料愈多，年份愈長，所統計出來的歲實就愈爲精密。

另從橫的來説，當封建政權分裂時，各國用的曆法不同，年月也隨着發生差異；但是因爲有着干支紀日，可以排比出哪一曆哪一日相當哪一曆哪一日。例如:三國魏黃初五年正月初一乙酉,在吳爲黃武三年正月初二。中國史書國家有事便書,無事省略。歷史上很少有日曆曆譜遺留下來。有了干支紀日,缺日可以推算填補;如有誤差,也容易發見和校正。

歐洲雖有儒略周日,但應用起來沒有干支簡便,而且比中國已晚了一千多年。

(原刊《中學語文報》 1983 年 5 月 1 日第 2 版)

編者説明:本文據原刊並參手稿録編,另有一手稿,内容大同小異,後署:"1951 年 8 月 29 日夜記。"劉録稿附記云:"(本文)撰於五十年代初。"

風水的内涵

讀書可以幫助我們對一些事物學會作具體的分析。

《墨子・節用》說古人:"因陵丘掘穴而處焉。"《易・繫辭》說:"上古穴居而野處,後世聖人易之以宮室。"中國古代先民穴居野處,由於先民生活實踐經驗的積累,這種居住力爭優越,先民是有其選擇的。

中國是一個典型的季風氣候的國家,先民居住首先考慮怎樣躲避冬季寒冷乾燥的偏北風,迎納夏季溫暖的偏南風。這個條件,居住在黃河流域的先民感受最深,考慮最多。他們在感性認識中獲得經驗,探索理論。要求北有靠山可以擋風,方位朝南便於采納陽光;又爲了便於生活、灌溉、交通等,村落選擇有流水環繞的地方。例如:新石器時代的西安半坡遺址、河南小屯村的殷墟遺址,就是如此。因此,在先民的居住條件的選擇中,就提出重視風水的要求和"風水穴"的概念。"穴"字原與居住的洞穴密切聯繫着的,這門學說的興起,自有其科學的内涵的;但其衍變,人民將風水與請神、祭祀、禁忌等活動聯繫起來,内容龐雜,滲入許多迷信的東西,這是又一回事。所以,我們對於風水的學說,這一文化現象,不能輕率地否定,也不能盲目地信仰,人云亦云,以訛傳訛。而應對其起源、演變和傳播,多讀些書,慎思明辨,作客觀的審視和科學的分析。

編者説明:本文據手稿録編。

從陳景潤說到張衡

　　華國鋒同志在五屆人大政府工作報告中指出："我們必須極大地提高整個中華民族的科學文化水平,使廣大勞動群衆掌握現代生產技能和科學知識,同時造就一支宏大的工人階級的知識分子隊伍,纔能勝利實現建設社會主義現代化强國的宏偉目標。"(1978 年 2 月)這就給我們提出了明確的任務和要求。我們知道:要實現四個現代化,科學是關鍵;祇有迅速把科學技術搞上去,纔能帶動工農業生產與國防建設的全面躍進。要在本世紀內把我國建設成爲社會主義的現代化强國,高舉毛主席的偉大旗幟,發出的新時期的新長征的進軍令!"長征"這樣燦爛奪目的字眼,概括着今後二十二年的總任務,含意多麽深刻,前程多麽遠大! 現在全國上下正在向着這一宏偉目標進軍。這一嘹亮號角響徹雲霄。全國科學大會正在召開,這又是多麽激動人心啊! 正當科學大會召開之時,我寫了一詩,表示祝賀:

　　　　盛會空前四海逢,攻關創業氣如虹。
　　　　嶺南桃李迎風燦,塞北梅花映日紅。
　　　　敢摘明珠皇冠上,更尋層子滄溟中。
　　　　眼前縱有千峰險,飛越關山一萬重。

　　這詩五、六兩句,解釋一下:"明珠",指"歌德巴赫猜想"。人們把數學喻爲皇后，數學中的數論喻爲皇冠，數論中(1＋1)的命題(即每個不小於 6 的偶數，都是兩個素數之和)喻爲皇冠上的明珠。數論中(1＋1)的命題，是歌德巴赫在 1742 年發現，他不能證明，就去請教大數學家歐拉，歐拉也不能證明，這個命題從此成爲難題，吸引着成千上萬的數學家的注意。兩百多年來，多少數學家企圖給這個猜想作出證明，迄未成功。現在我國陳景潤同志已證明了(1＋2)的命題，離開摘下皇冠上的明珠，祇有一步之遙了。陳景潤這個證明，國際上反響非常强烈。英國數學家哈勃斯丹和西德數學家李希特的著作《篩法》正在印刷，見到論文就停了下來，添上一章"陳氏定理"，譽之爲篩法的"光輝的頂點"。有人要問：陳氏定理有什麼用，用於哪些範圍？回答是：科學成就有兩種：一種是經濟價值明顯，可用人民幣計算，稱爲"有價之寶"；一種是在宏觀世界、微觀世界、宇宙天體、基本粒子、經濟建設、國防科學、自然科學、辯證唯物主義哲學等等之中有這種那種作用，經濟價值没法估計，稱爲"無價之寶"，陳氏定理就是。(參見徐遲《歌德巴赫猜想》，1978 年第 1 期《人民文學》)科學上的發明創造，常是如此。現在全國上下，奮發攻關，將爲四個現代化摘下一顆顆的明珠。我說："敢摘明珠皇冠上"，這就是歌頌粉碎"四人幫"後，出現的新時期的新長征的大好形勢。多麼令人欣喜鼓舞啊！

"層子"指層子結構。研究基本粒子内部結構及相互作用、變化規律的科學，叫粒子物理學，亦稱高能物理學。人們在探索物質結構的長征中，由元素到原子，到質子、中子、電子等基本粒子，人們的認識不斷深入，把微觀世界的奧秘，層層揭開。毛主席指出："你看在原子裏頭，就充滿矛盾的統一。有原子核和電子兩個對立面的統一。原子核裏頭又有質子和中子的對立統一。質子又有質子、反質子，中子又有中子、反中子。總之，對立面的統一是無往不在的。"（《黨內團結的辯證方法》1957 年 11 月）我國高能物理研究工作者根據毛主席的指示，深入進行基本粒子的研究，認爲介子、質子、中子、超子等强子類的基本粒子，是由更基本的粒子——"層子"及其反粒子組成的，並提出了層子模型。基本粒子，並不基本。現在是打開基本粒子找層子的時代。人們對微觀世界的探索是無止境的。揭開微觀世界的奧秘，造福人類，即克服自然，利用自然的能力，這又是一個"無價之寶"。"高分獨創新生命，杯水能開火箭車"。通過遺傳高分的接合，可以打破動、植的界限，創造物種。一公升水中的重氫能够提煉出相當於一千公升汽油的動力。"後夜嫦娥招客飲，明宵飛向廣寒居。"（參見荒蕪《聽錢學森同志談科學新技術》，《文匯報》1978 年 2 月 12 日）這樣人們要到月球上去遊覽一下，就非常方便了。我説："更尋層子滄溟中"。這又是在黨中央的領導下抓綱治國的新時期總任務的又一大好形勢。

　　敬愛的周總理遵循毛主席的指示，在四屆人大第一次會議上，鄭重地宣告："我們再用二十多年的時間，一定能够在本世紀內把我國建設成爲社會主義的現代化强國。"周總理的聲音，多麽動人心魄！"畫出風雷是撥聲。"是時代的風雷，戰鬥的號角。現在全國人民正在奮發圖强，奔向 2000 年。

　　這是開來，但開來也不要忘了繼往，繼往正所以開來，繼往爲了更好地開來。毛主席教導我們："在中華民族的開化史上，有素稱發達的農業和手工業，有許多偉大的思想家、科學家、發明家、政治家、軍事家、文學家和藝術家，有豐富的文化典籍。"（《中國革命和中國共産黨》1939 年 12 月）這裏，我祇就科學家來談談。我國古代的科學家對於宏觀世界的認識，曾經作出較爲顯著的貢獻。開物成務，也是一個"無價之寶"。就拿古代曆學家對於日月及五星運行的觀測來説吧！從感性認識，提高到理性認識，是愈來愈精深的，貢獻極大。第一階段，在《三統曆》和《四分曆》時，認爲 254 恒星月，等於 235 朔望月。求得日行一周，月行 13 周又 19 分度之 7，亦即日行一度，月每日行 13 度又 19 分度之 7。認爲日月五星的運動是等速的，即每日所行距離是相等的。第二階段，東漢的賈逵首先發現月亮的運行時快時慢，稱爲"月行遲疾"。劉洪看到這個現象，提出以日月平行逆度，計算日月合朔，和實際天象先後天差十餘度。因創遲疾、陰陽兩術，用以變革曆法，作《乾象曆》。魏楊偉再作《景初曆》，更定月行遲疾曆，好像現在的近點月表，用以計算日月合朔及交會，可說是我國曆法史上一大變革。第三階段，北齊張子信用渾儀測候太陽和五星三十多年，發現太陽的視運動也有快有慢，稱爲"日行盈縮"。張子信發現了太陽的視運動"在春分後則遲；秋分後則速"。隋劉焯造《皇極曆》，首先運用等間二次內插法來計算它，廢除平朔，改用定朔。這是一項傑出的創造。唐李淳風造《麟德曆》，稍加改進。唐張遂重加整理，再創不等距二次內插公式來進行計算。晚唐時徐昂造《宣明曆》，又把張遂的不等間距內插法式簡化，創立推日蝕時氣刻三差數術。在歐洲，內插法首爲英國天文學家格利高里采用，牛頓進一步推廣它。徐昂的內插公式，近於牛頓所用的公式。演算法更爲進步，也就更較符合天象。幾經演進，到元郭守敬造《授時曆》，集合諸家曆法的大成，設立三次內插法，用以計算日躔月離及五星運動。所得數據日月行度，幾與今日科學家成就密合。這就說明我國古代的科學家對於天文、曆法，早已作出了特殊的貢獻。

但在這裏，我們還得一談，我國古代科學的成就是逐步發展的。在我國古代科學發展史上，東漢時期的張衡是個傑出的關鍵性的人物。張衡繼承和發展了前人天文、地理的科學成就，發明創造了渾天儀、候風儀、地動儀、指南車、記里鼓車和瑞輪蓂莢等多種天文、地理的觀測儀器，創立了系統的天文學説，開創了古代世界地震學研究的新紀元。他對我國古代展開宏觀世界的認識，成績是卓著的。這裏，祇就他的重要發明創造渾天儀、地動儀和渾天學説來談一下。

關於宇宙的構造，古代主要有蓋天説、宣夜説和渾天説三個學派。蓋天説認爲"天圓地方"，日月星辰附在天蓋之上不停轉動。它把地球的自轉説成了天蓋的轉動。宣夜説是古代測定恒星位置的學者對天體的一種設想，認爲日月星辰是"自然浮生虛空之中"，天是無邊際的。渾天説認爲"天如鷄子，地如中黃"。日月星辰都在蛋殼上不停地轉動。有了渾天説，人們可以計劃創造渾天儀來觀測星辰。西漢武帝時落下閎，首先製造渾天儀。宣帝時耿壽昌、和帝時賈逵，也曾製造。張衡參考各派學説，對天象進行實際觀測、核對，發展了渾天學説。認爲："天轉如車轂之運也，周旋無端。"天體是圓的，宇宙是無限的。太陽的視運動是圍繞着地球不停旋轉的。從而探索太陽運行的規律，實際是地球圍繞太陽旋轉的規律，指出赤道、黃道和北極的地位；從而説明夏季日長夜短，冬季夜長日短的道理。張衡吸收前人經驗，瞭解月光是日光所照，月蝕是地球所蔽。月亮繞着地球不停旋轉，因而出現晦、朔、弦、望的現象。張衡觀測恒星：常明的星有124顆，可明的320顆，中原地區可見的有2500顆，在海外可見的不計在内。據現代天文學家計算，肉眼所見到六等星爲止，約6000顆，但一時一地所見的也祇2500顆左右，可見他的觀察是比較正確的。張衡把這創見用渾天儀反映出來。這是世界上第一架能比較準確地測定天象的渾天儀。渾天儀用一個鐵軸貫穿球心，軸的方向就是地球自轉的方向。軸和球有兩個交點——天球上的北極和南極。北極高出地平36度，就是當時首都洛陽的地理緯度。球面上刻二十八宿和其他星辰。球外兩圈，一爲地平圈，一爲子午圈，交叉環套。天球半露地平圈上，半隱圈下。球上還有黃赤兩道，交角爲 24 度。在赤道和黃道上各刻 24 節氣，從冬至點起，刻成 365 又 1／4 度。每度分四格，太陽每天輻射在黃道上移動一度。這樣，天體的現象，幾乎全部反映出來了。"渾"有全的意思，渾天即全天，所以稱爲渾天儀。張衡爲了使儀器能够自己轉動，又把它和滴漏壺聯繫起來，利用壺中滴出來水的力量，推動齒輪，帶動渾天儀，一天一轉，使渾天儀上所顯示的天文現象按着時刻呈現出來。人們坐在屋裏觀瞻，可以知道天上星辰的起落。張衡這一創造，蔡邕知道了，崇拜得五體投地，願意"寢伏儀下"。但是他的願望，沒有達到。

張衡還發明了可以測定地震方向的地動儀，這是我國地震學系統研究的一個開端，也是世界上出現的第一架地震儀。這架儀器，是用青銅製造，形像酒樽。圓徑有八尺。儀器頂上蓋子凸起。儀面刻着篆文、山、龜和鳥獸等紋飾，周圍鑲着八條龍，對準東、南、西、北和東南、東北、西南、西北八個方向。龍嘴唧着銅球，地上蹲着八隻銅蛤蟆，仰首張口，來接銅球。當地震時，哪方發生震動，龍頭受震張口，吐出銅球，掉入蛤蟆口中，發出響亮聲音。人們聽到聲音，檢視可知那方發生地震，記下數據，尋找灾區，便於做搶救工作，減少損失。這個儀器內部構造是：中央豎一銅柱，底尖、上大，稱爲"都柱"。四周連接八根柱子和八個龍頭銜接。平時平穩放着，都柱垂直立在儀器中央。由於都柱的重心高，支面小。即受微弱的震動，極易傾倒。遇有地震，如在東方發生，東面的地殼就會發生波動，震波影響都柱，東方的橫杆就被推動，東方龍嘴所唧的銅丸就被推開，因而吐出銅丸。近代歐洲人發明的地震儀比張衡的地動儀精密，但比張衡創製要遲 1700 年，根據的原理基本上是相同的。

此外，張衡還製造了觀測風向的候風儀和巧妙機械指南車、記里鼓車、飛鵰和瑞輪蒐莢等。他的發明創造，對後世影響極大，立下了不朽功績。自然，張衡的研究，有他的局限，不能説都已到了頂的。不少研究還在萌芽狀態中，如張衡所得的圓周率爲：$\pi = \sqrt{10} = 3.1622$（參見賴家度著《張衡》，上海人民出版社），開立圓術誤以合蓋爲圓柱（參見拙著《梁祖暅之偉大科學成就——球積術》，見《文史哲》1952 年 3 月號），皆粗疏。前修未密，後出轉精，這個任務就落到後來的科學家祖冲之、祖暅父子的肩上了。

縱觀我國科學史，可説人才濟濟，名作累累。在世界上，明代以前，一直居於領先的地位。繼往開來，五屆人大是一個偉大的里程碑。宣告八億中國人民奔向 2000 年的偉大進軍開始了。我們應以五屆人大和全國科學大會爲動力，奮發攻關，使我國的科學技術水平進入一個新的發展階段。

編者説明：本文據手稿録編，原題《繼往開來的新長征——兼談傑出的科學家張衡》，寫於 1978 年初。今題爲編者所擬。

沈括的光學知識

宋朝人沈括在他所著的《夢溪筆談》裏有一段關於"陽燧照物"的記載,對凹面鏡的光學現象作了透闢的闡述。這是祖國科學史上的光輝,是值得介紹的。

> 陽燧照物皆倒,中間有礙故也。算家謂之"格術",如人搖櫓,臬爲之礙故也。若鳶飛空中,其影隨鳶而移,或中間爲窗隙所束,則影與鳶遂相違:鳶東則影西;鳶西則影東。又如窗隙中樓塔之影,中間爲窗所束,亦皆倒垂,與陽燧一也。陽燧面窪,以一指迫而照之則正;漸遠則無所見;過此遂倒。其無所見處,正如窗隙、櫓臬、腰鼓礙之,本末相格,遂成搖櫓之勢。故舉手則影愈下,下手則影愈上,此其可見。陽燧面窪,向日照之,光皆聚向內。離鏡一、二寸,光聚爲一點,大如麻菽,着物則火發,此則腰鼓最細處也。豈特物爲然,人亦如是,中間不爲物礙者鮮矣。小則利害相易,是非相反;大則以己爲物,認物爲己。不求去礙,而欲見不顛倒,難矣哉!(《筆談》三)

這段文字我們可以用現代術語來把它解釋一下:

用凹面鏡(陽燧)來照東西,影子都是倒的,這是因爲光綫受了阻礙的緣故。這門學問,算學家叫它爲研究事物原理之術。

譬如人們搖櫓，櫓皋就是中間的阻礙。鳶兒在天空中飛，它的影子跟着鳶兒的自身移動。假使中間光綫穿過小孔，那麼鳶兒和它的影子便成相反的方向：鳶兒在東，它的影子便在西；鳶兒在西，它的影子便在東。又如樓塔，光綫穿過窗隙小孔所成的影子，也都是倒的，這與凹面鏡所表現的現象是相同的。陽燧表面是凹的，用一個手指來實驗：很遠的時候，影子是正的；稍遠，没有影子；再遠，影子就倒了。没有影子的地方，正像窗隙、櫓皋、腰鼓的阻礙的所在（凹面鏡没有影子的所在是焦點，櫓皋是杠杆的支點，窗隙是光綫的相交處，腰鼓就光綫的相交處的情形這一點説，和窗隙相像，但都與焦點意義不合。沈括就櫓搖曳、櫓皋前後左右移動、櫓皋所處的位置與窗隙、腰鼓相像又以阻礙釋焦點，所以把“無所見處”和窗隙、櫓皋、腰鼓看成一樣了），本末相錯，像搖櫓的樣子。所以，手上舉影子便向下，手下垂影子便向上。陽燧表面是凹的，放在太陽下照起來，光綫都向裏集中。離鏡一二寸的地方，成一小點，像麻子、菽子形狀，放東西可以燃燒起來，這是腰鼓最細的地方。這種情況不完全物是，人亦如此，中間不被外部事情所阻礙的人太少了。小的則把利害相混淆，是非相反；大的把自己看成東西，把東西看成自己。不把阻礙去掉，要想不把事情看顛倒，那是很難的了。

再分三點來分別説明：

一、束窗倒影。光綫穿過小孔，所成的影子就倒了。“中間爲窗隙所束，則影與鳶遂相違，鳶東則影西，鳶西則影東，又如窗隙中樓塔之影，中間爲窗所束，亦皆倒垂。”照相的鏡頭就是應用這個原理。

如圖：AB 物體光綫穿過小孔所成的影子 A'B' 是倒的了。

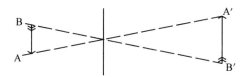

二、凹面鏡。"陽燧取火於日"，在我國戰國時代已經知道應用了。到了宋代，沈括又發展了一步，自然，他的認識多少還是屬於感性認識的範疇的。

1.定義：

①凹面鏡。沈括叫做"陽燧"，鏡面是凹的，"陽燧面窪"。

②焦點。沈括叫做"礙"，光綫射至鏡面都反射向一點集中，該點大小如麻子、菽子，照到東西便會燃燒起來。"光聚為一點，大如麻菽，着物則火發。"但有時"礙"的意義不完全和現在焦點的意義相合，而是指光綫相交的地方，"如窗隙、櫓臬、腰鼓"。

③焦距。$f = \frac{1}{2}R$，沈括這裏並沒有提高到理性上來認識，作數學符號的說明，但他在實例中瞭解到焦距"離鏡一、二寸"，有初步的理解。

2.現象：

① 物體在焦點距離內所成的影子是正的。"陽燧面窪，以一指迫而照之則正。"這影子是虛像。如圖：物體 AB 成像，A'B'物體在鏡後，故為虛像。下為焦距，O 為兩倍焦距。圖像：

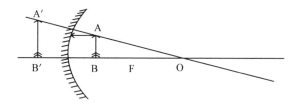

② 物體在焦點上就没有影子。"漸遠則無所見,⋯⋯正如窗隙、櫨臬、腰鼓礙之。"如圖:FA'、OA 兩綫平行,像在無窮遠處不會相交,所以没有影子。

③ 物體在焦點距離外所成的影子是倒的。"陽燧照物皆倒""過此遂倒""故舉手則影愈下,下手則影愈上,此其可見。"如圖:AB 物體的倒影爲 A'B',AB 物體在上面,則 A'B' 影倒在下;反之,AB 物體在下,則 A'B' 影倒在上。圖像:

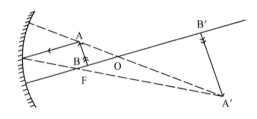

三、自然科學與社會科學統一性的問題。沈括在歷史上有他輝煌的成就,他是祖國值得自豪的大科學者。他認識了"束窗""凹面鏡"的光學現象,發展了《墨經》的光學知識,這一點在歐洲 1618 年 Girolamo Sirtori 寫 Telescopium,所懂的還趕不上他,可是,沈括是要比他早五百多年的。

但是沈括的認識並未從感性更高的飛躍到理性,從這裏抽繹出光學來,更没有從這些事例裏感到"物質是第一性的""人的感覺是客觀現實的映寫",發展出樸質的唯物論的宇宙觀來。相反的,沈括用唯心的觀點去解釋自然現象,再來解釋社會現象,這實際是無異對自然現象、社會現象一種歪曲,局限了科學的發展。朱熹一派的宋代理學多少是走了這條道路。沈括注意了"知者創物"含有科學性的創造,是突破當時一般學者的治學方法的,但他受傳統的學術思想影響還是相當多的,不知道"認識從實踐始,經過實踐得到了理論的認識,還須再回到實踐去。"而用唯心的觀點來對待事物，"豈特物爲然，人亦如是，中間不爲物礙者鮮矣。小則利害相易，是非相反；大則以己爲物，認物爲己。不求去礙，而欲見不顛倒，難矣哉！"這樣《筆談》也就停止於筆談了。

　　編者説明：本文據代抄稿録編。

陳子展教授《龜曆歌》

中央研究院歷史語言研究所研究員董作賓①作《殷曆譜》，友人魯實先教授②成《殷曆譜糾矯》一書，凡五萬言，曆表六十，附録二萬言。於董氏立論之五期兩派，祀統祀系，以及其所依據之曆術，所斷定之年代，所取證之卜辭彝器，一一條辨其非，論證謹嚴。復旦大學陳子展教授③極加激賞，爲作《龜曆歌》以張之。既成，由魯實先於民國三十四年七月二十五日自重慶北碚梅莊復旦大學寄遵義示余，庋之篋中不覺已四十餘年矣！陳教授失其原稿，曾借抄之，但未印刷問世。今魯、陳兩哲，俱歸道山，人琴之痛，爲何如耶？爰録《龜曆歌》，以饗同好，并志仰慕焉。原注囿於版面，已删之矣。

---

① 董作賓（1895—1963），1928—1946 年在中央研究院歷史語言研究所工作，1945 年編著出版《殷曆譜》。
② 魯實先（1913—1977），1942 年秋—1946 年夏在復旦大學（時該校駐重慶）任教。1977 年 12 月因腦溢血突發而逝世於臺灣師大。
③ 陳子展（1898—1990），1933 年起任復旦大學等校教授。代表作品《楚辭解題》等。

龜曆歌

為魯實先教授新著《殷曆譜糾矯》作

　　我聞陶唐有龜曆，祕文獻自越裳國。千歲靈龜三尺餘，背書科斗記開闢。世間神物那有此，不謂古有今亦得。今人嗜古喜得之，丹甲青文果寶刻。寶刻早摹考古圖，辛彝乙鼎亶甲觚。銘文卜辭先後出，地不愛寶顯其餘。豈獨估客居奇貨，壟斷竟亦有鴻儒。龜曆史巫神話耳，眼前突兀胡為乎。快覩曋題蹶然喜，信殷商歟陶唐歟。祕文不自殊方獻，甲書千萬皆蟲魚。似嫌開闢太渺邈，記王正月自殷墟。

　　洹水南，殷虛上，椎埋之徒數數往。玉魚已歿金鳧亡，前王盍卜幽宮敞。既毀不用櫝中藏，求遺乃歸柱下掌。流沙拾墜未堪誇，汲冢發覆難相仿。君不見，一部龜曆何瓌奇，萬古麟經稱絕響。遊夏焉能贊一詞，初學後生徒惘惘。老夫百讀百低回，雖欲沽勇無能為。精廬未許十年讀，破甑還愁半日炊。官家械朴固焚郁，璧池芹藻亦光輝。嚇河之鵬汝何巧，有呆不賣我真呆。

　　魯生磊落嶔奇士，頗許下走為同志。讀罷低迴始也同，勇可逼沽終與异。巴山夜雨助神思，巴水濤聲宣妙諦。雞鳴不已勸同聲，葉落無邊識秋意。以謂讀書不讀曆，罔囉貫串失年次。如論年曆共和前，馬遷取信於雅記。薦紳難言則闕如，史之闕文何必備。夏殷文獻不足徵，孔子殷人已歔欷。伊訓竹書有古今，或晚或偽俱可議。若以尚論殷周年，說有三九寧無二。取巧但論自殷遷，宋人之說紛如沸。諸王祚數各差池，謂信外紀抑經世。御覽雖云輯故書，鬻熊殆是唐人彙。牽蘿補屋圬墁工，斷鶴續鳧奇幻戲。龜乎汝壽不萬年，莫卜疑年真恨事。

若稽古曆問疇人，上古六術何紛綸。春秋命曆序猶古，孔修殷曆語非真。維時中氣未全設，司職蒙讒失閏頻。曲技競呈圖緯雜，世經三統詎云純。以推經傳雖有合，上世曆議猶斷斷。今據卜辭推殷術，玉靈塊不知天行。年次鮮徵月亦鮮，朔望不具求之旬。孰知旬法既歧出，理閏復難如絲棼。縱窮百術爲籌策，古今新舊一一陳。達如瞿曇豈悉達，妄擬鮮于定妄人。

魯生治學疾虛妄，不敢沽名敢沽謗。心潰湧兮筆手勞，糾史正曆神爲王。誓與曩哲争錙毫，不屑時賢與權量。偶讀賈生《鵩鳥賦》，便窮庚辰元曆狀。又嘗推衍九宮年，補算積年爲首倡。乾興積年與朔實，《宋志》《玉海》相糾撞。鄭恭世子號融通，同個準繩待宗匠。乙未元曆苦未詳，壬申起算説初暢。縱使精博李尚之，甄明度數何多讓。術之疏密譜依違，到眼不許一字放。商高以降三百家，拜此殿軍爲大將。論敵相抑已云頗，老夫所揚語豈誑？籲嗟乎！霸王洹上受秦降，可得逼降素馮相。武乙好博射天神，敢將矢指占天向。籲嗟乎！龜乎！若信曆數在汝躬，何恨明夷期待訪。

君不見，日在地中光明傷，箕子明夷且佯狂。成湯以來六百祀，五盛五衰卒不昌。龜生毛兮兔生角，白魚躍兮赤鳥翔。聖人七竅嗟何在，太白靈旗大小張。微子肉袒牽羊恐，箕子披髮鼓琴忘。君以彝倫訪遺老，天垂洪範待新王。天有玄秘何嘗秘，地有寶藏終莫藏。

籲嗟乎！洛出九疇非渺茫，洹出十譜豈荒唐，三百六旬旬旬卜，七十二鑽鑽鑽詳。衣不一縫謙日衲，珠元九曲智爲囊。合天之策寧有二，人爲之妙信無雙。有雙自是絶無事，但令有勇何妨試。天遣玄奘爲聖僧，怪力亂神徒自累。月蝕日域有誰哉？雖千萬人爲誰避？

老夫蜷伏禮佛陀，魯陽奮起揮長戈。禍崇殃咎尋常爾，朽骨其奈昌黎何！絶無之事竟有之，不信請驗吾長歌。

編者説明：本文據代抄稿録編，劉録稿附記云："應爲 1990 年陳子展逝世後撰。"

"廣陵潮"在浙江

　　西漢時期的枚乘《七發》中有"將以八月之望……往觀濤乎廣陵之曲江"一語，一般注釋，認爲"廣陵"指揚州；"曲江"指長江，這是值得討論的。

　　關於廣陵潮，歷來有兩説：一説見於酈道元的《水經注》，認爲廣陵潮在浙江。酈説在《水經注・漸江水》中，談及"錢塘"縣"面臨浙江"，"濤水晝夜再來"，"至二月八月最高，峨峨二丈有餘"。下引《吴越春秋》《吴録》及《七發》爲證。《七發》中引及"江水逆流，海水上潮"諸語。這一解釋是符合實際的，理由如次：

　　一、《七發》中所寫的潮，顯示着浙江潮的特色。浙江潮水，名聞天下。海、江的關係，形似拉叭口。海潮湧入杭州灣，到龕、赭南北兩山的相對處，稱爲海門。潮水驟經一束一逼，湧而爲濤。來勢遠且猛，突然翻騰起來。"亘如山岳，奮如雷霆。水岸橫飛，雪崖傍射。"（見燕肅《海潮論》）浙江水從西來，後浪推前浪，冲出龕、赭兩山，出杭州灣，也是一束一逼，來勢隘且急。這樣激蕩衝突，打了幾個回合。江水敵不過海潮，海潮就挾江而上，倒海翻騰捲巨浪，兩潮就會於錢塘城南，直抵巖岸而止。《七發》中所寫的潮水："似神而非者三：疾雷聞百里，江水逆流，海水上潮；山出内雲，日夜不止；衍溢漂疾，波湧而濤起。"正是寫的從海門東來的"狀如奔馬"，"聲如雷鼓"的湧潮。這是長江潮所没有的，可惜不少注釋都缺乏正確的理解。

二、浙江也有地名叫廣陵的。王充《論衡·書虛篇》說："丹徒大江無濤"，這是指長江沒有湧潮、特潮。又說："浙江、山陰江、上虞江皆有濤。"這是明確說明浙江有湧潮。又說："廣陵曲江有濤，文人賦之。大江浩洋，曲江有濤，竟以隘狹也。"這是說：文人作賦的廣陵曲江的潮，實由於潮水通過海門隘狹處，一束一逼激蕩所致。又說：吳王殺了伍子胥，"爲濤廣陵"，這個廣陵自然指越地浙江。王充與枚乘是同時代人，稍有先後。王充研究學問，重視實踐，他是"疾虛妄"，"無微不信"的，自然可靠。那麼，廣陵在浙江哪一地方呢？《吳越春秋》及《水經注》中有"固陵"及"西陵"，固陵或稱西陵，吳越錢鏐時稱"西興"，今蕭山縣的西興（現杭州市濱江區），即漢時的廣陵。宋時，西興神廟，還有封廣陵侯的。《浙江通志》云："錢塘江干有廣陵侯廟，其來古矣。"這個地方是唐宋以前觀潮的地方。

三、浙江的"浙"有曲折的意思。《太平寰宇記》引虞喜《志林》云："錢塘江口，浙江正居江中。潮水投山下折而曲。一云：江有反濤，水勢折歸，故云折江。"這是說明"浙江"取名的意思，是由於江水冲經海門，爲潮水所激，折而西流，或稱反濤而來的。浙江又稱"之江"，之江是說江曲折成"之"字的意思。這和《七發》稱"觀濤""曲江"，意義相符。

另一說，見於唐徐堅的《初學記》，云："《七發》觀濤於廣陵之曲江，今揚州也。"這見解我看是搞錯的，理由如次：

一、王充明說："丹徒大江無濤。"沒有湧潮、特潮，遠遠比不上浙江潮。《七發》怎麼能把它寫成"此天下怪異詭觀也"呢？唐《元和郡縣志》云：浙江潮"每年八月十八日，數百里士女共觀。"此景一直延續至今更盛。揚州歷史上沒有這種觀潮的盛況。

二、長江壯闊，一瀉千里，從來沒有稱長江爲曲江的。

三、揚州古稱廣陵，但中國地名同而地處不同的，是很常見的。

關於《七發》廣陵潮的解釋，一般文學家都是采取徐堅這一說法的；但科技家都是同意酈道元這一主張的。我看過一些《七發》的注釋，都是把廣陵潮放在揚州，這是受傳統影響，缺乏獨立思考，或者對於科技知識掌握得較少所形成的。

編者説明：本文據手稿録編，原題《廣陵潮在浙江的解釋》，今題爲編者酌擬。另有一紙手稿，附後：

附録：

觀潮詩寫海潮由遠及近。濤自杭州灣過曹娥江口，冲向赭、龕兩山，折北向海寧來。赭、龕兩山在紹興三江城之西北，兩山間舊稱海門，爲中大門，海潮由此冲激而逝。赭山之北爲北大門，舊屬海寧；龕山之南爲南大門，舊屬紹興。今海門爲泥沙所淤塞，其地改屬蕭山。海潮不自中大門出，而循北大門海寧塘奔騰。濤自曹娥江口、三江閘向北冲擊，波濤澎湃，故言雷聞百里迢也。古人觀潮，常在紹興三江口，今尚有潮神廟，然亦有在杭州蕭山西興者。

錢塘江海塘

海塘，這是中國有名的古代水利建築工程，是中國人民繼續不斷向自然作鬥爭的勞動果實。吳越先民起先是擇居潮汐不到的地方，住下來，種田生產；後來人口多了，耕地不够分配，就向潮汐偶至或常至的地方推進。爲了抗拒鹹潮，蓄養淡水，海塘便隨着需要産生了。

錢塘江從杭州以下，流入平地。北岸除臨平、澉浦、乍浦，南岸除赭山、龕山，都是水澤低窪。吳越平陸本有下沉迹象，由於揚子江及其他河川所帶來的泥沙沉積，陸地逐漸漸出現。海塘未築以前，江水冲來，餘波所及，北岸可能與太湖通氣，南岸也遠抵蕭紹諸山。勞動人民爲了生產，於是向自然作鬥爭，"抗渾蓄清，化淚泇爲圩田"，把鹹水侵入的汊港一個個填塞、接連起來，海塘便逐漸形成了。所以海塘是北岸杭嘉湖、南岸蕭紹和附屬的其他縣份的屏障。

杭州都市的建立，與海塘的建立，是有密切關係的。歷史上說錢鏐有國，在候潮通江門外，築捍海塘。"王乃命運巨石，盛以竹籠，植巨材，捍之，城基始定，其重濠累塹，通衢廣陌，亦由是而成焉。"(《吳越備史》)這裏可以看出杭州建都的地理條件。

海塘的建築，書本上最早的記載是見於《水經注》及《後漢書》，離現在已近兩千年了。以後史不絕書，唐書載：捍海塘長二百二十里,開元元年(713)重築。又説會稽東北四十里有防海塘,自上虞江抵山陰百餘里,開元十年增修。現在的條石魚鱗塘,北岸從杭州上泗鄉到平湖金絲娘橋,長三百八十里;南岸蕭山臨浦鎮到紹興上虞曹娥鎮,長二百三十六里,大體是清代雍正到乾隆年間增修的。滬杭鐵路修築時,在杭州清泰門外泥中曾發現唐代的塘木若干,可以推見一些唐代的海塘工程。同時這裏又可説明兩事:一、江岸的改徙;二、民諺"乾千年,濕千年,乾乾濕濕衹有兩三年"的木材沉在水中可以長久保存的道理。這塘木解放前後保存在西湖博物館。海塘最早是用土建的,次用竹籠石滾,元代用木櫃石囤,清代創設柴塘及魚鱗石塘,現在又改爲混凝土斜坡塘。魚鱗塘有挑水壩(舊稱盤頭)及坦水工程,防止堤身的冲刷,在工程上是很合乎建築原理的。石質較混凝土比重大,不易爲水冲浮。魚鱗塘的持久性還是勝於現在的斜坡塘的。這是中國勞動人民的偉大創獲。

八月十八,海寧觀潮,仕女戲遊。過去有一些剝削者,衹管有閑的欣賞,很少想到這一叢屏障,抗拒鹽鹵,兀立不移,與驚濤駭浪搏鬥着,它是永遠爲勞動人民服務着的,今天更顯出它經濟上的意義,更見得它可愛。

1951年8月29日夜記

編者説明:本文據手稿録編。

乾隆時期的"西湖景"

　　"西湖景"，是乾隆時代民間藝人畫的以西湖爲背景的圖片，在街頭出現，伴着歌唱，逗人注意、欣賞，藉以賺錢生活。初時流行在江浙一帶，後來傳入北方，畫片畫的是西湖景致，稱謂"西湖景"。後來有畫西洋風景的，觀衆感到新奇，稱謂"西洋景"或"洋片"。洋片有兩種：小的供家庭玩賞，大的在廣場演出。內容除風景外，有畫《紅樓夢》《西遊記》等多張成套的。抗日戰爭期間，老解放區也有繪製，稱"新洋片"。余幼時春日遊無錫崇安寺，常見有人唱賣洋片的。賣者列洋片二十餘張，裝在玻璃框中，分上下兩排，上下依次移動，周而復始。觀者坐在長凳上，閉一目，一目對着放大鏡，向內逗視。洋片放大多倍，有立體感。觀洋片者，出銅元一二枚，可觀片二十幀。洋片大小如年畫，與年畫不同者，洋片從透視鏡窺之，年畫則木刻懸掛爲裝飾。解放後，此種行業，以絕迹於街市矣。

　　編者説明：本文據手稿録編。

望遠鏡史話

望遠鏡是勞動人民在工作實踐中發明的。

傳說十六世紀中葉，在荷蘭萊茵河旁，一個小城市裏，有一家眼鏡鋪。一天，有一位眼鏡師傅無意中把一片近視的，一片老花的，兩片鏡片放在一起，迭起來，他透過鏡片來看外邊的景物，奇怪，遠的景物忽地變得近了。他驚喜得叫了起來："遠遠走着的人，都到我的眼前來了。"什麼事？過路的人聽見了都圍了攏來，大家看了也都感得稀奇。消息便傳了開去。

一六〇四年，這消息傳到了意大利。有個喚做楊生（Zacharias Jonssen）的便開始仿造起來。一六〇八年，荷蘭人利伯休（Franz Lippershey）便又製造了一具，並向政府請求專利。那時所製造的，自然是簡單得很，祇能放大三倍多些。這消息繼續又傳到了意大利物理學家伽利略的耳朵裏。他聽得這個消息，整整的思索了一夜。第二天起來，他就來做試驗了。他用一個空管子，一頭裝着凸透鏡，一頭裝着凹透鏡，拿來看外邊的景物，果然遠的都變得近了。這樣，就推動了他的科學研究的興趣。他繼續研究，六個月後，就製成了一架精巧的望遠鏡。用這架望遠鏡來看遠處的景物，就可移近三十倍，放大一千倍。用來觀測星象，天上的許多星星，過去是看不見的，現在可以看見了。一六〇九年，他就把製造成功的望遠鏡，請貴族們到高塔上去鑒賞。天空裏原先不是有一條銀河嗎？可是在望遠鏡裏却變了樣了。貴族們見了變樣的銀河就很驚奇的問他："那是什麼東西啊？"伽利略説："那是一條星帶啊。這星帶上是有無數小星在發光呢。因爲距離太遠了，肉眼看不清楚，就以爲天上也有一條河了。"自此以後，望遠鏡就應用到航海和戰爭上面去了。在輪船上裝了望遠鏡，船家就可以遼遠的望見對面來的船隻了。而且來船的旗帆都可以清晰地看見了。戰爭的時候，用望遠鏡偵察敵情，可以清楚地看得十里地以外了。貴族們就請伽利略到柏圖亞大學去教書，但望遠鏡在他們手裏，衹是作爲看戲時應用的玩具而已。而伽利略却是盡量用望遠鏡這工具的性能，來研究天象，發現了許多新現象。一六一〇年，他就寫信給羅馬有名的數學家克拉斐（Claviuo），説他從望遠鏡裏已發見了金星的相位。這一現象，是可作爲哥白尼的行星繞太陽運走的學説的有力證明。哥白尼這種學説，當時人都是很反對的。這位大數學家，看了伽利略的信，不覺騷人齒冷，衹是一笑置之。在他們看來，望遠鏡裏所窺見的東西，是不可信以爲真的，假如把它作爲天文學上的材料的，那是太荒唐了。但伽利略對這新發現自信是真理，把握得很堅定，他毫不客氣的對這些人們加以諷刺。他就這樣寫信給刻白爾（Keplr）説："假使你聽得那些反對我的人所説的話時，你是會笑死的。這些人是頂頂有名的學者呢，都想根據他們神秘的理由來否認我的新發見的星球呢。"他寫了一本書，名叫《星際使者》，用來宣傳他的新發見。

在那社會裏，真理是不容許抬頭的。伽利略的厄運便接着來了。一六一一年，伽利略旅行到了羅馬，據説那時教皇保羅第五還是虛與委蛇地接待他的；可是到了五月間的教會會議中，他們的猙獰面目便暴露出來了。就有人提出把伽利略列入無神論犯隊伍裏去治罪。一六一三年後，伽利略就被僧侶戴上了危險分子的帽子，説他在宣傳一個叫做"伊伯尼哥"（把哥白尼的名字都弄錯了，你看教徒的淺薄無恥到什麼程度！）的荒謬學説。一六三三年，伽利略終於被教徒監禁了，接着又被罰充軍，向各處流放。伽利略和白魯諾（Giordane Bruno）比較起來，雖然還沒有遭受火焚慘刑，身世也够暗淡了。一六三六年，教皇大赦，准許伽利略回弗羅倫薩養老，但實際上還是受軟禁的，不准他進城，不許他和任何人談論他的學説，祇可困坐在家庭裏。一六四二年，伽利略終於抑鬱地死了。這裏我們可以看出教會的反動本質和伽利略的鬥爭精神。伽利略發展了哥白尼的學説，他發揮了望遠鏡的性能，在科學史上是有極大的貢獻的；而他的鬥爭精神，更是值得敬佩的與學習的。

當時耶穌會士中個別的人，對伽利略也是有些認識的。伽利略望遠鏡的學説，很快便遠傳到中國來了。自然這些人傳播伽利略學説的動機是不純粹的。一六一五年（萬曆四十三年）陽瑪諾跑到中國來寫作《天問略》，他在這書的最後一頁上便介紹了伽利略的創獲：近世西洋精於曆法一名士，務測日月星辰奧理，而哀其目力尫羸，則造一巧器以助之。持此器觀六十里遠一尺之物，明視之，無異在目前也；持之觀月，則千倍大於常；觀金星，大似月，其光亦或消或長，無異月輪也；觀土星，則其形如上圖，圓似鷄卵，兩側繼有兩小星，其或與本星聯體否，不可明測也；觀木星，其四周恒有四小星，周行甚疾，或此東而彼西，或此西而彼東，或俱東俱西，但其行動與二十八宿甚異，此星必居七政之內，別一星也；觀列宿之天，則其中小星更多稠密，故其體光顯相連若白練然，即今所謂天河者。待此器至中國之日，而後詳言其妙用也。書中所謂"精於曆法一名士"，就是伽利略。這段文字，實際是對伽利略在應用望遠鏡而所得天文學上的新成就作扼要的介紹。

　　一六二一年，湯若望又跑到中國來，他是第一個把望遠鏡帶進中國的人。一六二六年（天啓六年）八月，湯若望寫作《遠鏡說》，說明遠鏡的應用及其創作原理。這書是一六一八年 Girolamo Sirturi 所著 Telescopium（Frankfurt 出版）的譯纂版，是傳入中國的第一本光學著述。這書的内容可分四個部分：

　　一、説明望遠鏡在天文、地理、軍事、航海及繪圖等各個方面上的應用。天文上發見月亮球面的凹凸，金星的相位，木星旁的四小星，土星旁的兩小星，昴宿有三十多星，以及鬼宿中的積尸氣；此角宿中的北星及天河，都是由許多小星簇聚而成的。軍事上可見遠處敵營的人馬、器械、輜重。航海上可見數十里外來船的旗帆。繪畫上一人兀坐室中，可使遠方的景物歷歷在目。

　　二、凸透鏡與凹透鏡的分合應用。若近視的（遠視眼），用中高鏡（凸透鏡）；若遠視的（近視眼），用中窪鏡（凹透鏡）。兩鏡套在一個筒裏合用，就成了望遠鏡。自然《遠鏡說》中的光學理論，還是很淺陋的，對於凸透鏡、凹透鏡的配合應用，衹是一些感性認識的知識性的説明而已。有些地方，而且是不合理的，如説：若用遠鏡之中高鏡，則物象一點之小，散射鏡面，從鏡平行入目，巧合其習性，視近不勞而自明也。遠視眼用凸透鏡的道理，我們可分幾點來説明：（一）中高鏡是中厚而緣薄，所以又稱爲會聚透鏡或凸透鏡。來自太陽的平行光綫，依主軸的方向投入會聚透鏡，光綫便聚於鏡後一點，即焦點。（二）眼的習性，平常的眼，能使遠物所射來的平行光綫會聚在（視）網膜上，這種眼稱爲正視眼。若自遠物射來的光綫，衹能會聚在網膜的後面，這種眼球的焦距很長，不能觀察近物，稱爲遠視眼。（三）遠視眼的焦距太長，網膜過淺，會聚力太弱，用會聚透鏡放在眼球前面來補救，所以遠視眼是用凸透鏡來補救的。因此《遠鏡說》這段話應該這樣説：若用遠鏡之中高鏡，則物象光綫平行射至鏡面，從鏡凝聚，通過眼珠，而聚於網膜。近視眼焦距太短，會聚力太强，所以用凹透鏡（發散透鏡）來補救。《遠鏡説》："用遠鏡中窪鏡，則物象從鏡角形入目，乃含其習性，視物自明矣。"也很含混。《遠鏡説》説明兩鏡合用的理論，更不明確。"假若二鏡獨用其一，則前鏡中高而聚象，聚象之至則偏，偏則不能平行。後鏡中窪而散象，散象之至則亦偏，偏亦不能平行。故二鏡合用，則前鏡賴有後鏡，自能分而散之，得乎平行綫之中，而視物自明；後鏡賴有前鏡，自能合而聚之，得乎平行綫之中，而視物明且大也。"這節話也有些錯誤。一凸一凹兩鏡所成的遠鏡，物象祇會縮小，不是"明且大也"。不過許多古書，都是這麽説，不知什麽道理？也許這句話意思是説：用望遠鏡來看東西比不用望遠鏡看的要明且大啊。那是説得通的。那時的望遠鏡都是用一凸一凹的兩個透鏡來做的，因此遠物射來的光綫幾乎都是平行的，經過凸透鏡（物鏡）成倒立的實象，這象恰好（調節而得）在凹透鏡（目鏡）的焦距附近而稍内，光綫經過凹透鏡而散發，成象於鏡前，成倒立虛象。所以象比原來的要小了。現在天文望遠鏡用兩片凸透鏡，分裝在筒的兩端，不過物鏡的焦距很長，目鏡的焦距却很短，像是倒象，比原來的大了。

《遠鏡説》没有説到焦點、倒象、大小等事，這樣的光學水平，與我國宋代沈括從陽燧（凹面鏡）所看到的光學現象，以及《墨經》中所述已知焦點、倒象和大小諸事比較，我國的簡略得多。這裏也可從而體會祖國科學的偉大的歷史成就了。

三、光的折射。光綫從一種介質跑到另一種介質裏，在介面處就會發生折射現象。《遠鏡説》唤做光的斜透。

四、造法。以中高鏡《凸透鏡》爲筒口鏡（物鏡），以中窪鏡（凹透鏡）爲靠眼鏡（目鏡），兩鏡焦距的配合，用直覺法。觀測太陽、金星，光綫强烈時，那麽在目鏡上加青綠鏡。隔了一年，一六二七年，王徵譯繪《遠西奇器圖說録最》，把《遠鏡説》列入參考書，並作了提要。

一六二八年（崇禎元年），伽利略的朋友鄧玉函跑到中國來。鄧玉函在中國寫作《測天約説》。他嘗説到用遠鏡來窺測太陽，發見黑斑。"獨西方之國，近歲有度數名家，造爲望遠之鏡……太陽面上有黑子：或一，或二，或三、四而止；或大，或小；恒於太陽東西徑上行。其道止一綫，行十四日而盡。前者盡，則後者繼之。其大者能減太陽之光。先時疑爲金、水二星，考其躔度不合。近有望遠鏡，乃知其體不與日體爲一，又不若雲霞之去日極近，特在其面，而不審爲何物？"這裏説的度數名家就是伽利略。觀測日斑，中國是用盆油法的。關於日斑的形狀、大小、數目的記載，在祖國西漢時已開始了。嗣後史不絕書。歐洲在這時纔發見，這也可見祖國的歷史上的科學成就是無比光輝燦爛的。鄧玉函是十分推崇伽利略的，他説："余所希望於伽利略者，乃在余起程赴中國前，以推測日月蝕之新方法告示吾人，因彼之推算方法，實較第谷方法爲精，已無疑問。"不過鄧玉函的目的，是借天文歷法來做他宣傳宗教的工具的，"余準備接受任何條件，蓋此於中國傳教事業有莫大裨益也。"是另有用心與企圖的。

一六二九年（崇禎二年），我國就有人開始想仿造望遠鏡了。徐光啓嘗奏造望遠鏡三座，題作窺筩眼鏡。一六三一年（崇禎四年），我國自製的第一架望遠鏡完成了，取名"窺筩"。這年湯若望著《新法歷引》嘗有稱述。一六四三年（崇禎十六年），方以智寫作《物理小識》，這書的卷二"天漢"條上説："以遠鏡細測天漢皆細星，如郎位、鬼尸之類。"這可説明我國學者是能很虛心地接受伽利略的科學成果的。

伽利略的《遠鏡學説》在歐洲促進了天文學和其他科學的發展，在中國也獲得了相當的注意。《古今圖書集成·歷象彙編·

曆法典》七十七卷引《曆法西傳》云："第谷没後，望遠鏡出，天象微渺，盡著於是。有加利勒阿於三十年前創有新圖，發千古星學之所未發。著書一部。自後名賢繼起，著作轉多。乃知木星旁有小星四，其行甚疾；土星旁亦有小星二；金星有上下弦等象，皆前此所未聞。"七十八卷引《新法曆引》云："至於天漢斜絡天體，古昔多謬解。邇來窺以遠鏡，知是無算小星，接攢一帶。即如積尸氣等，亦小星攢聚以成，第非人目所能辨，遂作如是觀耳。"七十九卷引《新法表異》云："天漢斜絡，天體與天異色，昔稱雲漢，疑爲白氣者非也。新法測以遠鏡，始知是無算小星攢聚成形，即積尸等亦然，足破從前謬解。"這許多話都可反映那時的由於望遠鏡的發明，促進了天文學的新成就。

望遠鏡在一般人看來，好像是近數十年的事，實際傳到我國，並且我國開始仿製，已有三百多年的歷史了。但在這漫長歲月的舊中國裹，爲什麽不能使它飛速的發展呢？這是值得深思的問題啊。

編者説明：本文據代抄稿録編，據劉録稿附記：文中寫"如圖"，實際上没有圖。大約寫於上世紀五十年代初中期。另有尤抄稿，缺頁。

太陽月亮怎樣排列的

一個螞蟻在皮球上爬，把皮球的邊緣都爬遍，這不能說這螞蟻已爬到了皮球的心。一位學者關起門來讀書，雪窗螢火，把鐵硯磨穿，這不能說這學者已獲得了學問。

學問重要的是發明原理，解釋現象。牛頓看見蘋果落地，聯想到月亮爲什麼不掉下來，這樣發明了地心吸力。

考證史事，這不能叫史學；考證文事，這不能叫文學。發明一條定律，來解釋歷史上的現象，這纔叫史學；發明一條定律，來解釋文學上的現象，這纔叫文學。所以學問與知識意義不同；助理工作與研究意義也不同。

舉個例子來說，這裏正要討論一個問題，遠在千年前的屈原曾這樣提出："天何所沓，十二焉分，日月安屬，列星安陳？"（《天問》）

先說這"日月""列星"兩句，太陽月亮和許多恒星在太空裏是怎樣排列的？這問題太大了。我們先來看看西洋人的回答。

一部西洋天文學史，一半就是回答這個問題的。簡單的說吧。多祿某，埃及人，生卒無考。他融匯了希臘天文諸派舊說，創立一個行星系統。他說：地球靜止不動，月亮繞地球轉，水星、金星、火星、木星、土星繞一中心旋轉，旋轉之輪，叫做本輪。這中心又各繞地球旋轉，旋轉之輪，叫做均輪，地球是中心，第一是月亮，其次是水星、金星、太陽、火星、木星、土星，最後是恒星。不過行動時水星本輪之心和太陽有一相貫聯繫的限制。多禄某這個行星系統，在西洋維持了一千四百多年。

哥白尼（1473—1543）來了。他說，地球不是静止的，是動的。多禄某起初也曾想到地球要動，把天象解釋得更圓通，可是他想很困難，因爲地球一動，速力很大，地球上物體很難追隨，地球本身也要破碎了，因此他放棄了。哥白尼説：天球之大遠過地球。這樣，以前的困難解決了。哥氏又説：我們舉頭看見天上衆星繞地旋轉，假使説這因爲地球自己轉動，這樣也可以看見這現象。正像坐在船裏看岸上樹木，看得見樹木向船旁退下去，卻没有覺察船自己在動。這樣他創立了新的行星系統。他説太陽是宇宙中心，水星、金星最前繞着太陽運轉，因爲我們仰觀星象，從没有看見這兩星遠離太陽。地球繞太陽的軌道，在金星的外邊。月亮則繞地球運轉，這一點，哥氏的意見與多氏相同。火星木星土星三行星的軌道，又在地球繞太陽軌道的外邊，因爲這三行星有與太陽對峙的位置。四季寒暑的道理，哥氏又按地球的自轉公轉，做了詳盡的説明。

折中多氏哥氏的學説的，第谷（1546—1601）另外又創立一種系統。他説地球静止不動，月亮繞地球轉，太陽又繞地球轉，水星金星火星木星則又繞太陽轉。

不過真理最總不會被磨滅，也不會被歪曲。雖然哥氏當時没有看見他的書出版，他的學説被那時頭腦還清醒的宗教改革家路德所誹笑，認爲與聖經不合，愚昧無知。

刻白爾（1571—1630）樂於接受他的學説。哥白尼説明了行星系統，但行星的軌道是怎樣的情狀，莫名其妙。也許認爲是圓的。刻白爾首先研究火星的軌道。用普魯士表爲根據。火星運動，近日則較遠，遠日時較緩。刻白爾百思不得其解。最後他忽然得到了希臘學者的錐體剖面學說，裏面討論到橢圓形的性質，他歡喜得跳了起來，隨即大膽地推翻了傳統說法，把軌道改成橢圓。橢圓有兩個焦點，太陽所在地，是其中焦點的一個，火星運行於軌道上時，連火星太陽間的直線，空間掃出一個平面。這平面的面積和時間成正比例。換句話說，每天這線所掃出的面積，總是相等。故火星行動近日時較速，遠日時較緩。這樣火星軌道的形狀和行動疾徐的定律都說明了。他快樂極了。在他證明圖上，畫了戰勝女神的像。"眾裏尋他千百度，回頭驀見那人卻在燈火闌珊處。"

火星的軌道明白了。希臘依巴谷已經知道春分迄夏至計九十四天，夏至迄秋分計九十二天有半，太陽在此兩季之間，行程都是九十度，從而悟到偏心圓周的道理。刻白爾呢，把地球繞日的路綫，也呈橢圓形。這樣他類推到其他行星，都和火星同調。不過刻氏這種想法，也許太美化一些，實際上是不是相合，還待人們的研究。刻白爾說明了軌道的形狀，假使有人請教：爲什麼行星一定要走怎樣形式的軌道呢？刻白爾祇好瞠目而視。

牛頓一天突發異想，看見蘋果墜地，想着月亮爲什麼高高掛在天上，於是萬有引力的學說發明了。因爲萬有引力，曉得蘋果所以要掉到地上來。至於月亮呢，假使我們投一塊石子，一忽兒就落下來了，如果用槍彈射，那麼會在比較遠些地方落下來。假使彈速愈增，到的地方愈遠，如果快到能繞過地球一匝，那麼就會繼續運行不墜，月亮的不掉下來，是由於月亮跑得太快的緣故。牛頓證明蘋果落地，推衍月亮繞地，行星繞日，都是萬有引力所驅使。這樣刻氏的行星軌道，牛頓予以了力學的說明，並且加增了數字的計算。牛頓的定律，可以說泄透了天機。潮汐的現象，地形順橢的現象，彗星的現象，在引力裏都得了解釋。不過，再進一層，萬有引力從何而來，則牛頓亦將結舌無語。這有待牛頓以後的學者來解釋。

這裏看見西洋人的讀書，是怎樣注重原理。"前修未密，後出轉精。"哥白尼修正了多禄某的行星系統。刻白爾給哥白尼的行星軌道，來一個形狀的説明。牛頓又加以數值的計算。智慧繼續的在堆積，原理逐漸的在精深。

中國呢？

黃道白道的形狀没有人明白，雖然中國人也知道"日有盈縮，月有遲疾。"不過中國人並没有從那裏追求原理。日月五星，謂之七政，日是恒星，月是衛星，金木水火土是行星。中國人連行星恒星也没有分清。五星的軌道，更是莫名其妙。縱然知道金水二星近日，五星周天順逆的觀測，周天的計算，可是連多禄某的行星系統圖也畫不出。

這裏我們看看幾位楚辭學家的解答。

王逸："言日月衆星，安所繫屬，誰陳列也。"没有回答。"日月安屬，列星安陳。"當然是説"日月衆星，安所繫屬，安所陳列。"題目還有些看隔的。

洪興祖呢："補曰：列子曰：天積氣耳。日月星宿，亦積氣中之有光曜者。張衡《靈憲》曰：星也者，體生於地，精成於天，列居錯峙，各有攸屬。"所答非所問的，他問你太陽月亮和衆星是怎樣排列的？

柳宗元呢："規燧魄淵（日月也），太虛是屬；墓地萬燊（列星也），咸焉是託。"没有一些內容。還有戴東原呢，戴東原却没有回答。

現代的學者呢——楚辭專家，也不一定明白。《楚辭校補》的作者，聞一多先生開口便錯，翻看他第一頁書，連朱熹已解釋明白的"攝提貞於孟陬兮"這一句也没有看懂。犯這錯誤的，當代學者還没有幾個。聞先生校補之精，叫人擊節，這不是他們智慧不够，這是他們讀書走了另一條路。

不過還算幸運。子夜讀書，叫人喜歡不寐。朱熹讀書，他能深深的把握每一學科的核心。這條"天何所沓，十二焉分，日月安屬，列星安陳？"朱熹雖未有明確的解答，可是他的話，不是無的放矢，而是對症下藥。在《朱子語類》裏，我們看到他學有修養，他用這學術資本，來做注疏工作，這是他的高明。朱熹這樣說：

> 此所問，乃爲天地相接之處，何所沓也。今答之曰：天周地外，其說已見上矣，非沓乎地之上也。十二云者：自子至亥，十二辰也。《左傳》曰："日月所會是謂辰。"注云："一歲日月十二會，所會爲辰。十一月辰在星紀，十二月辰在玄枵之類是也。"然此特在天之位耳。若以地而言之，則南面而立，其前後左右，亦有四方十二辰之位焉。但在地之位，一定不易，而在天之象，運轉不停，惟天之鶉火，加於地之午位，乃與地合，而得天運之正耳。蓋周天三百六十五度四分度之一，周布二十八宿，以著天體，而定四方之位，以天繞地，則一晝一夜，適周一匝，而又超一度，日月五星，亦隨天以繞地，而惟日之行，一日一周，無餘無欠，其餘則各有遲速之差焉。然其懸也，固非綴屬而居其運也，亦非推挽而行，但當其氣之盛處，精神光曜，自然發越，而又各自有次第耳。《列子》曰："天積氣耳。"日月星辰，亦積氣中之有光曜者。張衡《靈憲》曰："星也者，體生於地，精成於天，列居錯峙，各有攸屬。"此言得之矣。

中國古時天體有兩派學說：一派是蓋天，以爲地無窮擴張，天像個葆蓋罩在地上；一派是渾天，地在太空中，四周都是天。渾天說較進步。屈原所知道的是蓋天說，所以問天在哪一處所在和地交合。朱子用渾天説解釋説"天周地外"。古人把天球黃道分做十二等分，用來便於日月交會測算。朱子引《左傳》日月所會之事來解答，認爲天動地静，地是中心，太陽繞地旋轉，月球和五星也繞地旋轉，太陽和其他恒星都是繞地一日一周。這旋轉是説自轉，不過從《語類》裏，知道他也是知道公轉的：

> 天只是一個大底物，須是大着心腸看他，始得以天運言之。一日固是轉一匝，然又有大轉底時候，不可如此偏滯求也。（沈僴録）

太陽、月球、五星的系統，他没有説明。它們懸置在太空中，是怎樣情形呢？古人曾很拙樸地設想，太陽、月球用繩索懸掛在一個所在，這事見於古書《管子》。朱子反對這種臆設，所以他説"然其懸也，固非綴屬"。那麼這許多星怎樣行動的呢？他的意思"非推挽而行"，乃是"氣之盛處，精神光曜，自然發越，而又各自有次第。"這是朱子的臆説，把事情看得太簡單了。他所説明的"精神"，包括了西洋天體力學，"光曜"牽涉了光學，"次第"牽涉了行星系統。這樣格物，那裏大有學問。這當然是"自然"，不過我們需要説明這"自然"耳。[①] 朱子似乎已領悟到宇宙之力。

附帶着討論一下中國人研究學問的態度。《莊子·天下篇》有這樣一段記載：

> 南方有倚人焉，曰：黃繚。問天地所以不墜不陷，風雨雷霆之故？惠施不辭而應，不慮而對，遍爲萬物説，説而不休，多而無已，猶以爲寡。益之以怪，以反人爲實，而欲以勝人爲名，是以與衆不適也。弱於德，强於物，其塗隩矣。由

----

① 編者注：此後有一段話似囉嗦，略去。

天地之道，觀惠施之能，其猶一蚉一宝之勞者也，其於物也何庸？夫充一尚可曰愈貴道幾矣。惠施不能以此自寧，散於萬物而不厭，卒以善辯爲名，惜乎惠施之才，駘蕩而不得，逐萬物而不反，是窮響以聲形與影競走也，悲夫。

當時情形，我們不知道，"以反人爲實""勝人爲名"這態度自然不好，但是不是事實，還是曲高和寡，人家不諒解他，不過研究對於天地不墜不陷，風雨雷霆之故，這不是自然科學嗎？這有什麼不對。"益之以怪"科學的發軔，也許是這樣子的。這有什麼關係？哲學有他學問的範疇，何必拿哲學觀點來誹笑科學呢？正是：惜乎莊生之才，駘蕩而不得，蹈空虛而不反，泯滅是非，而翼世之博大真人，是緣木而求魚也，悲哉。

《列子・天瑞篇》有同樣的一段記載：

> 杞國有人憂天地崩墜，身亡所寄，廢寢食者。又有憂彼之所憂者，因往曉之，曰：天積氣耳。亡處亡氣，若屈伸呼吸，終日在天中行止，奈何憂崩墜乎？其人曰：天果積氣，日月星宿不當墜邪？曉之者曰：日月星宿，亦積氣中之有光耀者，只使墜，亦不能有所中傷。其人曰：奈地壞何？曉者曰：地積塊耳，充塞四虛，亡處亡塊，若躇步跐蹈，終日在地上行止，奈何憂其壞，其人舍然大喜，曉之者，亦舍然大喜。

> 長廬子聞而笑之曰：虹蜺也，雲霧也，風雨也，四時也，此積氣之成乎天者也。山嶽也，河海也，金石也，火木也，此積形之成乎地者也，知積氣也，知積塊也，奚謂不壞。夫天地空中之一細物，有中之最巨者，難終難窮，此固然矣。難測難識，此固然矣，憂其壞者，誠爲大遠，言其不壞者亦爲未是，天地不得不壞，則會歸於壞，遇其壞時，奚爲不憂哉？子列子聞而笑曰：言天地壞者亦謬。言天地不壞者亦謬。壞

與不壞，吾所不能知也。雖然彼一也，此一也，故生不知死，死不知生，來不知去，去不知來，壞與不壞，吾何容心哉。

壞與不壞，這不是學術研究嗎？杞人與曉者對話，這不是學術討論嗎？爲什麽要笑呢？長廬子笑他們知道得淺，但承認這問題的存在，列子以爲討論這問題就是瘋子了。

牛頓的蘋果墜地，西洋人都是贊美他；中國的杞人憂天，卻變成了一句貶義的口語，這樣的差別有點大了。

希臘人看見井中無影，知道那時太陽適在天頂，於是跑去測量太陽與天頂間的距離，這樣來推算地球的周長。中國人呢？《呂氏春秋》也曾説過"日中無影"。話説回來，從屈原的這個問題裹，我們看出了中西學術的發展。

（原刊《中學月刊》 1948 年第九期）

編者説明：此文由錢寶琮教授之孫錢永紅先生搜集到並提供。

窰譜

世有磚錄，從文獻角度，著錄其圖像、花紋、銘文，但無有言磚瓦燒造過程者。寒家七世操是業。去歲家大人來杭，因共商訂，總結往昔之勞動經驗，匆卒成是稿。至於補充、修改、潤色，當俟之異日。課務忙碌未遑也。

丁酉四月　劉操南識

造窰第一

無錫南門外運河旁老窰頭磚瓦窰在全國範圍內，是舊式磚瓦窰中規模較大的，俗稱：大窰，其它俗稱小窰。

無錫磚窰，窰墩占地一分，高三丈，周圍下段二之三丈許，用黃石腳砌，中段用碎磚方磚砌，上段結頂用瓦冒蓋，下長方，上圓然。窰墩下起宅腳，掘至生泥，約深三四尺。

窰底用黃料三分土塊等砌作或斷磚搭砌之尺高，宅腳上起腳稱五層頭，砌五高磚，約二尺，接上稱小坪座，砌七高磚，約三尺，接上稱大坪座，砌七高磚，約三尺。自五層頭至大坪座窰心高八尺。大坪座一層稱搶磚，砌五高磚，約二尺，自腳至此，窰心高一丈。一丈上用土塊砌三至五高。自下到此，窰心皆漸向外傾放，俗稱膨頭。以後漸收向內，直到結頂收口。一丈高上稱十大頭，一丈五尺高上稱結頂。結頂至收口，祇有二尺見方，杌子大小一孔，稱獅子口。着地五層頭用黃料三分磚砌，一方面取其價廉，一方面防盤窰時雨淋濕。青磚價昂，土塊怕水，所以黃料三分磚最合適。搶磚須用青磚砌，因膨頭當放收緊要處，能吃份量，土塊或次磚不堅固。

窰心起脚先立子門，俗稱窰堂門。子門立圈當，俗稱窰眼，窰眼闊三尺許。窰心進深丈許，橫闊五六尺。子門前稱前眼，對直後部稱後堂頭。窰心四周砌疊如元寶形蛋子式，起花頭攤出去，卓立起來，先做前眼，後堂頭，再做兩旁。兩旁稱爪裏。右旁稱右爪又稱溜火；左旁稱左爪又稱座身。子門前，即窰眼裏，左旁稱鷄腿角，前眼後堂頭深多於溜火座身的闊。窰心膨出時，都自前後傾放，爪裏不放，所以前後層多，爪裏層少，約四比三到四邊高配齊時，（頁眉：二丈四尺　三丈　八尺　一丈四尺）纔三三做。窰心放出用間子，初用碗風子，漸用瓦片，底層爪裏不用間子，到十大頭好快時用間子，用瓦片，其下偶然用碗風子。前後堂成鴨子式，起脚就用瓦片間子。結頂四面用間子，砌磚便向内傾斜，捲轉來，使内底升高，則不用間子，用泥湊。用泥及推磚時手中有數，就可使磚做捲。

間子式：

（此處有手繪磚窰圖兩幅。略——編者）

窰底心最後進稱豬腦子，設兩眼，自起脚砌上，形如跨脚管。起脚處可站立一人，漸收成一尺見方，稱大囱。大囱隨窰心向外傾放時望外睏倒土塊不膨時，纔漸可立直。假使突然立直，通煙囱不便。兩鼻管并爲一時，分料有一舌頭，即把一磚卓立插放。分料下囱管圓，上十大頭後囱管變方，頂方便於用四塊頭關閉。大囱頂口有三塊半頭大。五層頭上有小洞六隻，最早袛兩隻。後改四隻最多發展到六隻。小洞又稱小囱，囱脚離地約四尺，左右排放在爪裏對稱。過去最高可裝至大坪座頂，現在一般移下。因裝放高處窯堂火經火龍透冒至頂，又逼轉至大囱及小囱出去，小洞裝置較高，一部分囱下之磚着火機會減少，就不容易燒熟。小囱用方磚砌，跟窯篷一直上去，突出，形四方，六塊頭到四塊頭大小。下大上小，使出氣大勁仗足。小洞高做到芋婆頭冒瓦地方，約二丈三五尺高上。老法小囱用包皮橫洞法，火道較短，送火時稍省力，但容易塞墊。橫包皮走動，紅土流下，就摔不通，小洞勿出氣，那邊磚就燒不熟。今改良用透天小洞，上小下大，東西就塞不了。今六洞都對稱的放在爪裏五層頭處。

包皮起腳須闊四尺至五尺，紅土四尺，窯心八尺，窯墩起腳窯心八尺，紅土左右共八尺，包皮左右共八尺，穿心闊共二丈四尺。窯心穿心三丈，成鴨蛋式橢圓形。子門起腳四個半頂頭，厚三尺五寸起腳，上邊三個半頂頭二尺八寸。

頂頭式：

（此處有手繪圖，旁注：二個半頂頭。略——編者）

（此處有手繪圖，旁注：一個半頂頭。略——編者）

窯圈當一丈許，連包皮做子門六尺多，橋二尺闊，起腳，二尺一二寸三頂頭磚。子門上窯橋用間子，窯眼要好磚砌須斬磚，一人獨做十多天，兩人一起做不湊手。橋上壓千百擔份量，所以須有一色有響聲四料頭砌，配大頭用二寸頭，烏龜殼用料三分，今用四料頭。

窯眼式：

（此處有手繪圖，旁注：堆一層　料三分　覆一層　斬。略——編者）

覆斬到子門，烏龜殼做到土塊。子門壞，窯上覆一層，土就流不下。子門旁左右有墩則用以防攔紅土。子門常壞，否則拆子門時紅土突然蜂擁而來，吃不住，修理很危險。烏龜殼空一段，墩則搶到捲篷。墩則用亂磚砌一個半頂頭（料三分四料頭一橫一監稱爲一頂頭半，這兩種磚兩塊相并成見方，故用磚時用一個二個或一個半二個半也。）烏龜殼上平砌至包皮。

窰心外圍四周用紅土，土質鬆細，最少須一尺，包皮起脚處要四尺，其餘可用泥土鑲用。紅土自起脚擁至獅子口止，愈多愈好。紅土作用甚大，燒窰紅土受熱甚鬆散，四處流動，包圍窰心，使火熱氣勿外泄，否則其它泥土容易結塊，造成空隙，容易走氣，窰貨（成品）便成走氣貨。貨色紅，兩頭黃，中間青。有紅土，窰擁實，窰心勿會撐出來，火在窰內穿來穿去，不漏火，也就是不走氣，熱度便於繼續上升。窰熟時，窰頂澆水，把火悶在窰內，逐漸下降以至熄滅，同樣使勿走氣。盤窰時，紅土受水，滾足，可以保護窰篷。如果爪裏壞，後窰篷勿壞，祇卸爪裏，後窰篷處紅土多滾水，土受水并實，窰篷也就倚傍可以不須拆動，而單獨存在，俗稱躲牢。這樣可以單獨修壞處。土塊用凍蘇拉泥。

盤窰，光緒時大司務做一千土塊洋一元，後改兩元。全窰共土塊萬許。現在三元七八角做一千土塊。大司務是窰上人才並不多，須等他空時纔好卸土。大盤窰時連小工有十餘人。落地土，篤土同時須幾十隻畚箕連續投擲。窰墩外窰屋一般有三間備堆磚堆柴之用。窰場大小三四分至一畝地許不等。

窰上大司務近世有劉文魁（已死）、馮東大（已死）、馮勇全（已死）、倪全和（技差）劉仲和、劉叔良、馮桂和和黃阿本（勿精）諸人，以劉氏兄弟最精此術。

磚窰一般單獨成墩，但也可以數窰相并，二三窰至五窰。合窰（讀葛）肚可省窰包皮，建築時稍省，但兩窰相連處須離一尺紅土地位，再近就有漏氣，一隻壞一隻好，可以加撐，四五隻窰前後左右可省前後包皮。馬路一二尺闊，隨窰包皮盤旋而上。但窰并的多，一般窑場臨河，後窑出貨就不便，出貨下水人工多須加錢。如此雖省包皮，總的算反不經濟，所以無連過五隻窑者。

連窑式：

（此處有手繪圖兩幅。略——編者）

裝窑第二

裝窑先裝磚，後裝坯。它的步驟：先起腳，次五層頭猪腦子，小坪座（包括裏鶴膝，就是靠窑篷一轉），中厢，大坪座（包括做裏鶴膝，過去要鬥高口，即造橋做津管）中厢，外望搶磚。

五層頭五層，小坪座七層或九層，大坪座七層或九層，搶磚五層，這些地方以前都裝小磚（即料三分）現在改裝四料頭。

搶頭上打墩則裝坯，墩則多少，看窑篷情況。墩則做壞坯勿牢，容易碎。

第一日做六個高瓦坯。後堂頭五到七望。磚開望，填平坯。大蟹爿四個高方磚或磚頭裝平坯。大蟹爿外落座則裝方磚或磚裝齊坯，到前坯爲止。

第二日進窑裝下身四料頭或其它磚如二寸頭。人身鍵口，兩處做好。早飯後裝蟹爿中廳戶裝好。滿頭加齊，裝兩開望。再裝領大蟹爿，裝磚或方磚。裝好，裝落座則。再裝加腳退爪。裝鍵口，高上去，躲人。

第三日正望頭裝坯。大蟹爿上也裝坯。裝開望，裝上退爪，裝副加腳，裝窑搭膊，兩邊裝墻門。完結，做津管，津管有好多脫。第一脫稱半爿頭津管，第二脫稱二脫津管，前眼裝坯，後眼裝磚。第三脫稱三脫津管。前眼裝坯，後眼裝磚。望上升，滿好後，做四脫津管，起鶴嘴做鏟刀頭，起鶴嘴時內部無光，須用油燈。

第一日連大家人共九人，如有傳高頭要十人，叫正副大家人。第二日十人或十一人。第三日十一人或十二人。傳高頭看磚坯是否堆得高，有無高頭。窯外傳高頭，窯內邀高堂頭皆大家人做。一般皆窯戶自做。外頭四人擋，一人傳高頭，窯裏四人稱上小工，大工每天兩人。大工三倍小工錢，過去兩倍半。小工錢基數相同，以零碎分當。洋錢時大工二元許，小工三四角。

裝磚，由大工放置，須推鶴膝頭，三前兩後，小磚有時三前四後。推出空隙稱鶴膝洞。鶴膝洞與鶴膝洞須上下相對，使火氣得流通。靠窯篷，加腳，落座則，外邊層那麼須稍實，到相當時祇須觸塊進去。搶磚靠窯篷處洞小，坯裝上去便穩，否則坯勿穩。

鶴膝洞式：

（此處有手繪圖兩幅。略——編者）

開望抱望式：

（此處有手繪圖兩幅。幅一注：開望 空望 搶望 後堂頭，幅二注：填嘴望頭洞 右手 前手。略——編者）

蘆菲花：

（此處有手繪圖兩幅。注：裝方磚稱蘆菲花，瓦叫望頭洞，磚叫鶴膝洞。亦即人字式。略——編者）

坯身輕，但多裝，就容易碎，故以少裝穩足，坯重，就勿易碎。方磚裝在落座則，多挑水，吃火，別處容易水傷，易碎。方磚宜裝在後堂頭，大蟹卝領後堂頭等處。一般窯裝十一二萬坯，十二三萬磚。如裝方磚，方磚一萬抵十多萬坯，抵十萬小磚。方磚須裝在靠窯篷，多吃水。一般窯內裝三千方磚，十萬瓦，小磚十多萬或改爲四料頭六萬。過去多小磚砌單壁、砌竈頭，今多勿用。多用四料頭鋪地，造屋用二寸頭，八五磚、九五磚。

　　裝窰，解放後改革極大。裝磚不用鶴膝洞，一圈圈堆，五六塊一觸像過去做津管法，磚五六塊一觸，有兩作用：一方面使磚轉則轉，磚圈圓觸磚起間子作用，使磚圈圓轉，相互搶緊，一方面前行與後行可抵住，中間留火通。此法可多堆磚，磚與火之接觸面大，並且穩足，裝磚技術亦稍簡單化。

　　觸磚式：

　　　（此處有手繪圖。略──編者）

　　裝坯四面環通，勿用開望。望望退下。前眼仍舊用津管，做津管從下到上，由前後長圓形漸漸近於渾圓。兩旁留脚眼，可踏人。向上漸漸窜出，十一高一脱。二脱津管時窜出。第一第三兩脱勿窜。第四脱上不一定，十一高到做好爲止，多至十五六高。兩旁齊前後窜出拉齊。二脱上拉至差不多，直上，如井。窰橋到後堂頭七尺。新法裝窰，空隙大，且整齊，火容易流通，散得開窰篷勿容易壞。過去火着窰篷散勿開，要拆窰墩頭。

燒窰第三

　　燒窰老法，燒水氣焗窰兩班，上半夜上半日，下半夜下半日，兩班輪換。上口四班，三小時調一次。今合作社燒時八小時調一次。

　　燒水氣快者三十日，慢者四十日。上口快者十五六日，慢者二十餘日。大窰燒六十日，小窰燒四十三五日，今祇燒三十餘日。原因是磚坯乾。過去磚坯乾濕不勻，須漸漸煨乾，急則磚瓦要碎。故火力弱，溫度漸漸增高，費時多。若全燒坯，焗窰二三天，即架高爐，祇須二十多日。

　　舊法燒窰，全用柴或間用礱糠，燒礱糠須用風箱煽。劉鴻生推廣開灤煤礦營業始來，宣傳試驗用煤，劉氏曾請人來無錫下窰打一窑，托天津人來試驗燒煤，此事離今已四十多年。黃雙廳家第一個用煤燒窑，大家感其便，遂相采用。

過去燒窑，窑户有時感資本不足，燒窑至中段時斷柴，便減小火力，或者暫時悶窑，稱爲小殺窑，待有柴時再開。如此，燒窑時間又延長。

燒水氣時，看窑中水氣已絕未絕，須看小囪煙色。囪煙青，洞口混，氣無勁，手摸有水，煙混摸濕，尚有水氣。洞口乾，黴衣成刺揭去，舌痕無。冷天洞外有白煙，熱天無白煙，下無氣，上有白，水氣漸絕，無白，水氣已絕，可用高爐。高爐空氣接觸面大，火力猛。洞裏看下有明火，即在高爐煙囪磚上看下，高爐十多天，起囪火。高爐上口，用大火。低煤爐尚是堶窑底子。小洞有火上升，説明此處磚已成熟，須關小洞。囪有火，一兩日後看它的成色。明火出來，綠油油火光中含有柴油油火光，鑲邊綠表示窑内還有混氣，腳火未白。綠油油油光沒有了，祇剩柴蔚蔚的火上冒有勁，有呼呼呼響聲，這説明腳火要白了。窑内燃燒須加快，就有濃煙。再看窑裏麻雀子洞，有亮火豎出來，愈大愈好。窑面燒得一盍水，半透明液體，説明腳火已白了。洞中如出牛舌頭，洞裏像隻佛手，絲絲牽牽，沒有勁。囪上沒有響聲，説明後堂頭有碎貨，火道淤塞不通。腳火已無，裏外都亮説明窑熟了。窑熟如生三五千，省一日柴就可殺，否則要出老油頭。窑生二三萬，就不能殺，窑面亮，囪火豎高，聲音格外響，是白窑有老油頭。原因是燒窑人偷懶，十把柴祇燒了九把，須幫助凑上幾把柴。拆爐四五天，又須加緊。

白窑，磚收身大，要折損磚頭。燒煤太猛，窑面漾掉，從津管漾下，磚面熟磚心不熟。

新法不拆爐，拆爐快燒出生煤絲。過去拆爐用柴着水，快燒。

新法裝窑，結頂空一段，火走快，坯裝少，又乾。火暢通，所以可以用急火。

（插入頁眉：鎗糾可控制水流，傍晚將鎗糾塞住水便不流下，侵晨將糾拔出水便流下，停歇容易水傷。現日夜挑水用以滅頂）

殺窑後挑窑水，一萬貨約需水大窑桶五十擔，二十二萬約需水一千一百擔。有方磚須多至一千二百擔。過去挑水須半月，今祗十天或九天。過去挑水，夜裏不挑，容易走氣水傷。今改爲日夜挑，可避免走氣，水傷少。夜間不挑水，窑眼裏脫水氣，瓦就成全鑲邊色，中青邊黄，磚也變成黄中青。一潭水，如流搶，水急下，磚瓦便水傷，過去壞人常乘夜間偷拔柴火，使人窑貨大損傷。水多磚起水花，成青衣苔色，方磚日久要剥皮，用不久長。挑水少成熱貨。走氣磚色紅，兩頭黄，中間青。燒熱貨，全黄。生貨，黑赤赤，不臘黄，喧紅，日後要酥鬆。

舊法烸窑三五日，即撬窑墩，窑頂不大熱，人可下去。撥出磚七八層，四邊看滿頭有無鬆動，後堂頭先給直，兩邊給方，前眼給方，一頭做上方，一頭給方邊，出毛病須請人同做，不做好，火道淤塞，窑難燒熟，會出坯窑，俗稱搞罐頭，窑户損失極大。有爛坯、凍坯須挖掉，不挖掉各處倒去，影響傳熱。挖掉後須重裝好堆至蓋窑墩磚處。第一次三五天至七八天撬窑墩，看磚升鬆。第二次各緊窑墩亦過三五天或七八天，四周加扁磚，搶磚搶緊，檢下三五層，間緊。第三次緊窑墩也過三五天或七八天，檢至扁磚齊，再加扁磚。緊上去，水氣向下壓，否則熱氣窑墩孔中逃出。緊窑墩，使上升熱氣被逼向四周轉下。

緊窑墩式：

（此處有手繪圖兩幅，幅一注：搶頭 蟹眼 後堂頭二主層做到蟹眼時做實墊， 搶頭蟹眼空隙使窑篷上熱氣得稍透，不透氣太緊磚要逼碎。幅二注：爪裏漸次低下歸方叫人

身，做實前眼，加兩層，伏扁。略——編者）

緊窰墩一般五次，四十天水氣，五八得四十，八天一次。三十天，五六得三十，六天一次。二十多天也要五次。每次天數均勻計算。每日清晨須到窰墩上看搶風，看風向，自風來處用兩塊方磚擋風，如屏風然。風被擋，煙直上不致還入窰中。否則便拔冷氣，風入窰墩，窰塘便向外邊來有損失，其病稱爲滾囪，煙有時會從窰塘裏噴到窰屋裏來。下雨時窰頂用四塊方磚蓋頂，天晴祇做風搶，不蓋。

裝窰時，在津管，自下而上再從上退下，故窰頂磚不加足。燒窰磚有鬆動，使熱氣逼下，故須隔七八天緊窰墩，把磚換緊，直到做蟹眼住。磚熱用鐵鉗做。到第三次緊窰墩，水氣將絕時，沒前蟹眼，搶磚改做後蟹眼。上口時，窰頂用泥封沒，稱踏爪，祇留兩隻蟹眼眼洞，乾後仍用泥把縫拆塗好。窰門也用泥封好，上留柴洞，下留出灰洞。泥用紅泥黃泥對鑲。上口用柴，須一把把燒，用煤燃高爐。用鐵條稱寸頭元，十根。上有鐵門，下有鐵條欄。砌兩墩燒十六七天，開平煤約燒十二噸。燒到起囪火一二天，拆爐，上口，燒柴一百來搶。燒四五天，悶窰，跨滿堂，用稻柴。跨到跨勿進，否則要走氣。柴上着水跨進，十多分鐘後，上下洞篤沒封好。窰墩上小洞大囪，統統用方磚關好，用灰壓緊，勿能透氣。灰上壓磚，用水稻柴灰，窰門口也用灰捅至子門旁，灰裏澆足水。如灰水乾就勿泯氣，要走氣，水吸乾，每天澆兩搶水，使潮濕。上邊做河塘開搶九洞，流水。麥柴做搶九，每洞塞一個。起初少，後來多。下水快洞要少，下水漫洞要多。

新法用白乾坯燒，全燒磚，煨窰三五天。全燒煤二十多天，可燒熟。如磚和瓦坯，望磚同燒，須一月左右。産瓦火急易碎，或小裂縫故煨窰須多煨，火也要慢些。故瓦愈多，日子愈長，否則損失多。

新法全燒磚不會大走動，祇須緊窰墩，勿要撬窰墩。（不會出坯窰）前眼加足，其餘空多一二尺，過去空七八寸。裝窰裝磚鶴眉頭勿對，但層層有磚觸出，相通。勿用蟹爿，退爪劃區分裝。但要鹵貨，否則像舊磚坯乾濕不勻，水氣燒勿出，要碎斷。裝坯四面環通，勿用開望，望望退下。前眼仍舊用津管，五六塊一觸，使磚圈繞，外大裏小，自相間緊。全窰如層層環繞的許多津管。窰頂留一段，空隙火道比過去通暢。用猛火，不全着窰篷，能散開去，所以可全用煤，不必搭柴礱糠，幹活手腳容易。

磁爐窰橋到後堂頭深七尺，鐵條長八尺，二脫津管闊二尺半，爐火長深四尺。

新法挑水不用搶九，先用水灰塗上，再用泥做河塘，水澆上，在泥上劃路，路裏水滲下。如此比搶九勻純，勿會流搶。這方法自吼山直口窰學習而來。

燒礱糠過去用長鐵條做爐填，底平。今改用短橫鐵條，作樓梯形，接觸空氣機會多，吸力快，火力猛，一日可燒礱糠一百多擔。初試辦時，因火力太猛，窰燒漾，拆下來，小洞大鹵都結住，無煙。上邊老油頭，下邊生，變紅窰，祇能停燒，勿澆水，冷出窰，煤燒急也要如此，下面水氣隔住，透勿出。今設法改良，獅子口空一段，讓它透氣，礱糠上慢些，勿潑些來糾正。煤用樓梯爐填，煤躲勿牢，出煤絲難塞。柴用樓梯爐填，火更急，灰也難出，不便也不宜用。

燒窰過去正班長燒，上下半夜連水氣燒，上口後加三替替火。一日七班，三替兩班，正班兩班，替火一班。燒柴正班，三替有灰綫分。高爐四班調換，三小時一班。

出窰第四

出窰分窰內工和窰外工。窰內工將窰內貨從上層層接下來，上段傳接，下段最後用一木板滑下。當口分下搖傳、三搖傳、上搖傳、窰裏正大家人、副大家人、副裏副拔窰、副拔窰等各色；拔窰、副拔窰是最先取磚人。窰有高頭，用副拔窰，沒有高頭的可省。搖傳是接磚傳磚之人。窰外工當口分接板頭、套板頭、擋、挑、堆等各色。接板頭第一人將板上來的磚接下。過去接來的磚，即放入大籃中，由人挑去，挑有四人。今因急速放入大籃，多斷頭，改爲擋。接下的磚，即傳出由人擋去。擋較費力。離窰近者九人，遠者十一人。用擋即不用挑，用挑即不用擋。堆磚四人。大家人管塊頭、泡茶等雜事，過去兩人，今改爲一人，出窰三日，約須七十工。

燃料第五

今以陳大窰爲標準，略述一窰所需燃料。

全燒礱糠：一千一百擔（礱糠五十擔一萬貨，礱糠過去甚廉，今改作豬食價高不合算）。

全燒麥柴：八百擔（蘆柴同麥柴）。

全燒稻柴：九百擔。

全燒松枝：七百擔。

全燒煤：二十噸（煤九噸燒十萬貨）。

燃料看來源價格後定采用哪種。

堆柴、祭柴的搬柴人稱柴脚官，有二十四人，都住在上塘窰莊巷上，都是早晨來幹活晚上回去。柴主人都住在蘇家灘蘇姓人多。過去大司務（盤窰）也有住在窰莊巷上，但窰莊巷上并窰，自己也不燒窰。

磚瓦第六

磚瓦各色品種甚多，舉要者述於下：

方磚——

三塊頭：羊尖北閣（無錫羊尖鎮）作竈用。

三塊半：本地作竈頭用。

四塊頭（尺四方）：鋪地、作竈面磚，窗傍面用。

大八塊（尺八方）：鋪地。

加大尺八方（定燒）：寺廟用。

半垣磚：宮式門堂做墻門勒脚。

半金（磚）：墻門照墻雕花用。

瓦——

加六瓦：底瓦用，現改爲加八瓦、加六瓦已縮小，今加八瓦，實際等於舊加六大瓦，瓦木輪久用漸磨小，故坯便走小。

小瓦：蓋瓦用，加六。

磚——

料三分（四寸八寸）：作竈，單壁用。

四料頭（四寸半九寸）：鋪地用。

足六：鋪街鋪明堂（見方做升籃底）。

足四：上海浦東磨細刀用。

砂磚：磨清水墻方磚。

細砂磚：銅勺擔磨製用。

香爐蠟燭簽壽星皇母冥器：壽圈用。

望磚：蓋椽用。

橘囊：造墻圈橘用。

八料頭：墳墓墓圈及圍墻用。

十料頭：造城寶塔用。

二寸頭（一寸四分厚、四寸半九寸）：普通墻用。

八五磚（四寸半九寸厚、一寸七分）：花紋做細墻用。

九五磚（四寸半九寸厚、一寸九分）。

足二寸（五寸、十寸、二寸厚）

大望磚（定燒）：廟寺用。

南京磚（長尺六）：磨刀用人字街（不到四寸稍狹，不見方不能做升籤底）砌做細清水牆用。

磚坯第七

坯：須用生班、老黃泥做，老黃泥讓牛踏熟，否則要一片片揭出。坯須過大伏天方做，凍冰時也勿做。天熱泥濕，天寒泥鬆散，都不宜。瓦筒劃手要好，否則欠佳，瓦勿齊集。最好須一人獨做，稱爲木手瓦。因爲數人做，瓦筒不易統一，坯有大小，裝窑時有困難。冬天坯做好須曬好蓋好，不可凍壞。有風時用籬遮。

磚：料三分、四料頭、八五磚、九五磚、二寸磚用踏熟的老黃泥。青泥、面欠泥要去盡，否則磚不久遠。底潭泥有沙，勿好。

方磚：用嫩青泥，老黃泥不能用。老黃泥做方磚燒好後有拆絲。敲勿響無聲氣，不能雕人物。

磨方磚、砂磚：用老黃泥和沙各一半。沙須用細篩篩純。

半垣磚：須擇泥色好土爲之，較普通磚價高一倍半。

磚匣子須擇四角堅實，匣子老笋頭不牢，篤土無勁，磚便不實。

磚有風傷、拔頭之病。風傷易碎，像棋子塊，拔頭易斷。由於風勿大，收乾快。一頭乾，一頭濕。燒後容易脫頭。

瓦輪久用移落，新老可高低差一瓦片。

花料第八

花料造亭臺樓閣、屋脊亮窗之用，原有六百種，今已漸不通行。

花邊：高脚花邊、大花邊，在每一行蓋瓦，古稱瓦當。

滴水：大滴水，在底瓦前列，今用白鐵水落，滴水漸廢。

揚州邊帽兒頭（三套）：背對背、滴水，蘇北有銷場。

龍鳴：屋脊兩端，史稱鴟鷗尾。五套鳴、七套鳴、九套鳴、十三套鳴、三套鳴（銷路不廣，我家有套傳三代七十餘年，今尚在未賣出）

筒瓦：三寸筒、五寸筒、七寸筒、太史筒、勾頭筒、太史句頭、尺二勾頭、頭號句頭、頭號筒，大殿用。

頂冒：寺廟大花邊有洞用鐵釘釘下，傍瓦走動。釘上立頂冒，其形或爲佛像人物。

虎豹獅象：飛簾上四獸四角用。

潘趺殺、懊老來：在四獸前。

屋將軍　葫蘆

寶塔：墧（放在金魚缸中）

竉家殿　萬年寶鼎

筷如龍　黴珍筒

大翻水、中翻水：廟裏用，合漏，斜溝用。

雞、大雞、中雞、小雞：（常州用）

臺磚：二尺臺磚、二尺二臺磚，鋪地（杭州净慈、靈隱二尺二）磚臺。

搭連瓦：做船棚軒彎　椽三架用。

團龍方磚：殷峻德最早試以白泥鑲入青泥中做，未銷行。因此坯不好看，又不能做細。殷錫藩、殷錫卿所知所售花料極多。

藝術第九

半垣半金可縷空雕刻做門面，宮式門堂、照墙、勒脚。

座則用八料頭做細，上顛角鋪細方磚，做墙面。上裝花板，倒掛檐飛簾、飛椽、斗拱出簾。

窑上華和尚及其子華瑞春雕人物極玲瓏,做一墙門,一人雕一人幫助須三四個月。泥水匠名石眼阿東亦善此道,今皆已過輩。

鋪地窑上陸家巷陸姓最精此道。有十許多人專做細方磚竈面磚。如陸阿富、陸和根、陸阿培、陸壽根等。

掛磚後有笋頭,放鐵搭。磚有小隙,用磚磨成水,稱磚水,塗上。但數年後雨浸漸脫落。

花園大發圈,亦用做細方磚,精雅可愛。

九五磚足二寸上鉋做清水墙,所謂一色磚磨水墙也。

銷路第十

方磚銷路最遠:日本、上海及浦東、南京、鎮江、常州、常澤、南潯……

瓦銷路:本地　蘇州。

磚銷路:本地。

配料第十一

今造四角亭一隻,門面一丈,出簾二尺。問:用磚瓦各幾何?
答:望磚斬削用六百塊,瓦二千五百塊,四落葉做。

（此處有手繪圖。略——編者）

一架屋用密瓦八百塊,多至千許,疏瓦用七百塊,望磚二百塊。一丈三尺開間,四尺頭架份。

丈二開一間:四尺頭;丈四開一間:多一尺多一漏半。

灰縫:加一(九五加一成,一千零五十,一千一方)

尺二寸、十寸墙、五十層一丈高,灰縫每塊一分 ,一層十塊,一千五百塊一方。

十塊一丈、五層一尺、五百塊一方（五寸牆單壁），十寸牆一千塊，堂子灰縫勿算，閣大料，斷磚斬磚（厚薄不勻）不足損失灰縫堂子兩者相抵。

料三分一千四百一方　一尺二寸厚牆打則砌中填裹用柱四料磚一千二百

鋪地　英尺四百塊一方　木尺九折三百六十塊一方

四塊頭做細九十六塊一方　尺八方做細六十六塊一方

碎方　做牆搭、蓋陰溝、填豬圈。

歷史第十二

相傳無錫老窰頭燒窰，自明洪武年間開始迄今已有六百餘年。最早有張、黃、劉、鐵、薛五姓在此創業。現張、鐵、薛三姓已式微。劉、黃兩姓仍鼎盛。

燒窰地域沿（京杭）運河下塘一面及伯瀆港兩岸，自洋腰彎無錫中學校址沿運河南到下甸橋，俗有上塘十里開飯店，下塘十里來燒窰的諺語。洪武時傳說窰有三百六十隻。

窰址散布圖式：

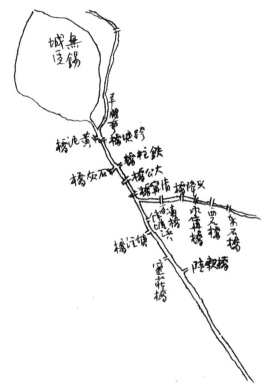

自洋腰彎無錫中學學校起即有窯址，七隻。

蘇家灘有窯兩隻，稱蛇王窯（因盤窯時有蛇）。即蛇大窯、蛇小窯，蛇大窯形式尚在。蛇小窯今因農具鐵工廠開河新毀。

鐵椅橋至虹橋下有窯五隻，皆已壞。稱殷家外窯，殷家裏窯、白窯裏、蘇家灘外窯、蘇家灘裏窯。

無錫振藝絲廠——大福紗廠——農具鐵工廠，原有窯兩隻，造振藝絲廠時拆去，窯名香店裏外窯、香店裏裏窯。

伯瀆橋到永寧巷，原有窯四隻。現尚有窯三隻，窯名：陶家外窯、陶家裏窯（李仁甫所有），回回國窯（陸振元窯，遠的關係用此名）。

永寧巷窑早毀失考，原有一隻。

陸小娘浜有窑一隻，現祇存紅土。

鐵路橋邱秉順等三人合打兩隻窑不及十年。

角落頭開始，磨盤嘴有窑一隻（窑包皮危險，最近拆去）。

永寧巷對岸，兩隻窑在徐巷上稱新窑頭一壞一好，好的也久停燒。

（插入頁眉：伯瀆港裏水溝頭後有紅土原爲窑址）

興降橋到伯瀆橋：朝北大窑、灘大窑、灘小窑三隻已塌；老人窑（童軼群拆毀）；東向窑、西向窑、湯官窑三隻已壞；馬小窑、勝新窑、蔣家窑、東圈門窑、西圈門窑、天將窑、巷門裏窑、巷門外窑、塘裏裏窑、塘裏外窑；共十七隻。

外塘到錢塘浜：柵門窑、塌窑、周師房窑、殷中窑、殷外窑、弄裏窑（塌）、馮外窑、後底窑、大大窑、小大窑、馬家窑、劉大窑、劉裏窑、陳大窑、陳小窑、樓下窑、對直外窑、對直裏窑、門前窑、夏家窑（塌）、弄裏窑（壞）、弄裏中窑（壞）、方角窑、四方窑、墻門窑、小窑、中窑、大窑、新窑戶、新外窑（塌）、新中窑、新裏窑（塌）、南向窑（塌）、店裏窑、李家窑、倪家窑、浜沿上外窑、浜沿上裏窑、浜沿上窑，共三十九隻。

（插入頁眉：桑巷裏觀音堂太老爺殿旁有廢墟原爲五隻窑，窑墩現在一面有窑包皮，一面爲垃圾坡）

錢塘浜到陸親橋：大成窑、碑田彎窑、裁縫窑、駒窑、廟對過外窑、廟對過裏窑、廠裏外窑、廠裏裏窑、祠堂窑（塌）、老裏窑、邱大窑、毛小外窑、毛小裏窑、上邊窑、上中窑、黃離窑、下中窑、下邊窑、黃大窑、黃小窑、洋窑（劉鴻生造）、邱小窑、老上邊窑、邱中窑、老下邊窑、趙小窑，共二十六隻。

陸親橋到趙家彎：李外窑、李中窑、黃大窑、黃小窑、趙外窑、趙小窯（塌），共六隻。

　　王莊巷，衹有窯墩模樣一隻。

　　潘窯上、下旬橋，傳說有窯但無形迹。

　　民國二十三四年份窯業極盛，動火窯户有一百零三隻。

　　清末民初始立窯業公所，在桑巷裏以烏巢氏爲祖師。過去公所借東平王廟大老爺堂場址，每年議規校柴稱。

　　前傳說窯户前塘爲蘆灘無街道，桑巷後街原爲前街道，有高店自伯瀆橋彎進在碑田彎後橋走出。

　　宣統二年秋月起造窯業公會，發起人黃竹儒、馬源泰、黃浩珍，統窯十段頭。董事、十正、十副。

　　（插入頁眉：花料出嘉興與蘇州　蘇州齊門外餘窯陸暮鎮陸旋公墓）

　　（此處有手繪圖四幅。略——編者）

　　編者說明：本文據手迹稿録編。據劉操南先生家譜《五牧劉氏宗譜》記載：自十一世冶公徙居無錫南門外窯上，與他姓族系創辟大窯及經營擴充，綿延不斷，亦具聲望，至劉先生父親（二十六世叔良公）已有六百年左右。劉先生從小生活在窯上，課餘受父親嚴刻的管教，常在窯上勞作，熟悉燒窯過程及窯史。長而出外求學及任教難返故鄉，仍對窯感情至深，於1957年撰寫此文。1990年後又撰有《無錫大窯創業史録》詳細提綱，計劃"史録"有二十萬字。憾，終成憾事！而窯亦早無見矣！

　　如今無錫市建有"窯群遺址博物館"，位於南長區大窯路27號（附近的劉家故居早已不復存在），地處京杭大運河與伯瀆港交匯口。

散　記

　　中國爲文明古國，一習俗，一稱謂，考鏡源流，輒綿延已數千矣。泥水匠，今日猶有稱“水作”者；木匠則呼“木作”，兩者結合，稱“水木作”。木作中做圓桶的，又稱“圓作”。作場稱爲“作坊”。做這生活的，因稱“工作”。此類工作，屬於建築。溯此名之由來：秦漢時，有官管理職掌宫室、宗廟、陵寢及其他土木營造者。秦稱爲“將作少府”；漢景帝改稱“將作大匠”。自此上溯，周代建築即稱爲“作”。《詩·鄘風·定之方中》曰：“作于楚宫。”又曰：“作于楚室。”《詩·小雅·鴻雁》曰：“之子于垣，百堵皆作。”《十月之交》曰：“作都于向。”《詩·小雅·雨無正》曰：“誰從作爾室。”《詩·小雅·巧言》曰：“奕奕寢廟，君子作之。”《詩·大雅·綿》曰：“作廟翼翼。”《詩·大雅·文王有聲》曰：“作邑于豐。”又曰：“作豐伊匹。”諸“作”皆有建築之義，與今日所稱水木作有聯繫也。今日建築舊俗，猶遺於民間。動土上梁，須擇黄道吉日。此俗由來已久。《易經》爲卜筮書，《益卦》云：“初九，利用爲大作，元吉，無咎。”所謂“大作”，意即大興土木。詢諸蓍龜，卜遇此爻，則吉無咎。故云：“利用爲大作，元吉，無咎。”曆本：“某日宜興土木，某日不宜破土。”當與《易·益》所書，有聯繫處。可見此俗已衍數千年矣。

＊　＊　＊　＊　＊　＊

春秋戰國時期，新興的封建勢力逐步發展，封建生産關係逐漸形成。"鄭衛之聲"的"世俗之樂"隨着蓬勃興起。"鄭衛之聲"爲一種至性流露、熱情奔放的民間音樂，與雅樂之中正和平、刻板僵化異趣。但統治階級和儒者懷有偏見，視爲"亂世之音"，"伐性之斧"。《禮記·樂記》載：魏文侯"端冕而聽古樂，則唯恐臥；聽鄭衛之音，則不知倦。"劉向《新序·雜事第二》中載齊宣王與無鹽女的對話説："寡人今日聽鄭衛之聲，嘔吟感傷，揚激楚之遺風。"無鹽女説："女樂俳優。縱横大笑。外不修諸侯之禮，内不秉國家之治，此四殆也。"於是，宣王罷女樂。這裏可以看出兩者的矛盾。

＊　＊　＊　＊　＊　＊

研治古籍，所以闡揚祖國傳統學術之精華也。乾嘉學者考據之功，自不可泯。然此僅爲治學之準備，謂之學術之附庸可，鮮有可獨立成學者。成爲學者，其自然科學與社會科學之各門類乎？探索其規律，揭出學説，闡發其義藴，理論聯繫實際，開物成務，而其爲用亦大矣。此意明者惜少，而溺於雕蟲篆刻者夥。改革之道，當始於此矣。

＊　＊　＊　＊　＊　＊

中國人到了外國，往往變了樣子。爲什麼？一是實驗條件較好；一是没有框子，鼓勵人搞。在國内，大鍋飯、平均主義慣了，得不到發展。有時同行相忌，而不是文人相輕。搞出東西，就會眼紅。四項原則，必須堅持；否則，政權不能鞏固。但科學研究，應該開拓，鼓勵大家想，創造發明。中國有個傳統，孔子説的"述而不作"。這是弱點,後人祇做前人的注疏,學生常奉老師說的,這就束縛了自己。二進位,《易經》早就說了,宋儒還有發展。可是數學應用上,總是十進位、十二進位,不越雷池一步。圓周率密率也是先進的,可是,連郭守敬在《授時曆》的計算運用上,圓周率還是運用粗率了啊。照例:電腦應該是中國人最早發明纔對啊!火藥是中國最早發明的,傳到歐洲,影響極大。照例:衛星上天,應該也是最早纔對啊!從宏觀上、從戰略上觀察過去,總結過去,分析歷史,應該創造出一些新的學說,不能再糊塗了。

* * * * * *

獨尊儒術,不對;尊崇儒術是對的,因爲儒術中有不少精華。獨尊而排斥百家,就是錯誤的。因爲儒術有其弱點,百家有其長處。祇要讀讀《莊子·天下篇》,就可知道了,中間有許多寶貴遺產啊!思辨之學,可以導出許多自然科學來啊。《考工記》爲什麽失傳?醫藥卜筮種樹之書,秦火所不焚;可是《漢書·藝文志》中注錄的爲什麽都失傳了呢?宋明理學,提倡格物致知,是對的;但方法有的不對頭。假使走上正路,獲得發展,電腦、原子彈很可能是中國最早發明的。"五四"運動提出"科學與民主",這是對的;說"打倒孔家店",就有弊病了。學術研究,應該分析、探索,百家爭鳴,而不應該采取打倒的方式的。雜文似匕首,對付敵人,反封建,起大作用。在學術問題上,科學研究上,我看還是多寫論文好。百家爭鳴,平心靜氣,擺事實,講道理。文理密察,實事求是。儒家是一學派,不是一爿店。一爿店也是不可以粗暴地就給砸爛的。有些人祇知其一,不知其二,采取圍剿方式,不容人反批評,把人踏上一脚,教你永世不得翻身。這樣糟蹋學術,就是毀滅學術,非精神文明的倡導者,而是文化罪人!當政的,可以少插手一些學術問題,因爲不一定是内行。外行定要管内行事，領導出題目，秀才做文章，有時會把事情弄壞的。

* * * * * *

友人朱聖禾教授研究艾滋病，見衛生廳收集材料，望湖樓纏頭之費，一宿百餘元，高者至三千六百元。昔日爲娼，哭哭啼啼。逼於家貧或受騙而墜入於火坑者；今日則多歡歡喜喜，而追逐之也。冶遊之士，爲暴發戶。碼頭上跑一兩年，提單倒來倒去，轉眼成爲富翁，成玉樓中人矣。非仗勞動所得，實爲大剝削者也。戴盟采風，獲一謠云："天兵天將跑碼頭，楊門女將跑街頭，殘兵殘將在田頭。"因吟詩云："農業農業，重要誰人不説！減産連續四年，措施累牘連篇，一綫苦戰，'38''61'部隊。"（38指婦女，61指兒童）

* * * * * *

俗云："武大郎開店，祇見矮人，不見長子。"有些單位用人，就是如此。《左傳・襄公四年》云："我君小子，朱儒是使；朱儒、朱儒，使我敗於邾。"領導讀了，能無動於衷乎？

* * * * * *

中西醫對於疾病認識、理論與治療方法不同，就"傷風"小病一事而論，可以説明一些問題。西醫認爲傷風由於病毒感染，病毒可以培養，有的在特殊培養基上培養。這特定的致病的病原體，可從物理、化學、生物諸方面去研究它。中醫認爲傷風屬於外感邪風，分爲風寒、風熱。風寒證候爲畏寒，流清涕，屬辛，以解表方法治之。風熱，流濃涕，狀熱無汗。檢驗病情，分證候與體證。證候爲病人主觀感覺，體證別人檢查得到。

* * * * * *

　　杭師院某校長爲"馬一浮研究所"主任，點馬文章多誤，如："性耽禪，悦好蒔花……"不明其爲："性耽禪悦，好蒔花"也。耽好禪理，心神恬悦，此禪學語也。《華嚴經・净行品》："若飯食時，當願衆生，禪悦爲食，法喜充滿。"《廣弘明集》二八下：梁武帝《摩訶般若懺文》："願諸衆生，離染著相，迴向法喜，安住禪悦。"禪悦爲辭，可破讀乎？又誤將《四書纂疏》入馬一浮著作，可謂不學，而任主任，俗謂："有權即有學問矣"！

＊　　＊　　＊　　＊　　＊　　＊

　　浙江省圖書館副館長某，今爲離休幹部矣。其當任時，有日本代表團來，請示魯迅手稿，某應酬之。代表團既去，某問其左右曰："魯迅在何單位工作，名聲很大，日人來詢，何余未之知也。"同事中談及，爲之失笑。或謂領導之拔幹部，以聽話爲唯一標準也。

＊　　＊　　＊　　＊　　＊　　＊

　　海寧鹽官王國維故居開幕時，某文教局長發言，述三事：一爲王國維爲大學者，爲海寧人，是海寧一大光榮；二爲王國維爲清華大學教授，著作等身；三爲王國維投昆明湖死，爲萬惡的"四人幫"逼害，我們當爲之平反。言時憤然，聞者相顧，會後傳爲笑談。

＊　　＊　　＊　　＊　　＊　　＊

　　我六歲進私塾讀書，拜孔夫子，仰慕孔孟之道。那時，我不懂得所謂孔孟之道的内涵如何；現在我還不懂，衹是比那時似乎懂得多了一些。那時，聽老師説：讀了書就是"吃硯墨水"的，就要循規蹈矩，好好做人，希聖希賢，做一個正人君子、志士仁人。老師後來常説："在山泉水清，出山泉水濁。在這裏讀書，大家有

525

志上進；進了社會就不同了，那裏是一隻大染缸，弄得不好，你們是會變質的。希望大家不負初衷，接受考驗，能經得起這鍛煉啊！"隨着年歲的增長，我對讀書的目的，似乎有些模糊的認識。我認爲孔孟之道，教人讀書明理，一是在文化修養上追求完人。爲學、爲人、行政三者相互融洽，是一回事，不是兩碼事。二是在政治上，是格物、致知、修身、齊家、治國、平天下，達到"天下大同"之治。這兩條用莊子的話說就是"内聖外王"，這内聖外王之道，在中國古代學術界祇有孔孟說得最爲明確透徹，其他學派都沒抓住這個重點，而看得偏了。我想這個道理要納入融化在今日的科學文化之中，成爲"新儒家"，這是有其必要性和強大的生命力的。

* * * * * *

王蕙云：推行簡體字，爲便工農兵學習也。解放以還，工農兵之文化未見因之日興，而文字之用，表達學人之邃思奧義者，却受其損矣。實踐爲檢驗真理之唯一標準，對祖國文化發展負責，此實爲今日值得深思與研究之問題也。

王蕙云：解放後，王知伊在上海辭書出版社主持編辭書任務。今日看來，當時處理問題深受左的影響。如評：朱柏廬《治家格言》曰："流毒頗廣"。不知其言："黎明即起，灑掃庭除"，"一粥一飯，當思來處不易"，"半絲半縷，恒念物力維艱"，格言寫得具體，發揚艱苦奮鬥精神，有其積極性與可取之處。着一"毒"字，不當之至矣。

* * * * * *

任何文藝創作，都是社會現實發展至一定階段的產物。它的内涵必然或多或少與社會現實有聯繫，具有它的時代特徵。因此，對於古代文藝創作，首先需要從它的時代背景，運用歷史唯物主義觀點，進行探索研究。文藝作品雖各有其時代的連貫性，但與它的時代的階段性，兩者不能混而爲一；因此，用現代人的現實生活與思想意識套到古代的文藝作品上去，這對古代文藝必然會産生誤解、曲解或謬解。這可以説這是一種通病，是應當指出與避免的。

* * * * * *

或曰：子於詩文，如魚飲水，冷暖自知，倘有説乎？余曰：文海汪洋，淺嘗烏足以知之也。錐指蠡測，豈有當乎？然有所感受也。今人下筆，務爲曼衍，不知凝練、剪裁。繁而不殺，與古文局促，適成兩極，背道而馳矣。嘗讀魏晋人作，儀容穆若，雍容舒卷，稱心而言，放浪形外，不拘禮法，讀之如見其肺肝矣。透其玄理，啜其精華，將可救今人浮誇淺俗之病也夫。

* * * * * *

我國學術傳統，以儒家經典爲大道，小説、戲曲則視爲小言。瞿佑《剪燈新話·序》始將小説《剪燈新話》與儒家經典《詩》《書》《易》《春秋》進行類比。李開先《詞謔》引崔後渠、熊南沙、唐荆川、王遵巖、陳後岡等，説："《水滸傳》委曲詳盡，血脉貫通。《史記》而下，便是此書。"周暉《金陵瑣事》卷一述："太守李贄……好爲奇論……嘗云：宇宙内有五大部文章：漢有司馬子長《史記》，唐有《杜子美集》，宋有《蘇子瞻集》，元有施耐庵《水滸傳》，明有《李獻吉集》"。金聖歎重視小説評點，仿經史注疏議論，施於小説人物，寄其懷抱。毛宗崗、陳其泰等踵事增華，不僅於小説理論有貢獻，於學術思想亦創其新境也。

* * * * * *

近世章太炎作《國學概論》的講演，"國學"即中國學術、本國學術的簡稱。從中國古代皇家圖書目錄《漢書·藝術志》來考察中國學術的内涵。《漢書·藝文志》是根據劉向之子劉歆的《七略》將圖書分編成七類的：一六藝，二諸子、三詩賦、四兵書、五術數、六方技、七輯略。六藝是經學，包括"小學"，即文字學；諸子是政治和哲學；詩賦是文學；兵書是軍事學；術數包括天文曆法；方技包括醫學、生物學。在《漢書·藝文志》中，自然科學及軍事學居於顯著的地位。嗣後四部分類，自然科學歸入子部地位就不顯著了。近世研治國學的，如章太炎、黄季剛、王國維、陳寅恪，偏於經史考據、訓詁、文字之學，自然科學這就遺忘了。我們並不要求他們都要研治，但作爲國學研究的傳統方面，就不名實相符了。

* * * * * *

歷史上傳下來的，有些東西原來很粗糙、零零落落，没能很快地形成文字。在這樣情況下，作者常常可以借用這些名字，把它拿過來，按照自己的思想、意志、生活體會，加進新的内容，成爲新的創作、新的時代典型性的東西。如浮士德、唐璜等的創作，屬於這類。我國民間關於八仙的故事，可以借用八仙的名字，根據作家的思想（進行）創作。八仙祇有《東遊記》《八仙過海》等傳説，還没成爲小説。《牡丹對課》是《三戲白牡丹》中的一節。這戲原有些黄色，現在去了好多情節，采用和改編了《藥店》中一節，成爲嘲刺神仙的戲。

武松，原有一部《水滸》對武松形象創造已經定型，文字也達到一定的高度。那麼，要改編或再創造武松形象，和原來的武松不一樣，大不一樣，那就不能得到群衆的承認，祇能在不失原來武松形象的基礎上，塗上一層色彩，使他更魁梧，更豐富，更飽滿，使他更能反映人民的意志和願望。所以，寫武松既然可以擺進作者自己時代的東西，離版離目，加以發展，但又祇能使新的武松形象、故事情節、文字等與舊的基本一樣，不能完全擺脫索縛，完全離版離目。這樣寫武松，傳統與創作的關係，是同而不同，不同而同。武松還是武松，但又是新的武松。

* * * * * *

杭州說《水泊梁山》的，到了近代（所謂近代，就是清代算起），書的內容摻雜進了一些東西，那就是受了俠義書的影響，在水滸人物和情節中加進了俠義書的東西了。如，梁山開鑛局，官商需要到梁山報稅，取得梁山鑛旗，那就可以通行無阻；出了問題，梁山負責取回。這一內容，從好的方面說，是保護官商，梁山出來維持秩序、安定社會，這是對官府的諷刺；但從另一面看，這也可能是地痞惡霸行為，對客商勒索。客商官稅以外，又加一稅。這是封建社會的一種特殊情況，是幫派的一種表現。按其中階級情況，是流氓無產階級的一種表現。幫派會影響政治，看它為那種政治服務，纔能判斷它的是非。

* * * * * *

詞話當為藝人唱詞的唱本和加藝術說表的記錄。唱詞由於藝人所係曲藝的類別不同，唱腔曲調也隨着有別。《水滸》作為平話，其中也有夾着說唱，如其中說武松與潘金蓮、鬧江州、梁山弟兄混進江州城關，打三百六十行說唱一番。但此占小部分，故《水滸》一般稱為平話，也有稱為詞話的。

* * * * * *

樂清民間盛行對歌。對歌時，一人先上坐臺，一人後上陪坐。先坐擺臺，陪臺打擂。坐臺時，說話謙遜，自道：於《三國》《水滸》《封神》《西遊》《征東》諸書都不懂，實無資格坐臺，姑唱幾

句,敦請行家指教。陪臺人上,開始對唱山歌。對唱以後,陪臺就出題目,首是《三國》,對歌時,第一句如:

> 我説什麽山,什麽巖?

對時須押韻脚,對了就好,如:

> 我説胡虀地方有個馬鞍山,磐石地方有個道士巖。樂清地方有個鳳凰山,牛首地方有個觀音巖。

陪臺的回答不出,臺下可以接唱:

> 我説什麽東西紅凍凍,什麽東西黑瞳瞳?
>
> 我説打鐵爐裏紅凍凍,烏雲蓋天黑瞳瞳。

對歌時,鼓打五下還未接上,就算輸了。對歌一般可對一個晚上,傍晚坐臺,直至天亮。臺下聽衆人山人海,我在1961年樂清城關聽過一次,惜以話聽不懂,内容毫無知曉,也就没法把它記下來。

＊　＊　＊　＊　＊　＊

> 爲報關雎賦好逑,佳音遥遞古神州。齊眉今日衷心祝,花好月圓到白頭。

字有多義、多用。吟詠時不宜使其常義,用在俗處;而當用在奇處,方見警策。張子野詞"雲破月來花弄影",王國維論詞謂"着一'弄'字,而境界全出"。"弄"字用得好,人道有稱之爲"張三影"者;但"破"字用得亦妙,人常説"破破爛爛";或説"破口大駡",此常義俗處也。或曰"破句""破讀","驚破霓裳羽衣舞",此"破"亦習用之。子野詞用在"雲破",却見練字之妙。詩須練字,讀古人詩,當於此等處會意。

＊　　＊　　＊　　＊　　＊　　＊

朗讀。通過作品的朗讀，輕重、快慢、高低、停頓，形成語調；反映語句的肯定、疑問、驚訝、感歎；根據讀者自己對作品中人物角色心理、性格、思想、感情的體會，再現作者的思想感情。邊讀邊思，使讀者自己從而逐步做到深入作品，深入角色，與作者打成一片，發生共鳴，並從而感染學生、聽衆。這是語文學習、語文教育的一個不可缺少的環節。這個環節，古人稱爲"口到"，是學習語文的基本功。可惜這個環節，今日學習語文的不够重視，或者可說已是忽略了。脱去了這一環節，可以說對語文教學、語文學習帶來了較大損失。古人說："熟讀唐詩三百首，不會吟詩也會吟。"《紅樓夢》中記香菱學詩，林黛玉教香菱先讀王維、李白、杜詩若干首，細心揣摩透熟，然後動筆學做。在吟詩中、背誦中，無意中就能熟習古人寫詩的方法、語法、格律、意境、韻味等。自己寫詩，在實踐中，從仿學進而能點化、出新，表現出自己的思想感情來。讀了許多作品，詞彙也豐富了，表現方法也多了，意境、圖案也來了，風格也多了，融冶一爐，加進自己的東西，自然會形成新的風格。現在有不少人，讀得少，寫得更少，祇聽了人家說的一些東西。聽得多，泛泛地看了古人和人家的一些東西。這樣要他寫些分析，講些道理，好像有些能耐，自己也覺了不起；但要他吟詩作文，就不像樣子。道理在此，古人說：口到、心到、眼到、筆到，四者是統一的。近人缺了口到，這是學習語文一大損失，我願學子對這基本功要十分重視，把它補上。

＊　　＊　　＊　　＊　　＊　　＊

一般説話，不動聽。要突出説話中的音樂性，使之有旋律，有節奏。急口令，比普通説話有節奏性。寫人物性格，往往是通過他的語言與行動，表現他的感情起伏。

"短言之不足，則長言之。"如"拖音"，呃呃育，即長言之。《詩經·褰裳》："狂童之狂也且!""也且"便是"長言之"的記録。"長言之"在書面上不一定有記録，如馬調"欲捲珠簾春恨長"，"恨"字可拖至十餘拍：恨恨恨……

* * * * * *

叙事性的故事詩，要求叙述清楚，聽得清楚，在曲藝或戲劇中往往采用"清板"，如《撲燈娥》衹敲敲點子，或者用數板，如："説新聞，話新聞，新聞出在……"敲鼓、擊板，雖是一種簡單的伴奏，也可襯托感情。

抒情性的詩，音樂內容就複雜得多，這樣便產生曲調。

民謡、民歌没有固定地點、對象與場合，前者較短，後者較長。

唱看調，有了曲調，曲藝就産生了。成爲曲藝，便成專業，有聽衆對象，演出場合。在廣場立在中間；在宴會高坐臺上。

説表，初是作者叙表，發展爲角色自己説話，成爲代言體，加上表演，成爲戲劇。

* * * * * *

詩須綿密，所謂"密處不能透風"；又貴奔放，所謂"疏處可以放馬"。

《哀江頭》："少陵野老吞聲哭"，寫得綿密，綿密處能環環入扣；"明眸皓齒今何在"諸句，又極奔放，奔放處筆筆跳動，層層遞進。

寫詩一筆不漏，平均安排，流於板滯；一味疏蕩，跳躍過多，使人眼花繚亂，作品形象便不集中，重點也不突出。

＊　　＊　　＊　　＊　　＊　　＊

何謂詩？需要注意四項：濃縮的感情，精美的語言，遠大的懷抱，崇高的意境。這樣牽涉到兩個問題：感情、語言，涉及詩之所以爲詩；懷抱、意境，涉及人之所以爲詩。欲知詩之所以爲詩，情動辭發，發言爲詩，須知練字、練句、練意。

＊　　＊　　＊　　＊　　＊　　＊

《開元占經》，唐瞿曇悉達撰。《唐書・藝文志》載一百十卷，《玉海》引《唐志》亦同。《四庫全書總目提要》，浙江巡撫采進本作一百二十卷，與諸書所載不符，疑屬後人分卷之異。自一百十一卷《八穀占》，至一百二十卷《龍魚蟲蛇占》，均占物異；其後十卷，後人以雜占增附之歟？

所載《麟德》《九執》二曆，爲他書所不詳。

徵引古籍，極爲浩博。如《隋志》所稱緯書八十一篇，此書尚存其七八，尤爲罕覯，皆孫瑴《古微書》所未見。援引緯書，有七十餘種之多。其他所引古書，如《五經通義》《黃帝用兵要法》《太公金匱》《太公兵法》《甘石星經》、王隱《晋書》之類，今皆亡逸。

＊　　＊　　＊　　＊　　＊　　＊

古風，風格一般可分爲兩種類型：一是硬語盤空，一是抑揚婉轉。猶詞分爲豪放、婉約；文爲陽剛、陰柔；京劇剖爲老生、青衣也。前者杜甫、韓愈之詩屬之；後者白居易、元稹之詩屬之。其流清人翁方綱，衍之以爲金石文字；吳梅村風流蘊藉，以之憑吊興亡也。

兩型風格不同，聲調亦異。硬語盤空者，忌用律句。杜、韓一派七古中，押脚經常多用平平平，或平仄平，使句響亮，或故示拗折。抑揚婉約者，則可雜用律句，使句流麗疏宕。

　　近體、古風，皆當朗誦。初學古風，朗誦則可領會詩之氣勢、聲調。文以氣爲主，詩亦如之。氣勢爲詩之生命力也，聲調則顯示其音樂性。玩繹古人之詩，可得其神理；熟讀古人之詩，可得其聲調。邊讀邊思，而神理聲調，逐漸領會。玩繹朗誦，皆爲實踐。味其鏗鏘流轉之音，抑揚頓挫之節，識其陰陽開闔之道。假以歲月，嫻於唇吻，高亢婉曲，各得其適。久之，出口成章，落筆成文，發言爲詩，自然筆力挺健遒勁，而潛氣内轉矣。民間文學、曲藝戲曲，如唱盲詞、打花鼓、唱道情、打蓮花、昆曲、京戲，都須練唱，晨起吊嗓子。詩詞側重音樂性，豈能廢朗誦乎？

＊　　＊　　＊　　＊　　＊　　＊

　　風格形成，源於性情；文字結構，則由於氣勢格調。學之者則出於朗誦，譬之電腦，排成程式輸入，然後輸出，此爲電腦規律。人腦輸入，則以朗誦爲法門，久庋腦中，自然融化。通過練習，不期然而然。結合各人性情，可冀推陳出新。古云：多談、多寫；眼到、口到、心到、手到。其中有至理要道存焉。夏承燾教授曾云：今日學校不聞書聲朗朗，“文革”中批判不已！誦之者由是陪鬥，摧殘文化，此見一端。

＊　　＊　　＊　　＊　　＊　　＊

　　古典詩詞特色之一，妙在含蓄。露一點，藏一點。意在言外，則耐人尋味。社會生活是複雜的，寫成文字看來總嫌簡單。詩詞所貴，常用最最經濟的語言，表達較爲複雜的思想感情。古人往往以含蓄之筆，反映人物心理的複雜性。馳情結彩，使讀者玩味無窮。《楚辭·九歌》中的《湘君》和《湘夫人》即爲顯例（説詳另文）。

＊　　＊　　＊　　＊　　＊　　＊

或問："不着一字，盡得風流"，如何理解？

余謂：文藝創作，所貴者蘊藉，意在言外，更能耐人尋味。李清照《醉花陰》詞云："薄霧濃雲愁永晝，瑞腦銷金獸。佳節又重陽，玉枕紗廚，半夜凉初透。　　東籬把酒黃昏後，有暗香盈袖。莫道不消魂，簾捲西風，人比黃花瘦。"輕煙繚繞，金爐香消；佳節重陽，把酒賞菊，中有幾幅生活畫面，透發着詞人濃鬱的感情。"玉枕紗廚"，生活舒適；"暗香盈袖"，心靈優美；"莫道不消魂"，可是感情卻自栗不安；爐香冷對，開端便說"愁"字；簾捲西風，結句落一"瘦"字，形象思維，詞人的感情全已烘托而出。愛人遠離，別有一番滋味在心頭。"相思"兩字，不見字面；不說卻比說出還能耐人尋味。

此即所謂"不着一字，盡得風流"也。

＊　　＊　　＊　　＊　　＊　　＊

"外師造化，中得心源"。散點透視和隨類賦采，都不是自然規律，而是與之相適應的概念規律。藝術的審美，在於給人以精神的陶冶，達到藝術升華；但缺陷也是嚴重的，如人物造型"營養不良"，因循守舊達一千多年。而西方藝術是以人爲主，雖然經歷了中世紀神權統治的禁錮，卻仍朝着寫實的方向行進。從文藝復興時期起，造型藝術，尤其是油畫就是在寫實的道路上發展過來的。藝術忠實於眼睛所看到的形象，羅丹就強調："對自然要絕對信仰。"是中國畫所不及的。

編者説明：以上據手稿、代抄稿録編，非一時之作，多爲散頁、無題，今集爲一束，姑稱"散記"。

《浙大學生》復刊辭

方今世變之烈，振古未有，一切皆在蛻故更新之中。大學學生，應於至理要道，有真知灼見。養成獨立之精神，遠大之懷抱。不篤舊以自封，不騖新而忘本。平理若衡，照物如鏡。庶幾從違取舍，咸得其宜。篤實光輝，樹立風氣。吾校以"求是"爲校訓，同學平日研討，皆本斯旨。間有心得，發爲撰述，以爲觀摩激勵之資，則本刊是已。

至若我校同學團體態度，生活素描，作簡單之報告，可以見抗戰期中，青年學子之所以自處；而關懷國事，哀念民生，一切救亡圖存之工作，亦并著於篇。

本刊在杭州時，曾付印七期；後以學校遷徙流離，中稍停輟。今於復刊之始，聊書數語，以弁卷首。

一九四一年四月

（原刊《浙大學生》復刊第一期《浙大介紹》專號　民國 30 年 6 月）

編者説明：本文據原刊録編。原刊題作《復刊辭》，下署"編者"，時劉操南先生任《浙大學生》總編輯，此文即爲先生所撰（詳情見前文《關於〈浙大學生〉復刊辭》）。

浙江大學 1940、1941 屆
同學畢業五十周年返校紀念文

　　嶔崎磊落，倜儻自勵，棟梁之材，英傑之士，其必由於學乎！1937 年，莘莘學子相率負笈於國立浙江大學。時方日寇爲虐，神州蕩析。校長竺師藕舫可楨教授，身膺重任，舉校西遷。數閱寒暑，途經六省，計程二千六百餘公里。自杭州五播而最後定居於遵義。八載之間，弦歌不輟。上懷國家，下哀民生。以爲天之將大任於是人也，必當發揚蹈厲焉。竺師之施教育也，高瞻遠矚，倡導綜合性大學："有文有質，有農有工"；"海納百川，有容乃大"；法前修之善，而自發新知；存中國之長，而兼明西學；教學不僅於傳授知識，祈能獲得文化修養，篤實光輝，樹立風氣，以期改善社會國家，負荷建設重任。爲人爲學，悉以"求是"之校訓貫之，而冀有所創新。當時名師雲集，學風蔚然。1940 年、1941 年兩屆同學，適逢多難興邦之際，風雨同舟，薰沐受教，仰之鑽之，精進不已。追思往事，倏忽於今已半世紀矣！風雨如晦，雞鳴不已，猶歷歷在人耳目也。畢業以還，乃得獻身社會，戮力上國，飲譽禹域，振藻海外。咸能明志立行，不負初衷。庸非宿昔師長循循善誘、身教言傳之功乎！方今國家以發揚國家優良文化傳統爲事，益喜母校人才輩出，動見瞻觀，茝聲寰宇，與有榮焉。特於 1990 年 10 月，返校歡慶。爰就感受所及撰斯文，以相激勵，而志不忘云爾。

1992 年 4 月

國立浙江大學 1940、1941 兩屆畢業同學　謹記

劉操南　撰

（《北美浙大校友會通訊》第 29 期　1992 年 5 月）

　　編者説明：本文據原刊並參手稿録編。手稿題爲《浙江大學畢業同學紀念碑》，文前有一段"説明"文字，云："1937 年，蘆溝橋事變，抗戰軍興，余方負笈於國立浙江大學。嗣後隨校西遷，五播而定居於貴州遵義。間關萬里，弦歌不輟。倏忽於今已半世紀矣！紀過去，勉將來，集體樹碑，級友以文勉余記之。余愧無文，然又未克固辭也。爰草此文，録之於次："下即本文。然則先生另撰有碑文（見下），與本文略同，既各自獨立，今兩存之。

浙江大學 1940、1941 屆
同學畢業五十周年紀念碑

　　國家之興，其必於學乎！抗戰軍興，中原板蕩。東南學子率多負笈於國立浙江大學焉。校長竺師藕舫可楨教授，身膺重任，舉校西遷。數閱寒暑，途經六省，計程二千六百餘公里，五播而自杭州至於遵義。八載復員，弦歌不輟；時復參加救亡抗日工作。以爲天之將降大任於是人也，必當發揚蹈厲矣！竺師之興學也，高瞻遠矚：倡導綜合性大學，博大精深，兼容並蓄；法前修之善，而自發新知；存中國之長，而兼明西學。日坐春風，悉以"求是"之道貫之。一時名師雲集，學風蔚然。1940、1941 兩屆同學，躬逢其盛，風雨同舟，患難與共；熏沐受教，仰之鑽之。畢業以還，乃得獻身社會，戮力上國；飲譽禹域，振藻海外。咸能明志立行，不負初衷。庸非宿昔師長循循善誘身教之功乎！方今國運昌隆，人心振奮，國家以發揚優良傳統爲事。益喜母校人才輩出，動見瞻觀，揚聲寰宇，實有榮焉。爰就感受所及，以相激勵，而志不忘云爾。

1992 年 4 月

國立浙江大學 1940、1941 兩屆全體同學　敬立

　　編者說明：本文據尤抄稿録編。

徵集出版《海外校友憶浙大》一書的初步意見

　　浙江大學的前身爲"求是書院"，創建於 1897 年。1901 年，"求是書院"改稱"浙江求是大學堂"；1902 年後，幾度易名，先後改稱"浙江大學堂""浙江高等學堂"和"浙江高等學校"；1914 年後，學制變革，一度停辦；1927 年，在蔡元培等先生的倡議下，將浙江甲種工業學校、甲種農業學校，改組爲工學院和農學院，組成"國立第三中山大學"；1928 年正式定名爲"國立浙江大學"。

　　1936 年至 1949 年，是浙江大學校史上一個重要發展時期。著名地理氣象學家竺可楨任校長，崇尚革新，提出以"求是"爲校訓，倡導實事求是、艱苦奮門的精神和嚴謹踏實的學風。抗日戰爭爆發，浙大師生被迫西遷，歷經浙江建德、江西吉安、泰和與廣西宜山，輾轉 2600 公里，抵貴州遵義、湄潭建校。師生克服了經費奇缺，設備簡陋等困難，堅持教學和科研，孜孜不倦，探賾索隱，追求真理。一時人才輩出，被譽爲"東方劍橋"。1946 年秋，遷回杭州，發展成爲文、理、工、農、醫、法、師範 7 個學院 26 系和 10 個研究所的綜合性大學。

　　1949 年 5 月，杭州解放，浙江大學開始了新的歷程。全國高等院校院系調整，之江大學工學院的土木系、機械系和廈門大學電機、土木、機械三系的一部分并入浙江大學，成爲一所多科性工業大學。原文、理、農、醫學院先後分出，與其他有關學校合并，發展爲新的院校。1957 年，重建理科系，成爲一所多科性理工科大學，被列爲教育部部屬重點大學。六十年代初，恢復招收研究生，接受了近百名外國留學生。

今日浙大，位於古蕩，西湖的西北面。背倚靈峰，旁鄰玉泉。綠水縈流，景色清幽。校舍建築 40 萬平方米。圖書大樓閱覽室 27 個，能容讀者 3200 餘人。學校設有數學、物理學、化學、力學、地質學、電機工程學、化學工程學、土木工程學、機械工程學、無綫電電子工程學、光學儀器工程學、材料科學與工程學、熱物理工程學、科學實驗儀器工程學、電腦科學與工程學、工業管理工程學 16 個系。在科學研究方面，設有電工技術、光學儀器、化學工程、材料科學、能源工程、精密機械、應用數學 7 個研究所和物理、化學、爆炸力學、建築結構與設計、生物醫學儀器與工程、微波及光電子學、人工智慧、動態測試技術和生命科學 9 個研究室。學校辦有機械、電機、化工、光學儀器、半導體材料 5 個工廠。現有博士學位的學科、專業點 17 個，碩士學位的學科、專業點 44 個。分部位於錢塘江畔的月輪山麓。登樓遠眺，飽覽江山勝景。浙大現爲全國重點高等學校，承擔着爲祖國的四化建設培養高品質科技人才和努力攀登科學技術高峰的光榮任務。

浙江大學歷史悠久，蜚聲中外。爲編撰校史提供資料，經與浙江省政協文史資料研究委員會聯繫，他們甚表支持。我們陸續向海外浙大校友徵稿，承蒙浙大北美校友會暨校友積極提供資料，寵錫鴻文。情動辭發，感人肺腑；眷念母校，義薄雲天。拜讀之餘，初選文 28 篇，詩 20 首，資料圖片 19 幀，共約 7 萬餘言，作爲出版《海外校友憶浙大》一書的基礎。爰特繼續徵稿，俾使內容，益臻豐贍。全書計劃 15 萬言左右，盼於 1985 年完成出版。內容初步分六個欄目：一、回憶母校；二、懷念良師；三、校慶

記盛;四、海外歡聚;五、詩詞集萃;六、資料、圖片。現將初步選定的篇目列之於次:

一、回憶母校

我的回憶(原題:中華五千年史第一冊自序) 張其昀
浙大前身之回憶 朱宗良
浙大今昔 宋晞
抗日戰争中的浙大學生 闞家蓂
青巖懷舊錄 張榮
湄潭軼事 孫逢吉
憶湄潭 鄭家駿
那歡樂的一年——永興場生活撷拾 闞家蓂
流亡歲月 萬古人生——浙大龍泉分校草創時的回憶 宋晞
浙大争奪籃球冠軍的大戰 李永焰
追憶回聲歌詠隊 曹景熹
石家堡雀戰—浙大生活拾零 西子
致鄭國榮學長書 謝覺民
貴陽遵義記遊 謝覺民
訪問新安江水力發電廠旅途記遊 水文
致熊全治學長書
暢遊大陸名城 重訪杭州浙大 楊國華

此欄所選篇目,以戰時浙大西遷,抵貴州遵義、湄潭建校爲主,突出重點,惟對戰前、戰後及聯繫今日見聞,撰寫回憶文章,情趣益覺盎然。

二、懷念良師

懷念竺校長　劉奎斗

敬悼吾師費鞏先生　闞家蓂

蘇步青老師八十大慶　熊全治

懷念黃翼教授　沈有乾

回憶良師，爲母校回憶的一個重要内容，特辟專欄。此欄文章，似覺尚少。當年浙大著名學者教授紛至講學，陣容堅强，深受廣大同學愛戴與敬仰，切盼海外校友踴躍賜稿。即使一點一滴，讀之亦覺彌增仰之，回味無窮。

三、校慶記盛

浙大北美校友熱愛母校（原題：校慶典禮中北美校友講話）　馮紹昌

千里鵝毛寄深情（原題：捐贈母校校慶禮物的動機和經過報告）　徐守淵

校慶去來　徐守淵

捐贈母校小型電腦　曹竹軒

此欄有這鴻文數篇，差不多了。如蒙續賜，深表歡迎。

四、海外歡聚

出席浙大北美校友會一九八二年年會的感想　吳恪元

南加校友盛會多　王參元

在佛州年會上　張伯群

有朋自校友年會來　龔弼

此欄所選文章似少。"海外歡聚",不限於校友會活動,諸如大陸去海外的參觀團、訪問團、講學、進修或個別訪問,嚶鳴相求,苟與浙大攸關,都可以寫成文章。浙大代表團赴美,各地校友熱烈接待,以及臺灣校友會的歡樂情景,都是寶貴資料,歡迎寫成文章,以充實這一欄的內容。

五、詩詞集萃

沁園春·賀母校北美校友會伊城之會　施昭仁

高陽臺　闞家蕡

浣溪沙·鏟雪為苦吟以解嘲　馬國均

鈕其如學長六九華誕壽頌　褚應瑞、程韜英

赴北美浙大校友會有不勝今昔之感並承趙承珏師賜贈佳章賦此以報　闞家蕡

滿庭芳·敬和闞大家家蕡　趙曾珏

美西校友聯歡大會志盛　褚應瑞

水調歌頭·一九七八年年會抒懷　徐守淵

和守淵學長年會抒懷　闞家蕡

步守淵學長原韻,時守淵任校友會主席,眾望歸焉　馬國均

次韻守淵、家蕡二學長賓州校友聚會有感　王務蘭

借内子昭華赴校友年會,即步徐君守淵原韻　趙曾珏

敬和守淵、務蘭等學長吟唱　藍庠

憶江南　熊全治

滿江紅·一九八一年北美校友年會抒懷　王務蘭

鷓鴣天·展閲"錦綉中華"風景影集感賦　藍庠

庚申臘月次韻藍庠學長　王務蘭

再度退休吟　謝立中

一九八二年第二次擴大理事會記盛　曹竹軒

求是花鼓　集體創作

六、資料、圖片

國立浙江大學北美校友會會章

北美浙大校友會會歌　（褚應瑞詞、程璧曲）

紀念北美浙大校友會成立六周年頌詞

浙江大學校歌　（馬一浮詞、應尚能曲）

浙江大學校歌釋義　（郭斌龢）

浙大校歌詮釋　（王煥鑣）

國立浙江大學宜山學舍記　（竺可楨）

國立浙江大學黔省校舍記　（竺可楨）

爲校舍記致張榮學長書　（劉操南）

浙大北美校友會會員名單

浙大北美校友會歷屆理事名單

二屆北美校友年會記　（闞家蓂）

匹城校友歡聚記　（謝思蕣）

北美校友會重 1977 年度所攝影片

　　唱校歌

　　年會參加校友暨眷屬留影

北美校友會 1978 年年會留影

北美校友會 1981 年年會留影

北美校友會 1982 年年會留影

上述初步設想，包括初選篇目，是否恰當，專懇浙大海外校友審閱教正。茲提四點要求如次：

1.請撰《浙大北美校友會簡介》一篇，並祈提供浙大北美校友會會員合影若干幀，以備選刊。

2.本書作者，文末附簡介。請諸學長賜告畢業年級、院系和現在職務；並賜玉照一幀。筆名願示真名，益妙。

3.自《浙大北美校友會通訊》第十一期劉奎斗學長書中，敬悉臺灣校友會幹事會準備編印《浙大史話》，并附徵稿啓事和參考提綱。或謂：臺灣浙大校友會正在編印《學府紀聞——浙江大學》或《浙大校史專輯》。這些寶貴資料，可否懇請北美校友會暨校友收集，復印賜寄，以充實本書内容。

4.希望北美校友會廣泛聯繫港澳臺及僑居他國的校友，撰寫回憶録，使本書内容益見充實，更具廣泛性。

劉操南　1985 年 4 月 20 日

編者説明：本文據打印稿録編。

全省政協文史會議討論會主持詞

今天下午，繼續進行專題討論。討論："海外、少數民族及其他方面，如宗教等的徵集工作"。

在十三屆四中全會精神的思想指導下，在愛國統一戰綫的旗幟下，高舉愛國主義旗幟，徵集港澳臺及海外史料，少數民族等方面的史料，用歷史知識來教育人民、團結人民。發揮它的作用；瞭解史實，避免空洞說教，這是一個占有一定地位的方面。

浙江處於東海之濱，出去的人多。在科技、經濟等許多方面，在港、澳、臺和海外有成就、有地位的，人才如林。感謝文史工作的領導與同志們已經做了大量工作，作出一定的成績。這次會上"舟山市政協文史委"還特地寫了發言稿，可見對於工作的重視和負責。

今天就請諸位文史主任和委員討論這個專題，交流經驗。過去是怎樣開展這個工作的？取得哪些成績？在徵集、編寫的過程中，遇到哪些問題和困難？今後又將作何打算，計劃工作？對省政協文史資料所任工作有何意見、批評、建議和要求？

我的粗淺體會，港澳臺同胞、海外僑胞，都是炎黃子孫，都有一顆赤子之心的。這是最有利的條件，是我們應該重視和珍惜的。

這裏，談些我的小小感受吧！

臺灣"國史館"編修兼臺灣大學、師範大學、中國文化大學教授孫常煒兄〔自美〕歸國時曾向我說："他們初到臺灣,臺灣人說他是上海人。他說:"不對,我們這裏有各地來的人,多啊! 有浙江的、河北的、四川的等等,怎麼都會是上海人呢?"他們就說:"那麼你們是中國人吧?"孫說:"不能這樣說。你們的祖先大都是福建來的,炎黃子孫根在那裏,我們都是中國人啊!"他們聽了,高興地說:"我們都是中國人啊! 那麼,你們是外省人啊。"孫說:"這就對了。"可見,他們在臺灣也是在做工作的。

匹茲堡大學地理學教授謝覺民兄第一次回國見面時,在歡宴時很有風趣地說:"我多年在海外飄蕩,是流落在番邦啊! 薛平貴在西涼祇十八年啊,我已三十餘載了! 平貴回窯要會王氏寶釧,我是要上父母丘隴,祭奠一番啊!"他的愛人闞家蓂說:"我是炎黃子孫,是中國人——是永恒的中國人。我根生土長在中國,我對它一往情深,我非常懷念故土的!"正是"王粲登樓悲去國","天涯何處覓詩魂"。幾位學長的話都那麼感人肺腑啊! 珍惜這種感情,我想,就容易做好工作了。

我常思索:他們爲什麼有這深摯的感情呢? 中國人一向以自己歷史悠久而自豪的。近代我們落後了,科技不如人家。古代在文、史、藝術、哲學,都是世界領先的,獨具權威。可是在半封建、半殖民地的時代裏,中國人到海外去是受欺侮的。有位回國的學長說:"能夠站得住腳的人,哪一個沒有一段辛酸的歷史! 六親無靠,沒有後臺,赤手空拳打天下。所可靠的,全憑自己的智慧或學力,以雙倍的刻苦耐勞,勤勉奮發。這樣,纔能跟美國人一較高下。"因此,他們看到新中國的成立與發展,特別振奮,企求着回到祖國的懷抱中來。

浙江籍出去的人多得很:科技、教育、工商、經濟、企業,各個方面都有,林林總總。他們的成就,都是各有一段可歌可泣的奮鬥史。這點，可不能小看，值得重視，把它徵集起來，是有它的意義和作用的：一是對於他們是一種慰藉，可以激發他們的愛國主義，自會得到他們的支持；二是對於我們也是鞭策。我們的國家要成爲一個發達的國家，使人民生活達到小康水平，這不是容易的事情，需要幾代人的努力。特別是今日出國留學的人，或去參觀、訪問，可以做個借鑒；同時，還是值得向他們學習的。三是留下了寶貴的史料。這也是一種開拓，與過去史書中的《四夷傳》的性質不同；同時也不能同日而語的，是否有當？請教指正！

末了，我説：不論接待工作，徵集工作，兩者是統一的："一"即待人以誠，需要平易近人。這話是常談，各位也都是這樣做的。説句古語"不誠無物"。《中庸》上説："誠者，天之道；誠之者，人之道也。"這樣待人接物，纔有向心力、凝聚力。人家會樂於和你往來。我們的國家，經過今年春夏之際那場"動亂"，趨於安定。海外人士可能不理解、不瞭解；或有這樣那樣的顧慮與看法，形成工作上的一些困難。我們理當按照國家的政策辦事，予以解釋。我想會獲得諒解和好轉的。我們還應增强信念，艱苦奮鬥，去擺脱目前困境的。

説錯的地方，請各位批評與糾正。

抛磚引玉，討論就這樣開始吧。

編者説明：本文據手稿録編，劉録稿附記："時間在 1989 年 8 月—12 月的全省政協文史會議。"

關於恢復"四賢祠"的提案

案由：申請研究"如何恢復'三潭印月'原浙江'四賢祠'，紀念浙江黃宗羲、呂留良、杭世駿、齊周華四賢，以便開展愛國主義教育，弘揚中華民族優良傳統"案。

提案人：劉操南
附議人：顧錫東　周大風　魏娥　鄭蘭香　崔雲溪　袁一凡　傅維安　何啓陶

杭州市"三潭印月"景點，其北陲堂廡，清時爲彭玉麟退省庵。"辛亥革命"後，改建爲浙江"四賢祠"，奉祀：黃宗羲、呂留良、杭世駿、齊周華四賢。四賢爲愛國志士，饒於民族氣節。蘆溝橋事變後，杭垣淪陷，此祠旋廢。今堂廡尚在，門額上建議恢復"浙江四賢祠"榜書橫額；堂壁增懸四賢畫像；堂中添置玻璃框，內置四賢翰墨著述。中外旅遊者至此，導遊可以廣爲宣傳其愛國事迹，以利開展愛國主義教育，弘揚中華民族優良傳統，提高民族自尊心、自信心和自豪感。（亦可考慮立碑，使之流芳奕世。）

四賢中，齊周華知者較鮮，故略述之：

齊周華，字漆若，號巨山。浙江天台人。爲著名史地學家。

秉性剛直,懷有强烈愛國主義思想,突出表現在爲呂留良"文字獄"的翻案上。

雍正年間,嘉興石門儒生呂留良,胸懷愛國熱情。(由於清兵南下時的)"揚州十日""嘉定三屠",他對清政府的殘酷統治極爲憤慨,造了一座三層樓屋,自居中層,教育子弟,自稱"頭不戴清天,脚不履清地!"他的反清思想,抒於詩詞,廣爲流傳。死後,清政府尚不放過他,將他戮尸梟示;十六歲以上子孫悉被斬首;所著書籍盡行燒毀。雍正深知此非個別問題,在漢人文人階層中,都存在着這反清思想。(於是)來個"民意測驗",下旨徵求呂案處理意見,諭各級官府不許阻擾,並可直接具奏。

齊周華對這文字獄義憤填膺,置生死於度外,爲呂翻案。具呈《天台齊周華救呂晚村"悖悍逆凶"一案疏》,各級官府不敢上呈。齊便仗劍赴京,刑部具疏。部轉浙江撫臺處理,撫臺派出差官。齊已回天台,家門大書"惡劫難逃"四字。差官將齊械鎖解省。齊入獄後,受盡酷刑。人勸自認瘋癲,便可出獄。他堅不從,作文吟詩,成《風波集》,比於岳飛冤獄。中之名句如:"頭經刀割頭爲貴,尸不泥封尸亦香。"坐牢五年,逢乾隆登基,大赦出獄。嗣後,徜徉山水,借詩文以泄胸中魁壘。乾隆卅二年,齊周華編《地輿樓集》。前案又發,被磔於杭州。

杭世駿,乾隆時御史,疏言六部增漢人。乾隆斥以"衹合收賣廢銅爛鐵。"世駿回杭,在官巷口設地攤,上書"奉旨收賣廢銅爛鐵"。後以教書著述終生。

黃梨洲爲抗清志士,爲大學者。茲不備述。

此爲西湖重要景觀之一,被日本侵略者破壞。今天應予恢復,而且有能力予以恢復。

1994 年 2 月 26 日

551

編者説明：本文據手稿録編，今題爲編者酌擬。劉録稿云："在省政協第七届第二次會議(1994 年 2 月 25 日至 3 月 3 日)提出。因其時係列席會議，不符合提出提案的條件，後改由其他委員提出。"

建議"珍珠巷龔定庵故居樹紀念標志"案

　　杭州解放路東端,舊名珍珠巷。解放路拓寬時,舊鹽務局衙門爲路所衝。在此鹽務局衙門中,有樓五間,樓前有湖石水池,爲仁和龔定庵先生故居之一部分。近悉已拓寬,被毀於路中;惟解放路向城站轉彎處,尚存大樟樹一,傳爲其時遺物。是否可於此處,樹一標識,或加説明,以示敬仰。旅遊至此,亦可發思古勵今之幽情焉。

　　編者説明:本文據手稿錄編。劉錄稿附記:"龔自珍(1792—1841),號定庵。近代進步思想家、著名詩人、文學家。又更名鞏祚,號定盒,又號羽琌山民。漢族,浙江仁和(今杭州)人。1990年龔自珍紀念館(位於其出生地解放路馬坡巷)建成。已被列入杭州市級文物保護單位。)"

關於建立"林啓紀念館"的提案

案由:建立林啓紀念館,以紀念爲浙江近代教育事業發展有其開拓功績的先賢,以激勵後人,而利進行愛國主義、社會主義教育,促進社會主義精神文明建設。

提案人:陳訓慈　李天助　劉操南　章元濟　范堯峰　勞小惠　陸望之（省林業廳離休）　陳綱　王承緒　曾鉅生　倪道仁（中國絲綢博物館）　毛昭晰　袁觀濟（浙江絲綢工學院院長）　鄭修興（浙江絲綢工學院辦公室主任）　朱學曾　徐祖潮

林啓之孫女林藝,曾委托其婿沈承儉先生,來杭詣省政協提案辦公室,談:章太炎、俞曲園、馬一浮、黃賓虹諸先生,咸已成立紀念館。林啓在杭,任職四年又二月,爲倡新學,創辦實業,振興中華。辦"求是書院",於一八九七年,較京師大學堂早一年,（較）南京高等師範早五年;辦"蠶學館"（一八九七年）和"養正書塾"（杭一中和杭四中前身 一八九九年）,開浙省大學、蠶桑學校和普通中學之先河,培養大批近代科學知識之優秀人才,影響深遠,是位傑出的歷史名人。杭州人、浙江人、中國人,應紀念他。

鄭重提案:建議成立林啓紀念館。紀念其辦學功績,激勵後人;向青少年一代,進行愛國主義、社會主義教育;促進社會主精神文明建設；響應中國共產黨"十三屆五中全會"的號召。

一、於林社原址，建立林啓紀念館；

二、紀念館由省文化廳文物局領導；

三、林墓亦當同時恢復，資金由其後裔出；

四、此案建議省政協報省長大力支持，早日解決。

編者説明：本文據手稿録編，今題爲編者酌擬。手稿后附"林啓簡介"（見附録）。

劉録稿附記：在省政協第六屆第二次會議（1989年4月25日至5月2日）提出，提案號：501。陳訓慈領銜。2004年政府對林社進行了恢復修葺，建成林啓紀念館並開放。

附録：

林啓，字迪臣。任杭州太守爲時四年零二月。於光緒二十二年丁酉（1897）農曆正月創辦"求是書院"，四月二十日正式開學。求是書院爲今浙江大學前身，較今北京大學前身之京師大學堂創辦早一年，（較）今南京大學前身之南京高等師範早五年。同年，林啓辦"蠶學館"。蠶學館爲今絲綢學院前身。光緒二十五年己亥（1899），辦"養正書塾"，即今杭一中和杭四中前身。三校爲浙江省開創省立大學、蠶桑學校和普通中學的先河。啓迪新知，振興中學，培養出大批優秀人才。人民應當紀念他。

《聯誼詩詞》第五輯徵稿啓事

　　浙江省政協"詩書畫之友社"所編的《聯誼詩詞》第四輯，已面世矣；第五輯正在徵稿中，截止期爲今年九月　　日。

　　方今國運肇興，人心思奮。弘揚民族優秀文化，爲亟事也。値茲中國共産黨誕辰七十周年、"辛亥革命"八十周年之際，頌先民之節烈，歌新政之昭明。激濁揚清，勵精圖治。情意肫摯，能無詩乎？

　　詩爲優美之藝術，亦文化之精髓也。詩之題材廣矣，體裁衆矣，惟言志必真，選辭貴切，運思祈深，感人也遠。堆砌與自然舛午，而平淡出於絢爛；創造與模仿相違，而通變由乎繼承。跌宕照彰，潛氣内轉，象徵比興，言短意長，此杜甫之所以"新詩改罷自長吟"也。然則爲建設社會主義精神文明服務，詩人之事，不亦任重而道遠者乎！

　　率供愚忱，幸垂教之。專此，敬請
方家青鑒！

浙江省政協詩書畫之友社（章）

1991 年 4 月 6 日

　　通訊處：杭州湖濱路 22 號；電話：772225；郵遞區號：310006。浙江省政協《詩書畫之友社》。

　　編者説明：本文據打印稿錄編。

《聯誼詩詞》第二輯編後記

浙江省政協詩書畫之友社所編《聯誼詩詞》第二輯問世矣。
《詩·小雅·伐木》云："伐木丁丁，鳥鳴嚶嚶。出自幽谷，遷
于喬木。嚶其鳴矣，求其友聲。相彼鳥矣，猶求友聲；矧伊人矣，
不求友生？神之聽之，終和且平。"《詩序》所謂"未有不須友以成
者"，此爲華夏文化優良之傳統也。《聯誼詩詞》以聯絡友誼爲宗
旨，此第二輯較之第一輯稍有進展。作品三百餘首，作者近一百
人。立足浙江，面向禹域，面向海外。潤色鴻業，補苴罅漏。有
的歌頌，有的批評。情動而辭發，各抒其所感受而已。

人之稟性，各有偏至，發爲聲詩：高明者近唐，沈潛者近宋；
格調亦自有別。"詩者，志之所之也。"人各有志，然則人各可自
爲詩矣。

本編尊崇作者原唱，一般不加點染，蓋未敢自作解人也。至
於"物之不齊，物之情也。"亦豈能"一刀切"之乎？

一九八八年十二月

編者劉操南、徐勉　識於杭州文二路花園北村

（原刊《聯誼詩詞》第二輯　1989 年 1 月）

編者説明：本文據原刊錄編，以下四篇同。

《聯誼詩詞》第四輯編後記

吟詩，編詩，余深愧慚輕心蹈之也。夫詩道廣矣、邃矣！《虞書》云："詩言志，歌永言"。導志和聲，兩者須有機結合焉。陸士衡《文賦》云："詩緣情而綺靡，賦體物而瀏亮。""皆收視反聽，耽思傍訊；精鶩八極，心游萬仞。"詩賦互文爲訓，俱宜緣情體物，綺靡瀏亮，情動辭發，披文見情；與夫反映現實，悉當有其風格、意趣、形象、境界；蘊藉吞吐，言短意長，然後可窺詩之所以爲詩也。其術多方，或沉刻、或雄鷙；有工麗、有坦易。神識超邁，才思橫溢。一掃纖艷，不事斧鑿。懸斯的者，高則高矣，然而邂遘，或有稍嫌詩之疏傭者。雕章琢句，險而無義；應對酬酢，不見性靈，蓋視人之秉賦與涵養而已，未宜一例求之，以旨在聯誼也。

當茲文壇肇興，弘揚民族優秀文化，美教化，厚風俗，爲亟事也。歌亞運；頌祖國；壯林少穆之毀菸；哀圓明園之兵燹，滕王閣久圮。今則傑閣重甍，人文薈萃，際天地兮長流矣。頌工人階級，勞動創造世界，能無詩乎？臺灣人民，吾骨肉同胞也。詩友每憾一水之隔，今多歡聚一堂，苔岑相契矣。海外赤子，若北美，若新加坡、菲律賓，炎黃子孫，原一脉也。以文會友，以友輔仁。襟懷灑落，友誼日見其蒸蒸矣。

改革開放，如日之升。事有邁於前數輯者。然而寸有所長，尺有所短。其不足者，補苴罅漏。辱承諸君子之黽勉從事矣。

庚午之冬，《聯誼詩詞》第四輯成。爰就鄙見所及，聊志數語，以公諸同好焉。

一九九〇年十二月

劉操南　識於杭州市文二路花園北村高知樓

（原刊《聯誼詩詞》第四輯　1990 年 12 月）

《聯誼詩詞》第五輯編後記

浙江省政協"詩書畫之友社"成立，倏已五閱寒暑矣。《聯誼詩詞》問世，亦已五輯。立足浙江，面向神州、瀛海。辱承大雅君子，篤於情義，酌於新聲。時覘嘉什，寵錫鴻詞。中心藏之，何日忘之。際此"辛亥革命"八十周年，建黨七十周年，緬懷先烈，追蹤前賢。揚清芬於奕世，垂洪範於百代。勳德彌彰，英華日新。炎黃子孫，言志抒情，能無詩乎？勞動創造世界，科技為第一生產力。中西交流，繙譯尚矣，悉為新詩之內涵也。今暑暴雨滂沱，江南澇災，幾成澤國。中樞一令，人定勝天；慷慨解囊，八方支援。搶險就診，抗災創奇迹矣。回思往昔浩劫，哀鴻遍野。社會主義之優越性，得須臾忘乎？詩當隨社會邁進，所以光輝而日新也。

夫詩之為用也，效在陶冶性情，潛移默化；反"和平演變"，是亦要務。保持清醒頭腦與高度警惕，當先加強學習而力行之。就創作言，其事不同於商品市場。含英咀華，沉浸穠鬱，衒亦夥矣。漪歟！白居易之序《新樂府》也："其辭質而徑，欲見之者易諭也；其言直而切，欲聞之者深誡也；其事核而實，使采之者傳信也；其體順而肆，可以播於樂章歌曲也。"質而徑、直而切與核而實者，意謂：反映事物，平心而論；詩蘊美刺，有實事求是之意，無嘩眾取寵之心。創作之所以可貴者，在其真實性也。順而肆者，語言曉暢，鋪張揚厲，非晦澀也。斯論足以振聾發聵矣，然猶有說焉：清新明快與雋永含蓄，相反而相成者也。圖狀山川，影寫雲物。或方於貌，或喻於心。寓理於比興，托情乎辭藻。其志潔，其情芳。稱名也小，取類則大。藏穎詞間，露鋒文外，言有盡而意無窮也，其感人也亦深矣。此又一法也。神而明之，蓋存乎其人焉。靡革非因，靡故非新。名理有常，而通變無方。操觚之士，倘若率情而書，其將流於淺薄與直露乎？

僕嘗聞之，世之習作者，或者趨捷徑，忽功底，襲陳言，眩口號者矣。堆砌辭藻，任情破格。斯言之玷，逾於白圭。復爲巧飾，可不慎歟？此劉勰《文心雕龍·指瑕》之所由作也。然則，保瑜去瑕，詩詞創作之繼承、發展與革新，需於藝術實踐中逐漸領悟與升華矣。

辛未之冬，《聯誼詩詞》第五輯成，心有所感，遂瑣瑣述之，而深自愧慚識之在瓶管也。博雅君子，幸垂教焉。

一九九一年十二月

無錫劉操南　撰於杭州市文二路花園北村揖曹軒中

（原刊《聯誼詩詞》第五輯　1991年12月）

《聯誼詩詞》第六輯編後記

詩，性情而已；詩言志，志則又爲性情之所寄焉。志寓乎情，而詩之功力、風格、境界，由於學養精進，然後可臻於彬彬矣。中國爲詩之國家也，奠於《風》《騷》，暢於漢魏樂府，唐詩宋詞元曲，明清俗曲……源遠流長，波瀾壯闊。發乎性情，寄托遥深。善夫！太史公之言曰："《詩》三百篇，大抵聖賢發憤之所爲作也。"又曰："《國風》好色而不淫，《小雅》怨誹而不亂，若《離騷》者，可謂兼之矣。"詩魂實國魂之所繫焉。然則，今日而言詩之情與志者，曷謂乎？曰"肝膽相照，榮辱與共"；曰"一個中心、兩個基本點"，斯爲人民之情與志，亦時代之心聲也。

詩豈易言哉？亦難以盡曉之。長話短説，是已。詩説之興，各有其時代背景焉。詩歌爲時而發，隨社會發展而發展，詩之所以作也。就清詩論：顧炎武生當明清易代之際，高風峻節，抒寫家國之痛，崇揚民族正氣，哀念民生疾苦。"長將一寸身，衡木到終古！"深可嘉已！清人詩學，時聞爭唐論宋，强分畛域。王士禎倡"神韻説"，欲詩朦朧含蓄，吞吐不盡；語言務求華美，明雋圓潤；風格清遠冲淡，自然入妙。沈德潛遭際隆盛，倡"格調説"，論詩重在體格聲調，主模仿，核心在一"格"字，"不能竟越三唐"。弊在迂闊，不主性情。翁方綱倡"肌理説"，强調詩之義理、文理。義理尊奉"六經"，文理重視詩法。各抒所見。然而，詩之旨歸，未必萃於斯也。袁枚主"性靈說"，"自把新詩寫性情"，恰與格調、肌理兩說針鋒相對，有足取者。然其生活放宕，青樓狹邪。士之立志，果如是乎？鴉片戰爭前夕，龔自珍具有强烈反對封建、追求民主精神。"少年哀樂過於人，歌泣無端字字真。既壯周旋雜癡黠，童心來復夢中身。"所謂童心，實是閃爍着民主主義的思想光輝。歷史前進，波瀾曲折，以古爲鑒，詩學亦猶是也。然而一藝之成，豈偶然哉！杜甫詩云："讀書破萬卷，下筆如有神。"陸遊詩云："四十從戎駐南鄭，酣宴軍中夜連日""詩家三昧忽見前，屈賈在眼元歷歷"。時賢臧克家云："藝術表現力從何而來？一是生活底子厚；二是'腹有詩書氣自華'。"兩者當融合之。古今詩家所見略同，然則，求雅合於前修，繼遺響於空谷。弘詩教，濟民生，振中華；創作之道，有所尚矣。非自生活實踐，燦溢古今，寫氣圖貌，言志抒情者乎？

《聯誼詩詞》第六輯竟，深愧乎識見譾陋，舉無所當。爰申微忱，以共勉焉。

一九九二年十月

梁溪劉操南　撰於杭州文二路花園北村　揖曹軒中

（原刊《聯誼詩詞》第六輯　1992 年 12 月）

《聯誼詩詞》第七輯編後記

詩以言志，緣情而發。可以動天地、泣鬼神、移風易俗、振邦興國。此爲人之所以爲詩與詩之所以爲詩之社會效益乎？詩歌合爲時而發，則今日之言志者，爲建設中國特色之社會主義矣。盛世固當有其新聲也。

詞以境界爲尚，詩亦如之，兩者互文爲訓也。遇事觸發，反映現實；寫心抒懷，虛實相宣；心在江湖，神遊魏闕；寄托遥深，境亦高邈修遠矣。詩詞之作，可以綿邈幽深，曲折峭拔，饒於情趣，復寓哲理者矣；亦可平易滑熟，采砌辭藻，不見性情，曼衍無休者。善夫！曹丕論曰："文以氣爲主，氣之清濁有體，不可力强而致。""至於引氣不齊，巧拙有素；雖在父兄，不能以移子弟。"此刊則以聯誼爲主，各抒懷抱，文責自負。物之不齊，物之情也，安得比而同之？刊物自有其特色也。

《聯誼詩詞》，立足浙江，面向大陸、海外。以文會友，維繫炎黄子孫與各地漢詩吟友，有其向心力與凝聚力焉。故知：詩教之興觀群怨，於恢弘志士之業，振興中華民族文化，其作用匪淺鮮也！

此刊第七輯成，爰貢微忱，雅好護彈，願共勉之。大雅君子，幸垂教焉。

一九九四年十二月

梁溪劉操南　撰於杭州文二路花園北村

（原刊《聯誼詩詞》第七輯　1995 年 2 月）

民盟杭大支部工作彙報

民盟杭大支部自一九八〇年三月五日恢復組織活動,認識不斷提高,工作有所進展,作出了一些成績,還存在着一些問題和不足之處,有待改進。這裏,我將杭大支部工作粗分四點,謹向大會彙報,請予審議。

一、黨的教育,政治學習,使廣大盟員的政治面貌有了很大變化

民盟受一九五七年反右擴大化的影響,更遭受林彪、"四人幫"長達十年之久的空前浩劫,社會上對它的認識有些弄模糊了,甚至誤將它的作用看顛倒了。在黨中央的十一屆三中全會以後,民盟恢復組織活動,社會上有人還不甚理解。在盟員中,大多數人對這個組織的認識是正確的,思想是積極的;對於開展盟的工作是有信心、有感情的。但有些模糊思想也曾反映到盟員中來:有的心有餘悸;有的認爲參加民盟,感覺得不大光彩;有的想不幹了。這種認識自民盟支部恢復組織活動以來,通過學習、討論,逐漸得到克服和排除。特別是學習了鄧小平同志《在全國政協、中央統戰部宴請出席各民主黨派和全國工商聯代表招待會上的講話》和胡耀邦同志一九八〇年二月十二日《在民盟

中央和民盟北京市迎春茶話會上的講話》以後，認識到"長期共存，互相監督"的方針，這"是一項長期不變的方針"和"在許多問題上民盟有很大的優點"，"同中國人民、同中國共產黨一道奮鬥了幾十年，有一個光榮的革命傳統"，"盟內成員的大多數、絕大多數有知識，知識面是寬的，是有本事的"，"你們的黨作風比較好，比較誠實，比較正直。誠實、正直、儉樸，這總是中國人民應該發揚的品德嘛！"的重要意義。同志們獲得了莫大鼓舞，增強了光榮感，提高了責任心。決心做好黨的助手和諍友，爲祖國的"四化"建設貢獻力量。

近來，盟員正在認真學習胡耀邦同志《在中國共產黨第十二次全國代表大會上的報告》，進一步認識："在民主革命時期，統一戰線是使我國革命得到勝利的一個'法寶'；在社會主義建設時期，它仍然發揮着十分重大的作用。我們黨要繼續堅持'長期共存，互相監督'，'肝膽相照，榮辱與共'的方針，加强同各民主黨派、無黨派民主人士、少數民族人士和宗教界愛國人士的合作。必須盡一切努力，進一步鞏固和加强由全體社會主義勞動者、擁護祖國統一的愛國者組成的，包括臺灣同胞、港澳同胞和國外僑胞在內的最廣泛的愛國統一戰線。"我們對黨中央的號召必須盡一切努力，而不是一般的努力。黨提出進一步鞏固和加强這個統一戰線，提的分量是不輕的。黨三番兩次地提出加强民主黨派的工作，也是對民主黨派提出的要求，希望民主黨派在黨的領導下，同心同德，更加努力工作，發揮更積極的作用，作出更大的貢獻。一位盟員同志說："解放前，我在老浙大讀書，體會到黨借助於民主黨派和無黨派民主人士做了大量工作，對於形成第二戰線起了積極作用，使我理解到胡耀邦同志對我盟的評價是十分公正的。我必須盡一切努力，爲進一步鞏固和加强統一戰線完成新任務作出新貢獻而奮鬥。"這正是我支部廣大盟員的心願。

在這同時，黨對知識分子政策的認真貫徹，在知識分子中，政治面貌有了很大的變化，對黨的感情愈來愈親了，主人翁的責任感也更加增强了。杭大盟員對民盟現在不是叫"心悸"，而是叫"心暢"；不是引以爲辱，而是引以爲榮；對黨不是敬而遠之，而是倍覺親切；對黨的知識分子政策，不是"狐疑"，不是認爲是"具文"，而是由於看到事實上的實效，倍覺"信賴"和"依靠"。盟員對待工作在一定程度上看，顧慮比前較少，基本上能勇往直前，有意見都能比較敢於反映，"肝膽相照"。

當然，由於認識水平和條件所限，反映意見有時不免偏於某個方面，或者考慮全局顯得不够。但總的看來，民盟組織本身已漸發展成爲在黨的領導下進一步爲社會主義服務的政治力量。盟員都是具有一定的"本事"的。從根本上看，這也就大大地調動了盟員工作爲四化服務的主動性和積極性。

二、協助黨落實知識分子政策

民盟杭大支部的活動是較爲認真的，有生氣的。支委會每月初開碰頭會一次，有時開支委擴大會議，研究工作，訂出一月的工作要點，未嘗間斷。支部委員都積極參加。杭大統戰部李林崗部長、省民盟余鴻業同志、張令杭同志、吳美珍同志，經常前來支部指導聯繫。小組組織生活，文、理兩科分別舉行。文科兩組，理科一組。每月定期舉行一次，有時由於工作需要加多；有時由於系務繁忙，也有軋掉。一般在校内借系的會議室舉行。風和日暖，有時外出活動，去黄龍洞茶室、龍井茶室，或詣瑶琳仙境，山明水秀之區，携手偕行，促膝談心。談的問題，常常會比在系裏、教研組裏談得深，談得透，感到親切有味，生氣勃勃，民主

氣氛較濃。盟員同志，十分愛護組織，如：朱福炘同志關心盟的
建設，安排時間，積極參加組織生活，爲辦好浙江大專院校理科
教育出主意；協助黨落實知識分子政策，爲校内幾位同志復職，
做了不少工作；關心群衆生活，鼓勵大家做好教學、科研工作，重
視教書教人。王曰瑋同志長期爲杭大盟的工作盡心盡力，在組
織生活中，常能帶頭解放思想，活躍空氣，幫助大家思考問題，提
高認識。杭大盟的工作能够穩步前進，飲水思源，是他打下了堅
實的基礎。張仲浦同志在盟支部進行改選時，由於視力不佳，由
他愛人扶着，趑趄前來參加大會，感人至深。錢鍾祥同志年事已
高，一般會不參加，但樂於參加盟的組織生活。過組織生活，不
少同志年老體弱，但出席率高。

　　民盟杭大支部在民盟浙江省委、杭大校黨委的領導下，和校
各級領導的重視與關懷下，特別是在杭大統戰部親切關懷、辛勤
勞動做了大量工作下，根據盟員的反映和提出的要求，使盟組織
在協助黨的落實知識分子政策方面，做了一些工作，出現了一些
新的情況。今略列舉如下：

　　解決歷史上的遺留的問題。如：王承緒、賀一歐、王明輝、張
若民（已調離）、沈鏡如（已故）等同志，改正了錯劃右派；童致和
同志，平反了錯案；錢鍾祥同志，去掉“文革”期間造成的假案；蔣
祖怡同志和本人等，去掉了“文革”期間强加的不實之辭。還有
更多的同志去掉了“文革”期間加給的“反動學術權威”等的
帽子。

　　解決身邊無子女照顧的問題。如：方載震、朱錫侯兩同志的
女兒，都已調到身邊；錢鍾祥同志的兒子的工作調動，正在聯
繫中。

　　恢復教師工作，給以妥善安排，發揮教師專長問題。如：升
等、升級方面，升上副教授的有十六位，正教授的有三位。職務

方面委以重任的，如：一位同志擔任校長顧問；一位同志擔任名譽系主任；一位同志擔任系主任；三位同志擔任系副主任；數位同志擔任校、系學術委員會的副主任、主任和委員；一位同志擔任聯合國教科文組織亞太地區教育合作顧問委員會委員；多位同志擔任教研室主任。

改善居住條件問題。有十二户搬入新房；有三户歸還恢復"文革"前原來的住房；有一户爲盟員遺屬，其住房條件得到適當的改善。尚有數户房屋存在問題，列入議程，有待解決。

在落實知識分子政策方面，盟支部曾做過較爲細緻的調查研究工作，把收集到的問題和要求，分門別類，梳成辮子，用書面或口頭，向統戰部和盟上級進行彙報。對於一些較爲突出的問題，則根據政策精神，多次奔走聯繫，促使有關方面重視，爲較好的落實政策，起了一定的媒介作用。

三、知識分子爲四化服務的積極性大大地調動起來

廣大盟員由於受到黨的關懷、愛護，對黨感到愈來愈親。絕大多數同志能够振奮精神，勤勤懇懇爲黨爲人民工作，誓將有生之年，貢獻給祖國的四化建設。如：王承緒同志落實政策後，焕發革命青春，勤奮工作，作出積極貢獻。在指導中年教師開設新課，積極開展科學研究，承擔教育部下達協作編譯高等學校教材的任務，多次出國參加國際會議，進行教育考察，加強國際友好交往和文化交流等方面，作出貢獻。

在教學、科研方面，杭大盟員重視搞好學校的本職工作，不少同志教書教人，進行愛國主義和品德教育。在科研上出了一大批成果。如：王錦光同志在講述中國科技史中進行愛國主義教育，收到良好的效果。他的論文《〈抱樸子〉中的物理知識》，收

入《第十六屆國際科學史會議論文集》，得到國際上的承認；呂靜同志參加全國性兒童心理科研協作，帶頭擬訂方案，科研成果曾向全國心理學年會報告，並由其他同志將協作成果在國際心理學會議上報告。一九八一年，參加五人兒童心理代表團去美考察；王正平同志，一九八二年，曾先後去濟南參加世界中世紀史教材審稿會議，去上海復旦大學歷史系參加研究生論文答辯會議；蔣祖怡同志身體較差，行動不便，也要帶好研究生；朱錫侯同志在醫院養病，還在考慮講稿，準備學術會議上的發言；黎子耀同志，不遠千里，應邀詣四川、東北、福建、青海等地參加學術會議；有的同志出國或多次出國參加國際會議，進行教育考察、學術交流活動；有的同志積極指導中青年教師，輔導學習外語、外國教育專業著作，提高他們的業務水平；有的招收碩士研究生，積極培養指導；有的同志去黑龍江爲全國講習班講學，爲兄弟省市高校講學；有的參加《中國大百科全書》《辭海》辭典條目的編寫，質量較高。

在政治活動方面，有十位同志擔任省、市級的政協委員或人民代表。這些同志常能負責地、積極地提出意見，反映意見，寫提案，收到一些實效。如：銅佛寺前八字橋至上寧橋一段馬路的修建，厠所的設置，垃圾的清理；馬燈橋工廠污染的革除等。沈煉之同志於一九八一年十一月十一日，光榮地參加了中國共產黨。沈老的參加黨組織，走了一條極不平凡的道路，對從舊社會來的知識分子講，是有其代表性的。沈老被吸收入黨後，精神更爲振奮。現在正在搞好法國史研究室的建設工作，爭取在五年內招收博士研究生；與他校合作，編寫上百萬字的《法國史》和《大百科全書》的部分條目而奮鬥。沈老還捐款四千元，作爲杭大歷史系法國史研究室基金。沈老爲廣大盟員樹立了榜樣，值得學習。盟內現有六位黨員同志，有的擔任總支委員。黨員同志愛黨愛盟，榮譽相讓，責任搶先，在盟内起着帶頭作用。不少黨員在盟組織内做了不少工作，把民盟杭大支部的力量扭成一股勁，爲推動盟務發展，起了很大作用。在"三胞"工作方面，有的接待國外親友，通信宣傳大好形勢；有的與國外學者進行學術交流；有的通過民盟省委向中共浙江省委統戰部反映情況。如：袁嗣良博士隨農業教育代表團蒞杭，戚文彬同志在袁博士回國前及來杭後，熱情聯繫和接待。袁博士回國，帶來大批資料。他看到祖國的發展，進一步激發了他的愛國心。這個代表團爲我國高等農業教育的發展提出了不少積極的建議。我也經常與在美浙大校友通信聯繫；還經常針對祖國山河日新，各項建設蒸蒸日上，賦詩言志，抒發深情，激勵臺胞、外僑友人，緬懷祖國，重新携手，爲共同完成祖國統一大業而盡力。

在社會活動方面，如：有好多同志爲民盟省委舉辦的專題講座，擔任講演，受到好評。有的同志擔任社會上的學術團體的負責人，如：科協副主委，歷史學會主席、理事，物理學會、植物學會理事，文聯顧問，作協、曲協理事，西湖詩社副社長，教育學會副會長，幼稚教育學會會長，家庭教育研究會會長等。做了不少工作，管佩韋同志，被評上省一級工會工作優秀積極分子。黃祥懋同志雖已退休，壯心不已，他十分關心社會上的青少年教育，不辭辛勞，苦心經營，擔任過求是業餘大學的副校長。有的同志擔任青少年的業餘輔導員、暑期青少年輔導員，被評爲先進工作者。不少退休的老同志，都願意爲祖國建設貢獻力量。有的爲社會青年自學編寫教材；有的爲原單位科研規劃出點子，提出合理化建議；有的同志在對待落實政策中態度好，風格高。我自己也捐獻了 4000 元款，興辦無錫地方文化福利事業。

四、在工作中取得一些成績的原因
存在的問題和不足之處

　　民盟杭大支部初步獲得點滴成績,究其原因:首先是省民盟和杭大校黨委執行黨的統戰政策,對民盟支部工作,給以直接領導和熱情關懷。民盟支部許多工作,如:計劃、學習,組織活動和對臺工作等,都是在校黨委的指示和計劃布置下開展的。盟的活動,統戰部部長李林崗同志十分關懷,給以支持。如"爲四化建設服務的經驗交流會"等,李同志親自參加,這給省民盟和杭大民盟支部以極大的鼓舞。其次是全體盟員,在組織的幫助下,自覺學習黨的方針政策,提高了覺悟,鼓舞了鬥志,團結一致,積極工作。支委會作風民主,步調一致,分工明確,相互支持,長期堅持每月一次的碰頭會,有要事隨時碰頭。碰頭會上各抒己見,知無不言。有時分析某一問題,看法上有分歧,通過討論逐步獲得統一。前任支委會主任,七十六歲的王曰瑋同志,勤勤懇懇,兢兢業業主持盟務數十寒暑,他的强烈政治責任感,實事求是,民主協商的作風,以身作則,一貫負責的精神,爲後任支委樹立了榜樣。戚文彬、張定璋,管佩韋等同志,長期擔任小組長工作,爲組織生活經常化出了大力。新入盟的金維城同志,熱心盟務,被推爲支委,擔任秘書。草擬計劃,布置會場,印發通知,安排活動,財務管理,事無巨細,都樂於承擔。

　　民盟杭大支部盟員有的年事已高,成員在不斷老化。盟員五十二人中,平均年齡爲六十六歲。因此積極發展新盟員,增加新鮮血液,已經成爲當務之急。在這近一年多來,發展九位新盟員,補充了新鮮血液,起了良好的作用。但這樣的發展總感覺得還是慢了些。在黨的教育幫助下,發展組織工作應該做得好一點。

目前就盟組織講，抓的工作，用的精力，還没都放在主要方面。過去是較長時間做恢復工作，協助黨落實知識分子政策方面，這是有它現實意義的。但這局面需要逐步轉變，在辦好大專院校的問題上，我們應該發揮盟員的特長。如何把教學、科研搞上去，出人才，出成果，協助黨做許多工作。例如：怎樣組織科技力量進行技術攻關；教學、行政人員如何協調配合，共同把學校工作搞好；如何組織老中青親密合作的教師梯隊；如何培養接班人、研究生；如何使文理各科的教學實踐、科研成果相互交流學習、推廣；如何正確對待升等、升級等等，都需要幫助黨做大量的調查研究和思想工作。我們必須樹立雄心壯志，自強不息，把這工作提到日程上來。民盟支部如能發揮這個"本事"，做出成績，便能樹立威信。這樣發展組織工作自然也可迎刃而解。

讓我們在黨的十二大精神的號召與鼓舞下，自強不息，爲開創民盟的新局面而努力奮鬥吧！

民盟杭州大學支部委員會副主任　劉操南

一九八二年十月二十日

編者説明：本文據打印稿録編，原題《積極工作　自強不息》，今題爲編者酌擬。

浙江省詩詞學會第二次代表大會工作報告

各位領導，各位來賓、各位代表：

這次浙江省詩詞學會第二次代表大會，是在中國共產黨十四大閉幕之後不久召開的。首先讓我們熱烈歡呼黨的十四大的偉大勝利！

對新昌縣的黨政領導和有關部門給予我們的大力支持和熱情接待，表示衷心的感謝！

自 1988 年詩人節，本會在杭州召開第一次代表大會宣布成立以來，到現在已經四年了。在這四年裏，我們經歷了國內政治風波和國際形勢的風雲變幻。由於以江澤民同志爲核心的黨中央的正確領導，堅定不移地走有中國特色的社會主義道路，經過全國各族人民的艱苦努力，終於取得了舉世矚目的重大成就。全國上下政治穩定，經濟發展、社會安定，人民生活得到了明顯的改善。當前在鄧小平同志南巡講話精神的鼓舞下，在黨的十四大精神的激勵下，改革開放的步伐必將進一步加大，隨着經濟建設高潮的到來，必然是一個文化建設的高潮。展望未來，我們更加信心百倍。

在過去的四年裏，中華詩詞學會和我會之間，有一些領導同志與詩詞界前輩，先後謝世。他們爲振興中華詩詞和我會的發展，作出過可貴的貢獻。今天在本會召開第二次代表大會之際，我們懷着崇敬的心情向已故的錢昌照、周一萍、楊植霖、徐通翰、徐行恭、王敬身以及其他已故的同志表示深切的懷念。

在本省黨政有關領導部門的關懷、社會各界的支持以及全省詩友們的共同努力下，四年以來，我們克服了前進中的一切困難，工作逐漸獲得開展，由於某些客觀條件的限制，當然還不能盡如理想，必須進一步作出更大的努力。現從我會主要工作的幾個方面。分別扼要彙報如下：

一、有關創作與研究方面

堅持四項基本原則，不斷推陳出新，是指導我們創作與研究的根本原則。我會的會刊《浙江詩詞》於 1989 年第一輯出版以後，各方反映良好。第二輯於去年 3 月交印，因承印單位的延誤，至今纔在深圳印好，但尚未運到杭州，對此我們感到十分抱歉！第三輯現已基本編好，一俟經費落實，即可付印。《浙江詩訊》是便於及時交流訊息的刊物，按季出版。先後共出過 16 期。其間如遇重要紀念活動，還臨時編印增刊，情況比較正常。省政協詩書畫之友社的《聯誼詩詞》已出五輯，該刊注意刊載海內外的詩友作品，產生了一定影響。

至於省內各市縣印行的詩詞刊物，至今已有 100 餘種，其中《西湖詩社吟草》《錢塘詩刊》《之江詩萃》《東甌詩詞》《紹興詩詞》《赤松詩詞》《苕雪詩聲》《詩譚》《明湖詩集》《中東河新詠》《土地新篇》等各有特色。其他如寧波、台州、平陽、溫嶺、青田、黃巖、仙居、富陽等地，不定期出版的詩刊，也都異采紛呈，博得好評。

除各個詩社的社刊以外，本會會員的詩詞創作與研究，已出版的也不少。如葉元章與已故本會副會長徐通翰合編的《當代中國詩詞精選》，毛谷風編的《當代八百家詩詞選》，毛大風與王斯琴編注的《現代千家詩》和《近百年詩詞集序跋選》，戴盟的《詩橋集》和《水網堅持》，張學理的《蹄痕吟集》，吳軍的《墨池詞箋》，張桂生的《菌萍吟草選》，章士嚴的《青山詩詞》和他校譯的《南冠草》，張慕槎的《松韻閣詩稿》，劉操南的《揖曹軒詩稿》，葉元章的《九回腸集》和他選注的《朱彝尊詩詞集》，毛翼虎的《天涯芳草廬詩稿》，徐元評注的《古今回文詩詞品鑒》，王翼奇與吳戰壘合編的《毛澤東欣賞的古典詩詞》，胡才甫的《建州刺史集》，吳熊和的《十大詞人》，陳志明的《古典詩歌鑒賞》，這些編著，有的已在海內外流傳，有的已引起國內文壇的重視。如著名文學家蕭乾先生讀了《現代千家詩》後，認爲"是分類別致，尤其是第十類(牛棚詩)，讀後引人感慨，是一本十分獨特的詩選"。本會會員的詩詞作品與研究論文，幾年來被海內外報刊、年鑒、彙編所選用或轉載的爲數不少，這裏不再一一列舉了。

這幾年內，在廣州、桂林、衡陽、廬山等地召開的一些有關中華詩詞的學術研討會，本會的劉操南、葉元章、戴盟、徐中秋、陳德、吳亞卿等也分別應邀參加，在會上發言，有的送交了論文。

與詩詞創作比較起來，我們對研究評論工作，重視不夠，特別是對當代詩詞評論工作，今後要認真做好。祇有這樣，我們纔能對當代詩詞的創作或評論，起到正確的導向作用。

二、關於組織工作方面

本會成立以後，各個市、縣詩社陸續申請參加，目前已被批准爲團體會員的共 44 個，個人會員人數爲 453 人。估計各市、縣詩社入社社員人數約在 2000 人左右。現在除舟山地區以外，都已有了詩社組織，這是極爲可喜的現象。可是據統計，本會會員中，年齡在六十歲至七十歲的共 147 人，占會員總人數的 32％。七十歲以上的 95 人，占總人數的 20.9％。女性爲 21 人，還不足總人數的 5％。從中可以看出會員年齡的偏老和女性會員的特少，這是我們不能忽視的一個問題。否則，斷層現象一經形成，對我省詩壇的前途是十分不利的。

三、會務與社會活動的開展

自 1988 年建會以來，在杭理事與常務理事，建立了逢五活動日制度，即每月 5 日與省政協詩書畫之友社的部分詩友舉行聯誼活動，長期以來，基本上能够堅持。這種經常化、制度化的活動，對切磋詩藝、交流感情，收到了良好的效果。

爲了廣泛聯繫各地詩友，本會每年一次的詩會都易地舉行。1989 年在樂清，1990 年在金華，1991 年在青田，由於各該地區詩社的熱烈贊助和全力支持，使每次詩會都能獲得圓滿成功，今天讓我們在這裏向他們再次深表感謝！

每逢重大紀念節日，如"辛亥革命八十周年""紀念毛主席《在延安文藝座談會上的講話》發表五十周年"，在杭州的詩友們都集會舉行紀念活動，《浙江詩訊》則配合編印增刊。

我們還適當開展了對外和對臺的文化交流活動。如 1990 年五月的詩人節，和西湖詩社一起接待了以張淵量爲團長的臺灣詩人代表團。去年 6 月，新加坡新聲詩社社長張濟川先生和該社成員沈炳光夫婦來杭訪問，部分在杭詩友，也和他們聯誼酬唱。菲律賓瀛寰詩學社社長鄭鴻善，本社顧問、也是青田僑聲詩社顧問，著名愛國僑胞孫明權和他的夫人陳玉華到杭時，也都予以接待並交流了詩作。

還有幾項有意義的活動，一是由青田僑聲詩社發起組織的"馬年唱和"，在國內外產生了強烈反響。二是從 1990 年開始，由本會和杭州"茶人之家"聯合舉辦的"品茶詩會"，已連續舉行三次，並編印專輯，在詩壇別具一格，引人注目。三是有的詩詞組織還舉辦了詩詞講座和培訓班，這對培養新生力量、提高詩詞質量,起了良好的作用。特別值得提出的是:爲了發揮傳統詩詞的教育作用,把集郵活動引向正確的目標,今年7月,我們還和浙江省集郵協會共同發起舉辦了國內首創性的全省集郵詩詞大獎賽。而實際應徵者不少來自省外。評選工作主要由本會負責組成的評委會擔任。獲獎名單已在《集郵報》和《浙江詩訊》上公布。

四、對今後工作的幾項建議

1. 傳統詩詞自"五四"開始就受到歧視、貶抑。在繼續前進的道路上,真是歷盡艱難。一直到十一屆三中全會以後,纔又到了一個龍蛇起蟄的年代。各地詩社組織蓬勃興起,勢不可擋。然而,這期間也難免會有魚龍混雜的情況。在這振衰起敝,又是承先啓後的關鍵時刻,我們務必注意詩風、詩德和詩詞的質量,重視繼承,不斷創新。詩社的成立,不能漫無標準,一哄而上。對已經成立的,要逐步整頓;對要求成立的,應規定必須具備的條件,純潔和健全我們的隊伍,顯示我們的力量,拿出些像樣的作品來改變一些人對傳統詩詞的錯誤看法,消除他們的偏見與誤解。這項工作應如何着手?亟待大家共同商討。

2. 鑒於各個地區的詩會、詩社成員年齡結構的偏老,因之,無論在吸收社員或推選組織成員時,都必須考慮到年輕化這個十分現實的問題。後繼力量的培養,已是當務之急。但在推選組織成員時,有一個難以回避的矛盾,就是在職的中、青年不可能有充裕的時間來爲他所參加的詩詞組織出力。感到身不由己,事與願違;另一方面,較多的中、青年,由於過去種種條件的影響,對詩詞的功底不够扎實,亟須培養與扶植。這個瀕於斷層現象的出現,應當引起大家的重視。此外,我們還應該着眼於對少年兒童的愛好詩詞興趣的培養,爲他們提供讀物,使之後繼有人。要怎樣做好這些工作?也請大家共同商討,提出寶貴意見。

3. 由於本會是一個群衆性的業餘的學術團體,除有限的會員會費收入以外,別無固定的經費來源,也没有人員編制,一切問題都要由自己設法解决。而經濟問題不解决,一切工作就無從開展。單靠社會贊助,决不是長久之計;振興中華詩詞,勢將成爲一句空話。所以趁改革開放之風,我們必須有一個經濟實體來作爲學會的可靠支持。這個實體如何形成,采取什麼方法?利用什麼形式?希望諸位代表能提出切實可行的辦法,群策群力,幫助省詩詞學會解决面臨的困難。

在不久前勝利閉幕的黨的十四大會議上。江澤民總書記以鄧小平同志建設有中國特色的社會主義理論爲指導,實事求是地回顧總結了黨的十一届三中全會以來改革開放的經驗,提出了九十年代改革和建設的主要任務。號召我們要加大加快改革開放的步伐,面向現實,講求效益,爲建設有中國特色的社會主義作出貢獻。作爲一個詩詞作者,我們自應加强學習,努力改造思想,轉換腦筋,爲中華詩詞的繼承創新,爲建設社會主義的精神文明,更加緊密團結,用我們的實際行動來爲促進浙江詩詞創作與研究的繁榮興旺和健康發展而不斷努力!

(原刊《浙江詩訊》1992 年第 7 期　總第 17 期)

編者説明:本文據原刊録編,原題《團結、務實、創新,爲振興中華詩詞而努力奮進!》。題下括號内小字:"劉操南副會長在浙江省詩詞學會第二次代表大會上的報告",今題爲編者酌擬。劉録稿附記云:"1992 年 11 月 16—17 日,在新昌舉行浙江省詩詞學會第二次代表大會,代表 85 人,通過工作報告和學會章程,選舉第二届理事會。"

"西湖詩社"成立十周年回顧與展望

柳絲弄碧，榴火吐紅。"西湖詩社"自 1980 年 5 月 20 日成立，駒光荏苒，倏忽已十周年了。

在此成立十周年的慶祝大會上，首先請允許我代表西湖詩社向今天駕臨大會的各位領導、來賓、詩翁詞長，以及全體社員、社友們致以熱烈的歡迎和衷心的感謝！

這十年中，西湖詩社從草創經營、逐步發展，有着一些經歷。在此期間，群策群力。我們回顧過去，總結經驗、展望未來、發揚優勢，繼續前進，這是有其意義和必要的。

西湖詩社是個群衆性的詩詞愛好者的集體組織。發起之時，是在 1980 年 3 月，這時朱老玉吾在杭州柳浪公園斜對面南山路 86 號寓所邀請：劉操南、張慕槎、徐勉、葉知秋、宋德甫等便宴，暢聚幽情。席間談及錢塘自古佳麗，浙江爲文物之邦，宜結一社，以抒懷抱。旨在繼承中國文化優良傳統，宏揚詩教，切磋詩藝。熱烈討論，決定在座六友，作爲籌建詩社的發起人。建立詩社，須有掛鈎單位，共議隸屬於省文聯，因推劉操南、葉知秋兩人任其事。劉操南、葉知秋於是拜訪省文聯領導林淡秋老同志，荷蒙欣然同意；同時，指示應於作協協作，以便工作。嗣詣保俶山麓，請教黃源老作家，亦承青睞。後又走訪省文聯余明書記，聯繫協商具體建社工作事宜。不久雷錫璋、余鴻業、王駕吾、王伯敏、王參如、孫孟晋、孫正容、蔡堡、龔慈受、王訊川、郭仲選、商向前、孫曉泉、徐潤芝、施友蓀、胡琴伯、葉柏村等人陸續加入。遂於 1980 年 5 月 20 日假浙江省文化會堂舉行成立大會。會上通過社章和組織名單。聘請蘇步青教授爲名譽社長，王駕吾教授、夏承燾教授爲名譽顧問。推蔡堡爲社長，余明、劉操南、宋德甫、郭仲選爲副社長，張慕槎爲秘書長，葉知秋爲副秘書長，王參如爲副秘書長兼總務。蘇步青教授自上海寄來條幅，題詩祝賀，詩云："冠蓋雲稠浙水濱，以湖名社起騷人。春秋佳節如椽筆，掃净東西南北塵。"會上社員各抒豪情，獻身許國。認爲吟詠，合爲人民喉舌，時代風雷。言社會主義之志，爲社會主義而作。"以文常會友，相輔育新苗。"有的揮毫題詩，有的潑墨繪畫，攝照片二十餘幀，會後全體攝影留念。

詩社成立消息刊載於浙、杭諸報，各方賀詞，紛至遝來。戴盟、張學理、蔣杏沾、章士嚴、方春陽、王翼奇、劉煉虹、徐弘道、吳亞卿、姜東舒、葉一葦、徐儒宗等相繼入社。後推余明爲社長，徐勉爲常務副社長，戴盟、劉操南、張學理、葉知秋、蔣杏沾爲副社長，葉知秋兼秘書長，方春陽、吳亞卿爲副秘書長，王晋侃爲秘書，朱玉吾、沈達夫爲顧問，莊一拂、沈本千、張慕槎、譚建丞爲名譽理事等。自 1986 年改選迄今，倏又五載。1990 年 2 月常務理事會決議：鑒於社長余明同志事冗，無暇兼顧社務，推徐勉同志代理社長；並定端午"詩人節"召開大會改選，舉行慶祝十周年紀念活動。

1981 年 12 月《西湖詩社吟草》問世。於 400 餘首中，選百餘首。1987 年 5 月出第二輯，1988 年 5 月出第三輯。《吟草》出版，以葉知秋同志出力爲多。第二輯、第三輯設編輯組。蔣杏沾爲組長，下設副組長、組員與校對。詩社活動輒於春節、端午、重陽或國家重要紀念日，舉行雅集，交流作品，以資觀摩。由於經費短缺，一般采取打印方式。自 1980 年 5 月 20 日《西湖詩社成立獻辭》開始，陸續打印。如 1985 年 2 月《新春雅集吟稿》、1985 年 11 月《乙丑重陽詩詞彙編》和 1986 年 1 月《西湖詩社社員近作選編》等，共印七期。

舊體詩詞，中國自"五四"以後，學術界對它的認識，不時受到誤解和歧視。1985 年秋，全國各地發起中華詩詞學會，雷動江河，生機驟起。就浙江論，西湖詩社副社長戴盟同志領頭，作爲團體詩社和個人發起人與北京中華詩詞學會籌委會聯繫。這時，浙江省内如：嘉興鴛鴦湖詩社、温州鹿城社，蓬勃茁長；寧海和蕭山等地詩社，相繼成立和活動。這些詩社的負責人多爲西湖詩社成員。是歲十月，錢江和之江兩社亦先後成立。各團體推出代表和個人，共同參予爲成立中華詩詞學會的發起人。發起十九人中西湖詩社占十四人，中推西湖詩社秘書長與各省發起人及本省各學會聯絡；同時，敦促金華、紹興和台州三地區成立詩社。1986 年冬，浙江省詩詞學會籌委會召開。1987 年早春，省詩詞學會籌委會，於端午節宣告成立。推戴盟、余明、劉操南等爲正、副會長，章士嚴爲秘書長。戴、余、劉、章皆爲西湖詩社成員。

西湖詩社活動，有時作品舉行展覽。1986 年春節二月，社長余明提出，經過常委理事會的努力，徵集社員詩作和書法得百餘幅，假湖濱杭州書畫社於春節展出。郭仲選、余明主持其事。展出十日，參觀者絡繹不絕。驟使國人、外賓熟悉詩社創作成績。1987 年，北京中華詩詞學會成立，西湖詩社牽頭聯繫各社發起人赴京。學會成立，代表大多任理事。

西湖詩社自 1983 年始，倡導社員自由結合，分組活動。方春陽、徐弘道、吳亞卿三社員爭先回應。蔣杏沾、王翼奇、徐儒宗從中聯繫，組成"六橋詩會"。1984 年 3 月 11 日（夏曆甲子年二月初九日）在孤山明鑒樓首次舉行雅集。楊一擎、李官火相繼加入。六橋詩會實由八人組成。

六橋詩會提出"務去陳言，悉遵古律"的主張。前指内容，後屬形式。同人創作風格或異，但其遵循原則則一。以"感人生，抒悲歡，語從心出；頌振興，陳得失，誠自中來"引爲吟詩本色。詩會命題，方式不一。可嚴可寬，貴在變化。如以"風荷"爲題，韻限"六橋詩會"四字，各賦四絶，藉以鍛煉寫作基本功。或以"春日言志"爲題，各抒懷抱，各展才華。旨在詩吟，切磋交流，抒情言志與創作功底，兩者兼顧結合。每年雅集四次，自成立迄今，未曾中斷。舉行已二十五次，出刊亦二十五期。内多發表於各地詩刊，並承介紹。

西湖詩社成立，倏忽已屆十載。做了一些工作，取得一些成績；也走了一些彎路。總結經驗教訓：方興未艾；吟詠須注意詩品、詩風，發抒心靈，陶冶性情；非附會風雅，亦非弋名謀利。

中國詩詞，外賓有的認爲中國是詩的國家，有着優良的歷史傳統，這話良非過譽。《離騷》爲中國作家文學之首，其最感動人心者，亦爲其愛國主義。《詩》《騷》的創作方法，各自不同：一爲現實主義，一爲浪漫主義。在中國詩歌創作的長河中，兩者交叉結合，相得益彰。源於生活，高於生活。又試論之：詩的創作，需要注意四項：一、濃鬱的感情；二、精美的語言；三、遠大的抱負；四、崇高的意境。前者顯示詩的特色，即詩的所以爲詩；後者顯示人的胸襟，即人的所以爲詩。繫乎人的文化修養、精神境界。就《離騷》論，這四者兼而有之，達於高峰。

今日國運昌隆，人心思奮。國家重視精神文明的建設，知識分子願盡綿力，以付平生報國之懷，此詩社之所倡導，詩人之所詠吟。歷史不能割斷，除吸收外來文化，洋爲中用外；理當闡發中國民族文化的優良傳統，推陳出新，期用於世。

"不爲十億吐雄心，安得人民諦妙音"；"燃藜冀發藏山志，結社喜締報國緣"；"放懷海峽豪情寄，縱談風騷笑語傾"，這是同人平日所嚮往的。西湖詩社的任務，可謂任重道遠。登高自卑，行遠自邇。當此十周年紀念之日，瞻前顧後，百尺竿頭，更進一步，願吾社員，相互勉之。

西湖詩社　1990 年 5 月 28 日端午詩人節

編者説明：本文據油印稿録編，原題《西湖詩社成立十周年紀念的回顧與展望》，今題爲編者酌擬。

詩社締盟書

　　兹爲宏揚詩教，切磋詩藝，維護華夏固有文化，繼承優良傳統起見，雙方同意，訂於戊辰端午"詩人節"，締結爲姐妹社，爲我中華詩壇，立一創舉，添一佳話。經協議訂立實施要項六條與下：

　　一、雙方締盟，純以研究詩學爲主，不涉政治。

　　二、訂盟之日，雙方同時公開宣布，以昭盛舉。

　　三、互聘對方社理事中二人爲名譽社長與顧問。

　　四、經常交換詩刊、詩訊、社友作品以及吟會雅集資料（如錄影帶、錄音帶等），以資切磋觀摩。

　　五、經過磋商，互相參加對方之社課雅集、徵詩及唱酬等活動；互作不定期之訪問及接待。

　　六、由於本盟約係發揚風雅，不涉政治或其他任何權利之損益，故不必依隨任何一方社盟組織改選而受影響。應由雙方各推二位主持人代表社方簽約，以免逐年更新盟約之煩。除非任何一方，以書面正式通知終止盟約。

新加坡"新聲詩社"　　　　　　代表
中國浙江省政協"詩書畫之友社"　代表

　　　　　一九八八年六月十八日戊辰年五月五日

編者説明：本文據手稿録編，原題《締盟書》，今題爲編者酌擬。

浙江《水滸》學術討論會開幕詞

同志們：

"浙江《水滸》研究會"1984 年年會現在開幕了。首先，讓我代表省《水滸》學會向諸位遠道而來的兄弟省市的學者專家們表示熱烈歡迎！在"水滸學"的研究方面，許多省市比我們起步早，致力深，範圍廣，因此成績也比我們大。這次光臨我省，親予指導，促進我省的研究工作，這是我們深爲感謝的！祇是由於我們受着條件限制，籌備工作做得很不夠。真是草草不恭，有慢來賓。我們深表欠意，並請原諒！

《水滸傳》在中國文學史乃至世界文學史上具有極爲重要的地位。圍繞着它的研究而形成的"水滸學"，因而也具有十分重大的意義。在國內"水滸學"研究的局面漸已打開，卓有成績；但尚有許多問題需要繼續探索與研究的。

從學術方面說：《水滸》本身的研究，如：故事的流傳、演變及其定型；成書的過程；版本的繁簡及其關係；作品的思想內容和藝術價值等等，都尚可開掘。而作者的生平問題，更須作進一步的探討。關於《水滸》的評點，如李卓吾、金聖歎等人在理論上和實踐上所作的工作的分析評價，也是一個尚待深入研究的課題。

從文化教育方面說：《水滸》在大、中學的教材中都占有相當比重。怎樣引導學生認識、分析，將這部古典巨著的"民主性的精華"展現給當代和后代，讓他們從不同角度繼續繼承這份光輝的古代文化遺產，作爲營養，豐富自己，這也是我們面臨的重要課題。

從普及與傳播方面説：《水滸》在以文字流傳的同時，口頭的民間演説並沒有中止；而是綿延不斷，廣泛地繼續發展下去。揚州評話、蘇州評話和杭州評話，以及北方和其他地方各種形式的"評書"和曲藝，都有關於《水滸》的節目。説唱表演藝術家們對於水滸故事，各有不同程度的改編與發展。相互交流，尋找更完善的形式，將《水滸》更廣泛地普及於群衆，這又是我們所當重視的。

因此，這次會議既有來自高等院校和科研機構的專門研究人員，也有中等學校的代表和中學教師；同時，也有熱心於民間文藝的同志。我們願意從各個不同的角度，廣泛地開展關於《水滸》的討論，相互交流，相互切磋，截長補短，共同提高。

我們浙江省還可以結合實際使《水滸》研究帶有一些自己的特色。《水滸》與浙江有着密切的聯繫，如：大家知道的"征方臘"一事。歷史上的宋江是否征過方臘，暫置勿論；《水滸傳》中確曾寫到這事的。書中對於宋江部隊征方臘的描寫，從東京（開封）進發，帶着水軍到潤州（鎮江）一段，寫得簡略，地理環境多有不合；到了江南，入杭州至睦州（淳安），寫得詳細，較爲正確。這就啓示我們考慮關於《水滸》演説與執筆者的種種問題，《水滸》成書，至少這一部分，作者該有着怎樣的經歷呢？又如：杭州和浙江有着許許多多關於"水滸"故事的傳説，内容也很豐富，可以收集成爲"水滸外傳"。這些傳説與浙江有着血肉聯繫，可説：已是浙江的"水滸"故事了。

總之，需要研究的問題很多，需要交流的意見也很多。我們相信,在這次會議上,大家本着百家争鳴的精神,各抒己見,暢所欲言,一定能够獲得許多新的東西。

我預祝會議圓滿成功!

一九八四年十月二十六日

編者説明:本文據油印稿録編。劉録稿附記:"浙江《水滸》學術討論會於 1984 年 10 月 26—27 在杭州舉行,開幕式由浙江《水滸》研究會會長馬成生主持,由名譽會長劉操南同志致開幕詞。"

錢江第一橋建成五十周年紀念碑

　　錢塘江，《水經注》所謂：漸江水也，長八百餘里。源出徽州，連山夾水，曲折至杭，東注入海。江潮晝夜兩信，驚濤駭浪，渡者苦焉。杭州左江右湖，當運河終點，扼鐵路樞紐，戶口殷闐，商旅輻輳，東南大都也。爲江所阻，客貨流通，至爲不便！一九三二年，浙省建設廳長曾養甫請准省府，籌建大橋。乃延茅以昇爲橋工處長，羅英爲總工程師，膺此重任，二公慷慨受命。於是籌經費，致人材，剋流沙，戰大潮，冒空襲，爲國盡瘁。造橋同仁，憤强鄰之入侵也，群策群力，晝夜奮勵。歷時兩年又六月，於一九三七年九月廿六日鐵路橋通車，未及三月而公路橋繼之。斯橋之告竣也，險阻艱難，備嘗之矣。殉職者六十餘人；費工七十餘萬；耗銀元五百卅一萬六千餘。然較之外籍工程師之設計，節款兩百餘萬元矣。橋型亦符合於國情，月輪峰下，長虹臥波，河山從此，益臻壯麗。南連閩廣，北通蘇皖，往返馳驅，可以無虞矣。惜乎！橋通三月，敵騎壓境。我國政府忍痛下令自毀焉。抗戰勝利後，瘡痍滿目，深感修葺之非易也。中華人民共和國成立，於一九五三年修竣，遂常速通車焉。橋今已屆退役之齡，猶日駛火車百餘列，汽車萬餘輛，仍固如磐石。其造福於國計民生，功莫大焉！斯橋之建，而爲國人長志氣，顯睿智，培育橋梁人才，奠定現代橋梁事業之基礎，其深遠意義，又何可估量！足垂青史而不朽矣！當此橋成五十周年之日，爰大書之，以示後人焉。劉操南、鍾永水撰；某某書。

杭州市人民政府　公元一九八七年

編者説明：本文據油印稿録編。

浙江省殘疾人就業培訓樓碑

　　浙省人文毓秀，辭翰彪炳，然殘疾之士，尚二百萬。囿於文化，類多賴父母親屬扶養，則爲有特殊困難之群體也。黨和政府遂倡議建培訓樓焉。以培訓技術爲主，而與政治教育、文體活動，鎔裁爲一。使之以勞動貢獻於社會也。

　　樓位於杭州市天成路。建於一九九一年十二月，越年十二月而告竣。建築面積爲五一一五平方米，投資五六五萬元。拔地樓臺，高聳入雲。洵壯觀也，亦盛事也。款之籌措，啓於一九九一年三月，省政府批准開展“爲殘疾人事業捐贈一元錢”活動；嗣後，又循“外事活動要爲殘疾人事業服務”原則募集，國家機關、軍隊幹部、大專院校教職工甚至孤寡老人、少年兒童，競抒丹忱，慷慨解囊；海外僑胞與國際友好人士竭誠贊助；而政府設計、土管、綠化諸部門和施工單位之費用，則惠予酌免焉。碩德懿行，不勝枚舉；高情厚誼，感懷靡已。中心藏之，何日忘之。

　　孟子謂鰥寡獨孤，此四者天下之窮民而無告者。今推之於殘疾人，使就業焉。《禮運》云：“大道之行也，天下爲公。選賢與能，講信脩睦。故人不獨親其親，不獨子其子。使老有所終，壯有所用，幼有所長，矜寡孤獨廢疾者，皆有所養。”斯華夏文明所以焜耀寰宇，歷千秋而不泯，垂百世以常新也。復從而弘揚之，殘疾者不僅“皆有所養”，且皆有所爲矣。古謂發政施仁，今則知人民力量之偉大也。然則，斯樓之興，其義邃且遠矣。余不文，覩斯厥功，爰泚筆而樂爲之記。

一九九三年十二月　杭州大學教授劉操南 敬撰

編者説明：本文據手稿録編。

"六和碑亭""六合鐘聲"徵聯啓

六和塔位於杭州月輪山下，宋開寶三年建塔以鎮潮，塔迄今未替。近增"六和碑亭""六和鐘聲"兩勝。鐘鑄"六和"兩字於腹，蓋取"吉羊、如意、致和"意也。碑亭庋乾隆御筆碑刻。

塔前臨清水，後倚丹嶂。鐘聲宏亮，肇致和之氣；塔影參差，透煦熹之光。值茲草木萌動，鵜鶘先鳴，百卉奮興，初陽麗錦。瞰江水之泱泱，欣天地之悠悠，洵可樂也。素仰閣下，閨媛女史、學士名流，學高溫八叉，才裕柳三變。敢掬微忱，懇請楹聯。寵錫嘉什，醒豁愚蒙。藍田日暖，蒼海月明，或可免於生煙、遺珠之歎矣！

若迤步芳草，登寶塔。過峽潮聲，銜山日影。左右顧盼，縱橫六和。望嚴灘之浩瀚，覽胥山之蒼翠。分韻題襟，傳葩猜謎。心遊六合之外，神寄八荒之表。江山指掌，長無絕兮終古矣。斯則不僅爲旅遊生色，抑亦爲禹域增光。壽之無極，皆出閣下之所賜也。錢塘幸甚，六和幸甚！是啓。

杭州六和塔文保所

評委組：

劉操南　倪士毅　薛家柱　張學理　同啓

一九九七年三月

編者説明：本文據手稿録編，原題《杭州六和塔新增景點碑亭六合鐘聲徵聯啓》，今題爲編者酌改。劉録稿附記："底稿爲住院期間所撰，當時病床邊無紙，即斜臥床上用很薄的衛生紙書寫。後刊於《杭州日報》1997 年 3 月 20 日。"

一、四百联中選十聯，感到並不容易。

二、選出之聯，獵感与題「鐘」、「碑」柱上不很切合。石柱較短，長聯鎸刻，還感不甚愜當。

三、初議徵聯以「思想内涵、詩詞、語言和藝術境界」為則，撰者或從榜塔等著眼，似覺沒之。

四、撰者或為為初評，缺乏基本功。

一則亦考慮延期。拙見提供參考，敬請評選組讨論定夺。

刘操南伏枕书，时右手脱臼，入骱纱布绷缚，不便书写。

浙江陸軍監獄犧牲烈士紀念碑

　　夫樂以天下，憂以天下，此吾華夏文明優良之傳統也。慨自清季，朝政日弛，列强虎視眈眈。寖至中國淪爲半封建、半殖民地。吾炎黄子孫，奮起神州。國共二次合作，共赴時艱。前仆後繼，氣壯山河。吾浙江人民投身革命洪流者，風起雲湧。詎料第二次國内革命戰争時期，國民黨右派發動反革命政變，白色恐怖延至抗日戰争前夕。許多共産黨人，革命群衆和一些國民黨左派人士陸續被逮，集中杭州，分置於柴木巷拘留所、浙江反省院與陸軍監獄三處焉。陸軍監獄者，今改建爲望湖賓館，宋時岳武穆成仁之所也。三處政治犯被囚禁者，達一千零五人，而陸軍監獄先後遇難者凡一百五十餘人。中間有中共省委書記張秋人、徐英、卓蘭芳和代理省委書記羅學瓚四人，省委常委、部長十一人，地、市、縣委書記三十人。張秋人，國共合作時任黄埔軍校政治教官。逮捕之際，佯作游湖墮水，將黨員名單踩入泥淖，以保黨的機密與同志安全焉。在獄中勤奮學習，鼓舞難友，爲黨培養一大批幹部。就義之日，法官提問，答曰："老子張秋人！"抓硯擊之，法官失色。被綁時，引吭高呼："中國共産黨萬歲！"聲震獄瓦，看守者爲之顫慄。徐英，在獄中領導越獄鬥争，事泄，與十八難友同時就義。鄒子侃繼任特支書記，反省院長誘迫其父。鄒曰："兒在獄中雖苦，靈魂則白璧無瑕也，寧死不敢自污！頭可斷,志不可屈也!"後以指揮破獄行動,突遭傳審,猛擊典獄長首,警示各籠難友,消滅迹象,而光榮犧牲焉。卓蘭芳被捕後,法官誘説,斥曰:"休説廢話!"嚴刑威迫,則曰:"我是共産黨員,外面有千千萬萬同志。你們想要從我口中得到些什麼?辦不到!"遂昂首就義。諸蒙難同志咸以監獄爲"鍛煉所",成立組織,創作《囚徒歌》,出《火花》《洋鐵碗》刊物,相互激勵,蓄積力量,等待時機。鬥争之壯,犧牲之烈,可以動天地而泣鬼神矣!此僅示其一端而已。青史昭昭,當於他文詳之。嗟呼!"無求生以害仁,有殺身以成仁",古有明訓。顧念諸先烈可歌可泣之事,若裘古懷烈士者,幾分鐘後將爲真理而死,猶伏地遺書致黨。秋風秋雨,有不黯然消魂者乎?余書至此,蕭然久之。夫社會主義初級階段之所奠定,飲水思源,實出諸先烈之所賜也。功勳豈僅媲美湖山,亦可争光日月矣!值此改革開放之際,藴含無限生機。吾浙江人民潤色鴻業,有憂虞矣。敢不繼承遺志,獻身於國家民族,促進第三次國共合作,一國兩制,振興中華,以臻於小康大同者乎!爰立此碑,以勗世之來者。

杭州大學古籍研究所教授劉操南　敬撰

編者説明:本文據油印稿録編。

引水亭記

夕照沉山，晨曦漾淥。净寺西二里許，宋時稱"太子灣"，爲莊文、景獻攢園。

今築亭焉，牓曰"引水"，乃省長薛駒所書也。亭旁植石，所以志其興建之由。

蓋玉皇、九曜兩山，蔚然深秀，介乎左江右湖之間，爲天然屏障。杭州市人民政府鑒於湖水污濁之甚也，議鑿通之，以引清流；而省地質礦産局第四大隊、第七大隊、測繪大隊、水文大隊負隧洞施工之重任焉：鑿山爲涵洞，隧長一千六百零六米。經始於一九八五年二月而竣工於明年七月十八日。南爲管道狀流，北則清溪潆洄。西湖之水，從此活矣；西子容光，更焕發矣。益以苑囿臺榭，錯落多姿，雲影天光，相映成趣。仰高山，俯清流，遊者心曠神怡矣！誠如司馬君實詩云："始知平地上，看不盡青春。"際此明時，逢斯盛舉，能無文乎？爰泚筆而樂爲之記。

劉操南　撰　張令杭　書

浙江省地質礦産局

杭州市園林文物管理局

一九八七年七月

編者説明：本文據手稿録編。

重建青柯亭記

青柯亭建於宋嘉祐二年，位於原州署後院。因院植雙桂，歲晚常青，亭以是名。

清乾隆三十年，知府趙起杲（山東萊陽人）聘余集（清乾隆進士）蒐集《聊齋志異》之各種手抄本，依據原稿，悉心精校鐫刻，竭其俸給所得，更盡典衣物以償不足。終致心力交瘁，於乾隆三十一年五月十八日齎志以歿，葬澄清門外。繼由余集、鮑廷博、趙皋亭等協力從事，於同年底刻印成第一部《聊齋志異》，世稱"青柯本"。以之焚於趙公墓前，用慰其畢生之願。自此，《志異》一書，流傳宇內，閭巷爭誦。歲月既遷，亭亦歷經興廢。抗戰勝利後，縣長李明志曾重修此亭，旋復被毀。而亭旁古桂二株，至今依然葉茂花繁。乃知世事雖易，物性猶存。爲保護文物古迹，弘揚歷史文化，梅城鎮人民政府於一九九五年五月在原地籌資重建，耗資十五萬元。建成內有青柯亭、門廳、碑廊與展廳相配套之青柯院，俾使古亭古桂千秋永存，名著名人百世流芳。彰先賢人之德行，供後人之景仰。立碑記事，永勵來茲。

劉操南　撰

某某某　書

梅城鎮人民政府立

一九九七年二月二十二日

編者説明：本文據手稿錄編。

《劉氏續修族譜》序

　　方今世變之烈，振古未有。一切皆在蛻故更新之中，譜牒之事，此其一乎。原夫譜牒之興，昉自上古。式辨諸宗，藉明世系，爲置專官，世掌其事。中古以還，斯作尤盛。時重右族，人卑寒門。中正、銓選之制既行，閥閱相矜之風轉熾。有司品藻人物，尚世胄而忽才行。"上品無寒門，下品無勢族"，劉毅之言，蓋紀實也。門第既重，譜牒是稽。由是家自爲書，人自爲説，各詡高門，競稱望族。李必隴西，劉必沛國。譜籍日繁，而譜學滋弊。唐柳芳云："夫文之弊至於尚官；官之弊至於尚姓；姓之弊至於尚詐。"可謂慨乎言之。而會稽章氏亦有"有譜之弊不如無譜"之難矣。洎乎選舉之制既移，時勢之變日劇。尊尚族望之習，隨之日消。而譜牒之作，接軫代興。告朔雖亡，餼羊猶在。然而操觚之士，雕繪縵餙，傳一人，叙一事，仍不肯實事求是。人子莫不欲寵隆其父祖，於是盜心蹻行之士，亦莫非禹冠堯服者矣。人之生也，不能無羣；考羣之迹，不能無史。宗族爲民羣之一端，而族譜實羣史之一體也。尚古之時，有國史無家乘。族譜者，所以摭拾國史之所缺遺。蓋竊論之，古人之治族譜，存乎宗法之心，而蹈志在史乘之迹也。西人有言：欲識一人行誼之所自，粲然可覩者,其家庭環境是矣。然則,譜籍之事,立例容有未精,取材容有未當,其存在與否,蓋視作者之識見與方法矣。歲次丁亥,島夷蕩析,禹域重振,而吾宗以續修族譜聞,徵序於余。余疏愧無以應命,因率貢所見,大雅君子,幸垂而教焉。

民國歲次戊子春月之吉

南窰支廿七世裔孫　國立浙江大學文學士操南　撰

廿六世裔孫叔良　命男國學生秉南　謹錄

　　編者説明:本文據舊刻文録編。原文無標點,由編者酌點。

家藏明正德刻本《文獻通考》跋

余家舊藏《文獻通考》八十册。"文革"浩劫（中），被抄。（其後）無錫"兩清組"發還，散失成二十五册矣！此刊本與王重民撰《中國善本書提要》所識美國國會圖書館所藏"明正德間刻本"頁"十二行二十五字"同。白棉紙。首册前有元"番陽公門下士李漢思養吾"序，"至大戊申"爲至大元年。與《提要》所述"李謙思序［至大元年（一三〇八）］"同。惟李漢思作李謙思，"謙思"疑爲"漢思"誤也。

序首鈐印三："白雲先生藏書"，白文；"西寧侯印"，白文；又朱文一，汗漫已難辨矣。今印："無錫劉操南藏"。騎縫下刻吳萬成刊、成、易監刊、監、周能、劉丙、易贊、吳應龍寫、易監刊、劉丙、殷㮩、王賓、劉珊、傅權、周易、傅朝元、黃銑、劉震、黃定等不一。

次爲"進文獻通考"，於"延祐六年四月日弘文輔道粹德真人臣王壽衍上表"，與《提要》"王壽衍進書表［延祐六年（一三一九）］"亦合。

次爲至治二年（一三二二）六月"抄白"，述《文獻通考》發【現】、刊刻之事稽詳："皇帝又（聖）旨饒州路達魯花赤總管府承奉江浙等處行中書省掾史周仁榮……申准弘文輔道，粹德真人關欽……今訪至本路，切（竊）見樂平州儒人馬端臨前宋宰相碧梧先生之子……以所見聞，著成一書，名曰：《文獻通考》。凡二十四類，三百四十八卷……可謂濟世之儒，有用之學。解到繕寫《文獻通考》三百四十八卷，並序目，共計六十八册。得此，送據江浙儒司校勘……令人繕寫成帙，官爲鏤板，以廣其傳……本路繕寫完備，計六十八册……咨請照驗。准此送據禮部，呈翰林國史院考校……如蒙准呈，移咨本省於贍學錢糧内刻板印行……延祐五年十二月十八日，准弘文輔道粹德真人（關）尋訪至饒州路……今先將所定序目一本交（繳）連前去，盍爲轉申上司，令人繕寫成帙，校勘完備，官爲鏤板，以廣其傳。……延祐六年七月十二日，承奉省府劄付繕寫成帙，校勘無差，解省……雖奉省府劄付咨發都省轉翰林國史院考校得馬端臨所著《文獻通考》……委有俸人員禮請馬端臨親齎所著《文獻通考》的本文籍赴路，謄寫校勘，刊印施行，須至指揮。【另行】右下樂平州准此。"【另行】"至治二年六月　　日。"

次爲《自序》。

《文獻通考》卷之一題："鄱陽馬端臨貴輿著述，東陽邵幽宗周校刊"，與《提要》【所謂】"原題：'鄱陽馬端臨著述，東陽邵幽宗周校刊'"【略】同。惜卷之一、卷之二爲後人以黃紙抄補。餘卷均題："鄱陽馬端臨貴輿著"，不題校刊人名。

《文獻通考》卷之二百十八後有牌子，六字兩行【共】十二字曰："皇明正德藏在戊寅慎獨齋刊"，與《提要》所述"此本《善本書室藏書志》卷十三、《藝風藏書記》卷四並著録，並稱目録後有牌子云'皇明正德戊寅慎獨精舍刊行。'此本已剜去，割補之痕迹猶存"相應，可供參證。

余所見《文獻通考》後有題："守鄱陽馬端臨貴輿著，明蘄陽馮天馭應房校刊"本。頁十三行，行二十四字。

編者說明：本文據手稿録編。圓括號"（）"内文字爲編者據中華書局影印本《文獻通考》（1986年版）擬補；方括號"【】"内文字係編者酌加。

《〈紅樓〉叢稿》自序

劉姥姥誤入怡紅院，東也是幅美女，西又逢個雕架。萬户千門，耀眼生花。醉眼朦朧，倒在錦被綉褥，糊塗大睡。却有丫鬟跑來，滿把滿把的百合香投入爐中，脚不沾地被人拉了出去，叩頭砸舌，連問這裏是那位小姐的綉房，到底摸不透怡紅院是個啥樣子。

讀《紅樓夢》的，自從這書問世以還，確也熱鬧過多少陣子。有的遠遠望了一望，有的伸出手指觸了一觸，有的則深入其蘊，仔細體會一下。類多下筆萬言，頭頭是道。捲卷而思，閉目養神，亦有所悟。究竟事物的真相如何？大有探索商榷餘地。

有的説：研習《紅樓夢》，既要鑽得進，又要走得出。鑽得進，纔能一層一層深入其中，有所理解，有所分析，有所創見。如入寶山，探其英金；如遇群芳，擷其華粹；如對作者，娓娓傾談，理其精髓。走不出，便窒死在牛角尖裏。入乎其中，出乎其外。心遊六合，神寄八荒。收視回聽，把這作品放在一定的時空中，放在中國文化、中國社會、中國文學中來看，或許纔能有些悟入，進而讀通這部封建社會的百科全書。

自謂浮生碌碌。自弱冠以迄古稀，青燈照壁，冷雨敲窗，三更夢迴，寒燈唧唧之時，亦曾反復盥誦，點讀是書。時余屢弱多病，萬里投荒，亦曾潸然淚下；層雲慘咽，輒又悲憤填膺。初學詩時，於香菱苦吟，黛玉指示門徑，似有所悟。課餘之暇，在貴州湄潭永興場鹽王廟中，師友聚首，柏燈雨窗，時作夜談。復於江館教室，張貼緋紙，《千紅一哭 萬艷同悲》，縱談兒女命薄；亦曾寫作《賈寶玉的煩惱》，刊之《東方雜誌》……駒光如駛，倏忽已將半世矣。嗣後偶或寫出一些不成熟的看法，興之所至，不過在這紅樓的深院大宅門外略一淺探而已。一孔窺天，連劉姥姥的誤入都還談不上呢。

　　淺見薄識，深冀專家學者，不吝珠玉，引導升堂入室，不勝厚幸！

劉操南書於杭州文二街花園北村，時年七十有三

一九八九年六月二十五日

　　編者說明：本文據手稿錄編。《〈紅樓〉叢稿》未出版。

《〈紅樓夢〉彈詞開篇集》後記

　　自從曹雪芹的偉大巨著《紅樓夢》問世以來，各種民間曲藝，爭相改編演唱。在江南流行的彈詞中，《紅樓夢》雖未形成大套的成部"書"。民間藝人創作的"開篇"却很多。開篇在彈詞中，起着定場、定音、練喉、試嗓的作用。一般不用表白，塑造形象，抒發感情，形成懸念，對引導聽衆向曲折離奇的正書過渡，起着良好的作用。開篇所寫，大都形象生動，感情細膩，聯想豐富，通過音樂語言，它又可以作爲獨立的藝術形式單獨演唱。開篇自《紅樓夢》移植，進行再創作：一方面於人物的褒貶，情節的截取、安排，對原著的精神需要心領神會；同時，它又直接與廣大人民群衆見面，要能反映他們的願望、審美觀、倫理觀、道德觀和是非觀，以及情操與理想，兩者貫通。否則，就會受到冷遇，就會被淘汰。開篇訴之於耳，又常筆之書，兩者會之於心，旋律優美，辭藻清麗。典雅而不輕佻，通俗而不媚俗。雅俗共賞，深受群衆歡迎。這些彈詞開篇廣泛流傳，使《紅樓夢》的歷史悲劇意義，寓於情中，深入人心，有其特色與貢獻。

　　我在從事業餘的"紅學"研究的同時，接觸到大量《紅樓夢》彈詞開篇，竟得數百篇。這些開篇，大多是民間藝人根據《紅樓夢》一書中許多感人至深的情節改編創作的。這些通俗易懂、文情並茂的彈詞，從一個側面顯示了《紅樓夢》這部古典名著傳世後在社會上產生的廣泛影響。應當感謝出版社將我整理的《紅樓夢》彈詞開篇結集出版，貢獻給廣大讀者，使這些民間流傳的開篇不致因年深月久而風流雲散，又可爲彈詞藝術的繼承和革新，提供一點有益的資料。

本書所輯，附綴引用書目，所引篇目，出處輒多重見，唱詞亦有異文，篇後略加補注，以供參考。

本書之成，辱承馮其庸、徐行恭兩先生題詞、題詩；又蒙黃異庵、楊振雄兩先生，闞家蕡、陳其昌兩學長和王欣榮同志切磋獎掖；陳飛、范建明兩同志協助，敬致衷心的感謝！

限於水平，不當之處，祈請專家與讀者指正。

1985 年 5 月

編者説明：本文據浙江文藝出版社清樣録編。該社因故未能出版，後由學苑出版社出版（2003 年），此《後記》内容併入《前言》。

《水泊梁山》初稿後記

《水滸傳》的寫作，是群衆創作和文人創作相結合的。"水滸"故事，從北宋末年以來，就流傳在人民群衆中。最早表現在城市居民的街談巷說中；接着就有說話藝人播爲口頭說唱。南宋以還，說話事業發達，這樣綿延不斷，一直流傳到了今日。說話藝人的口頭創作，歷史上稱爲市人小說。他們的創作特色，總是根據他們自己的社會生活，所接觸的周圍人物，按照自己的是非、善惡、愛憎，把流傳下來的故事情節、綫索、輪廓，作爲素材，用自己的話說，即是循老先生傳下的書路，加以豐富和發展。用一種"不自覺的藝術形式"，把自己所知道的、所想像的東西擺進去，即對傳下來的口頭創作，不斷進行加工和改造。這樣就使"水滸"故事，由小到大，由淺入深，由簡轉繁，由低級發展爲高級。從形式看，故事篇幅，在稍長的歷史歲月中，增加了很多。爲了便於藝人傳授、演唱，就由一些藝人或藝人創作的組織（如"書會"）中的一些人（如"書會才人"）把它逐漸由部分的進而全面的記錄和編纂下來，成爲脚本。

記錄下來的脚本，當時想來不止一種，有甲的本，乙的本。這些本子水平不一定會齊一的，這裏自然還有個比較。本子多了，好的本子就會被人家知道，因而出了名。例如：歷史上所說的"施耐庵的本"，這種脚本就爲社會人士所注意和愛好。起先祇是藝人中傳閱，或者尚是一種不公開的，而且是被藝人保守着的作爲私人師徒傳授的伎藝的秘本，後來漸成爲公開的秘本。這樣書林即那時的出版社，爲了營業，就設法把它刻板印刷出來。刻印之時，自然又要做一些會合和修改潤飾的工作，使之更便於閱讀。傳授時，有些話，有些情節，不一定寫進去；或者寫得詳細些。因爲，傳授時祇依了它做個大綱，臨時有許多可以説的。傳授伎藝，不是看了本子就算的，更重要的是師傅一段段、一回回地演説和教導徒弟。刻印出來就不同了，不能脱枝脱節，必須全面完整地寫；幾種不同本子，必須截長補短。這樣就必請一些人來編纂，歷史上所説的"羅貫中編纂"，我們可從這個角度來考察。這樣《水滸傳》從它的創作過程説，漸由口頭創作而轉向書面讀物了。《水滸傳》成爲書面讀物，由於這書的文字基礎較好，這樣就不僅爲讀者所歡迎，也引起了文人的重視。由於種種原因，就有郭勳及其幕客、李卓吾、楊定見等一些學者的喜愛，對這書又不斷加以加工和提高，便使《水滸傳》一躍而爲文學名著。

《水滸傳》成爲書面讀物後，故事情節，逐漸趨於定型。而藝人説書，常是隨着社會發展，把自己的生活感受，把許多活生生的形象和場面，放進話裏。藝人的生活面是較爲廣闊的，聽衆的生活面也較爲廣闊的，藝人要把話説得好，他必須注意到他的加工廠作用，反映生活面的作用必然要做得好。藝人又是一個集體的、群衆的、歷史性的承前啓後的，這就使《水滸傳》總的説來是不斷發展的。後浪冲前浪，像蛇脱皮一樣，脱一層皮，就比先前長大一些。後來的作品，就突破過去的成就。所以藝人的口頭創作是不會定型的。但《水滸傳》成爲讀物，發展情況就不同了。加工和潤飾的，有些是書林雇請的文人，有些是愛好文學的學者，他們的生活面就狹窄了不少，接觸的讀者也不多，情況也不够瞭解。不是把原書作爲一根綫索，或作爲一條書路，隨着自己的生活感受，重新加工創作，而祇是就原書的内容，在情節上和文字上加以潤色和修改。所以，作爲書面讀物，文字上確是提高了，一次次的修改，一次次的提高。至於故事情節，大的輪廓上就祇是如此了。《水滸傳》從成爲書面讀物，變爲文學名著，這個功績是應歸功於文人的創造作用的；但這裏我們可以看出一個問題，也是一個客觀存在，似乎還沒有被人發見，或者至少可以說是還沒有被人十分重視，那就是《水滸傳》成書之後，文人所起的作用；或者《水滸傳》未成書前，藝人所起的作用，因而，認識到《水滸傳》是藝人和文人相結合共同創作的。還不知道：《水滸傳》成書以後，成爲文學名著以外，還有另外一個現象，即是《水滸傳》成書於元末明初，今本《水滸傳》的成就是在這個基礎上形成的。從南宋到元末六百年，藝人起了很大作用，作出巨大貢獻，奠定了今本《水滸傳》的成績；但自元末明初到今日，又六百年，"水滸"故事又不斷發展，藝人又作出了巨大貢獻。

假使今日有更好的條件，把這口頭創作記錄下來，形成《水滸傳》的第二個脚本，根據這個脚本，再加提高和潤飾，我可斷定這第二次從書面讀物成爲文學名著的《水滸傳》將遠遠超過第一次的。

關於這一點，我是深深感覺很少人注意到，或者沒有認識到，或者甚至於加以誹笑、壓抑，不肯加以條件，甚至把人家想創造的條件，采取不值一顧的態度，或陰風吹火的辦法來取消它。這就是很不應該的。關於這些，我曾作了一些努力，也曾作過不少鬥爭，似乎對於這事是有一些發言權的。我從少時，就歡喜聽書，接觸到一些東西，數十年來腦筋裏確也吃進去不少，現在就想把它倒出來。這個脚本留給後人，自己有條件，能夠做得多少加工工作，就做多少；條件沒有，那麼至少把腦筋吃進去的，根據自己的消化，把它吐出來。看來這工作量是十分大的，要擠業餘的時間，夜裏、假日、病中來寫，是較辛苦的。但我却不計較，我有這個毅力，來完成我的志願。還有一些更使我痛苦，祇有少數瞭解我的，給我鼓勵；但不少是橫加諷刺、污蔑；自己遊遊蕩蕩，忙於奔營，却不惜來打擊我。這種人，歷史是會給他们譴責的。我也没有時間和精力去對付他，隨他去吧！我還是做我的工作，對黨、對人民負責。

這個工作，我已做了許多年，現在已成初稿六十回，題名《水泊梁山》。有機會，想聽聽寶貴的意見，再加以修改，成爲定稿。再有時間，寫成百回書。熱烈盼望領導和群衆給我支持。這不是個人之幸，實也是國家學術之幸。滿口鮮紅血，祇當蘇木水，那也就算了；我自討苦吃而已，還説什麽呢？

編者説明：本文據手稿録編，原題《〈水泊梁山〉初稿六十回》，今題爲編者酌擬。

《待焚稿》自序

《詩》三百篇，漢儒謂之諫書。何耶？以詩之有作詩、賦詩、授詩之義之殊也。詩有其政治社會教育效益焉，讀者對象不同，詩作之美，誦之者可以刺矣。

"詩言志"，在心爲志，發言爲詩矣。故有真感情、真品格、真學問，然後可以爲詩也。論詩者，首論人之爲詩，是以人論詩也。然有詩之所以爲詩者；否則，未足以言詩矣。善言詩者，兩者當融合之。古之詩人，登車攬轡，有澄清天下之志。達則兼善天下，窮則獨善其身矣。樂以天下，憂以天下。附會風雅，玩物喪志，斯不足以言詩矣。

孟子云："禹思天下有溺者，猶己溺之也；稷思天下有饑者，猶己饑之也。"民胞物與，此吾華夏文明之優良傳統也。子思曰："居上不驕，爲下不倍。"故執政者，導之使言，而有采詩之官也。《詩序》謂："主文而譎諫。言之者無罪，聞之者足以戒。"孔子謂："《詩》可以興、可以觀、可以群、可以怨。"使詩爲民喉舌，而爲國家長治久安計也。

編者說明：本文據手稿録編，《待焚稿》，未見。

《〈海島算經〉新釋》自序

劉徽《九章算術·序》云："輒造重差，并爲注解。以究古人之意，綴於句股之下。"唐書《經籍志》稱《九章算術》十卷，劉徽撰。蓋以九章九卷，合重差一卷而十也。又稱有《九章重差圖》一卷，則圖本單行，故別著録。至唐代，有李淳風注本，稱《海島算經》。立於學官，爲《算經十書》之一。徽本以《周禮》九數中重差命名，不名"海島"；後人因卷首以望海島立表設問，遂改名之。

清初，無傳本，惟散見於《永樂大典》中。乾隆乙未(1775)，戴震哀而輯之，得九題，仍爲一卷。僅存李淳風釋，而徽注已佚矣。震嘗爲《九章算術》撰訂訛補圖，而於"海島"，則祇於李淳風釋下略加按語，校正其誤，其他則付闕如。微波榭本《海島算經》卷後有正訛兩條，俱涉第一題術，李淳風注釋了無深意。鍾祥李潢撰《九章算術細草圖説》九卷，附"海島"一卷。書甫寫定即歿(1811?)，遺囑其弟子吳門沈欽裴續成之，然後付梓(1820)。戴敦源(東原)爲李潢遺著撰序云："其自序重差圖云：圖九，望海島舊有圖解，餘八圖今所補也。"則海島圖説，潢固嘗自作也。《疇人傳》卷四十二龔澍(1739—1799)傳言："讀《海島算經》，謂清淵白石術，其'又術'於率不通；《海島》九問，惟此有'又術'，當自後人竄入，非劉徽本文。李淳風依數推衍，蓋未嘗深思其故也。"(南按：此爲《海島算經》第七題，其第一術尚可化簡，非最後之算式;第二術之式爲特解,非通解。李氏依數推衍,實未嘗深思其故也。又第三題術,以入索乘後去表,以兩表相去除之,所得爲景差,不知此"景差"二字,當作何解?第六、第八、第九三題,皆用後去表乘入索,被除於表間入算,而無"景差"之稱。疑第三題術"爲景差"三字爲衍文也。)糾繆發覆,在《海島算經細草圖説》之前,是可尚矣。諸可寶《疇人傳三編》卷二,言德清徐養源(1758—1825)著有《九章重差補圖》,但世無傳本。《周禮》九數有重差之目,至劉徽始勒而成書。唐人又改名《海島》。《唐書・選舉志》稱:"算學生,《九章》《海島》共限習三年;試《九章》三條,《海島》一條。"則此書於唐代甚見重矣。

重差術,古之應用幾何也。應用於測量,以度高望遠也。劉徽《九章算術・序》論求日高術云:"立兩表於洛陽之城,令高八尺,南北各盡平地,同日度其正中之時,以景差爲法,表高乘表間爲實,實如法而一,所得加表高,即日去地也。"按此即第一題"望海島術"。所謂"景差",是日影之相差,與第一題文中之"相多"同意。由此知《海島算經》之作,不僅爲學術之研究也。

夫一時代有一時代之學術系統,《海島算經》有其歷史上之價值,當此整理故學之時,新解之作,亦不容緩。若就古人之思,達以今人之筆,即不諳古數學之名辭藴義者,亦無扞格,然後可進而評述書在數學上造詣。操南竊本斯旨,撰爲此編。

脱稿之後,呈正於錢琢如先生,錢先生曰:"《海島算經》九題,其第一題重表測高,第三題連索致遠,第四題累矩測深,雖皆經兩次測望,以推高遠,而句股之用法各異,算術不相因襲,允爲重差本術。孤離三望之題四則,皆於用重差本術之後,又轉求他矩者,故應置第二題於第一題後;第六、第八題於第三題後;第五題於第四題之後,用資識別。第九題爲離而又旁求者,四望之題,次於第六題之後;若第七題雖亦四望,然只是兩次累距,非所謂離而又旁求者也。蓋九題所用之演算法，有獨立者，有相承用者。以是爲準則，題次與傳本當有所更動也。"又曰："新解可證原術之精審，然推究劉徽造重差術之始末，是否已有相似三角形之認識？（相當邊有比例，不限於句股形。）算式變化，是否已達純熟程度？分數式之表示方式又屬如何？"則原注已久佚，頗難稽考矣。是則新解之作，雖可證明其題意，謂爲契合古人，則猶未敢言也。

一九四二年十月　序於國立浙江大學

編者説明：本文據尤抄稿録編，文後尚有《凡例》兩條，兹附於下：

附録：

《〈海島算經〉新釋》凡例

一、《海島算經》近世傳本有三：《武英殿叢書》本、《四庫全書》本與孔氏微波榭本。此三本皆戴震自《永樂大典》中輯出。戴氏裒輯算經時，對於《永樂大典》所徵引，時有疑義。因於武英殿本中，加夾行小注按語説明。惟此按語於四庫本與孔氏微波榭本中則皆删去，僅存書後訂訛兩條。故三本中以殿本爲佳。此釋以殿本爲底本。戴氏按語用小一號字排印，並用括弧爲别。

二、劉徽原書未言立術之意，此釋運用相似三角形原理解之；未敢言闡發劉氏之藴，不過爲初學讀古算書之一助耳。

《〈九執曆〉解》自序

嘗讀釋氏之書，以須彌山爲天地之正中，忉利天居其頂，四王天居其半，而日月環繞須彌，不入地下；次及平地，乃有四大部洲。

按此說，我國"蓋天說"有相似處。其論天地形體，妄誕不經，又安能實測七政經緯度分，與天吻合？彼國之曆，殆錯亂無紀者耶？既又疑回回與大西洋皆事佛，後乃別立教宗。何以曆法屢變益精，至爭勝於中土？豈其別有師承，而無與釋氏事耶？

今讀《九執曆》法，乃知回回、泰西，其曆皆淵源於天竺，而向之詆訾釋氏者，殊未得其眞也。唐開元中瞿曇悉達奉詔譯《九執曆》，其見《新唐書·曆志》者，寥寥數語。惟《開元占經》卷一百四備載其推躔離交食之術。度起春分，月起合朔，周天三百六十度，度析六十分。日月皆有小輪，以高卑爲加減之限。日月徑與影徑亦同高卑，而有大小日食。用黃平象限，定南北差，亦有周徑密率，亦用弦切二綫，推晝夜刻，及黃平象限宮度。

凡此數端，回曆與歐邏巴並有之，而溯厥由來，則非梵曆不爲功也。梵曆日最高恒在夏至前十度，而回曆有最高行；梵曆月止一小輪，而回曆益以次輪，歐邏巴又益以次均輪；梵曆推盈縮遲疾及日月距緯，並用正弦比例；而回曆用平三角、弧三角法；梵曆影徑止論月高卑，而回曆兼論日高卑；梵曆日食，止有南北差，而回曆更有東西差……此皆屢測屢推，由疏入密，而苟非有前之疏，無以得後之密也。梵曆命日起子正，而回曆起午正；梵曆分一日爲六十刻，刻析六十分，而回曆分一日爲二十四時，時析四刻，刻析十五分。此其起數不同，而無與於曆法之疏密者也。月小輪不與白道平行，月行小輪固能加減其緯度。此惟梵曆有之，而曆家棄置不用。蓋無當於天行，要其假象定數，倚數立法，首尾條貫，亦自成一家言。獨怪譯書者，分段列數，而無一語明言其立法之根。豈唐荆川所謂藝士著書，往往以祕其機緘爲奇耶？占候之於曆法，猶冰炭也。悉達既通曆法，而全書皆言占候，不免金屑雜於泥沙。豈奉敕撰書，有出於不得已者耶？

且夫曆何自昉哉？中土調曆，肇自軒轅。其後堯命羲和，曆象日月星辰。舜在璿璣玉衡，以齊七政。歷夏、殷、周三代，踵事增修。其立法之奇妙，義蘊之奧衍，必有什伯千萬於是者。秦火以後，古籍散亡，而六經諸子之文，旁見側出，皆與西曆相通。梅定九、戴東原諸君，言之詳矣。惟是泰西之法，本於回回，而回曆譯於明初，距周末已千六百餘載。源流授受，疑莫能明。今觀梵曆十九年七閏之率，正與古同。日月平行實行之算，與中曆亦相近。以較噶西尼新法盈縮大差多十八分，黃赤大距多四分，西人謂：兩心差，古大今小。黃赤道，古遠今近，得此證之始明。此固上承古法，下接西法，爲曆算中之一大關鍵矣。

釋氏分天下爲四大部洲：東勝神洲，南瞻部洲，西牛賀洲，北俱蘆洲，皆以日環繞一周爲一晝夜，此即《周髀》所謂：日行極東，東方日中，西方夜半；日行極南，南方日中，北方夜半；日行極西，西方日中，東方夜半；日行極北，北方日中，南方夜半。上合於《堯典》寅餞永短四方分測之文，下合於新法南北東西里差加減之算。蛛絲馬迹，歷歷可尋。惜其雜以悠謬荒唐之語，意在警世駭俗，而轉以起識者之疑。然因此而並疑其曆法，則又非也。

古聖人盛德所被，四夷來王。積石三危，本《禹貢》雍州之

域,西戎即叙昆侖與焉。又況《史記》明言:幽厲之後,疇人子弟
分散,或在諸夏,或在夷狄。小輪不同心天之算,我則失之,彼則
得之。

按此是無稽附會之説。梵曆小輪不同心天之算,實出於希
臘,乃自阿拉伯傳之於印度者。

烏呼,識其然! 烏呼,識其不然! 唐三藏奉詔取經,獨不及
於曆算,可謂拾其糟粕,而棄其精華。歐邏巴大聲闢佛,不自知
其由梵曆而加精。所述彼國改憲諸人,有在秦漢前者,如默冬、
亞里大各之類,半屬子虛,無從勘驗。今以《九執曆》徵之,猶搜
盜者之獲,得真贓矣。

按此顧氏未諳泰西曆學源流,因有此誤。

"九執"二字,義殊難解。《大衍曆》議云:"天竺曆以九執之
情,皆有所好惡,遇其所好之星,則趣之行疾,舍之行遲。"後周王
樸云:食神首尾,蓋天竺番僧之妖説也。"後學者不能詳知,因言
曆有九曜,以爲注曆之常式。"據此二條,是以日月五星,并羅計
而爲九也。羅計有數無象,乃與七政並稱九曜,誠爲失之。然曆
法疏密,驗在交食,用以注曆,亦可知食限之淺深。王氏之説,未
免以辭而害意矣。方今曆學大明,中西一貫,獨《九執曆》隱在
《占經》,世無刊本,輾轉傳寫,致錯誤不可通。余爲推尋本末,稍
以新法通其所窮。動刀甚微,謋然已解。因一一推明其立法之
故,得曆解若干條。世有子雲,或不以覆瓿置之乎?

丙申清明日序

編者説明:本文據手稿録編。劉録稿附記:丙申清明爲
1956 年 4 月 5 日。

《秘抄白蛇奇傳》題記

關於《白蛇傳》，一般研究民間文學的學者都認爲："《白蛇傳》是千百年來人民所積累創造出來的一個美麗神話故事。"我說：這一看法不够確切。白蛇故事，是從一個妖怪故事逐漸變爲一個美麗的神話故事的。

白蛇故事在唐代有無名氏撰的《白蛇記》，見於《太平廣記》；在宋代有《西湖三塔記》，見於《清平山堂話本》。《白蛇記》中寫一個青年李璜，受了媚婦的誘惑，同宿一宵，回家毒發而死。這媚婦原來是個妖精，是白蛇變的。在這故事中，又記另一少年李瑄，也受她的誘惑，腦疼而死。《西湖三塔記》中出現三個妖精：鷄妖、獺妖和白蛇妖。有個青年奚宣贊，無意中跑到白蛇妖的家中，做了半月夫妻，險些被她吃掉。白蛇妖當着奚宣贊的面，吃了她已玩够了的男人的心。後來，這三個妖精被奚真人鎮壓在西湖的三個石塔裏面。這兩篇作品，可以説是白蛇故事的雛型。

白蛇故事衍變到了明代，在馮夢龍修訂的《警世通言》中，有《白娘子永鎮雷峰塔》的短篇小説。這篇小説寫許宣與白娘相互愛慕，結爲夫婦。後來，許宣受到白娘威脅，向法海求救，法海遂把白娘鎮壓在雷峰塔中。在這裏，從許宣對白娘的關係來説，許宣有熱愛白娘的一面，也有對她懷疑、害怕的一面。許宣無法對抗白娘的妖氣，遂向法海乞援。這時的白蛇故事，主要矛盾表現在許宣與白娘之間，法海祇是站在許宣一邊而已。在這作品中，人妖兩種思想，即封建性和人民性是交叉存在着的。不過從總的思想傾向説，對於白娘形象的塑造是歌頌她的人性一面的。白娘爲了忠實於愛情，追求和保衛幸福生活，敢於向官府鬥爭。盜贓銀、吊打道士和嚇倒李將仕，幫助許宣成家立業，這點，在《西湖三塔記》中是尋找不到的。

白蛇故事衍變到了清代，在彈詞藝人手中比之在《白娘子永鎮雷峰塔》中所寫的，大大地發展了。我家藏有《秘抄白蛇奇傳》三十二集，是很能説明這個問題的。這是白蛇故事從一個妖怪故事衍變成爲一個美麗神話故事的一個飛躍，一個重要的轉折點。在這作品中，白娘對於許宣並不懷有任何惡意；相反的，她是忠貞於愛情，爲了搭救許宣，白娘舍命千里迢迢到昆侖山去"盜草"；爲了與許宣團聚，水漫金山與法海堅決鬥爭。許宣與白娘，從本質上説，是並無多少矛盾的。他倆之間，有時也有矛盾，祇是許宣受了人家擺布，一時迷惑而已。法海從旁插手，是一種破壞行爲。在這作品中，我們一方面敬愛白娘的大賢大德；另一方面卻又同情她的遭遇。白娘隨時提心吊膽，"閉門家裏坐，禍從天上來"。丈夫許宣逃不出法海的圈套，也不時提心吊膽，感到"來日大難，禍至無日""一隻金鉢從天降，拿它不動重如山"。這就使作品顯示了在封建社會裏，封建勢力是隨時會向一個尋常百姓的家庭進行襲擊的。這樣就使這作品所表現的主要矛盾，從流傳明代的白蛇故事的白娘與許宣之間矛盾，轉向白娘、許宣與法海的矛盾了。歷史上不是説白娘是蛇精嗎？法海用佛法來鎮壓白娘時，白娘作爲一個婦女，怎樣來反抗呢？她就用"妖"來反抗。這樣就使作品中所謂的"妖"，實質就是反抗宿命的代名詞了。這樣的"妖氣"，就不是"妖氣"，而是神話了。

關於白蛇故事衍變，到了《秘抄白蛇奇傳》便真正成爲"奇傳”了。纂修這書的作者朱香王氏在《序》中對此大爲驚贊：

> 今南詞中所謂《白蛇傳》一書，固爲一妖而傳耳。試觀其立心之義，處事之奇，賞識者亦未嘗不爲之驚訝，且嘖嘖於齒頰餘者也。獨是秘録者雖多，坊刻者亦復不少。然其情節之不符，事實之過謬，顧余幼小之所觀者，不啻天壤矣！故不禁喟然而歎曰：是傳事出於元季，地屬乎武林，又烏難考其事而稽其地歟？何作者之妄加謬誕之筆耶？

《秘抄白蛇奇傳》三十二集，是武林朱香王氏根據他“昔者至錢塘，余已竊聞其事矣”，“然其年時、事迹、姓氏、里居，無不考諸史籍，問諸父老，而自信無謬飾者矣”，“纂改”而成。朱氏在嘉慶乙丑三月（1805年）“染軟足病”，費十餘年心血，與胥塘倪雲閑氏“共相參較”，在“丙子冬”（1816年）“告成”，至“丁丑春”（1817年）“匯抄成帙”。這是《白蛇傳》彈詞今日所見可能是傳世最早、數量最多的，值得珍視。鄭振鐸《中國俗文學史》云：“今所知最早的彈唱故事的彈詞，爲明末的《白蛇傳》。我所得的一個《白蛇傳》的抄本，爲崇禎間所抄。現在所發現的彈詞，無更古於此者。”但此本《西諦書目》未注録，後人檢其遺書，也未睹及。《江蘇南部民間戲曲説唱音樂集·評彈及其音樂》云：“明崇禎間，有《白蛇傳彈詞》，其抄本至今尚存，應該是彈詞的最早作品之一。”此説可能亦源於鄭氏。書今下落不明。《秘抄白蛇奇傳》三十二集，分訂三十二册，每册百頁，頁五百言，共計一百六十萬言左右。這應該可以説是傳世的《白蛇傳》數量最可觀的。

（原刊《書林雜志》 1981年第6期上海人民出版社）

編者説明：本文據原刊録編，又刊《杭州曲藝評論二集》，題作《南詞〈秘抄白蛇奇傳〉題記》。又有代抄稿，后附有"目録"；另有"叙録"一段，兹并附於下。劉録稿附記云："據《文匯報》1984年 4 月 22 日星期日第二版《采集到一批〈白蛇傳〉珍貴資料》中提到：由劉操南發現的三十二集《秘抄白蛇奇傳》，被認爲是《白蛇傳》彈詞傳世最早、篇幅最多的一個抄本。"

附録一：

今録數集目録如次：

第一集

付缽　下山　結義　認鬟　盜庫　傚俗　識面　捕盜掃墓　遊湖　遇情　附舟

第六集

鬥法　詐病　端陽　驚斃　仙山　盜草　遇剋　救度還陽　詰婢

第十五集

指腹　勸房　描容　賜麟　托姑　合缽

第二十一集

出師　捷報　驚書　憂兒　責婢　閨泣　勸畫　出塞問曹

第三十二集

路祭　送葬　回山　搬家　泣墓　修圓

附録二:

　　《秘抄白蛇奇傳》三十二集,分訂三十二册,每册百頁,頁五百言,計百六十萬言。武林朱香玉在嘉慶乙丑三月"染軟足病",費時十餘年,與胥塘倪雲閑氏"共相參較",在"丙子冬"告成。"丁丑春""匯抄成帙"。此爲《白蛇傳》彈詞傳世最早,數量最多的孤本,爲文物寶貴資料。於兩省一市《白蛇傳》會議上鑒定,今爲海内外研究民間文學及彈詞者共知。點校出版,將爲學者珍視。

《近百年詩詞集序跋選》序

自社會發展史言之：政治思想體系，社會主義自然勝於資本主義，資本主義勝於封建主義；但自個人文化修養而言，未必秦漢人遜於唐宋，唐宋人遜於明清，古人不及今人，這就需作具體分析。詩者，陶冶性情，爲美學教育，含有文化修養在焉，未可以時代先後一刀切論之也。

一個民族之文化，自爲一整體也。今日當以先進之科學文化爲主體，但亦包括成熟之人文文化，亦涵蘊人類早期之自然文化。海納百川，有容乃大。數者關係，時有交替。有的則爲繼承與發展；有的則爲矛盾而後統一，然絕非悉爲水火之不相容也。科學文化能將人文文化、自然文化徹底否定而排除之乎？糟粕自須批判，精華則爲優良傳統，當繼承而闡發之也。中國在西周之時，早定《詩》、《書》、禮、樂爲四教，而詩列其首，可見其重視矣。治理國家、社會管理，重視詩之形象教育，以爲"興於詩"也。寖至成爲民族文化核心，詩之魂，亦國之魂也。

"五四"之際，學人倡言"禮教吃人"。發其偏激之辭，以爲一部《廿四史》燈下讀之，字縫中祇跳出"吃人"兩字。古來典章制度，夥矣！時有損益，窮則變，變則通。有其吃人一面；亦有其生人一面；有其弊，亦有其利；有其過，亦有其功。自辯證法視之，固當如是。歷史事實，亦如是也。倘若祇是吃人，吃數千年，炎黃子孫當已靡有孑遺矣，尚有中華民族與人民共和國乎？嗚呼！何其不思之甚也！是時傳統詩詞，倍受歧視，遑論詩之教矣！

邇來"弘揚詩教"漸爲海內外學者所倡導，余聞而躍然，不禁有空谷足音之喜也！馬來西亞詩詞研究家有言："詩教以興，戾氣漸爲正氣所化；大道自遠，鼓聲自逐詩聲而和。金石絲簧，長楊鄒魯；弦歌經史，不斷泗洙。"伊川披髮野祭，倘所謂"禮失而求之野"歟？

或曰：中國詩之國，亦詩教之國也。"興於詩"，知國家振興之需詩也；"詩言志"，知人立志之需詩也。於是，知人之所以爲詩，與詩之所以爲詩，而精神文明亦得從而闡發矣。詩固非玩物喪志，雕蟲篆刻之所能奏其功也。

毛兄大風、王兄斯琴以詩文鳴，余之畏友也。近輯近百年詩詞集序跋爲集，顏曰《近百年詩詞集序跋選》。諸序跋也，或敘吟詠之原委，或闡創作精義。上懷國家，下哀民生。嚴以律己，寬以待人。言志緣情，敦品立行。事出於沉思，義歸乎翰藻。突出愛國主義、社會主義，爲時爲民而作。乃人民之喉舌，即時代之風雷。興、觀、群、怨，而後可窺詩之魂與國之魂矣。然則此材料之提供，左右采之。椎輪爲大輅之始，從而探索近百年來詩運之蘊藉、顯晦；其於宏揚詩教，切磋詩藝；蓽路藍縷，以啓山林，厥功爲匪淺鮮矣！書成，徵序於余。余不工詩，然感於詩教之荒落也久矣！不辭譾陋，貢其微忱。大雅君子，幸垂教之。

一九九〇年一月

梁溪狂叟劉操南

序於杭州文二路花園北村

（原載毛大風、王斯琴《近百年詩詞集序跋選》　錢江詩社 1991 年）

編者説明：本文據原載録編。

《一代宗師竺可楨》前言

竺可楨，字藕舫。浙江上虞縣東關鎮（今屬紹興市）人。生於清光緒十六年農曆二月十七日，即公元 1890 年 3 月 7 日，卒於 1974 年 2 月 7 日，享年 84 歲。1990 年 3 月爲竺氏誕生一百周歲紀念。

竺可楨是我的老師。這一百年間，跨越 19－20 兩個世紀。竺師生逢國家急劇動蕩變革之秋，獻身於科學、教育事業。古人說的"仁以爲己任，不亦重乎！死而後已，不亦遠乎！"可謂任重道遠者矣！竺師是知識分子的傑出人物和優秀代表；是中國近代科學家、教育家的一面旗幟；氣象學界、地理學界的一代宗師；獻身於共產主義事業的一名忠誠戰士。

竺師讀書起步較早，三歲能背誦唐詩，七歲作文，十六歲離鄉，考入上海澄衷學堂，繼入唐山路礦學堂。1910 年夏，以"庚款公費生"出國，詣美國伊利諾斯大學學習農業科學，獲學士學位。1913 年秋，考入哈佛大學研究院地學系，學習氣象學。與北美同學發起成立"中國科學社"，撰寫論文，引起國際上的重視。1916 年，在《科學》上發表《中國之雨量及風暴說》，文中憂國憂民之心，躍然紙上。1918 年獲哈佛大學博士學位。他放棄留美優厚待遇，矢志"以科學之方法，研察吾國民族"，"壯心膽，勵志節，悉今日之急務！"毅然返國。

返國後,竺師從 1918 年至 1926 年九年間,在武昌高等師範學校(今武漢大學前身)和南京高等師範學校(今南京大學前身)等著名大學任教與講學;並在東南大學創辦地學系。1927 年應大學院(中央研究院)院長蔡元培先生之邀,在南京籌建氣象研究所,使中國氣象事業初具規模。

從 1922 年至 1935 年這十三年間,竺師 30 餘歲至 40 餘歲,是他學術著作的發皇時期。博學審問,到了晚年而益臻完善。竺師治學,重視實驗,高瞻遠矚,博覽群書,翱翔馳騁於中國特有的豐贍的歷史文獻和近代當代歐美科學成就之間。學貫中西,文理滲透,予以融合和闡發。他的科研,跨越了不少學科,開拓了許多新的領域,從而形成具有中國特色的新學科的特殊風格和特殊貢獻。這一特色,不少教授尊稱之爲"竺學"。就學科說,竺師在氣象學、地理學、自然科學史等方面成就卓越;在颱風、季風,區域氣候、農業氣候、物候學和氣候變化等方面有着獨特的貢獻。竺師是中國近代地理學和近代氣象學的奠基人,同時又是一位傑出的物候學者。

1936 年 4 月 25 日,竺師出任國立浙江大學校長。1937 年 11 月,他率領浙大師生西遷。他以一介書生,身負重任。有的教授回憶當年,風趣地說:宛如劉備携民渡江,險阻艱難,備嘗之矣! 從浙江出發,途經江西、湖南、廣東、廣西,抵達貴州遵義,正好與震撼世界的中國工農紅軍二萬五千里長征的前半段行軍路綫一致,時間在它的後三年。因此有人贊譽這是一支"文軍的長征"。這確是中華教育史上光輝的一頁。

從 1936 年 4 月 25 日至 1949 年 9 月 4 日,竺師擔任浙大校長十三年,大部分時間是在外敵入侵、環境惡劣的艱難歲月裏度過的。在此時期,竺師從 47 歲至 60 歲,正富於春秋,學力、膽識和精神最爲充沛。竺師面臨的現實、時代的變化最爲劇烈,任務最爲艱巨。"今日是桃李芬芳,明天要作社會的棟梁。"他爲中華民族培育了衆多的國家建設人才和科學技術人才,成就最見精華,從而成爲中國近代有數的教育家之一。有好幾位著名老教授迄今未能忘懷他的貢獻,説中國近代有兩位偉大的大學校長:一推蔡元培先生;一推竺可楨先生。給予很高的評價。

抗日戰爭的艱難歲月,"將欲抗頑虜、復失壤、興舊邦,其必由學乎?"正是激發浙大師生"天之將降大任於是人也"的時代。"以科學之方法","悉今日之急務"。竺師是第一流科學家,想把浙大辦成第一流大學。《就職演辭》中,就説明他的辦學宗旨:"第一須明白過去的歷史,第二應瞭解目前的環境","憑藉本國的文化基礎,吸收世界文化的精華",重視國情,同時"審察世界的潮流。"這樣"養成的人才,纔能符合今日的需要"。竺師的教育因而重在突出愛國主義,他向同學介紹浙江明清兩學者時説:"梨洲、舜水二位先生留給我們的教訓,就是一方爲學問而努力,一方爲民族而奮鬥。"指出致力學問,同時就是以身許國。在宜山時,竺師"決定校訓爲'求是'兩字",強調求是精神就是科學精神、犧牲精神,必須身體力行。曾謂:"校訓爲求是,實事求是,自易瞭然;然而言易行難,一旦利害衝突,甚難實行'求是'精神。近世科學始祖,首推哥白尼、伽利略以及布魯諾三氏,除前一人著書外,後二人一秉求是精神,歷險如夷,視死如歸,以身殉科學。"贊美"壯哉,求是精神! 此固非有血氣毅力大勇者不足與言"。他崇揚王陽明的知行合一學説,"行之明覺精察處,便是知;知之真切篤實處,便是行"。治學主張"求是的路徑,《中庸》説得最好,就是'博學之、審問之、慎思之、明辨之,篤行之'"。竺師倡導辦綜合性大學,各學科纔能滲透,相互灌溉,"百川匯海,方成其大"。馬一浮先生爲浙大作校歌,首言:"大不自多,海納江河。惟學無際,際於天地。"又述"昔言求是,實啓爾求真"。爲學爲人，以追求真理爲依歸，體現了浙大的求是精神。

竺師倡導學術民主，教授治校，尊重知識，尊重人才，謂："教授是大學的靈魂，一個大學學風的優劣，全視教授人選爲轉移。假使大學裏有許多教授，以研究學問爲畢生事業，以作育後進爲無上職責，自然會養成良好的學風，不斷的培育出來博學敦行的學者。"竺師的倡導，使浙大學術空氣濃厚，蔚然成風，人才輩出。英國學者李約瑟於 1944 年 4 月到浙大參觀時，曾譽浙大爲"東方的劍橋"。

竺師待人真誠，光明磊落。上上下下，豁然大公。正直不阿，虛懷若谷。自奉甚儉，刻苦勤奮。堅持民主作風，把自己與別人放在平等地位。辦事有組織才能、行政管理才能，把各個人的各種積極因素調動起來。高風亮節，使人敬仰，樂於和他合作共事。在社會上、學校中有着崇高的威望和凝聚力。今日海內外及港臺人士一提及竺校長，莫不肅然起敬，感到仰之彌高，鑽之彌堅。

竺師對科學和教育事業的熱愛，源於對祖國和人民的熱愛，力圖改變中國貧窮落後的面貌和被侵略、受屈辱的地位，從而矢志創建和發展中國的科學事業，爲中國培養出一大批有抱負和有學識的人才。正因爲有着這顆赤誠之心，竺師在學習和實踐馬列主義的過程中，逐步建立起科學的共產主義世界觀，從而發展成爲一名獻身於共產主義事業的忠誠戰士。

一個對人民有着貢獻的科學家和教育家，人民是永遠懷念的。浙江省政協文史資料委員會決定在竺師百歲誕辰紀念之際，邀請海內外學人撰述回憶，出版專輯。情見乎辭，倍覺親切。遊揚德業，褒贊行誼；略綜史實，稍輯文華。紀念爲了學習。追思往事，所以激勵後學。借用孟子説的一句話：聞竺師之風者，"頑夫廉，懦夫有立志"矣！叨蒙該會委爲本書主編，書成之日，爰綴數語，以弁卷首，略表敬師之微意云耳。

（原載《一代宗師竺可楨》　浙江人民出版社 1990 年 3 月版）

編者説明：本文據原載録編。

《闞家蓂詩詞集》序

　　闞家蓂教授，安徽合肥人。畢業於國立浙江大學，余之同窗畏友也。一九四九年赴美求學，寄居彼邦已三十餘年矣！曾獲美國沙拉古斯（Syracuse）大學地理學碩士，任職美國麻省理工學院，任美國三一學院及臺灣大學、臺灣文化大學教授。現定居美國匹茲堡。近歲時返祖國講學、觀光。

　　高樓望雲，去國懷鄉，魂牽夢縈，一往情深。曾撰《思蒓集》《大洋兩岸》二書，以抒懷抱。愛國之藎，思親之誠，朋友嚶鳴相契之深，出之肺腑，情動辭發，托之吟詠。造境曠逸，托情綿邈；澡雪精神，上薄《風》《騷》。天地間唯真學問、真感情可以用世，可以感人，歷久而勿替。若家蓂學長之學之才，奕世未易旦暮遇之者也。

　　嘗讀《秦風・蒹葭》之篇："蒹葭蒼蒼，白露爲霜。所謂伊人，在水一方。溯洄從之，道阻且長。溯游從之，宛在水中央。"以爲捕捉形象，反映現實，情既深摯，語不沾滯。又讀《楚辭・湘夫人》："帝子降兮北渚，目眇眇兮愁予；嫋嫋兮秋風，洞庭波兮木葉下！"寫帝子欲降，望之未見，會之無因，爲之悵惘也。帝既降兮，迎之爲是，何以愁耶？帝未降也，何用眇眇？帝欲降兮，然未降也，故眇眇愁。風着枝頭，則木葉下兮；風行水面，則洞庭波兮。神既愁兮，則天地爲之凄惻，洞庭波而木葉下矣。然則帝子降乎否耶？辭未明言。寫秋適成寫愁，寫愁則帝子之降與否？可以思過半矣。吳夢窗詞云:"何處合成愁,離人心上秋!"文境之妙,往往於斯窺之。余於家冀學長實不勝伊人秋水、帝子降兮思矣!而讀學長創作於藝術傳統,又欣佩伊之深得其蘊藉焉。久居北美,詠《蝶戀花》詞云:"老去何堪常惜別,斜日閑階,蕩蕩深秋節。淡墨蠻箋重複疊,離思滿紙無人説。　立盡西樓聽落葉,倦柳疏槐,瑟瑟風前咽。數點蒼煙林外結,遙天雁度嘹空闊。"沉鬱頓宕,顯其羈旅孤怯之情也。遊臺灣時,觀烏來之瀑,詩云:"天開奇境恍如偓,試看坤輿運轉乾。巨斧中分劈地脉,雙峰齊插聳雲邊。敢將一纜橫空接,更把綾羅玉帶牽。百萬中洲僑寓客,勿辜美景度虛年。"牽綫搭橋,借題發揮,其熱盼祖國統一之忱,肺肝見矣。及夫詠居寓所,《鷗鷓天》詞云:"石徑彎彎樹影斜,紅牆綠草是吾家。春煙淡淡花披錦,彩雲悠悠簾捲霞。　風送暖,鳥栖椏,涼亭待月話桑麻。功名利祿原非好,只願山林老歲華。"旖旎之景,飛垂眼簾;欣悦之情,躍然紙上,而優遊林下,則中心藏之,何日忘之。至於《憶秦娥》詞云:"飛六出,八方凍合天沉寂。天沉寂:千林玉綴,萬岡銀飾。中衢車馬全消失,色空世界無空色。無空色:乾坤瑩潔,此心澄逸。"客館淒清,時值北美大雪,天寂地靜,孤懷眇眇。高瞻遠矚,則心遊六合,神寄八荒者矣。《虞書》云:"詩言志。"家冀學長志士仁人也。賦物詠懷,義弘比興。《風》《騷》重唱,繼承發展。寫此時此地,蹊徑獨運。然則其所創作,又安得不謂之"柳暗花明又一村"乎!

　　　一九八五年九月於杭州市文二街花園新村高知樓

　　　(原載《闕家冀詩詞集》　中國友誼出版公司1987年版)

　　編者説明:本文據原載録編。劉録稿附記云:"(寫本文)時母親住浙一醫院,危在旦夕。"

《天涯赤子情——港臺和海外學人憶浙大》序

　　回憶四十年前，我在貴州遵義國立浙江大學讀書，同窗情誼，可稱風雨一堂，苔岑相契。嗣後，許多學長出國留學去了。異域爭籌，不少留在那兒工作。現在散居在北美、加拿大，新加坡，以及臺灣、香港等地。有些學長有緣相見，魚雁往返。臺灣大學傑人方豪教授，在貴州浙大講學，蒙師青睞，惠予教誨，往事湧上心頭，爰賦七律兩首空投。北美校友謝覺民、闞家蓂賢伉儷學長於一九八○年聯翩蒞杭，舊雨重逢，暢談衷曲，空谷足音，登然心喜。乘其返美，帶書轉寄臺灣。方師今已謝世，心甚快快。嗣後學長惠書日增，思想交流，感情加深。學長們身在天涯，心存魏闕；高樓望雲，去國懷鄉；馨欬珠玉，卷舒風雲，展誦來書，爲他們的赤子之心深深地感動。學長們偶撰回憶錄，情動辭發，稱心而言；文質彬彬，實事求是。時浙江省政協文史資料研究委員會有向海外徵稿之議，遂向該會建議，編輯一書，列入浙江文史資料專輯。經過討論，給予肯定，委託由我主編。爰將此事與北美浙大校友會聯繫，獲得熱情支持。北美張榮學長、姚慧英學長，將浙大北美校友會通訊逐期航空寄示，其中有的已成孤本，特爲復印。張榮學長並將臺灣校友會編印的《國立浙江大學》上下兩冊轉寄。稿件源源而來，字數總計在百萬以上。內容豐贍，掇英拾華，成《天涯赤子情——港臺和海外學人憶浙大》一書。

這裏略談我與海外學長交往過程中的點滴感受，不當之處，祈請教正。

一

我與海外學長歡聚是在一九八〇年夏開始的。見面時，謝覺民學長風趣地説："我流落'番邦'已三十餘載了，薛平貴在西涼疆祇十八年啊！"闕家蓂學長賦《高陽臺》詞，中有句云："話生平，蓬轉天涯，夢繞杭州。""人生聚散誰參透，似楊絲，難綰難收。"從學長的辭令之美中，我初次窺見了學長們内心熾熱的去國懷鄉之情。

這裏略談一些細節。學長回來，人稱他們爲"美籍華人"。學長似有所感，吟詩道："可堪美籍又華人，荏苒年光卅六春。王粲登樓悲去國，文君壚暖道相親。折枝衣染松筠緑，剪草庭鋪錦綉茵。祇合此心存魏晋，桃源洞裏寄吟呻。"還説："我們是炎黄子孫，是中國人——是永恒的中國人。我根生土長在中國，我對它是一往情深的，我非常懷念故土。"

學長帶着他的孩子回來，我又聽到謝安平世兄的笑談。世兄説道："一抵國門，旅行社的人就把我當作'外賓'看待。介紹我們去各處參觀，也説是'外賓'。認爲稱我爲'客人'還不好聽一點嗎？"他又説："好！我是'外賓'，不是'同胞'，也不是'僑胞'，是'美籍華人'，是特殊人物，不是中國人。"於是產生了"迷惘"的感覺。謝世兄常常喜歡去街上逛逛，孩子們指指點點地説他是"外國人"。他想："我又不是黄頭髮、藍眼睛、鈎鼻子，怎麽説我是外國人呢？"有一次，一個小男孩問他："你從哪兒來的？是不是美國？"謝世兄靈機一動，打趣着説："我是從火星上來的，我是外太空人。"爲什麽這樣説呢？世兄想着："我在美國，美國人説我是中國人；到了中國，中國人又説我是美國人，我是什麼人呀？祇能説是火星上來的外太空人了。"在幽默的言辭中流露了熱愛祖國的一片深情。

我思索着是什麼思想指導着學長們的行動呢？深受中華文化的薰陶教育應該説是原因之一吧！闞家蓂學長説："我生長在中國，受的是中國傳統的教育。小時候背過《四書》，讀過《史記》，是在中國乳液中泡出來的，中國文化在我腦中已經根深蒂固。我至今仍然具有中國式的哲學邏輯、中國人的倫理道德觀念，因此懷念祖國，懷念祖國的歷史人物，錦綉河山，以及淳樸而講倫理的人民。"她又説道："我在異域，感到可以引以自豪而傲視全球的，就是中國的倫理道德和家庭制度。兩千年來，由於受着儒家思想的影響，中國人對忠、孝、仁、愛這一套觀念已經牢不可破，就連三尺童子也知道怎樣做人。"因此，她認爲："中國在歷史上屢受風霜但能屹立不倒。"

學長們又是怎樣教育他們的子女的呢？一位世兄説道："自我入學以後，我的思想行動和風俗習慣受着美國人的影響；但另一方面，我的家庭生活是中國式的，我又受着中國倫理道德的教育。"他又説道："我們的孩子生長在美國，一切風俗習慣跟美國人一樣；但他們的外表仍是黃皮膚，黑頭髮，所以在美國，一般人仍把他們當作中國人看待。在街上走，小孩們常叫他們'那個中國孩子'。我們從小也是這樣告訴他們：'你是中國人啊。'"這可説明，祖國文化的強大凝聚力牢固地維繫着海外僑胞赤子之心。對祖國忠，對父母孝和對同胞的仁愛，這是祖國的優良傳統。這裏舉的祇是一個例子，撮一粟而知太倉，勺一水而識滄溟。的確，我們學長眷顧祖國的懇摯之情，纏綿之懷，動人的事例，是三天三夜也説不完的。

二

中國和北美社會制度不同是不需贅述的。這裏祇就學長們的親身經歷談談他們的感受。許多學長認爲：家庭制度中國和西方有着顯著的差異。一位學長説："可向故人報導的，健全的家庭基礎在北美中華的後裔中已經普遍建立。不管貧富貴賤，中華後裔的家庭觀念都非常强烈，懂得人倫之道。父母都有自我犧牲的精神，節衣縮食，省下錢來讓孩子讀書，借債也在所不惜。在家庭中暢叙天倫之樂，子女得以安心向學。這和美國有些'破碎家庭'截然不同，他們無暇督導子女。因此華裔後起之秀輩出。例如：西屋公司科學天才獎，十七歲的張可仁入選；紐約市高中學生作詩比賽，十六歲的張妙利奪得冠軍；總統學術獎，十八歲的蔡蓓蓓是獲獎人之一。如果某種獎學金、學術比賽名單上不見華人姓名，那是會使人感到吃驚的。"學長還説："我在國内時，看到很多貧窮家庭中和樂融融，我更看到很多'牛郎織女'分開多少年而不鬧婚變，這在西方社會中是不可思議的。在這兒，我有好些朋友都離過婚，我認識好些人都把父母送到養老院，人與人間的交往是義少利多。我的心冷了。我由衷地贊揚着祖國的社會，我深深地懷念它。"聽了這番深有體會的話，不覺心潮起伏，仰視藍天，打動了我的深思。

我們的學長又是在怎樣的歷史背景下去北美的呢？他們告訴我説："回溯過去一百五十年間，中國人早期移民去美時，都受到很多的歧視，尤其在十九世紀時，美國建築西部鐵路，大批人是被招來作爲廉價的華工。他們靠着洗衣店和餐館謀生，胼手胝足，克勤克儉地生活和教導自己的兒孫。第二次世界大戰後，一批公費、自費留學生湧入，情況纔慢慢好轉。一九六五年

廢除種族配額移民律後,中國人源源不斷地大量移入。大多數
去的人學有專長,或身邊攜帶一點資金,到達之後就闖蕩天下,
同美國人一爭長短,對美國社會產生了很大的衝擊;而下一代子
弟在他們的羽翼下成長起來,嶄露頭角,從而使華裔的地位獲得
很大的轉變。"

　　學長們遠渡重洋,隻身流美,正如一位學長說的:"能够站得
住脚的人,哪一個沒有一段辛酸的歷史!六親無靠,沒有後臺,
赤手空拳打天下。所可靠的,全憑自己的智慧或學力,以雙倍的
刻苦耐勞,勤勉奮發。這樣,纔能跟美國人一較高下。"又說:"在
美國,除少數人有終身職業之外,大部分工作都不是'鐵飯碗'。
在大學裏,副教授以下的大都是三年一聘。若說沒有研究成果,
那就請你另找出路,便是失業,東方人更是首當其衝。商業則隨
時冒着風險。"由此可見,我們學長這大半世人生,可謂歷盡坎
坷,飽經風霜。幼年在祖國時,是在兵荒馬亂、戰禍頻臨中度過
的;到了美國,赤手空拳打天下。"當年壯志誰人會,今日豪情四
座驚。"有志竟成,能不教人蕭然久之?

三

　　"男兒志在四方。"我們的學長大多是"地球上繞了一圈又一
圈,從東京到巴黎,從沙漠到沼澤,從海洋到高山。"心遊六合,神
寄八荒。馬國均學長從北美寄給我的詩《歐遊拾綴》,不少是抒
發歐遊觀感的。如《離紐約赴倫敦途中》《英倫行》《巴黎行》《瑞
士洛桑行》《過阿爾卑斯山》《水鄉威尼斯》《遊佛羅綾斯》《羅馬
行》等,氣象萬千,意境幽美;清新俊逸,擲地有聲。學長們搞的
學問又都是領先的,光彩奕奕,祇是由於我的無知,慚愧未能有
所闡述而已。

我們的學長在海外羈旅了數十年，魂牽夢縈，很長一段時間，亟於尋找機會回祖國來。北美有個組織，稱爲"浙大北美校友會"。這是在一九七六年成立的，迄今已歷十載。成立時出版《通訊》，現已出至十七期。年會已開了十次。開會時，濟濟蹌蹌，歡樂無比，宛如回到祖國的懷抱，母校的懷抱，享受祖國的溫暖、母校的溫暖。一九八三年金山大會，爲歷屆首次美國東西兩岸校友的大團聚，參加者一百七十二人。徐守淵學長錦心綉口，登高能賦，首吟《鳳凰臺上憶吹簫》詞，有六位學長賡和。説句笑話："禮失而求諸野"。鹿鳴之宴，不見於大陸；詩可以興，却盛於北美。又如一九八五年舉行的一次年會，盛况空前，參加人數爲一百七十五人，從其他國家莅美參加的達二十五人。有的是不遠萬里從臺灣飛去的。這種熱烈情况正在發展。會上，有人朗誦祝酒詞道：

春日宴，綠酒一杯歌一遍。再拜呈三願：一願浙大千歲；二願校友常健；三願如同梁上燕，歲歲長相見。

熱情洋溢，可謂善頌善禱。理事會開得更爲活潑精彩，有一次"八方風雨會銀泉"，姚慧英學長將私人宅第，布置成爲在北美的臨時浙大，大家喜稱之爲"銀泉分校"。客廳內掛着一副對聯："求真求美求善；是智是仁是勇。"餐廳正中懸着金質大"壽"字，上款爲："耀德師八十榮慶"；下款爲："二紐區、加拿大、華府區、肯塔基校友敬賀。"旁爲謝力中學長所書賀聯："福如太平洋浩蕩；壽比昆侖山巍峨。"會後奔赴華府，欣賞數里路長的幾萬株櫻花。純净潔白，無一絲雜色，宛如琉璃世界，蔚爲奇觀。無言情本淡，淺笑意逾妍。尋歡玩弄，流連忘返。學長們碎步花徑，嚶鳴相求，極盡人間樂事。

有的學長在暢遊臺灣觀賞烏來瀑布時，欣然命筆道：

> 天開奇境恍如儻，試看坤輿運轉乾。巨斧中分劈地脉，
> 雙峰齊插聳雲邊。敢將一纜橫空接，更把綾羅玉帶牽。百
> 萬中州僑寓客，勿辜美景度虛年。

這詩寫得好！意境雄渾，風格超逸，言近旨遠，而形象鮮明。頷聯"巨斧中分"，"雙峰齊插"，觸景生情，意內言外：是"巨斧"把它劈開了，雙峰齊插，祇隔一水，白雲繚繞不已；"一纜橫空接""綾羅玉帶牽"，宛如在說願有敢為牽綫搭橋的；結語"中州寓客"，勿負美景，勉人實亦引以自勉。深感學長胸襟開闊，繫念祖國統一。學長歸國，站立在天安門前廣場上，"精神就為之一振"，感到特別舒暢，為文贊美道：

> 北京，用國際標準來看，絕不遜於世界任何其他名都。
> 它有悠久的歷史，豐富的文物，偉大的建築，寬廣的庭園。
> 其古迹之多，賽過羅馬；氣魄之大，勝過巴黎；而亭臺樓閣山
> 川湖泊之美，更是舉世無雙。

回到故鄉，更吟詩道：

> 石徑彎彎樹影斜，紅墻綠草是吾家。春煙淡淡花披錦，
> 彩雲悠悠簾捲霞。

> 風送暖，鳥栖椏，涼亭待月話桑麻。功名利禄原非好，
> 祇願山林老歲華。

"草木無情亦有情"，一草一木都產生了無限的依戀之情；不羨異域"功名"，祇願老於祖國的"山林"啊！

我們的學長不少是白髮蒼蒼，年事已高。然而都如王勃說的："老當益壯，寧知白首之心？窮且益堅，不墜青雲之志！"（這裏的"窮"字，是不合學長今日的情況的。）如朱學曾學長從事甘蔗病的防治工作，已經五十餘年了。曾任四川省立教育學院教

授，一九四六年赴臺開發，任臺灣糖業研究所副所長、臺糖顧問等職。兢兢業業，貢獻巨大。一九八三年偕同女兒返國觀光[①]，萌發了葉落歸根、歸國定居的思想。一九八五年八月終於如願以償，定居杭州華藏寺巷，與胞兄新予先生結鄰而居。學長爲了祖國糖業的發展，抱着"春蠶到死絲方盡，蠟炬成灰淚始乾"的精神，不辭勞累，先後去廣西農業大學、江西農業大學講學；深入柳州、昆明等地考察；又詣浙江義烏糖廠傳授心得。熱愛祖國，夙興夜寐，爲"四化"建設服務。積極樂觀，令人敬慕、欽佩不已。

海外學長們的崇高品質、求是精神，給我的印象縷刻得太深了。"長風萬里吹情義，細柳千條繫宿緣。"中心藏之，何日忘之。閑中偶誦《蒹葭》之詩："蒹葭蒼蒼，白露爲霜。所謂伊人，在水一方。溯洄從之，道阻且長。溯游從之，宛在水中央。"然而望之未見，會之無因。又讀《簡兮》之詩："云誰之思，西方美人；彼美人兮，西方之人兮。"望美人兮天一方，未嘗不往復於懷。書窗岑寂，書適編就，拉拾寫來，不覺言之絮煩。因風抒懷，以博學長一笑。

一九八六年八月五日於杭州

（原載《天涯赤子情——港臺和海外學人憶浙大》 浙江人民出版社 1987 年）

編者説明：本文據原載録編，原題爲《海内存知己 天涯若比鄰（代序）》，今依原載題。

---

① 朱學曾先生 1973 年退休，1978 年赴美。——編者注

《西湖詩社成立十周年紀念特刊》序

柳絲弄碧，榴火吐紅。西湖詩社自一九八〇年五月二十日成立，韶光如駛，倏忽已十易寒暑矣！《詩·小雅·伐木》："嚶其鳴矣，求其友生。"詩社成立，期於交流經驗，弘揚詩教，貢其微忱，爲國家精神文明建設服務也。

僕嘗思之：中華民族爲愛好詩之民族。詩教實爲中國文化之精髓。所謂詩教，不僅如《禮記·經解》所謂"溫柔軟厚"，而是孔子所謂"興、觀、群、怨"，亦即重視詩之對於政治、文化、社會與人生所發生之作用與影響也。

中國詩歌之優良傳統，可謂奠於《風》《騷》。就《詩》言之，其框架可分爲風、雅、頌三體裁焉，或者說是"十五《國風》""《大雅》《小雅》"和"《周頌》《魯頌》《商頌》"三部分也。《雅》《頌》自"五四"以還，頗受攻擊，亦受不少誤解，其中詩篇，有其精華和值得借鑒者在。祭歌和朝聘會盟之詩，爲中國古代國家的典禮和一種社會歷史文化生活的反映，未可悉以斥之爲糟粕也。

周之始祖爲后稷，傳爲堯的農師。后稷中有名"棄"者，舜封之於邰。"教民稼穡，樹藝五穀。五穀熟而民人育。"其時爲母系氏族社會轉而爲父系氏族社會。周民族積若干代之奮鬥，至武王伐紂，建立中國第三個奴隸制的國家。發展生產，使青銅器文化臻於高潮。"后"意爲大；"稷"爲五穀之首，以"社稷"象徵國家。社，指土地，百穀藉以生長；稷，喻農作物。"周"字義爲田疇，屈曲之形，取以爲王朝之名。即此數事，可窺周民族之十分重視農業生産矣。爰是選擇其民族史中六位英雄人物——歌頌其衛國與以農立國功勳，"知稼穡之艱難"，教育時王。"以其成功，告於神明。"歷史地對待，豈能全盤否定之乎？

《大雅》《小雅》："言王政之所由廢興也。"爲西周國家舉行朝聘會盟時所奏之樂歌，其義重視"文以治内，武以衛國。"歌頌社會上升時期之王——文王、武王，諷刺政治腐敗之王——幽王、厲王。"雅者，正也。"將國家的興廢，責任歸之於最高統治者的爲政。風者，"以一國之事，繫一人之本"。將若干反映個人現實生活的事，闡發其具有代表性與典型性者，用以作爲考察國家政治得失的借鑒，古人稱爲"觀政"。孔子因説：詩的作用爲"興、觀、群、怨"。詩教爲形象教育，爲政治服務，突出愛國主義。深入人心，受潛移默化之效。

《離騷》爲中國作家文學之首。屈原追求美政，上天入地求索。朝發蒼梧，夕至懸圃。"忽反顧以流涕兮，哀高丘之無女。""紛獨有此姱節"，"雖九死其猶未悔！"遠遊已至青雲上，猶爲家鄉涕泗零。《離騷》之作，亦爲突出其愛國主義思想也。

《詩》《騷》兩者的創作方法不同：一爲現實主義；一爲浪漫主義。後世詩歌，無不沾其灌溉。比興象徵，意内言外；結合交叉，相得益彰。源於生活，高於生活；寫境造境，臻於高妙。詩之創作，需爲濃縮之感情、精美之語言、遠大之抱負和崇高之意境。前者顯示詩之特色，詩之所以爲詩；後者顯示人之胸襟，人之所以爲詩。兩者相輔而行。詩以言志，情動辭發，非爲詩而詩也。

方今國運昌隆，人心振奮。繼承和發揚祖國優秀文化遺産，借鑒和吸收世界上一切優秀文化成果，爲建設社會主義精神文明服務，非亟事乎？畫出風雷是撥聲。詩歌當爲時爲事而作。

不爲十億吐雄心，安得人民諦妙音。放懷海峽豪情寄，縱談風騷笑語傾。國家統一，實爲人民之心聲也。曹子建《求自試表》云："誠欲混同宇內，以致太和也"，"以塵露之微，補益山海；螢燭末光，增輝日月"。願爲統一國家效勞，亦爲民族優良傳統。臺灣人民，吾骨肉同胞也。詩友每憾一水之隔，今多歡聚一堂，苕岑相契矣。海外赤子，若北美、若新加坡、菲律賓，炎黃子孫，原一脈也。以文會友，以友輔仁，襟懷灑落，友誼日見其蒸蒸矣。此實令人歡欣鼓舞者。改革開放，如日之升，高瞻遠矚。然則，今日詩人之事，是亦任重而道遠也已！

當茲西湖詩社成立十周年紀念之際，爰就鄙見所及，聊供數語。博雅君子，幸垂教焉。

一九九零年五月二十八日端午詩人節
杭州大學古籍研究所教授　浙江省文史研究館名譽館員
劉操南　撰於杭州市文二路花園北村高知樓

（原刊《西湖詩社成立十周年紀念特刊》 1990 年）

編者說明：本文據原刊錄編。

《詩詞朗詠譜》序

　　杭州大學中文系韓廉同學把系内老師的詩詞朗詠，用譜記録下來，集成一書，名曰《詩詞朗詠譜》。譜將付印，要我寫幾句話。我對朗詠很少理解，能説些什麽呢？辭謝不了，祇好勉强説些。

　　這個工作是新生的，但是很有意義。詩詞是文學作品，朗詠具有一定的音樂性，因此，詩詞朗詠是介於文學與音樂之間的。它同古典文學、音樂的關係是很密切的。但是，我國古來的文學研究與音樂研究是分工的，兩者兼通的不多，這就决定了這門學科——從音樂的角度，來分析文學作品是個薄弱環節，或甚至是一個空白點。但古典文學的音樂傳統，實際上内容是十分豐富的，詩詞朗詠就是寶貴的遺産之一。這就不能不説是學術工作中的一個疏漏之處。詩詞朗詠，古代原是没有一定的譜曲，不過，却有這樣的傳統習慣。（配有一定的樂譜，能歌能舞的作品，如曲子詞等是不屬於朗詠的範疇中的，故除外。）今天的朗詠，即使口耳相傳，傳統性强的，也已帶有近代的色彩了。自然，這裏還是多少可以看出一些歷史的影子來的。鑒於此，韓君這個工作對於詩詞朗詠的繼承與發展是有一定的意義的。

　　朗詠是有其自己的特點與風格的，我們可以把它看作是音樂的一部分。這是因爲它有自己獨特的音樂形象、音樂語言和音樂感情；但它又不能脫離古典文學，因爲朗詠總是根據文學作品的内容、思想感情來進行的；總是爲了更深地理解文學作品。換句話説，朗詠不過是用聲腔來更好地抒發作者内在的思想感情而已。因此，文學内容與音樂内容在感情上是一致的。朗詠不同於唱歌，即不同於現代化的歌曲，這是由於它的特點所決定的。它的音樂幅度不廣，表現手法也不多；但它也不同於朗誦，因爲它比朗誦又是更富於音樂性。它是具有"詠"的特點的。一般來説，朗詠對於作品的具體感情，祇是起着製造氣氛的作用，而不能怎樣曲折、細緻地表達的。但有些朗詠，也能把作品的每一句、每一字的思想感情表達出來，達到字字透貼，這就更接近於現代化的作曲手法了。所以總的來説，朗詠能起一個製造環境氣氛，抒發作家的思想感情的作用，從而引導讀者深入詩詞的意境，培養其想像能力，使讀者透進一層，直覺地瞭解作品的内在含蘊；而朗詠者自己，就更能身歷其境，與作者共鳴了。

朗詠詩、詞，一般來説，也是有區分的。詩的朗詠通常多重形，其結構變化較少，總是在基本樂句、樂段上稍加變化而已。詞爲長短句，樂句長短不同，節奏也不同，因而音樂變化就多了。

朗詠在中國社會現實生活中，是普遍存在的。舊社會中，和尚、道士在經懺中，往往是采用朗詠的方式。但他們的朗詠，多數是利用這種音樂的節奏形式，而對於文辭的思想内容是完全忽視的。戲劇、曲藝在塑造人物，或表達某種思想感情，交代某種故事情節時，也是常把朗詠調吸收進去的，那就更能突出朗詠的音樂性，並使之更顯得簡潔，生動而形象化了。朗詠的另一特點是在節奏、旋律等方面顯得自由、靈活。各人都可以根據自己的生活體會，以及對於作品的理解，結合具體環境自由抒發，形成各人不同的風格。因此，一個人朗詠幾首詩詞，風格可以不同；幾個人朗詠同一首詩詞，風格也可以不同。但總的來説，一個人的風格，以及朗詠的風格總是相近而統一的。

學習朗詠，是需要反復練習的。在深入理解原作的思想感情的基礎上，靈活運用。久而久之，就能脱胎變化，樹立自己的風格。今日的彈詞，就是從朗詠體上提高發展而來的。彈詞唱腔流派最多，就是由於這一特點所形成的。詩詞朗詠，從情調看，大抵偏於感傷方面，興奮、樂觀的不多。這是由於作品的内容及其産生的時代所決定的。時代變了，社會發展了，隨着朗詠的情調也就有所變化與發展了。

從這裏所收的朗詠譜來看，風格是多種多樣的，也可説是百花齊放吧。其中有的是更近於吟詠。如王駕吾、胡士瑩等先生所朗詠的。他們的朗詠調顯得感情深摯、厚實。王先生的顯得深邃而挫頓；胡先生的顯得清新而樸素。有的更近於唱詠，如夏承燾、呂漠野等先生所朗詠的。夏先生的顯得沉鬱、深厚；呂先生的顯得峭拔而氣勢磅礴。張同光先生的普通話朗詠，顯得奔放，熱情而高亢，很富有地方音樂（戲曲）色彩。盛静霞先生的顯得輕靈、優美而有波折。其他諸位先生的朗詠，有的是明快而曉暢的，也有幽咽而冷峭的；有婉約而纏綿的，也有簡樸而平實的；有雄奇瑰麗的；有小巧玲瓏的；有宜詠李賀詩的；有宜唱蘇軾詞的……風格不一而足。這樣的多種的風格，對於初學朗詠者來説是大有啓發的。在學習過程中，我們都應好好的加以體會。

韓君做這一工作，還剛在開始。但在黨和毛主席的正確領導下，在"百花齊放、百家爭鳴"政策的鼓舞下，詩詞朗詠將會受到廣大群衆的歡迎和喜愛。這個工作也將會結出更加絢爛的花果來的！

一九六三年二月二十四日

附:諸先生所用何種方言朗詠説明:

夏承燾　　浙江温州
王駕吾　　江蘇南通
胡士瑩　　浙江平湖
張同光　　普通話;浙江浦江
劉操南　　江蘇無錫
張仲浦　　江西餘干
任銘善　　普通話
盛静霞　　江蘇揚州
吕漠野　　浙江杭州
趙輝賢　　浙江東陽
雪　克　　山東濟南
蔡義江　　浙江東部一帶普通話

注:以上所注各種方言均非純粹語。

（原刊《詩詞朗詠譜》 1963 年自印）

　　編者説明:本文據原刊録編。劉録稿附記:《詩詞朗詠譜》，係學生韓廉(聽説在麗水工作,已去世)自費編印的一本小册。原書未見。

《鏡廬印譜》序

孫子正和以隸、楷、草治印有年矣。筆劃貴其易識，而刀刻務求變化，内容爲政治服務，方向則面向工農兵，此其所以爲得也。

隸書波磔奇險，破碎而實連貫，有"石破天驚逗秋雨"之趣。雷崩雪鬥，境宇開拓，無俗章滯澀之病矣。楷草樸茂妍麗，嚴嚴如泰岱之松，濯濯若池河之柳，娟潔幽如巖月，波瀾洪若海濤。時或有萬馬奔騰之勢，弓響弦鳴；偶亦見群山繚繞之態，斧聲稻香。以柔翰之筆意，一一奏之以剛勁之刀法。故能別開生面，反映新生事物。洵士林之軼才，藝苑之雋品歟。

夫昔人治印，能獨樹一幟者，皆得力於書法。鄧頑伯篆書，精於漢碑篆額，故其印剛健渾樸；吳俊卿專工石鼓，故其印遒峭古拙；白石老人篆書縱橫跋扈，故其印有巨刃摩天之姿。孫子治印，能於實踐中悟之：印從書出其印則佳之理。棄篆刻之樊離，而易之以隸、楷、草三書，批判繼承，遂得標其新而立其異。椎輪爲大輅之始，鍥而不舍，則其前途爲無量矣。

年來余於古籍偶有涉獵，遂至兵家、道家帛書，旁及秦代符璽刻石，賞其書法刀刻，致廣大而極精微，雍容揄揚，竣峭遒勁，相反而實相成也。孫子博涉，鎔鑄百家，更望於印章中多摻之，則藝將益進矣。

余於孫子聞名久矣，惜尚未接其馨欬也。近以《鏡廬印譜》拓紙若干見貽，徵余一言，並曰："余譜以鏡命廬者，韓非有云：'鏡無見疵之罪。'余刻印疵甚多，當以明鏡鑒之。"則知孫子亦善於納言矣。激賞之餘，愧無以報，因書數語以歸之。不識有當否耶？弄斧之譏，固不可免矣。

一九七五年二月

劉操南　序於杭州松木場杭大宿舍　敬施揖曹之軒

編者説明：本文據手稿録編，另有手稿"識語"一段，茲附於下：

附録：

《九成宮醴泉銘》，孫星衍《寰宇訪碑録》卷三注録。太宗貞觀六年（公元六三二年）四月立，魏徵撰文，歐陽詢書。楷法挺秀，温潤中見峭勁，兼有隸書筆意。爲歐氏晚年代表之作。碑今尚存陝西麟遊。歐氏又有《皇甫誕碑》《化度寺碑》，對後世書學具有深遠之影響。

一九七五年二月劉識

《歷代名賦賞析》序

　　賦者，介於詩文間，爲一特殊文體。討其源流，劉勰《文心雕龍·詮賦》所謂"信興楚而盛漢矣"。魏晉以降，漸趨於對偶化，而爲"駢賦"；入唐講究平仄、聲律而爲"律賦"；中唐後，古文家破駢爲散，而"文賦"茁焉。昭明選文，以賦爲首。兩千年來，創作蔚然可觀矣。

　　古時，周詩、楚辭、漢賦同爲文學藝術，有相通處。班固《兩都賦·序》云："賦者，古詩之流也。"《毛詩序》云："詩有六義焉：一曰風，二曰賦。"《文心雕龍·詮賦》云："受命於詩人，拓宇於楚辭也。"是其徵矣。賦由辭中演出，漢代辭賦通稱。屈原作品，《史記·屈原列傳》稱"《懷沙》之賦"；《漢書·藝文志》題"《屈原賦》二十五篇"。後世以辭與賦文體有殊，楚辭、漢賦遂分判焉。

　　周時諸侯貢方物於天子。賦者，敷也，陳實物於朝廷。漢賦盛行，東漢鄭玄注《周禮·大師》謂："賦之言鋪，直鋪陳今之政教善惡。"《楚辭·招魂》長於敷陳，乃漢賦所自啓也。《招魂》首叙緣起，次述東、南、西、北、上天、幽都"魂往必釋"，"長人千仞，惟魂是索些"，十分可怕。接寫"魂兮歸來"，返至楚國修門。楚國宮室、淑女、飲食、歌舞，甚至賭博："層臺累榭"，"蘭膏明燭"，"挫糟凍飲"，"象棋"，"六簙"，無不精美。最後

"亂辭"結束。瑰奇變幻，結情於睠顧楚國，繫心君王。此特色也。《文心雕龍·詮賦》因云："鋪采摛文，體物寫志。"鋪采摛文，所以盡賦之體；體物寫志，所以盡賦之旨。嗣後《大招》仿於《招魂》，司馬相如《子虛》《上林》諸賦，又胎息焉。然其吐屬，俱不若《招魂》之懇摯也。

方子伯榮惜今日賦作之短小者，空靈蘊藉，詠物抒情，尚未引人注目。爰爲《歷代名賦賞析》，選作家二十四，文三十篇，囑序於余。余讀向秀《思舊賦》、柳宗元《牛賦》而有感焉。《思舊賦》曰："惟古昔以懷今兮，心徘徊以躊躇。棟宇存而弗毀兮，形神逝其焉如。昔李斯之受罪兮，歎黃犬而長吟。悼嵇生之永辭兮，顧日影而彈琴。托運遇於領會兮，寄餘命於寸陰。聽鳴笛之慷慨兮，妙聲絕而復尋。"魯迅於《爲了忘却的紀念》中云："年青時讀向子期《思舊賦》，很怪他爲什麼祇有寥寥幾行，剛開頭却又煞了尾。然而，現在我懂得了。"方子謂：向秀處於叔世，社會幽暗，"祇好用隱晦曲折的手法"抒之，"觸景生情，感慨萬端"，"借用典故，懷古傷今"，"深沉含蓄，令人痛絕"。《牛賦》曰："抵觸隆曦，日耕百畝"，"富窮飽饑，功用不有"，"不如羸驢，服逐駑馬。曲意隨勢，不擇處所"。方子謂：柳宗元以誘掖王叔文革新政治，馴致謫居湖南永州。其作《牛賦》，"意在抨擊當時不合理的用人制度，'賢者居下，不肖者居上，'""巨牛形象寄托了作者深沉的感慨"，"貢獻巨大，結局悲慘"。瘦驢"不是那些不學無術、投機取巧的刁鑽小人的形象嗎?""飛黃騰達，不可一世。"余讀之，不禁淚潸然矣！又不禁氣交憤於胸臆矣！噫！文學之動人也深，披文入情，固當於賦旨求之。不使繁華損枝，膏腴害骨。方子於此，能無會心乎？其譯釋也，深入而淺出之。然則詮次普及之功，不可泯矣！

一九八六年五月
序於杭州文二街花園新村高知樓

（原載方伯榮主編《歷代名賦賞析》 重慶出版社 1988 年）

編者説明：本文據原載録編。

《嚶鳴小集(二)》序

《嚶鳴小集》，爲浙江詩詞學會小型特刊也。

在心爲志，發言爲詩。詩者，賦物詠懷，諧聲協律。其感人也深，其行之也遠。人各有志，而猶有志同道合者焉。然則，人各可自爲詩矣。四海之內，皆兄弟也。以詩會友，嚶鳴相求。奇文共欣賞，疑義相與析。舊雨新知，有不惄然心喜者乎？

然則斯刊之輯，發揚華夏詩藝，學術交流，苔岑相契，切磋琢磨，爲"四化"建設服務，並爲異日雪泥鴻爪之資。倘亦治平之際，諸君子所樂聞歟！

劉操南　識於杭州文二街花園北村

（原刊《嚶鳴小集〈二〉》 1988 年）

《素心吟草》序

己巳之冬，木落天寒。一夕，參橫斗轉，披覽丁子之集，而不覺夜深漏盡矣。丁子躑躅山水，寄情園圃，親魚鳥，樂林草，一若以此自娛者；然有其不得意焉。余誦其詩詞，其味淡遠，頗見情致。如春水潺湲，秋雲舒捲，在人耳目。然而運實就虛，意寓情中。時有空中之響，弦外之音也。盥誦至再，神爲之移，亦不自知其倦矣！

余累於塵務，愧無一日之暇也，然不能無感焉！"詩者，志之所之也。"又曰："緣情而綺靡。"有人之所以爲詩者，志也；有詩之所以爲詩者，情也。志者，人之抱負。襟懷磊落，樂以天下，憂以天下；情者，喜怒之未發、之已發。肝膽相照，如見其肺肝然！余故高香山之詩，爲時爲民而作。不見肝鬲，舞文弄墨，烏足以言詩也！詩者，繫乎人之性情也。有志、有情，則詩有其魂矣！不然，雕蟲篆刻，類於遊戲之積木而已。

嘗聞林文忠公之爲詩曰："苟利國家生死以，豈因禍福避趨之。"鴉片議和，林公深受委屈。方其謫戍於伊犁也，荷戈而吟。越賽里木湖，四顧茫然，因吟詩曰："我與天山同一笑，滿頭晴雪共難消。"驛車長嘯，不墜其志。大哉，林公！乃統天矣！及其抵伊犁也，延伊犁河數十里，率民築皇渠以效力。嗣後考察南疆，開物成務。其高風亮節，爲何如耶？余於此知人之所以爲詩，亦知詩之所以爲詩矣，功夫固在詩外也。質之丁子，未諗爲何如耶？

一九八九年十二月三日燈下

劉操南　書於杭州文二街花園北村高知樓

時年七十有三

（原載《素心吟草》　嵊縣政協文史資料委員會編 1992 年）

　　編者説明：本文據原載録編。劉録稿附記："丁子"即丁宗文，嵊縣人。1918 年生。浙江詩詞學會會員。

《天意閣詩詞集》序

余嘗聞之：中國爲詩之國家，詩爲民族優秀傳統之一也。西周之世，周公重視精神文明建設，制禮作樂。樂正教國之俊秀以"四術"。四術者，《詩》、《書》、禮、樂也，而詩列其首焉。孔子以之教弟子，故曰："郁郁乎文哉！吾從周。"戰國之世，奇文蔚起。屈原含忠履潔，遂放湘南。耿介之意既傷，抑鬱之懷靡訴。涅而不緇，可與日月爭光。自茲以降，源流實繁。英華彌彰，德業日新。中國詩歌之優秀傳統，莫於《風》《騷》。吐曜山河，光輝日月。陶冶性情，功在教化。豈僅椎輪爲大輅之始，詩體競興，實發軔於斯也。

錢塘自古佳麗，浙江爲文物之邦。《詩·小雅·伐木》云："嚶其鳴矣，求其友生。"同人有鑒於斯，遂結西湖詩社，冀欲繼承優良傳統，反映時代精神；宏揚詩教，切磋詩藝；推陳出新，古爲今用。成立迄今，倏忽十易寒暑矣。此十年中，詩歌爲時爲事而作。"不爲十億吐雄心，安得人民諦妙音。""放懷海峽豪情寄，縱談風騷笑語傾。"各抒懷抱，而徐勉兄則爲其佼佼者也。臺灣人民，吾骨肉同胞也。時憾一水之隔，徐兄爲之橋梁，遂得暢叙一堂，其樂融融也。余與徐兄訂交有年矣，其爲人也，嚴以律己，寬以待人，彬彬君子。庚午改選，推爲主席，衆望所歸焉。

徐兄勤於文，而嫻於吟詠。近歲裒其所作，粲然成册，顏曰

《天意閣詩詞集》，問序於余。余誦詩社成立十周年之開幕詞，熱情洋溢，服其邃於詩教者也。又吟其詩：“山多怪石雲煙繞，水散瓊瑤雨雪來。”“漁帆點點隨天去，雲彩微微貼水流。”欣其見聞，兩戒山河，俱來眼底。如春水之潺湲，似秋雲之舒捲。漣漪曉暢，婉而成章。讀者自能辨之，不煩余之喋喋矣。余感徐兄之誠，而苦學之荒落也。不敢辭，爰綴數語歸之，未審當乎否耶？

　　　　壬申歲朝　　梁溪劉操南　序於花園北村揖曹軒中

　　編者説明：本文據手稿録編，《天意閣詩詞集》，未見。

《中國歷代花卉詩詞全集》序

華夏詩歌，奠於《風》《騷》。詩以言志，歌以詠言。古之嘉什，大抵聖賢發憤之所爲作也。明辨是非，樹立風範。就創作論，則自現實主義升華轉化，而爲浪漫主義。畸輕畸重，兩者輒相互融合之。孔子曰：“詩可以興，可以觀，可以羣，可以怨。”又曰：“多識於鳥獸草木之名。”王逸曰：“《離騷》之文，依《詩》取興，引類譬喻，故善鳥香草，以配忠貞；惡禽臭物，以比讒佞。”云云。諸論洵爲真知灼見，至理要道存焉。

試就蘭蕙言之。蘭爲王者之香，生於幽谷。疏不露杆，密不簇枝；綽約作態，窈窕逞姿；迎風浥露，瑩然可愛；佇立凝思，若不勝情。至若朝暉微照，净植階除，則灼然騰秀，亭然露奇。是以淑人君子，媛女狡童，挹其清芬，高其情操，以爲定情之禮，或作佩悅之飾。《荀子》所謂：“民之好我，芬若椒蘭。”《家語》亦云：“與善人居，如入芝蘭之室”也。

《詩·鄭風·溱洧》云：“溱與洧，方涣涣兮。士與女，方秉蕳兮。女曰：‘觀乎’？士曰：‘既’。‘且往觀乎？’洧之外，洵訏且樂。維士與女，伊其相謔，贈之以芍藥。”《毛傳》：“蕳，蘭也。”此寫士女執蘭花求愛。

蘭蕙在《楚辭》中習見，其攝寫於作品也，約分三類：《招魂》云：“光風轉蕙，氾崇蘭些。”此寫朝暾晨熹之時，微風吹動蘭蕙之叢。《九歌·少司命》云："秋蘭兮蘪蕪，羅生兮堂下；綠葉兮素枝，芳菲菲兮襲予。"此寫空閑清靜之室，蘭草環生於堂下。翠色，芳香襲人。《九歌·湘君》云："薜荔柏兮蕙綢，蓀橈兮蘭旌。""桂櫂兮蘭枻。"《九歌·湘夫人》云："桂棟兮蘭橑。""疏石蘭兮爲芳。"此寫以蘭爲旌、爲橑、爲芳（通"防"，屏風）。《九歌·雲中君》云："浴蘭湯兮沐芳。"此寫煎煮蘭草，爲湯沐浴。《楚辭》詠蘭，一般自其爲人服務角度道之，爲禮品，爲裝飾，爲庭院布置，爲沐浴藥劑，此常情也。然讀《離騷》，屈原藉以喻其自我鍛煉，自我修養。"其志潔，故其稱物芳。"却有另外一番意境。奇文蔚起，驚才風流，誦者能不爲其藝術天才贊歎者乎？《離騷》云："扈江離與辟芷兮，紉秋蘭以爲佩。"陳本禮《離騷精義》云："蘭爲衆芳之最，秋而彌烈。君子佩之，所以象德。篇中取譬芳草甚繁，而其指各有其屬。此則首喻己之博采衆善，以自修飾也。"《離騷》云："余既滋蘭之九畹兮，又樹蕙之百畝。"陳本禮曰："願君用芳。初念先人培樹説起，述從前培植人，述拔茅連茹，而衆君子皆進，以期其爲美政。"觀此兩事，屈原以蘭爲佩，滋蘭樹蕙，其意亦豈止於滋蘭樹蕙、以蘭爲佩者乎？《離騷》又云："蘭芷變而不芳兮，荃蕙化而爲茅。""余以蘭爲可恃兮，羌無實而容長。"陳本禮曰："變者氣味漸移，化者形類頓改。"然則，屈原所謂蘭芷不芳，蕙化爲茅，明喻暗示，指桑罵槐，其意亦豈止於花草之變質乎？稱名也小，取義實宏矣。屈原與楚同姓，爲三閭大夫，嘗預事於屈、昭、景三姓子弟教育。欲施美政，栽培子弟，當爲其所關切；詎知宗室子弟，不能遂其心願，砥柱中流，或者潔身引退；而慢滔淫靡，排擊美政，干進不休。蘭不可恃，無實容長。椒蘭不能卓然自立，爲國家有用之器。屈原傷之，令尹子蘭故聞之而大怒也。是知屈原之言蘭蕙，有所指矣。從一形象聯繫另一形象，雙敲雙收，雙重形象包含雙重意思。至其藝術風格，王逸所謂：

"其詞温而雅，其義皎而朗。"文辭典雅，意義明朗。《史記》所謂
"其文約，其辭微，其志潔，其行廉。其稱文小而其指極大，舉類
邇而見義遠"也。讀《離騷》者，可循此理析之。其寫蘭蕙，是爲
例也。或以爲佩，或滋之樹之，或傷無實，所喻不同，而皆在爲施
善政，則一也。由此觀之，鋪采摛文，體物寫志，物以貌求，心以
理應，非爲詠吟而詠，肝膽相照，其當言志明道也，昭然若揭矣。

　　鄧國光、曲奉先賢伉儷也，居多暇日，沉研典籍。遊翰墨之
林，綴群芳之譜。晨鈔冥搜，數更寒暑。成《中國歷代花卉詩詞
全集》，都百餘萬言。書成，問序於余，辱示頻頻。余感其誠，自
詒學術之荒落也，尤愧無文。然知選輯之當具慧眼矣，因舉蘭蕙
爲例，抒其一孔之見。勉貢蕪詞，聊識忻慕。質之高明，未諗以
爲然乎否耶？

　　　　一九九二年五月十日　劉操南序於
杭州文二路花園北村八幢二單元揖曹軒中　時年七十有六

　　（原載《中國花卉詩詞全集》　河南人民出版社 1997 年）

　　編者説明：本文據原載並參尤抄稿録編。其書原名《中國歷
代花卉詩詞全集》，出版時更名。

《長安鎮志》問世

一部新修的《長安鎮志》,已於 1994 年 1 月,由北京當代中國出版社出版。我省夙以方志之鄉聞名,市有市志,縣有縣志,而鄉鎮修志者尚不多見。《長安鎮志》之修纂問世,對各縣的鄉志鎮志的編纂,將是一個推動。

長安鎮是我省海寧市的一個名鎮。經濟發達,歷史悠久,今存杭州花圃的"江南三大奇石"之一的縐雲峰,就出在長安鎮的明末馬驌的園中。

記述長安鎮史乘的,首推清代鄒存淦所纂的《修川小志》,距今百年。長安鎮的黨政領導重視文化建設,歷時 5 年,修纂了這部 30 餘萬字的鎮志。資治寓教,存古詳今,對長安的經濟、文化建設將起深遠作用。盛世修志,及於鄉鎮,興感萬端,特賦兩絕爲賀:

《修川小志》久知聞,奇石江南識縐雲;却道騰飛新境界,魂牽夢縈慰高人。

《長安鎮志》擅風流,兩個文明展遠猷;萬七千人豪氣在,穿雲慧眼步神州。

(原刊《聯誼報》 1994 年 11 月 23 日第 3 版)

《高卓詩詞》序

甲戌歲暮，木落天寒。一日，蕭山高卓吟兄函余，詩詞集成，願索一言爲序。余誦其所附《詠瓶花》兩首，《清平樂》一闋，《澧水夜航》一律，僅數首耳。一臠之嘗，可譏彈乎？此諸什也，有弦外之音，空中之響矣。高兄“長期失業，飄泊流離。”憂患搖其意，饑寒懾其心，動心忍性；然豪情發越，悲而能壯。高兄之什，源於生活，高於生活，將生活真實，轉化而爲藝術真實矣。所以言其志、寄其情也，是可嘉已！

嘗聞之博雅通人曰：“詩者，志之所之也。”又曰：“緣情而綺靡。”有人之所以爲詩，志也；有詩之所以爲詩，情也。志者，人之抱負，襟懷磊落，樂以天下，憂以天下；情者，喜怒哀樂之未發、之已發。肝膽相照，如見其肺肝然！余故高香山之詩，爲時爲民而作。不見肝鬲，敷曼無休，烏足以言詩也？詩者，繫乎人之性情也。有志、有情，則詩有其魂矣。孔子曰：“詩可以興，可以觀，可以群，可以怨。”興者，興國；觀者，觀政；群者，凝聚力；怨者，刺，化消極力量使之爲積極力量也。詩魂乃國魂之所寄，其如藻詞滿腹，真宰不存，雕蟲篆刻，則壯夫亦不爲矣，況仁人乎！

又誦林文忠公詩曰：“苟利國家生死以，豈因禍福避趨之。”鴉片之戰議和，林公蒙難。方其謫戍於伊犁也，荷戈而吟。越新疆賽里木湖，入果子溝，四顧茫然，遂吟詩曰：“我與天山同一笑，滿頭晴雪共難消。"驦車長嘯，不墜其志。大哉，林公！乃統天矣！及其抵伊犁也，延伊犁河數十里，團結少數民族，鑿皇渠以效力。嗣後考察南疆，開物成務。其高風亮節爲何如耶？余於此知人之所以爲詩與詩之所以爲詩矣。功夫在詩外，固在人之敦品與立行也。俚聞淺識，質之高明。是乎否耶？願共勉之。

一九九五年一月八日　序於
杭州文二路花園北村寓所

　　編者説明：本文據手稿録編，原無題，今題爲編者酌擬。劉録稿云：高卓，杭州詩人。《高卓詩詞》，未見。

《清官史話》序

　　汪叟振國，安徽宣州南陵人也。同事於浙江省文史研究館。徜徉湖山，幸得追隨杖履，挹其清芬。不以憂患溺其志，饑寒懾其心。蘭言雅誼，亮節高風，心實儀之。際斯盛世，以爲經濟騰飛，雲蒸霞蔚；精神文明建設，猶憾未能同步也。華夏文明，越數千年。爰思古人，何以修身治國，勵精圖治？沉研典籍，博稽群言。縱覽歷代名臣言行，擷其優良傳統，足資借鑒者乎？晨搜冥鈔，志存澄世。以耄耋之年，經歷寒暑，撰《清官史話》一百篇，先生用心可謂良苦矣！書成徵余一言爲序。余讀其文，義據渾融，感情肫摯。其辭婉，其識宏，其思邃。言多修己以安百姓，屬於民主性歟？文字清新，氣韻生動。先賢碩德懿行，感人肺腑。洵足振聾發聵，移風易俗。余知讀此書者，耳濡目染，其將“頑夫廉，懦夫有立志”。非以翰墨爲功，當能有補於世。其中瑕瑜，則讀者自能辨之。深愧無才，可曼衍乎？既感其誠，無以爲報，因綴數語歸之。是乎否耶？願就教焉。

　　一九九五年二月一日　杭州大學教授、無錫劉操南撰於杭州市花園北村八幢揖曹軒中　時年七十有九

　　（原載汪振國《清官史話》　浙江人民出版社 1997 年）

宋江鬧院（彈詞）

（表）宋江踏進烏龍院，穿過中堂，走上樓來。張文遠聽到聲音，慌忙躲閃起來。閻惜姣垂着頭，側着身子，斜靠椅背，一心繫着張文遠，對宋江來，祇作不聞不問，並不站起迎接，想冷言冷語，早早把他哄走。不覺宋江已經走到中樓，宋江見了惜姣，打一招呼。

（宋白）"啊，大姐久待。"

（閻白）"宋押司這半月爲何不到烏龍院來？"

（宋白）"大姐，衙門之中，公事繁忙，所以無暇到此。"

（表）公事忙碌，這話說的好聽。白天忙，難道晚上也忙個。

（閻白）"宋押司，衙前有事，爲何不寫個條兒？"

（宋白）"唔，大姐，這倒忘懷了。"

（閻白）"宋押司，猶記得從前否？"

（表）宋江一想：勿差。兩月前頭，有些小事，總是寫個條子來的。不如，待我來賠一個禮吧。

（宋白）"大姐，休要生氣，這倒是我的不是了。"

（表）惜姣把頭一偏。

（閻白）"不敢當！"

（表）宋江這樣一下，諒必惜姣氣平，回禮招呼："大爺不用客氣，請坐。"個歇，宋江倒是没有下場，祇好自己下場。便坐了下來。一看桌上放個綉花紅鞋，鞋上綉着鳳穿牡丹。思量，不如待我借這個鞋子來談談吧。不料宋江這個念頭却想錯了。

（宋白）"啊，大姐，這是什麼？"

（閻白）"這是你的帽子。"

（表）喔，阿是這樣小的，頭可以套進去的。

（宋白）"這分明是鞋子，怎麼説是帽子。"

（閻白）"你既知道是鞋子，還用問我。"

（宋白）"哪個穿的？"

（閻白）"我媽媽穿的。"

（宋白）"媽媽偌大年紀，還穿這樣綉花紅鞋？"

（閻白）"今天十四，明天八月中秋，是我媽的生日。做雙花鞋，是與媽媽上壽的。"

（宋白）"喔，不是大姐提起，我倒忘懷了。明日我是禮到人不到了。"

（閻白）"是要禮到，人不來不要緊的。"

（表）我祇是説説的，他便當真了。

（宋白）"那是我一定禮到人也來的。"

（閻白）"你不來不要緊。"

（宋白）"聞得大姐一雙巧手，待我拿來看看。"

（閻白）"好髒的手。"

（表）宋江一看，勿差。剛纔在衙內抄寫案卷，手上濺着些墨，還未曾净手呢。不如讓我吐些饞唾，揩一揩吧。宋江把墨迹揩過。

（宋白）"待我看來。"

（表）惜姣伸起一隻手，拿起鞋子往地下一篤。

（閻白）"你去看來。"

（表）阿是剛在説我的手骯骯髒髒，現在地上倒是乾凈的，真是欺人太過啊！

（宋白）"大姐，這就是你的不是了。"

（表）惜姣一想，勿差。這太過分了。轉念給他捉住錯處是勿好的。

（閻白）"這自有道理的啊。常言道：洗手净指甲，做鞋泥裏踏。終久他是要壞的。"

（宋白）"啊大姐，你説話聰明，我倒明白了。"

（閻白）"你明白什麼？這怕你是不會明白的。"

（宋白）"啊，大姐，看你臉色不對，莫非有心事麼？"

（閻白）"没有，總有你也是不會猜着的。"

（宋白）"待我猜來。"

（宋唱）"夫妻對坐共談心，待我來猜一猜你的肺腑情，莫不是四季衣衫不遂你的身。"

（閻白）"不對，想我平常人家，穿的是綾羅綢緞，難道還穿什麼插龍綉鳳嗎？"

（宋白）"啊呀，大姐啊。"

（唱）"莫不是三餐茶飯不稱心。"

（閻白）"不對的，想我平常人家，吃的是鷄鴨魚肉，難道還要吃什麼龍肝鳳心嗎？"

（宋白）"不對的？"

（唱）"莫不是閑居頓起思鄉念，莫不是想起了生身的老父親。"

（閻白）"常言道，人死不能活，爹爹死已死了，想他做甚？也是不對的。"

（宋白）"又、又是不對啊。"

（唱）"莫不是鄰居欺侮了你。"

（閻白）"越發不對了。想那街坊是好街坊,鄰居是好鄰居。慢説我得罪不了他們,就是得罪他們,看在押司的分上也要原諒三分的。"

（宋白）"喔,又是不對的。"

（唱）"莫不是今朝與媽媽口角争。"

（閻白）"越猜越不對了,想媽媽她是我的母親,打也打得,罵也罵得,不對的。"

（宋白）"又是不對的,大姐有了。"

（唱）"莫不是,嫌我宋江年紀老。"

（閻白）"宋押司我們結婚幾時了?"

（宋白）"兩月有餘。"

（閻白）"這兩月有餘,想押司長大多少?"

（宋白）"没有多少。"

（閻白）"那麽,當初不嫌你老,今日倒嫌你老了? 不對的。"

（宋白）"又不對,唔。"

（唱）"莫不是家中花費少金銀。"

（閻白）"想我家中吃有吃的,穿有穿的,難道還要金銀銅山不成嗎? 不是的。"

（宋白）"唔。"

（唱）"這不是來那不是,莫不是,終朝思念我宋公明。"

（表）給些甜頭他吃吃,惜姣頭側了過來。

（閻白）"倒底押司聰明。"

（宋白）"哦,猜着了。"

（閻白）"你在想我。"

（閻白）"我在想你啊。前天想到昨天,昨天想到今天,晨想到午,午想到暮,暮想到晨,想得我飲食不進,腸肝寸斷啊。"

（表）宋江一想，女孩兒家，既是這樣，不如安慰她一句吧。

（宋白）"如今宋江來也。"

（閻白）"哪個人在想你？"

（表）毛面狸狌。

（宋白）"你自己説在想我。"

（閻白）"有一個人倒在想你。"

（宋白）"哪一個？"

（閻白）"你家姐姐在想你，你家妹妹在想你。"

（宋白）"喔唷，怪不得大姐人家談論。啊啊，罷了。"

（唱）"我麼方纔正在街坊走，那紛紛流言不好聽。話到口邊留半句，留你臉面二三分，説出來又恐你難做人。"

（閻白）"什麼？你説好了。"

（宋白）"想我説出之後，你難於爲人。"

（閻白）"什麼？難於爲人，想我婦道人家：一不打人，二不竊盗。"

（宋白）"三麼？"

（閻白）"還有四呢。"

（宋白）"你就壞在這三了。旁人説你私通張。"

（閻白）"張什麼？"

（唱）"旁人説你私通張文遠，被俺猜破這内中情。"

（閻白）"啊呀，被他知道了，怎麼好？不如待我説話軟些吧。"

（閻白）"宋大爺。"

（宋白）"哪個不叫我宋大爺。"

（閻白）"宋先生。"

（宋白）"哪個不叫我宋先生。"

（閻白）"宋大爺啊，想你半月不來，我悶悶不樂。清早起來，吃了幾杯冷酒，多有冒犯。那是戲言，大爺是不能當真的啊！"

（唱）"半月未曾進繡房，我是朝思暮想斷肝腸。還是你衙門公事多忙碌，還是探望公公到宋家莊。還是陌地平空遭禍事，還是三朋四友去尋芳。還是奴平常言語多冒犯，還是奴年幼無知意氣剛。想得奴茶飯不思心已灰，想得奴縱然對鏡也怕梳妝。想教母親前來相請你，又恐怕你另有心思不賞光。"

（閻白）"大爺，我正是躊躇不安啊。"

（唱）"想我是左右兩誤無主見，心慌意亂沒商量。所以我飲了三杯酒，要想以酒消愁解愁腸。祇怪你平常一向寵愛我，所以我常帶三分孩子腔。還望你寬洪大量休計較，我是從今再不飲黃湯。"

（閻白）"大爺，剛纔言語傷犯於你，皆因飲了黃酒。酒能誤事，我是不再飲黃酒的了。"

（宋白）"大姐，黃酒少喝一些，也就是了，既是戲言，説過的話也就算了。"

（表）惜姣想，你算了，我倒不算。

（閻白）"大爺，你説我私通張文遠，誰人看來？"

（宋白）"沒有。"

（閻白）"有何憑證？"

（宋白）"也没有。"

（閻白）"常言道，捉賊？"

（宋白）"拿贓。"

（閻白）"捉姦？"

（宋白）"捉雙。"

（閻白）"那你平白説壞奴家。"

（宋白）"大姐，不是説，説過的話也就算了。"

（閻白）"大爺，張文遠是何許樣人？"

（宋白）"是我的小徒啊。"

（閻白）"喔，是你的小徒啊，他白日在衙内做些什麼？"

（宋白）"白日在衙内抄寫墨卷，晚間各自回家。"

（閻白）"莫非是你差他來的。"

（宋白）"喔唷！"

（閻白）"大爺，我倒聽得一件事來。"

（宋白）"什麼？"

（閻白）"人家説你私通梁？"

（宋白）"梁什麼？"

（表）看宋江急得來：白裏翻紅，紅裏翻白，面色與恰在是有些兩樣，想他一定是私通梁山的了。好啊，待我來調侃他一下。

（閻白）"人家説你私通良家少子。"

（宋白）"啊，誰人道來？"

（閻白）"是王婆對我説的。"

（表）不説"梁山"，改口説"良家少子"，分明話裏藏鋒。

（宋白）"呀，閻大姐。"

（閻白）"宋大爺。"

（宋白）"閻惜姣。"

（閻白）"宋公明。"

（宋白）"閻婆惜。"

（閻白）"宋江。"

（宋白）"你這淫婦。"

（閻白）"你這王八。"

（宋唱）"忘恩負義這個小賤人，你麼出口傷人太不應。可記得那年顛沛離故里？可記得一家三口到鄆城？想當初你們一家三人住在招商店，父親有病命歸陰。祇爲你家中多貧苦，何來棺木與衣衾。你媽媽要賣親生女，那曉得世上難尋行善人。"

（閻白）“行善人都死掉了。”

（宋白）“罵得好。”

（唱）“你媽媽是大街小巷都走遍，清晨賣到夜黃昏。長街得遇我宋公明，我贈她十兩雪花銀，纔能調停棺木與衣衾。

（宋白）“那時，你還記得嗎？”

（唱）“那日裏你們母女雙雙來登門，痛哭流涕話聲聲。説什麼將你終身許配我，欲報你這救命大恩人，因此上，我祇爲婚姻大事非兒戲，故而我誠誠懇懇問一聲。那時你哭哭啼啼往事訴，我憐你清清白白女兒身。因此上，高高興興結同心。”

（閻白）“那個與你結同心啊！”

（宋白）“現在説還不遲。”

（唱）“我爲你花錢買下了烏龍院，從此少到宋家莊。我爲你得罪諸親與好友，我爲你衙門公事欠殷勤。”

（閻白）“你就早該天打雷劈的了。”

（唱）“我當你宜室宜家賢妻子，誰知曉你水性楊花是個小賤人。想我到如今起手將你打，你是出言吐語太欺人。”

（閻白）“宋押司，大名鼎鼎的宋江，難道要打我們婦女之輩。”

（表）宋江聽了這話想着了，手放了下去。

（唱）“我恨不得將你趕出烏龍院，讓你海角天涯再飄零。”

（表）烏龍院是宋江買的，可以教她走的。

（宋白）“滾出去。”

（閻白）“啊，來時容易，去時倒難了。我出去。難道教良家少子進來嗎？”

（表）話裏藏刀，這分明威逼於我。宋江阿要與她争，那也不必。

（宋白）“還是我走吧。”

（唱）"想她是話裏藏刀威迫我,果然最毒悍婦心。我從今不
到烏龍院,我願對蒼天把誓盟。"

（表）宋江説完這話,惜姣把枕頭擲了過來。這算是夫妻情
意,惜姣怕宋江跪痛了膝蓋。宋江接得跪了下去。

（宋白）"蒼天在上,想我宋江從今之後,不再到烏龍院來了。
如若來到,死無葬身之地。"

（表）宋江説完,立了起來,拔脚下樓,穿過中堂,咽落抽出門
閂,走了出去。惜姣跟了出來,咽落把門閂好。宋江走出幾步,
想夫妻爭吵幾句,總是有的;不如待我回去。一推,這賤人已經
把門閂好了。啊,丈夫作事,看得明,放得下,這烏龍院不來也
罷。惜姣回到房中,張文遠從被頭裏露了出來。透了一口氣。

（張白）"阿是宋江去了?"

（閻白）"三郎,宋江去了。"

（張白）"他再不去,我要去了。"

（閻白）"你到那裏去?"

（張白）"我到來的路上去了。""宋江爲啥不來?"

（閻白）"三郎皆因我説出他私通梁……"

（張白）"阿是露出他私通梁山,果是要性命交關的。我要
走了。"

（閻白）"三郎,你回來。我是改説他私通良家少子的。"

（張白）"你走露消息,爲啥不先和我商量一下。"

（閻白）"好在他不再來了。"

（張白）"再來那還了得?""大姐,你説他私通梁山,可有
憑證?"

（閻白）"没有。"

（張白）"大姐怎樣知曉?"

（閻白）"唔,有了。"

（閻唱）"話起當初一段情,我爹爹受苦在善人村。爹爹是被人欺凌身染病,以至於逃到鄆城一命傾。我是殺父之仇何日報,找宋江做我的報仇人。他説道:官衙大户相勾結。"

（張白）"他説怎樣?"

（唱）"他説道:小小官吏無能爲,不能與你把冤伸。"

（張白）"後來怎樣説?"

（唱）"他説道:要報此仇須等待,等到那時滿天遍地起風雲,到那時自有報仇人。"

（張白）"唔!"

（唱）"他説道:梁山離此無多遠,聚義英雄十數人。莫道是:星星之火燎原大,祇要是:義旗舉處萬人跟。千軍萬馬勢奔騰,那時宋室的江山要換主人。"

（張白）"啊唷,宋江實頭私通梁山,此罪非輕。這叫做明槍容易躲。"

（閻白）"那暗箭麽最難防。"

（張白）"大姐,我在外頭訪,你在家裏訪。捉住憑證,將他送入當官,你我可做久長夫妻了。"

（閻白）"三郎,他不來怎樣?"

（張白）"他今天不來明天來。"

（閻白）"明天不來?"

（張白）"後天來。"

（閻白）"這月不來?"

（張白）"下月來。"

（閻白）"下月不來?"

（張白）"後月來。""大姐,他今年不來,明年來,總要來的。"

（閻白）"三郎,他已發下誓言,不來的了。"

（張白）"叫媽媽去找他來。"

（閻白）"好，就是這個主意。"

（張白）"我要走了。"

（表）張文遠出去，惜姣自回房中。一宵已過，直抵來朝。難末要劉唐下書，且聽下檔。

1954 年 3 月 2 日，在杭州教仁街西園書場，聽陳文雪、楊雪虹兩藝人彈唱。次日記於浙江師範學院。

編者説明：本文據代抄稿録編。劉録稿云："按《冥志室類稿·甲集》抄寫稿録字。有油印稿，相對簡略些。"

段景住降馬（評話）

　　整理者附注：這節書是塘栖評話藝人茅賽雲説的，這裏衹勾勒了它的基本情節，並非説話紀録，但記述的語言仍盡量保持評話的風格與説書者的口吻。

　　這一節書是從兩句引白開場的："日行千里路，夜趕萬重山。"段景住左手執韁繩，右手提揚鞭，策馬馳驅來到槍竿嶺。心想降伏了這寶馬，千里而來，欲上梁山，贈給晁寨主以爲進身之功；但願得晁寨主人馬兩收，在梁山得爲忠義弟兄。想罷，哈哈一聲大笑，從嶺上望落去。離槍竿嶺有二十里之遥，有一座大城市。近來他已有三年不來此地了。三年前，他常常到此，此處荒僻異常。衹見這城市周圍，一無房屋，二少樹木，是一片曠洋平地。段景住想這也奇怪。

　　這時説話人略表幾句：各位，當時大宋宣和年間，徽宗皇帝昏淫無道，英雄嘯聚山林，各據一方。朝廷看來，當時江湖上有四大寇：山東宋江、江南方臘、淮西王慶、河北田虎。因立史文恭爲一品紅袍平寇大都督，來剿滅群寇。史文恭獻計須先征服梁山，因親自到李家道來，窺探水寨。住了兩日，感覺梁山四面環水，溪闊山峻，地勢險惡；又探悉梁山兵精糧足，實力雄厚，一時不易攻打。所以回京奏明聖上，要起造曾頭市，作爲據點。這樣使發過來的兵，調過來的糧，都有所囤聚，可攻可守；然後再來剿滅梁山匪盜，纔能一鼓而平。這情勢段景住自然不清楚。

　　段景住馬落槍竿嶺，一會兒，便到城關。馬過吊橋，看到街上車馬喧闐，十分熱鬧。段景住落馬。帶馬在街上行走，覓得一家如意樓酒館，攏住牲口。店家把馬帶進馬房。段景住吩咐備上號馬料，自己點了四碟便菜。店小二心想人吃的很普通，馬却要喂上號草料。小二送上菜來，段景住自酌自飲，暗暗思量：我家世傳獸醫，兼營販馬，但家境一天天的窘迫起來。祖父時尚有一百餘匹馬，自後遞降爲三四十匹，到自己連這幾十匹馬都弄光了。他細細較量過去，是不是因爲貪吃懶做，這倒不是的。他家販馬與一般情況不同，常到遼陽、大定、析津、大同諸府去買馬，遠道而往，所費不貲。購得名馬，價格昂貴。名馬一般人識不得，也出不起價錢，所以常到河南開封來販賣。因爲開封府是皇都，軍事衙門林立；同時，天下英雄會聚，名馬不愁沒有出路。段家把馬牽到馬行裏，常有衙門裏人來，這班人却有識貨的，看見好馬，你索價二百兩、三百兩，他並不說什麼，道是好的，喚你把馬送到他衙門中去。這馬牽到了他的衙門，他便把馬關進馬房，回頭給你送出五十兩紋銀。那時候，你乖巧的接收了那也罷了，若是不然，你多爭論幾句，堅持價格，最後他們便仗官勢來欺凌你。輕者説你私販戰馬，把你驅逐出門；重者説你私盜戰馬，把你扣押起來，重刑責打，弄得你求生不得，求死不能。段家就是在這樣形勢下，常常虧本，由百餘匹馬弄得一無所有。那末有人會想，開封官場黑暗，何不到別處去販賣？這却是俗話説得好：“天下烏鴉一般黑。”旁的地方，也是一樣的。而且有時還要不幸。段家願意到開封去販馬，這却另有一個緣故。那時兵荒馬亂，天下英雄紛紛起義。這些英雄暗中都派人到開封來，在國家開考武場時，結交落第英雄。他們看見名馬，樂於收買，倒是不惜善價，公平交易。販馬的遇到這種機會，可以賺一些錢。當時販馬的却存有這種想法，但畢竟這種機會較少。由於段家的馬，陸續被官府吞吃下去，家境自然逐漸貧寒下來。目下段景住困守在家，忽聽到西岳華山出一騎駿馬。販馬的總祇有販馬，不覺技癢，因把家下祖傳的三間房子賣了，以爲收馬盤費。到了華山，夜宿孤廟，晝湌藜藿，足足等了半年，纔降伏此馬。一路上想此馬如何處理，如仍然帶到開封，恐怕要蹓過去覆轍，而且身體還要吃苦。如帶往他處，一時好馬難以兜售。世無伯樂，反把此馬糟蹋了。又思在大宋爲民，受盡欺凌，久欲投奔梁山，苦無門徑。因決定將此馬送與梁山晁寨主，以爲投奔梁山進身之功。心想今天大概可以到梁山了，不覺舉杯哈哈一笑。

段景住正在高興，祇聽得外邊號子張張，抬頭祇見一彪隊伍過去。原來是史文恭在教軍場操練人馬完畢，帶同順錘將丁鵬、順鞭將胡連、鴛鴦葫蘆姚寶、巡海夜叉戴巡、飛天蜈蚣洪度、鐵棒教師欒延玉、錦毛獅子王芳，騎了馬回轉都督府。此馬在馬房中聽到外面號子聲響，一聲長嘶，破空而出。史文恭在馬上聽得，就攏住牲口，向欒延玉說道："師弟，爾可聽到此馬聲？"欒延玉拱手答道："都督，馬嘶宏亮，定是上號戰馬。"史文恭回頭便喚獸醫大夫王芳。王芳上前叩見，史文恭揮手向王芳問道："一聲馬嘶，爾可聽到否？"王芳道："末將倒也聽到。"史文恭問道："此馬如何？"王芳道："聽馬嘶聲，定是上等戰馬。"史文恭便吩咐王芳與本都查來。王芳傳令軍士巡查，那裏馬嘶？軍士向四處搜查，最後看到如意樓酒館而兼招商，有一馬房，便通知王芳。王芳走到馬房門口，嚇唬一聲。小二向外邊一看，認識是王將軍。王芳因史文恭訪不到好馬，所以常到馬行招商店中來尋找，因而招商店中伙計都認識他。王芳喝問道："店內可有馬匹？"小二連忙招呼王將軍進店來看。王芳劈頭便見卷毛玉獅子這一匹寶馬，精神抖擻，神采非凡。再復一眼，這真是一騎龍駒寶馬。便問道："這馬是什麽人的?"小二道:"一位過路客商。"王芳又問他安頓何處? 小二手向旁側指責,說道:"就是那位仁兄。"王芳看這樣一騎馬却配着起碼鞍轡,又向内看這位仁兄,是下等人打扮,不像樣兒,便起手扣住韁繩,把馬牽了出來。史文恭落馬帶領衆將來看。欒延玉踏步上前,拱手說道:"都督,這真是龍駒寶馬。"史文恭問道:"師弟,此馬好在何處?"欒延玉道:"此馬馬蹄搭背高有八尺,頭到尾長有丈二。兩耳似削足,雙眼有神光。額闊有雙磚,嘴鼻亦團圓。全身無雜毛,四蹄又靈活。前腿無斗寬,後腿無插手,襠小尾短,真是龍駒寶馬。"王芳也指着馬說道:"欒教師所言甚是。此馬力高過綠駬,停食勝黃驃。其名卷毛玉獅子。自盤古分裂天地以來,祇有趙武靈王曾騎下此馬,直至今日,並無其二。"史文恭便問道:"此客官可在?"軍士即便去喚小二。小二進内,向段景住說道:"都督喚你出去。"段景住没奈何出來。史文恭已經站在店門口。小二手指着向史文恭說道:"就是他。"又向段景住說道:"這位就是都督。"段景住向史文恭一看:

> 祇見此人身長七尺,生就了兩張小臉,臉色如白紙,兩條長梢濃眉,一雙三角狼眼,一統鼻,一字口,並無鬚髯。看來大概是三十六七歲。一雙大耳。頭上戴了黃金都督盔,鑲明珠,鉗八寶。上有絨球鎮頂,下有統海帶禁口,前有五龍斗寶藍田額,後有五冠排鬚。身上穿的粉紅綢四爪鉤金龍袍,腰懸寶劍,大紅綢絷脚褲。下穿虎頭威武靴,熊皮綁,豹皮底,前包銀,後加鐵,靴内襯着白襪。

段景住打一躬,說道:"叩見都督。"史文恭看段景住,暗暗好笑,不想是這樣一個人。祇見他:

> 身長不滿七尺,生就兩張火刀臉,臉色如藤黃。兩條細眉,一雙圓眼,黑多白少。塌天平,陡下巴,塌鼻子,闊口,兩

大耳。頭上藍布包頭，前面打起英雄結。身上穿藍布緊身，
闊板棉紗帶束腰。藍布褲，紫花布打腿。白襪，藍布綁布底
鞋子。

史文恭想這樣一個人，可以欺他。揚鞭說道："仁兄少禮。"
段景住謝過都督，遂問道："喚我出來，有何貴幹？"史文恭問道：
"仁兄貴姓？"段景住道："姓段名景住。"史文恭又問："府居何
處？"段景住道："陝西長安府西安縣段家莊村。"史文恭再問："仁
兄作何貴業？"段景住道："祖傳獸醫，一向江湖販馬爲生。"史文
恭聽了，原來如此，冷冷一笑。史文恭所以問這幾句話，原想這
樣一個人，也不像有此馬的。有了此馬恐怕未必識貨，可以占他
便宜。現在聽他這樣一說，想此馬好處，他也懂得。便把手一拱
說道："仁兄，此馬可是爾代步之馬？"段景住道："正是。"史文恭
道："此寶馬可能賣與本都，給本都配爲戰馬？"段景住搖手說道：
"都督，此馬雖好，可惜不能用於征戰。"史文恭詫異問道："仁兄
怎講？"段景住道："此馬出現在西岳華山，性躁如烈火，上山降馬
的人，共有一百餘名，不能將此馬降伏。降馬人馴不了馬，個個
心中惱恨，將此馬背上一棍，打斷了它的脊骨，所以不能作爲戰
馬。"史文恭驚歎道："仁兄何不給它醫治？"段景住道："被我收
住，此傷已久，無法醫治。"史文恭聽了，心想這却不巧。連稱：
"可惜，可惜。"便叫王芳與我看來。王芳前來在馬背上一抹，一
巴撤。旋身向都督稟告道："此馬無傷。"史文恭也識得馬品，親
自下來，起手在馬背上一抹，兩手又在馬背上一搭，兩膀駕雲千
斤之力，用勁一按。這馬一聲長嘶，戛然而鳴，聲裂長空。史文
恭兩膀有二千斤實力，雙手按馬，出其不意，差不多的馬早已累
倒了，這馬却愈顯得神采奕奕。史文恭心中思忖，此馬並未受
傷，回頭狰眼向段景住一盯，思想此人倒也十分刁滑。便即旋身
過來，向段景住說道："仁兄此馬，給本都配爲戰馬，我贈爾白銀

千兩;爾如愛出仕,可以在本都臺前爲獸醫大夫,異日討平梁山,我再上金殿申奏,讓你封妻蔭子,榮宗耀祖,論功行賞。"段景住尋思:這事如何應付。便道:"都督,此馬早已有人定了。不才上華山去收馬的時候,用費銀一百兩,他已支付於我。降伏此馬,衹有賣給與他。"史文恭追問道:"賣與什麼人?"段景住道:"天朝老教師周侗,他是馬上刀槍,馬下拳術,無不精通。衹欠一馬寶駒,因而托我收買。"史文恭仰天哈哈一笑道:"爾將此馬留在本都。周教師是我恩師,我可備信一封,送往開封,當不使爾爲難。"段景住心想天朝老教師,名聲頗頗,溢於宇内。説出來想來壓得住他。現在看他並不在意,段景住無奈,衹是雙手忙搖道:"都督,此馬我不能賣!"史文恭勃然大怒,嚇!呸!連連威喝道:"爾在江湖販馬,可曉皇家法律?私販戰馬,該當何罪?"段景住一聽,又是這話來了。史文恭當下吩咐將他拿下了。軍士便將他雙手縛住,王芳把馬帶住。軍士前來問可有什麼東西?店小二説道:"還有一個包裹,擲在店中。"軍士把包裹也拿走了。段景住一看,心想這遭完了。史文恭上馬,隨同左右衆將到都督府,吩咐把段景住帶入監中,再囑王芳將此馬配掛。配掛上等的鞍轡踏蹬、領帶嚼口、肚帶套索。馬配掛好,史文恭與樂延玉兩人出來。王芳帶過馬來,史文恭執揚鞭墊蹬上馬。此馬降伏未久,野性未馴,見新人上來,它便一聲長嘶,兩前蹄縱跳起來,起一個前牌樓。王芳見機行事,速將馬索扣住,馬前蹄子平落下來。史文恭襠下打過一鞭,馬又一聲嘶叫,後蹄竪起。王芳把馬頭聳起,馬後蹄又落下來。史文恭再度加鞭,馬便跑了。王芳跟在馬後,跑了一個趟子。史文恭連連喝彩:"好馬啊!好馬啊!"正在得意,這馬前蹄突然彎下來,頭側轉,想落地打滾。王芳看見跳上前來,把馬頭帶住,馬滾不轉,便又站起來,第二趟再跑。史文恭策馬揚鞭,馬跑到都督府門口,纔攏住牲口,滾鞍下馬。

史文恭吩咐王芳將馬牽着行走，然後帶進馬房，心中十分喜悦。樂延玉下階説道："都督啊，依小弟看來，此馬夫給他數百兩銀子，放他回去。"史文恭笑道："師弟，休要多言。"兩人挽手上廳堂，坐下。中午時分，設宴飲酒。外邊忽有軍士進來報都督。史文恭問道："報甚事來？"軍士稟道："此馬販子段景住包裹裏有條子一張，特來呈上。"這軍士搜尋段景住包裹，原想弄一些銅錢的。不曉得銅錢没有搜到幾個，在幾件替換服飾裏，找到了這張條子。史文恭接過手來，但見上面寫着：

> 書呈水泊梁山托塔天王臺前：千里而來，投奔梁山人段景住，號錦毛犬，年二十七歲，陝西長安府西安縣段家莊村人。幼年練就溜金杵，略有防身武藝。祖傳獸醫，兼營販馬。久涉江湖，受盡官府欺凌。連年顛沛，坐守家園。久慕托塔天王招賢納士，早想投奔梁山，爲忠義弟兄，恨無進身之功。去冬，聞此西岳華山出現龍駒寶馬一騎，遂將祖傳住屋三間出賣白銀一百兩，爲收馬盤費。到了華山，山上降馬人共有一百餘名。景住夜宿孤廟荒山，畫湌藜藋炊餅，足足半載，方纔降伏此寶馬。此馬名稱卷毛玉獅子，一身毛卷如雪，黑夜行走有光，登山如平地，馬快如騰雲。馬力高緑駬，停食勝黃驃。自盤古分裂天地以來，祇有趙武靈王曾跨下此馬，並無其二，直至今日。今將寶馬送上梁山，贈給托塔天王爲進身之功。願在晁天王臺前效犬馬之勞。伏望人馬兩收，臨楮不勝感盼！

史文恭看了冲冲大怒。原來如此，好大膽匪盜，竟敢將此馬送與梁山晁賊。吩咐來人，外面打鼓升帳。大堂聚將鼓響，衆將會集，排分左右。一聲虎威之聲，史文恭帶樂延玉到大帳坐下，衆將見過都督，兩邊站立。史文恭吩咐帶段景住上帳。軍士就到監中把段景住帶出，到大帳見都督。段景住上前來説道："叩見都督。"史文恭喝道："爾此馬送給何人？"段景住道："送與開封天朝老教師周侗，他托我物色一匹寶馬。"史文恭道一聲冷笑，説道："本都督清楚爾此馬送與梁山。"段景住道："都督，小人那敢？"史文恭道："還要抵賴，爾看！"把這信撩下來。段景住拾起一看，暗暗吃驚。史文恭道："爾還有何言？不願賣給本都，却願送與梁山匪徒，該當何罪？"段景住心想，此馬已失，難以保全。便抬起頭來，高叫一聲罵道："史文恭，誰要你的不義之財！我願意送與梁山，爾便怎甚！"史文恭聽了，雙眼直竪，狰獰道："呸！軍士們將他推下去，重責軍棍一造。"軍士把段景住推下去，段景住罵聲不絶。軍士提起軍棍來打，打到八十餘下，段景住暈厥過去。軍士上來稟報，史文恭吩咐擲在監中，當即退帳。史文恭退進裏帳，欒延玉道："都督，此人雖是將馬送與梁山，這一種無用之人，可以從寬發落。"史文恭道："他私通梁山，怎能從寬？"欒延玉道："區區江湖販馬之人，殺之無益，留亦無害。"史文恭聽了，轉念一想，有了，我本欲討伐梁山，讓他帶個信去。便喚軍士取過文房四寶，寫了幾句話。嘱咐軍士，將此字刺在段景住背上，然後將他推出都督轅門。軍士遵命，便在段景住背上刺字。字刺好，扛到轅門外，把他撩在路旁。段景住甦醒過來，祇覺一陣陣疼痛。心想打得來不能行走，背梁上又不知刺些什麽？挨了一個時辰，段景住略有些氣力，爬到招商店。店家憐他冤屈，留他歇宿。段景住脱下衣襟，請帳房看他背上刺些什麽。帳房過來一看，却是一道榜文，便讀與他聽。祇見上面寫着：

今有關西馬賊段景住，有龍駒寶馬一騎，其名卷毛玉獅子，送上梁山，給晁賊以爲進身之功。路過曾頭市，被本都查悉。本都没收寶馬，特給他背榜上梁山，知告晁、宋二賊匪。

奉旨起造高大城，統帶雄師百萬軍。剿滅梁山眾賊匪，活捉晁蓋宋公明。

　　　　大宋一品紅袍平寇大都督史

　　　　宣和年　月　日

段景住聽了，一想這倒還好。本因失去寶馬，不能上梁山。今有這一道背榜，可以上山去拜見晁、宋二寨主，榜文便是決心投奔絕大的證據。所以段景住在招商店住過半月，傷勢略愈，便討了車輛，出離曾頭市，投奔梁山而去。

　　　　　　　　　劉操南　整理

（原刊《東海》月刊 1958 年第 4 期《略談評話〈段景住降馬〉》）

編者説明：本文據原刊録編，原爲《略談評話〈段景住降馬〉》一文附録。

岳雲出世（評話）

　　金兀朮被牛皋殺得兵翻馬倒，連連打敗仗。雙眉緊鎖，悶悶不樂。哈迷蚩跑來，說："狼主何故憂鬱?"金兀朮說："我第一次進中原，炮震兩郎關，雷打三山口，冰凍渡黃河，直搗汴梁。現在碰到岳蠻子，一戰損兵十萬，再戰損兵十萬，現在三戰牛頭山，又損兵三十萬。鋼綫鐵木兒，銀綫鐵木兒，銅綫鐵木兒諸位王兄都陣亡，怎不教人傷悲。"哈迷蚩說："你要岳蠻子不難，要活的，要死的?"金兀朮說："啊！你不是在做夢，這是白天。上次五路大開兵，發炮祭旗，要找兩個南蠻子都難。現在你倒說要岳蠻子不難，如何道理?"哈迷蚩說："岳蠻子是山東相州湯陰縣永和鄉岳家莊人氏，岳蠻子是個孝子，我們祇須把他的母親抓來，那時活的岳蠻子，死的岳蠻子都不難。"金兀朮說："好，你真是我的軍師。"哈迷蚩隨即教金兀朮傳令，在軍隊中挑選會說南朝話的，年輕力壯的三千人，化裝打扮，三教九流，諸子百家，經紀小販，混到相州湯陰縣去，把岳飛家中的老母、妻子拿捉前來。

　　花開百朵，另表一節。岳飛家中，岳飛的兒子岳雲今年已十三歲，蒙神人教他武藝，善使一對流星錘。岳雲又有意到父親那裏去，為國效勞。老祖母不讓他去，小小年紀，如何去得? 岳雲要問父親所在，也問不到。今日到相州府劉世宗劉大人那裏去，劉大人也不肯說。岳雲走過大堂，祇見四壁庭柱紅漆輝煌，一面鼓是破的。岳雲動問鼓吏，説："府衙門如此堂皇，怎麼這一面鼓是破的，不修修好？"鼓吏説："這是我家大人要做古迹的。"岳雲問："做什麼古迹？"鼓吏説："有位牛大爺，他心急。他來上堂，不用鼓柱打，用扁擔打。沒有幾下，把它打破了。"岳雲説："唔，那位牛大爺，是不是就是牛二叔？"鼓吏説："是的，就是陪隨岳元帥出征的牛大爺，現在牛頭山出戰的牛大爺。"岳雲一想，我父親的所在，無意中問到了。岳雲離了府衙門，一路回岳家莊來。到了家中，見過母親、祖母。

"報夫人"，"報太夫人"，岳壽慌張地闖了進來。"啊，岳壽，報甚事？"岳壽説金兵已經殺到湯陰縣來了。猛將千員，雄師百萬。"報夫人，太夫人，金兵已經衝到永和橋，隔岳家莊衹有三四里路了。請夫人、太夫人裁酌！"岳福也闖了進來。岳家莊自從岳飛掛帥以後，原有兩百士兵，是相州府尹劉世宗派來的。岳母認爲這徒然糜費國家錢糧，衹留二十餘人看守，其餘早已遣發回相州，現在如何是好！"啊，媳婦，檀州遙遠，我們一時難以去得！爲免受金兵侮辱，不如爲國效忠，圖個自盡吧！"岳雲踏步上前，跪了下去："祖母大人，且慢！不要長他人志氣，滅自家威風。牽馬來，披軍裝，待孫兒前去殺敵！""啊，你啊是一個孩子，怎能抵得這許敵兵！""啊，祖母，待孫兒前去厮殺，殺不過，跑路不遲，且殺過啊，孫兒有一句話，要祖母應允。我要到父親那裏去，爲國效勞！"祖母一想也不錯，如此，你要小心！

衹見岳雲：

> 面如冠玉，唇紅齒白。兩條劍眉，直豎天庭。一雙環目，炯炯有神。鼻準口方，兩耳貼肉。前髮披眉，後髮披肩。頭戴鑌鐵盔，身穿鑌鐵蓮花鎧甲。大紅對襟底衣。虎頭戰靴，前包金，後貼銀。熊皮底，獐皮跟。手中拿兩根鼠白流星錘。襠下騎一匹白馬。

"哈哈,大膽賊子,快快下馬受縛!""哈哈,你是何人?"來人一看是一個小孩,"黃口孺子,乳臭未乾,快快回去!教岳蠻子的母親親來回話。""呸!你是何人?""我乃金兀尤狼主麾下黃楚楚將軍便是。你是何人?""我乃大宋人氏,岳家公子,岳雲便是。""呸!正待拿你!"兩人人分回合,馬分照面。一槍來,一錘去。左一錘如惡龍回頭轉,右一錘如猛虎下山崗。黃楚楚那裏是他對手,一個天師搭印之勢,折哭,一錘下,把黃楚楚敲得腦漿直流,倒於馬下。黑托托看見大怒,挺馬上前。岳雲一不慌,二不忙,左一錘,右一錘打來。忽前忽後,忽左忽右。如大鵬振翅,飛熊入山。黑托托手提大環金砍刀,祇有招架,不能還手。一個鳳凰入昆侖之勢,雙錘並下,正中黑托托頭顱。黑托托頭顱被打成血餅,滾於馬下。眾士兵看見大將已倒,都抱頭鼠竄而逃。農民看見,都奮勇向前,鋤頭鐵搭,把他們統統打死。三千金兵,消滅得乾乾淨淨。

"啊,祖母大人,你老人家是口言如山,現在我要到父親那裏,衝鋒陷陣,爲國效勞。"祖母一看,真是有其父必有其子。"上山打虎親兄弟,出陣交鋒父子兵。"不能說答應,也不能說不答應,可惜你還年輕,拋個臉色與媳婦,注意他不要遠走。岳雲明白,現在已知父親住處,總有法子可去。岳雲這幾日,出外散步,常有家丁伴陪。岳雲一日一日,慢慢兒走遠些。一日騎了馬,過永和橋,拍馬一鞭。家丁那裏叫得住,人又趕不上馬。岳雲便離家去尋父親軍營去了。

岳雲一路行走,探問牛頭山。一日來到了牛頭山。一眼望望,四山寂寂,祇聞鳥啼猿鳴。岳雲一想,莫非金兵已被父親完全消滅了,怎會一點看不出戰爭氣氛?抬頭看見一個樵夫走來。"啊,樵哥,此處牛頭山岳元帥大營見在何處?""啊,公子,你要探問岳元帥軍營,此處乃山東牛頭山,岳元帥是在湖廣檀州牛頭山。要回頭走，過相州，是官場大道。"原來如此。岳雲一想，回相州，被劉世宗留住倒不好。"那麼，樵哥，有其它路好走嗎？""啊，公子，這裏翻過幾座山，也可以去。路還近些，祇是山甚高峻，有猛虎不便！"岳雲想，上陣殺敵，要擋千軍萬馬，還怕什麼禽獸！不如就翻山越嶺去吧！

　　岳雲行了幾日，過了幾山。一日翻到山下，正待卸裝、歇馬、飲水、餵料。一陣風吹來，樹林中跳出一隻斑斕猛虎來。岳雲向旁邊一閃，老虎撲了個空。老虎轉過頭來，岳雲一錘頭打下，正中頭頸。老虎負痛一個跟斗反躍過去，岳雲趕上又是一錘，把老虎打死了。岳雲整整衣襟，祇見一個小孩跑來。一身赤扮紅裝，此人也有頭盔，襠下騎一匹賽赤兔胭脂馬，手中拿着青龍刀。一見岳雲，白扮銀裝，也是將軍模樣，看見他把他追趕的老虎打死了，不禁大怒，要他賠還老虎。"咑，你賠還我的老虎來？"岳雲一想，有你這樣個不講理的人。便回答道："你養虎貽患，該當何罪？"那小孩一聽這小子出言不遜，便說"你敢和我打嗎？""這有什麼。"岳雲上馬，手提錘頭，直奔前來。那小孩用足勁，把青龍刀舉起，取太公垂鈎之勢，兜頭劈下。岳雲使出托梁換柱之法，一手把刀隔住，一錘向他頂門打來。那小孩早已避過。攔腰一刀劈來，岳雲又用錘一隔。黑虎偷心，一錘敲他胸膛，那小孩也用刀隔住。你來我往，戰了二十餘合，不分勝負。岳雲說："我馬沒有你馬好，我馬餓了。"那小孩說："我肚中也餓了，吃過飯，再來。"岳雲說："我不信你再來。"那小孩說："我把刀留下，停歇再來。"那小孩騎馬回家。

　　看官，你道這小孩是誰？原來是《水滸傳》中大刀關勝之子，名叫關林。生得面如重棗，臥蠶眉，畫眉目，面兒與祖上相仿。關林一到家中，匆匆吃飯，母親問他。說道："我趕虎到山下，被一白袍小孩，把我老虎打死了。我問他賠。他說：養虎貽患，該當何罪？出言不遜，如此無禮。我同他打，打了二十餘回合，不分勝負。現在刀押在那裏，待吃過飯，再與他比藝。""他叫什麼名字？""不知道。"母親説："你好無道理，刀是你先父遺物。他在常州，爲國捐軀。人在陣在，人亡陣亡。現祗留在一把寶刀。趕快我與你一同去。"關林同母親一同到那裏，問："公子你叫什麼名字？"岳雲究竟是一個小孩，打虎疲倦，把老虎蓋蓋，枕着刀，已睡熟在那裏。聽見有一呼喚，醒了過來，擦擦眼睛，立了起來。"我行不改姓，立不改名。我老人家的諱是不敢唤。我乃天下都兵馬大招討岳元帥之子岳雲便是。"母親一聽，"原來岳公子駕到此。林兒你打錯了人，趕快賠罪。你何不早問一聲，我們是英雄惜的英雄，好漢惜的好漢，公子，你隨同請到寒家來，這隻賽赤兔胭脂馬就相送與你。"岳雲説："這倒不敢！"岳雲在關家莊歇了一宵。一論年紀，關林一十二歲。關林要與岳雲結拜，就拜岳雲爲兄。岳雲又在關林家中住了幾日。一日，岳雲定要辭行，關林送岳雲到十里驛亭，雙雙作揖而別。

一日，岳雲到了一處，綠樹濃蔭，好大一個村落。岳雲跨下馬匹，到莊中借宿。祗見莊客雙手相搖，説莊中有事，請客官別處借宿。岳雲感覺奇怪，説："莫非你們怕我要委屈你們不成？"莊客説："這倒不是！那麼我去告稟員外，再作處理。"莊客告稟員外。員外説："他叫什麼名字？"説："不知道？""那麼留他外房暫宿一宵。"起更時分，岳雲睡在床上，祗聽人聲鼎沸。内中有個人説道："你們衆鄰舍聽着，我祗打龔家一户。你們可早早安睡，勿幹閑事。龔家如把女兒獻出，把俺做壓寨夫人，歡天喜地；如不獻出，格殺勿論。"原來是有強盜強搶民間婦女。路見不平，拔刀相助。岳雲跳了起來，取了錘頭，廊檐下牽了馬，跨上馬背，來到莊門。岳雲舉手一錘，先把那個吶喊的小嘍囉打死了。大強盜看見，馬上前來迎接。兩馬兜上前來，岳雲罵道："朗朗乾坤，

堂堂男兒,爲什麼好人不做强人!"原來這一夥人,爲首的頭目有
五個,是晁仁、宋義、吳龍、吳虎、焦興。晁仁、宋義是《水滸傳》中
宋江的兒子。晁仁原名宋仁,過繼與晁蓋,所以改名晁仁。當年
都拜林冲爲師,練就一身武藝。吳龍、吳虎,是吳加亮的兒子。
焦興是焦挺的兒子。這因當年水滸英雄中了樞密院之計,若要
消滅賊,除非賊殺賊。受旨招安。征方臘一役,弟兄死亡十之七
八,餘下的又多被奸臣謀害。功勞雖大,沒有得到一點封賞,所
以現在聚在綠林爲寇。晁仁便説道:"方今朝廷無道,寵用奸臣。
豹狼當道,虎豹專權。閉塞賢路,賣國求榮。在上者錦衣玉食,
子民流離失所。所以英雄各據一方。"岳雲聽罷,"哈哈,爾等認
爲朝廷無道,方今金兵猖獗,兩京一十三省都在動蕩。聖天子正
在收羅天下人才,一意抗戰。李綱爲相,宋澤爲殿帥。蔡京已
死,張邦昌被戮。不能説朝廷無道,寵用奸臣。我父親授天下都
兵馬大招討之職,現在牛頭山與金兵會戰。當年梁山英雄,也曾
征伐遼邦。爾等正可繼承祖宗光業,棄暗投明,改邪歸正,隨我
投奔岳元帥,爲國效勞。"晁仁等一想也勿差。岳雲説:"如此,那
麽去把獨角虯鸞殿焚燒,整理糧餉、隊伍,停一日,在此莊集合。"

這消息早已傳給莊主。莊主聽見很快活,一定要把女兒許
給岳雲。以後龔氏由莊主送嫁到岳家莊。

晚生這裏一表而過。隔一日,岳雲與晁仁、宋義、吳龍、吳
虎、焦興,一路投奔牛頭山來。

編者説明:本文據手稿録編。

金台打白猴（評話）

話説大宋年間，仁宗皇帝在位，倒也風調雨順，國泰民安。有安南國進貢，隨貢武將沙其龍，進中原到開封，由丞相領他上金殿見駕。奏本上説：他國有白猴一隻，拳術精通，無人可敵，願在中原上國，擺擂比武。朝廷准奏。即在御教坊開擂，朝堂武將打擂，接連三天，共喪三十餘名。滿朝文武議決，行文各地，招募天下英雄豪傑，上京師打擂。

書中單表湖北貝州府，有一位英雄，生得相貌堂堂，一表非凡，姓金名台。今日奉母命進得城來，不覺已至中午。彈打飛禽鳥，英雄出少年。咱金台，回家去吧。走！到西門城關，祇見許多人團團站立。金台挨進去，看，祇見城墙上高貼告示一張，寫着：

示 告

有安南國進貢，隨貢武將沙其龍，有白猴一隻，精通拳術。准予在開封御教坊設立擂臺。凡天下英雄豪傑，不分男女僧道老少，進京赴擂。能拳勝猿猴，金殿聽封，賞銀萬兩。特此布告。

金台看畢出城，回歸西鄉梧桐莊，沿途思想：常言道"將相本無種，男兒當自強。學就文武藝，保國安家邦。"不如進京打擂，走一遭。金台回到家中，老太太坐在草堂。金台見禮畢，就把進京打擂之事稟告母親。老太太説："你去打擂，爲國效勞，理應正當，可以明天動身。"金台説："遵命。"當日無書。

次朝黎明，金台起身，洗臉用膳畢，到草堂侍奉母親。老太太説："兒呀，爲娘給你備好衣包路費，你可上京赴擂，爲國爭光。爲娘敬你三杯順風酒。"金台雙手接過酒杯，説："多謝母親！"一飲而盡。背衣包。辭母出門而去。金台曉行夜宿。這一日來到開封城關，祇見城中熱鬧非凡。金台觀看街景：

> 一本萬利開曲當，兩旁店面都鬧猛，山珍海味南貨店，四季時鮮水果行，五色綾羅綢緞莊，六陳糧食大米行，七星爐家大茶館，八字墻門開糟坊，九曲玲瓏古玩鋪，十字街頭鬧洋洋。東邊人販賣西邊貨，南邊人學北邊腔。有漁樵耕讀，還有士農工商。各地趕來英雄豪傑，人來人往滿街坊。

金台肩背衣包，趕進城來，有店小二站立門首。肩背抹桌布，門口來招呼："唉，客官，小店房間清爽，價錢公道。"金台抬頭看招牌，寫着"得意樓招商"五字。金台踏步進店，坐定，辦酒，點菜。祇見三間店堂，酒客滿座。都是各地的英雄，鬧哄哄的，談説擂臺猿猴凶險。金台喝酒静聽，都道每天總有三四十名英雄死傷。金台吃好酒，交付衣包，投宿店中，探問御教坊擂臺所在。店小二説："客官，打擂須先往府衙報名，領取報名單，方可入場赴擂。大街上去，頭一個衙門，就是開封府。"

金台出店沿街走，直到府衙門口。有許多英雄，挨擠着報名。金台進門房，報好名，忽有衙役，高聲喊叫："今天一百名已滿。已報的，等候報名證；未報的，明天來報。"衙役把名册送到廳堂。知府何生看册，叫十名，發十名。到最後十名，金台在内。祇發九張，金台獨缺。列位，這是什麼道理。原來知府是丞相譚談渭的門生。兩年前丞相長子譚培鳳，到貝州外祖家投親，在城中強搶姑娘。金台路見不平，打死公子。丞相要殺金台，幸有柴良王相救，說公子白晝行凶，強搶民女，丞相教子不嚴，寵子不法，請聖上定奪。皇上降旨賜金台無罪出監。知府知此一節，所以擺票不發。

金台立到天晚，忽有衙役相請。金台不知有詐，隨入廳堂。金台一恭到地，見府大人。知府隨即招手，說"請坐。"門子送上茶來，隨即擺酒，請英雄暢飲。與知府同桌，金台想：倒也奇怪。

知府開言道："英雄可自湖北而來。"

金台道："正是，特來打擂。"

知府道："久慕英雄名聲普普，白猴猖獗已久，正待英雄收伏，爲國爭光。本府奉敬三杯，聊表微忱。"

知府親自執壺，金台謙讓未遑。說："多蒙恩府抬舉！"接過酒盞，接連三杯，一飲而盡。金台哪知吃的是蒙汗藥酒，一霎時間，天翻地覆，站立不停，跌在地上。

知府隨即傳令，把他捆綁起來，裝進小轎。一面寫條下，蓋上印章，派衙役兩名，穿上公差號衣，提着開封府正堂燈籠，押送到相府去。衙役到相府門口，門丁吆喝："呔，哪裏來的。"衙役踏前一步，陪笑道："我們府衙，奉大人命，有條子一張，犯人一名，請代報相爺。"門丁聽說有事，不敢怠慢，接條子進內。這時丞相去刑部衙門喝酒未回，公子在堂。門丁上廳，報："公子，有府衙送來犯人一名。"將條子呈上，二公子譚培寶接條子一看，上寫着：

> 有貝州金台，來衙報名打擂，用計擒拿，送上相府，請恩師定奪。

門生何生　百拜

公子看畢，就派家將四名，把金台拖來見我。家將跟門丁出來，把金台拖出轎來。這時金台還未甦醒，家將弄一桶冷水，向金台臨頭潑下。金台慢慢甦醒，說："好難過！"家將一把拖，拖進相府，直到廳堂公子面前。把金台一推，叫："跪下去。"公子說："咉，金台，你抬起頭來。"金台抬頭，公子手指指着說："你當年猖狂，今日自投羅網，還有何說？"金台望上看，見一位少年公子：

> 頭戴粉紅綢如意巾，身穿水綠綢海青，腰繫薑黃絲帶，紅綢褲，白襪，烏緞靴。

金台說："你是何人？"家將說："咉，就是譚相爺的二公子。"金台雙目一睜，怒氣冲冲，高罵一聲："小奸賊！你們鬼計多端。"嘴裏罵着，竄蹦起來，望他胸前一腳踢去。公子驚叫一聲"啊呀！"旁邊家將，搶步上前攔阻，就把金台拖落下去。公子雖未踢着，嚇得面如土色，說："還了得，拖下去把他殺死。"家將抽出單刀，金台正待搏鬥，忽聽得一聲高呼："刀下留情！"。家將們停身一看，是教師，齊說："遵命！"金台回頭看，是一位老英雄，大約五十歲左右。

> 身長七尺，長方臉，色道微黑。濃眉托目，大鼻闊口，花白鬍鬚飄灑胸前。頭戴天藍緞遮陽巾，身穿天藍綢拳袴，大紅綢紮腳褲，白襪烏緞薄底靴。斜肩掛着布袋，手執短柄金刀。

金台不知是誰？

列位，這老英雄是相府教師，江湖上赫赫有名，人稱神彈子，姓朱名光。金台一看，面不相識。朱光倒認識金台。四年前在梧桐莊會過面，朱光與金台父親兄弟相稱，所以喝住家將。公子回頭看見教師，即忙拱手相迎。說："老教師請坐。"家人送上茶來。

朱光問:"這是何人?"

公子說:"貝州金台。"

朱光道:哪裏拿來的?"

公子說:"是開封府送來,現在要拖他亂刀剁死。"

朱光一想,怎樣救他。便道:"公子爲兄報仇,須把金台拖到大公子靈前,逼他祭拜,再挖出心肝,方泄胸中之恨。"

公子說:"請老教師協助。"

朱光隨即叫家將們,把金台拖到靈堂,並說:"請公子進內祭祀,以表手足之情。"

公子說:"請老教師先往。"

朱光別公子進內,四下無人,一聲長歎。自思道:丞相誤國,相府非停身之地。金台英雄,見死不救,那稱好漢。不如救金台,離相府,遠騰高飛。朱光打定主意,即忙回房,備好衣包路費,趕到靈堂。家將齊聲叫:"老教師。"朱光肩背衣包,左手鬚髯一撈,右手金刀一搖,兩眼一托,說:"把金台放下來。"四家將,弄得目瞪口呆,衹好放下金台。

金台拱手說:"請問老伯貴姓。"

朱光道:"老漢朱光。侄兒,此非談話之處,隨我來。"

家將們,眼睜睜,看他們,望後花園而去。無可奈何。回到廳堂報公子,說朱光救金台往後花園而去。公子聽,呆呆無主,不勝惶恐。更兼無人可追。

正危急時,丞相回府。公子說明朱光救金台的事。丞相聽了,笑着說:"不出城,總是籠中之鳥。"辦公文移知府,說:朱光、金台盜竊相府金銀財寶,一千餘兩。着人贓緝拿到案。公文立即送出,到二更後各處捉拿。

再說金台、朱光,出得相府,沿途御林軍查夜,來來往往,川流不息,二人在民房瓦上行走,看到城上標燈密布,守城兵將很嚴，不能出城。朱光一想，相國寺當家，平日飲酒下棋，交誼不差，不如到那裏去借宿一宵，再作道理。朱光叫聲："侄兒，隨我來。"二人逢瓦而走，遇牆而跳，直到相國寺。進寺院尋到譚應和尚臥房瓦上，望下看，天井裏有燈光射出。忽聽得下面，宏亮聲音說："日落西山月轉東，人隔千載影無蹤。南無阿彌陀佛。"朱光一聽，譚應未睡。二人跳下來。譚應在武藝上有相當功夫，聽到腳步聲響，執紅燭開門觀看。一看原來是朱光老教師，便動問："夜間到此，有何貴事？"朱光隨即說明原由。搭救金台，要在此借宿一宵。譚應一聽，倒也進退兩難。

金台看見譚應，想起當初師父之語，搶步上前，恭恭一禮，說："大和尚，尚明師父常常念你，命我特來問安！"

譚應問："你師父是那一位？"

金台說："我師父就是全元山金光寺廣偉法師，人稱'蛋子僧。'"

譚應大笑："金英雄，原來是老佛爺高徒。你師父好嗎？"

金台說："倒也托福。"

譚應說："請進來談談。"

三人進房坐落，倒出香茗，譚應敬茶。二人氣息稍停。譚應見金台：

> 生來矮小，身不滿六尺。圓臉，面色微黃。長梢眉，虎目，目光炯炯。一統鼻，四字口，唇紅齒白。天藍緞拳袴，密排紐扣。腰紀闊板皮帶。天藍緞紮腳褲，白襪烏靴。頭上沒有帽子。

譚應說："金英雄你千里而來，可知猿猴拳術凶險？"

金台說："還未較量。"

和尚說："擂臺打猴，以猴拳為主。未知金英雄可悉此拳法？"

金台説："略知一二。"

譚應聽罷，一聲大笑："久慕金英雄大名，如雷貫耳，今日倒要請教。"

金台説："倒也使得。"

譚應執燭引路，三人來至拳廳。點煌燈火。金台看拳廳上，放着練拳術器具。正中一個拳臺，有一丈二尺多高，用石頭砌成。鎪光如珠。用桐油石灰塗抹，跌滑不易站立。譚應説："請英雄上臺。"

金台跳上臺，起猴形，運功夫，一路打來。

> 起手猿猴采果，回身采摘蟠桃。水簾洞內掛黄袍，花果山上大鬧。鬧天宮乾坤震動，入地府鬼哭神嚎。鬧龍宮打盡蝦兵蟹將，上天入地各處跑。

和尚、朱光看得摇頭。

列位，金台實在打得很不高明，一來猴拳用處少，不常練習；二來他從未上過拳臺。所以拳雖打不好，已是一身大汗。跳落拳臺，到和尚面前，金台説："多多獻醜。"

和尚説："待我來打一套。"和尚脱下袈裟，跳上拳臺。金台看他身材魁梧，起猴形却很像。和尚用出全身精神，拳腿齊起，精神抖擻，純熟非常。和尚打完，收拳步時候吐出猴痰，離拳臺有二十步路，正中一塊銅板上。噹！一聲鉚。金台看，暗暗驚奇。和尚跳下來。一聲大笑："哈哈哈。"

金台拱手説："大和尚名不虛傳。"朱光隨教金台，投拜譚應爲師，練習武藝。和尚聽得，心中歡悦，連連大笑。金台雙膝跪下，説："徒弟金台拜見師父，願我師萬壽無疆！"和尚起一隻手攙扶，説："賢徒起來。"這時天已微明。和尚想，本可推出是非門,不敢虎狼吞。今已結爲師徒,理應保護。備房間隱蔽。

自此,金台在寺內日夜練習猴拳,計住一月。忽一日,有王府人來知照:明晨五位王爺來佛殿拈香。和尚叫大家預備。

到晚上,同金台、朱光商議,想好辦法。

次日早晨,譚應帶全寺僧人,手執長香,在山門外等候。紅日東升時光,衆王爺騎馬的、坐轎的,跟隨許多傭人,到寺院門口停轎下馬。和尚接王爺進內到客堂,送上臉水茶來。洗臉後,各大殿敬香畢,重返客堂。和尚早辦素酒,請王爺用膳。當時有開平王高賢明,汝南王鄭云,東征王張坤,西征王羅乃,都有五十歲左右;惟靖山王呼延灼,因他父擂臺犧牲,子抵父職,衹有十六歲。大家坐席,譚應親自敬酒,衆王爺飲酒談説:擂臺凶險。死喪英雄,不知其數,擂期一百天,已有九十七天,這短短的三天當中,要勝也難。

東征王便道:"久慕湖北有三大英雄,都有特藝。不來打擂,未知何故?"

開平王道:"可知三位英雄名姓?"

譚應見有話機,便道:"各位王爺,貧僧倒略知一二。那三位英雄:一是推掌功田彩,二是軟骨手楊凡,這兩位都已年過花甲;三是吹碧峰何桐,他是已死三年。"

高王爺道:"大和尚如何知悉?"

和尚道:"何桐的寄子金台,是投我爲師,由而知悉。"

高王爺聽到和尚提起金台,想起他當年大鬧貝州府,打死丞相大公子,武藝高強。遂動問大和尚:"然則金台爲何不來打擂?"

和尚道:"説來慚愧!我徒金台早到開封,不能登擂。"

衆王爺齊聲説:"這却爲何?"

譚應和尚首尾訴説一遍,説清楚。衆王爺虎目圓睜,一聲歎息：“有這等事！”高王爺心想老奸賊，爲私下小仇，有害國家大事。稱一聲：“大和尚，請金台出來，與我等一見。”

譚應即忙進內，叫出金台，同進客堂。譚應手指着説：“我徒金台，去拜見王爺。”

金台上客堂，一一拜見畢。

衆王爺看他，生得矮小，未知武藝如何？高王爺道：“久慕金英雄大名，可否打一套拳術，觀賞觀賞。”

金台説：“遵命。”退後三步，脱下文服。暗暗思想：衆王爺都是武將，今日却要小心。打一套場面上少見的羅漢佛門拳吧。定好主張，到天井中，運足功夫，踩開拳步：

> 打出長眉托缽一爐香，降龍羅漢下山崗。揭諦側臂穿山打，伏虎回頭把尾藏。佛心打坐蓮臺上，枝菊撞胸再難擋。一十八人乾坤功，羅漢佛爺鬧天堂。

這套拳術，出龍入虎。衆王爺看得，觸目驚心，齊聲道好。金台收拳步，想到一套特藝，待我獻出。向客堂面一看，一個箭步，跳到客堂上面，在空中一個筋斗，兩脚底在正梁上吸住，顛倒掛下。衆王爺撈鬚髯觀看，都道：“英雄名不虛傳。”

金台跳下來，拱手説：“各位王爺，多多獻醜。”

高王爺笑着説：“英雄辛苦了。請坐。”

譚應看得，洋洋得意。

高王爺説：“大和尚你徒金台，我帶他去打擂，可請放心。”

譚應道：“要請王爺另眼照顧。”

這時，日已停午。衆王爺要回府，高王爺帶金台同走，全體僧衆送出寺院。金台別師而去。譚應回進寺院，向朱光説明情況。朱光一聲大笑。但聽金鷄報，耳聆好消息。

再説衆王爺各回王府。高王爺同金台到開平王府，下馬進內。到銀安殿，擺酒接風。酒後備房間，請金台休息。王爺想：老賊譚談渭詭計多端，我明日金殿見駕，討他一個奉旨打擂。

過了一夜，到二日，五更一點，轎馬紛紛。高王爺帶金台騎馬到朝房門口下馬。文武官員接進朝房坐下。金台想：老奸譚談渭尚未見過。問王爺，王爺說："還未到。"說着曹操，曹操就到。這時朝房門口到一大轎，走出一位官員，相爺打扮。各官員拱手說："候迎相爺。"高王爺指着說，這就是丞相譚談渭了。金台看：

> 丞相身長七五，面如銀盆。頭帶雙山烏紗帽，一字相吊左右飄。身穿福海壽山紫羅袍。名工織，巧工繡，繡出雙山福海袍。腰繫掌闊玲瓏白玉帶，砌珍珠，鑲瑪瑙，如銀龍盤腰。大紅綢褲，白襪粉底高朝靴，走的金階，步的御道。雙眼禿，雙眉高，一統鼻，大耳朵。闊口，花白鬚髯胸前飄。生來一臉富貴相，可惜是一肚狼心奸刁。

再說譚丞相朝房坐落，見金台英雄打扮，並無朝服，高王爺還同他談話。這倒奇怪，便問座旁官員，早有人逢迎，說是湖北金台。丞相聽了，把紗帽一整，袍袖一拂，撈鬚睜目，觀看金台。想金台當年有柴良王給他出場，現在又結識開平王。哎！老夫當朝一品，位重權高。他相交的這兩位王爺，都蓋過我。這便如何！

這時候已經五更三點，金殿上，值殿太監團圈掛好珠燈，仁宗皇帝有娘娘送出宮門。皇帝身坐沉香玄輦，擺駕臨殿。前有奏樂之聲。提爐對對，香煙繚繞。老龍頭，鳳尾斧，筆硯爪，二十四對紅紗燈高照。全副鑾駕。武士們執鎗持戟，保護聖駕。皇帝頭戴九龍冠，身穿赭黃袍。腰繫藍田帶，腳穿無事履。手捧碧玉圭，項頸上日月乾坤圈，紫金龍鳳寶鎖，腰掛龍泉寶劍。左有九曲梁黃寶蓋，右有日月龍鳳掌扇。太監跟隨。到紫金門，淨鞭三聲響，紫金龍門大開。這時候，金殿上龍鳳鼓打三百六十五聲，景陽鐘撞一百零八聲。到金殿停輦出輦，把沉香輦推到東亭停息。皇帝上九五龍臺，身坐鬧龍交椅，腳踏豸貀。

皇帝開言道："鳳閣龍樓，萬古千秋。内事人，宣兩班文武上殿。"

掌朝太監，低頭躬身道："奴婢領旨。"

金殿領了旨，忙步下金階。外面九聲炮響，東西華門大開。太監到朝房立定身，把塵拂向上一搖道："皇上有旨，宣兩班文武上殿。"

滿朝文武，立起身，低頭説："臣等領旨。"

惟金台在朝房候旨，各官員文東武西，進華門上殿。品級臺前，起伏見駕。

皇帝降旨："衆愛卿歸班。"

文武排分兩班，有坐的坐，無坐的立。

皇帝便道："擂臺如何辦法？與孤議論。"

這時候，文官不開口，武將不抬頭。朝堂肅静。

高王爺出班啓奏："我皇萬歲！臣特保薦一位英雄，湖北隱士，姓金名台。拳術精通，武藝出衆。前特派人到湖北，聘請來京。現在朝房候旨。"

皇帝道："高王兄，忠心耿耿，爲國爲民，代孤分憂，可嘉可嘉。可宣金台上殿。"

高王爺聽了，向譚丞相一看，得意洋洋坐下。

丞相不服，心生一計。便執朝笏，出班啓奏："萬歲，金台是白衣人，不能上殿。金殿不能亂規。"

皇帝道："如此，孤賜他四品朝服，上殿見駕。"太監領旨去宣。

　　丞相坐落，暗暗思想：非但不曾攔阻，反賜給四品銜，真真可惱。

　　太監到朝房傳旨，高叫："賜金台四品朝服，金殿見駕！"

　　有錦衣衛送上絳紅袍。金台戴冠帶，進華門品級臺起伏見駕。禮部喝禮，揚舞八拜。

　　譚丞相撈鬚髯，拂袍袖，又生一計，出班啓奏："萬歲，金台矮小，不知強力如何？打擂有關國家體面。請他先練一套拳術，看他是否相當。"

　　皇上一聽，言之有理。便道："孤王准。降旨：金愛卿在殿前試打一套。"

　　金台領旨，走落金階，脫文服，暗恨老奸詭詐，看他奈我如何？金台下階運功，踩開拳步，打一套羅漢佛門拳。拳打八方，腿踢四面。精神抖擻，威猛無比。當時文武官員看得齊聲道好。金打完，收拳步。

　　皇帝道："衆愛卿金台拳術如何？"

　　大家奏本："武藝高尚。"

　　丞相聽了，想金台倘打勝猿猴，出仕爲官，於我不利，不如趁勢再阻他。丞相撈袍啓奏："萬歲。金台年幼，未立功績，今領旨打擂，防諸將不伏，請我皇降旨比武。"

　　皇上聽有理，降旨："哪位愛卿願意比武？"

　　各武將思想：我打勝金台，勝不來猿猴，反爲不美；倘被金台打敗，多少丟臉。所以都不願意。

　　皇上再説："哪位願往？"

　　內有御林總政，他是丞相一派當中的人，看丞相連奏三本，便出班啓奏："萬歲，臣高元願往比武。"

　　皇上説"准。"

　　高元脫下文服，文官武官看了都暗暗好笑。高元下金階，拱手道:"英雄請。"

金台道:"請。"

雙方各運功夫,踩動拳步。那時兩人各有想法。高元想:打他一個筋斗,討好丞相;金台想:我勝他,不好意思;我敗,就不能登擂。所以祇好打平交敵手,雙方沒有關係。說時慢,那時快。高元跳上來,向他前胸一拳打去。金台不慌不忙,身體一側,起手抹開他拳,反手一把,抓住他脉息,一吊手。高元叫聲:"啊!"噠噠噠衝出去。高叫一聲:"啊呀!"一個筋斗,跌在地上。金台即忙上前雙手扶他起來,抱歉地説:"將軍請起。"各官員暗暗好笑。皇上不覺大怒:"這種武將,祇好朝廷食禄,架子搭搭,有何用處!"丞相看了,氣得目瞪口呆。高元想:真是弄得四面不討好。

金台見駕。皇上説:"衆愛卿,與孤同往御教坊,看金台打擂。"各官員領旨。

皇上下龍臺。龍鳳鼓打,景陽鐘撞。九聲炮響,正華門大開。御馬夫送上日月驌驦御馬。皇上上馬。各官員散出朝房。武官騎馬,文官坐轎,過九龍橋直到教坊進場。各官員,停轎下馬。接駕。皇上下馬,上綵賞殿,坐鬧龍交椅,脚踏豸猢。降旨:"各官員上殿。"太監叫:"宣文武上殿。"衆官上殿見駕,有坐的,有立的。

金台向外看,英雄豪傑,挨挨擠擠。千萬人在擂臺前。綵賞殿正對擂臺。擂臺並無猿猴,祇有值臺侍奉。臺前有一塊匾,寫着"白猴擂臺"。一副抱對,上一聯寫着:"猴拳一起,生來無窮奧妙";下一聯寫着:"猿腿齊來,内有多少功夫"。

這時候,沙其龍在擂臺前,跪下八拜見駕。再把牌掛出。左面牌上寫"開擂"二字;右面牌上寫"禁止喧嘩"四字。金台看,暗暗思想:猿猴當有特藝,先要看打幾人,方可上臺下手。

忽聽人叢中一聲高呼："讓開來！"。臺前英雄，亂紛紛，分出道路。擂臺前鐵栅門口，有開封府衙役，看到一位少年英雄過來，就喝問："可有報名證？"這英雄摸出報名證。衙役接過來看，寫着："西長安府西安縣紀莊人，年二十五歲，姓呂名良。"進鐵栅，到臺前，向上看，竄縱上擂。

番將沙其龍，看登擂英雄，拳大臂粗，肩闊腰圓。放出猿猴。猴子走到前臺。呂良看，啊！這猿猴站在臺上，身高四尺，全身白毛，紅面、金眼、鐵爪。頭戴道巾，身穿道服。列位，猴子是畜類，不入道教，何以頭巾道服？祇因猴腦極脆，頭上暗藏毒藥鋼針三支，用道巾遮住。你要打它腦部，先中毒箭，故而頭戴道巾。下面便配上道服。

這時雙方踩動拳步，呂良跳上前，起左手向它臉上搖着，右手反掌擊頂門。猴子身子一蹲，抬頭看，起右爪，抹開頂上反掌。左爪四指向他前胸篤去，呂良招架閃不及，篤中前胸。一聲高叫："啊呀！"嗹嗹嗹，衝幾步，到臺口腳踏空，跌下臺來。口中噴出鮮血。有軍士給呂良抬出去醫治。臺前衆英雄和殿上滿朝文武，都看得膽戰心驚。金台想，猴子拳術，不知何人教授？

列位，他國十鶴山天龍寺有密利生塔魔和尚，教授它足足五年。金台還想再看它打幾個。忽見丞相執笏匍匐啓奏，説："萬歲，猴子凶惡，請金英雄上擂，早滅猿猴，可少喪生靈。"皇上降旨："金愛卿，你去登擂。"金台惱怒老奸鬼計連連，没奈何，祇好領旨。退下殿，脱下文服，有御林軍送他過去。臺前英雄讓開路，衙役開栅門。

金台到臺前，飛身上臺，站立臺口，看猿猴。這時候，金台與猴子，雙方踩動拳步。金台功一運，氣一屏，全身功夫運在兩臂。縱身上前，左手向它迎面搖着，右手反掌擊頂門。猿猴擺起蹲步，抬起頭，左爪抹開反掌，右爪四指向他前胸篤去。金台退後

一步，左手解開它爪，接着飛起一腿，猴子向後翻個筋斗，回身搶
步進來，起雙爪篤入左右兩腰。金台起手分開它兩爪，雙拳向它
耳門打去。猴子低頭避開，起後脚踢出一腿。金台右手來接它
的腿，叫一聲："啊！"縮手轉來，無法可接。

列位，猴身體與人是大不同的。擂臺上死喪英雄們，多數是
在這上失敗的。但金台身體靈活，躲閃得快，没有被它踢着。這
時候臺前英雄，殿上武將，紛紛議論，説金台勇猛，猴子活潑，各
有所長，各有所短。真如棋逢敵手，將遇良才。

足足打了兩個半時辰，已到中午。金台想：打散拳頭易取
勝，不如打一套羅漢佛門拳。金台加足精神，功運兩臂，氣輸全
身。上自泥丸宫，下至湧泉穴，沉入丹田，精氣神集中。退後一
步，搶進兩步，起拳……

這套拳術，打得猿猴，竄來跳去，招攔躲閃，情緒忙亂。金台
打得勇猛無比，但猴子還能擋得。金台打完，正待要收拳步，猴
子却跳上來，打出一套猴拳。

　　起爪哀猴采果，翻身王母盤桃。花果山上大鬧，水簾洞
　　內掛黄袍。鬧天宫乾坤震動，入地府鬼哭神號，鬧龍宫打盡
　　蝦兵蟹將，上天入地到處跑。

猴子雖打得緊張，咄咄逼人；金台在相國寺已練得精通，並不慌
忙。從容招架，足足打了半天。雙方都汗流滿面，氣急呼呼。

金台向上跳到梁上，兩脚底吸住，顛倒掛在上面。金台要停
息一刻，再分勝敗。猴子抬頭看，已吃不落了，伏在下面，擺開步
子，叫金貓捕鼠。兩前爪提起，後右爪踏在臺後，左爪搖起。臺
前衆英雄和殿上滿朝文武以及皇帝看了，個個美贊，一陣鼓掌。

金台聽了，生出一計，功運兩臂，竄跳下來。左手向猴子頭
上一搖，猴子頭上的道巾，被金台抹下來，罩在臉上，蓋住眼睛。

猴子用力一甩,已經來不及了。金台的右手,用的是混元一氣功,反掌出泥丸,打破猴頭,流出猴腦,倒在臺板。

朝堂官員和皇上齊聲叫:"好拳術。"

金台到臺口,正想跳下。眾英雄喝彩,高叫:"請打擂英雄報名。"

金台拱手説:"咱湖北貝州梧桐人,姓金名台。"

這時番將沙其龍,非常惱怒,趁金台不備,抽出單刀,向頭上劈去。金台聽到刀風,身側轉,避開刀,回頭見番將。金台叫:"吆!好大膽。"起右手,抓住他脉息。一吊手。番將叫聲:"啊呀!"跌在臺下。有御林軍把番將擒拿。

金台落臺,出鐵柵門來。聽到鼓掌之聲,不絕於耳。金台到殿前穿上官服,上殿見駕。

皇上説:"金愛卿功高日明,名震山河。明日早朝,論功封官。"

金台想:出仕爲官,伴君猶如羊伴虎,虎若回頭羊命拋。金台便辭謝,説道:"萬歲,臣家中還有老母,待老母千年以後,再來侍奉皇上。"

皇帝降旨:"封金台爲御教師,嘗銀萬兩,修養一月,奉旨歸家祭祖。"

當時賞下,修養費一千兩。

金台謝萬歲,歸班。

皇上降旨:"把番將割去兩耳,驅逐出國。"

皇上落殿上馬,同文武官,回金殿進宮。官員各回府衙。

金台到開平王府,取紋銀貳百兩,到相國寺,拜訪師父、老伯。譚應、朱光二人仰天大笑。金台送師父銀子貳百兩,談了半日。同朱光到開平王府,高王爺擺酒。金台提起丞相之事。高王爺説:"他在朝多年,樹大根深,且爲皇帝心愛,不易斬除。"

金台一月修養期滿,金殿別駕。皇帝賞賜:白銀萬兩,匾額一方,上寫"蓋世英雄"四字。

奉旨還鄉。有縣官辦法官船,抉篙門鎗,黃旗飄飄。旗上綉着"御教師金"四個大字。

金台到寺院,別過師父。各官員送金台到水碼頭。金台同朱光落船,船向湖北直放,非止一日,於路無書。

這天到貝州,有地方官接。到梧桐莊,見母親。老太太見此番兒子上京打擂,爲國爭光,榮歸故里,好不歡喜也。

編者説明:本文據手稿録編,劉録稿附記:約撰於上世紀五六十年代。

文龍歸漢(中篇評書)

第一回　斷臂詐降

　　話說南宋高宗皇帝趙構在位之時，文嬉武弱，喪失了抵禦外患的能力。金兀朮尤兵進中原，一路燒殺擄掠，爲所欲爲。誰知到了朱仙鎮上，却碰得頭破血流。爲啥？因爲岳元帥帶着岳家軍坐鎮在朱仙鎮上，紮下十二座營壘，抗拒金兵。那千里平川上，但祇見：

　　　軍浩浩，士堂堂。征雲陣陣，殺氣騰騰。大開兵，江翻海攬；衝隊伍，地動山摇。

　　　刀槍閃爍，狼煙火炊衝天起；戈戟紛紜，利矢强弩風雨驚。逢者便死，遇者身亡。正是：白刃殘霞明，旌旗畫角聲。殺敵如摧枯，破陣掃金營。

　　氣象雄壯，號令森嚴。擂鼓上陣，血戰争先，打得金兵落花流水，連連大敗。黃河兩岸，盡曉岳家軍的威名。岳元帥正想乘勝追擊，直搗黃龍。却不料兩軍相對，各列陣勢，番營中闖出一員小將，甚是厲害。看這番將呀：

　　　年方弱冠，白面紅唇。頭戴一頂二龍戲珠金冠，兩根雉尾飄搖。身穿一件大紅團龍戰襖，外罩着鎖子黃金玲瓏鎧甲。左脅下懸一口寶刀，右脅邊掛一張雕弓。騎着一匹紅紗馬，使着兩杆六沉槍。

威風凜凜，雄氣赳赳。揮動雙槍，左右飛舞，如入無人之境。岳家軍中，第一陣呼天保、呼天慶出征，戰未數合，敗陣下來。第二陣岳雲、張憲、嚴成方、何元慶四將車輪大戰，左盤右舞，也是不能取勝。岳飛手下有的是猛將勇卒，祇是抵擋不住。都誇這番將厲害，戰他不下。

眼見得他越打越凶，越打越狠。岳元帥覷這形勢，倒是添了心事。尋思：本帥南征北戰、東蕩西掃，從未折過銳氣。正欲直搗黃龍，迎接二聖還朝，不料被這番將左擋右攔，遮了去路，如何是好？於是吩咐下去：“收兵回營，改日再戰。”岳元帥坐落虎帳，正待召集將士，設計擒賊，忽然旁邊闖出一士。岳元帥舉目一望，此人神色肅然，憂心在懷，不是別人，正是三軍行軍參謀大夫，姓王名佐。這王佐大夫有運籌帷幄之中，決勝千里之外之智，是岳家軍中一個出色謀士。王佐原與岳飛認識，而且有百拜之誼。王佐由於不滿朝廷，投奔楊么。在洞庭湖一帶，領着十萬水軍，抵抗金兵。這樣一來，王佐與岳飛又會合在一起。金兵入侵，大敵當前，王佐遂又轉入岳家軍中。王佐追隨岳元帥，南征北戰，立下不少汗馬功勞。朱仙鎮一戰，由於番邦小將出場，岳家軍由勝爲敗。岳家軍中兄弟自然大家心裏都有些憂急。這時，王佐踏步前來，欠身向岳元帥進言道：“元帥，常言道勝敗乃兵家常事，軍情一時難以逆料，偶遇挫折，元帥請勿過慮！”岳飛道：“大夫有所不知，朱仙鎮一役，關係着大宋社稷興亡。今遇勁敵，怎不教我夜不安眠？”王佐道：“元帥，你道這番將厲害，據王佐看來，這小將不是番將。”岳飛道：“你待怎講？ 他不是番邦人啊？”王佐道：“是啊。”岳飛道：“何以見得？”王佐道：“征戰之時，我見他眉清目秀，英俊異常。這小將的模樣兒那裏像個番邦人啊！"岳飛聽王佐説話有理，思想：番邦人和中原人兩樣。番將一般墨出鐵黑，滿面鬍子。這個小將却長得雪白粉嫩，完全像個中原人。便問王佐道："大夫，适纔可瞧見他的旗號？"王佐道："我是看清楚的。"岳飛道："旗上寫些什麼？"王佐道："大金邦女真賜姓完顏脱脱陸文龍。"岳飛沉吟道："喔！"王佐道："大金邦女真國是他們的國名。賜姓是番王賜的姓，完顏是姓。金兀朮不姓金，是姓完顏。姓名實爲完顏兀術。脱脱等於漢語的小寶寶。從這旗號推斷，陸文龍定是中原人。他父姓陸。"岳飛道："陸文龍。"王佐道："是啊，陸文龍。"這時岳元帥有些弄不懂，"既是中原之人，何故認賊作父？却是奇哉怪矣！"王佐道："啊，元帥。陸文龍是中原人，却使我聯想起一個故人來了。"岳飛問道："是哪一個？"王佐道："潞安鎮總兵，人稱小諸葛陸中軍陸登。"岳飛聽王佐提起陸登，不禁肅然起敬道："大夫，陸中軍是咱們大宋王朝數一數二的良將，一片丹心，可昭天日。真是堂堂一驃奇男子！"王佐道："是啊！中軍死得慷慨。當年，陸家老小，全罹於難。有的戰死，有的殉忠。祇剩下一個吃奶的小兒，被奶娘保護下來。現在奶娘、小兒都不在中原。"岳飛道："哪裏去了？"王佐道："被金兀朮擄到金邦去了。金兀朮敗北之時，沿途擄了不少男女。作啥？一是補充兵源；二是供其享樂。這小官人和奶娘當時也被擄了。唉，元帥哪，沙場作戰，我看文龍的身段架式竟與陸登似同一轍。"岳飛道："喔。難道那文龍就是陸中軍當年未死之子嗎？天可憐見，忠臣留此一脉。"王佐道："是啊，我也猜想他是中軍之子，金邦將他收養下來，真事隱去，利用他的武藝，前來攻打我們，其用心實在狠毒啊！"岳飛道："可惱文龍，自忘了家仇國恨，引狼入室，認賊作父！如此敗類，非剪除不可。"其實，岳元帥這番氣話是有點冤枉人的，因爲陸文龍被金兀朮認爲義子已經一十八年了。襁褓之時，父母亡故，流落金邦，舉目無親。奶娘雖知實情，不敢隨便道破。十八年來，陸文龍怎會曉得他的身世。王佐想到這點，尋思：倘能找到機會，道破真情。忠良之後，自會棄邪歸正，爲國效勞。王佐道：“元帥，這事難以怪得文龍。他怎能够知道自己的家世。倘若我能前去道破，文龍定會回過頭來，切齒痛恨，反戈一擊。此去倘能將文龍爭取回來，一進一出，關係重大。”

帳上正在商議，外面守弁奔報進來。“報──稟元帥。”岳飛道：“何事報來？”守弁道：“今有皇京秦丞相文書到來！”岳飛聽説，不覺吃驚。思想：丞相與他不對。丞相主和，他自主戰。薫蕕異器，水火不容，正邪各走着一條路。這和非同小可，實是投降。岳飛急忙將文書接過，啓封觀看。祇見上面寫着：“岳元帥麾下：金兀朮興犯中原，元帥旗開得勝，屢建奇功，理當班師回朝，共慶升平。今聞鋭氣已損，朱仙鎮急切不能攻下，識時務者爲俊傑，元帥切宜見機行事。倘再持久戀戰，恐於和議不利，幸元帥三思之。秦檜書。”王佐在旁，觀覷岳飛覽書面色，微含慍怒，已可略窺丞相來書之意。國家危急存亡之際，爲國宣勞，三軍用命，知進而不知退。作啥這個丞相在這緊要關頭却喚元帥退兵，這便如何是好？秦檜是一國丞相，獨掌大權，却是不顧兩河人民，陷於水深火熱之中，淚盡胡塵，盼望王師。徽、欽二帝，猶是蒙塵於此。在這當口，強寇入侵之時，岳飛最有戰功，一心祇想早日迎接二聖歸朝。誰知康王偏安江南，却怕二聖鑾駕一旦回宮，自己王位不保，秦檜主張議和，正中下懷。岳飛在這形勢之下，奮勇殺敵，不是堅毅果斷，一刻也支撐不下。今見秦檜來書，戰與不戰？戰吧，弟兄們效命疆場，已經打到了朱仙鎮，番營中出了個勁敵陸文龍，眼見有一場鏖戰。朝廷之上，主和派還不時掣肘，十分爲難。岳元帥心中盤旋這事，明知惱了丞相，阻力極大，生死難卜，主意却是堅定：抗金到底，萬死不辭。這時王佐便道："元帥，人云：謀事在人。不如待我前去詐降金邦，誘説文龍，回歸大宋。元帥你看如何？"岳飛道："大夫，你真義膽包天，敢去龍潭虎穴，爲國家灑這一番熱血嗎？祇是金兀朮兵進中原，熟透大宋世情。他身邊的軍師哈米蚩也是一個厲害傢伙，詭計多端，不易對付。他的眼睛會鑽到人家的肚皮裏去的。幹這勾當，真不容易呀！"王佐道："元帥，丈夫在世，無非保國。王佐此去，不惜一死！"岳飛道："大夫暫退，待愚兄再思良策。"王佐思想：兵貴神速，此去雖險，祇要見機行事，成功也是可望。岳元帥既這樣説，祇得退出帳下。

王佐退出，祇覺帳外一陣寒風吹來，震得營邊木葉瑟瑟作響。踏步尋思，怎樣將陸文龍勸説回宋。王佐一路尋思，回到自己營房坐下，對着營燈，難以入眠。抬首忽見桌上有書。王佐隨手拿過一本，翻開來看。思想前朝英雄豪傑行事，有的可以取法。翻到一本記着春秋列國故事，有人斷了自己手臂，不惜鮮血淋漓，設計行事。王佐看了不禁興奮，喜上眉梢。把書放好，暗自沉吟：我王佐何不即用此法，賺入金人心臟，將文龍誘勸回來。這時聽得營中更聲響亮，"嘭、嘭、嘭"三聲。王佐思想時已更深，不能躊躇。便捋一袖，露出胳膊，將手臂擱在桌上，一手去帳上取下金刀來。王佐想到須先寫好一封書信，然後行事。王佐放刀。寫好書信，便喚軍士前來。軍士進營。王佐吩咐，待我如此這般偷出宋營，你將此信面交元帥，此事萬勿走漏風聲。我去之後，你祇張揚王佐私通金邦，投番營去了。軍士答應聲"是"，隨即走出。王佐舉起刀來，便欲自砍，揮了幾揮，砍不下去。俗話説：自肉割不深。自己的手臂，怎地一刀砍下去便斷了？需要多大毅力，多少勇氣！痛是不必説了。王佐祇恨自己力小，想來一個人幫他砍下纔好。但是這樣一個人哪裏去找？正在猶豫不決,王佐忽聞"嘭、嘭、嘭、嘭"更聲四下。尋思:時光不饒人啊,機不可失。自問道:"哎,王佐,平日以赤膽報國自許,事到如今,能怕痛麼?"人在椅子重新坐定,緊靠椅背,捋臂出袖,放在桌上,右手高舉金刀,緊咬牙關,拼命再次望準自己的左臂肘上,用力一刀砍去,祇聽"騞"一聲,刀砍下去,斬斷肱骨。剎時間,祇覺天昏地暗,眼前金星亂飛。絞痛難忍,連人帶椅,跌倒在地,一時昏厥過去。軍士聞聲過來,祇見王佐躺在血泊之中,一隻手臂已經砍了。王佐閉着雙眼,説不出話。軍士忙將王佐斷臂敷上藥粉,用紗布包紮好了,鮮血還在直流。軍士不敢多言,按着王佐吩咐而行。正是:

> 山河破碎愁千萬,爲家國把身殘。滿腔熱血憑君看!
> 長虹貫白日,易水秋風寒。

第二回　智鬥狼主

王佐手扶殘臂,忍住痛楚,連夜要溜出宋營,詐投金邦。當夜漫天大雪,朔風怒吼,沙場之上,已是白茫茫的一片,哪裏見個人影。大雪之下,宋、金兩營被逼祇得暫時休戰。説也奇怪,就在次日破曉之前,在這白雪皚皚一望無際的琉璃世界裏,忽見一個黑點,在那山坡下飄啊飄的。這個黑點忽上忽下,直向北地金營飄去,那人就是王佐。但見他咬緊牙關,頂風冒雪,好不容易已經溜出了朱仙鎮。一腳腳踩着雪,往金營慢慢移去。這朲天是怎樣呢?彤雲密布,朔風緊吹。千里冰封,萬里雪飄。粉妝世界,白占田園。盡是飛絮鵝毛,碎玉瓊花。前幾日雪下得大,昨夜祇停了一陣,那曉得今朝又是大飄起來,比前幾天還大。這個時候,不要説人走不來,連馬踩了下去也難拔足。馬腳比人腳

長，踩了下去，拔不出來。在這茫茫雪地之中，宋、金兩營：你不
能打，我也不能攻。虧得王佐一個人還在那裏踉蹌地拔腳行。
王佐熬住痛，有時竟走不動了，就狠着心把身子凑上，撑出最大
力氣。心想，滾也要滾到金營中去。

風雪之時，雖是雙方停戰，但金營守衛却是森嚴。這些番兵
防着南蠻前來劫營，站在營墙之上，時刻眺望。這些番兵跳的
跳，縱的縱，動個不停。阿是他們吃飽飯没事做，怕肚子不餓？
倒不是的。天氣實在太冷，不跳跳蹦蹦，人要凍僵，活活手脚纔
好。所以都像猢猻一隻，跳來蹦去一刻不停。這些小番兵嘴裏
還是不住喊着：“喔唷唷，天好冷啊！”一時沉寂，忽地講起話來。
一個说道：“喂，老鄉，你看南蠻子會不會前來偷營？”一個说道：
“偷營？不會。這樣大的風雪，北人還吃不消，蠻子哪裏抵擋得
住！”正说話間，一個小番忽地發覺遠山脚下雪地上出現了一個
人影，飄啊飄的，慢慢地向前移來。看他脚步形勢，倒是望準金
營來的。一個叫道：“喂，你們看，不是南蠻來偷營了嗎？”一個還
没看清，問道：“在哪裏？”一個手指着道：“喏，快這方向看去，看
見了嗎？”一個還道：“哎，天這麽冷。怎會有人來偷營呢？”一個
道：“那麽，他是誰呢？”一個道：“是南蠻，分明是個奸細。”一個说
道：“奸細？就不客氣，不管是誰。抓來就是！”一個叫道：“嗳，既
是蠻子前來偷營，快開弓吧！”王佐聽得營墙小番講話，連忙抬手
高喊：“喂，小平章，請勿開弓，我不是奸細啊！”番兵問道：“不是
奸細，大雪彌天，你來作甚？”王佐喊道：“我是前來拜見你家狼主
千歲的。”幾個小番聽了那裏肯信，嚷道：“管不得許多，捉了再
说。”说着，衝出營門，將王佐四周圍着，盯着王佐上下打量一番。
祇見這人在雪地裏跌得不成樣子，渾身全是泥水。一隻面孔格
料斯白，嘴唇發紫，没有一點血色。番兒吆喝王佐，要他舉起手
來。王佐就將右手舉了起來。小番道：“還有一隻呢？”王佐要

舉,喊着:"痛啊！啊呦,舉不起來!"小番細看,祇見這人衣袖上
血迹斑斑,朔風吹着那隻袖管飄啊飄的。小番問道:"你叫什麼
名字?"王佐道:"在下姓王名佐。"小番道:"幹什麼行當的?"王佐
道:"我在岳飛營中當一名行軍大夫。"小番道:"來此作甚?"王佐
道:"小平章,我有要事拜見狼主。我在宋營,爲了勸説岳飛歸
金,被他砍了一隻臂膊。受了天大的冤屈,偷出營來,特來投奔
狼主,相煩小平章通報一聲。"小番道:"這話當得真嗎?"王佐道:
"啊呀,小平章,怎會假呢？你若不信,喏喏喏！請看這呢!"王佐
起手將左手的袖子捋上來,露出了半隻臂膊。番兒一看,確實斬
去了一段。這隻斷臂,雖是幾層紗布包着,還在冒血。番兵看着
心早軟了,再加上聽得"小平章"三字,心裏高興。平章的意思,
就是漢語的將軍。王佐稱呼番兵小平章,就是稱他小將軍,他們
聽了,自然高興。況且又聽這人説是有事要拜見咱家狼主,自然
不敢疏忽。一個小番兵便喚弟兄看守王佐,自己奔進帳去稟報。

　　這是金兀朮第二次兵進中原。金兀朮這時身登虎鑾殿帳
中,戰將們伺立兩旁,思想上次出征,在這朱仙鎮上,被岳飛打得
落花流水,一塌糊塗。這次來了乾兒子陸文龍,沙場出戰旗開得
勝,轉敗爲安。心想這次兵進中原,定能奪取大宋江山。金兀朮
想到這裏,心中有説不出的高興,便不時地捋起鬍子來。看官,
你道金兀朮怎地打扮？但見:

　　　　身高八尺,肩闊腰圓,身穿綉花龍袍,脚蹬虎頭厚底緞
　　靴。紫棠面孔,色如重棗。虎目圓睜,炯炯有神。天庭飽
　　滿,地角方正。頜下飄着一叢虯鬚。

這金兀朮的鬍鬚和南人兩樣。他的下巴垂着虯鬚,左右分開,像
煞有點狼主的樣子。啥叫虯鬚？虯鬚就是鬚鬚捲起來的。把這
虯鬚拉長開來,倒有一尺來長。不過,手一放時,這把鬍鬚便又

重新捲回去，很像裏面裝着彈簧。金兀朮坐在帳中，威風凜凜。明晃晃列着劍戟刀槍，光燦燦擺滿叉錘斧棒。三軍嚴守，猶如猛虎下高山；戰馬長嘶，一似蛟龍離海島。巡營小校似獲狼，瞭哨兒郎若虎豹。這幾日打了幾次勝仗，更是氣焰囂張，一心祇想立馬吳山，奪取大宋天下。這時，有一個口吃的人伺候在他的旁邊，口稱："狼——狼——狼主！"金兀朮側首，稱呼一聲："先生。"這人是誰？這人就是金邦中赫赫有名的狗頭軍師，肚裏陰險得很，人稱哈迷蚩。他熟悉各邦兵馬情況，特別對宋朝的內幕更是一清二楚。人家稱他爲湯罐裏的木人頭，叫啥禿禿熟。金兀朮兵進中原，扯了不少順風蓬，靠他出了不少歹主意。哈迷蚩是哪裏人？是番邦人嗎？這倒勿是，這傢伙不是番邦人，倒是道道地地的中國山東人。他本姓呂，名喚年中，原是一個落第秀才。由於考試不中，惱羞成怒，偷出國境，投奔番邦。哈迷蚩對番邦倒是"赤膽忠心"，竭盡奴顏婢膝之能事。因爲金邦人稱軍師爲哈迷蚩，所以有了這個番名。其人相貌如何？但見：

　　奇形怪狀，別致得很。身材短小，鼠目獐頭，旁生兩隻招風耳朵，面龐中間裝着一個金鼻頭。

　　阿是哈迷蚩家當浩大，金子沒處用，裝個金鼻子擺擺闊氣？不是！他裝這個鼻子，自有他的難言之苦。哈迷蚩跟着金兀朮闖進中原，打到山西潞安州。哈迷蚩混進城關刺探軍情，給潞安州守將陸登捉牢。陸登是誰？就是陸文龍的爸爸。陸登賞了哈迷蚩一刀，割去他鼻子。從此以後，哈迷蚩説不清話，一直像生着重傷風。説起話來："狼——狼——狼"地説個半天。有人催他，還要一直咳咳咳下去，不曉得咳到什麼時候。別人鼻頭朝下，他的鼻孔相反，是朝天，實是難看。金兀朮想：哈迷蚩爲了番邦被割去鼻子，應該獎勵，賜他一個金鼻子，這個名堂，叫金字招牌，裝點門面。這時哈迷蚩嗡着鼻子，翹着手指道："狼主，乾殿下武藝高強，旗開得勝。狼主真是教子有——有——有方啊。"金兀尤尋思：陸文龍領來之時，抱着吃奶，轉瞬已經成人。助我征戰，統一江山。心裏自然得意。哈迷蚩道："狼主千歲，真是洪福齊——齊——齊啊！"哈迷蚩想說："洪福齊天。""齊"字說了許久，"天"字卻沒說出。這時帳外番兵進來，"報——千歲！"金兀尤問道："報何事來？"番兵道："營外逮住一個奸細！"金兀尤道："奸細？"番兵道："是啊，名叫王佐。"金兀尤道："王佐？"番兵道："是，他說有天大冤屈，叩見狼主哭訴。"金兀尤獨自沉吟，王佐這個名字，沒聽見過。宋營中幾個名流自己全曉得，這人却從未聞聽。便問哈迷蚩道："先生，王佐是何許人也？你知道嗎？"哈迷蚩稍一轉念，答道："卑職知——知——知道。"金兀尤道："請你道來。"哈迷蚩道："王佐是湖廣台州人氏，一個讀書名士。早在洞庭湖楊幺手下，楊幺失敗後投奔岳飛。現在岳營見任行軍參謀大夫之職。"金兀尤想：王佐不是知名人士，哈迷蚩却能對答如流，似數家珍，真是有些能耐。問道："先生，這個王佐是忠是奸？"哈迷蚩道："是個忠——忠——忠臣。"金兀尤道："先生，你怎知道？"哈迷蚩道："岳飛帳下是沒有奸——奸——奸臣的。"金兀尤尋思哈迷蚩這話也對，"那麼，他來做什麼的？"哈迷蚩道："他來詐降。"金兀尤道："先生，怎樣知道？"哈迷蚩道："岳飛近日敗了數陣，走投無路，故而派個人來詐——詐降。"金兀尤道："先生高見。如何發落？"哈迷蚩道："將他推出營門，斬首就是。"金兀尤道："哎，人尚未見，話也沒問，就砍人家腦袋，這可不大好哇！"哈迷蚩道："狼——狼——狼主當心中——中計啊！"金兀尤道："多謝先生，俺自知道。"

當即吩咐，將南蠻押進帳來。番兵應聲："是！"跑出營去，便將王佐押進營來。王佐對着虎帳望時，暗自吃驚：銀盔蕩蕩，鎧甲燦燦，迷空殺氣，遍地征雲。人如猛虎離山，馬若蛟龍出水，旌幡擺動，斧刀輝煌。番將一個個都像凶神惡煞一般。陰風陣陣，殺氣騰騰。王佐尋思行這苦心之計，全在見機行事，說話馬虎不得。他怎樣問，我怎樣答，不能有半點差錯。轉定念頭，踏步前來，直詣金兀尤的虎鑾殿前。於是，將身站定，拜道："狼主千歲在上，受難人叩頭！"金兀尤拍案喝道："見了孤家，緣何跟跟蹌蹌？"王佐道："狼主莊嚴，怕的冒犯虎威。"金兀尤道："恕你無罪，抬起頭來！"王佐道："多謝狼主，受難人遵命。"王佐抬起頭來。金兀尤向下看時，祇見王佐：

> 鼻正口方，眉清目秀，相貌堂堂，文文縐縐。頭上戴着方巾，身上穿着海青。腰間繫條絲帶。頷下三綹清鬚，左手那隻袖上好像鮮血斑斑。這隻袖子迎着風飄呀飄的。看面孔時夾料斯白，都沒有一點血色。雙眉緊鎖，籠着愁雲，像是十分苦惱的樣子。

金兀尤道："你叫什麼名字？"王佐道："受難人姓王名佐。"金兀尤道："哪裏人氏？"王佐道："湖廣台州人氏。"金兀尤道："你在岳飛營中，來此作甚？"王佐道："王佐當年投奔在洞庭湖楊幺帳下，當一名謀士。今在岳飛營中，見爲行軍大夫。今番前來，自有冤情稟告。"王佐說着，金兀尤飄眼向着哈迷蚩觀望。尋思這軍師真有見識，王佐說的和他講的一樣，真的一點勿錯。金兀尤喝道："嘟，蠻子，你在岳飛營中，身爲行軍大夫，緣何來此？"王佐道："小的在楊幺帳下當參謀，言聽計從，却恨岳飛大軍壓境，寡不敵衆，弄得楊幺全軍覆没。王佐走投無路，祇得歸順岳飛，在他帳下權當一名大夫。王佐赤膽忠心，隨着岳飛南征北戰。孰料近日朱仙鎮上狼主陣上來一員白面小將，手執雙槍，左衝右突，如入無人之境，殺得岳軍屁滾尿流，難以招架。受難人也曾暗暗喝采。"金兀朮聽着王佐贊美他的乾兒子，心裏自然欣慰。笑道："蠻子，爾可知曉，這員白面雙槍小將是誰？"王佐道："受難人不知道啊！"金兀朮道："就是孤家乾兒子乾殿下完顏文龍啊。"金兀朮嘿嘿地又笑起來。王佐尋思：提到他的兒子，金兀朮憑地開心，我當好言幾句，讓他吃些甜頭。王佐道："失敬失敬！這員小將就是殿下，怪不得這般勇猛，舉世無敵！"金兀朮經王佐這麼一捧，哈哈大笑起來。哈迷蚩在旁看着，擔心狼主要受王佐的誘惑。便道："狼——狼——狼主，追問下去！"金兀朮道："唔，快說下去。"王佐道："受難人在營中，聞聽岳飛恰在設計謀害爾的殿下文龍。"金兀朮道："爾便怎樣？"王佐道："王佐心直口快，便勸元帥，番邦謀臣如林，戰將如雲，一時難以抵禦。朱仙鎮上文龍出世，已見端倪。宋室江山實堪憂慮。"金兀朮道："這話有理。"王佐道："岳飛沉吟半晌，問我計將安出？我道識時務者呼爲俊傑，不如派一能臣便與金邦議和，上慰皇上拳拳之誠，下拯百姓於刀兵水火之中。"金兀朮道："此話很是有理。"王佐道："誰知岳飛聞言大怒，罪我二心賣國，推出轅門斬首。"金兀朮道："後來如何？"王佐道："衆將求情，免了一死。岳飛道：'死罪免了，活罪難逃。行軍大夫反助金邦一臂之力，看你這臂何用？推出轅門砍了！'王佐忠言，孰料岳飛逆耳，惱羞成怒。當時王佐跌在塵埃，鮮血灑了一地。甦醒過來，臥在雪天之下，疼痛難熬。我心懷仇恨，無處伸訴，因而一步一跌，冒雪衝風逃出朱仙鎮，連夜投奔到金營來，投奔狼主，願效犬馬。"金兀朮道："此話當真？"王佐道："不敢謊言。狼主不信，請仔細看！"説着，將左手衣袖捋了起來。金兀朮看時：左手臂膊果是斬了，現尚紗布包着，血不住地從裏面冒出來，實是當真不假。再一轉念：且慢！哈迷蚩關照俺要當心中計，這事需要問問他的意見。便道："先生，爾看如何？"哈迷蚩湊到金兀朮耳邊説："狼——狼——狼主，南蠻詭計多端，這是——是假的！"金兀尤道："爾怎知道？"哈迷蚩道："岳飛爲人渾厚，接待部下親如手足，未聞施以酷刑，斬去手臂的。"金兀尤與岳飛打過交道，深知岳飛爲人。自從征戰以來，岳營尚未斬過謀士，也沒有將佐前來投誠的。祇有張邦昌、秦檜那些權奸，與我往來。金兀尤便喚王佐起來。王佐自思：喚我起來，諒允收留。説道："多謝狼主。"金兀尤喚聲："來啊，速將王佐推出斬了！"番兵過來，將王佐推押出帳。王佐尋思求情無用，不覺哈哈大笑起來。金兀尤聽得王佐大笑，尋思：俺殺人多，祇見哭的，沒聞笑的。其中定有緣故？喚他回來，問個明白再殺不遲！金兀尤道："來啊，把蠻子押回來。"王佐聽説，轉念尚有希望。回到虎鑾殿下，從容站定。金兀尤道："蠻子，將你斬首，緣何發笑？"王佐道："受難人笑你徒有威名。"金兀尤道："此話怎講？"王佐道："岳飛斬我一臂，實是糊塗。投奔狼主，反要斬我首級。狼主冤我勝於岳飛，故而發笑。"金兀尤道："王佐休得胡鬧！岳飛深入行伍，同甘共苦，弟兄親如手足，從未虐待。"王佐道："人言狼主謀略精通，今日看來，也是平常。"金兀尤喝道："住口！"王佐却道："岳飛愛護他的心腹，人所共見。王佐是楊么部下，失敗歸順，岳飛當有戒心。近日戰爭不利，心情煩悶，斬我一臂，亦在理中。受難人命如螻蟻，死不足惜。祇是從今以後，宋營之人誰敢前來投誠？"金兀尤聽着王佐這話也有道理。岳飛營中，一部分人是他心腹，大部分人是投誠。投誠的人心活，吃敗仗時不免浮動，如能把他們拉將過來，也是一策。殺了王佐，就是斷了這路。金兀尤躊躇一下，又問哈迷蚩道："先生，爾看如何？"哈迷蚩道："狼——狼——狼主，王佐是在用——用——用計啊！"金兀尤道："用什麼計？"哈迷蚩道："苦肉之計。"金兀尤道："苦肉之計，祇聞打爛屁股，哪有斬斷手臂的？"哈迷蚩道："有——有——有啊！春秋之時，要離斷臂行刺慶忌，就用這計。"王佐聽着，尋思哈迷蚩這人厲害，古書也熟，不能讓他得勢。便道："啊唷，狼主千歲拔山蓋世，有着萬夫不當之勇，受難人無縛鷄之力。我在營中，怎能行刺狼主？"金兀朮想：王佐確是書生，怎能行刺於我？正在考慮，忽聽番兵來報："稟——狼主！"金兀朮問是何事。番兵道："遙見宋軍營前掛出一隻臂膀，臂膀懸着一面旗幟，上書五字。"金兀朮道："旗上寫些什麼？"番兵道："叛逆者斷臂。"王佐聽着，思想元帥做得及時，故意罵道："岳飛，你好狠心！"說着，連喊"痛哪！"呻吟不已。金兀朮見狀，便將王佐收了下來。思想，哈迷蚩不知是否同意，又想：這事退帳之後打個招呼就是，金兀朮肚中自有打算。他想：我今留下王佐，不給他官做，也不讓進入中軍大帳，還喚幾個小兵跟着他。他沒有機會行刺於我，而我却可做個標樣給宋營看看，說不定還有人來。便道："王蠻子，孤家憐你冤屈，收容了你。"哈迷蚩聽說，跳了起來，急道："狼——狼——狼主，這是計啊！"金兀朮見哈迷蚩還要多嘴，有些不快，"噱"的一聲，不覺生起氣來。尋思：我已收下，你就不必攔阻，當着衆將，豈可如此？是否是計，我自有主張。便對哈迷蚩道："先生，天下有斬了臂膊前來詐降的人嗎？"哈迷蚩道："有——有啊！大忠大良，不要說砍掉一條胳膊，就是砍掉一條大腿，這點痛苦也是忍受得下。"金兀朮道："天下是有這樣的忠臣啊！"哈迷蚩道："有啊！"金兀朮道："先生，孤家待你怎樣？"哈迷蚩道："狼主待我，真是天高地厚。"金兀朮道："你是忠臣嗎？"哈迷蚩道："我是大大的忠臣。"金兀朮道："先生，你是忠臣，我是深知的。"哈迷蚩道："狼——狼主怎樣？"金兀朮道："我命你前去岳營詐降，也是砍斷一條臂膀，好嗎？"哈迷蚩道："砍掉一臂，痛——痛啊！"金兀朮道："你懂得痛，人家就不懂得痛了？"哈迷蚩尋思：前次上潞安州割去一個鼻頭，今番還要斬掉一條手臂，身上零件都拆光了，這不值得。眼看王佐計將成功，我去宋營詐降，那是行不通的。哈迷虫這樣想，還是説道："狼主，不聽忠告，要吃苦啊！"金兀朮嫌他嚕囌，喝道："少説廢話！"哈迷虫嚇了一跳，"卜落禿"，那隻金鼻頭跌了下來。這隻鼻頭是假的，跌了下來，哈迷虫馬上拾起。一看髒了，連忙用衣袖子揩，等到揩乾净再裝上去。不料裝得太快，鼻子裝反了。趕快再探下來，掉轉來過。這就唤做調皮鼻頭。哈迷虫無心説話。金兀朮也無意理他，便對王佐道："王蠻子，孤家收下了你。看你可憐，封你一個渾號，唤做苦人兒。"王佐道："多謝狼主。"哈迷虫尋思：狼主憐着王佐孤苦，他就要請你吃苦頭。但這時候不便再説話了。

金兀朮理了這事，吩咐退帳。王佐就在營中走，看覷文龍的動静。欲知後事如何？請聽下回分解。

第三回　訪乳探心

話説金兀朮將王佐收留，哈迷虫提出："不要中了王佐苦肉之計。"金兀朮帶得幾十萬人馬，是個厲害脚色，豈能這點道理不懂？金兀朮對王佐自有警惕，他不給王佐官做，也不讓他白白吃飯，不做事體。在金營裏，金兀朮唤他説書，專説岳飛怎樣殘酷地斬斷他一隻手臂，弄得他不死不活，受盡苦楚，陰天雨夜總是疼痛，活着還不如死。用來反面教育金兵。俗話説："欲知心中事，但聽口中言。"王佐倘有另外意圖，祇要露出半句破綻，没啥客氣，金兀朮隨時可以把他殺掉。王佐一隻臂膊蕩在岳飛營門，他的頭顱就是擱在金兀朮的刀下。這點王佐心裏自然明白。王佐仗着三寸不爛之舌，在金營裏穿東走西，到處説書。説話謹慎，没有出過岔子。祇因他擅長説書，便和這班番兵搞得滚熟。王佐暗中就可打聽陸文龍的底細。知道文龍不是金兀朮親生的。不是番邦人，而是漢人。説也奇怪。陸文龍到金營裏來，還帶着一個奶娘。將軍沙場征戰，難道還要吃奶？帶奶娘來是何意思？王佐得了這一綫索，便想追尋下去。這日，陸文龍出征。王佐尋路就向殿下府來。王佐有金兀尤所賜腰牌，便於營中走動。王佐懂得，文龍之事奶娘必然知道。王佐行走，殿下府前番兵瞧見有人前來，喝問："來者何人？"王佐上前招呼道："小平章"。番兵一見，道："原來是苦人兒啊。"王佐道："是啊！"殿下府哨兵怎會認識王佐的？因爲這人聽過他的説書，自然認得。問道："苦人兒，你來做甚？"王佐道："奉着狼主命令，求見老夫人。"番兵道："老夫人在，你進去吧。"王佐道："好啊！"王佐就混入了殿下府。這殿下府是座院子，三進屋宇。第二進是廳堂。王佐穿過垂花門到了天井。來到滴水簾前，祇見殿宇齊整，擺設顯奐，寶帳婆娑，金爐瑞靄。王佐咳嗽一聲，掀簾上堂。對左首角落看時，上邊坐着一個婦女。頭髮花白，衣着極爲樸素，年紀五十開外。低垂着頭，正在那裏做她的針綫生活。這是啥人？就是奶娘。奶娘年紀不過四十上下，祇因風霜雨雪，飽經滄桑，所以顯得蒼老。王佐看時這人正在縫製一件絲棉緊身棉襖，却是漢服。奶娘裁製漢衣，自有她的心意。她是藉以引起文龍的故國之思，王佐看着堂上無人，踏步上前，喚聲："老太太，苦人兒求見。"老媽媽聽着有人招呼，轉首來看。一看感到奇怪，這人是不認識的，殿下府中從沒有見過，他怎麼來的？看這人時：

> 眉清目秀，鼻正口方。頷下垂着三綹青鬚，腰裏繫着絲
> 條，穿的也是漢服。

奶娘尋思來的也是南朝人，心裏自然高興。要緊放下針綫生活，起身回禮道："先生，不敢！老身還禮，先生請坐啊。"王佐道："多謝老太太了。"奶娘道："先生請坐。"王佐道："是。苦人兒就此告坐。請問殿下可在府中？"奶娘道："我兒文龍出征去了。"

王佐尋思：老太太口稱我兒，這人定是文龍的奶娘了。隨口應道：“喔，陣前出征去了。”奶娘問道：“先生貴姓，到此作甚？”王佐道：“在下苦人兒，姓王名佐。”奶娘聽着，説道：“苦人兒王佐？”王佐道：“是啊！”奶娘尋思：苦人兒王佐的名字似乎熟悉得很，好像在哪裏聽過的。仔細一想，想起來了，記得兒子曾經説過，宋營有個大夫，喚做王佐，是岳飛的行軍大夫。爲了勸説岳飛議和，被岳飛斬去一隻臂膊。怪不得他的一隻袖子飄啊飄的。王佐來時，奶娘看他是南朝人。金營之中哪裏碰得到，心裏蠻快活。現在曉得這人是投降過來的，就瞧不起他，面色頓時兩樣。思想：這種人太没志氣，還不及我女人家。我是老弱婦人，一時没有辦法，你是男子漢大丈夫，爲啥挺不起胸膛，却來金邦投降？岳元帥斬掉你一隻手臂，真是斬得好！恰纔我勿曉得，我早曉得，理也不會理你。誰來向你招呼。那麽，没啥客氣，把你趕出算數。不過再想，婦人家一時還做勿出。前面笑嘻嘻，後脚勿客氣。這算作啥？怎麽辦呢？那麽勿睬最凶。奶娘拿起針綫生活，低垂着頭，一針上，一針下，自管自做。王佐看着奶娘表情，霎時旋轉身軀，自做生活，對他冷淡。心裏明白，知道她現在想到我是投降來的，看勿起我。尋思這位奶娘有骨氣。你越看不起我，越顯得你有骨氣，你這人越好；你若看得起我，這就勿對了。王佐問道：“老太太，你是南朝人麽？”老媽反問道：“你怎知道？”王佐道：“方纔聽老太太説‘同是天涯淪落人’，聽出來的。”奶娘轉念：喔唷，同這種人説話牙齒要卓卓齊。南朝人在金營中難得見到，心裏快活，我隨口説了句，就被他抓住了。祇得説道：“是啊！”王佐道：“老太太，想我苦人兒命好苦啊！”奶娘對王佐望望，心想這人討厭，你對我這樣説，無非想要我憐惜你，我是勿會憐惜你的！這是你自己造的孽啊。奶娘問道：“你苦的是什麽啊？”王佐道：“想我王佐堂堂六尺男子，被岳飛砍掉一臂成爲殘廢，幸蒙狼主開恩,否則死無葬身之地了。"奶娘尋思:這人國家都不要了,還說什麼? 聽了着惱,說道:"今日狼主收容了你,待爲上賓,營中穿進走出,苦人兒從今再也不會苦了。"王佐聽得,曉得她在"鈍"我了。還道:"是啊,多謝狼主慈悲。"奶娘再想想:俗話說"話不投機半句多,酒逢知己千杯少。"這人挨在這裏討厭得很,回報就是。便說道:"啊,先生,老身針綫忙着,先生請便。"王佐尋思:她在催我動身了,便道:"啊,老太太,想我王佐奉了狼主之命來的。"奶娘道:"狼主命你來此作甚?"王佐道:"噯,說書給老太太聽啊!"奶娘應道:"啊,說書?"王佐道:"是啊!"奶娘尋思:多謝美意,你的書,我是聽勿進的。兒子說過,南朝投降過來的一個蠻子會講史書。風高放火,月黑殺人。可歌可泣之事,說得眉飛色舞。娘啊,你嫌寂寞,可以喚他來演說。兒子說他書說得好,可是這樣一個沒有品格的人說得再好,我也勿要聽。這人不是說書,實是現世。不想岳家軍中出了敗類。奶娘便道:"先生,聞聽你書說得動人,可是老身沒有這閑暇,改日相請吧。"王佐尋思:聽書回頭倒是少見的,便道:"老太太,既不賞臉,王佐改日再來吧。"奶娘思想:搬嘴哥哥,閑話盡多。說聲:"請便!"讓他走了清爽。王佐不走,仍是搭訕道:"啊,老太太,聽你口音,好像是山西潞安州人哪?"奶娘問道:"你怎麼知道?"王佐道:"我是在潞安州出生的。"奶娘道:"如此說來,你我是鄉親啊。"王佐道:"是啊,真是他鄉遇故知了!"奶娘再聽,口音勿像。王佐是湖廣台州人氏,天南地北,相差很遠。奶娘尋思:諒他四海飄零,聲音變了。我是離家多年,很想與他談談,或者可以知道一二。又想:這種人沒啥問頭。我與他志不同,道不合,還講點啥? 別樣沒啥,我說實話,他到金兀尤那裏拌嘴饒舌,惹起禍來,非同小可。想到這裏,低頭不語,繼續自做生活,王佐對待奶娘却很殷勤,喚道:"你住在潞安州,是城中還是鄉下?"奶娘看着王佐這人像根牛皮糖,這樣粘的。勉强應道："城中。"王佐道："啊唷，巧極了，王佐也住城中。我與你説不定還是鄰居呢！老太太請問一句：你是潞安州人，怎樣會到金營來的？"老媽聽着王佐問這一句，隨口應聲："嗳，嘿嘿！"却答不上來。王佐道："請講！"奶娘思想這下糟了。我原想把這一十八年苦楚講給兒子聽，勸他重返家園。現在這話，怎能説給王佐聽呢。"嗳，嘿嘿……"奶娘説話支吾起來。王佐發覺奶娘面色尷尬。尋思：其中必有緣由，那是不能放過去的。王佐道："既是鄉親，我們談談家常吧。潞安州有個大大的忠臣，你可相識？"奶娘就怕問她怎樣來金營的，聽得王佐轉了話題，正好岔開。問道："你問的是哪個啊？"王佐道："就是天下聞名的陸中軍！"老媽聽了感到突兀，思想：你是投降失節的人，怎麼提起我的老東家來，這個人啥個來意，黑鐵末搭奶娘一時弄不清楚，自覺説話倒要當心。"啊，先生，陸中軍是無人不曉，哪個不知，老身當然也是知道的。"王佐道："陸中軍是一個大大的忠臣啊！"奶娘道："是啊！大大的忠臣，你今問他作甚？"王佐道："啊呀呀！老太太，説哪裏話來！潞安州百姓今日哪個不在懷念他呢？陸中軍英勇作戰，慷慨殉國，天下人齊敬仰，何況潞安州的百姓哪！"奶娘道："是啊。"王佐道："唉，可歎哪！"奶娘道："歎些什麼？"王佐道："陸中軍一片丹心，爲了國家，滿門遭殃，怎不教人傷心落淚！"王佐説着，眼淚已掉了下來。奶娘平日祇要室內無人，好端端地一個人總是淚流滿面。今朝怎經王佐先哭起來，心情自然十分激動。再一想：我哭勿得，哭了要壞大事。王佐問我爲啥要哭？我就没話可對，人勿能哭，不過奶娘實在傷心，眼淚也掉下來，簌落落一時滾個不停。奶娘没法祇好低下頭去，暗暗擦淚。王佐看看，知道她的心緒，這奶娘真是赤膽忠心。王佐知道這是啥個地方，這是虎狼之穴啊，露了一星半點豈是耍的？王佐又道："啊，老太太，我聽得人家説，陸中軍有位公子，被

乳娘救出來的,你可知曉?"奶娘聽了,吃了一驚。想你怎會知
道。答道:"啊,先生,老身倒不知道啊!"王佐道:"不知道啊?"奶
娘道:"是啊。"王佐起手捶着胸脯道:"哎,我好恨哪!"奶娘道:
"你恨什麼?"王佐道:"我就恨那喪心病狂的奶娘啊! 她不該辜
負陸中軍的大恩大德,賣國求榮啊!"奶娘聽了急道:"啊呀呀!
先生啊先生,你不該冤枉好人哪!"王佐站立起來,一拱到地,作
揖道:"啊呀呀! 老太太啊,你就是陸公子的乳娘啊! 失敬啊失
敬!"奶娘這時弄糊塗了。王佐是奉命來説書的,從岳飛那裏投
降過來的,當是金兀朮派來的,那麼究竟是金兀朮派來説書的,
還是岳飛派來做什麼的? 這就弄不清楚了。奶娘尋思:既是這
樣,讓我反激一句:"嘟,好大膽的苦人兒,竟敢闖進殿下府來盤
三問四,刺探我兒的軍情。我去稟告狼主,立刻結果你的性命!"
王佐生氣道:"老太太,難道你沒有一點故國之情嗎? 你去金兀
朮那裏陷我王佐,王佐死不足惜! 但你怎地對得起陸中軍一片
丹心啊!"奶娘道:"先生,你説個明白,你究竟是怎樣一個人啊?"
王佐道:"老太太,這裏説話可方便嗎?"奶娘道:"不妨!"王佐道:
"啊,老太太,你真的認爲我是投降金邦的嗎?"奶娘道:"那麼,你
來番邦作甚?"王佐道:"我自砍了手臂,爲的是來詐降金邦。"奶
娘招呼王佐坐下,道:"先生,你斷了手臂詐降金邦,爲了甚事?"
王佐道:"爲了文龍之事。老太太,岳元帥抗擊金兵,所向無敵。
正欲痛攻黃龍,迎取二聖回京。不料在朱仙鎮上遇到雙槍將陸
文龍,不僅旗鼓相當,而且連戰連敗。王佐看出文龍不像番將,
疑是忠臣陸登之後,因而行苦肉之計詐降金營,看覷動静。今見
老太太忠義,就請助我一臂之力。"

　　奶娘聽得呆了,尋思王佐可算是忠肝墜地,義膽包天! 眼面
前頓時好像亮了起來。思想恰纔錯看了他。奶娘站立起來,忙
向王佐襝衽説道:"先生報國一片忠心,老身實是敬佩!"王佐道:

"當年潞安州陸中軍殉難之事,老太太可以告示一二嗎?"奶娘道:"先生,這是理所當然啊。過了這一十八載,今日在先生面前,纔得傾吐,多麼高興啊。"說着奶娘已是熱淚盈眶了。王佐道:"老太太,勿要傷心,請慢慢地講吧!"奶娘道:"先生哪,金兀朮兵進中原,其勢凶猛。潞安州首當其衝。陸中軍堅守陣地,誓死與城俱亡。堅守四十九天,金兵從五月末攻到七月半,不得寸進。城外,金兵尸積如山,城内也是血流成河。潞安州糧食斷絕,城裏的樹皮草根都已吃光。陸中軍不見救兵到來,仰天長歎。城破之日,陸中軍的高堂老母,白髮蒼蒼,年逾古稀,不願牽連兒媳,第一個懸梁自盡。陸中軍把娘放下,拜罷,對天宣誓。四處喊殺之聲驚動天地。先生啊,這十多年前的觸目驚心景象如在目前,真叫人肝腸寸斷。"奶娘說着又哭起來。王佐道:"老太太暫請寬心,慢慢再說。"奶娘道:"陸中軍看潞安州城破,大勢已去。在這危急之際,就將小兒囑咐於我,說道:'奶娘,可憐小兒文龍,尚在襁褓之中,也是陸家一脉。今後要辛苦你了。'我望着將軍、夫人,連連點頭,不住流淚。雙手把文龍從夫人手裏接了過來。將軍還道:'奶娘,你要好好教育他,日後長大起來,爲國爲家雪恨,掃蕩金寇,我死也瞑目了。'將軍說罷便對夫人道:'陸氏一脉已有所托,便請夫人自裁。'這時夫人掩袖,移步縱身觸柱而亡。將軍也即拔劍自刎。霎時血從將軍頭上冒出,眼尚圓睜,滿臉怒容。身軀巍然直立不倒。忠氣凛然,雖死猶生。十八年前的大冤,今天纔得大白。先生忠膽義肝,莫說老身敬仰,陸中軍在天之靈也自然欣慰不已。"王佐道:"老太太,別這樣說。潞安州之事,今已明白。不知文龍意下如何? 好在金兀朮賞我金牌一面,營内行走方便,明早我當前來趁機勸說文龍歸宋如何?"奶娘道好。王佐回營,明朝便又來殿下府説書。

後事如何,且聽下回分解。

第四回　説書歸根

　　話説乳娘赤膽忠心，含冤茹苦，將陸文龍撫養長大，把望半世，現在總算有盼頭了。奶娘將陸登將軍殉國之事，原原本本告訴了王佐，明朝王佐要進府來勸説文龍回歸大宋。今夜奶娘睏在床上，翻來覆去，哪裏能够入睡。爲啥，祇因幹這樁事關係重大，成功是一大之喜；失敗，兩人性命完結。國冤家仇，都沉海底。天色明亮，奶娘起身梳洗，步入廳堂，等候兒子前來。不多時間，陸文龍來到府前。陸文龍怎地打扮？但見：

> 年少英俊，威風凜凜。頭戴束髮紫金冠，雉尾高翹，身穿一件大紅團龍襖，外罩鎖子黃金連環甲。腰懸龍泉寶劍，足蹬烏金靴。跨着驃紅紗駒，手執兩杆六沉槍。

哈哈，俺雙槍將完顏文龍就是。奉了父王之命，出征沙場，殺得南蠻望風披靡，屢屢敗北，好不威風人也！文龍下馬，一逕踏上廳堂，把鎖子連環甲卸了。見娘坐着，拱手喚道：“娘啊，孩兒拜見。”奶娘道：“兒啊，少禮。”文龍謝過娘親。文龍知道她是奶娘，怎地喚她娘親？祇知自己母親亡故，奶娘把他撫養長大，對他十分寵愛，視同親子；因而稱她娘親。奶娘道：“兒啊，一旁請坐。”文龍道：“遵從娘親吩咐。”傍側坐下。奶娘問道：“兒啊，自何處來？”文龍道：“喔，陣前挑戰而來。”奶娘問道：“勝負如何？”文龍笑道：“南蠻一個個都非我的對手！”奶娘道：“陣上可曾喪人性命？”文龍道：“雖是打得南蠻大敗，尚未喪人性命。”奶娘道：“兒啊，兩軍交鋒，分個勝負就是，不必喪人性命。”陸文龍尋思：這話祇有娘説得出。兩軍交戰，不是小囡白相，哪有不喪人性命的？説道：“娘啊，昨日父王説起，祇等鐵浮陀到來，就可一戰成功。”

奶娘道："鐵浮陀是什麽東西？"文龍道："就是火炮。炮内裝着火藥，威力極大。這個武器宋營是無法抵擋的。"奶娘聽了，却爲宋營焦急。近日大敗，怎能再添這樣凶猛的武器。便問文龍道："昨日唤的那苦人兒可曾請來？"文龍道："遵母吩咐，馬上唤來。"陸文龍吩咐出去，小番馬上引着苦人兒來了。

王佐昨日回營，畫了張圖帶在身旁，按圖説書給陸文龍聽。畫好，天已亮了。王佐思想：畫了這圖，説時一點，便容易説清楚了。一早王佐已到殿下府來侍侯。聽到傳呼，跟着小番入殿。祇見廊下，小蠻對對雙雙，整整齊齊站着。殿上懸着雙燕哺乳圖，屏旁提着寶弓、箭囊，兩邊列着威武架，放着十八般兵器。奶娘坐在正中，几上放着果盤。陸文龍旁側伺坐。儼然是一家母子。王佐走到滴水簾前，踏步上前一拱到地，稱道："殿下千歲，苦人兒拜見。"陸文龍道："罷了，見過太夫人。"王佐道："太夫人在上，王佐拜見！"奶娘問道："兒啊，他是何人？"陸文龍道："就是投降過來的王佐。"奶娘道："先生免禮，一旁請坐。"王佐道："太夫人，千歲在上，哪有苦人兒的坐位？"陸文龍道："哎，唤你坐下，坐下就是。"王佐道："如此，告坐。"又道："殿下，苦人兒初次是在戰場前見的。殿下那時雉尾高翹，威風凜凜；今日見得仔細，眉清目秀，唇紅膚白，倜儻風流。真是一代奇才，蓋世無雙。"陸文龍聽着，心中倒很高興。王佐問道："殿下，唤苦人兒來，有何吩咐？"陸文龍道："喔，你是南朝人啊！"王佐道："是啊！"陸文龍道："太夫人也是南朝人啊。你會説書，我唤你説段書給太夫人聽。"王佐道："殿下，我説的書多，請殿下點吧。"陸文龍請娘親點，奶娘道："爲娘愛聽南朝故事。"陸文龍道："好啊，苦人兒你説個南朝故事吧。説得好，重重有賞。"王佐道："殿下，要聽文的還是武的？"陸文龍便問娘親喜歡聽哪種書。奶娘道："愛聽武戲，令人興奮！"王佐道："説個忠的還是奸的？"奶娘道："爲娘最恨奸細，説個忠臣吧。"陸文龍道:"我也喜歡聽忠的。苦人兒,你就説個忠烈的故事吧。"王佐點首道:"遵命。"眼神向着兩邊的番兵一望,又飄向奶娘面上來。奶娘會意,兩邊站着小番兒,説話不便,這書祇能説給陸文龍聽。倘被小番軋出苗頭,淺露機密,那還了得。奶娘道:"兒啊,聽書宜於幽静,纔能品味書中情趣,人多不免喧嘩,就没味了。"陸文龍便唤番兵退出,不用伺候。王佐看着番兵出去,心想奶娘爲人機警,是我的好搭檔。這書纔好説了。

廳上這時祇剩下陸文龍、奶娘和王佐三人。王佐整一整冠,拂動袖子,手桌上拍着,擺出説書架子,開言道:"殿下,王佐獻醜了。"陸文龍道:"苦人兒講來。"王佐道:"是,殿下,先來一個得勝頭回,討討口采。"啥叫得勝頭回? 就是先説一兩個故事,作個引子。陸文龍道:"苦人兒説吧!"王佐道:"先説一段驊騮向北的故事。"陸文龍道:"啥叫驊騮向北?"王佐道:"驊騮是一匹寶馬。向北麽,殿下,待苦人兒慢慢地道來。"陸文龍道:"好,你且道來。"王佐提起醒木拍、拍、拍三聲。陸文龍道:"噯,這是什麽?"王佐道:"殿下,這叫醒術。"陸文龍道:"何謂醒術?"王佐道:"祇恐聽書人一時糊塗,聽不清楚,震一下,好讓聽者醒來。"陸文龍道:"啊! 這個意思。"奶娘道:"兒啊,聽書是聽的,你要聽下去。"陸文龍道:"是,苦人兒講吧。"王佐道:"故事出在大宋朝代,蕭太后娘娘有匹驊騮寶馬。此馬乃是蓋世無雙的,這馬好得怎樣? 但見:

> 頭至尾丈二有餘,背至蹄八尺有零。兩耳似削竹,雙眼若明珠,四蹄如鐵炮。渾身火紅,無半根雜毛,日行千里,夜行八百。

陸文龍道:"這樣一匹龍駒,我能一騎,也就不愧英雄一世了。"王佐道:"元帥楊延昭手下有員大將,唤做孟良。能説六國三川的話，他便喬妝打扮，混進遼營，盜取了這匹寶馬。"陸文龍贊道：
"孟良却有本領。"王佐道："袛是此馬到了南朝，七日七夜站着不
動，兩眼朝北。任你孟良怎地服侍，餵料給水，袛是不飲不食。
這馬就是活活地餓死了。這段書因而喚做驊騮向北。"陸文龍
道："這馬緣何不飲不食？"王佐道："殿下，這是因爲良馬思鄉。"
陸文龍道："娘啊！這就喚做良馬思鄉。"奶娘道："是啊，比之於
人，就是君子不忘其本。"陸文龍道："走獸中有這義馬，堂堂七尺
男子，自然更不能忘却根本。"奶娘笑着對文龍道："兒啊，你有這
個志氣，真好啊！"又向王佐望望，這書説得好啊。王佐道："殿
下，還有一個故事，喚做越鳥歸南。"陸文龍道："好聽嗎？"王佐
道："在下説的都好聽的。"陸文龍道："如此，你且講來。"王佐道：
"春秋時代，越國與吳國打仗。越國有位絕色佳人，眼如秋水，眉
若春山，喚做西施。范蠡將西施獻給吳王。西施帶着一隻寶鳥，
教得詩詞歌賦，件件皆能，如人一般。誰知這隻鳥一出離越國就
不説話了。它在越國鳴聲清脆，百靈百俐，很會説話；但到吳國
就一聲不響了。西施心中愁悶，看鳥呆着，觸景生情，開籠把鳥
放了。説也奇怪，這鳥振翅高飛，到了越國，又會説話了。"陸文
龍道："娘啊！這鳥怎會如此？"奶娘道："這鳥也是不忘故國啊。"
陸文龍道："這鳥也有志氣。後來怎樣呢？"王佐道："西施在吳國
憂憂鬱鬱地死了，這鳥好像懂得人事似的，隨着也就死了。"陸文
龍道："這個是什麼意思？"奶娘道："這喚做鳥戀故主，生死不渝
啊。"陸文龍道："還有嗎？"

　　王佐道："如今要言歸正傳了。説的是忠臣一門殉國。"陸文
龍道："好個忠臣一門殉國，俺當洗耳恭聽。"王佐道："殿下，故事
出在南朝。苦人兒怕一時説不清楚，還畫着一幅圖呢。先請殿
下觀看。"陸文龍道："好啊，取來我看。"王佐拂袖，將圖"驛"的一
聲展開，掛好。説道："啊，殿下，這圖畫的是書中之情，祈請虎目

觀瞻。"陸文龍道:"待我來看。"陸文龍隨着王佐指點瞧看圖畫。
這圖不看則已,看時文龍雙眉緊鎖,心驚不已。祇見圖上畫着一
所大堂,堂上淌着滿地鮮血。東斜西橫,好幾個人臥在血泊之
中,慘不忍睹。圖的上層,後軒樓廳,一個白髮蒼蒼老婦人,懸梁
高掛。大堂之中站着一員大將,手持寶劍,割頸自刎。血濺滿
臉,人猶巍然直立。一臉怒容,兩眼圓睜,炯炯有神,直視庭外。
頭上雉尾高翹。陸文龍看這將軍服飾,當是南朝人物,便問苦人
兒道:"這位將軍是誰?"王佐心中明白,陸文龍哪裏知道,他的父
親就在他的面前啊,因道:"殿下,這位將軍你該向他跪拜的,他
是堅守潞安州的中軍,由於孤軍無援,以身殉國,是一個大大的
忠臣啊。"陸文龍過去曾聽部下談及,潞安州這場戰役打得激烈,
又曾聽娘親説起:陸將軍是宋邦的忠臣良將。苦人兒今日説得
和他所知道的一樣。陸文龍回首想和娘親説話,祇見娘親淚流
滿目。問道:"娘親,緣何傷心?"王佐思想:老夫人情緒激動,觸
目心傷,熬不住了,淚如泉湧。但這哭却嫌早了。奶娘回道:"兒
啊,先生書説得好!潞安州之事,真是可歌可泣。不由為娘不傷
心啊。"陸文龍道:"苦人兒,你的説書真動人啊!"王佐道:"這位
將軍堅守潞安州足足四十九晝夜。他的眼睛熬得都統紅了。城
裏百姓軍士糧早斷了,沒得吃的。金兵攻勢凶猛,潮水一般地擁
來。火炮連連轟炸,把城墻一角打了一個缺口,番兵擁進城來。
陸將軍哪肯屈膝!抽劍自刎,壯烈犧牲。"奶娘贊道:"好啊,這位
將軍真是忠臣良將。"陸文龍也道:"這樣的將軍雖説不是番邦之
人,小王也是敬重。苦人兒,堂前闖進來威迫陸將軍的是哪一
個?"王佐道:"殿下,這就是女真國金邦的四狼主啊。"陸文龍詫
異道:"啊,他就是我家父王嗎?"王佐道:"是啊,殿下。陸將軍是
宋朝大大忠臣,自刎之後,直立不倒。正是天地間浩然正氣。金
兀朮尤感他忠義;因而倒身下拜。"陸文龍道:"是啊,父王思賢若

渴，小王見了忠臣，也是肅然起敬的。待小王前來一拜。"王佐道："殿下，你就下拜吧！"奶娘睹此情景，眼淚又是熬不住淌下來了。陸文龍問王佐道："這樓上懸梁自盡的是誰啊？"王佐道："殿下，這位白髮蒼蒼的老人就是陸將軍的娘親啊！她不願見山河破碎，百姓遭殃，累着兒子連牽，礙了大事，因而自先殉國了。"陸文龍道："這位觸柱而亡，臥在陸將軍身旁的人呢？"王佐道："就是陸將軍的謝氏夫人。她是寧爲玉碎，不願忍辱偷生，因而自盡的。"陸文龍道："一門殉難，死得真是壯烈啊！"王佐道："還有呢！府中丫鬟，童僕，投井懸梁的多着呢！真的是可歌可泣，可敬可佩。陸家可算得一門忠孝節義了。"陸文龍道："這樣的忠義之家，可曾留得一個後嗣啊！"王佐道："殿下，皇天有眼，玉麟有種。將軍還留着一個褓褓嬰兒啊。"陸文龍道："這就好了，現在哪裏？"王佐道："殿下，請再看圖。麒麟門旁，站着一位婦女，露出半個身子，淚流滿面。伸着雙手，接過一個嬰兒。這就是陸家的公子啊！"陸文龍道："苦人兒，他娘親已死，這婦人又是誰啊？"王佐道："這就是撫養公子長大的乳娘啊！"陸文龍道："苦人兒，你說這話就有些不對了。陸將軍一門殉難，這樣一個嬰兒還能得救嗎？"王佐道："這就要感謝這位乳娘忠心耿耿，把這位公子從血泊之中搶救出來啊。"陸文龍道："這孩子長大了嗎？"王佐道："已長大了。"陸文龍道："今年幾歲？"王佐道："一十八歲了。"陸文龍道："啊，與我是同年的。"王佐道："巧得很啊，恰與殿下同庚。"陸文龍道："苦人兒，這孩子已經長大，怎麼不爲他的國家效勞，報仇雪恨啊。"王佐道："啊唷，殿下，想這公子當時尚在褓褓之中，怎會知道家國這些事啊。"陸文龍道："長大之後，應該知道。"王佐道："殿下，這樣大事，誰敢告訴他啊？這位公子聽説武藝出衆，本領高強，無人能敵呢！"陸文龍道："苦人兒，你待怎講？小王願意會會他呢！他叫什麼名字？"王佐道："他的姓名，你就

不問也罷。"陸文龍道："說說何妨呢？"王佐道："這人名聲大得
很，說出來要嚇破人家的膽子的！"陸文龍道："這樣說來，小王定
要知道。"王佐道："殿下定要我說，苦人兒祇好斗膽說了，不過說
了還請殿下恕罪！"陸文龍道："小王恕你無罪！"王佐道："如此，
殿下請聽。"

　　王佐兩眼飄向奶娘，思想這時陸文龍倘有誤解，全仗你來解
釋了。說道："殿下，這個小將遠在天邊，近却在眼前啊！"陸文龍
道："究竟叫啥名字啊？"王佐道："殿下問這人麼？就是一十八歲
的，戰無不勝攻無不克，威風凜凜的陸——文——龍！"陸文龍聽
着，把桌子"拍"得一聲大響，怒道："王佐，我爲娘親喚你前來說
書，你却搬弄一個故事前來侮辱小王，該當何罪！"霎時把腰下寶
劍拔了出來，舉起手來要斬王佐。奶娘見着急忙喝道："兒啊，千
萬不能魯莽，你聽娘說：王佐說的盡是實話。這是十八年前你家
的真情實事。倘若殺了王佐，你這一家血海深仇，怎地能報？大
宋天下益發難以收拾。你要知道：爲娘就是圖上的奶娘，你十八
年前就是這圖上的嬰兒。今日看了此圖，所以淚流滿面，觸目驚
心。你的父親、母親、祖母都是爲了大宋江山盡忠的啊！我十八
年含冤茹辛，也爲陸家吃盡了苦楚。王佐爲了宋室江山，自己斷
了手臂，前來詐降金邦，爲的是來勸說你啊！你今斬了王佐，那
是認賊作父，恩將仇報了。驊騮向北，越鳥歸南。兒啊，你就沒
有一點思鄉之情嗎？"奶娘說着，哭得又象淚人一般。陸文龍聽
着頓時呆了。問娘親道："孩兒究竟是金邦人還是大宋人啊？"奶
娘道："你實實在在就是大大忠臣陸登將軍的一點親滴血，親骨
肉，是南朝人啊！"陸文龍聽了如夢初醒。說道："娘親，爲何不早
向兒子說明，兒子就就可反了！"奶娘道："爲娘怕的是時機未到，
早早說了，空空使你擔憂，泄露風聲，還要壞了大事。爲娘當年
潞安州城破之時，太夫人已經懸梁自盡。那時金兀朮快要闖進

府來。陸將軍和夫人把你囑咐於我。爲娘手裏抱住了你，看着陸將軍和夫人的血尸，不忍離開。心中急着，没了主意，祇是啼哭。那時金兀朮闖進中堂，爲娘麒麟門旁，思想如何搭救公子。情不由己，見了金兀朮祇得跪下去，苦苦哀求。那時你也大聲啼哭，緊抱着我。金兀朮見公子生得五官端正，十分可愛，因而免了一刀。喚我跟進金營，將你撫養。我入金營，一心就是將你撫養，保護忠臣這一點血脉。國仇家恨，中心藏之，何日忘之！今得王佐説破此情，漫漫長夜，纔見天亮。"

文龍聽了，把劍插好。泣血捶胸，倒身便向奶娘跪拜，轉身也拜王佐。王佐慌忙將文龍攙扶起來。陸文龍道："文龍流落金邦，今日纔知根本。理當回歸大宋，粉身碎骨，報效國家。"那麼，陸文龍與王佐、奶娘要商量大事，槍挑金兀朮，活捉哈迷蚩，回歸大宋。

欲知後事如何？且聽下回分解。

編者説明：本文據代抄稿録編，原題《王佐斷臂》，紅筆抹去，改題《文龍歸漢》；題前標："・中篇評書・"。

英烈傳·朱元龍賞看花燈

朱元龍定都南京,不知民心順否?想今日元宵佳節,不妨與郭順同去街坊賞玩一遭。一來觀看花燈,二來審察民情。傳郭順。

郭順:"有。"

"郭順,我與你喬裝改扮,一同到街坊去賞玩花燈。"

"遵千歲吩咐。"

朱元龍打扮成員外模樣,但見:

面帶草米色。兩條長梢眉,一雙鵬飛眼。衝額角,翹下巴。五岳朝天。臉上二十四顆珠砂黑痣,頭戴四方瑤巾,前面挑起一個長壽字。後邊兩條琵琶帶子飄宕。身穿天藍綢開背,繡出五幅捧壽。二藍綢兜打底衣。白襪朝靴。

郭順家人打扮。但見:

頭上彎頂油頭腐帽。身穿皂色有褶,綫紗帶子齊腰。皂色兜打底衣。短統靴兒,內襯白襪。

靴聲拓拓,兩人一逕來到街上。諾,這南京街坊真熱鬧。正是:

一到街坊喜氣洋,兩面開設各店忙。山珍海味南貨店。四季時鮮水果行。五色綾羅綢緞莊。六陳翹開大米行。七星劍高掛古董店。瞎子店八卦擺中堂。九華樓專打金銀鐲。十字街坊鬧洋洋。爿爿店鋪都熱鬧，招牌分掛在兩旁。

今天更是熱鬧，人山人海，都來看燈。長的、短的、老的、小的，肩闊的、腰圓的，挺胸的，歇肚的，人莫老老，祇見一簇人圍在那裏，原來這裏紮着一座鼇山花燈。朱元龍同郭順也挨了上去。正是：

紅燈高照耀乾坤，家家戶戶太平春。燈映月，月映燈，元宵佳節鬧盈盈。觀燈女子燈下走，步月郎君月下行。莫道觀燈無好處，舜皇留下到如今。松樹燈，高結松蔭。柏樹燈，碧綠翠青。柳樹燈，柳梢倒垂。桐樹燈，桐子連心。杏樹燈，杏花紅十里。榴樹燈，石榴花開如火盆。樓檯燈，精造細巧。殿角燈，華彩鮮明。亭子燈，四角方整。寶塔燈，一十三層。仙橋燈，金童對對。牌坊燈，感謝皇恩。老人燈，壽高一品。小人燈，喜笑盈盈。美女燈，畫眉搽粉。書生燈，文質彬彬。魚翁燈，寒江獨釣。樵柴燈，樵柴山嶺。牧童燈，吹簫騎牛。讀書燈，窗下用心。長子燈，丈二有零。矮子燈，五官周整。大腳燈，大來一尺零三寸。小腳燈，三寸還缺三分。紅日燈，光耀萬里。明月燈，普照乾坤。星斗燈，山川照定。雲霞燈，昏昏沉沉。方朔燈，蟠桃獻壽。王母燈，騎鸞駕雲。元壇燈，騎上黑虎。張仙燈，送子麒麟。招財燈，探手招寶。利市燈，烏沙玄領。和尚燈，肩挑銅板。道士燈，手拿古磬。行販燈，經紀小本。郎中燈，手搖銅鈴。老龍燈，紫牙烏抓。小龍燈，浪裏翻身。青獅燈，繡球來滾。白象燈，萬象回春。猴兒燈，耍棒戲棍。兔兒燈，雪白如銀。馬兒燈，頭上掛鈴。虎兒燈，威風凜凜。鯉魚燈，高跳龍門。黑魚燈，頭有七星。鯽魚燈，穿來跳去。鱸魚燈，巨口細鱗。

蝦兒燈，蝦鬚齊整。螃蟹燈，八足橫行。螺螄燈，黑暗層層。烏龜燈，背生龜紋。甲魚燈，四脚蛙蛙藏頭巾。蚌殼燈，內現美人。蟒蛇燈，蟲之首領。蜈蚣燈，百足能行。蚱蜢燈，穿來跳去。螳螂燈，草芊停身。蝴蝶燈，對對隊分。蜜蜂燈，飛入花心。蜻蜓燈，空中停身。知了兒燈，色像烏金。梅花燈，花分五品。荷花燈，綽約芳馨。菊花燈，顏分五色。牡丹燈，花內爲君。燕子燈。成雙搭對。鸚哥燈，紅嘴綠翎。孔雀燈，毛褪五彩。鳳凰燈，無寶不停。喜鵲燈，三元根定。畫眉燈，籠內停身，錦雞燈，遍體齊整。百哥燈，巧懂人音。牌兒燈，天地人娥共志真。頭子燈，一二三四五六一把順。圍棋燈，團團圍住。象棋燈，炮打將軍。西瓜燈，刀劈紅心。南瓜燈，長來像枕。東瓜燈，青皮大肚。北瓜燈，呆白倫敦。一品當朝天官燈。二仙喜笑和合燈。三仙共上瑤檯燈。四大閨秀美女燈。五子奪魁麒麟燈。六丁六甲六神燈，七子團圓兒童燈。八仙飄海走馬燈。九老香山長壽燈。十遊三島群仙燈。九條蛟龍戲水燈。八匹馬兒駿圖燈。七星北斗鼇魚燈。六畜豬羊牛馬燈。五毒蟲蛀爭鬥燈。四季飛禽巧鳥燈。三羊開泰紅運燈。雙獅滾過綉球燈。獨立金雞一盞燈。二十四朱天燈。二十八宿星燈。三十六天罡燈。七十二地煞燈。五百尊羅漢燈。鼇魚燈肩背一位大慈大悲救苦救難廣大靈感觀世音。

朱元龍看過鼇魚花燈，一路行來。抬頭舉目觀瞧，人挨人擠鬧嘈嘈，開張店鋪熱鬧。當店生意茂盛，敲碑刻字碗窯。茶店內叫聲高，過却叢林僧道。門前高插酒旗表，南貨店枝圓桃棗。鞋襪衣莊店鋪，綉花店內掛神袍。玉石古董玩具，錢店流通國寶。大街上行藏店鋪，弄堂內紳家富豪。胡琴琵琶鳳凰簫，素衣店內擺魂轎。九流三教街坊跑，萬商雲集聚到。說書人一時難表。

"到聚寶樓吃酒去!"一群人嚷着。朱元龍看在眼裏,記在心頭。不知聚寶樓是怎樣一座酒樓,倒也要去光顧一下。朱元龍跟着衆人,一逕來到聚寶樓。祇見五間門面一座門樓。朱漆欄杆,金碧輝煌。樓下鬧嘈嘈的人來人去。這邊五經魁,那邊六六順,呼么喝六,正是鬧猛。"要好酒好菜這裏有。"店小二忙來招呼。

朱元龍隨同郭順,靴聲拓拓,徐步上樓。説也奇怪,樓上閣子裏雖是掛燈結彩,紅燭高燒,人影全無,却是十分冷清。原來這聚寶樓是沈萬山所開。沈萬山要算到江南首富,當地稱爲活財神。樓下是一般營業,樓上沈萬山是用來裝闊的。同樣菜肴,樓上比樓下要貴十倍。所以無人光顧。朱元龍一到樓上,祇見正中掛着宋徽宗御筆紅嘴綠翎圖。旁邊一副對聯。上一聯是:"威名遠震三千里";下一聯是:"欲算江南第一家"。朱元龍一看是好大口氣。旁邊盡是宋人字畫。天然几上正中供着五尺長鮮紅珊瑚一支。兩旁架上放着紅梅、墨蘭。朱元龍揀正中位子坐着,這裏店小二看見一位員外客官走了上去。心想這閣子是素來没有光臨的,不知這位客官如何來歷。不可怠慢。馬上去報告店東沈萬山。沈萬山一想,還是叫葉方去做跑堂。原來沈家有一書館,招收學生,津貼伙食。六歲上學,十年一期,兩期上完,並不許參加考試,就在他家内辦理些文墨事務,現在沈萬山踱進書館,來尋葉方。一看葉方在那裏讀文章。

"葉方你倒没有去看燈?"

"員外恩公大人,自古道:學足三餘,那有工夫去看燈。"

"啊,葉方,今天有位客官,是員外身份,在我店中,煩你去當一下跑堂。你得小心侍侯。做下生意,歸你使用。"

"是,遵員外恩公吩咐。"

葉方走出書館,來到店中,裝扮一下。

這裏朱元龍在樓上坐了許久，怎麼不見人來。一想，古話不錯。這叫做店大欺客。那麼倒要客大欺店了。就拳了手指在桌上咚咚敲了三下。說一聲："來！"祇見葉方答允一聲："來也。"一路唱着：

> 我讀詩書帶跑堂，家寒貧苦是難當。家有黃金用斗量，難買我腹內志氣藏。

聲音宏亮。朱元龍素來同情貧苦之人，好個腹內志氣藏。心中暗暗歡喜，祇見葉方已走上樓來：

> 面如冠玉，清眉明目，懸膽鼻，四字口。兩耳豐隆，腰圓背厚，頭戴翻邊雞冠帽，身穿天藍綢短襖。白扶領，白罩袖。天藍綢兜打底衣。白領綢圍裙。左邊胸前一顆真珠蝴蝶花。右邊肩上搭着白綢汗巾。足下緊統靴兒，內襯白襪，左手把着一隻盤，高舉齊眉。盤中放着四副杯筷。銀盃筷，金杯筷，白玉杯筷，珊瑚杯筷。

"員外請揀杯筷。"

朱元龍一看四副杯筷。皇帝應該用黃的，就揀了金杯筷。葉方一看，這位客官還是普通。因爲聚寶樓上菜價看杯筷而定，譬如銀盃筷一菜十二兩，金杯筷就是二十四兩，白玉杯筷就是四十八兩，珊瑚杯筷就是九十六兩。真是富人一席酒，窮人半年糧。葉方隨即又遞過一塊水牌。朱元龍點了龍肝鳳腦兩菜。葉方又斟上了酒。朱元龍一看葉方雖然處境貧賤，卻也氣宇軒昂。有心與他攀談。

"你叫什麼？"

"我叫來來。"

朱元龍一聽這名字有些奇特。

"莫非你姓來名來。"

"員外,你説來,我便來了,故名來來。"

"休得取笑,這是你的生意。你總有名有姓的。"

"如此,我叫葉方。"

"葉方你斟酒來。"

葉方想員外纔喝得一口酒,便叫斟酒。未免架子太大。

"員外,我樓規矩,一壺祇斟一次。"

朱元龍一想好。你説一壺祇斟一次,我祇須喝一口,換一壺就好了。朱元龍扇子放在桌邊。有一次葉方斟酒,不小心把他的扇子跌了下來。

"啊,葉方,你做事如此魯莽!"

葉方回道"員外,莫要動怒,扇子跌壞,賠就是了。"

朱元龍想話倒不錯,真是店大欺客。拾扇一看,珊瑚骨子,邊骨已損。

"啊,葉方,此扇乃祖上所遺,價值連城。你且賠來!"

葉方一看,扇骨確是斷了。當初和氏之璧,價值連城。你這扇子也價值連城,如何賠得起。不如我賠一禮吧!

> 小子慌忙不小心,珊瑚寶扇邊骨損。幸蒙員外原諒我,念我愚昧莫頂真。

朱元龍一看這店家和顏悦色,倒蠻活絡。出口成文。

"葉方,你能吟詩嗎?吟得詩成,這扇就不要你賠了。"

葉方説:"這倒甚好!"

朱元龍把扇子打開,扇面上畫着明月,旁有松、流水、小橋。

"葉方,如此,你就在這扇上題上一首。"

葉方取過筆硯。"員外,如此有惜斯文。"

葉方的意思,站着寫字不好。朱元龍隨即使唤郭順。"郭順,你與葉方揣凳,磨墨。"

郭順答允,葉方添筆狼毫,落筆修修。題上一首。祇見:

> 一輪明月照松梢,溪邊流水一小橋。邊骨雖損乾坤在,執掌山河永不搖。

葉方的意思,想扇骨斷了,是不能用了,所以永不搖。

朱元龍看了,自是歡喜。想我執掌山河,根牢蒂固。各人有各人的想法,不過現在山河尚分南北,蒙古韃子沒有消滅。

"啊,這山河永不搖,不知北邊的山河,還是南邊的山河。你且寫明?"

葉方一想,現在正是舉世痛恨韃虜之時,我也不免借此罵他幾句,一泄胸中積憤,舉筆凝神,一揮而就。

> 這把寶扇值千金,千金寶扇邊骨損。損斷北邊珊瑚骨,北邊山河坐不穩。

朱元龍看了哈哈大笑。"葉方,這詩做得甚好! 你還會作對否? 我家有一女,年方一十七歲。你對得好,就許你爲妻。"

葉方一想,真是紅運當頭。"如此,請員外題上聯!"

看官,朱元龍肚中沒有多少貨色,祇是小時在皇覺寺裏經識上淘得幾個字。葉方已讀了十年書,自然答對如流。

"葉方你且對來——麻姑吃蔴姑,蔴姑鮮,麻姑仙。"

"岳父大人,小婿已對就了——童子打桐子,桐子落,童子樂。"

朱元龍一看不錯"且慢,在下又有一聯——二月春分,八月秋分,晝夜等。"

"小婿又有了——三年一閏,五年再閏,陰陽和。"

"妙啊。且慢,我再出一聯——玉皇操兵,雷鼓雲旗,風刀雨箭天作陣。"

葉方又吟道:"龍皇御宴,星燈月燭,山肴水酒地爲伴。"

看過幾味,酒過幾巡。朱元龍想下樓了。胸前一摸,忘帶銀兩,投個眼色與郭順,郭順也沒有帶。朱元龍要不要掛帳,那是不必的,祇須寫個簡貼,差人去取。葉方想,賣下來的錢歸我的。今天落得請請岳丈。

“岳父大人,不必付帳的。”

“葉方,你把這扇子拿去,作爲定禮。”

葉方捧了扇子,相送員外。

朱元龍踏出店門,看看招牌。一塊是“四季時菜”;一塊是“水陸肴饌”,都沒有什麼。最後一塊是“蒙漢俱全”。朱元龍想想,我在殺韃子,你還蒙漢俱全,暗暗記在心中。

朱元龍同郭順離了聚寶樓,祇見一路花燈,都是小孩。聽街上人說,這叫百子花燈,是選進宮向娘娘領賞的。又聽得一淘人說,到雅味館去猜謎去。朱元龍想跟他看看也不妨。祇見一張桌子,桌子上放着一隻鳥籠。籠裏放着一隻鳥,籠旁擺着一千錢。打俗語一句。胡大海、丁得勝都在那裏看。胡大海看看那一串錢,眼紅。猜又猜不出。便拖了李善常出來。李善常在他耳旁說了幾句。胡大海會意。“是,是,我也這樣想。”胡大海回來,把一串錢往肩上一背,揭開鳥籠,把鳥放走,這叫做“得錢買放”。謎主說是。謎主又拿一千錢,換過一隻鳥籠,籠裏依然放着一隻鳥。仍打俗語一句。丁得勝看見胡大海已拿了一千錢,也眼氣。又把李善常拖了出來。李善常也在他耳旁說了幾句。“對,對。真是這句話。”丁得勝走進把一串錢,肩上背了。謎主說,“不能再打得錢買放。”“那個自然。”丁得勝揭開鳥籠,把鳥捉了出來,毛毛拔去。一會兒鳥死了。這叫做“謀財害命”。謎主說是。兩人抬頭忽然看見朱千歲也在這裏,嚇得魂不附體,一溜煙走了。一個說:得錢買放。一個說:謀財害命,兩人心想闖了禍,空擔心事,暫時不提。

朱元龍同郭順在雅味館出來，祇聽得鑼鼓喧天。一隻亭子，放着一百八十八匹綢緞，作爲獎品，後面扛着兩盞燈。一盞是狗兒燈，一盞是馬兒燈。狗兒燈上騎着一個女子，手裏捧着一個西瓜。狗脚很大。馬兒燈上倒騎着一隻猴兒。馬頭上罩着一隻鳳冠。打俗語兩句。不少人圍着走。朱元龍看着有趣，也跟着走。有的説：回頭產子。説，不是。有的説：馬上封侯。説，不是。朱元龍也跟了一里多路。看看，大家都猜不着，便回宮。馬皇后出接。

"千歲，街上花燈怎樣？"

"愛卿，街上花燈熱鬧，朕在聚寶樓見葉方，人才出衆，已把女兒許配與他。"

娘娘説："千歲眼力，諒必無差。街上有條百子花燈鬧進宮來，妾賞給他們真珠三升。"

朱元龍説"甚好。後來有兩盞花燈謎兒，大家都猜不着。朕看了有趣，跟了一里多路。"

馬皇后説："不知是何花燈？待我猜猜。"

朱元龍説："如此這等行般。"

馬皇后聽完：柳眉倒竪，鳳目圓睜，説："去，禁止他們點放！"。

説："爲什麼呢？"

"那兩盞燈都是取笑妾身的。女子手捧西瓜，騎在大脚狗上。鳳陽屬懷西道，我是鳳陽人，脚大。第一盞燈是罵我：'懷西女子大脚狗'。第二盞是'倒騎猴兒馬皇后。'"

朱元龍聽罷，恨從心中起，惡向膽邊生。令即擊鼓升堂。敲起聚將鼓，威武架上拿過令。第一支令，派胡御弟、丁御弟各領兵五千，把南京城裏羅成、外羅城百姓統統殺光。第二支令把聚寶樓主人沈萬山捉來，第三支令傳葉方見駕。

胡大海、丁得勝接了令，戰戰兢兢，現在作死。一個説：得錢買放。一個説：謀財害命。怎麼把老百姓都殺光，闖了禍了。胡大海説："我看，老百姓殺不得的。你是謀財害命，還是把你殺死了吧！"丁得勝説："我是殺不得的，老百姓也不能殺的。你是得錢買放，還是把你殺了吧！"兩人議論紛紛。

朱元龍派好令，回宮休息。這消息早傳到馬皇后耳裏。一想，我祇叫千歲把這幾盞燈禁止，並不要把南京城裏老百姓都殺光，這如何是好？趕快傳軍師劉伯溫獻策。劉伯溫説："這事容易，我已查明，祇須娘娘下一諭旨，叫胡、丁二將到西門外十七都，將劉子非一家老少都殺死就可以了。"

一家犯法，一家抵罪。天明早朝。一通鼓畢，轎馬紛紛。二通鼓畢，文武聚集。三通鼓畢，千歲登殿聽政。朱元龍一想昨夜做事有些魯莽，怎麼可以把百姓都殺光。説事情不好了。衆文武聽説，也面面相覷。軍師劉伯溫却静静的摇着羽扇，説："胡、丁二將已来交令"。

説："還没有。"

"那麼誰看見百姓都殺光？"

"倒也没有！"

一時胡大海、丁得勝來交令。西門外十七都，全家一百八十八口都殺死。另外聚寶樓沈萬山已拿到，招牌"蒙漢俱全"已取來；葉方頂了扇子來見，都來交令。正是——

忍心調養胸中氣，隨時謹訪衝口言。萬事當心忙中錯，注意常掛有事前。

編者説明：本文據油印稿録編。題下原有"李寶華開講，劉操南録詞"。劉録稿附記：約寫於上世紀五六十年代。

情探·桂英哭訴海神廟(上)

　　(表)敘桂英鍾情王魁,以爲他是可造之才。自己當初也是名門之女,誤落平康,要想資助王魁,螢窗攻書,日後高中,靠他救出火坑,並報殺父之仇。那曉得王魁晋京,高中狀元,竟然得魚忘筌,入贅吏部府。一封休書,休棄桂英。王魁命狀元府差官張千,帶了黃金二十兩,來絕桂英。兩年恩情,付之流水。差官張千不明所以,認爲當我心腹,到萊陽迎接夫人。説來蠻高興。張千到萊陽珂巷戀春院中,適巧運鹽官金壘,要以百兩黃金替敘桂英贖身。鴇母因王魁晋京,四月無音,認爲未中,再以桂英癡心於王,不再接客,所以要將桂英賣與金壘。金壘是桂英的殺父仇人,桂英那裏能够依從,正要自尋短見。祇見差官到來,報導王魁高中,迎接夫人,因此嚇退金壘。

　　(差白)夫人,小人見夫人。小人奉了王狀元之命,特地來迎接夫人進京。這裏書信一封,黃金二十兩,請夫人觀看。

　　(桂英白)管家。

　　(差)小人叫張千,叫我張千好了。

　　(桂)張千,你家大人可是叫王魁,王俊明。

　　(差)是,是。

　　(表)桂英格辰光蠻高興,接到手裏,黃金多少且勿看,見信殼浪寫明敘桂英親拆。王魁具。果然是親筆。桂英笑嘻嘻的對大家説。

（白）王相公高中了呀。

（表）鴇媽因爲恰在唐突了桂英，拉半邊着急，想想倒有些後悔，十分懊惱；桂英却是非常快活。

（桂英唱）

桂英正在痛傷悲，忽地京中捷報來。報導王魁新得中，狀元及第振門楣。聽得佳音疑是夢，又驚又喜笑顏開。心未定，淚未乾，險些撞死廳前一命摧。如今癡心一片如奴願，跳出火坑已不難。如今嫁得狀元心滿足，不怕強徒惡賊再包圍。想到年來受盡千般苦，今日一髮千鈞得挽回。鴇母旁邊心懊惱，上前賠罪禮應該。

（表）鴇媽這時是無趣的，祇好跑到桂英面前來賠罪了。

（揚州話）阿育會，好女兒，我是上他們的當拉，説王相公没得高中，並且在京裏已經有了女人。我是上了當拉，好女兒，你不要難過，你原諒我。大人不作小人之過。

（表）桂英理都勿理。

（鴇）彩姑娘，你説説好話。小菊幫幫忙。

（表）都勿理。

（鴇）不理我，倒是三不理，我難過。

（表）鴇媽自覺無顏，祇好回進房裏。

（鴇）老烏龜呵，爬進來娘。

（表）俚叫男人老烏龜。謝太公聽見進來。

（謝）媽媽啥事體？

（鴇）老烏龜，我上了當，説王魁没得中，預備一百兩金子，賣給金大人拉。拉曉得王相公中了狀元，現在要來接狀元夫人進京，怎麼辦呢？你去説説好話吧。

（表）謝太公聽了好笑，哈，哈，哈。

（鴇）老烏龜呀，老不死，你開心娘。

（謝）我開心呀，有直梗一日。

（鴇）老不死，你開心，浪得山，纜勿關，是不是。

（謝）王相公中了狀元，自然開心。

（鴇）你去娘，説説好話。

（謝）格末你下次阿要來。

（鴇）下次不敢來。

（謝）看你苦惱，就去搭你去説説情。

（表）外頭廳上，差官張千看見廳上人頭勿少，因爲俚勿知是堂子，認爲鴇媽是王狀元格娘，今朝一定婆媳相罵，所以夫人浪哭，幸虧我倒可以解圍，桂英現在還未看書信，預備到仔内室再看，對衆人望望。張千爲啥勿看，阿有毛病，桂英拿信與黄金在手，很是快活。（唱）

> 桂英此刻樂無涯，書信黄金雙手拿。想郎君及第登金榜，好比鐵樹今朝也開花。也曾殷勤侍奉非虛假，百計千方幫助他。想到無情鴇媽心腸毒，往事思量淚似麻。幸虧彩雲賢二姊，痛癢相關保護咱。二載光陰容易過，床頭金盡費調排。若無捷報佳音到，今朝定然一命賖。得能會見郎君面，早早團圓早成家，免得生張熟魏作生涯。

（表）桂英格意思，希望能够早點成家，别樣意思没有，早點成家，可以早日報殺父之仇。正浪格辰光，謝太公出來。

（謝白）四小姐。

（桂）乾爹，

（謝）四小姐，你好福氣，王相公高中狀元哉！

（桂）靠乾爹之福。

（謝）你自家格福氣。媽媽方纔得罪於你，你勿要動氣，看我面浪。

（桂）過去的事，勿用提了。

（謝）菊姑娘，剛巧媽媽打你，你也勿要動氣，下轉叫俚客氣點。

（表）再對彩雲二姐説，叫俚勸勸。看見管家。

（謝）格拉就是送信來格管家。

（張）是。

（謝）管家，王相公在京裏身體阿好？

（張）很好，我們王大人。

（謝）呀，大人，動身辰光勿多幾化。你姓啥？

（張）小人叫張千。

（桂白）管家，大人在京裏身體很好嗎？

（張白）夫人，王大人很好。夫人幾時進京？

（表）桂英想信還勿曾看，勿能決定。

（菊白）老爹，你陪管家去吃飯吧。

（謝）是。好格。管家，你跟我去吃飯吧。管家，該搭萊陽梨很有名氣。管家，還有湯糰也極好。

（張白）是。

（表）謝太公，管家長，管家短，閑話很多，管家倒無不稱呼。聽見方纔夫人叫俚乾爹，所以叫一聲。

（張）老太爺。

（表）老老聽仔一呆，別人纔叫我老烏龜格。馬帶過有人去餵料，飯在膳廳吃。這裏暫時擲開，再説桂英拿仔書信黃金進去，預備拿二十兩黃金完全給鴇媽，因爲住院第四期包銀還欠浪，免得以後撥鴇媽扡頭皮。

（桂白）菊妹，將這二十兩黃金完全交與鴇媽。

（菊）姐姐，勿要完全撥俚，祇消一半好哉。鴇媽是撥俚一百兩也拿得進。

（表）那末，小菊拿仔十兩到鴇媽房裏。鴇媽本來見小菊勿怕，現在因爲俚是狀元夫人格心腹丫頭末，所以很怕俚；況且剛剛拿俚打過一記耳光，加二怕哉。

（鴇）阿育會，剛剛我得罪你。我這兩天身體不大好啊；所以末得罪你。請老老頭跟你賠罪拉，你要原諒我，不要對狀元夫人說起，推板勿起。他有尚方寶劍，先斬後奏，殺頭的娘。（表）小菊對俚看看，又好氣，又好笑，就拿十兩黃金放拉檯浪。

（菊）拿得去。

（鴇）什麼東西？

（菊）俙看！

（鴇）金子拉塊來的？

（菊）媽媽，姐姐撥俙格。王相公欠俙格，現在還俙。

（鴇）阿育會，不要的，不要客氣。

（菊）謝謝吧，俙就爲仔銅鈿。

（鴇）你來娘。

（菊）作啥？

（鴇）小菊我剛剛打你，痛不痛？我跟你摟摟。

（表）鴇媽直頭做得出。

（鴇）桂英恨我嗎？

（菊）自然恨俙格。

（鴇）小菊你去勸勸她。進京動身的時候，我還要請客哩。在狀元夫人面前說說好話，曉得嗎？

（表）小菊勒鴇媽房中辰光一歇得來。再說桂英同彩雲二姐到仔桂英房裏，桂英信還是勿拆；似看非看。二姐蠻明白，或許裏面言語肉麻，勿便當，格末讓我走吧。

（云）賢妹，我要走了。

（桂）二姐那裏去？

（云）要到姊妹那裏去報信。

（表）等二姐走後，那末，桂英要緊拿出信來。桂英一看，原來勿是接我進京，是一封休書。信上無不幾個字，寫着：

> 桂英　　妝次：
>
> 　　自別姊入京，邀幸得中。刻蒙吏部程老大人抬愛，招贅爲婿，即日成禮。既又新婚，難踐舊約。兹奉上黃金二十兩，以報兩年恩情。另附詩一首，即希諒察，並祈諒之！
>
> 　　比翼連枝願已乖，休將薄倖怨王魁。
>
> 　　祇因憔悴章臺柳，難向瓊樓玉宇栽。
>
> 王魁　具

（表）桂英一看，蠻明白，認爲妓女不配做狀元夫人。格個一急，渾身冰冷。想勿到倰直梗狠心。當初兩年恩情，付與流水。一陣酸心。（唱）

> 　　一見休書二淚懸，可憐奴祇有片時歡。恨殺王魁情義薄，在東京另娶女嬋娟。全不想二年相處傾心愛，我賠了花銀還把鴇媽瞞。實指望花常好，月常圓，月圓花好結團圓。誰知金榜題名後，他就負義忘恩起變端。居然提筆休書寫，分明祇把榮華富貴貪。他趨奉豪門權貴女，拋了舊時情侶結新歡。姊妹倘然來道喜，奴怎好人前直說穿。一片癡心成畫餅，恩深情重也徒然。口兒酸，腸欲斷，海誓山盟從此完。

（表）桂英拿仔休書，眼睛發定。啊，這種苦處，阿是向鴇媽講，果是她剛纔爲啥千不是萬不是的向我賠禮，皆因爲聽説王魁中了狀元怕將來要難爲她。現在這麼一說，鴇媽曉得了，便要設計賣給金壘。那隻凶惡面孔，又要擺出來，更加難看。阿是去向姊妹淘裏去說，恐怕要譏笑個：當初教你防一腳，你説王魁讀書人,乃是明禮之輩,現在拋棄你了。一些積蓄,二年的花費,完全貼光。桂英原要自尋短見,現在一想,覺得做人也沒有味道,不如一死。那死嗎,死就要死得遠些。阿是死在戀春院中,倒惹鴇媽笑罵,拖頭皮頭。桂英立起身來,想向外邊走。今天桂英刺激受仔多一點:鴇媽璜琅璜琅來辱罵是一怒;接到管家送來的信,口稱迎接夫人是一喜;看了書信却是一悲傷。祇覺得眼前一暗,兩個金星亂飛,向後一仰,跌了下去。原來梳粧檯旁就是床欄,桂英跌了下去,就合撲在床上,昏厥過去。正勒浪格辰光,小菊回來。蠻高興,一跳跳進來。啊,小姐。小菊一看,桂英伏在床上。走近一看,小姐面色不好,夾料絲白。小菊慌忙伸出一隻手,在桂英身上扭了幾扭。

（菊白）啊,小姐醒來。

（表）桂英一時刺激,腰酸腿軟,跌了下去。個歇停仔片刻,經小菊一推弄,清醒過來。阿是這樁事向小菊説明,果是也勿必。她爲啥這樣快活,爲了王魁中了狀元,想必我會帶她到京裏去,跳出火坑。現在説穿了,小孩子馬上就要哭起來,勿要使她掃興。順手擦了擦眼睛,要緊把信團一團,塞在袋裏。

（桂白）啊,菊妹。

（菊白）啊,小姐,阿是身體勿好。我去告訴鴇媽,請個郎中來。

（表）桂英一想,死快死了,還要請什麼郎中。告訴鴇媽,那反是討厭的。

（桂）啊,菊妹,這倒無妨,不用的。

（菊）啊,小姐。果末爲啥,看你神色不好,阿是王姐夫罵了你。

（桂）啊,菊妹,沒有什麼,我想起當日金壘陷害父親的事,所以不免傷心。

（菊）啊，小姐，你要做狀元夫人了，過去的事還想他做什麼？現在是沒有人欺侮的了。小姐，王姐夫教我們幾時動身？我也要去格。

（桂）菊妹，隨便的。

（菊）小姐，阿是王姐夫教我們幾時動身。果末，我們明天就走吧。

（桂）啊，菊妹，停一日再説。

（菊）小姐阿是明天勿走，後天起程？

（桂）菊妹，是啊，停一日再説。

（菊）好，小姐停一日，我去整理衣服哉。

（表）院子裏小姐聽説王魁已經中了狀元，管家送信來，桂英就要做狀元夫人。一個雷聲天下響，果是誰（都）要來賀喜個，恭喜小姐，恭喜小姐。恭喜狀元夫人，恭喜狀元夫人。一哄而進。房間裏塞仔滿滿實實。桂英立起身。

（桂白）姊妹們坐，有勞了。

（衆）啊，不敢，狀元夫人。阿是，我們説王魁不是尋常之輩，小姐畢竟有眼力。現在你做仔狀元夫人哉。我們小姊妹們都有光彩個。你到京裏，姐夫門前説句把好話，要照顧照顧我們個。

（桂）啊，這倒不敢當。

（表）內中有個姊妹，最會説笑。（唱）

恭喜倷嫁得好郎君，從此平步入青雲。王魁是年少風流佳子弟，四姊是月貌花容正青春。王魁如今高科中，四姊是煙花隊裏獨超群，真是才子配佳人。既然有人來迎接，整頓行裝即動身。異日夫妻團圞日，應當通知姊妹們。我們要結伴同淘到皇城。想你已經飛出牢籠外，白首榮華自在人。我們淪落平康苦，花前月下倍傷情。

（桂英接唱）

她是難訴心中無限意，兩行珠淚向腹中吞。

（表）小姊妹們你一句，我一句來賀喜，都蠻高興。桂英格辰光格外難過，說來又不好說，因為當初眾姊妹曾經規勸過幾次。實在自家過於偏執，所以不敢告訴，祇好隱忍下去。眾姊妹看見桂英有淚痕，倒弄勿懂。來問小菊。小菊說，倻快活過分了。眾姊妹見桂英怕煩，就此辭別。

（眾）貴人多忙，我們走吧。狀元夫人，我們告辭了。

（桂）啊，姊妹們，恕我不送了。

（眾）啊，是啊，現在你做仔狀元夫人，身份範就，不必送了。

（表）姊妹們退了出去。天色昏黑，燃上銀燈。小菊托上酒菜來。今天鴇媽特別客氣。小菊一來心裏高興，二來菜好仔些，飯也多吃半碗。桂英望望酒菜落裏吃得落。眼淚忍不住的要掛下來了，祇得勉強忍住。吃了兩筷飯，打了幾個咽，仍舊回了出來。平素小菊與桂英一同睡覺，今天桂英過於傷心，怕小菊察覺，所以末：

（桂白）菊妹，你今日自己一人去睡吧。

（表）小菊落裏明白。

（菊白）喔唷，小姐，勿要過橋撥橋，這是不作興的。阿是做仔狀元夫人，身份高些，有仔好姐夫，勿要我哉。

（表）小菊房間就在桂英隔壁，小姑娘有啥心事，不多一歇，祇聽鼻息濃濃，已經睡熟了。桂英眼淚汪汪，落裏睡得着。夜靜更深，抽出王魁書信再看，真是滿紙血淚，落裏看得下去。一想王魁這樣負情，我格積蓄完全拉倻身浪，現在你休棄仔奴，懊惱從前勿曾聽姊妹相勸。想起從前要好辰光，如在目前。勿哭張倻，變心得直梗快。（唱）

思前想後倍傷心，飲泣吞聲何處云。想海誓山盟成泡影，如同演戲一般形。一回假，一回真，一回歡喜一回嗔。記得病後燒香心願訴，歸途受辱在森林。書生到，抱不平萍水相逢救娉婷。曾記宿賢棧裏重相見，一席深談各有情。從此心相印，意相親，戀春院裏讀經論。祇道恩情深似海，花前月下訂終身。趕考進京曾送別，依依不捨在長亭。奴一縷青絲交付你，代奴奴早晚伴郎君。千囑咐，萬叮嚀，休要貪戀皇都滿地春。倘然金榜題名姓，早早歸來早動身。免奴望穿秋水倍傷神。誰知一朝富貴忘恩義，竟然覓新歡弃舊人。你這無情漢，狠心人，把你粉身碎骨不容情。想到不堪回首處，兩行血淚染香衾。

（表）桂英左思右想，没有希望。到都天大人那裏去告他一狀吧，也無用場。我究竟是一個妓女，俚現在是狀元大人，並且吏部女婿，官官相護，有財有勢，是奈何他不得的。想來倒是條條路走不通的，祇剩一條死路了。桂英心如刀割，那裏會睡得着呢。直到天明，却纔朦朧睡去。這一覺醒來，一直要到中午。小菊又是托上酒菜，桂英祇是看看。請俚吃飯，桂英吃勿落，等小菊去倒面水，仍舊倒入飯桶。桂英一想，死要死得明白，信末是休書，差官又叫我夫人進京，究竟啥格道理？倒覺奇怪，讓我來問問清爽。

（桂白）菊妹，你去叫昨日從京裏來的那差官來。

（菊）喔，是，俚要進京哉。阿是讓我去喊俚來。

（表）小菊奉了桂英之命，就去喊張千。再説張千昨日同謝太公住在一起，一夜天完全明白。此是堂子，桂英是妓女，格辰光狀元很窮，完全是桂英資助。張千想堂子裏妓女倒很有良心。現在小菊來喊俚。

（菊）張千，夫人喊俚進來。

（張）是，（表）張千跟了小菊進來到外房。

（張）小人張千見夫人請安。（桂）張千請坐。

（張）不敢。（桂）坐坐何妨。

（張）是，謝夫人。

（表）那末坐定。

（張）夫人幾時動身進京？

（桂）張千，臨行之時你家大人對你可有說話囑咐否？

（張）回夫人的話，我們大人說：一封信，二十兩黃金，叫我送到萊陽鳴珂巷有一家姓謝的，裏面交與敨桂英小姐便了。我說有什麼說話，他說信上寫得明白。

（桂）喔。

（張）夫人，可是王忠老人家，他倒有話。說到了萊陽鳴珂巷戀春院，請夫人進京，少帶銀兩衣服，京裏都有。還有小菊姑娘一起進京。不知那一個是小菊姑娘。

（菊）就是我。（張）喔，是是。

（表）桂英一聽明白，大約王忠勿曉得是休書，完全是王忠格主意。

（桂）張千。不要說了，我已明白了。

（張）夫人幾時進京？

（表）桂英想，俚休棄奴進京做啥。

（桂）張千，有了日期再吩咐你便了。

（張）是是。

（表）張千退出來，桂英回進房內，那是完全明白。王魁果然忘恩負義。天地雖寬，那裏有我容身之地，難末桂英要哭訴海神廟，且聽下檔。

編者說明：本文據尤抄稿錄編，題下原署："劉操南輯撰"；又有油印稿，題作《彈詞情探　桂英哭訴海神廟》，下署："黃鶴鳴彈唱　劉操南錄詞"。

情探·桂英哭訴海神廟(下)

（表）桂英接到休書，想到人生也沒有味道，倒是信麼是休書，差官又叫我夫人進京，究竟啥格道理。現在聽張千這麼一說，那是完全明白了。王魁果然忘恩負義，可以去尋死路。但是我一人走，恐怕鴇媽要起疑心，讓我帶小菊一淘去吧，好在小孩子容易騙開的。

（桂）菊妹，我們到外邊去一趟。

（菊）到那裏去？

（桂）到衆姊妹那裏去辭別一聲，明日要動身了。

（表）小菊信以爲真，十分高興。兩家頭就出來到鴇媽房裏去關照一聲。鴇媽看見桂英。

（鴇）阿唷會，好女兒，你身體不大好，去睡睡吧。

（桂）母親，我要到外面去走走。

（鴇）到拉塊去？

（桂）到衆姊妹家去辭別一聲，明日就要動身了。

（鴇）拉一個一個淘去呢？

（桂）我與菊妹同去。

（鴇）小菊當心點，狀元夫人推板不起。

（菊）勿要拍馬屁。

（鴇）我叫阿大推車子送你去吧。

（桂）這倒不必。

（鴇）那麼你好好哩，早去早回，我還要送行呢！

（表）桂英同小菊辭別鴇媽，走出戀春院，穿過鳴珂巷，一逕來到大街。這時茶館酒肆，這邊六六順，那邊五經魁，呼么喝六，正是鬧猛。（唱）

> 一雙主婢向前行，那桂英是心頭摧痛不堪云。茫茫來日愁如海，更從何處寄餘生。但見那茶坊酒肆多熱鬧，猜拳行令一聲聲。可憐她少主意，沒調停，觸耳管弦不忍聽。年來漸識人情薄，好比是一群惡狼緊隨身，張牙舞爪要把人吞。

（表）一家店鋪內兩個伙計，正向街上閑眺。

（眾）"啊，小倪。""咳，老王。""阿曾看見個邊跑來兩個女子。""看見個，實在漂亮。""曉得哇，後面走的一個是這裏萊陽赫赫有名的妓女。""啥人啥？""敫桂英話。""唷，她有個情人，叫王魁。落難時候，桂英搭救了他，現在聽啥中了頭名狀元。她是做了狀元夫人哉。""實頭好個。""你看那是狀元夫人的眼睛。""那是狀元夫人的耳朵。""狀元夫人的鼻。""狀元夫人的嘴。""狀元夫人的手""狀元夫人的腳。""走兩步路，阿要穩重。""狀元夫人有狀元夫人的樣子個。"

（表）消息傳子快些，街坊上在指指説説。桂英倒是更覺難過。（唱）

> 她是金蓮慢步街坊走，却不道路上行人指不停。説狀元，道夫人，聽得桂英更傷心，她是難説胸中無限苦，故而她低頭祇是向前行。

（表）小菊倒是聽見了。（菊）啊，小姐，他們在説你啊，做了狀元夫人阿要威風。

（表）小菊笑了起來。（唱）

小菊是未曉桂英心裏苦，得意忘形笑出聲。你是身價重，誰敢輕，不與尋常姊妹一般形。來日皇城會夫君，卿卿我我結同心，就是奴奴臉上亦飛金。

（表）來到三叉路口，桂英立停，右手轉彎，到五姊妹家裏，左手轉彎，到七姊妹家裏。過去便要出城。（桂）菊妹，你到五姊妹家裏去，告辭一聲。

（菊）小姐，我們一淘去吧。

（桂）菊妹，時光不早，我還要到七姊妹家裏去呢。

（菊）小姐，那麼你在七小姐家裏多坐一會，我到五小姐家去，少坐一會，馬上就來。

（桂）是。

（表）菊妹走了，桂英望望，想我們都在火坑之中。我在的時候，幫小菊講幾句話，還可以招呼她一些。現在麼，她要苦了。一想自顧不暇，小菊的事，不能再想了。這生離死別，不免傷情，眼中掉下淚來。看看小菊已走遠了，再也看不見了。桂英一陣心酸，再立一會，側身轉向左邊，剛起步，看見路邊一爿香店。桂英看見香店倒想起來了。當初王魁曾在海神廟盟誓。那麼我倒不如去求海神老爺。桂英一摸，袋裏有些碎銀子，隨手抓出一些，也不知多少。拿了一對蠟燭，一股香，闌珊走出城去。不過里許，桂英已到海神廟了。老香火一看，這位小娘子是熟悉的。過去多撥子些香金，到蠻熱落。

（老香火）小娘子，阿是來燒香還願，你海神老爺是有靈的。蠟燭我來點，香要你插的。

（表）桂英踏到拜單上。撲，雙膝跪下。啊，海神老爺，奴家敫桂英，有冤枉稟告神明。（唱）

痛斷心肝哭斷魂，海神廟裏把香焚。奴有悲怨無處說，懇求老爺把冤伸。奴是重重遭不幸，孤苦伶仃一婦人。母親早歲身忘故，爹爹被害性命傾。可憐奴祇因年幼無知識，賣身葬父落風塵。那一日金壘惡賊將奴欺，路過王魁打不平。他是下第流落萊陽縣，奴與他萍水相逢結婚姻。夫妻魚水二年整，吃、穿、化、消都由奴來調停。實指望助他成名把冤伸，故而奴每夜伴讀到三更。那王魁大比之年進帝京，我二人老爺神前把誓盟：說道他不娶來奴不嫁，白頭偕老結同心。倘然有誰負了約，九幽地獄永沉淪。可恨那王魁狀元及第身容貴，竟然豪門程府另對親，廿兩黃金一封信，休棄奴奴敫桂英。害得奴心欲上天天無路，思量入地地無門。求神明，施惻隱，替我桂英把冤伸。

（桂）海神老爺，要替奴奴伸冤理枉，捉拿王魁啊。（唱）

神明呵，你是有求必應從古說，善惡昭彰判分明。那日燒香來立誓，王魁的言語記得清。伏望與奴來作主，捉拿王魁到殿門。左右雙雙來對證，奴是雖死九泉也甘心。

（表）桂英哭哭啼啼，要海神爺爺伸冤理枉。泥塑木雕之物，怎會出簽拿人？（唱）

想那桂英不止傷心哭，那泥塑木雕不會聽。

（桂）念奴家孤苦伶仃，就替奴家作主罷。

（表）桂英哀告半日，衣襟都哭濕了。一腔悲憤，無處發泄，傷心到了極點。

（桂）唔，莫非老爺事多，王魁的盟誓竟忘懷了。請你叫判官查一查吧。（唱）

啼宛轉，淚盈盈，傷心再告判官聽。求判官，查分明，老爺面前復一聲。

（桂）那天奴與王魁在此盟誓，皂隸也是見證。（唱）

　　判官不問奴家事，奴衹得訴與旁邊皂隸們。

（桂）求老爺，快快與奴家捉拿王魁，替奴伸冤報仇。
（表）桂英在哭，四邊哪裏會有動靜呢？（唱）

　　血淋淋，哭出聲，依然充耳竟無聞。這不睬，那不聞，都是生成鐵石心。

（表）桂英看見老爺，安然不動。

（桂）啊，海神老爺，我曉得了。現在王魁不比從前了，高中狀元，又做了吏部程大人的女婿，想你們也是怕他的，不敢得罪他了。我是煙花女子，一無錢，二無勢，活該受人欺侮的。（唱）

　　誰知曉有求必應無靈驗，分明全是騙世人。莫非奴是娼家女，應當被人輕賤二三分。緣何你，全無聲，不肯與奴鳴不平。莫不是王魁姓名登金榜，却原來一般勢利一般行。莫不是錢兩元寶香燭少，神靈也是愛黃金。桂英哭到傷心處，老香火在旁也動情。

（表）老香火一看，今日小娘子這樣傷心，哭仔半日哉，不如我來勸勸俚吧。

（老香火）啊，小娘子，阿是倷有冤枉，果是老爺纔曉得個，纔明白個，真叫做有求必應。小娘子倷勿要難過。

（桂）是啊，我要老爺答應捉拿王魁。

（老香火）小娘子，勿要太性急。有道是：善有善報，惡有惡報，若是無報，衹是時辰未到！（表）桂英還是伏在拜單上，勿肯起來。

（桂）不，你不要騙我了，我要海神老爺替奴伸冤！

（表）老香火還是勸她。

（老香火）小娘子，夫妻相罵，有道是：船頭上相罵，船梢上講話。過歇就好了。切勿一時心火。小娘子，回去罷！

（表）桂英真作孽，那裏有路可走。

（桂）老人家，奴家情願撞死神前，可憐奴家無家可歸，奴是不回去的了。

（表）老香火一看倒僵的，不如請老當家來勸她一下，女人家說話方便些。老當家走了出來。

（老當家）啊，小娘子，這裏房間狹小，就我倆人在此主持。女流之輩，怎好留你。海神老爺心裏都曉得，袛是泥塑木雕，他怎能答應啊。你這樣下去，要害我們的。再説天已不早，快下雨了。你看那電光閃閃，雷聲隆隆。小娘子，還是快回去吧。

（表）桂英一想：登拉浪，也勿是辦法。好，回去就回去吧！揩一揩眼淚，恍了幾恍，立了起來。走吧，老當家扶桂英走出廟門，跌跌蹌蹌，向那裏而去？海神廟右邊是進城大道，左邊是一帶松林，稀有人家。老香火叫老當家出去看看。小娘子不往城裏走，倒向松林邊走，不要去尋死。老當家説：想必她家在松林那邊。閂好門，自吃夜飯去。袛見霎辣辣一陣電光，轟隆隆一陣雷響，雨點象灑豆一般打將下來。桂英跟跟蹌蹌向松林邊走去。阿有些怕？桂英平日不敢走夜路，今天倒並不怕。鄉下泥路早已沾濕，桂英一腳高，一腳低，一不小心，鞋帶蹦斷。一隻繡花小鞋，脱在泥裏。桂英阿要去拾，性命都不要，自然不用去拿了。赤了一隻腳向松林直走過來。走過一段泥路，看到老娘家的墳墓。做女兒的苦痛，不如向父親哭訴一番，桂英渾身已經濕透，頭髮也散了下來，直撲撲到父親墓前，困倒在地。

（桂）爹爹啊，你女兒好命苦啊。海神老爺不能與我作主，老香火老當家要我回家去。爹爹啊，那裏是女兒的家啊。

（表）阿是回嗚珂巷去，這分明是個火坑；哪裏是栖息之所呢？鴇媽是個吃肉不吐骨頭的妖精，我若回去，她一定是要迫我嫁給殺爹爹的仇人的。鴇媽過去是怕着王魁高中，現在看到奴這個樣子，正是砧板上的肉，可以盡她一刀刀的宰割了。姊妹們嗎？都在火坑裏煎熬，菊妹是更可憐的孩子，可是有的倒是要嘲笑奴家了。（唱）

孤苦伶仃數桂英，她是肝腸寸斷不堪云。爲祗爲身世飄零遭荼毒，求生不得願輕生。恨祗恨王魁惡賊情義薄，另覓新歡棄舊人。抬頭忽見五道耀焜響，那電光閃閃好驚心，我事到如今，不如回轉鳴珂巷。去吧。啊，不能的。想那姊妹嘲笑我，鴇媽嚇唬我，依然火坑栖一生。

（表）這時雨落得更大了。電光閃過，四周漆黑。桂英渾身淋漓，在黑暗中撫摸起來。（桂）啊，爹爹，女兒不能回去，祗得跟隨你來了。（唱）

教奴有何面目存陽世，倒不如一命歸陰了此身。啊啊，天哪！一死便宜金壘賊，父仇未報冤怎伸？

（表）桂英一想，大仇未報，死勿得的。又一想，一個薄命女子，流落平康，有多少氣力，報得父仇？倒不如做一個厲鬼吧。（唱）

到如今，奴左思右想無辦法，茫茫人世是何處見光明？

（桂）爹爹，你的苦命女兒來也。（唱）

望爹爹陰上來等待，還是地府重叙父女情。

（表）桂英解下惠條，趁一陣電光，把帶子往樹上穿一穿，套成一個結，把頭頸伸了進去，雙脚離起地來。可憐她三魂悠悠歸地府，七魂蕩蕩赴幽冥。（唱）

雨暴風狂天地變，天地變，宛如一片，宛如一片響雷聲；欲要上天天無路，天無路；入地可稱，入地可稱地無門。哭得桂英腸欲斷，腸欲斷，宛如死去，宛如死去又還魂。人生到此希望盡，渺渺芳魂，渺渺芳魂了命根。

（表）難末要來一個人，帶桂英進京，情探王魁。這個人是誰，且聽下檔。

一九五四年二月二十日陳文雪、楊雪虹兩藝人在杭州湖濱西園書場彈唱。越六日追記於秦望山中，惜唱詞多有遺忘矣。五月九日，就己意，補寫一過。余不諳宮商，恐不諧於彈者之口也。一九五五年四月，陳、楊又來杭州，請為移易數字。

劉操南記。

編者說明：本文據尤抄稿錄編，又有油印稿，題作《彈詞情探桂英哭訴海神廟》，下署："陳文雪　楊雪虹彈唱　　劉操南錄詞"。劉錄稿云："又見到一油印稿，稿上有數處修改手迹，其中後記改如下：'1954年2月19.20日兩日陳文雪、楊雪虹兩藝人在杭州湖濱西園書場彈唱，每次一小時，開篇去一刻鐘。越六日追記，惜唱詞十九已遺忘矣。操南寫於秦望山中。5月9日，就己意，補寫一過。余不諳宮商，恐不諧於彈者之口也。梁剛同學來談，為添注唱調數則。操南又記。'"

白蛇傳·盜仙草

（白）今天是端陽佳節。昨天小青青聽了娘娘主意，下樓坪一不小心，假裝跌了一跤，回到自己房中養病歇息。今天午時，蒲艾蕭劍，小青青擋不過暑氣薰蒸，已經現過原形，歇子一歇，生活恢復正常。小青青正在房中養息，忽聽得樓浪向"撲隆通"、"撲隆通"斷續的連連兩響。小青青弄不明白，這是什麼聲響？知道樓浪向定是出了事故，所以急忙邁步，得、得、得扶着樓梯走向樓上去，房門開着，跨進房門，不覺大吃一驚，喊聲：嚇，阿呀，不好！一看末，許仙大官人呢？頭戴羅帽，身穿海青，跌倒躺在樓坪之上。頭向天，兩隻眼睛神光已散，白的眼珠，舔向骷顱頭裏，散手散脚直挺挺地僵臥在樓板上。一隻茶盅滾在一旁。娘娘呢？更是可怕，倒說：

〔西江月〕霎時容顏已變，衣妝遍體渾無，幾丈長來桶許粗，宛似蛟龍盤舞。　遍體紅筋扳滿，張牙血口歡呼。崢嶸面目豈威武，紅舌連連吞吐。

是一條白璉紅筋的大大的一條蟒蛇，盤旋在牙床之上，口中那個紅紅的舌頭不住地伸出縮進。小青青這時明白，娘娘露出真形，把仙官嚇死。思想：娘娘的功修已深，今朝怎會釀成這樣的禍事來。原來娘娘在慶賀端節之時，被仙官勉强的倒灌了一盞雄黄酒，受了荼毒，頓時腹內如亂槍刺戮相仿，知道不妙，便喚官人下樓去倒盞菊花茶來。許仙落樓，娘娘想起身前來把房門關閉，那裏曉得心裏難過，關門竟來勿及哉。實在雄黃酒發作厲害，一個頭眩，腳跟一幌，身子一衝，身不由主，頭想向窗外呼口新鮮空氣，已經跌倒在地板上，心中絞痛，現了原形，要躲到床上去，也不容易，在床上祇是盤旋挣扎。小青青初聽到的一聲，是娘娘跌倒在樓上。許仙端茶回來，推進房門，看到娘娘怕人施施，這副尊容，阿呀一聲，還沒出口，撲隆通一聲，也是跌倒在樓板上。做啥，許仙官這時已經嚇死了哉。小青青聽到的第二聲，就是仙官跌下的聲音。小青青看了這幅情景，怎麼辦？知道娘娘碰到了惡時辰，祇有等待悠悠醒來，那時再作道理。娘娘呢？這時雖然變體，看見小青青不會説話，蛇睛裏一樣會淌眼淚。一時要人形，也非易事。待等毒氣全消，娘娘纔搖身一變，恢復人形。娘娘見了青兒，如夢初醒，喚一聲青兒，大相公怎麼樣了？小青青答道：阿呀，娘娘不好了噓。小青青如此這般，説了幾句，請娘娘細看啊。娘娘這時站步前來，纔看到許仙相公，已經氣絕的了。娘娘歎一聲唉！大相公竟死了，死了。如今怎樣安排呢？嚇，阿呀！官人啊。

（唱）可憐那傷心白氏淚如珠，顧不得自己體纔虛。官人已死心如碎，便向床前急步趨。細看官人淚潸潸，怕放悲聲還氣喘籲。做啥啦，娘娘一急還勿敢哭出來呢，猶恐放聲號淘哭，一時驚動鄰居。阿是，一哭末，鄉鄰人家聽見都要來哉，娘娘還在癡想，思想驚斃還可救，所以介抱着仙郎首與軀。伸出纖手向仙郎鼻尖胸口試何如？哎，一看實頭死定哉。呷，娘娘這時倒忍勿住哉！搶地呼天頻頓足，哀哀哭叫似孀居。哎，這時小青在旁，看娘娘哭響子末總勿便當個。因而低向娘娘勸，却是傷心祇好飲泣淚難除。介末，故歇娘娘呢，看到仙官這個死者,實在難過格,就是未便悲號聽小婢,忍不住哀聲婉轉盡唏噓。啊,官人啊,你是年紀輕輕遭大故,此刻英魂何處寄。白氏自知功修淺,百年好合夢已虛。最憐夫婿遭短命,臨終無一言托誰與。官人啊,我是追思情事渾如昨,初會西湖隨步趨,愛君品格更誰如?就是風雨同舟有情多少,當晚成親真似水與魚。夫啊,我衹道受屈來吳開此店,相依從此過居渚。啊!誰知你是驟地遭非命,真是暢懷曾有幾歡娛,豈是彩雲易散琉璃脆,花燭夫妻今已虛,今日裏大事未完無繼續,我罪孽難饒死有餘。夫啊,現在是難從泉壤追魂魄,泉臺何處去寄一紙書。官人啊,你英魂暫住鑽珠巷,我爲妻何惜今朝命區區。那白娘是哭得悲傷幾欲絕,那青兒却是正言扶勸美姣妹。既是東君遭驚死,豈無一策效馳驅。還向師尊乞仙丹,起死回生或易如。娘娘請想想噓,今日悲傷何濟事,不如聽婢一言免躊躇。

(白)娘娘一泡哭,哭昏子頭哉。故歇,經小青一提竟想到哉。金精老母是娘娘的師父。當時雖是逃下山來,現在有急難之事,前去找她,雖是難於見面,想她思想昔日師徒之情,總也肯幫助個。莫非許仙有救,還有生路可尋啊。

(唱)那娘娘聽了小青一席話,想到師父當年把丹藥論。她說道:黃河源頭有昆侖。那南極仙翁宮闕裏,奇花瑤草有百般名,內有仙芝號返魂。小青啊,我今番趕向仙山去,設法隨機取一兩莖。不知此去是吉還是凶,誓死相救我良人。家中諸事你當心,切莫風聲露與外人聽。相公尸體要護涼水,還要點燃延命燈。娘娘向青兒叮嚀說,含淚還到床前來別漢文。

(白)娘娘思想別無辦法,衹有親上昆侖,前去尋覓返魂仙草,盜草回來,纔好搭救官人性命。但此去千險萬難,吉凶未卜。若得平安無事,回來一家大幸,倘有不測,也祇得壯烈犧牲。所以囑咐小青幾句,明天照常開店做生意,供應三餐茶飯,祇說店主身體不適,這幾日在房休息,此去三日限期。倘然去了三日,音信杳然,諒必我命休矣,家中之事要你代我周旋,把相公尸骨,火化埋葬。娘娘囑咐完畢,倒也撇脫,頭戴一頂妙常巾,淡淡衣衫淡淡裙。打扮成道姑模樣,從窗口飛出,騰雲駕霧,逕向西北崑崙而去。這時青兒看娘娘離別,倒也傷感!

(唱)這時是青兒孑然在閨樓,早閉窗戶悲且憂。她却床邊常伴東君立,兀自尋思也淚流。想塵緣何故多磨折,未得安閑過春與秋。若果主母此行生不測,一場春夢孰與籌。回憶認鬚初會合,個時盡興共優遊。風雨西湖似昨日,招親撮合樂綢繆。何期意外生奇禍,累及他夫婦折鴛儔。介末青兒麼殷勤無奈把佳音候,未離寸步伴高樓。各麼,却是情義罕逢這 小青婢,所以一時佳話並傳流。

(白)小青這兩天傳話店員,許仙官人身體不適,勿出來個,店裏生意照常。再說娘娘麼扮了道姑,一路騰雲駕霧而去。

(唱)娘娘是雲光那管路迢遙,回首江南還珠淚拋。啊,夫啊,我便冒險崑崙去把仙草盜,但不知小青麼千斤重擔可能挑。依我叮嚀事幾條,苦守東人不動搖。啊 官人啊,我是萬里雲山一寸丹,竟好似兒夫形影緊跟牢。誠心能把仙芝采,救兒夫依舊度昏朝。啊呀,官人啊,怕祇怕仙島茫然 難把芝草覓,就是仙芝易覓也多阻撓。哎,我也顧不得萬難拼命去,或者可以殺出路一條,我是視死如歸把命交。介末娘娘是不敢懈怠把雲緊促,縱有那山水名區如畫描,

也是無心俯視趕走這路滔滔。一路行來忘遠近，何嘗風雨辨昏
曉。羅裏曉得介其時已近仙山路，雲漸低低好似不動搖，急忙忙白
氏更心焦。倒好象途次歸帆風已絕，心懷撩亂把蘭橈。再勿想越過
去越勿是哉。無奈山坡祇得按雲下，望望前邊峻嶺與山高，深鎖祥
雲宛似有鐘韻飄。

（白）娘娘按着雲頭，冉冉而行。忽聽鐘聲縹緲，悠悠而來。
各位，說起這個鐘聲乃是昆侖山南極傳來的。這鐘聲說也有個
奇妙之處，不論仙家妖道，聽到這個鐘聲，就會迷失方向，雲光再
也不能前進。

（唱）仙家奧妙法無窮，南極宮中偏有這洪鐘。憑你妖光高
萬丈，也難越過這座昆侖峰。介末，苦腦子娘娘個，按雲已阻前程
路，不辨前進西與東。崎嶇荊棘路何從，又沒樵夫與村翁。險阻
艱難幾欲絕，癡心怎能盜草返吳中。還疑是骨殖合該葬此地，魂
飄千古泣熒熒。介末白娘含淚在山坡上，却見山人携杖步從容，
繞過山阿巧相逢。白氏關心先已見，飄然道骨與仙風，上前叉手
問迷踪。

（白）松下問童子，言師采藥去。祇在此山中，雲深不知處。
俺乃昆侖山下一老樵夫是也。見有一個道姑前來，不曉緣何情
由？莫非要往那處去，迷了行踪麼。娘娘上前問道：老翁，貧道
到處雲遊求仙，敢要借問一聲，那首雲霧迷漫山峰層疊之處，却
是哪裏？老樵道：啞，若說那邊隱隱峰巒，乃是人迹罕到之處。
據說是南極仙翁修煉之區，就是昆侖山島了。祇有神仙往來其
間，你雖是個求仙學道之人，祇怕不能進去吧。咳，就是昆侖仙
島了。既入靈山而來，安得空手而回，定要前去瞻仰一番，或能

得見仙翁，就有修證之日矣。哈哈，你想去昆侖仙島，衹是有許多難處啊。

（唱）看是有着康莊路一條，道姑諾，謹防却是虎穴與狼巢。巍巍昆侖豈是人迹至，莫云峻嶺與天高。到仙山還要先經石梁橋。却是兩峰相鬥比長虹鎖，如連似斷比蜂腰。上看是峰尖難插足，下瞰是深溪萬丈有急波濤。攀陡坡，跨冰川，寒風刺骨怎能熬。那仙翁洞庭直插藍天際，好似一條薄紗的輕雲在動搖。雄鷹展翅難飛越。你是攀藤附葛枉徒勞。再說道，那山中四季陰晴變，一會兒冰山裂縫會傾倒。看你淡淡的衣衫禁不住狂風吹，要打冰錐，拉繩索，你單身獨影怎能跨登白雲杪。我勸你還是及早回頭去，把那妄念癡心一旦抛。咳，介末娘娘聞言雖驚戰，却爲兒夫願舍命一條。灑盡熱血要走這一遭。

（白）咳，老翁我決心已定，豈敢畏怕險阻，就此事半途而廢。既煩指引，就此去也。啊，好奇怪，你看一陣清風，這老翁竟不見了。咳，莫非他來試探與我，又是指引我前去，我衹大膽上去就是：

（唱）迢迢路程喜已到仙山，娘娘是頓覺憂愁十去三。所以，聽老翁言語全無懼，啊，還好末，一路聞得末溪水喧潺潺。咳，上前來走近山溪立，却是仰看長虹膽也寒。嚇，我道老人言半謬，那曉得高峰滾滾白雲上，那瓊樓玉宇怎能攀？更看那，萬丈澗溪深莫測，真個是仙家幻境異塵寰。但我是越是艱險越上前，憑你是天塌地覆也不怕難。天堂有路總能走，就是廣寒月殿也要走一番。但願盜得幾葉返魂丹，那時返轉金闥地，我夫重生諒不難。娘娘，走啊走啊，在雲海中，陡坡上，半空拂拂衣飄蕩，好一似 走索的姑娘舞小

蠻，徒壁羊腸難插足，起手附葛把藤攀。一似野猿投澗壑，俯身
已在萬木巔。

（白）娘娘跑了幾程路，已到了半山。向四周望去，起伏的群
山都在腳下，迷蒙的雲海，直連天際。頓覺一身的疲勞，煙消雲
散。但是再看，形勢變了。仰望白雪皚皚，大風撼山而來。仙翁
玉宇，在茫茫太空之中。真的是：

〔西江月〕但見 萬丈冰峰對聳，千尋急雪飛流，半空隱約
白雲浮，玉宇人間罕有。仰觀洞庭似舟，漂蕩有足難投。雄
偉壯麗眩人目，不愧仙家名留。

娘娘想，這樣的仙境如何飛登。一想有了，祇有把千百載的功夫
搬出來了。娘娘搖身一變，面目崢嶸，氣象升騰，變了一條雄糾
糾的白龍哉，這樣娘娘就可穿過撼山的狂風，徹骨的嚴寒，冰山
倒塌，飛雪來臨，重重險難，都可克服了。娘娘變做白龍，迤至昆
侖仙境。到了仙境，娘娘再化作女人形。但見那仙山是：

〔仙山賦〕此山高不高，頂插雲霄；大不大，漂浮雲海。
祥雲靄靄，瑞氣融融。怪石和奇峰，歪的歪，正的正，好似追
來的猛虎；蒼松和翠柏，曲的曲，直的直，猶如舞動的蛟龍。
曲折山坡，處處玲瓏白石；岩嶢宮殿，層層高聳青雲。那壁
廂，藥爐丹竈，風來異樣鼻中香；那壁廂，棋圍琴臺，音過猶
然雲外響。又祇見，溪邊碧水潺潺，罩出爭妍嫩柳；洞口青
芝瑟瑟，披來絕艷奇葩。真個是，不像那人間暑往寒來，八
節有長春之景；迥異乎，世上霜枯葉落，四時開不絕之花，凡
人看處，不異乎瓊島瑤臺；遊客來時，錯認是玉京金闕。正
是：未向仙山遊一度，那知幻境異塵寰。

娘娘一看，這座洞府葺得精緻啊，昆侖勝地，果然好景趣也。

（唱）我是自愧才疏學力少，此來原祇爲良人。但不知九節返魂何處是，却難洞府去問分明。咳，不免上前親試看，奇花還能認識清。哎，怕祇怕洞庭仙僮來撞見，仙芝那得易招尋。咳，我祇得相機行事留心去，如此安排一席云。若能盜得靈芝草，急急潛逃要早脫身。介末娘娘熟思邁步走，早見個牌樓高聳十分精。原來玉出昆侖，群玉山頭自然有好玉個。娘娘走到牌樓脚下，但見極巧窮工非人力至，有仙境兩字寫分明。還見對聯鎸左右，看來語句甚驚人，上聯是南山位極參天地，下首是北斗星高魁古今。走過碑樓末，一條山道平鋪石，出得好異草奇葩衆眼驚。虯龍古樹與木森森。介末，娘娘當心察看那株花草是有九個節頭介。又見那兩旁石壁似屏藩樣，風傳鐘韻空谷聲。那娘娘是冒險上前仔細看，早又見仙翁洞庭與宮門。牌樓一座又聳青雲。一看上底半邊介，刻得好，昆侖福地真金字，巧鎸石柱有對聯分。上聯是壽比河山長以固，下聯是道同天地厚而明。介末，這座牌樓賽過仙翁格牆門口哉。幾步不多已連洞府，那娘娘抛眼暗心驚，門邊見着一個守宮人。

（白）阿呀，不好啊，你看看宮門的是個奇奇怪怪的仙僮。我且不做聲，看他怎樣。介末，這個到底是誰呢？但見：頭上生角，身上長脚。滿身毛衣，捏着雙槌。走時吉吉格格的。若問這人是誰？那是南極宮中一個響當，就是一隻及立格（鹿）。修心養性歸仙府，終日焚香侍老人。俺乃南極仙翁座下，一個鹿僮是也，奉師尊之命，在此看守宮門。哈哈，想吾師父道法非常，誰敢前來欺盜，這却太覺小心了。祇是師命難違，在此看守而已。咿，那邊有人來，不免待我喝她一聲，呀，來者是誰？嚇，道兄，怎麽自家的人不認識了。我奉西池師父之命，來見仙翁，有言稟告，快煩通報一聲。哎，故歇娘娘心裏急個，却是外頭坦然，一點點看勿出。那麼,這隻鹿也是老實頭人個,嘸不轉彎肚腸個,咳,原來是西池王母娘娘的門下,奉師尊之命,特來拜見我家師父。原來是道兄,怪不得有些面熟個,既如此,且請少待。我去通報,祇是乏人在此照管,師父說:那煉丹臺畔那株靈芝仙草,真個有起死回生之功,失了非同小可。娘娘便說:理當代勞。鹿僮道:如此相煩道兄,代爲照應。娘娘一想,這個鹿家大叔賽過是我的恩人哉。對我說子出來,倒好去尋哉。

(唱)我且慢說進去這仙僮,却表娘娘這時喜滿胸。即時潛入宮門去覓仙圃路,喜無門戶阻重重。轉身遊廊去向東。咳,一看那園亭麼,別開生境如圖畫,祇爲眺望無心步履匆,急忙尋至丹臺畔,把那仙芝瑤草看從容。這倒也看清爽個,弄錯了推板勿起。却見那仙草蒙茸原非一種,惟有九節靈芝迥不同。娘娘是此種看來知就是,果見那葉葉迎風色青葱,便思偷取又看西東。

(白)想偷人家東西,總要東看看,西看看,隱頭探腦個,看清爽子竟想動手哉。那末,這返魂香到底是那個樣呢?却原叫九節返魂香,每一株上生九個節,節節浪末生一片葉。倒說,這返魂香草能救得人性命個。娘娘看得清楚。

〔西江月〕但見此種仙芝迥異,清香翠色宜人。生來九節是均勻,每葉不過三寸。葉葉青翠似畫,一莖濟世如神。奇哉此草出昆侖,救了幾多性命。

(唱)娘娘看時喜盈盈,移步前來欲把纖手伸。却又心虛兼膽怯,幸虧四顧恰無人。一想時不可失,介列便起纖手輕輕摘,揀青翠一些的,急歸吳下去救良人。幸喜得巧哄鹿僮身向裏,潛身被我入園林。又想這種真難得,幾人跋涉到昆侖。不妨多摘幾葉去,也好施恩遍子民。眼前風光無限好，仙草嬝娜嫩還青。娘娘芳草隨心掇，不覺連連摘兩莖。白氏拈來心歡喜，合成兩葉手中擎。既取何妨多多折，忽聞風聲暗心驚。

（白）娘娘要想摘取這第三片末，忽聞聲響，心一慌就勿摘哉。心想：仙翁賜我這九節返魂香兩葉，已能救得官人性命矣。豈可逗留仙圃，自遭禍殃。不覺暗自慚愧，望空謝了仙翁，思想速速逃奔下山回去罷。

（唱）那娘娘手執返魂丹，跪倒山坡拜一番。深深感謝仙翁德，再圖結草報啣環。還仗仙翁垂默許，歸途無阻返吳關。娘娘拜謝一番身站起，慌忙移步轉迴廊。却將芝草藏懷裏，還整雲鬢裙與衫。便離仙圃向外看，未見鹿僮身在外，宮門無阻即下山。去時却比來時易，款步下山把藤葛攀。待到峰巔把原形現，仙草兩葉口內含。羅裏曉得娘娘靈芝含允後，個中根氣果非凡。離去昆侖三四里，雲光駕起望吳關。那白氏潛逃書且撇，補提洞府的鹿僮談。

（白）鹿僮進來，老壽星因昨天慶賀端陽，在洞府裏多喝了幾杯酒，聽了一日的昆曲，今朝酒意未醒，人疲倦些，打瞌銃就睏着哉。鹿僮進來，不敢驚動，等在那裏。等他醒來，娘娘已經盜了仙草下山去了。鹿僮發覺回報，老壽星説：就是丟了兩葉仙草，也就算了。這時隔壁房裏，鶴僮在做修養功夫，忽然聽得峨眉山上的白蟒來盜仙草，一想倒是好吃局送來哉，就不告訴師父一聲，下山就去追娘娘哉。老壽星就喚鹿僮過來，鶴僮頓生惡念，要他前去傳旨，不可傷害娘娘性命，如不遵旨，定受譴責。

（唱）介末，我不提南極老仙翁，也慢表傳言一鶴僮。先説白鶴離仙島，急忙追趕疾如風。想峨眉白蟒太無禮，敢到昆侖南極宮，返魂香擅盜圃兒中。可笑師父仁慈渾不計，方纔倒還開導我師兄，未免仙家太放鬆。爲此追敢不待師命下，不怕她修煉有深功。更可傷殘供一飽，年來常笑腹虛空。仙果仙桃充不了饑，魚肉葷腥纔是滋味濃。鶴僮是：疾忙飛趕快如箭，留意還看西與東。個歇娘娘是得意駕雲道是無禍險，意殷拋眼望吳中。返魂香喜已仙山盜，相救兒夫得見功。娘娘是緊促雲光正值歡笑處，那裏曉得後面追來一鶴僮，猛回頭怒氣滿心胸。

（白）娘娘回頭一看，勿好哉。但見生兩翅，祇兩足，如霜如雪毛衣服，駭它長頸嘴如鋒。翩翩丰姿渾如玉，手持一杆白銀槍。行處如飛真迅速，問他名姓是伊誰，南極宮中一隻鶴。娘娘看這隻鶴派頭凶個，捏着一杆槍拉手裏。娘娘上山沒帶防身傢伙，馬上就探嘴裏兩個虎牙，變成兩把彎刀哉。各麼，論功夫娘娘好些，祇是不敢多耽擱，要早早回去纔是。

（唱）娘娘是手執彎刀勇且驍，那鶴僮是未離乳臭一隻小狸貓。縱然兩物原相忌，既是相逢就不膽小。幸喜得，娘娘功夫嫻熟可抵擋，虎牙早已變彎刀。臨陣多謀無懼色，功夫自問熟而高。思想祇有先對付一陣見機行事爭而鬥，不必戀戰昏復朝。這叫做一局棋分三十六，走爲上着莫如逃。所以介，急催雲光思避脱，那知道鶴僮迅速已追牢，大聲吆喝把槍挑。

（白）逆妖休走，把返魂香藏在哪裏，看槍！啊，慢來。我奉西池王母差遣，來到洞府，原煩道兄通報，乞取返魂香兩葉，日後可以對證。怎麼道兄急急趕來，如此唐突無禮，難道通家之誼，老仙翁就吝惜這兩莖芝草不成。呸！逆妖休得胡言，我家師父早知你是峨眉山白蟒，竟敢私盜仙草，還想活命嗎？看槍！

（唱）介末鶴僮舞動一枝槍，白氏忙掄刀一雙。渾似梨花飛片片，又如白練掬長江。此經彼來未及三十合，可憐力怯一娘娘。這為什麼呢？娘娘這響連日辛苦了，精神未免耗而傷。再者是，無心戀戰情懷亂，恐防耽誤這返魂香。所以手一鬆末，亂其刀法空招架，眼底昏花更覺慌。險些兒已中鶴僮槍。幸喜得娘娘眼快身輕忙閃避，奔逃敗走更匆忙。個歇白鶴愈加得勢個哉，緊緊追趕心腸狠，語言得意甚猖狂。哈哈，逆妖還想逃遁麼？你就把返魂香獻壁已無益，祇要貢獻你這肥軀來抵樁。今朝美味要放懷嘗。哦，逆畜休得猖獗，豈像仙翁門下客，胡言亂語太荒唐。我是萬般祇看仙翁面，不然早就把你一命傷。惡鳥何不自思量。吓，休得胡言，照俺的傢伙罷。介末激怒鶴僮把槍刺，娘娘是刀法已亂力難當。且戰且走思良策，偏有那白鶴追趕起狠心腸。豈是終於歸一死，徒勞盜得返魂香。原是兒夫委屈亡。娘娘這苦腦子啊，竟難支撐悲且急，一路過來却見一灣溪水繞山崗，更有蒙叢聚荊棘，無奈暫時祇躲藏。逆妖往那裏走，看俺的法寶來也。娘娘是假將一手向空中撩，哄得那白鶴僮兒也心慌。要閃她的刀，手一鬆麼，娘娘搖身祇一變，現形雲時按雲光，便向溪洞急躲藏。鶴僮大怒回首看，也就搖身把眼兒張。鶴僮一看麼，這吃局竟有些勿着幹哉。早見白蛇潛入洞，鶴僮鑽勿進去，祇好耐心等待氣昂昂。洞口鶴兒堅守住，苦祇苦，白娘無計返吳邦。突出明知命要傷，悶沉沉又恐誤時光。介末，格歇辰光恰好，洞府鹿僮已追至，按雲傳命把聲揚。我奉師命來諭你，說那蟒蛇無禮盜仙草，小事何必細較量。何故你不尊師父言一句，擅離洞府追趕忙，快快早歸仙山勤修煉，斷勿將她性命傷。若違師命行悖禮，定當譴責罪非常。唔，何故你，竟然現形把山洞守，竟若罔聞這般腔。師弟快恢復人形，與我一同回去。哎，再勿殼賬，鶴據洞邊勿肯動，翹首長鳴意洋洋。似乎説道，師兄來得正好，祇消師父跟前巧言哄，在仙山淡泊食家常，美味今朝落得嘗，叫同窗有福也同當。

（白）娘娘正在爲難。叫做無巧不成書，娘娘師父金精老母恰從山下經過。看到白鶴惡狠狠守在洞口，已經知道徒兒有難，身遭險禍，我若不救，更待誰來。哧，鶴僮休想傷害吾徒，速變人形。鹿僮一看 這位老太太原在仙翁那裏見過的，忙上前來見禮。鶴僮一看，祇得變人形。娘娘知是師父到來，也就遊出洞來，變人形。一霎時師徒會面哉。金精老母解了這結，鶴、鹿兩僮也便回洞府而去。金精老母看着徒兒急回金閶，便道：我再助你一陣風雲，讓你早歸吳地去吧。

（唱）白氏雲頭起半天，感謝師父淚漣漣。取得仙芝心意足，豈把鶴僮仇恨記他年。幾度仙芝胸口摸，此刻歸程如脱弦。但不知官人啊尊軀兩日可無妨害，還喜得五月原非三伏天。無異沉沉如熟眠。自憐已把仙草盜，喜得官人救目前。祇消數語釋其嫌，依舊花開並蒂蓮。娘娘欣喜雲中想，再不料迅速歸程路萬千。如飛半日就到吳間。啊呀，好興致啊，遙指蘇城如畫裏，河山市郭輳人煙。那麼自然介已到金閶須留意，將雲頭徐按在綺窗前。

（唱）娘娘想勿要一團高興，許仙官倒勿來事哉。所以想聽樓浪向個動静。這時小青却在自言自語，輕輕的説個兩聲。唉，我看大相公呢？却喜形容如舊，但不知娘娘趕向昆侖，那返魂香仙草，能否盜取回來，抑且吉凶未卜。娘娘啊！

（唱）倘然盜得返魂香，還恐歸期已久長。萬一靈芝難到手，事有不測難提防。倘然如願歸家將夫婿救，還可鹿車相挽過時光。倘然差池生不測，叫小青大事諸般怎主張。縱依所囑親承辦，便扶棺槨去錢塘，結局如斯已堪傷。青婢正在悲傷時，娘娘聞聽也淚成行，却是輕輕細聲喚隔窗。

（白）啊，青兒。阿呀，謝天謝地，娘娘回來了。娘娘歸來麼，不問可知，返魂香已經到手個哉。介麼，連忙趕到外房，把窗子打開。妙啊，果然是娘娘回來了。唔，娘娘裏邊來，介末，娘娘是：

（唱）便把雲光按落就進閨樓，未開言傷心淚已流。呀，娘娘辛苦了。聽到侍鬟絮語殷勤問，苦噎難言祇點頭，未進內房把夫婿看，心懷總帶幾分憂。恐防體腹半先朽，良藥難把仙草投。因而娘娘是向內房邁步急颺颺。小青是，也是隨聲頻相問。娘娘啊，但不知仙草可能求。啊，青兒，芝草若無焉就返，那珍藏現在我懷兜。但是藥罐炊爐須速備，還要安排香案把仙翁酬。輕輕幾言床邊近，還虧夫婿無故解幾分憂。無暇能把崑崙情節訴，祇把仙芝雙手付了頭。

（白）小青你去煎起來，並備香案拜謝仙翁及師父。小青亦問娘娘去盜仙草，阿尋吃啥苦頭介？

（唱）白娘備說還淚漣漣，並把家務從頭問一遍。自然介彼此一番情共訴，小心把仙草去烹煎。文武火燒須緩款，陰陽水汲要清漣，旋覺得鼻邊繚繞有馨香氣，爐畔氤氳出舒卷煙。故歇娘娘介，却又將衣妝預先重更換，免使那少刻忘懷惹疑嫌。命燈冰塊先收拾,起死回生在傾刻間。被服乘便也更換,甦醒兒夫算是抱病眠。娘娘是一刻没停歇,此際情懷細可憐。介末片時仙草已煎就,娘娘是取磁盅邁步到床前,當心傾倒指纖纖。

(白)青姑娘收拾藥罐風爐。娘娘拿子一杯仙草湯移步來到床前。祇覺香氣撲鼻。

(唱)娘娘嬌軀床沿坐,看着仙官容顏還憂滿懷。没奈何祇得把仙芝灌,還幸微微口半開。娘娘是死活惟看這湯一盅,心沉沉猶歎一聲咳。

(白)咳,待我來灌。啊,娘娘,快些呀。小青旁邊幫助把仙官的牙齒輕輕交撬開,好讓仙湯流進去。娘娘思想,端陽那日,仙官捉牢子我定要吃半杯雄黃酒,弄得有今朝一日,回敬他一杯仙草湯哉。啊,官人呀!

(唱)這一杯仙湯返魂香,真個是靈丹仙劑迥非常。哪,爲妻特向崑崙盜,冒險臨危禍幾場,苦心端欲救夫郎。但願你眼下這仙芝湯一盞,頓教死後又還陽,不枉爲妻義俠腸。娘娘是:留心慢把靈丹灌,傾盡杯中還暗着忙,關情注目手洋洋。

(白)娘娘想,怕人施施,不知仙家物事,阿會枉落個,祇好肚皮裏做生活哉。本來許仙官人見子娘娘原形嚇死個,什麼延命燈,冰塊都是外治之法,勿解決問題個。洛裏曉得這盞仙草湯一下肚去,却是厲害個。

(唱)非關人力與參苓,實是仙緣得再生。介歇吃下去末,草力能醫驚悸病，陰陽奧妙却難云。霎時忽聞腹中響，備薑湯忙又喚小青。薑湯下去末，去穢通神賢聖載，救人寒疾此爲尊。娘娘貼身重燙貼，再加暖氣兩三分。自然愈加得法哉。衹聽肚皮裏咕咯咯一響，一直響到下底，撒子一個屁。唔，娘娘一想活末雖勿曾活透，也算半死半活個哉。却是娘娘呆想渾無語，注目兒夫總不轉睛。始而肢體冷如冰，此刻肌膚稍覺溫。咳，那面色稍爲生活泛，但不過鼻邊微息欠舒伸。那兩眼旋看竟似欲轉睛。唔，有些意思了，介末小心青婢重收拾，故歇娘娘呢，嬌軀探出整衣裙，坐看床沿敢則聲。哎，越看越好哉。漸漸身軀伸又縮，更加面目有精神。驚聽鼻中呼吸轉，忽見他兩眼微張把呵欠噴，口中噴噴懶腰伸。嘩嘩嘩却是此刻仙官如夢醒，竟騰身起坐把兩眼睜。

（白）合唷，好睡啊，娘子什麽時候了呀？呀，官人已是傍晚了。哎，故歇娘娘一想實爲故而兩爿仙草原厲害個，非但起死回生，而且看俚故歇精神比舊時到好子會。唔，想想看藥罐裏個仙草渣勿要本拉小青滑脫子，實在可惜，衹怕故點渣末比子人參、鹿茸還要强多呢。

（唱）那驚喜白娘心暗想，故個仙老官呢，倒好象貪眠失忽帶愧三分。忙整衣冠就起身。白氏欲言難出口，漢文竟欲下樓坪。啊，娘子我到店中去了。哎。娘娘一見俚就要下樓哉。呷，倒覺得好難過。咳，官人，我看你，如饜若眠自負恙，就是此時醒爽兩三分，還宜静養略安神。飲食起居宜自惜，又不要輕輕感冒結病根，何事匆匆天已暮，勸官人啊，爽性明日下樓坪。哈哈，娘子我是無非酣睡原非病，娘子何須太小心。介末，漢文是口答娘娘身向外，竟依然虎步與龍行。但聽得，下落扶梯塌塌聲。許仙邁步向店裏行，這時幾個伙計末一見倒心驚。

（白）伙計聽説東家有病，現在突然看他氣昂昂，倒也奇怪，踏步前來招呼。娘娘就在房中，與小青商議，官人回來，盤問端陽之事，如何對答。

《盗仙草》到此結束。

編者説明：本文據代抄稿、手稿録編，劉録稿云："手稿落款寫：'友人告我，老藝人召集北京開會，俞振飛排演昆曲《盗仙草》，聞而感奮，因將前人彈詞傳統節目《盗仙草》傳述出來，以備參考。自思年近花甲，腦子裏還有些東西，能够趁精力尚佳之時，得到領導重視，群衆支持，給予條件，把……（本頁紙完，下面未見）。按年近花甲推斷，應在 1977 年前。"

白蛇傳・捉贓

話説小青冉冉而來，按落雲頭，霎時間已到清波門外紅樓一角。小青從窗中跨進房去，見了白娘，擺手打躬説道：“啓稟娘娘，大事不好了！”

白娘看着青兒面色紫漲，低首問道：“青兒，何事驚慌？”

小青答道：“娘娘，官人已被錢塘縣拿捉去了。不過這事還好，官人雖被役吏敲打，由於我略施法術，毫毛却未曾損傷半根哪。官人還以爲用刑時，姐丈陳彪在諒情一二呢。”

白娘道：“這倒還好。”

小青道：“是啊。見今錢塘縣派了兩名公差，一會兒要來拿捉娘娘與我呢！娘娘還是想個法兒纔好。”

白娘説道：“啊，待娘娘前去與他講理。”

小青笑道：“娘娘，講理嗎？狗官與你講理，官人也不會拿捉去了。”

白娘心中暗暗思忖，這銀子原是海盜贈與錢塘縣的。來的不正路，他却把這贓金説成是庫銀了。思量哥哥黑風大王，盜這贓金，有何不可？便道：“青兒，你説的是：狗官是不講理的，否則也不會出籤來拿人了。”

白娘娘向小青看了看，問道：“那麼，青兒你看怎樣？”

小青旋首看了看左右肩上兩柄日月青鋒寶劍。答道：“依我主見，娘娘，把這狗官殺了。”

白娘搖搖手道："啊，青兒，施不得！殺了朝廷命官，事就大了。律例是要屠城的，誠恐連累子民百姓！不便。"

小青一想：是啊，殺個把狗官是容易的，連累子民不好。尋思：我無主見，所以回來請示啊。便問道："娘娘，豈可連累子民，那麼如何是好？"

白娘說道："青兒，在我箱中藏着書信兩封：一封是海盜寫與狗官的；一封是狗官寫與海盜的。狗官得了賄銀，却把全城百姓出賣了。我去大堂之上，與他評理。這事狗官吹息便吧！否則，我就給他當衆宣讀。"

小青聽了，喜道："娘娘這樣做是十分好的。狗官，正是：伸頭一刀，縮頭也是一刀。"

白娘娘吩咐小青，外邊停轎侍侯。小青應聲："是。"

看官：白府祇有主婢兩人，這轎子從哪裏來呢？該歇到轎行去雇也已來不及了。好在小青是有寶物的。這是黑風山大王所贈。小青隨手從身邊取出一個寶匣來。打開匣子，一陣風捲過，祇見撲、撲、撲，跳出五個小鬼來。迎風一晃，頓時長了起來。祇聽這五個小鬼嘰哩咕魯地說道："你匣子裏等子半天哉。氣悶勿過，要出來散散心格。小姐，阿有啥個吩咐？"

小青說道："兄弟，你們五人去攝取兩乘轎子來。四人扮作家人，一人扮作僮兒。"五鬼齊聲應道："是。"一會兒，兩頂轎子已俱備了。一名僮兒，四名轎夫。頭上羅帽，身上直裰，青絲腰帶，鞋麻頭靴。一應裝束俱全。兩人站立門首，兩人中門侍侯。僮兒立在旁側。

兩說錢塘縣裏兩名公差，奉了縣太爺之命，前來拿捉盜賊。兩人相互招呼着道："走啊，走啊！"一個公差說道："清波門外，曹錫公祠。這紅樓一角是沒有的。"

一個公差說道："管他有啊沒有？好在朱籤上寫得明白，我們且找地方去。走啊!"

兩人轉彎抹角,一逕來到地方王十千的下處。高聲喊道:"十伯伯阿勒屋裹?"

王十千的嫂子聽見了,應道:"兩位頭腦,請啊。十千在街上吃酒。沿這弄堂過去,轉彎走到街上,第一家酒店就是。"

兩人別了王嫂,就向街上來,正見王十千在店裹飲酒。王十千的吃相真難看呢? 他是吃酒不付錢的,酒賬常常賒欠。吃酒不買菜,那酒菜是怎樣辦呢? 他是常把店家的魚肉葷腥,翻來翻去的。翻翻弄弄,手指上揩了不少油水。舔嘴篤舌,他就趁勢好過酒了。

王十千向店家問道:"這塊肉幾錢呢?"店伙道:"七文。"王十千嘴說着,手搊着,把肉汁不住地向嘴裹送去。嘴裹濺唾流出來,還在說着:"太貴,你當我曲西哉。"

店伙道:"太貴,你不買就是了。"

王十千又問道:"這塊魚幾錢呢?"說着又把魚汁撈了又撈。

店伙說道:"七文。"

王十千舔着手,指上魚汁不住地舔。罵道:"難道魚肉一樣價錢嗎? 鳥你的娘!"

店伙笑道:"勿要罵人,貴你可以不買!"

王十千隨手又翻別的一塊。問道:"這塊呢?"

店伙道:"好哉,好哉! 勿要纏,一些凍水都撥你攢完哉。"

公差看見地方,走進來,喚道:"十伯伯,喔! 你在這裹吃酒,倒是樂胃,我們尋仔半天哉。"

王十千看見,招呼道:"兩位大叔,來、來、來,添兩副盅筷,吃酒,吃酒!"

店伙見了,咦一笑。尋思:自己掛了不少賬,還要請客,嘴裹却不敢說。公差倒是說道:"十伯伯,且慢吃酒,有公事,有公事!"

王十千立了起來，並不介意地説道："啊，什麼公事啊，還是吃酒吧！"

公差説道："捉拿盜庫銀的强盜啊。"

王十千笑道："你圖分裏偷雞賊纔没有的。那來什麼强盗，勿要開玩笑啊？"

公差從靴統裏抽出朱籤，遞與地方。説道："喏，你去看來。"

王十千把朱籤仔細一看，念道："立拿盜庫銀强盜白素貞、小青青兩名到案"。王十千看了，十分訝異。

公差問道："清波門外曹錫公祠紅樓一角，阿是在你的圖分裏呢？"

王十千呆了一呆，説道："紅樓一角，在那裏啊？ 没有的！"

公差笑道："包庇犯人，你當知道，要一同治罪的。"

王十千祇得説道："好吧，走，你領捉就是。"

三人走了一段路。公差先是看見前面果有一角紅樓。八字墙門，一帶粉墙。金釘朱户，螭吻分張。中間曲欄迴廊，十分顯奐。公差向王十千笑道："還説勿包庇呢？"

王十千看着，倒不覺呆了。思想：阿是眼花頭眩了。前天你明明是到曹錫公祠前來探望的。看看阿有偷雞賊，想弄點外快，真的没有看見什麼啊！ 造房子也没有造得介快的。

公差再一看，兩乘轎子已經歇在墻門口哉。心想：强盜快要溜了，我們來得真正湊巧啊！

王十千招呼兩位頭腦道："我們趕快上去吧。"

這兩個公差，一個公差喉嚨啞的，提高了嗓門問到："這家阿是白府？"

白府的門衛聽了，大聲吆道："是的，你來什麼？"

公差問道："白素貞是這府上那一個？"

門衛喝道："就是我家府上的小姐，怎麼你敢亂叫起來？"

公差道:"是了,是了。不要管去,我們快闖進去。"

門衛揮手喝道:"不經通報,怎麼可以隨便闖進去的!"隨手一推,把公差摔了二三丈遠。一骨碌滾了下去。

另一個公差見了,笑道:"没有香蕉皮,怎麼你就滑倒了?起來。"

這公差懶皮道:"不起來哉,起來還是要跌倒的。省省吧。你去!"

王十千尋思:官府人家硬來是不行的,還是待我來打個圓場吧。於是拱手説道:"請問這裏可是白府?"

門衛看這老頭兒和顏悦色些,答道:"有什麼事?"

王十千道:"這兩位奉了本縣老爺之命,特來敦請你家小姐赴宴叙談。"

門衛問道:"老爺相請,可有帖子?"

王十千心想:這話給他捉住了,那裏來帖子呢。忙解釋道:"啊,我們走得性子急了些,帖子忘到籤押房去拿哉。異日補上,相煩諒情一二。我們還要親自敦請。"

門衛冷冷地説道:"好吧。你們隨着僮兒進去吧。"

四人一哄而進,直到瑞薇堂上。公差與地方一進了門,看見堂上坐着一位嬌滴滴的小姐。大家想到恰在門衛凶悍。這位小姐手無縛雞之力,是可以欺侮哉。尺老,真不識相。公差問道:"請問小姐芳名?"

小青説道:"啊,我是娘娘身旁的青兒便是。"

公差聽了,尋想:這就是小青青。好吧!不客氣了,籤上有名。從袖裏索索索,抽出鏈條來,兩頭捏一捏緊。笑道:"如此失敬了。"鏈條兩手一丟,向小青頸上套去。

小青見了,冷笑道:"原來你們是這樣來相請的。"伸出纖手,三個指頭向鏈條上輕輕搭着,隨手一撥。説也奇怪,這力却有千鈞之重。公差那裏抵擋得住,兩手酸麻,手中鏈條脱了。勃倫滕，一反躍過去老遠跌了出去。另一公差見了，也笑道："喔唷！捉強盜，倒快要撥強盜捉哉。"小青三個手指將鏈條順手輕輕三抖，撩在地上。公差與地方展眼一看，倒是大吃一驚。這鏈條一條變成六條。心想：這個強盜還好捉哉。我們人身肉體，不是鐵打的！怎擋得她的纖纖玉手。就把鏈條一段段地拾好。回去撥大老爺看看，強盜有這樣的厲害呢？

王十千肚中思忖，領捉地方是有責任的，還是讓我來說幾句好話吧。"姑娘，請勿見怪！我們確是奉了琴堂之命，前來敦請小姐赴宴，還請闔第光臨呢。"

小青看着地方面皮，卑躬屈膝，思想：這些壞蛋，倒好個。一個紅臉，一個白面。差人面，十八度。又不是吃喜酒，説什麽闔第光臨呢。娘娘原是要去會會錢塘縣，與他講個道理的。好吧！來的正好。説道："停轎侍候。小姐原是要來會一會琴堂的。"

公差聽了，暗暗商議道："啥個？那有拿捉犯人，乘子轎子去個？這是勿可以個！"另一公差説道："算了，算了。這叫瞞上勿瞞下。鏈條一條變六條，還是識相些吧。"

僮兒傳話出去，説道："停轎侍候哉。"

地方領捉已畢，自回家去。

白娘、小青上轎一路向錢塘縣衙門而來。這乘轎子抬得極快，飛也似地跑着。這兩個公差那裏能跟得上呢？一個公差喊道："轎子慢慢裏喏。"

一個公差説道："快趕，人家抬了轎子還比我們跑得快呢。"

一個公差説道："我是有氣喘病的。吼得來，上氣不接下氣，中間要斷氣了。"

兩人都追不上。

一霎時，眼睛一閃，轎子忽然看不見哉。一個公差抱怨道："我原説，那有捉強盜，讓強盜好趁轎子個。強盜逃脱子哉。"兩人回頭一看，轎子忽然又在他倆的背後頭哉。

一個公差嚷道："啊，你大概跑子快些，搶過了頭，沒有看見啊。"

一會兒轎子又看不見哉。兩個公差正在着急，忽聽後面轎班喝道："閃開，閃開，轎子來哉!"兩個公差祇得揩了揩汗，把脚步放慢，讓轎子過去。

一會兒，這轎子又遠遠地跑在前面了。公差又是不住地相互嚷着："趕快，趕快!"

一個公差面孔夾白，趕得有氣無力地喊道："再趕，我自趕勿動哉!"

轉彎抹角，趕到一條橫馬路口，轎子又不見哉。兩個公差狼狽不堪，嚷着找啊找啊! 犯人逃掉，非同小可啊。

欲知後事如何? 閙堂再聽。

編者説明：本文據手稿録編，劉録稿附記："另有直行油印稿，題《白蛇傳·盜贓銀》，内容大致同。此文在油印稿基礎上有所修改，根據稿紙形狀上看，估計撰寫時間不會早於七十年代初。(惟)油印稿結尾處寫結尾處寫：'壬辰十二月二十六日，詣城過西周，聽倪玉麟先生彈唱《白蛇傳》。短短三刻鐘，雖是一軟襠書，而白娘娘機智、沉着、勇敢；小青富於鬥爭意識；公差勢利、猥瑣；地方剥削寄生，種種形象，在人耳目。不加只語批判，自然明白。信夫藝人之優於創作也! 舊唱公差欲以鏈擊白娘，白娘授以金得免，並得乘輿，此甚非真實。倪改識見殊卓。《義妖傳》簡略，足覘彈詞發展之迹。《果報録》《雙珠鳳》，捉犯委曲詳盡，此獨直捷。以此，非書中要目也。惟寫公差、寫地方皆醜惡，此又可知彈詞之起角色，善以共同特徵概括於一形象者矣。'經查，壬辰年爲 1952 年。"

江姐渡江

歌曰：

> 紅巖上，紅梅開，
> 千里冰霜脚下踩。
> 三九嚴寒何所懼，
> 一片丹心向陽開。
> 紅梅花兒開，
> 朵朵放光彩。
> 昂首怒放花萬朵，
> 香飄雲天外。
> 喚醒百花齊開放，
> 高歌歡唱新春來。

話說1948年，仲春二月，在四川省重慶市上清寺有一片巖石，巖上長着幾株紅梅。山花爛漫，被陽光照着，更顯得精神抖擻。那時風和日暖，鳥語花香；可是在國民黨反動派血腥統治之下，民不聊生。大好河山，弄得黯然失色。國民黨反動派撕毀了"雙十協定"，進攻解放區，無辜殺害人民；同時，又勾結美帝，在重慶設立特務機關——中美合作所："白公館"、"渣滓洞"，殘害地下黨員。人民覺悟却是不斷提高，重慶碼頭工人罷工運動，重大學生罷課運動，華鎣山抗丁抗糧農民運動，風起雲湧，一個接着一個。國民黨反動派已日落西山，却還在作垂死挣扎。

今朝是三月廿一日，陰曆二月二十日，早上八時，在重慶山城的東南，有一座城門，稱爲朝天門。那是長江和嘉陵江交界的地方，三面臨水，地形像一個小島的島尖。這裏是去川北和川南的輪船碼頭所在地。重慶山城，霧露多得猛，所以稱爲"霧重慶"。今朝朝天門外江邊，四顧茫茫，正是煙霧彌漫。在那江中，停着三隻兵艦，一隻民運輪船。這隻客輪原定是九時開的，看來霧露太重就不能準時開了。輪埠的鐵栅還是關着，沒個人影，看來檢票還早，旅客就在江邊守候着。

這時，碼頭上擠擠嚷嚷，人影閃動，却是熱鬧得很。有的拼死拼活凑着做些生意，直着喉嚨在喊："五香茶葉蛋"；"炒米糖開水"；有的在叫賣報紙。"賣報，賣報！《中央日報》！《和平日報》！""看 1948 年中國往何處去？ ……再看美國的原子軍事演習，第三次世界大戰，即將爆發！"有的却是垂着頭，彎着腰，肩背沉重的木箱，一步步的踏上兵艦去。乞丐在號淘，叫喊："小姐，少爺，行行好事！"另一面，也有洋奴買辦，反動軍官，神氣活現，在旅行、送客。

在各行各業，人聲嘈雜之中，突然又出現了一聲粗暴的吆喝聲，一長列穿着破爛衣衫的壯丁，雙手被反縛着，一根繩子相互地拴着，一個個縮着肩頭，被押上兵艦去。這些壯丁却是臉頰削瘦，顴骨突出，眼睛裏滿含着憤怒，咬牙切齒，等待着時機起來報仇。

看官：這些都是無辜的老百姓，在農村裏被國民黨反動派硬拉來的。今朝要把他們押上兵艦，去打內戰，當炮灰去了。正是：

嘉陵江水滾滾流，流得都是人民的血人民的愁。問君能有幾多愁,恰似一江春水向東流。

這時,碼頭上站着一位客。這人穿着紫醬色嗶嘰旗袍,外罩着時新的絲絨大衣。頭上燙髮,梳着劉海。腳穿長統絲襪,高跟皮鞋。手裏提了一隻玻璃皮包,嶄新光亮,是進口貨。身旁放着一隻網籃,上面繫着一塊粉紅色手帕,是三友實業社出品的。小巧玲瓏。這人伸手理理頭上的紗巾,微風吹動着她的頭髮。看來雍容華貴,是個貴族婦女的風姿。

看官:你道這人是誰?她是自流井人,沙磁區區委書記,是我們重慶黨的地下黨員。黨齡長,愛恨分明。她對同志和顏悅色,靄如春風。對敵人却是像燒紅的鋼鐵一般,沸滾發燙,休想接近她。這人就是伢書中的主人,大家尊稱她一聲"江姐",是江竹筠,江姐。今朝,她爲啥要這樣打扮呢?在舊社會裏,祇認衣衫不認人;這樣打扮,就便於工作。江姐是奉了重慶地下黨的命令,要到川北華鎣山,組織武裝暴動,領導抗丁抗糧,迎接解放。丈夫是彭松濤同志,與她分袂已經三年了。彭同志現是華鎣山縱隊政委。他在重慶時,廢寢忘食,經常是統天不眠的;因此,得了肺病。常常吐血。領導爲了工作,同時,也可以照顧他,讓江姐前去幫助他。江姐願意前去工作;同時,可與彭同志,並肩作戰,自然蠻好。爲了避免特務注目,今朝所以打扮成這個樣子。在她身旁網籃裏,放着士林布旗袍,杜布鞋子,那是預備過了江,上岸再改扮用的。上岸後江姐就改扮成一個鄉村的小學教員樣子。

這時,江姐站在江邊等船上客;同時,也在等待一位同志。江姐回頭,看到那批壯丁的殘景,不禁想到中國農民的深重苦難,反動派的貪污腐化,心中有無限的憤怒;同時,也想到自己責任的重大。怎樣不再使他們受反動派的蹂躪,激起他們蘊藏着的反抗怒潮,從根本上來動搖反動派的統治基礎,迎接光明。江姐想到這裏仿佛看到:霧海之外,紅旗招展,望不盡的英雄好漢,這是英勇的、武裝的農民,在華鎣山岡巒、雲海之中出没。老彭那裏,基礎已打得很堅實了吧。目下,黨決定增派一批同志前來川北,老彭同志得悉,一定是很高興的。現在,他還像在重慶時那樣,要吐血嗎?記得老彭常説:"爲了勝利,有一分熱,發幾分光。"那時,孩子還未出世。他説:"等到我們再見時,全國一定已經解放了。"又説道:"在幾億人口的大國裏,建設社會主義和共產主義,不是輕而易舉的。孩子不能嬌生慣養。革命的後代,應該粗茶淡飯,從小過慣艱苦的生活,那就好了。"江姐常是用老彭的話來教導孩子的。這次,領導考慮到江姐的工作方便,對她的孩子作了安排,養在成崗的媽媽那裏,没有把他帶來。江姐祇把孩子的照片,讓老彭看看。江姐向衣袋裏摸着,摸出照片。笑嘻嘻的,眼睛活龍活現,像老彭一樣。阿要討人歡喜,想老彭同志看到,定是歡喜的。江姐從碼頭上,深深看到民不聊生,妻離子散的境象,思想天再黑是會亮的,路再長是會走完的。江姐站在江邊,一歇時候,霧露漸漸地在擴散。江風陣陣吹來,掀着她的衣襟,江姐把手攏進大衣袋裏,思想新的戰鬥就要開始,臉上露着喜悦。態度是平静的。正是:

　　　待到那一輪紅日東方升,亮堂堂照遍了全九州。

　　江姐等着,一位同志來了。看來這人三十歲上下,身材不長不短。唇紅齒白,頭髮光亮,皮膚白嫩,穿着藏青色嗶嘰西裝,褲縫筆挺。下穿麂皮皮鞋,擦得雪亮。外罩大衣。這人名叫甫志高,原是大學畢業生,搞學生運動的。他在運動中暴露了身份,領導就把他轉移,調做大川銀行的經理,兼沙坪壩書店的經理。他是高級職員,所以這樣打扮。現在甫志高掮着一隻咖啡色的皮箱,虎唬唬的從人叢裏擠過來。甫志高一聲喊:"江姐""等得心焦了嗎?"江姐回顧,一眼看見,隨口答道:"老甫,没有什麽!"

"開船還早,我們到江邊去略坐一會吧。"江姐説着,輕輕提起網籃,領着老甫,向幽静的地方走去,兩人走了一段路,江姐把網籃放下,看來是要耐心等船似的。甫志高就把箱子放下,掏出手巾,不止的用手巾揩汗。

甫志高説:"江姐,早來了吧。等得不耐煩了嗎?"

江姐説:"還不久,站一會兒没有什麽的。"

甫志高説:"昨夜江上看守得嚴,我等到過了半夜,余新江同志纔渡江來呢。東西安排過來,真不容易啊。香煙、魚肝油、快慢機、子彈、兩封信、《挺進報》《目前形勢和我們的任務》全部都安排好了。"

江姐輕聲問道:"是按照我所説的那樣包裝的嗎?"

甫志高點點頭:"江姐,這是鑰匙。"

江姐接過鑰匙,眼看甫志高還在不止得揩汗,想他揹得累了。説道:"爲什麽不雇輛出差汽車呢? 再説,雇個脚夫也好! 東西集中在裏邊;自己提,不嫌冒失嗎?"

甫志高笑道:"黨不是經常教導我們嗎? 刻苦耐勞。這口箱子,不是太重,揹揹不算什麽! 再説:自己揹也好安全一些!"

江姐輕輕地摇了摇手,笑道:"安全! 我的看法不同,你看朝天門裏,哪個穿西裝的是搬箱子的。這不是逃難,群衆看見,就會感覺滑稽,這人是十三點的。敵人看見,那就要懷疑了。不是出了叉子嗎? 做工作的,難道不要提高警惕性嗎?"

"啊"甫志高嘘了口氣,搔搔自己油亮的頭髮,不禁尷尬起來,笑説:"好在没人注意,做了多年地下工作,却不知道今朝走了火!"甫志高搭訕着對江姐道:"請你多提寶貴意見。"

江姐過去是曾向他提過許多意見的,今朝的話少了,衹提道:"根據同志反映,你叫陳松林到重慶大學去找華爲活動,是有的嗎？暴風雨還未過去，工作要踏實，不能草率啊！黨是怎樣囑咐你的。"

甫志高略一遲疑，回答道："小陳衹是偶然給華爲去送點書報罷了。好在華爲已經走了。沒有什麽大不了的。"

江姐道："你仔細想過嗎？這樣做法，是大不妙的。"

甫志高聽江姐慎重其事的説，礙着原則，衹好笑着回答："謝謝你的提醒。我要注意工作方法。"甫志高又和江姐攀談起來："雲兒呢？到了山上，見了老彭同志，請你代爲致意。"江姐謝謝他的好意。

甫志高回首一看，人聲嘈雜，擠哄起來，"啊，民運輪在上客了。江姐再見了。正是：別時容易見時難！"

江姐聽了，反詰道："你衹能説，很快就見，怎會見時難呢？再説：現在是黑雲壓城，那時是雲消霧散，相見多麽好啊。"

甫志高一聽，感覺今朝怎麽老是説錯了。"江姐，是啊，我們相見已霧消雲散，紅日當空。別離之時，總有些依依不舍，這是人情之常；所以把話説錯了。江姐，再見。"

江姐看着甫志高的背影，跚跚着自回大川銀行去了。

這時，輪船埠頭前的鐵門已開，客人在擁擠上去。江姐就雇了個腳夫，把她的行李，隨着腳夫上輪，一直走到了頭等艙三號房門。

花開百枝，另表一朵。這時朝天門外跑來一個特務。這人姓王名政，他是西南特區軍統局的行動組長。昨夜賭場裏打沙蟹，一晚上把錢輸光。囊空如洗，看看一班賭客都比他硬，有靠山，不敢强搶。沒好氣，衹好溜出賭場。在冷風中行走，不斷的打壞主意，得撈回些錢。忽然看到前面人影閃動。停睛看時，有人捐着一隻箱子。他想：天剛拂曉，怎會有人捐着箱子在急忙行走，這人定是小偷。再一看，這人穿的是西裝，看上去身價不低，不像是偷的。王政倒看不明白了；再一想，倒是懂了。這人定是走私，箱子裏放的不是鴉片煙，就是白粉。哪是好人，把他卡下，一夜的輪錢都在他的身上，還好撈些呢？正是：

> 走得着，謝雙腳。

王政思想，那麼是否馬上前去攔住？那是不能冒失的。走私朋友，都是有來頭的，不要跌在他的手裏。那麼，且盯盯看，摸摸他的背景，事情踏穩了再搞。沒有後臺，就沒有客氣；有背景的，再想辦法。全吞下，一半分，揩揩油水，生敲活釘，看吧。甫志高在前邊走路，糊裏糊塗，王政却遠遠的牢牢跟在後面。這賊配盯梢不是一直走的，東斜西動，使人不覺得的。王政看着甫志高走出朝天門，直到江邊，和一位漂亮的女人談話。再看這個女人，叫腳夫把那隻箱子搬上輪船。這隻民運輪是開往川北去的。民運輪是我的世界，那是都在我的手掌之中。

王政今年四十二歲，頭上祇有幾根頭髮，是個稀毛癩痢，戴着一隻銅盆帽，斜壓在眉頭上。一雙三角眼，一個鷹鈎鼻。一張元寶口，削角臉，兩隻細耳朵。三分像人，七分像鬼。身上衣衫倒穿得漂亮。西裝筆挺，紋皮鞋。腰裏藏着白朗林手槍。他上船是不用買票的。有人問，把派司拿出讓他照照就可以了。這隻輪船是開向川北的，華鎣山地區，那裏是共產黨活動場所。王政思量，這隻箱子裝的不是私貨，因為鴉片祇有運到重慶來，那有反運出去呢？看來這人十成之九拿定是和共產黨有關係的。箱子裏如果能發現《挺進報》，那是洪福齊天。上司把我迫煞，不曉得時來運來。正是：

> 踏破鐵鞋無覓處，得來全不費功夫！

發現《挺進報》，就可把這女人扣下，追蹤捉牢穿西裝朋友，那麼可以把重慶地下黨，一網打盡。所以兩眼盯住皮箱。

> 樂得我王政混淘淘，今朝交進好運道。我做特務經驗
> 足，這皮箱之中一定有蹊蹺。從重慶跟到民運輪，阿有煞能
> 夠發現幾張《挺進報》，好到美國顧問那裏去交帳，又是一件
> 大功勞。坐汽車有鈔票，住洋房來有金條，趁心如意樂
> 逍遙。

王政混在客人淘裏，盯着那隻皮箱。江姐呢，跟着脚夫來到
三號房間。這房有兩個床位，一張床位客人已經坐上，是個讀書
的小姑娘。好，空的一張就是江姐的了。脚夫把東西放好，跑了
出去。

江姐接着喊了一聲："茶房呢？"

有茶房應聲道："來哉。"

這個茶房廿來歲，笑嘻嘻的走過來。這人姓朱，船上的人都
叫他小朱。公開身份是茶房，實在是我們的地下工作同志。小
朱是管理三號房間的，他這時在掃地。掃帚一放，就跑了過來。
江姐見了，問道："船多久開啊？"

小朱道："霧快散了，就要開了。"

江姐又問道："何大副已起床了嗎？"

小朱聽了道："唔，小姐，你阿是姓李？是大副的表姐嗎？"

江姐點點頭。"他人呢？"

小朱道："阿有事？大副上夜班，叫我等着，我去叫醒他。"

說着曹操，曹操就到。"啊，你看何大副來了。"

看官：船上有船長，船長助手是大副，其次是二副。這人名
叫何子畏。身材魁梧，是重慶地下黨員。他已接到指示，江姐到
了船上，一切事情由他負責。何大副是仰慕江姐的，但未見面；
這次是以網籃上手巾做暗號的。何大副看暗號，網籃上繫三友

實業社商標的粉紅色手巾，不錯。何大副穿着工作服，披着黑呢大衣，前來招呼，"表姐。"

江姐答應一聲："表弟。"

何大副笑道："你一個人回去嗎？是啊，姑母多年未見了。"

何大副問道："姐夫呢？"

江姐道："你大哥走不開，送我一陣就回去了。"

"啊，還沒請你坐呢？"

"我是主人。"

"在我房内，我是主人，請坐吧。"

江姐就把箱子從床上取下來，左放不是，右放不是。埋怨道："我説不帶箱子，大哥偏要我帶。路又遠，真不方便，把我累壞了。"何大副道："這裏房間小，放到我那裏去吧。""小朱，你來提箱子。"

小朱正想動手。江姐起手道："慢來，讓我拿樣東西。"江姐從衣袋裏取出鑰匙，打開箱子。翻開粉紅色内衣，花綢夾袍，取出藥瓶。笑着説："大哥想得周到，給姑母買些鹿茸、銀耳、連魚肝油也買了，怕鄉下沒有呢？"又取出一信，放在皮夾裏。鎖好，把箱子交給小朱。

特務王政，在門外聽得清清楚楚。啊，爲什麼箱子要放到大副房間去呢？大副看來和女人也是一黨，吃定是共産黨人。

小朱提了箱子出去，江姐在房間忽然聽得砰、砰、砰三聲槍聲，頓時船上人心惶惶起來。

江姐倒很鎮定，態度自然。船上人在打聽，有的人却在説道："兵艦上的壯丁跳水逃跑了。""打傷了沒有？"

"誰知道。"

"天寒地凍的，跳江多冷啊！"

"不跳江，怎麼辦呢？"

"兵艦今朝就要出川了."

船上是一片喧嘈的聲音.

再說小朱提了箱子,王政一見,正想上去攬住把箱子扣下來檢查.恰在這時,王政四邊一看,船上特務很多,一聲囉擾,大家哄來,倒也不便.原來重慶特務有兩個組織:一是毛森管的西南特區軍統局,稱爲一處;一是徐鵬飛管的西南長官公署,稱爲二處.這兩處爭權奪利,都想向美國顧問獻媚,自己是狗打狗的,有了情報大家都是保密的.王政看船上都是二處的人,思想這塊肥肉不能落到他們的嘴裏,被上司曉得,擔當不了.既是吃煞是共產黨的,不如待我盯過去,等待時機.

小朱捎了箱子,到了何大副房間,停了十分鐘.王政看他空手出來,肯定箱子是在房間.那麼,我就悄悄守在門外好了.小朱把鑰匙交給何大副,工作去了.

何大副和江姐在房間談話.談了一陣,喚江姐出外看賞江景.江姐點頭,想有工作聯繫.江姐恰想走出,祇聽大啦叭叫着:"旅客們,不要走動,快檢查啦."

何大副說:"表姐,我要維持秩序去了."江姐道:"再見."問小姑娘借了一份《中央日報》捧着看.

這時船舷上,擠滿了人,買不起艙位的旅客都轟在上邊.反動派時期,輪船賣票是不管死活的,一百個位子是要賣一二百個位子票的,所以人特別的擠,風布被刮得拍拍地響.嬰兒不斷啼哭,大哭小喊,船上亂成一片.

艙船上跑上來六個水上員警,十幾個匪軍.員警兩人一隊,分開檢查.房艙、二等艙和統艙.匪軍步槍上裝着刺刀,像喪神七煞一般.

先談統艙,這裏客人都是席地而坐.員警東闖西撞,腳踢包裹,引得大哭小喊.

"呔,檢查! 把身份證拿出來。"

"先生,在這裏。"

"媽的,照片笑咪咪,看你面孔壁板,阿是你的?"

"叫啥名氏?"

"王盛氏。"

"哪裏去,哪裏去?"

"伲常熟來,到合川去。"

"價遠的,啥事體?"

"喏,看伲孩子爸爸。"

"媽的,不來看看我,看他幹嗎?"

"帶些啥東西?"

"没啥東西,小小包裹幾件小人衣服。啊,小孩子哭了,阿好不要檢查?"

"胡説,打開來!"

"打開來,就打開來,刀戳勿起個。"

"快些!"

"好啊。"

"這是什麼?"

"破衣服。"

"這是什麼?"

"孩子的一塊鎖片。"

"什麼用?"

"老法是壓邪吉利的。"

"胡説,是違禁品,充公。"

"先生,伲苦腦子,還了我吧。"

"媽媽,還要囉嗦。違禁品要上繳的,老子不要你,怎麼還你。"

員警把鎖片裝進口袋。

婦人罵道:"抄把子沒有這樣抄的。真倒楣,青天白日,碰着強盜。"

"媽媽,老子做你!"

員警跑過去檢查另一位旅客。

再說頭等艙檢查。一號房間兩張床位:一個老頭子,六十多歲;一個小姑娘,十八九歲。

"檢查!"

"老頭叫什麼名字?"

"我叫陳皮梅。"

"做啥生意?"

"開糖果廠的。"

"唷,有鈔票的老闆。"

"你叫什麼?"

"盛敏敏。"

"幾歲?"

"十九歲。"

"兩人啥仔關係?"

"夫妻啊。"

"死快了,怎麼跟個老頭子,年輕得多着。"

"情願啦!"

"好啊。手上帶的什麼?"

"表啊。"

"拿來看看?"

"表沒有看見?"

"你的表兩樣。"

"爲什麼?"

“怕有定時炸彈。”

“笑話。”

“誰同你笑話。取下來檢查一下。”

“看就看，有啥呢？”

員警接過表把它藏入衣袋。

“啊，怎麼袋下了？”

“這樣的表難檢查，帶到局裏，要請專家檢查呢？”

“啥時還我？”

“我想着的時候就還好。”

“簡直敲竹槓，揩油。”

“胡說！我又没有拿你，還没收你檢查費呢？”

員警走出房間到另一處檢查去了。

員警檢查到了江姐的三號房間。首先看到江姐在看報。斜着身子，臉孔被報紙擋着看不清楚，吃不煞她是怎樣人物？檢查小姑娘再説。

“那裏來？”

“重慶來。”

“那裏去？”

“合川看媽去的？”

“幹什麼的？”

“讀書。”

“這是什麼？”

“書包。”

員警把書翻了翻，“這有什麼用啊。”再一看，“唷，你是共產黨！”

“什麼！我是共産黨？”

“共産黨稱爲紅色的黨。是喜歡紅色的。你頭上帶的蝴蝶結不是紅色的嗎?"

"那我把蝴蝶結除下好了。"

"没有這樣容易。"

"唷,你也是共產黨!"

"胡説,我怎會是共産黨的!"

"你裏邊穿的絨綫衫不是紅的嗎?"

"他媽的!"

員警罵了一聲,又來檢查江姐。

員警看江姐還在看報:唷,怎麽檢查了這長還不曉得啊。人家聽説檢查,慌得要命;她是啥來頭啊。再看看,她還在看報,報紙遮着臉看不清楚,不知道是哪個闊老的姨太太,還是哪個長官的小姐。識相些,聲音且放低一些。"唷,檢查,檢查!"看她年輕漂亮,用啥稱呼呢? 不要弄錯了,吃耳光,犯不着! 好啊:"太太,小姐"一起來,勿差個。"太太,小姐,請問你去那裏?"

江姐聽着,冷冷地回答了一聲:"合川。"

"有啥證件嗎?"

"有的"

"請拿出來照照。"

"好啊。"

江姐從玻璃皮包裹起兩個指頭輕輕夾出一身份證來,隨手丟在床上。"看吧!"

員警規規矩矩的把那身份證拿起來,恭恭敬敬地一看。看了"西南長官公署政防處"紅色大印,嚇了一跳。心想果然來頭不小。倉皇地打招呼:"啊,太太,小姐,請原諒,我們是奉公差遣,例行公事。"

"行李要檢查嗎?"

"檢查過了。"

"你敢說我是共產黨嗎？"

"不敢，不敢！打擾，打擾！"

員警十分恭敬地退出，"敬禮！太太，小姐。"

江姐隨手把身份證放好。看官，這張身份證是同志打入敵人心臟取來的。

這時，霧散天青。"嗚，嗚……"輪船起錨開航了。

江姐出了艙房，向山城告別。"山城，再見；同志們，再見。"默默地自己在心頭說着。江姐看到對岸，有個比樓房還要高出的煙囪在冒煙，滾滾地向天空飄去。這是長江兵工廠的煙囪。這個兵工廠原是反動派日夜製造子彈的，抗戰勝利以後，廠裏的大小頭目，都跟着反動官僚飛到南京、上海發接收財去了。反動派想武器，美國的剩餘戰爭物資會源源送來，不要這個小廠了。祇有工人，熬到勝利，無家可歸，到處是饑餓和混亂。因此罷工、請援，接續起來。反動派就派出大批特務，燒毀廠房，散布謠言，說是共產黨幹的。不料特務都被捉牢了。

江姐看到兵工廠濃煙滾滾，不禁心裏高興，想到了黨內一位好同志，就是廠長成崗。他白天做廠長，團結工人，組織鬥爭，恢復生產；夜裏寫《挺進報》，常常統夜不眠。

江姐站在船舷旁，浮想聯翩，寧靜地凝視着遠方，心裏充滿了美好的希望。站了一歇，回到艙房。有書即長，無書即短。再說到了晚上八時，特務王政想是時刻已到，可以動手。要知後事如何，且聽下書分解。

江竹筠江姐，奉了上級指示，到華鎣山去加強領導，發動武裝暴動，迎接解放。她帶着一隻皮箱，藏着三支快慢機，三百發子彈，兩百份《挺進報》，一份黨內重要文件《目前形勢和我們的任務》。箱子帶到房艙，由何大副何子畏把它轉移到自己房間。

大家認爲比較安全了。不料甫志高半夜裏自揹皮箱引起了特務注意，懷疑起來。特務初以爲箱子裏裝的是鴉片煙，這是私貨；盯出朝天門，看見一個漂亮女人，把它帶上輪船，更加疑心，吃定是共產黨的活動。特務本想早早把它破案，礙了有二處人在；同時，也想合偷隻羊，不如獨偷隻雞。所以一直守在何大副的門口，等待時機。

這隻民運輪船，風颼颼，水悠悠，直向川北而駛。向北逆水，船開慢了。天漸昏黑，嘉陵江畔一片漁火。

這裏關照一人，白天辛勤工作，掌握方向盤，使輪船安全行駛。現在走下方向盤，心裏記着自己房間，責任重大，關係到黨的事業，江姐的安全。這就是何子畏大副。他下班回來，棉大衣裏摸出鑰匙，把門開進。這房間不大，收拾却很整潔。輪船上擠，只有船長、大副、二副有間房間，其餘是集體宿舍。大副到了房間。房間内是單人鋪。鋪上被單很闊，直拖到地上。床邊有紅木衣架。沿窗放着寫字檯。檯上玻璃板，映着照片。兩張凳子。大副踏進房間，就注意箱子和其它物件。大衣脱下，掛上衣架。要休息哉。

忽然聽到有人碰門，"砰、砰、砰"三聲。阿是江姐？想勿會個，她是經驗豐富的，這時勿會跑來。有事聯繫，會通知茶房的。阿是小朱？也勿會。他敲門有暗號的。肯定來的是陌生人，那爲什麼？是否箱子出了毛病？何大副就來開門。

門開，特務王政跑了進來。

王政進門，四面一瞧，看到箱子，笑眯眯起來，何大副看來的是個陌生人。看他衣衫講究，面孔勿像樣，知道不是好人。看他在逗視箱子，倒要提高警惕。何大副立起來，招呼"朋友，阿是跑錯房間哉？"

王政笑道："一點勿錯，是專程來拜訪你的。香煙吃哦！"王政就在桌旁坐了下來。

"謝謝你,我勿會吃。尊姓?"

"你問我姓名,馬上就會知道。你的姓名我早知道了。你叫何大副何子畏是哦!"王政隨手拿出一張名片,我的姓名:"你看哦!"

何子畏把名片接過一看:"西南特區軍統局行動組",特務來哉!說道:"唷,原來大名鼎鼎,王政來哉!"

"是啊,無事不登三寶殿。你身爲船上大副之職,是個高級職員,應當效忠黨國,對哦!"

"是啊。"

"真不簡單啊。傾佩,傾佩!你是口吃北邊飯,心落南朝人。對不對?"

"是啊,身在曹營心在漢,那是徐庶來哉。老兄《三國志》爛熟。"

"大副,不要假癡作呆了。你是共產黨人,我早清楚。不問而知,要曉得威名赫赫的軍統局,哪件事弄不清楚呢?這叫做:吃啥飯,當啥事?你的廬山真面,我早識破哉。心在南朝身在北。船上當了好多年大副,那件事虧待於你,不如意啊?還要混水摸魚。分明是個危險分子。年紀輕輕,中了共產黨的毒。可惜啊,可惜!我看你是聰明人一時糊塗。我王政做事是够漂亮的,講得上交情。與你倒是一見如故,你能趁早回頭,一切既往不咎。將功贖罪,下半世還可享享福。汽車洋房,舒舒服服的。好心腸指出你的光明路。勸你懸崖勒馬,不要再度失足。識時務者呼爲俊傑。你要仔細想想,趕快棄暗投明。人生如夢,能過得幾天好日子,快樂逍遥。若是再要迷信共產黨,你要落得駝子跌跤,兩頭勿實。做啥大菜盆子裏洋蠟燭。我們已布下天羅地網,你逃也逃勿出個。那時要進牢監,骷顱頭落地哉。勿要勿見棺材勿肯哭個。哈哈,碰到別人,就没有格樣簡單哉。我給你放個交情,軋個朋友。趕快老老實實的講出來哦。"

何大副聽了,一笑。"王先生,我勿明白儂説得啥意思。我衹要做好工作,帶好方向盤,勿出事故就是哉! 不做壞事,用勿着你幫忙!"

王政聽了,刁笑起來。"大副,做工作倒不錯! 佩服,佩服! 打開天窗説亮話。問儂,這隻箱子是啥人個?"

"王先生,你問箱子,是我個。"

"勿是儂個!"

"難道是你個!"

"我看小小房間,用不着箱子個!"

"太太要買,帶回家去不會犯法個。"

"實對儂説,不是你個,也不是你的太太個! 是那漂亮的女人個,也不是那漂亮的女人個;原是一個穿西裝的朋友個! 你説對哦! 倷你明白了,心死了吧! 快説啊。"

何大副聽他説話,知道王政是在重慶跟來的。老甫做事草率,把特務引來了,加了不少麻煩;但是態度仍是十分鎮静。"王先生,別看錯啊。顏色相同的箱子多的是呢。"

"好啊,看錯,問你裏邊放些什麼?"

"没有告訴你的必要!"

"你需要説明。"

"好吧。三套西裝,還有絲襪,化妝品等。"

"打開看看,檢查!"

"我不同意!"

"我有權利檢查,我是軍統局來的!"

"那麼請你查哦!"

"鑰匙拿來!"

"没有鎖着！"

王政思想：不要没有什麼？怎麼重要的箱子，會不加鎖的？共產黨做事總是真真假假，虛虛實實，捉摸不定的。倒非檢查不可，不能大意。"何子畏箱子未開，老實説吧，我還能原諒，否則不要怪我無情！"

"請檢查吧，何必囉嗦！"王政伸手來開箱子，不知箱子裏檢查出什麼東西，停停再説。

特務王政，這時心裏快活，説勿出來，箱子打開，起手是一個紙包，思想這定《挺進報》哉。有數目個。那麼牌頭照牢，拿捉何子畏，還有那個女人，押到重慶，打開缺口，招出重慶地下組織，把共產黨可以一網打盡。那是功勞獨大。美國顧問就要特別看重我，獎金勿小。

王政隨手就把紙包撕開來，看到裏面有個紅字，一想：共產黨是紅色的黨，不知又是共產黨的什麼刊物？再一看，下面露出《紅樓夢》三字，下面都是香水、雪花粉。那麼賽過皮球漏氣。瘙脱哉！王政這一驚不小，面孔頓時會發青起來。

何子畏冷冷的笑了一聲。"王先生，抱歉，《紅樓夢》小説，忘了告訴你。我説的一樣勿錯，阿是西裝、絲襪、化妝品等啊。請你下趟做事要弄弄清楚，勿要大驚小怪，鷄貓嘶叫的，大家過不下去！"

王政一聽，這倒没趣了。"走吧！"灰溜溜的跑了出去。

何子畏看王政跑出，穿上大衣，馬上跟了出來，轉身把門鎖好，也走了。

看官，箱内對物件，早已轉移脱了。何子畏早防一脚，關照過小朱。前書説：小朱在房裏停留十多分鐘，是把東西放到旅行袋裏去了。這隻袋放在床下。床上掛着長長的被單，不把被單撩起來搜查,是覺察不到的。何子畏出了房間,思想敵人是狡猾的,一時掩護過去,頓會,他想通了,可能去而來。所以跟着走出,把門鎖好,再想辦法。

王政走出房間,人呆掉,思忖:這隻箱子,來得希奇,怎麼是些西裝和化妝物品呢?江風陣陣地吹着,王政想了一會倒想着了:這房間是沒有第二人進去的,又沒有後門,我看得明白:一定是箱子裏東西出了當,還是擺在房裏。要想再去檢查,看門已鎖了。不要打草驚蛇,待我守他回去。出其不意,再衝進去,那可以弄個水落石出了。

何子畏隨着船舷行走,江風吹來,思想:祇有把這東西迅速移開,方纔安全。那麼,把這旅行袋轉到小朱的房裏去吧。就來尋小朱,恰好小朱跑來。"小朱,恰纔碰到一隻小狗。狗尾巴朝着箱子兜兜。"

"祇一隻小狗嗎?"

"狗是勿少,祇一塊肉,分不勻,一隻狗想獨吞個。"

"單腳狗。"

"是啊,有事和你商量。"何子畏向小朱耳語幾句,小朱明白了。

何子畏就去方向臺,幫助旁的大副。半夜一過,到兩點鐘光景。走下方向臺,到了自己房門口。這時,夜深人靜,祇聽江水滾滾而流。何子畏開門,從床下把旅行袋取出,提了就走。王政暗中看得清楚,"不許動!"把白朗林手槍漾了出來。"小何,孫行者七十二變,你的本事也勿小。好吧,跳不出如來佛的手掌心吧。"王政奸笑一聲:"問儂,旅行袋是些什麼東西?"

"好吧,有話我們到房裏談談!"何子畏開門退了進去,王政跟着進來,"趕快打開來,查查看,旅行袋是什麼東西,再不是化妝品吧。"

何子畏面孔一沉,説道:"倷看吧。"

特務緊握着槍,來提旅行袋。身子彎了下去,想把旅行袋打開來。

何子畏趁王政不留意時,一脚向他右手踢去。特務槍被大副踢去,隨手就向大副悶心一拳。你前我後,兩人扭做一團。何子畏被特務打在地上,身子想竄起來,王政把紅木衣架推倒壓在他的身上。何大副二次跌下,王政衝前來,一抓掀住。正在危急之時,王政背脊忽地飛來一把匕首,正中他的脊背,直戳到心臟,王政馬上摔倒。

看官:這把匕首是小朱擲的。小朱和子畏約好辰光,等等勿來,知道出了事故。帶了匕首,前來助戰。原説備而不用,正好用上了。

"大副受驚哉!"

"没有什麽! 爲民除了一害!"

兩人看特務已死,就把他的尸首趁着夜深人静把他抛入嘉陵江中,喂魚吃,後書不提。

兩人回頭,把房内血迹揩乾,血衣投入江中,弄得乾净利落。特務的一支手槍,何子畏帶回重慶,向領導交代。事情已過,江姐那裏,何子畏也不須談起,省去周折。

天色明亮,輪船靠岸。三號艙房,小姑娘提了行李,早到船口去等上岸了。

江姐關了房門,網籃中取出藍布士林旗袍,穿換。頭上圍着圍巾,脚上穿着搭攀布鞋,像個鄉村小學教師樣子。換下衣服,放在網籃裏,讓大副前來處理。

一會兒,大副來了。"啊,表姐! 你的東西還你。"

江姐看是換了一隻旅行袋,想大副做事十分細心。東西已移轉在裏面了。這樣可以更爲安全些,所以也不必多問了。

"表弟，見了姑母有啥話吧。"

"請你帶一樣東西去。"

"好啊。"

江姐一看，何大副遞給他一匣火柴。打開一看，是匣黑色火柴，但中間有兩支是紅色的。江姐心中明白。

"表姐，有朋友問你借，你就借給他好了。"

江姐答應一聲。

大副説話已畢，船上人雜，也就不送了。

不多時，輪船到了碼頭。那麽要來一個人，前來迎接，一同上華鎣山去。這人就是雙槍老太婆的兒子華爲。那麽華爲要迎接江姐，上華鎣山去？且聽下回分解。

編者説明：本文據手稿稿録編，稿紙封面於題下署云："劉操南根據《紅巖》小説改編，1965，2，22，初稿；1965，6，18，修改　於（諸暨縣）灃浦公社西山社教工作組。"劉録稿附注："《揖曹軒詩詞》上編《大兼溪曉行》中記：五月卅一日，應保和社教工作隊邀，去大兼溪，夜説《紅巖》；次晨登山，賦此。"

彈詞開篇（四篇）

歌唱焦裕禄

白雪皚皚朔風寒，紅梅綻放在黃河畔。六二年焦裕禄來到了蘭考縣，他是壯志凌雲鬥自然。聞說道：蘭考眼前有三害，祇見那黃河故道風沙一片白漫漫。他是到縣先把《毛選》讀，未啓航，先要握定方向盤。毛主席的親切教導響耳邊，"没有調查就没有發言權"。從此他率領調查隊，要把灾情細細的掂一番。這時節，他患着慢性肝癌病，同志們就婉言把他勸。他說道："吃别人嚼過的饃没味道，不上前綫還算什麽指揮員！"他是肩背乾糧手拿傘，崎嶇那怕路迢遠。有一次，大雨下了七晝夜——人踪絶，飛鳥斷。他彎下身子，按着肝部，踏着洪水，邁開脚步，領着三個青年誓把水勢探。青年替他撑開紅雨傘，他把水勢一幅一幅畫上好多轉。方圓跋涉了五千里，摸透了三害的根源。一幅排澇泄洪藍圖制訂好，縣委領導就總動員。夜深沉，他再把《毛選》讀，毛主席怎麽說，我就怎麽辦。他關心群衆生活，問饑問暖；和群衆同睡一條坑，同吃一鍋飯。趙垛樓有他播的種，雙楊樹有他流的汗。焦裕禄爲人民嘔盡心血。秦寨社員說："用嘴啃要把鹽碱地啃翻"；韓村社員說："用手捧要把洪水捧乾。""我們和焦書記一道,奮發圖强猛力幹!"却不料,病魔終於奪走了他的生命,但奪不走他那改天換地的英雄膽。這真是:蘭考人民多奇志,繼先烈,敢叫日月換新天,建設好社會主義的家園。

郭汗生修路過壽辰

丙午(六六年)正月初五日,朔風怒號天尚黑。床頭老公喚老婆,雄雞未唱我將出。昨宵看了《王傑頌》,一夜心潮勿曾歇。記得那年大病高燒發得天地轉,全靠黨給我派來了醫生來救活。今朝是我六十壽,修路要到趙阢側。老婆説:"你去吧。我的肚裏也是壁壁亮,嚴通格。"老公拿了一隻畚箕、一把鋤頭出門去,祇見那水雲密布,漫天飛着鵝毛雪。他是連連撲了幾寒噤,氣昂昂意志堅如鐵。老公是一邊扒來一邊填,那管他高天滾滾寒流急。陂的削平窪的填,小橋踏步墊好一級級。老婆燒着稀飯等待他,直等到八點過三刻。老公帶了兩隻肉粽子,早餐吃罷又走出。他是風雪之中頻來去,襄衣上下雪花凝成一片白。雪虐風餐何足懼,祇見那紅梅吐艷香氣愈凜冽。老公想的不是自己受風涼,防的却是行人一不小心會滑跌。從自家村裏修出去,遥遥七八里,直修到天色墨墨黑。人家就説了:老伯伯,甘蔗老來甜。天價冷,你該在屋裏歇格歇。他説道:人家一不怕苦,二不怕死,我在學王傑啊!這真是:趙四大隊郭汗生,修路過壽辰。可敬那,爲勞動而生,生非虛生食;是貧下中農高尚的新風格。

張家公公三個夢

張家塢裏張家公,隊裏人稱老來紅。軋道愛軋小青年,老話常講三個夢:第一個夢是白飯夢。三十年前度殘冬,雪花飄飄肚

皮空,蹲在草堆裏向打瞌銃。忽然間,一碗新煮白米飯,捧到手
裏熱烘烘。米珠粒粒大,香氣陣陣衝。剛想拿起筷子扒進嘴,耳
邊廂,猛聽一聲樸隆通。冷汗直流淋到腳,翻身驚醒是個夢。睜
眼看,狗腿子高提紅燈籠,地主賊眼撐得凶。我說荒,他裝聾;我
說苦,他發蹦。乒乒乓乓打碎我隻破飯碗,他罵我,抗租不交死
裝窮。掉頭回家去過年,爆竹放得半天紅。我身上繫着五花綁,
大年夜裏把我關進了黑牢洞。第二個夢是山芋夢。地主奪田没
地種,我就到窮山野裏去墾荒,手腳熬得像枯松。流血流汗換來
一片土,紅心山芋種兩壟。夜裏還怕豹狗來,露天樹下打瞌銃。
忽然見,山芋葉子像樹蓬,山芋壯得像水桶。估估產,幾千斤,可
以度過三春和一冬。我正想,挖根山芋嘗嘗看,嘴裏肚裏有點熱
哄哄。一甜甜到心窩裏,睜眼醒來原來又是一場夢。狗保長高
舉青藤條,打得我渾身火辣痛。他罵道:你格該死王八蛋,我的
金山你來種。一腳把我踢下山,放火燒了我格破草蓬。我不肯,
我要爭;他發狠,他行凶。他勾通了那個狗鄉長,又把我關進了
黑牢洞。他霸了我的墾荒地,他搶了我的山芋種。奪了人家房
子還奪了田,他還買支手槍逞威風。我腰裏留下這個老毛病,到
今朝,陰天落雨還要痛。第三個夢是水牛夢。種田人不忘把田
種,我正牽牛下田畈,耕到西來耕到東。泥翻水潑嘩嘩響,那條
牛,忽然向我狂叫發牛瘋。水牛那裏會咬人,仔細看:兩隻惡狗
在逞凶。我急忙拔腳飛快跑,祇當我自己還在做噩夢。躲進破
廟歇格歇,纔看見,兩腿已經蠻蠻腫。鮮血染紅破黑褲,狗咬肉
碎連心痛。原來是我没田没地種,沿街討飯闖西東。餓了三日
肚皮癟,兩眼發黑烏洞洞。倒在那黑漆的大門前,可恨那,地主
放狗來行凶。他要我窮骨頭喂他的狗,他要我在他的狗嘴巴裏
把命送! 幸虧我那時逃得快,到今朝腿上還有幾個洞。張家公
公說着三個夢,眉毛聳得像山峰。張家公公說完三個夢,咧開嘴

巴笑融融。翻身全靠共産黨，窮人道路纔走通。人民公社無限好，集體經濟顯威風。日子越過越滋味，鮮花越開越嫣紅。階級敵人不甘心，還望烏雲罩晴空。我們貧農下中農，要緊握印巴不放鬆。哪一個，把階級鬥爭忘記掉，被那地富反壞眼迷蒙，從頭聽取我講的三個夢，好好想想我講的三個夢。小夥子，小姑娘，甜水裏生來甜水長，身上沒有陳年痛。要曉得，階級敵人啥本性，要牢牢記住今朝我講的這三個夢。

丁彩娟同志家史歌

秦晋高原雲欲立，秦晋高原呼聲急。人民壯志吞山河，平型關前殺大敵。日寇千里蔣匪幫，罪行滔天甘賣國。蕭山晝夜敵機來，湘湖變爲虎狼域。此時我幼纔七歲，苦難家史難盡述。我娘一手搶棉絮，一手拉我出彈穴。回首阿爹已塵土，觸眼血尸相枕籍。倉皇東奔詣紹興，風雨漫天天昏黑。爺爺臺門爲雜工，祖孫銜憤相抱泣。覓得檐下一席地，白晝街頭各行乞。捱餓受凍春復秋，可憐我娘罹奇疾。渾身生下疙瘩瘡，一眼蟹珠珠突出。夜間噩夢頻呻吟，白晝四肢渾無力。進入復康西醫院，撞着瘟神施乃德。病房我嘗去探訪，護士見我施誘惑。你肯賣身作養女，三餐魚肉不愁缺。窮人窮極有骨氣，我娘對他婉言絶。一日娘病稍痊可，憂喜交并集眉色。轉告爺爺籌藥金，出院聚首共旦夕。爺爺跟蹌出門行，四鄰無煙少職業。歸來四顧無辦法，對我聲聲長嘆息。我娘醫院渴望歸，瘟神卡住苦難説。是日太陽初下山，阿娘凶信爺聽得。好端端人怎死去？聞言我似五雷擊。急往竊窺太平間。娘眼已空腹剖裂。窺罷頓足嚎啕哭，道旁聽者皆凄惻。爺爺老年添病痛，一卧不起祇旬日。茫茫天涯一孤女，千愁萬恨胸頭叠。遂向紙坊作傭工，窮途出入周家宅。朝朝背紙比人高,毒打捱餓没歲月。庶知萬惡舊社會,漫天匝地陷井設。裂眦齒指記儺人,苦難寒暑十九易。雄鷄一唱天明亮,東方升起紅太陽。毛主席、共產黨,救我窮人出火坑。創傷就醫治,職業進茶廠。結褵團聚樂,四兒日夜長。三男勤讀書,長女早下鄉。重回獅子街,意氣甚昂揚。一日街坊言嘖嘖,見娘照片懸畫壁。我驚走趨展覽館,駭異人間出奇迹。講解員指着説:美帝文化侵略計何酷,這隻木制電烤箱,要我阿娘身藏匿。高熱升至一一六,六個小時不停歇。我娘厲聲喊:"砲煞",瘟神那管窮人死與活。痛哉我娘作試驗,慘叫一聲斷氣息。再訪醫院老雜工,慘景在目猶歷歷。即此殺人一凶器,沾滿中國人民血。醫院掛的救人牌,却是一座活地獄。民族恨、階級苦,使我心頭憤火不能熄。修正胡説有民主,真是騙子大工賊。我們不吃二遍苦,堅決打倒一小撮。不可好了瘡疤忘了痛,鬆鬆垮垮圖安逸。憶苦還當思權字,風尖浪口心更赤。春寒料峭風雨夕,細聽彩娟説一一。熱泪盈眶不能止,萬丈怒火填胸臆。齊爲彩娟哭,齊爲彩娟唱。世界三分之二人民未解放,願化悲痛爲力量。一顆紅心忠於黨,備戰備荒爲人民。主席教導永不忘,繼續革命勇往直前不轉向。

　　編者説明:以上四篇均據代抄稿録編,前三篇寫於六十年代,後篇題下小字注云:"一九七一年四月十四日寫於紹興茶廠。"

鋼鐵英雄救爐記（評話）

第一回　劈青山白手起家　搶紅旗幹勁衝天

詩曰：

> 英雄壯志衝雲霄，鐵水滾滾似浪潮。
>
> 漫向閑林埠下走，紅旗插遍青山坳。
>
> 往日荒山野澗地，今朝爐群密如蒿。
>
> 開天闢地從頭數，英雄人物看今朝！

話說這首詩單表閑林埠煉鐵煉鋼事業的興起，待我慢慢道來。

1958 年 8 月，黨中央向全國人民宣布了年産 1070 萬噸鋼的生産任務，提出了在工業戰綫上以鋼爲綱，全面躍進的方針。全國人民風起雲湧，熱烈響應，掀起了一個全黨全民大辦鋼鐵的熱潮。不多時，土高爐、洋高爐星棋密布。全國出現了分秒必争，蓬蓬勃勃的新氣象。杭州市人民也乘風破浪，鼓足幹勁，力争上游，要把這秀麗的花園城市，添上鐵水鋼花。閑林埠鋼鐵廠在這時蓬勃地發展了。友人陸高平同志有詩爲證：

> 天翻地覆新時代，紅旗招展上山來。
>
> 東峰打鑽西坡探，地下寶藏庫門開。
>
> 黨的領導真英明，以鋼爲綱好方針。

金光閃閃放異彩，全黨全民上山來！
農民手折紫花藤，連夜結繩捲舖蓋；
幹部走出辦公室，揮起鐵釬當筆桿；
姑娘解下絲圍巾，要采鋼花頭上戴；
車工跨下三輪車，願踏鐵輪轉鋼軌；
小販歇下糖果擔，飛奔爭搶雲礦塊。
東邊西邊有人來，南邊北邊有人來，
千人來，萬人來，千人萬人匯人海。
黨委書記舉起鋤，千鋤萬鋤一齊開；
黨委書記砌塊磚，千磚萬磚一齊蓋。
一天等於二十年，面貌立時大變改。

這閑林埠位在杭州西北，離城祇三十多里。六路汽車直達。背依丹嶂，面臨清水，丘陵起伏，平原馳張。杭徽公路，自東往西，蜿蜒而過。這山自天目馳來，氣魄雄偉。所謂："天目生來兩乳長，龍翔鳳舞到錢塘。"這水稱西溪。秋末蘆花似雪，最為清麗。出賣魚橋，匯入運河，直通北京。東北折向半山，接滬杭鐵路。整整一座營盤山，蘊藏着無窮鐵礦，乃是發展鋼鐵事業的好地方。市委提出在這裏興建高爐，發展煉鐵煉鋼事業。又派了領導幹部，到閑林埠劈劃經營，決心讓鋼帥早日升帳。這時，四面八方的人都來支援。運輸工人駕着汽車日夜奔馳在杭閑道上，運來大批物資。築爐工人揮汗苦戰，從平地建起高爐。機械工人停車讓路，趕造了大鼓風機。鋼鐵廠需要工人：農民、學生、店員、理髮師、復員軍人、三輪車工人，都背着行李跑來。天天都有一隊隊人前來報到。大家雖都不是熟練技術工人，但老兵帶新兵，新兵變老兵，過了一旬半月，"爐內煉鐵，爐外煉人"。都很快變成鋼鐵戰士。回憶一年前，四野尚是茶山稻田，交加之藤，怒生之竹，蔓延山澤。初時祇一二百工人采石築路，現在已發展到四千人左右。在山脚邊建起八立方米高爐十二隻，二十八立方米高爐四隻。有八個車間。煉鋼設備已在安裝，煉焦正在發展。鋼鐵廠的規模，已僅次於半鋼和紹鋼。正是：

> 鋼架磚塔迎朝陽，巍峨高爐氣勢雄。
> 一排相連十二號，號號爐門噴火紅。
> 猶如天仙歌舞罷，飄落彩綢變金龍。
> 礦山吹拂百面旗，石沙泥土一片紅。
> 工人手握金鑰匙，打開山神珍寶宮。
> 踏碎臨空千尺巖，削平穿天百丈峰。
> 巖碎峰平成坦路，礦車飛馳快如風。
> 風吹路邊綠柳條，綠柳條外黑煙濃。
> 黑煙起處有車間，車間相望各西東。
> 當年一座營盤山，祇留空名無影踪。

營盤山下，白天紅旗遍野，夜間燈火輝煌。日日夜夜，總是車聲喧鬧，爐火熊熊。而在大煉鋼鐵中，湧現出無數英雄人物。真是千頭萬緒，三天三夜也説不完。這裏且尋個綫頭，從十月初説起。

話説這一日，天氣晴朗。正是：青山施嬌艷，綠水展光明。鋼鐵廠會堂中響起了一陣熱烈的鼓掌聲，黨委書記走上了講臺，向全廠職工發出了比高產、比品質、比省焦的紅旗競賽的號召。這一號召，立刻得到全廠職工熱烈響應。采礦工人一馬當先，創造了日產 4611 噸礦石的新紀錄。比九月份平均日產量翻了三番。看官，且聽他們響亮的聲音吧：

> 十月五日天氣好，五顏六色彩旗飄。
> 迎接生產新高潮，全廠職工勁頭高。
> 爭紅旗，比指標，采礦工人逞英豪。
> 情願自己多流汗，要讓高爐吃個飽。

閑林埠上，日日夜夜傳捷報。

他們個個心情舒暢，精神抖擻，勁頭十足，信心百倍。大家齊喊着："雨天當晴天，晴天當兩天；苦幹加巧幹，日產三千噸。"這場競賽真是波瀾壯闊，氣象萬千。老工人搶做重活，婦女們不甘示弱。怎見得？有詩爲證：

莫看婦女氣力小，我們的幹勁衝雲霄。
膽量賽過穆桂英，戰鬥更比木蘭好。

青年尖兵突擊隊表現得最活潑，最勇敢，也最突出。提出了"火綫立功，爭取入團"的口號。在擂臺上貼出大紅對聯，上一句寫着："武松打虎靠勇猛"；下一句寫着："創造紀錄仗幹勁"！有的找炮位，有的把風鑽，有的從 200 公尺遠的池塘裏，把水挑上 70—80 公尺高的山峰。苦戰了兩個小時，就打出了 6 個炮眼，增採了 150 噸礦石。團員陳毓陶小組，日產量從原來 70—80 車（每車 12 噸），躍到 139 車，接着又連創 150 車、180 車的新紀錄。各組奮勇直追，形成競賽熱潮。當大家苦幹的時候，黨支部提出指示："光靠苦幹是不能解決根本問題的。"大家經過討論，提出了"幹勁加鑽勁，實現五個化（索道化、漏斗化、車子化、機械化、自動化），解放肩膀"的口號，大鬧技術革新。正是：

智勇雙全突擊隊，開山采礦顯神威。

到八日下午四時，高爐車間第二戰場又開闢了。經過一晝夜苦戰，生鐵日產量迅速提高到 73 噸多，比七日日產量翻了三番。八立方米一號與四號高爐奪得紅旗，日產量躍過 12 噸以上。這兩隻高爐，真是一對勁敵，你追我趕，各自爭先。四號爐爐子品質是較差的，領導提出指標日產 7 噸，力爭 8 噸。一號爐是日產 10 噸，力爭 12 噸。四號爐戰士經討論後，立即提出與一號爐相同的指標。旗門大開,向一號爐下了戰書。十日這天,四號爐搶先達到日産生鐵 12.45 噸,突破高産指標,獲得廠黨委和行政的表揚。這一成就,大大鼓舞了一號爐的生産,多次修改指標。提出"確保 10 噸,力爭 13 噸""確保 13 噸,力爭 15 噸",十一日下午三時,達到了 12.245 噸,正向日産 14 噸邁進。衹見:

> 這壁厢破聲響如雷,那壁厢風鑽光閃似電。這個攀繩索,奮身快似箭;那個推斗車,跋步疾如飛。這壁厢捲揚機上下飛舞;那壁厢出鐵水東西滾流。泥槍去處,迸出千條金綫;鐵鈀搭來,飛起萬道紅光。人人如武松勇猛,個個如愚公再世。正是:盤旋來往大競賽,誓把衛星飛上天。

在這戰役中,各車間、科室,每日總有百餘人前來助戰。書記親自掛帥,領導親臨現場,日夜指揮作戰,因而戰果輝煌,捷報頻傳。

花開百朵,單表一枝。且説第一車間,也拿出了苦幹、實幹、巧幹的精神,投入戰鬥。二十八立方米一號爐提出了保證日産 24 噸鐵,二號爐提出了日産 20 噸鐵。大踏步邁進,正是打得火熱。二號爐從 12 噸,13 噸,17 噸,扶摇直上,眼看快要奪得紅旗;哪知突然爐子發生了事故,工人們摩拳擦掌,焦急萬分,想:高爐病了,怎麽辦,趕快設法搶救。工人們信心百倍地擔當起新的任務。正是:

> 哪怕困難大似天,鋼鐵英雄志更堅。

畢竟二號爐出了什麼事故,吉凶如何,且聽下回分解。

第二回　煉頑石高爐得病　鼓烈風英雄會戰

詩曰:

鋼鐵英雄意志強，猶如猛虎下山崗。

天大困難擋不住，晝夜戰鬥在爐旁。

泥槍去處千條綫，鐵鈀搭來萬道光。

黨委書記一鈃下，千鈃萬鈃一齊揚。

話說閑鋼大放高産衛星，大家正拿出衝天幹勁來。到十七日下午，二十八立方米二號高爐忽地發生了事故。工人向廠領導彙報，李書記、丁副廠長聞訊趕來，四周一看，操作的人都跟了上去。李書記、丁副廠長在爐邊走了一圈，大家就圍了攏來。

看風眼的人說道："爐温降低了。呀！看去爐缸快紅了。"

管捲揚機的說道："爐喉温度升高，料尺不動，已少下了好多批料了。"

爐前工跑來說道："出鐵口，鐵鈃已打不動了。"

看熱風機的說道："煤氣多時沒有了。"

丁副廠長問道："大家看，高爐患了什麽毛病？"

有的說是喉部結瘤；有的說可能是渠道問題。

李書記問道："怎樣解決問題？"

有的說道："加硼石，洗爐子。"

有的說道："加焦炭，增高爐温。"

有的說道："可能是懸料，先排風。"

李書記、丁副廠長和工人們商量了一陣，確定是懸料，決定先排風。

這時，爐長楊曹金、車間副主任余百雄、車間支部書記顧嚴華等和一班工人們頓時忙了起來。有的拿榔頭，有的拿鐵鈃，有的拿鐵鈀，都奮勇前來，一人持着鐵鈃，一人猛力的打，一人把渣滓隨時挖出來。三人一班，更替輪換。這榔頭看來有廿來斤重，鐵鈃足有一丈多長，打起來委實吃力。人站在爐旁，熱的很，汗流滿面。拿鈃的人，手燙的捏不牢。榔頭打來，虎口像被震裂似的。塞住爐口的東西看上去像飴糖一樣,但却難打動它分毫。鐵釬放着,要不斷地轉,不住的拔;否則鐵釬一紅,打着便彎了。所以兩眼要盯牢火口,臉不能朝開去,爐火炙的臉上焦辣辣的。

大家盼望早早修好,都搶着來做。一個還未打够,第二個已搶上來了。

"排風!"一聲喊,楊曹金拿了鐵釬,余百雄拿了榔頭,先上前來,大家來奪已來不及了。楊曹金緊握鐵釬,眼向爐口,在爐邊站的久,身上灼熱,袴子同肉貼牢了,感覺刺痛。余百雄榔頭打來,人震動,想向上跳。楊曹金却站的更穩。余百雄雙手捏着榔頭,猛打,渾身力氣都放在上面了。李書記、丁副廠長、顧書記爭着與大家一起幹,工人們在黨委的領導與鼓舞下,一個接一個,打的愈來愈勇敢。打了兩小時,鐵口祇打進很小一段。

忽聽後面一聲喊:"我來!"祇見這人清眉朗目,滿面紅光。頭戴風帽,身穿帆布工作衣褲,足登高幫皮鞋,直衝上來。大家看時是李聖喬。這人原是學生,初來時搖搖晃晃,東西抬不動;現在肌肉發達,氣血充沛。他在全廠掀起挑應戰高潮時,滿懷信心,奪取紅旗。現在焦急着爐子生病,又看大家正緊張工作,插不上去,所以大喝一聲,奪過榔頭,左手在前,右臂在後,使出渾身氣力,猛打過去。正如武松打虎一般,又狠又猛。大家打了許多時,忽聽嘩啦一聲,鐵渣噴了出來,鐵口打通了。正是:

祇要功夫深,鐵杵磨成針。

鐵口打通後,大家又把渣口打通。四隻熱風管頓時忙了起來,大力鼓風。鐵渣焦炭猛噴出來。余百雄從風眼中一看,祇見爐光閃動,爐缸裏狂風大作,捲着焦炭鐵渣,向洞口猛衝出來,如餓虎一般。祇聽"嘩嘩嘩"的聲響,風趁火力,火趁風勢,直衝到對面一號爐壁上。溫度有一千餘度。這時爐缸空虛,如若停風,冷空氣鑽進，遇焦炭產生煤氣。煤氣上升，無處跑出，爐子會爆炸。需要把洞口堵塞，但這時堵塞爐口，却不是件容易的事。你即使有水牛般力氣，也顯得渺小。這噴出來的焦渣，沸滾發燙，一着人身，像被鐵蟲咬着一般，休想擺脫。但是對鋼鐵戰士來說，這點困難，哪裏放在眼裏。正是：

　　　　不勝困難誓不休，定叫鐵水日夜流。

大家提着泥槍，奮勇前來，一個接一個的來堵渣口，足足戰了兩小時。人叢中早闖出一人，祇見這人濃眉厚唇，紫紅面孔。眾人看時，却是工人周水根。周水根提了泥槍，竄上前來。從火苗旁猛衝上去，還未踏上三步，焦炭已飛到額角上。周水根嘴一閉，踏步上前，看準了洞，手一挺，把泥團塞進洞口。旁邊的人忙把耐火泥擁上。說時遲，那時快，周水根泥槍纔拔出，祇聽豁啦一聲，"嘭!"泥塊直打出來，彈到對面爐壁上。大家惋惜這槍又落空了，霎時，周水根取過第二支泥槍，捏的緊，直衝上來。心想剛纔拔的太快了，泥團塞不住，這回可要小心了。槍挺進，猛用力壓着，再拔出來。尋思這回可成功了，哪知爐風經這一堵，衝力加大，又狠狠的把泥團直噴出來，連周水根的衣服也燒着了火。李書記忙叫道："老周，快下來吧。"哪知周水根捏上了第三支泥槍，心中盤算道："第一槍拔的快了，沒有壓；第二槍雖壓了一下，忘了把槍旋一轉，讓泥與槍分離開來；第三槍要小心。"周水根搶步直衝洞口，又把泥緊緊貼上，壓一壓，旋一旋，停了一會，足一蹬，拔了出來。心想，這次總塞牢了，不料哄隆一聲響，泥塊又飛了出來。爐內渣子，雨點般向外飛濺。周水根一腳踏空，摔了一跤，一隻皮鞋燒了起來，忙奔到水池裏浸了一浸，轉身再來奪槍，哪知泥槍早給人奪去了。周水根腳燙傷，旁邊醫務同志瞧見，忙與他敷治了。正是：

焦炭紅爐爐紅心,熾火煉鐵鐵煉人。

堵了四五小時,渣口終於堵住了。看官,説到這裏,待説書人將這高爐略表幾句。二號爐與一號爐是並列着的,渣口相望,中間隔一水池,渣入水中,稱爲水渣,是製造水泥最好的原料。爐子因部位不同,有許多名稱:底層稱爐底,依次是爐缸、爐腰、爐身、爐喉。這隻爐子衹是爐缸是鋼板做的,其餘用耐火磚與紅磚砌成。爐缸有兩個出鐵口,一個渣口。爐腰有四個熱風管,風是從這裏吹進去的。管上有圓洞門,門上有小孔,稱爲風眼,用以觀看爐火。懸料事故,是料掛着不肯下來。一般采取大吹大噴,把鐵口渣口打開,大量鼓風,讓缸內礦渣都吹出來,接着將口堵住,突然停風。爐內上下壓力失去平衡,懸料會塌卸下來。此刻大噴大吹之後,大家透了一口氣。有的揩汗,有的抖衣,有的吸煙,有的一聲不響,都等待這勝利的到來。

余百雄去看風眼,大家都期待他傳來好消息。等了一會,料却沒有下來。大家説再來一次大吹大噴。這時已近黃昏。李書記一面繼續鼓舞群衆堅持搶救;一面看二號爐人力不足,有些疲勞現象,決定組織人力,前來支援。顧書記和李書記、丁副廠長及工人們一樣,內衣都濕了;外衣燙了不少洞眼。喉嚨乾燥不過。顧書記説道:"我去組織人力去。"説着走了出去。在路上碰着三號高爐的工人,顧書記問道:"你們到哪裏去?"那班人説道:"我們去支援二號高爐。"顧書記道:"正好,我正要來看你們。二號爐等待着你們的新生力量。"

三號爐工人到了爐邊,爐長與爐長碰了頭。二號爐的工人很興奮地説道:"三號爐同志大力支援我們,我們更該加油幹,把爐子趕快搶救好。"這時夜漸漸深了,山間寒氣襲來,這對鋼鐵戰士來説,却似六月裏打扇,無比清涼。大家再抖擻精神打渣口和出鐵口。這口凍的更緊,狠狠的打,一記也不放鬆。鐵釬打彎了到錘磴上敲直；榔頭柄打斷了，換上新的；衣服燒着了，換過再幹。百折不撓的打，這口又打開了。隨即進行第二次吹噴。吹噴後，再作堵塞工作。大家又抖擻精神，手持泥槍，衝上前來，大力鼓風後，"嘩嘩嘩"，爐風打的更快。"拍啦""拍啦"渣火衝出洞口，向四面八方飛濺開來。爐前一片紅光，映得水池血紅。這火舌直衝到一號爐壁，燒的滾燙；火光向四邊折散，金光萬道，如千條游龍，蜿蜒上下，左右飛舞。焦渣劈啪作響，如流花雪爆。落入池中，不斷打滾。渣積池中，像小山一般。戰士們穿着工作衣，來回搏鬥。

驀地時，一員小將，橫抱泥槍，竄上前來。人家眼掃過來，見這人濃眉厚唇，闊肩圓腰，知是陳順金。他原是農民，解放前放了六年鴨，受盡地主剝削欺凌。黨救了他，他十分感謝黨。來到閑鋼，更是幹勁十足。他看這爐子，國家費了數十萬元修起來的，如何能讓它壞了。因而他挺身前來，堵這洞口。陳順金堵後，楊曹金接上去，不料第二次大吹大噴，懸料又未下來。這時有人向李書記説道："趕快把二號爐的捲揚機裝到三號爐上去，不要使三號爐也不能上馬。"李書記揮手道："不要灰心，再繼續進行搶救。"到十八日下午八時，爐子已經四次大吹大噴，懸料仍未下來。有人想退卻了。李書記向丁副廠長説道："還是幹下去，我們能把它搶救過來的！"丁副廠長很堅決的同意了李書記的意見。黨委會不斷分析問題，提出新的措施。晚上又開會了，積極支持正確的意見。決議後，委派黃副書記去幹。黃副書記馬上掛了一個電話，乘了吉普車，在黑夜中風馳電掣而去。正是：

　　　　山窮水盡疑無路，柳暗花明又一村。

畢竟黃副書記去什麼所在，且聽下回分解。

第三回　市領導果斷定決策　梁工長智勇炸高爐

詩曰：

> 工人力量大無窮，搶救高爐顯威風。
>
> 炸凍智謀賽諸葛，吹噴幹勁勝武松。
>
> 上級黨委領導好，兄弟廠方義氣重。
>
> 群衆熱情比天高，工長膽識吞長虹。

話說這輛吉普車開得很快，自閑林埠經松木場，穿武林門、艮山門，直馳到半山鋼鐵廠。在高爐指揮部辦公室前停下來。黃副書記找到了半鋼張副書記。黃副書記把二號爐發生事故，如此這般從頭講了一遍。張副書記聽了，也很焦慮。馬上喚人請梁主任來。梁主任病體初愈，聽說閑鋼高爐出事，披了衣裳，從被窩裏跳了出來。黃副書記與梁主任先行一同乘車到了閑林埠。閑鋼工人見了，十分高興。

看官：你道閑鋼工人見半鋼工人到來，爲何這般親昵？祇因半鋼支援閑鋼，不是第一次了。凡是疑難問題，常常是半鋼同志幫助解決的。這梁主任，身材高大，生就一張長圓面孔，兩條長梢眉，一雙丹鳳眼。別有一番爽朗氣象。他名叫福山，現年四十一歲。已有廿一年工齡。原是石景山鋼鐵廠值班主任，調到半鋼，任車間副主任。曾往紹興、衢州等地協助搶修高爐，解決技術問題。現是杭州市人民代表。

却說兩人來到閑林埠，市委鋼鐵指揮部副指揮，又是重工業局黨委書記的崔洪生同志，深夜接到電話已經趕來了。正和李書記在巡視高爐，與工人邊談邊看。丁副廠長抬頭見兩人走來，說道："黃副書記同梁主任來了。"大家馬上握手。崔書記向黃副書記說道："老黃，你的電話我接到了。"黃副書記道："崔書記，你來的這麼快?"崔書記旋首拍拍梁主任的肩膀道:"老梁,你是有經驗的,一定要把爐子搶修好!"黃副書記道:"是啊,老梁是有辦法的。對症下藥,病就好了。"梁主任在爐子周圍仔細觀察了一陣,問明了情況,考慮半晌。這時,半山張副書記把自己廠裏事安排了一下,也已趕來了。大家交換了意見,同意梁主任對情況的判斷和他提出的措施。最後,市委鋼鐵指揮部的崔洪生同志指示:"既是可以用爆炸搶救的惡性懸料,那就不能放棄時機,有一綫希望就要救,放心炸好了,指揮部支持你們!"他這一說,叫人頓時增加了無窮力量。大家信心百倍地擁護這一措施,並立即行動起來了。李書記和顧書記連忙組織工人往吹空了的爐缸裏加木炭,好讓炸下來的碎塊燃燒熔化。

這裏閑鋼工人個個奮勇,人人爭先,正越幹越起勁。那裏半鋼張副書記向梁主任說道:"我去找梁工長來,炸藥也叫他帶來。"臨行又向梁主任親切地交待說:"老梁,二號爐就是我們的爐子,一定要把它修好。我們那邊的事,你放心好了。"說罷,乘着汽車回半山去了。張書記回到半山,馬上找車間主任王文起,對他說道:"閑鋼那邊沒有炸藥,你趕快去準備,同梁工長一同去。"王文起設法取了一箱炸藥、雷管三十隻、炮筒十二隻,與梁工長一同乘了汽車,趕向閑林埠來。

這時已經是後半夜兩點鐘了。梁工長到了閑林埠,眾人看他時:中等身材,赤褐皮色,是一個年輕小伙子。清朗朗兩條修眉,烏溜溜一雙圓眼。廣天庭,陡下巴。言語爽朗,動作敏捷。北京人氏,名德明。梁工長與梁主任會面後,兩人爬到洞口,看這懸料,沸沸揚揚,鬱結在爐腹爐腰之間。高有二米半到三米,團團結住。占爐圍四分之三。像一個仰天的喇叭,也像一個下垂的漏斗。梁主任笑道:"這霸頭碰着對手了。先炸它的肚皮,一次次的炸吧!"梁工長也笑道:"是啊。先炸爐前,鑿好縫眼,把炮放進去,把它的頭部先打翻來,再鑽入心肺。"梁主任道:"先給它吃四兩藥嘗嘗味道。性格摸到了,可大量的加。"梁工長道:"先讓它吃幾百棍,鑽個縫眼出來。"

看官,恕我插進幾句閑話。要知道這炸高爐不是尋常的事。炸敵人堡壘,愈猛愈好,頂好轟的一聲全部炸毀。這炸爐却要把它炸活。一面要把懸料炸了,一面却又要不傷爐子,哪裏小覷得了。再説炸的人吧。萬一炸得不好,自己生命也有危險。炸的步驟、地位、用藥分量多寡,不能錯一分一毫。這山崩地裂的事,做起來却比綉花還細。這二梁都是半鋼工人,擔這偌大的風險,不是在黨的領導下,政治掛了帥,發揮了共産主義風格,怎能有這衝天幹勁?

話歸正題,却説梁工長與梁主任研究了一番,決定爐前先鑽縫眼。工人們穿了石棉衣裳,奔上瓦棚來,梁工長指出打眼的地位與方向,與梁主任跑下來。火光從洞口射出,照得工人臉上發亮。足足打了半小時,第一個眼鑿好了。梁工長取了炮筒、雷管、火藥,爬上瓦棚來。跟着第二個人也爬上來。大家看時,這人眉清目秀,面色紅潤。都説道:"老炮手來了。"這人原是開硃礦的,作事也大膽得很。浙江溫州人氏,姓趙名森姆。趙炮手把藥裝進炮筒,直着縛在鐵棍上,梁工長雙手緊捏鐵棍。棚檐前站滿了人,抬頭瞧着。有的是杭建工人,雙手砌起這爐子的,希望爐子天天冒煙。炸爐是好是壞?心中十分焦急。有的是廠裏工人,把爐子看的比自己生命還重,一心要搶救它;並想看看梁工長是怎樣炸的,好向他學些技術。有的是附近跑來的老百姓,相信搶救高爐,工人是會創造奇迹的。都静悄悄的一眼不眨地望着。梁工長正待點火,把棍伸進洞去,猛回頭見下面這許多人,大聲喊道:"躲開,躲開。躲得遠遠的。你們不躲開,我就不炸了。"旋首又低聲向趙炮手道:"不能點!要待他們躲開了。萬一

有危險,也衹是我們兩人。"趙炮手聽了,十分感動。暗自思道:
"共產黨員到底與一般人不一樣!"當下就有人來,勸説道:"炸爐
是有危險的! 躲得遠一點,更遠一點。萬一爐子爆炸,磚石撞在
頭上,就來不及了。"大家衹好跑開。梁工長看大家走遠了。烏
溜溜的圓眼向爐眼瞧了瞧,説道:"點!"趙炮手用香煙點着引綫,
身子向爐右邊閃過去。梁工長把鐵棍對着縫眼伸過去,炮筒直
放在上邊,棍子攔住。看放的穩了。旋過身子,一閃就閃向爐子
左邊。一霎那,衹聽得"轟隆"一聲響,山崩地裂一般。趙炮手耳
朵震的像聾了,響個不停。山裏的鳥,聽到聲音都亂飛了起來。
梁工長聽到聲音,知道爐子沒有炸壞。走過來看,眼上大塊炸翻
了,眼下大塊轟下去。楊爐長從風洞中看,雜渣正紛紛掉下來。
霎時間,濃煙直衝上天。煙大了,爐喉裏冒不出,打回頭,從洞口
風口滾出來。煙霧騰騰,頓時把爐前彌住了。大家很高興的冒
着煙齊來問訊。

梁主任爬到洞口,看懸料的肚皮還是大的很,想了想,向梁
工長説道:"這敵人一絲不能放鬆它,狠一些! 給他吃六兩藥
吧。"梁工長道:"好啊。"找好了縫眼,點與工人看。工人鑿上了
第二個縫眼。第二炮放後,接鑿第三個縫眼,放第三炮。這炮用
了八兩藥。工人接鑿第四個縫眼,梁工長放第四個炮。這炮放
了十二兩藥,把肚皮狠狠的打下了一公尺多。共放了五炮,把肚
皮全炸塌了。這五炮從十九日半夜起,直炸到天明五點多鐘。
碎塊落在木炭上,逐漸的熔化了。

看官:這爐內溫度極高,炮筒放在高溫裏,理應一進爐就炸
了,爲什麼却不會炸呢? 這有個道理,待我慢慢道來。炮筒是這
樣構造的:外層是白鐵皮,茶杯粗細,有底無蓋。中套石棉筒,石
棉筒是用來隔熱的,這樣,炮筒放在爐裏,熱量傳不進去,就不會
炸。石棉筒放耐火泥。泥上放雷管與火藥。藥頂實再蓋耐火

泥,每一雷管有八百斤威力。加火藥,相互推動更是凶猛。

東方發白了,大家看爐子裏的掛料大半炸下來了,工人們敦促領導去休息,梁工長向市鋼鐵指揮部的崔洪生同志說道:"請去休息吧。問題不大了,祇需再炸幾炮就行了。"崔洪生同志向李書記道:"我們有了這樣的工人,還怕什麼問題不能解決呢?"李書記道:"炸這爐子確實不簡單。"梁主任道:"是啊,梁工長是京西門頭溝煤礦的老炮手,膽子確實很大,心又細。"

眾人正在談論,哪知又來了問題。梁工長忽然向梁主任道:"不好炸,我有些耽心!"梁主任道:"耽心什麼呢?"梁工長道:"剛纔鑽眼,打肚皮是直打的,好打,炮也好放。現在打左右兩臂,臂拱着,打的角度是向上傾斜的,不好打。鐵釬試一下,燒得軟綿綿的,一紅就彎了。眼鑽不好,炸就難了。對直打,要多開洞,爐子是吃不消的。我一來怕炸不下;二來怕爐子壞了。炸壞爐子就糟糕了。"梁主任道:"咱們和同志們談談。"在爐前大家談開了,認爲把鐵條尖端敲彎,對着臂,盡力的刮,這眼就可刮出來了,就這樣,大家流了兩小時汗,左臂的縫眼刮出來了。梁工長找了一根彎的鐵棍;把炮筒綁好,點着火,伸進去,把筒擱上,霎時就炸了。梁工長跑前來時,烏溜溜的圓眼向內一看。好厲害!這鐵棍炸的像油條一樣,旋了幾轉。左臂大塊炸下來了。大家嚷着:"趁熱打鐵!再鑽第二縫眼。"左臂上共鑽了兩眼,放了兩炮,左臂全炸下來了。再炸右臂,右臂炸了三炮,也全炸下來了。大家工作一次比一次緊張,心情一次比一次愉快。

梁工長笑聲未歇,看爐後一塊,又成問題了。十分陡峭,位置比洞口低,炮筒放上去放不牢,打眼看不清,力吃不上。這爐子又是純用紅磚、耐火磚砌的,不用鋼板,打了七八炮,震動很大,眼看抵不住猛力撞擊了,恁地怎樣對付? 正是:

　　烈火爐中煉真金,困難堆裏出英雄。

欲知梁工長怎樣炸這爐後，且聽下回分解。

第四回　創奇迹鐵水奔流　送錦旗凱歌勝利

詩曰：

> 鼓風機聲轟嚨嚨，爐前好漢露笑容。
> 不辭辛苦日夜戰，欣看鐵流如長虹。
> 人煉鐵來鐵煉人，鋼鐵戰士專又紅。
> 報導元帥升寶帳，和平福音樂無窮。

話說梁工長看兩臂全炸下了，但見後爐這塊，精光跌滑。怎樣打炮眼？炮筒怎樣放上去？正在躊躇，驀地從心頭勾引出一番舊事來。這是那年遊春的情景。正是：

> 西湖春色正宜人，水聲淙淙和琴聲。
> 行過蘇堤鶯百囀，柳絲飄漾草如茵。

湖光山色美麗，且不必說。他走到金沙港口，見一八十老翁，神彩奕奕，坐在溪邊垂釣，悠閑自得。釣魚？梁工長霎時想道：我不妨用太公垂釣法，把這眼鈎出來。想着便跑到熱風管上去，從高處望下來，斜覷爐後正清楚。用棍試試，這眼可用鐵鈎撈出來的。

梁工長十分高興地把意見告訴大家。這意見變成了力量。廠領導與大家加油幹起來了。工人們穿了工作衣，站在高處，用鈎斜着向下撈，這爐旁委實熱，像坐在火焰山旁，汗珠不斷像黃豆般直滾下來。鈎放進，霎時粘了，祇能撈出一點點。一人撈幾下，便需調換。人不知換了幾百次。大家都盼早點弄好，拼命的幹。但工作却愈做愈慢。大家想着：這隻爐子，杭州市人民眼睛都盯着它。爐子不修好，鋼鐵任務怎樣完成？想到這裏，雖苦戰了三晝夜，全無倦容，愈來愈勇。有些人眼睛都有些紅了，臉孔也有些發腫，却好像一點不疲倦，根本忘記休息了。一個接着一個，盡力的撈。撈了四五小時，這眼終於撈出來了。梁工長躲上熱風管，作好準備，用竹竿縛着炮筒。因爲這炮筒放得距離短，放得動作快，可以用竹竿的。用竹竿比鐵棍反來得靈巧。梁工長睜着圓眼，點着引綫，把筒迅速落在眼上，隨手取過五塊耐火磚把它蓋上。再捏幾把耐火泥垜上去。這下可使炸力盡量向下，防止炸渣濺出來，打壞爐壁，從洞口飛出來打傷人。梁工長纔垜好，避過身子，祇聽"轟隆隆"一響，垮下了一大片。梁工長一聲笑。說道："魚釣着了。"一炮打過，再放第二炮第三炮。整整三炮，把爐後掛料全打了下來。這時是二十日晚上十二時正。從十九日半夜起，十一炮打了兩晚一天。

廠領導把飯開到爐前來，梁主任、梁工長兩人爐前吃飯都怕耽擱工夫，熱騰騰的飯菜，常常放着變得冷冰冰的。李書記、丁副廠長屢屢催他們去吃，纔胡亂吃了些。

建築工人看爐子炸活了，興高采烈，穿了工作衣，很快用紅磚、耐火磚把洞砌補好，抹上石灰。鼓風機又"嘩嘩嘩"的施展了威力。直吹得爐缸發白。大家真高興得跳了起來。

梁主任看還有些剩渣未下，不必炸了，祇需用砒石洗刷就行了。這砒石是熔劑，能加高溫度，侵蝕性强。耐火磚受到侵蝕，剛在磚上的凝料，就掉下來了。所以不需再炸。梁主任分析情況，重新配料，多少礦石，多少焦碳，這樣那樣，由捲揚機送上去。這熱風停了廿多小時，爐缸鐵水已凝結，爐底上升。出鐵口已打不通了。大家說："用氧氣管來燒吧。"燒了四管還不中用。大家研究一下，把氧氣管向上斜着燒，就容易燒穿了。鐵口燒穿，餘鐵待溫度升高後，逐漸會流出來。大家輪替着燒。這氧氣管燒的是一段鐵管，鐵管接在橡皮管上，橡皮管套在氧氣筒上。這隻鐵管是愈燒愈短的。橡皮管接口處漏氣了,燃着火。楊曹金、趙森姆、余百雄手都燙傷了,都捏着管堅持工作。衆人看時,黨領導、廠領導又在辛勤的勞動了。四晝四夜都沒有離開爐旁。直燒到第七管,豁啦一聲響,這鐵口被燒穿了。

從十七日中午起,到二十一日中午,足足苦戰了四天四夜,鋼鐵戰士終於取得最後的勝利。下午四時,出渣後,快出鐵了。燦爛的陽光照在沙模上,每個人身上的血都沸騰起來。說書人說到這裏,身上的血也在沸騰了。大家圍在爐旁,像等待嬰兒出生一樣。楊曹金在看風眼,大家盯着他。祇聽他喊道:"快出鐵了! 快出鐵了!"大家準備好工具。鐘聲"噹噹噹"一陣響。大家聽的是多麼親切,那麼清脆、有力。有人說:"這不是鐘聲,這是勝利的號角,凱旋的歌聲!"

在一陣哄笑聲中,鐵水奔流了出來。李書記站前來,說道:"同志們,這場鬥爭終於勝利了! 同志們發揚了工人階級的革命英雄主義,爭取了時間,克服了困難,終於恢復了生產。這與半山同志的協助是分不開的。當時有人在困難面前退卻,現在我們用鐵水奔流的事實教育了這些人。這說明我們工人是有辦法的。"一陣熱烈的鼓掌聲。李書記與梁工長、梁主任緊緊的握手,激動地說道:"謝謝你們的援助!"梁工長道:"這是黨的領導,大家的努力。光靠我們兩人是不行的。"工人們都興奮的說道:"我們快打電話,向市委報喜。"大家還建議廠黨委送一面大錦旗,表示對兄弟廠無私援助的感謝。李書記都熱烈地贊同。半鋼同志也回自己廠去工作。

這一天,天氣晴朗,金黃的菊花向人點頭微笑。閑鋼工人歡歡喜喜敲鑼打鼓地抬着錦旗和感謝信,向半山鋼鐵廠來。正是:

喜孜孜齊敲金鑼響,歡騰騰共唱凱旋歌。

我這裏也唱上一段：

> 陽春天氣暖洋洋，鑼鼓喧天正作場。
> 不唱封建鬧迷信，不説生旦會鴛鴦。
> 單道高産大競賽，閑林埠上鋼鐵廠。
> 采礦煉鐵大躍進，紅旗飄飄到處揚。
> 驀地高爐出事故，工人心裏好緊張。
> 黨委親自來指揮，四吹四噴搶救忙。
> 爐腹懸料不肯下，看看大病入膏肓。
> 半鋼同志有奇策，一十一炮嚨嚨響。
> 手臂爐後縫難鑽，火焰照得臉發燙。
> 誰説搶救無希望，工人敢做又敢想。
> 梁主任和梁工長，獻策炸爐威名揚。
> 爐口欣看鐵水流，萬噸鋼鐵有保障。
> 感謝兄弟大協作，一面錦旗送半鋼。
> 聽我唱本救爐記，隆冬裏格隆冬鏘。

來到半山鋼鐵廠，張書記與工人們忙出來迎接。大家看艷紅錦旗上大寫道：

> 贈給
> 中共半山鋼鐵廠委員會
> 半山鋼鐵廠
> 　　高尚的共産主義
> 　　風格的無私援助
>
>
> 　　　　中共閑林埠鋼鐵廠委員會
> 　　　　　　　　　　贈
> 　　閑　林　埠　鋼　鐵　廠

人人臉上綻開鮮花，齊圍攏來。閑鋼黨委李書記説道：

親愛的同志們：

　　我們過去在市委的領導下，大辦鋼鐵事業已取得了一些成績。這些成績和你們的大力支援是分不開的。每當我們遇到困難的時候，你們總是無私的援助我們，一次又一次的派來了優秀幹部和技術人員，幫助我們解決生產上的關鍵問題。特別這一次，你們的支援——搶救二號爐，給了我們莫大的鼓舞。經過四晝夜的苦戰，終於流出了鐵水，恢復了生產。我們全廠同志對半鋼兄弟般的支援，表示萬分的感謝！你們的高度共產主義精神是我們學習的榜樣，我們要以生產更多的鋼鐵來回敬你們的關懷！

閑鋼同志在掌聲中回到閑林埠，決心放出更多的高産衛星。全廠頓時捲入勞動競賽的高潮中去。特別是二號爐，日産量很快的達到了二十餘噸。全廠工人正信心百倍地爲爭取實現明年兩個十萬噸：十萬噸鋼、十萬噸鐵的目標而日夜奮鬥着。正是：

　　　　山茶花開紅艷艷，人人智勇賽神仙。

　　　　鐵水遍地鋼花放，高産捷報飛滿天。

　　　　　　　1958 年 12 月 4 日脱稿於杭州大學
　　　　　　　次年 1 月 18 日修改於閑林埠鋼鐵廠

　　　　　　（東海文藝出版社 1959 年 4 月版）

編者説明：本文據原版（單行本）録編。

致蘇步青

步青師尊　座右：

久疏箋敬，不勝孺慕！近遇王啓東兄，謂詣京參加"人代會"，未覯芝顔。師尊年高德劭，青城仙客，絳縣名賢，益深瞻禱。茲有呈者，浙江省象山縣政協紀念鄉賢陳漢章先生，籌建紀念館，將出專集，紀念文字及其遺著抉微，以弘學術。漢章先生爲近代鴻儒也。爰特囑生轉申微忱，敦請惠賜題詞。詩詞、短句，格式不拘，悉遵鴻裁。拙稿一篇，附呈材料，以供參考，并懇斧正。溽暑泥人，伏乞爲道珍攝！

　　尚此　并頌
暑安！

受業　劉操南　頓首

（1993）7. 19

編者説明：文本據手稿録編，原無標題，今題爲編者酌擬。以下書信同此者，不復一一説明。

致繆鉞

彦威師尊　座右：

　　歲月如流，自違芝顏，倏忽已將半世紀矣！回憶播州立雪，宛如昨日。深愧浮生碌碌，無善可告慰也。愧無所就，然　師尊之訓，未敢一日忘，亦未敢一日不自勵也！

　　生平日讀書，輒喜聯繫實際，論學重視目驗，爲人則冀力行。中西交叉，文理滲透。凡天文、曆算、文史之考訂，以及詩文、章回小説之創作，悉予涉獵。著述已定稿者三百餘萬言。有已問世，有在出版社，有藏之篋中者。約言之爲：《〈詩經〉探索》《楚辭考釋》《〈史記〉春秋十二諸侯史事輯證》《古籍與科學》《古代遊記選》《桐花鳳閣評〈紅樓夢〉輯録》《〈紅樓夢〉彈詞開篇集》《〈水滸傳〉論文集》《〈紅樓夢〉論文集》《武松演義》《楊志演義》《諸葛亮出山》等。論文已發表者七十餘篇：《二十八宿釋名》《〈史記·天官書〉恒星圖説》《重差術及測定日距方法考》《祖冲之、祖暅父子球積術闡議》《〈授時曆〉述》《孔子删詩初探》《〈詩〉三百篇的創作與累積考略》《敦煌本〈毛詩〉傳箋校録讀記》《〈招魂〉："瑶漿蜜勺，實羽觴些；挫糟凍飲，酌清涼些"箋證》《楚簡陵陽釋文》《敦煌問世曆日辨析》《興化施彦端非錢塘施耐庵辨》《秦可卿之死新論》《妙玉凹晶館聯詩究竟如何理解》《"竺學"蠡測》《河殤提出的結論需要科學論證》等。須待整理、寫定者兩種：《各史曆志算釋》（如《〈史記·律書〉算釋》《〈漢書·律曆志〉算釋》等）和《水滸演義》，各數十萬言。主編書刊爲《天涯赤子情》與《聯誼詩詞》等。開放、改革以還，眼界放寬，與海外稍稍有聯繫。對於東方文化及新儒家似有感受，頗思有所論述。

（略——編者）

另郵奉呈《〈史記〉春秋十二諸侯史事輯證》復製本四卷（此本失誤未改，定本改之）、《諸葛亮出山》一册、《聯誼詩詞》一册、論文一册，專懇 師尊斧正。《〈史記〉春秋十二諸侯史事輯證》在天津古籍出版社多年，囿於考慮經濟效益，責任編輯王沛霖先生多次爭之，庶獲通過。今已審稿完畢，將付印刷廠。爰懇 師尊於兩旬內，賜一題箋，橫書和竪書各一幅，以供封面設計選印。

師尊倘有餘暇，復懇 撰一書評，指疵鞭策。時間可數日也。此稿明年諒可問世，復印本不一定擲還也。

《〈詩經〉探索》二十餘萬言，尚未復製，容緩遞呈。《詩》爲王官之學，此稿結合群經，探索三百篇之作詩、授詩、賦詩之義，與時賢或從字面理解，流於"猜詩"者異趣，生所不取。《古籍與科學》二十餘萬言，頗多論述子部天文演算法類書，有些在國際學術討論會議中宣讀，尚得好評。現在聯繫出版中，明年冀可問世。師尊不棄，亦懇 賜一題箋，橫竪各一。 師尊年事已高，生以覆瓿之稿勞 神，實感不安，躊躇者再。惟思日瞻 法書，如親炙也。生賤體尚健，每日工作，往往至於夜深漏盡。惟思緒遲鈍，效果不如昔矣。

秋風多厲，伏維 師尊爲道珍攝！

蕭此 敬頌

鐸安！

受業 劉操南 拜上
1989 年 8 月 23 日

致譚其驤

季龍師：

　　揖別倏忽多日。《東漸史》夢寐久矣！邂逅遇之，復得與臺灣新出復印文淵閣《新法算書》對讀，快何如之！我國曆算之學特色：測與算兩者而已，而造極於元郭守敬《授時曆》。明自成化以還，臺官墨守舊聞，疏於觀測，而斯學日趨衰微。西學東漸，大學士徐光啓、太僕寺李之藻等因議修正曆法十事、儀錄十事、旁通十事，進呈書目，纂修《崇禎曆書》。然於天體結構、日躔、月離、五星順留伏逆視位置之變易，西人以多禄某、第谷、哥白尼等學説釋其所以然之故者，承學之士，未遑深究，衹是囿於本輪、均輪之算耳。使中算學術體系，未能截長補短，脱胎換骨，爲之大變。《東漸史》於此，尚未總結經驗，深入闡發評議，於《日躔曆指》《月離曆指》《五緯曆指》諸書，俱未能及本質，予以分析，是其不足也。然其篳路藍縷之功，不可泯矣！書已讀畢，敬以璧還，祈請　鑒察。

　　近年來深感不正之風之靡，滲入於許多部門，言之痛心！昔荀卿入秦，應侯問何所見？荀卿答以："入其國，觀其士大夫。出於其門，入於公門；出於公門，歸於其家，無有私事也。不比周，不朋黨，偶然莫不明通而公也。古之士大夫也。觀其朝廷，其間聽決，百事不留，恬然如無治者，古之朝也。故四世有勝，非幸也，數也。是所見也。"公而忘私，一番興旺氣象。今日所見，走後門，鑽空子，花言巧語，弄虛作假，索賄行賄，以權謀私，不能使人滿意的"腐敗現象"，豈鮮哉！回憶昔日在浙江大學束髮讀書時的優良風氣，倡自 竺師，爲之感奮！由此，深感在這時候浙江省政協文史辦出"竺可楨史料"專輯，意義深刻矣！借用孟子一言：故聞 竺師之風者，"頑夫廉，懦夫有立志"。吾 師諒亦深有同感也。辱承吾師病中允爲撰稿，此豈專輯之幸，實吾國家、民族之幸也！

　　生於端午節前詣汨羅江，參加中國屈原學會，觀屈原所自沉淵，想見其爲人；旋詣岳陽，觀龍舟競渡；登岳陽樓，覽巴陵勝狀，遙望君山；返程取道長沙，飛申返杭。興之所至，略事吟詠。苦才短辭不達意，祇是稍志鴻爪而已。另紙奉呈，專懇 斧正！

　　　　耑此 并頌
暑安！

　　　　　　　　　　　　　　　生　劉操南　頓首
　　　　　　　　　　　　　　　1988 年 7 月 10 日

致姜亮夫

亮夫教授長者　道鑒：

猥目頑劣，謬蒙識拔。中夜彷徨，不能自已。垂詢意見，益覥虛懷。聾者無與於鐘鼓之聲，瞽者無與乎文章之觀。問道於盲，將何爲報？然思世之君子，進思建議，退思補過。心有所懷，敢不盡其芻蕘之忱乎？爰陳學風、科教、作文三事，專懇　亮察。斯　鴻文"草案"之所未詳，而不佞耿耿於懷者也。

一曰：師生之相處也，嚶鳴相求，禮尚往來；切磋琢磨，開展爭鳴。博學之，審問之，慎思之，明辨之，篤行之。殫見洽聞，演繹歸納。不驕矜以自封，不騖新而忘本。橫逆之來，不畏強禦；議有是非，遑論利害。豪而不羈，瞻而有體。文理密察，感情充沛。言冀精練，事務審覈。觀夫抑揚任意，高下在心；囿於世故，營於私利；燕雀之志，稻粱之謀，要未可爲學人之風範也。若迺鐵肩道義，辣手文章；平理若衡，照物如鏡，庶幾從違取舍，咸得其宜。篤實光輝，樹立風氣，迺授受之大范，實賢能之志業也。

二曰：科研教學，倡導真知灼見，學必己出；既能概括叙述，又貴獨闢蹊徑；注明出處，言必有據，是可尚已！若掠人成果，倒打一耙，非敢聞也。抑揚往復，取舍選擇；文理滲透，中西結合；追踵前修，啓迪後賢；高瞻遠矚，開物成務，學術研討而轉精，文章潤飾而彌光；不問一時之毁譽，而求千載之是非；堅持"四項原則",胸懷"三大任務";身體力行,瘗寐以求。學問之道無它,間接直接,面向現實,爲人民服務而已。

三曰:前人云:考據、義理、辭章三者不可偏廢。考據求其科學性,義理求其思想性,辭章求其藝術性。書必朗誦,文貴鍛煉。啓其精思,袪其浮辭。曾覽研究生論文,動輒萬言,下筆不能自休。冗雜平滯,不知開闔頓宕,引人入勝。故知:詩也文也,記叙論説,不再興白茅黄葦之歎,仍須基本訓練,反復習作。登高自卑,行遠自邇。操千曲而後曉聲,觀千劍而後識器。然後情動辭發,鋪采摛文。振奇采,攄壯志,廉厲鋒悍,娟潔明净。事出於沈思,義歸乎翰藻……(以上寫滿三頁,其下佚失不見——編者)

致謝覺民、闞家蕢

覺民、家蕢學長　青鑒：

前復寸箋，略申微忱。

覺兄講學上庠，蕢姊飲譽騷壇。宏圖大展，海内仰慕。春風得意，可喜可賀！

近接　覺兄電話，聽到一些信息。一泓静水，忽起漣漪。浮想聯翩，心潮起伏。未諗爲何兆耶？將有所作爲乎？抑歸於夢幻泡影耶？

有識之士謂國家處於過渡時期中，有大環境，猶有小環境焉。於有些知識分子走出狹谷，可能是不利的。機遇與挑戰同在，希望與失誤交錯，成就與危機共存。知識分子的遭遇，往往後者多於前者。此大環境也。昔時尊老，今則向中青年傾斜。尊老也有，衹是抓一、二代表人物而已。這有其歷史原因。自歷史觀點視之，有其道理。但具體問題當作具體分析。行政人員爲了辦事方便，多以一刀切之。不知切一刀，刀外則可不切矣。

致仕之士有真才實學者，一般作何打算乎？優遊林下者衆矣，理當如是。但有願意發揮其餘熱者，難於開展其胸懷矣。"凌雲尚有倚天劍，涉世慚無拔地才。"回天乏術，衹得"窮則獨善其身"矣。退而著書，偶有積稿。陳老寅恪曾言："蓋棺有日，問世無期。"莊生言："吾生也有涯，而知也無涯。"屈子言："汩余若將不及兮,恐年歲之不吾與!"弟也有緊迫感,然而無可奈何!此意蓄之久矣。國家經濟起飛,精神文明建設不能同步。不僅如此,社會風氣,人的素質不斷下降。肉食者鄙,視若無事!賈誼生於今日,恐將爲之痛苦流涕而長歎息者矣!

　　友人或謂:弟"既精社會科學,又兼治自然科學。既深於學術研究,更擅詩詞及通俗文藝創作。平心而論,達此境地者,學界實無幾人。"此言過當,不勝汗顏!然弟於章回小説之再創作、古籍整理與古代曆學要籍算釋等工作和研究,尚具興趣。數十年來積稿累累,類多庋之篋中,問世者未三之一也。擬撰《水滸新傳》,或題《〈水滸傳〉演義》,百五十回,已成三分之二。其中《水泊梁山》爲核心部分,四十回、四十餘萬言,可以單獨發表。出版社提出包銷六千册,由於缺乏承受能力,遂致擱淺。《〈詩經〉探索》三十萬言,亦罹同樣命運。《中國古代曆學要著算釋疏證》百餘萬言,海内治之者鮮,古稱"絶學"。已成初稿,修改定稿,有待條件。餘如:彈詞、評話、《白蛇傳》《水滸傳》《紅樓夢》有關之創作與論文,亦難結集成書。《〈紅樓夢〉彈詞開篇集》與北方子弟書或可媲美,此書紙型打好十年,以訂額不足,包銷無力,出版社置於倉庫。近聞紙型遺佚,多年心血,付之流水,言之痛心!敝帚自珍,實無聊也。爲學術計,爲文化計,從政者可如是對待之乎?

　　紙短言長,不盡所懷。另有材料若干:如著述、論文、創作回目等,倘有需要,可以奉遞。

　　　匆此　并祝
儷安!

　　　　　　　　　　　　　　　學弟　劉操南　頓首
　　　　　　　　　　　　　　　1994 年 12 月 1 日

致馬國均

國均學長　　閣下：

　　疊奉　惠翰,稽遲作復爲歉!　嘉什部分采入《聯誼詩詞》,增光篇章,不勝榮幸!　餘作當俟機緣,推薦其他刊物。大陸書稿出版,　兄台諒有所悉,或有未盡知者。邇來,有些刊物,稿費充入不够,尚須作者津貼或承包若干册。海外來稿,則或存奢望,冀有贊助。此事深感難於動筆,却爲事實,似有不得不實告者。出版社亦有其難處,以無錢可貼,虧本則不願意幹。作者類多寒士,又無此承受能力。以此,即有較高(水平)之學術著作,出版(亦)甚難。就《當代中國詩詞精選》一書而論,編者與出版社訂合同,先繳萬五千元,書尚未印。編者徐通翰兄已在病榻,日籌還債。經此折騰,癌症擴散,嘔血而逝。友好哀悼,同聲一哭。弟亦僅能略盡綿力,購買卅册,以贈親友。海外郵資太昂,一時尚無力以多奉也。

　　《求是學人詩詞選》,爲校友總會辦公室主任楊達壽兄發起,曾與校方和出版社議論,冀於九一年校慶前出版,以爲大慶獻禮。委弟編輯。彼言書款母校難以承擔,冀采嘉作之海外校友分任;大陸諸師之詩,祇能象徵性出一些。暑中,曾遇　謝兄於浙大專家樓,談及,慷慨允諾。便以轉告　達壽兄,并致函　彥威師尊。彥師願予襄助。謝兄返美,數次來示,未述此事,不諗何故？邇來獲　兄大教,亦未道及,深愧作事,失於三思。不得已,便詣校友辦公室彙報。　達壽兄諒_弟之愚,笑云:作罷可矣!惟　彥威師一時慚無辭以對也。年來,_弟有時爲文史稿事,撰述校勘,每至夜深漏盡。白日參加會議,擠公共汽車;會畢歸家,山妻鵠待,中飯時至一二時許。饑腸雷鳴,然未嘗涉足市肆也。憶老杜詩云:"紈袴不餓死,儒冠多誤身。"三復斯言,不禁感慨係之矣!　兄云:謝兄或忘,_弟亦不願復贅言之。

　　西風多厲,千祈爲道自珍。匆復,并頌

起居百福!

弟　劉操南頓首

1990 年 12 月 8 日

致孫常煒

常煒學長　有道：

手教敬悉，誦及囑稿，不勝惶恐！弟德薄能鮮，拙於言辭，未敢膺此重任，千祈另委。惟念厚誼盛情，不可辜負，姑妄試之，諒不得體，棄之紙簏可矣。

弟竊聞之：海外卓犖之士，於大陸不足處或有獻議者：一不會用人，二不會用錢。教育尚未重視，人的素質下降，腐敗現象滋生。拔本塞源，允宜重視精神文明建設，闡揚民族優秀傳統，爲亟務也。

弟思欲言者夥，短文百字，難於概括。律詩含蓄，意内言外，或稍豐贍。姑擬一稿，意在抛磚以引珠玉耳：

浩蕩風雲寄短吟，百年桃李一蹊深。德存修己關仁術，學尚安人見道心。林守靜言憂社稷，竺師秉職樹官箴。千秋求是鷹揚頌，獻作炎黄海外音！

第一句説：這百年來風雲變幻。"變幻"辭露，易作"浩蕩"，詞較雅馴。第二句説：浙江大學源於求是中西書院，培養了許多人才，桃李芬芳，下自成蹊，蹊徑深遠。三四兩句，意在闡揚民族優良傳統，"内聖外王"之道。修己安人，見《論語·憲問》：

子路問"君子"。子曰："脩己以敬。"曰："如斯而已乎？"

> 曰:"脩己以安人。"曰:"如斯而已乎?"曰:"脩己以安百姓。
> 脩己以安百姓,堯舜其猶病諸?"

爲人論學,旨在"修己安人"。五六兩句,結合校史。林啓,字迪臣,福建侯官人,任杭州太守四年零二月。中日甲午一役,清政府喪權辱國。愛國之士,怵目驚心。感到要儲國力,雪國恥,奮發圖强,啓迪民智,非變法不可。光緒二十三年,由浙江巡撫廖壽豐向清政府奏請設"求是中西書院",杭州知府林啓總其事。林太守饒於愛國精神,慈禧太后移海軍款造頤和園,時爲御史,上折奏諫,觸怒太后,貶爲衢州知府,旋移杭州知府,籌建"求是中西書院""蠶學館"和"養正書塾",嘉惠後學。竺可楨,字藕舫,浙江上虞人。值國家動蕩變革之秋,獻身於科學、教育事業,忠於職責。是中國近代科學家、教育家的一面旗幟,氣象學界、地理學界的一代宗師,獻身於共產主義事業的一名忠誠戰士。1936 年 4 月出任浙大校長。抗戰軍興,學校西遷。率領師生從浙江出發,途經江西、湖南、廣東、廣西,抵達貴州遵義,險阻艱難,備嘗之矣。自奉甚儉,刻苦勤奮。堅持民主作風,豁然大公,正直不阿。今日海内外及港臺人士一提及竺校長,莫不肅然起敬,感到仰之彌高,鑽之彌堅。第七句:"鷹揚"典見《毛詩·大雅·大明》:

> 牧野洋洋,檀車煌煌,駟騵彭彭。維師尚父,時維鷹揚。
> 涼彼武王,肆伐大商,會朝清明。

箋云:"尚父,呂望也。尊稱焉。鷹,鷙鳥也。佐武王者爲之上將。""求是鳥"即"求是鷹",校徽鳥即是鷹,建議"求是鳥"題作"求是鷹",何如?《離騷》:"鷙鳥之不群兮,自前世而固然。"鷙鳥,雛也,即鷹隼之類。"求是鷹揚",辭義雙關,借喻求是精神的發揚,故歌頌之。"修學好古,實事求是。"見於《漢書·河間獻王傳》。歷史悠久,内涵豐贍。林啓"講求實事",籌辦學堂,開發民智,提高國民的文化素質。求是書院之創建,爲當時維新思潮興起的必然產物。竺可楨又作了《求是精神與犧牲精神》的闡述,給以新的啓迪。"求是"古訓,賦以新義。不僅論學,且拓之於立身行事,齊家治國,以之振興中華,彪炳事功。追求真理、堅持真理與奉獻精神緊密融化,使求是精神向着高級發展,使之臻於追求真理的理想境界,意義十分深刻。求是實與立言、立德、立功並美。反之,敝屣求是精神,相率以僞,焉能治國?這是海外炎黄之音,也是大陸志士仁人之聲!

明在知音,敢貢愚忱。不當之處,千祈不吝珠玉,而深諗之。

　　耑復　并頌

秋安!

　　　　　　　　　　　　　學弟　劉操南頓首　上言
　　　　　　　　　　　　　1996 年 8 月 21 日

編者説明:劉録稿附記:"據浙江大學學校網刊:紀念碑於1997 年 4 月 1 日即建校 100 周年之際落成,由北美浙江大學校友會捐資興建。求是鷹作者爲中國美術學院教授傅維安。求是鷹紀念碑位於第五教學樓東南角,鷹爲銅質,碑記爲七律詩句,由老校友劉操南教授纂寫。"

致薄樹人

樹人副所長我兄　足下：

　　您好！辱承提要九種，弟分三步爲之：《元光元年曆譜》《革象新書》《〈授時曆〉故》三書提要，初稿已就。爲欲請教，俱付打印。《革象新書》已印就；餘兩種在打印中。附兩稿：《元趙友欽〈革象新書·小罅光景〉詮釋》《圓周率的尋求與電腦計算》，亦就。爰先奉陳，專懇　教正。"詮釋"與"計算"，涉及《革象》，供作參考。淺近之作，倘有適當刊物，惠予汲引，俾得交流，幸甚！幸甚！《曆故》《曆譜》提要，旬日亦可續奉。《曆故》僅有嘉業堂刊本，無標點。《通彙》未諗影印與排印？弟曾爲作《校讀記》，排印於《黃宗羲全集》第九册中。其曆算部分，弟爲統校。他日出版，是否考慮可采此刻？覺爲方便，惟排亦有新誤，或再由弟重校、重點，而付刊之。

　　今將進行第二步工作：草《唐丹元子步天歌》《六經天文編》《大宋寶祐四年會天曆》三書提要。《步天歌》書圖流傳，多憑抄本，訛舛殊多。《四庫提要》所錄爲兩江總督采進本，謂"此本圖度未工，句多增減，所注占語，亦未詳出自誰手，未爲善本。"弟藏洪頤煊《筠軒》鈔本，眉批有筠按書星度，惜未迻繪星圖。《通彙·天文卷》版本爲康熙間抄，並爲藍本，弟尚未緣遇之。當需精讀，否則，從何着墨乎？《會天曆》亦以宋本迻錄傳抄，收藏者多秘之。《通彙・天文卷》采用影曝書亭抄本，弟亦應亟讀之，以便工作進行，實爲國家學術計也。兩書一藏北京圖書館，33 頁；一藏辭書出版社，28 頁。復製僅六十頁耳，不爲多也。然亦勞神矣。前書請之，復示知已熟籌之矣。企盼提之日程，早睹爲快也。《會天曆》有精華，有糟粕。精華爲科學性，糟粕爲神秘性。糟粕指出者少，以其不僅涉於古之術數，且多受梵文外來之影響也。《六經天文編》采學津討原本，此書自易借之。

第三步:《史記・律書・曆書・天官書》《漢書・律曆志・天文志》《宋書・律曆志・天文志》諸提要，采用百衲本，自無問題。諸書參考文獻多，牽涉面大。有讀過書，今日亦不易借，須條件，費時與款，難以計日求之。遂多困惑，自當電勉從事耳。

國務院故籍整理，文史每多譯釋，以便後學。科技、曆算故籍計劃尚少，拙曾撰《史記・曆書（算釋）》《漢書・律曆志算釋》稿，實爲要務，不予及時搶救，此學將成斷層矣。此類工作，匡老亞明等尚未高瞻及之。安平秋先生來杭大古籍所，弟曾建議及之。

杭州溽暑，伏案汗流。不盡所懷。

　　匆此　并頌

大安！

　　　　　　　　　　　　　　　　弟　劉操南　頓首
　　　　　　　　　　　　　　　　1994 年 8 月 6 日

致陳昂

陳昂先生　青鑒：

　　久疏箋敬，時切馳思。前知　先生去美探親，遂失音驛；今諒已返臺矣。　令祖漢章公教授，學究天人，爲近世朴學大師，弟仰之鑽之靡已！今歲逾半載時日，搜檢、復製、研讀　教授遺著，除修訂前稿輯注三種：《詩學發微》《公羊舊疏補證》《古微書補遺》外，自浙江圖書館復製　教授藏稿《周易古注兼義》一種，整理標點，撰《〈周易古注兼義〉讀記》一篇；又撰《從中國學術傳統，略述陳漢章先生經史考據之學》和《紀念碑揭幕講話》各一篇，計十三萬餘言。紀念集象山聞在籌備中，出版社尚未定。弟嘗與上海古籍出版社聯繫，彼方願承其役，檔次較高，影響較大，可供參考。望能早日問世，可慰　令祖公於九天之上矣。不特象山之幸，亦國家民族學術之幸也！弟馨香祝之。諸事，常明兄諒奉告矣。六月中，弟應臺灣中國六經學術研究發展基金會、《中華日報》社聯合主辦第三屆儒學徵文撰稿，題爲《如何實踐易經聖人之道，以恢復禮義之邦》。近得董事長張淵量先生函示，拙稿列入徵文比賽第貳名。過蒙獎掖，不勝感愧！去歲弟承張淵量先生邀，參加端午節詩會，以事未果；明年可能有機會被再邀也。屆時當趨　臺府拜謁，以傾愚忱！

　　　　尚此　敬頌

閣第吉羊！
健康長壽！

弟　劉操南　頓首

1993 年 12 月 9 日

致劉鈍

鈍兄　足下：

　　十二月五日手教及出版基金章程俱已拜讀。　兄臺厚誼，深藏若虛。謙謙未遑，讀之不勝感佩！

　　"斷代工程"繁賾，自文獻學角度言之，若干史事先作定點研究；然後引伸，亦是一法。例如：《文物》1977 年第八期介紹臨潼出土武王徵商簋，或稱利簋。此簋所述時地事件甚明，可爲史書所載武王甲子日克商佐證。惟其中"■■"一辭，則解釋紛紜，迄無定論，難以據一運用。一謂："歲"喻爲祭；"鼎"爲重器，國家權力之象徵。武王行此重典，以示克商。或謂："鼎"爲貞；"歲貞"意用龜卜貞而祭祀之；一謂："歲"喻歲星，"歲鼎"猶言歲星當空。前者從"歲"字象形朔誼引申爲釋。■象用斧剁下人的雙足慘狀。商時祭祀，必用犧牲。磔碎以爲祭品。卜辭因有歲牛、歲卅羌、歲五臣的記載。"歲"字引申則爲祭，爲祭名。後世"以歲時序其祭祀"，"大祭祀展犧牲繫於牢"（《周禮·肆師》）爲其遺意。後者以"歲"爲歲星，引《國語·周語》："昔武王伐殷，歲在鶉火""歲之所在，則我有周之分野也"爲證。《周語》出於追述，先周是否已有歲星分野，尚待確證。《毛公鼎》則有歲祭之名。此類問題，須對全文作盡可能周密調查研究，學人切磋，反復議之，庶或有所斷也。故協作爲一途徑，可無疑矣。

拙稿《〈漢書·律曆志〉算釋考辨》打印就緒，爰請郵奉，懇請教之。《通訊》近日已到，祈釋錦注。 尊著《大哉言教》，耳名久矣，尚未拜讀。書到之時，當盥誦之。河南教育社弟稿擬亦寄一份去，以便聯繫。河南鄭州大學中文系副教授陳飛係弟碩士生，此生就近往返，聯繫自較函牘爲便，近日致函以此事告之。王渝生副所長，弟於 1987 年 5 月參加北師大“秦九韶數書九章成書740 周年紀念會”拜晤。席澤宗所長、何紹庚、郭書春諸研究員亦曾先後會謁，相值時祈請代爲致意問候。

匆復 并請

冬安！

劉操南 上

致黄一農

一農先生　有道：

　　每讀《中國科學史通訊》，如覯　清輝。低徊久之。　閣下博學，冀徵通書。寒齋枯澀，難以充塞。惟有數書，不審可供研究與流覽否？一爲《圜天圖説》，嘉慶己卯年鎸，松梅軒藏板。首列嘉慶己卯阮元序；次爲著者李明徹自序。卷上目録：《渾天説》等三十三則；卷中目録：《前後兩留考説》廿八則；卷下目録：《地球本略説》十六則。三卷三册。李氏適時憲法仿泰西陽瑪諾《天問略》例爲是書。二爲《命度盤説》，道光三年癸未鎸，姑蘇心遠草堂藏版。吳郡張金彪局刻。首爲道光二年金陵陶淑宇胥來自序。上、下兩卷三册。上卷：《演算法》《造命》《人命》；下卷：《北極高度表》等六條。各命盤附摘抄《天步真原》原説。三爲《算學書目提要》三卷，蔓齋華世芳署檢，光緒己亥十月刊於無錫竢實學堂，無錫丁福保述，爲疇隱廬叢書之三。分《中算類》《西算類》《中西算總類》三項。前列書目論述提要一册。弟於天算之學，略事涉獵；然而迷惑滋多，未能貫通。願隨　閣下　貴所學術交流，以匡不逮，以豁愚昧。近成：《中國古代天文曆學的特色與源流考辨》《歐洲西學東漸考説》《〈史記・曆書〉算釋考辨》《〈漢書・律曆志〉算釋考辨》《圓周率的尋求與電腦計算》五稿，各八千字左右，已打印。《〈史記・曆書〉算釋考辨》《〈漢書・律曆志〉

算釋考辨》兩稿,爲兩"考辨"緒言,另爲專書,前列原文,逐項逐條,譯成語文,以算式或圖式解之。《律曆志》内涵率涉鍾律、易數、五行,將科研引向迷途。袪其浮辭,掇其算理,爲之考辨。《〈史記·曆書〉算釋考辨》四萬餘言,已殺青。《〈漢書·律曆志〉算釋考辨》,其《曆議》《統母》《紀母》《五步》部分脱稿,約十萬言。餘爲:《統術》《紀術》《歲術》《世經》部分,在就舊稿修改中,約十萬言。弟往日行文,采用古文;感此絶學,治之者鮮,便於初學文字,思欲深入淺出、詳入簡出、曲入顯出,以便流通。條理清晰,務袪冗雜。然而未能也,勉之而已。不揣譾劣,冒昧,倘不見哂,則幸甚矣。弟抗戰時期,負笈浙大。今爲杭州大學古籍所教授,浙江省文史研究館名譽館員,虚度已八十矣!去歲動手術割除直腸三十公分,現在康復期中。眠食如恒,惟便泄有時難於控制耳。記憶力不如昔,然猶能伏案撰述也。 閣下碩作懿言,倘蒙不棄,願拜聆之讀之。區區微忱,祈乞鑒之。

　　耑此　并頌

鈞安!

　　　　　　　弟　劉操南　頓首上言
　　　　　　　一九九六年七月二十六日

致費瑩如

瑩如師妹：

您好！惠書兩通，《江夏費氏世譜》一册，敬悉與領，謝謝！

惠書來時，弟適住浙醫一院幹部病房，開刀卅二公分，割除直腸和胃部息肉，先後輸血一千 CC。手術順利，惟因感染，曾發高燒。胃部擴張，嘔血半碗，胃液黑水數盞。身體虚弱，此書遂爲家人所壓。今日起床，勉强作書。稽遲之宥，祈乞諒之！關於紀念亭事，就所知者，奉告如次。病中所述，可能有所出入，容後糾正。

1.紀念亭事，浙大 42 級校友集會時提出，推陝西陳國光、北京柳克令、龐曾漱、杭州王鴻禮諸學長主持。去年已募捐建亭基金已得人民幣拾萬元，其中陸萬元由 42 級、43 級農學院陳均學長賢伉儷慷慨承捐。拾萬元款已集浙大財務科，專款專用。

2.去冬龐曾漱學長自北京專程來杭，偕 41 級楊士林學長、42 級王鴻禮學長、44 級王啓東學長，拜訪浙大校友總會會長吳世明副校長，落實建亭之事。楊達壽副教授在座記錄。協商結果，吳副校長答允此亭於今夏建成。

3.囑示建議，紀念亭不同於一般涼亭，亭中須樹一紀念碑，極是。鄙意猶有補充，未審當否？此亭宜取八角形，轉四角、六角爲便。如圖：

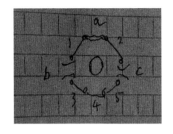

a 北首砌墙，碑立其中；

b、c 爲出入臺階；

1.2.3.4.5 爲坐凳靠背；

中爲圓臺；

○者爲八圓柱。

　　柱宜采用石質圓形。木柱固佳，惟以抱柱懸聯，邇來髹漆易於褪色駁蝕，他日不斷修理，增加麻煩。不如石柱楹聯可鐫石中，一勞永逸。上覆斗拱，琉璃瓦結頂，實屬莊重大方。

　　碑以采用細微無紋青石爲宜，便於名書、名工鐫刻，亦便着墨裝裱。請勿囿於時尚，采用大理石，爲盼！

　　碑文正面篆額：費香曾教授烈士遺像。篆文。（或隸書、魏碑）

　　像以綫條勾勒。立像全身爲宜。左旁可鐫蘇步青教授挽詩："香曾燈火下，風雨幾黃昏。護學偏忘己，臨危獨憶君。沉冤終已雪，遺恨定長存。思德屬於黨，淚沾碑上文。"《江夏費氏世譜》引頁，誤作挽聯，請改正！背鐫：費香曾教授烈士傳略。隸書或楷書。請名家打格書寫，勿陷俗筆，切切！

　　4.《傳略》，以《江夏費氏世譜·費鞏傳》爲藍本，參以《費鞏紀念文集》，闡述曾師爲學、著述、行誼。文體當循古之義法，不用大白話。文字典雅警策，氣勢磅礴跌宕，所謂"文如看山祇嫌平"也。愛護學生，譴責時弊。廉厲鋒悍，危言危行，受國民黨當局之嫌，遂罹千廝門之厄，沉於錙水池中。董策留青，忿懣之情，溢於言表。孔子云："士不可以不弘毅，任重而道遠。""泛愛眾，而親仁。"若曾師者，可謂求仁而得仁歟！前後點染費氏世系，德有所繼，學有所承。旁及昆仲、夫人、子女，乃君子之澤也。稿由一人起草，就其內容，廣徵意見；然後逐條推勘，協其旨歸。集思廣益，復由一人潤色，務使轉折呼應，文理密察，結構嚴謹也。

5. 香曾爲弟恩師，耳提面命之德，拳拳服膺，未敢一日忘也！抗戰軍興，弟負笈浙江大學，詣西天目山禪源寺。時香曾師初言導師制，弟即拜師。師謂：古人言從學，謂遊於某某先生之門，余爲導遊可耳！因隨先生遊太子庵，聆其教誨，言猶在耳也。浙江大學遷遵義，香師寓石家堡，爲師正式導生，就教每至夜分月移。香師蒙難，弟於《東海》曾撰三律哀之，略表微忱。師母袁太夫人曾道及之。碑文擬囑執筆，尊師重道，義不容辭。祇以才疏學淺，聞之不勝惶恐，實不敢負此重任也！去歲弟之鄭州、開封，與龐曾漱學長相值，言及其弟曾湛曾撰《費鞏傳》。湛兄雄於詩文，此傳定有特色，惜尚未緣拜讀耳。

紙短情長，病起不耐久坐。未罄所懷，餘待續呈。字體歪斜，措辭不當。緣於病中，頭暈手抖，千祈諒之！

　　　尚此　順頌

闔第吉羊！

新春快樂！

　　　　　　　　　　　　弟　劉操南　書於浙醫一院幹部病房 203 室

　　　　　　　　　　　　　　　1996 年 2 月 2 日燈下

致許常明

常明仁兄　閣下：

　久疏箋候，時切馳思。弟前歲冬患直腸癌，住浙醫一院四月餘，開刀割除直腸卅公分。手術順利，惟以體弱，未經化療；今春病發，繼又住院，癌細胞有轉移入骨情況，渾身骨骼疼痛，難以移轉，病重時幾度昏迷。化療數月，漸見好轉。今已出院，能下床，尚不能行走，室內由人攙扶，勉強可移幾步。現服鯊魚軟骨膠囊，增加免疫能力。恢復健康，尚需有個過程。惟案置床前，便於書寫，日尚工作數小時。

　在院仗公費醫療，結賬知費拾貳萬元餘，個人負擔十分之一。由於離、退休差別，弟之藥物雖屬急需，分檔需要自費，此款較巨。初由子女及婿輪班看顧，後以單位上班，不便過多請假，遂請保姆，月需工資八百元。每晚租榻三元，陪夜費一元，付醫院。月薪收入悉與保姆。兩次住院化費可觀，無可奈何！

　《經史學家陳漢章》一書，時縈於懷。弟第一次出院後，林志龍兄委托王志邦兄攜來拙稿十五萬言，三次校勘：第一次蕭山排印，行款錯誤百出。弟便重抄，請浙江明星影視公司文印部打印復製，交志邦兄謂可報銷。後轉黃山，謂字體不同，重照此式打印。第二次校樣，發見第一次校，漏改極多。又將全稿根據目錄要求，一一調整改正。第三次校，取出陳漢章先生全部稿件，有些依原稿復製,有些重新書寫,並將三校樣全部剪貼改正。其中多古體字、異體字及打字(機)所無之字,旁書樣旁。並向志邦兄說明請空着,待最後付印時,弟可一一填寫。在這三校同時,弟校省圖抄録漢章先生之文之函,未予原稿。有時感到抄録有誤,斷句不當。有時代爲改正,有的一時難於吃凖。第一次繳樣之時,弟即與志邦兄表示:由於重視此書,校樣最少四次。弟三次校稿,都在第一次出院病體恢復之時。每次接樣,上下午及晚上都工作,時間約一星期至十日,未嘗誤時,約時來取,完成任務。三校後在家,曾向志邦兄約:盼在短時間返回三校,以便四校。此校交後,初意校在蕭山,後悉已詣黄山,但待一段時間,未見校樣到來。又嘗與志邦兄多次電話聯繫,據說未悉詳情。弟思此書問世,尚可繼續做些工作,以是時縈於懷! 此書在落實出版前,弟嘗向 兄建議:可與上海古籍出版社洽,此出版社副社長、總編弟熟識,或可稍有方便。出版社復函願承此役。 兄未首肯,弟不便絮煩。陳墓題詞,弟亦向 兄建議:是否同赴上海,面懇耆宿賜題? 兄以事冗遂寢。嗣後弟住院,兄與常燁兄見訪,并賜隆儀藥品,感難言宣。以醫師囑,未便多話。詢及此書出版情況, 兄道在政協會議時舉行首發式,聆之喜出望外! 不意待之多時,迄無嘉訊。余淵博來院,嘗托向 兄致意。近日余詣杭,詢及出版,余謂未曉詳情。爰伏案作書,請 兄俯告種切,以慰長想。由於病中不耐久坐,此書請代向林志龍兄致意、審閱,不另陳辭,祈乞鑒諒! 紙短情長,不勝依依。言辭無狀,不當之處,還乞諒之!

　　尚此　布忱　并頌
秋安!

　　　　　　　　弟　劉操南頓　首拜
　　　　　　　　1997 年 9 月 18 日

致姜逸清

逸清同志　閣下：

　　參加中國俗文學會，弟寓上海天山路古北路，於無意中識荆，並悉《大百科全書》上海分社"《詩經》"大條改寫之事。

　　"《詩經》"大條，一萬言，原定分爲"《詩經》""國風""雅""頌""《詩經》研究"五條。"《詩經》"五千字，餘爲千餘字。不勝駭異！"《詩經》"大條，姜亮夫教授原是囑弟撰寫，曾將提綱及體例數紙見示。提綱爲　姜教授手擬，大會通過。弟接此任務後，就提綱寫出初稿兩萬餘言，呈繳。　姜教授於初稿上圈點，旁加批語；修改謄清以後，由　姜教授審閱，上繳上海大百科全書分社。分社審閱以後，請　姜教授轉示意見：先秦以下部分論述《詩經》學者，屬於他條範圍，删去；此例囑撰初稿時未説清，表示歉意；全條字數祈控制在一萬字内。弟遵　囑改寫成九千六百餘言，繳復。　姜教授審閱後，曾予贊許，旋即郵寄。此事杭州大學古籍研究所知之者夥。嗣後，未聞任何意見，忽忽至於今日。前後兩稿三萬餘言，亦未璧還。聞　閣下言，始悉已另委人改寫。"《詩經》"大條提綱，大會討論通過；在撰寫過程中，體例有所變易，可以理解；然而循理應向　姜教授約定之原撰稿者聯繫，説明情況，徵詢意見，是否願意適應新的要求改寫，否則，另作安排。何以默無一言，不作任何交代，説清問題，祇是將前繳兩稿留下，貿然委人執筆,而蒙原撰者於皷中?! 此種工作方法,實屬罕見!

閣下聽說,便云:"此屬分社處理,北京總社接收之際,分社未作交代。此事未聞,願承聯繫之責;向　張道貴同志詢問,當予圓滿答覆。果是,至少賠償損失,祈請暫待。"　閣下碩德懿行,令人欣佩! 揖別之後,倏忽兼旬,未蒙　賜教,不免意懸懸也。靜待　玉音,理所當然;泥牛入海,則非所樂聞也。孔子曰:"言必信,行必果。"今人或以迂闊視之。然弟猶信天地間有正氣,學術界有公道,黨有是非。分社倘無一言表態,一言交代,未諗果能心安理得否耶? 質率之處,祈乞見諒!

　　　尚此　并頌

暑祺!

　　　　　　　　　　　　弟　劉操南　上

　　　　　　　　　　　　1986 年 7 月 10 日

編者説明

　　《揖曹軒文存》，是劉操南先生"文"類作品的選集。此"文"與"詩詞"（先生另有《揖曹軒詩詞》）相對，又與專門的學術論著有別，範圍兼及傳統的"文"與現代的"散文"；並兼及創作和再創作（如彈詞、評話之類），故又不止於上述範圍。劉先生曾有編集其文的設想，并擬名《揖曹軒文集》，列目七十餘篇，其後劉文漪又將此外的若干篇擬名《揖曹軒文集續》，皆非定名，亦未實際編集成書。這次由編者一并校理編次，酌擬書名。文稿數量較大（且往往不止一稿），涉及廣泛。編者反復閱讀斟酌，大致釐爲八個部分，未必盡當，亦未可拘泥。